GOLDMANN

Buch

Im Leben des erfolgreichen und angesehenen Anwalts Will Lee scheint alles nach Wunsch zu gehen: Seit acht Jahren arbeitet er für den alten Senator Benjamin Carr, einen der mächtigsten Männer in Washington. Auch Lee selbst kommt aus einer politisch einflußreichen Familie, ist wohlhabend und mit einer schönen und beruflich erfolgreichen Geheimdienstagentin liiert. Seiner eigenen politischen Karriere scheint nichts mehr im Wege zu stehen.

Doch als Lee über die Weihnachtsfeiertage zu seiner Familie nach Georgia fährt, beginnt sein Leben aus den Fugen zu geraten. Er wird verpflichtet, die Verteidigung eines Weißen, der ein schwarzes Mädchen vergewaltigt und ermordet hat, zu übernehmen, womit er ins Zentrum der im Süden herrschenden Rassenunruhen gerät. Als Senator Carr plötzlich einen Schlaganfall erleidet, wird Lee völlig unerwartet vor politische Aufgaben gestellt, denen er sich noch nicht gewachsen fühlt. Schließlich wird ihm eine Liebesaffäre zum Verhängnis: Seine politische Karriere droht zu scheitern, der finanzielle Ruin ist unvermeidbar, und sein Leben wird von einer Gruppe politischer Extremisten bedroht...

Autor

Stuart Woods wuchs in Georgia auf und lebt heute in Atlanta. Sein erstes Buch *Die Nachfolger* wurde mit dem Edgar-Allan-Poe-Preis ausgezeichnet. *Schwarzer Süden* ist Woods' siebter Roman.

Im Goldmann Verlag erschienen bereits die Titel:

Auf Grund (8839)
Der irische Schatten (8466)
Die Nachfolger (8379)
Still ruht der See (9250, gebunden 30093)
Anaconda (32513)

Stuart Woods

SCHWARZER SÜDEN

ROMAN

Aus dem Amerikanischen
von Felix Bärenreutter

GOLDMANN VERLAG

Die Originalausgabe erschien unter dem Titel »Grass Roots«
im Verlag Simon and Schuster, New York

Der Goldmann Verlag
ist ein Unternehmen der Verlagsgruppe Bertelsmann

Made in Germany · 8/91 · 1. Auflage
Genehmigte Taschenbuchausgabe

Umschlaggestaltung: Design Team München
Umschlagfoto: Süddeutscher Verlag, Bilderdienst, München
Druck: Elsnerdruck, Berlin
Verlagsnummer: 9719
Ge · Herstellung: Felicitas Hübner
ISBN 3-442-09719-3

Für Dot

Prolog

»Durchladen.«

Das Klicken der vier Waffen klang wie ein einziger Laut.

»Entsichern.«

Vier Bolzen glitten zurück wie einer.

»Feuer!«

Perkersons Augenlider flatterten unwillkürlich – wie immer, wenn ohne Schalldämpfer geschossen wurde. Die erste Salve aus den vier Waffen ertönte ebenso gleichzeitig wie die zweite, dann hatte jeder Schütze seinen eigenen Rhythmus. Die vier Leute, die Perkerson auszubilden hatte, plazierten ihre Schüsse. Und danach brauchten die Pappkameraden nicht zurückgeholt zu werden. Die Brust eines jeden war genau in der Mitte zerfetzt. Bei keinem lagen die Einschläge weiter auseinander als zwanzig Zentimeter. Verdammt gut gezielt für automatische Waffen, dachte Perkerson.

Sein Blick wanderte zum Laufgang hinter dem Schießstand. Perkerson zuckte zusammen. Er war da. Niemand hatte gewußt, daß er kommen würde.

»Augen verbinden.«

Die vier Männer ließen ihre Waffen sinken und banden sich Tücher um den Kopf.

»Rechts um. Hinknien. Entladen. Waffen auseinandernehmen.« Perkerson beobachtete ein wenig besorgt, wie vier Händepaare die Maschinenpistolen zerlegten. Er bemühte sich, nicht zum Laufgang zu schauen, während seine Schüler mit flinken Fingern taten, was er ihnen beigebracht hatte. Der erste war in Rekordzeit fertig, die anderen brauchten nur ein paar Sekunden länger.

»Achtung! Rührt euch! Nummer Vier, niemand hat Ihnen erlaubt, die Augenbinde abzunehmen.« Perkerson betrachtete den Laufgang und wartete. Der Mann ließ den Blick von den vier jungen Leuten zu Perkerson schweifen und nickte.

Perkerson merkte erst jetzt, daß er die Luft angehalten hatte. Er atmete aus und wandte sich seinen vier Schülern zu. »Männer«, sagte er mit fester Stimme, »heute spricht der Archon persönlich zu euch. Das ist eine große Ehre.«

In den Gesichtern der jungen Leute zeigten sich Überraschung und Freude. Als der Mann zu reden begann, zuckten sie zusammen wie elektrisiert.

»Guten Abend, meine Herren«, sagte der Archon. Er brauchte die Stimme nicht zu erheben; sie war volltönend und sonor. »Ab heute sind Sie in unseren Kreis aufgenommen.«

Einer von den vieren lachte nervös.

»Mit dem heutigen Tag gibt es wieder vier Amerikaner weniger, die ziellos durch ihr Land irren. Heute schließen Sie sich einer Gemeinschaft an, die noch eine Weile geheim bleiben muß. Sie bürgen mit Ihrem Blut und Ihrem Leben dafür, daß dieses Geheimnis gewahrt bleibt. Sie brauchen keinen Eid zu schwören. Sie tragen ihn in Ihrem Herzen, dem Sitz der Wahrheit, dem Ort, an dem Liebe und Haß wohnen – Liebe zu Ihrem Vaterland, Haß gegen die Brut, die es schwächen will und gegen die Hunde, die ihm das Blut aussaugen und die Seele seiner Kinder vergiften.«

Der Archon legte eine Pause ein, um seine Worte wirken zu lassen. »Herzlichen Glückwunsch, meine Herren. Ab heute gehören Sie zu den Auserwählten.«

Perkerson beobachtete, wie der Mann im Dunkel verschwand. Eine Tür ging auf und wurde leise geschlossen. »Okay«, sagte Perkerson zu seinen Schülern. »Jetzt können Sie die Augenbinden abnehmen.«

Die vier jungen Leute zogen die Tücher weg und blinzelten im grellen Licht des Schießstands. »Mann«, sagte einer von ihnen. »Das war nicht vom Band, oder?«

»Nein«, entgegnete Perkerson. »Das war echt. Das war *er*, der Archon persönlich.«

»Wahnsinn«, rief der junge Mann. »Ich hätte nicht gedacht, daß ich ihm schon so früh begegne.«

»Es kann lange dauern, bis Sie ihm wiederbegegnen«, sagte Perkerson, »aber Sie *werden* ihm wiederbegegnen – am Tag der Entscheidung.«

Einer der vier jungen Leute hob die geballte Faust. »Am Tag der Entscheidung«, brüllte er.

»Am Tag der Entscheidung«, wiederholten die anderen.

Erstes Buch

1

Will Lee zeigte dem Wachmann seine Papiere und deutete mit dem Kopf auf seinen Wagen. »Kann ich den ein paar Minuten hier stehen lassen? Ich muß nur schnell was aus dem Büro holen.«

Der Wachmann kam die Treppe herunter, ging um den weder neuen noch sauberen Porsche herum und betrachtete den Parkausweis an der Windschutzscheibe. Er ließ sich Zeit dabei. Dann ging er langsam zu Will zurück. »Na schön«, sagte er. »Zehn Minuten. Aber wirklich nur zehn.«

In Washington liebt jeder die Macht, dachte Will. Auch und besonders die Wachleute des Kapitols. Es war halb acht, ein Samstagmorgen im Dezember. Der Kongreß war gestern in die Ferien gegangen, und der Mann stellte sich an, als herrsche ein ungeheurer Andrang auf das Parlament der Vereinigten Staaten. Der Himmel war bleigrau, als Will das Russell Building betrat, und ein eiskalter Hauch streifte seinen Nacken. Er blieb stehen, um sich beim Wachmann an der Tür einzutragen, ging dann ins Innere des Gebäudes und eilte auf die Aufzüge zu. Seine Schritte hallten auf dem Marmorboden. In seiner Hast tat er fast gedankenlos etwas, was er noch nie zuvor getan hatte: Er drückte auf den Knopf für jenen Aufzug, der den Abgeordneten vorbehalten war. Während der Lift aufwärts fuhr, lehnte er sich gegen die Täfelung, schnupperte – es roch schwach nach Möbelpolitur und Zigarrenrauch – und gestattete sich einen Traum von zehn Sekunden Dauer: Er fuhr nicht unbefugt mit diesem Aufzug, sondern er war rechtmäßig gewählter Abgeordneter und ließ einen Schwarm von Medienleuten in der Eingangshalle zurück, um sich nach oben in sein Büro zu begeben und einen Anruf des besorgten Präsidenten entgegenzunehmen. Es amüsierte Will, daß er gegen die Verlockungen der Macht genausowenig gefeit war wie der Wachmann vor dem Kapitol. Der Aufzug hielt, und Will lief rasch über den Flur zum Büro. Zu seiner Verwunderung öffnete sich die Tür, bevor er den Schlüssel im Schloß drehen konnte.

Will verwarf den Gedanken, daß etwas nicht stimmte; die Leute vom Reinigungsdienst hatten wohl vergessen, die Tür abzusperren. Er durchquerte den schmalen Empfangsbereich und das Großraumbüro, wandte sich nach rechts, ging an der geschlossenen Tür des Senators vorbei und betrat sein eigenes kleines Büro. Auch der wichtigste Mitarbeiter eines Senators konnte im übervollen Russell Building nicht viel Raum für sich beanspruchen. Will stand hinter seinem Schreibtisch und zog eine Schublade auf, als er das Licht bemerkte, das durch den Spalt der Verbindungstür drang, die ins Zimmer seines Chefs führte. Irgend jemand befand sich in Benjamin Carrs Büro.

Will zögerte. Dann näherte er sich der Tür, öffnete sie und machte sich darauf gefaßt, dem Eindringling mit gerechtem Zorn entgegenzutreten. Sein Blick fiel zunächst auf die Fotos, die Ben Carr, angefangen bei Franklin D. Roosevelt auf der Terrasse des Little White House in Warm Springs, Georgia, mit jedem der letzten neun Präsidenten der Vereinigten Staaten zeigten. Dann sah Will die Gestalt, die sich über den Schreibtisch des Senators beugte.

Ben Carr schaute überrascht auf. »Was machen Sie denn hier um diese Zeit, mein Junge?« fragte er mit seiner rauhen Stimme.

»Morgen, Senator«, antwortete Will, ebenso überrascht. »Ich war auf dem Weg zum Flughafen. Hab' was vergessen.« Er runzelte die Stirn. »Und was, um alles in der Welt, machen *Sie* hier? Am Samstag?«

Der Senator sah Will verschmitzt an. »Woher wollen Sie wissen, daß ich nicht *jeden* Samstag um diese Zeit hier bin?« Er hob die Hand. »Ich weiß, ich weiß. Sie sind selbst manchmal im Büro. Scherz beiseite – ich bin aus demselben Grund hier wie Sie. Ich fliege um neun nach Atlanta; Jasper bringt mich zum Flughafen.«

»Wie ist die Untersuchung gelaufen?« fragte Will. Er hatte seinen Chef gestern nicht gesehen, weil der Senator den Tag im Walter-Reed-Hospital verbracht hatte.

»Oh, ich bin so gesund wie der Yen«, erwiderte der Senator und kicherte über seinen eigenen Witz.

»Wirklich, Sir?« fragte Will. »Wenn es nicht so ist, kriege ich's raus, das wissen Sie ja.« Ben Carr war achtundsiebzig, und er hatte in letzter Zeit ständig abgespannt ausgesehen.

»Klar weiß ich das«, lachte Carr. »In dieser Stadt gibt es doch keine Geheimnisse mehr. Früher konnte sich ein Abgeordneter eine Freundin in Georgetown halten oder die Frau eines Kollegen beglücken, und die Presse hat kein Wort darüber verloren. Aber jetzt ist alles anders.«

Er hob wieder die Hand, beruhigend diesmal. »Machen Sie sich keine Sorgen. Leicht erhöhter Blutdruck, mehr nicht. Die Medizinmänner haben mir ein paar Pillen mitgegeben. Es könnte sogar passieren, daß ich sie nehme.«

»Und das ist alles? Sind Sie sicher?«

»Ja, das ist alles. Eine Legislaturperiode halte ich bestimmt noch durch, sagen die Ärzte. Wir werden kurz nach Weihnachten bekanntgeben, daß ich wieder kandidiere. Wir wollen doch nicht, daß sich die Republikaner falsche Hoffnungen machen, oder?«

Will grinste. »Nein, Sir. Wir werden sie so früh wie möglich enttäuschen.«

Ben Carr stützte seine Hände auf den Schreibtisch, um aufzustehen. Leicht gebeugt ging der große, kahlköpfige Mann um den Schreibtisch herum. »Ich bin sehr froh, daß Sie hier sind, Will. Setzen Sie sich. Ich möchte mit Ihnen reden.«

Will nahm am einen Ende des Ledersofas Platz, der Senator machte es sich am anderen bequem und schlug die Beine übereinander.

»Will, wir haben nie richtig darüber gesprochen – ich meine, in aller Offenheit. Sie wollen den Job, stimmt's?«

»Nicht *Ihren* Job, Sir«, antwortete Will ernst.

»Ich weiß, ich weiß«, sagte Carr. »Aber Jim Barnetts Amt würden Sie ganz gern übernehmen, nicht?« James J. Barnett war der glanzlose Republikaner, der Georgia als zweiter Senator vertrat.

»Ja, Sir«, bestätigte Will lächelnd.

»Okay«, sagte Carr und ließ seine flache Hand auf die Sofalehne klatschen. »Sie würden Ihre Sache sicher verdammt gut machen.«

»Danke, Sir.« Will wich dem Blick des Senators aus. »Ich ... ich habe mir gedacht – natürlich erst, wenn Sie wiedergewählt sind –, sollte ich nach Hause zurückgehen und etwas rote Erde an die Schuhe bekommen.« Das war Ben Carrs Formulierung für Wählernähe, und Will hatte sie mit voller Absicht gebraucht. »Ich bin jetzt fast acht Jahre in Washington, und da verpaßt man den Anschluß natürlich ein bißchen.«

Carr nickte. »Goldrichtig, daß Sie das machen wollen, mein Junge. Ich weiß nicht, wie es in New York oder in Kalifornien ist, aber in Georgia werden Wahlen an der Basis gewonnen. Wenn Sie das im Hinterkopf behalten, sind Sie fast schon gewählt.« Carr verstummte.

Will sagte nichts; er wußte, was nun kommen würde.

Der Senator bot seinen ganzen Charme auf. »Will, ich sage es Ihnen ganz direkt. Ich möchte, daß Sie jetzt noch nicht weggehen. Arbeiten Sie nach der Wahl noch zwei Jahre mit mir zusammen, dann tue ich alles, was ich kann, um Ihnen Barnetts Position zu sichern. Ich werde Sie öffentlich unterstützen von dem Tag an, an dem Sie Ihre Kandidatur bekanntgeben; ich werde mich im Fernsehen für Sie verwenden; ich werde jede Dankesschuld einfordern; und wann immer man in Georgia wegen eines öffentlichen Auftritts an mich herantritt, werde ich Sie als Redner vorschlagen.« Der Senator hielt inne und wartete auf eine Antwort.

Will starrte auf den Teppich. Dieser Vorschlag war mehr als verblüffend. Jedermann wußte, daß Ben Carr niemals einen Kandidaten bei Vorwahlen unterstützte.

»Ich werde zwei Millionen Dollar für Ihren Wahlkampf lockermachen«, fuhr Carr fort.

Will sah den Senator entgeistert an, sagte aber immer noch nichts.

Carr redete weiter auf ihn ein. »Ich werde die maßgeblichen Leute wissen lassen, daß Sie zu meinem Nachfolger ernannt werden sollen, wenn ich im Amt sterben sollte. Natürlich gibt es dafür keine Garantie, aber ich habe dem Gouverneur so manchen Gefallen getan, und ich glaube, er wird in diesem Punkt meinem Wunsch entsprechen.«

Will holte tief Luft, um etwas zu sagen, aber der Senator ließ ihn nicht zu Wort kommen.

»Sie wissen ganz genau, daß ich all das für Sie tun würde, ob Sie nun bleiben oder nicht, aber verdammt, mein Junge, ich brauche Sie.« Nun schwieg Carr und wartete.

Will betrachtete den alten Herrn, der in den letzten acht Jahren fast so etwas wie ein zweiter Vater für ihn geworden war. Ben Carr war nie verheiratet gewesen. Will wußte, daß er seinerseits für den Senator eine Art Sohn war. Ihre Beziehung war typisch für viele Männerbeziehungen zwischen Südstaatlern, selbst die zwischen Vater und Sohn: Offen gezeigte Zuneigung galt als peinlich, sie äußerte sich nur in einem Wort, einer Geste, einem Händedruck. Man ging davon aus, daß der andere wußte, was man empfand, und das traf oft zu – auch bei diesen beiden Männern.

Will war vor acht Jahren als Verwaltungsassistent in den Mitarbeiterstab des Senators eingetreten, hatte es rasch zum Leiter dieses Ressorts gebracht, dann zum Ressortleiter der Rechtsabteilung, und schließlich wurde er der wichtigste Mitarbeiter des Senators, der Stabschef sozusagen. In den ersten vier Jahren hatte er das Büro neu organisiert und die Kontakte zu den Wählern erneuert. In den folgenden beiden Jahren hatte er die Informationsbeschaffung für den Senator verbessert und alle offiziellen Statements verfaßt, die der Senator den Ausschüssen und den Medien gegenüber abgab. Als Rechtskonsulent des Geheimdienst-Sonderausschusses des Senats, dessen Vorsitzender Carr war, hatte Will sich einen Namen als Experte für die US-Geheimdienste gemacht. Er besaß fundierte Kenntnisse über die jeweiligen Budgets und die laufenden Operationen. Und in den letzten zwei Jahren hatte er sich der Aufgabe gewidmet, für den Senator einen Stab von Mitarbeitern zu gewinnen, den gutunterrichtete Journalisten als den besten von ganz Washington bezeichneten. Er hatte gedacht, damit sei seine Arbeit getan, doch jetzt wußte er, daß das nicht der Fall war.

»Natürlich bleibe ich, Senator«, sagte Will. Dann lächelte er. »Und vielen Dank dafür, daß Sie es mir so leicht gemacht haben.«

Ben Carr erhob sich und streckte Will die Hand entgegen. »Ich habe zu danken, mein Junge. Ich werde mein Bestes tun, damit Sie Ihren Entschluß nicht bereuen.« Er legte Will seine Hand auf die Schulter und brachte ihn zur Tür. »Fangen Sie ruhig schon mal mit der Planung für Ihren Wahlkampf an. Und lassen Sie sich möglichst oft in Georgia sehen. Ich gebe Ihnen so viel freie Zeit, wie Sie brauchen, um in Ihrem Wahlkreis Fuß fassen zu können.«

Will blieb an der Tür zu seinem Büro stehen. »Besten Dank, Sir.« Er legte den Kopf schief. »Kann ich Sie vielleicht nach Atlanta mitnehmen? Liegt genau auf meinem Weg. Es ist überhaupt kein Problem für mich, dort zu landen.«

Carr schloß seine Hand um Wills Schulter und schüttelte ihn leicht. »Nein, das ist nichts für mich. In diese kleinen Kisten kriegen mich keine zehn Pferde rein. Ich bleibe lieber bei den großen Flugzeugen. Wenn ich in einem von denen sterbe, hab' ich auf dem Weg nach unten wenigstens jede Menge Gesellschaft.«

»Gegen Hubschrauber scheinen Sie aber keine Bedenken zu haben«, bemerkte Will schmunzelnd. Er wußte, daß der Senator in Atlanta von einem reichen Freund mit dem Helikopter vom Flughafen abgeholt und zu seiner Farm in Südgeorgia geflogen wurde.

»Das ist was anderes«, sagte der Senator, ohne eine Miene zu verziehen. »Der hat eine Bar an Bord.«

»Wie Sie meinen«, lachte Will.

Aber Ben Carr hatte seine Schulter noch nicht losgelassen. Er drückte sie wieder, und einen Moment lang dachte Will, der sonst so reservierte Senator wolle ihn umarmen. Doch statt dessen lächelte Carr ihn an, schob ihn durch die Tür und schloß sie hinter ihm.

Will fuhr mit seinem Porsche den Capitol Hill hinunter. Er steuerte nicht gleich den Flugplatz in College Park/Maryland an, sondern fuhr zurück nach Georgetown. Er war ein bißchen benommen, aber in Hochstimmung. Nein, er hatte sich nicht besonders darauf gefreut, in eine Provinzkanzlei nach Delano/Georgia zurückzukehren und Knochenarbeit in einem Wahlkampf mit wenig Erfolgsaussichten zu leisten. Sein Vater – er war einmal Gouverneur gewesen – würde ihm natürlich helfen. Aber für jemanden, der sich noch nie um ein politisches Amt beworben hatte, war es schwer, für den Senat der Vereinigten Staaten zu kandidieren. Jetzt brauchte er das nicht zu tun, *noch* nicht jedenfalls, und wenn er dann antrat, würde Ben Carr ihm den Weg ebnen.

In Georgetown bog er mit der Selbstsicherheit eines Mannes, der sein weiteres Leben plötzlich klar vor sich sieht, in die P-Street ein. Er würde alles bekommen, was er sich wünschte, und ein Teil davon befand sich in der P-Street, ein paar hundert Meter von seiner Stadtwohnung entfernt. Er parkte, stieg aus, sauste die Treppe hinauf und öffnete mit seinem Schlüssel leise die Tür. Bevor er weiterging, klingelte er dreimal. Das war ihr vereinbartes Zeichen. Dann stellte er die Alarmanlage ab und stieg die Treppe zum Schlafzimmer hinauf.

Katherine Rile drehte sich müde um und strich ihr kastanienbraunes Haar aus der Stirn. »Was machst du denn schon wieder hier?« murmelte sie. »Du bist doch eben erst gegangen, oder?« Er setzte sich aufs Bett. Sie lächelte.

Er beugte sich vor und drückte seine Nase gegen ihre warmgeschlafene Halsbeuge. »Ich mußte einfach noch mal zurückkommen und dir erzählen, was passiert ist.«

»Was kann so früh an einem Samstagmorgen schon passieren?« fragte sie verwirrt. Jetzt war sie richtig wach.

»Der Senator war schon vor mir im Büro.« Will erzählte ihr von dem Gespräch.

Sie legte ihre Hand auf seine Wange. »Dann bleibst du hier in meiner Nähe?«

»Ja«, sagte er. »Ich muß zwar nach Georgia zurück wie geplant, aber erst in zwei Jahren.«

Sie zog ihn zu sich herunter und küßte ihn. »Ich muß also noch nicht als Ehefrau des Kandidaten mit nach Georgia kommen? Ich habe noch eine Gnadenfrist?«

»Du mußt gar nichts entscheiden, wenn du noch eine Gnadenfrist brauchst. Aber wenn du möchtest, heirate ich dich sofort.«

Sie küßte ihn wieder. »Damit können wir uns noch Zeit lassen.« Sie wirkte ein bißchen verlegen. »Ich wollte es dir eigentlich erst später verraten, aber gestern hatte ich mit Beken eine Unterredung. Er hat gesagt, daß er mich als Stellvertretende Direktorin haben will. Er ist bereit, mich zu empfehlen. Das heißt, wenn ich den Job möchte, kriege ich ihn.« Sie sah Will an, als bäte sie ihn um Nachsicht.

»Stellvertretende Direktorin?«

»Du hast dich nicht verhört. Ich wollte eigentlich absagen, aber wenn ich noch zwei Jahre Zeit habe...«

»Du wärst die erste Frau in diesem Job?«

Sie lächelte. »Ja. Die erste.« Jetzt konnte sie sich nicht mehr zurückhalten. »O Will, davon habe ich geträumt. Ich hab's mir so gewünscht, und ich habe schon geglaubt, ich würde mein Ziel nie erreichen.«

»Freut mich, daß du jetzt genug Zeit hast, um deine Träume zu verwirklichen.«

»Es muß aber alles so bleiben wie bisher«, sagte sie. Sie sah ihn fragend und ein wenig bekümmert an. »Das verstehst du doch, oder? Wenn Beken Wind von unserer Beziehung bekommt – oder der Direktor –, wird es mir den Boden unter den Füßen wegziehen, und das ausgerechnet in dem Moment, in dem ich an die Spitze der Agency kommen könnte.«

Will lächelte. »Die Dinge laufen ja wunderbar. Ich bin sehr zufrieden. Aber in zwei Jahren – im November – machen wir uns auf den Weg nach Georgia, okay?«

»Abgemacht.«

Er küßte sie. »Hab' ich dir schon mal gesagt, wie gern ich dich küsse, wenn du gerade erst wach geworden bist? Dein Mund ist so warm.«

»Mhm«, sagte sie. »Komm ins Bett.«

Als Will das Haus verließ und wieder in seinen Porsche stieg, war er froh, daß er zurückgefahren war, um Kate über die neuesten Ereignisse zu informieren. Aber er hatte auch Bedenken wegen ihrer Karriere. Sie mochte ihre Arbeit, und sie war brillant. Sie war Abteilungsleiterin des Sowjetischen Büros der CIA gewesen, aber vor zwei Jahren, nachdem die Topleute wegen eines Skandals abgetreten waren, auf einen Posten ohne echten Einfluß abgeschoben worden. Da sie scheinbar im Abseits gelandet war, hatte ihre Begeisterung für die Arbeit immer mehr abgenommen, bis sie sich schließlich entschlossen hatte, aus dem Dienst auszuscheiden und Will zu heiraten, bevor er seine Wahlkampagne in Georgia startete.

Jetzt plötzlich sollte sie einen der sechs wichtigsten Posten bei der CIA bekleiden. Will fragte sich, ob sie in zwei Jahren noch bereit sein würde, diesen Posten aufzugeben.

Er stellte die Heizung im Wagen höher. Es war plötzlich kälter geworden.

2

Will fuhr zu dem kleinen Flughafen von College Park/Maryland. Es war der einzige Flugplatz für den privaten Luftverkehr in der Region Washington, angelegt von den Gebrüdern Wright. Auf dem Rollfeld lud Will sein Gepäck und zwei Aktentaschen in seine einmotorige Cessna 182RG, stellte seinen Wagen dann auf dem Parkplatz ab und hinterlegte den Schlüssel im Büro. Der Porsche würde zu einer Tankstelle am Ort gebracht werden und dort in der Garage stehen bleiben, bis Will wiederkam.

Nach einer gründlichen Instrumentenkontrolle funkte Will die Flugsicherung an und bat um Starterlaubnis. Sie wurde ihm erteilt, und er hob ab. Der Controller wies ihn auf eine Reiseflughöhe von 8000 Fuß ein.

Die Cessna war im Nu bei 2000 Fuß – dichte Wolken –, aber bei 4000 Fuß ließ Will den Nebel hinter sich, und strahlender Sonnenschein umfing ihn. Bald war er über Virginia und flog in südwestlicher Richtung. Sonnenlicht strömte ins Cockpit, wärmte die Luft, zerstreute alle Sorgen, und Will begann sich zu entspannen, wie er es nur am Ende einer Sitzungsperiode konnte. Er bedauerte, daß er Kate in Washington zurückgelassen hatte, aber er hatte sie nicht überreden können – sie feierte Weihnachten mit ihrem Sohn und ihren Eltern.

Auf dem Weg nach Georgia lockerten sich die Wolken immer mehr auf, bis sie schließlich ganz verschwunden waren. Die Leute auf der Erde hatten einen strahlend schönen Tag. Unter Will breiteten sich die grünen Felder von Nordcarolina aus, zu seiner Rechten stiegen die blauen Appalachen auf. Er dachte wieder mit Genugtuung an Benjamin Carrs Versprechen, ihm bei der Wahl in den Senat behilflich zu sein. Bis dahin war es natürlich noch ein weiter Weg, aber die wichtigste Stimme war Will jetzt schon sicher. Der Senator war so angesehen, daß er vor den letzten drei Wahlen nicht einmal einen richtigen Wahlkampf hatte führen müssen. Er hatte einfach auf seiner Veranda in Südgeorgia gesessen und ein paar Dutzend Telefonate mit seinen treuen Anhängern geführt. Und bald würde er diese Telefonate für Will Lee führen.

Wie viele von seinen Anhängern konnte Carr wohl für ihn gewinnen? Natürlich nicht alle, dachte Will, einige hatten bestimmt ihre eigenen Favoriten. Aber die meisten müßten eigentlich tun, worum der Senator sie bat. In Georgia gab es kaum einen Demokraten, der sich nicht von Ben Carr überzeugen ließ. Er hatte im ganzen Staat Freunde – im Kapitol und auf der kleinsten Farm –, und seine Feinde hatten längst resigniert.

Als die Cessna die Grenze zwischen Südcarolina und Georgia überflog, dachte Will daran, daß er während der sechsten Amtsperiode des Senators allmählich anfangen mußte, Kontakte zu anderen Mitarbeitern zu knüpfen. Zunächst brauchte er eine tüchtige Wahlkampfmannschaft, und für später mußte er einen zuverlässigen Mitarbeiterstab zusammenstellen. Wichtiger noch war es, so dachte Will, daß er wieder Wurzeln in Georgia schlug.

Nach dem Jurastudium war er in die Kanzlei seines Vaters – Lee & Lee – eingetreten. Nicht zuletzt wegen der guten Beziehungen seines Vaters – er war vorher Gouverneur in ihrer Heimatstadt Delano gewesen – hatten sie sich einen soliden Stamm von Mandanten geschaffen. Will war im ganzen Staat als fähiger Anwalt bekannt.

Aber seit er für Ben Carr arbeitete, war er nur noch gelegentlich als Anwalt in Georgia tätig gewesen, hauptsächlich in den Parlamentsferien. Sein Vater und einige Mitarbeiter hatten inzwischen die Kanzlei aufrechterhalten. Billy Lee hatte vor einem Jahr einen Herzinfarkt erlitten, und obwohl es keine lebensbedrohliche Attacke gewesen war, mußte er jetzt kürzertreten und konnte das Anwaltsbüro sozusagen nur noch im Schongang leiten, bis Will es übernehmen würde.

Die Cessna überflog nun die Innenstadt von Atlanta und einige Minuten später den Hartsfield International Airport. Der Senator war inzwischen wohl schon gelandet und in den Helikopter seines Freundes umgestiegen. Die Flugsicherung erteilte Will Landeerlaubnis fürs Roosevelt Memorial Field in Warm Springs, nur ein paar Kilometer von Delano im Bezirk Meriwether entfernt. Will leitete den Sinkflug aus 8000 Fuß Höhe ein.

Er wollte sich mit seinem Vater zusammensetzen und ihm eröffnen, daß er in den nächsten zwei Jahren mehr Zeit zu Hause verbringen würde. Der Senator hatte Will zugesagt, ihn, wenn es nötig wurde, freizustellen, und Will wollte in der Kanzlei jene Fälle bearbeiten, die ihm im Bezirk und im ganzen Staat eine gewisse Aufmerksamkeit garantierten.

Bald kam der Flugplatz in Sicht – eine neunhundert Meter lange Asphaltpiste, neben der ein halbes Dutzend kleine Maschinen auf der Rampe standen. Will zog eine Landeschleife und setzte behutsam auf. Als er zur Rampe rollte, sah er, daß sein Wagoneer auf dem Parkplatz abgestellt worden war.

Er tankte die Cessna auf und sicherte sie und verstaute sein Gepäck im Kofferraum des Wagens. Kurz bevor er einstieg, bemerkte er den Brief, der auf dem Fahrersitz lag. Er riß den Umschlag auf und las:

Lieber Will,
Richter Boggs hat telefonisch angefragt, wann Du nach Hause kommst. Ich habe ihm gesagt, daß Du voraussichtlich am frühen Nachmittag eintriffst. Er bat darum, daß Du Dich sofort im Gericht bei ihm meldest. Offenbar geht es – das sagte er zumindest – um eine ziemlich wichtige Sache. Er wollte ausdrücklich Dich und nicht Deinen Vater sprechen. Ich habe ihm versprochen, daß Du zu ihm fährst, und hoffe, daß ich damit nicht Deine Pläne durcheinandergebracht habe.

Heute nachmittag sind wir alle in der Stadt, um unsere Weihnachtseinkäufe zu erledigen. Gegen sieben treffen wir uns im großen Haus zu einem Drink und zum Abendessen.

In Liebe Ma

Was konnte Richter Boggs wohl an einem Samstagnachmittag so Wichtiges zu besprechen haben? Will hatte den alten Herrn seit über einem Jahr nicht mehr gesehen – bei ihrem letzten Zusammentreffen hatten sie einen Personenschaden verhandelt. Will seufzte und fuhr pflichtschuldig nach Greenville, dem Sitz der Behörden des Bezirks Meriwether.

Er rollte langsam durch die stille Stadt und hielt sich strikt an die Geschwindigkeitsbegrenzungen, weil er wußte, daß es der Sheriff damit genau nahm. Als er seinen Wagen vor dem Gerichtsgebäude parkte, hielt neben ihm ein zweiter Wagen an. Will stieg aus.

»Hallo, Will. Ich bin's – Elton Hunter«, rief der Mann und streckte die Hand aus.

Will begrüßte ihn. »Hallo, Elton, wie geht's?« Er kannte den jungen Anwalt nicht besonders gut. Hunter kam aus Columbus, hatte die Tochter des Bankdirektors von Greenville geheiratet und hier vor vier oder fünf Jahren eine Kanzlei eröffnet. Soweit Will informiert war, gingen Hunters Geschäfte blendend. Sie sprachen über unverfängliche Dinge, als sie das Gerichtsgebäude betraten.

Will blieb in der Halle stehen. »Wenn Sie mich jetzt bitte entschuldigen würden, ich muß zu Richter Boggs«, sagte er.

»Tatsächlich? Ich auch«, entgegnete Hunter stirnrunzelnd. »Was kann der von uns wollen?«

»Gleich werden wir's erfahren«, sagte Will. Er ging mit Hunter zum Richterzimmer und klopfte an.

»Herein!« polterte es von drinnen.

Will ließ Hunter den Vortritt. In der Mitte des Raums mit den holzgetäfelten Wänden stand ein massiver Schreibtisch. Der Richter, klein und gedrungen, Ende Sechzig, mit üppigem weißen Haar und rosiger Gesichtsfarbe, erhob sich, um Will und Hunter zu begrüßen. Er strahlte. »Tag, Elton, wie geht es Ginny? Gut? Den Kindern auch? Na, prima.« Er wandte sich Will zu. »Und wie ist die Aussicht vom Capitol Hill, mein Junge?«

Will lachte. »Neblig trüb wie immer. Der Senator läuft auf Hochtouren – er hat gestern eine Unbedenklichkeitsbescheinigung von seinen Ärzten erhalten und freut sich schon auf seine Wiederwahl.«

»Ich weiß«, erwiderte der Richter und ließ sich in einen riesigen Ledersessel sinken, in dem er fast verschwand. »Ich habe vor ein paar Minuten mit ihm gesprochen.«

»Wo?« fragte Will verblüfft.

»Am Telefon. Ich habe ihn zu Hause erreicht, auf der Flat Rock Farm. Er ist gerade dort eingetroffen.«

Will nahm Platz; er fragte sich, was der Richter vorhatte, schwieg aber.

Richter Boggs streifte sich eine weiße Strähne aus der Stirn und sah die beiden jüngeren Männer einen Moment lang schweigend an. »Meine Herren«, begann er schließlich, »Sie müssen mir helfen.«

»Selbstverständlich, Richter«, sagte Will.

»Gewiß«, versicherte Hunter.

»Wir hatten hier vorige Woche einen ziemlich scheußlichen Mord.«

»Sie meinen das Cole-Mädchen?« fragte Hunter.

»Ja.«

»Davon habe ich noch gar nichts gehört«, gestand Will.

»Das können Sie auch nicht«, erwiderte der Richter. »Üble Sache. Das Mädchen ist vergewaltigt und anschließend erdrosselt worden. Ihr Vater ist Farmer und ziemlich betucht.« Der Richter legte eine Pause ein, bevor er hinzufügte: »Und farbig.«

»Ich kenne ihn«, sagte Hunter. »Ich habe sein Testament aufgesetzt. Seine Tochter habe ich ein paarmal in der Stadt gesehen.«

»Ich kenne beide nicht.« Will wußte immer noch nicht, warum er hier war.

»Der Sheriff hat heute vormittag jemanden verhaftet«, erklärte der Richter. »Einen gewissen Larry Eugene Moody. Der Mann ist Heizungsmonteur und arbeitet für Morgan & Morgan in La Grange.«

»Die machen bei mir Wartung und Reparaturen«, warf Hunter ein. »Aber ich weiß nicht, ob dieser Moody schon mal bei uns im Haus war.«

»Um so besser – dann sind Sie ihm noch nicht begegnet«, sagte der Richter. »Will?«

»Bei uns kümmert sich Manchester Heating Supply um die Heizung.«

»Larry Eugene Moody ist ein Weißer«, fuhr der Richter unvermittelt fort.

Weder Will noch Hunter antworteten etwas darauf. Sie hielten beide die Luft an.

»Er hat um einen Pflichtverteidiger gebeten«, verkündete der Richter nach einer Weile des Schweigens.

Will atmete wieder durch. Er warf einen Seitenblick auf Hunter, der angestrengt nachzudenken schien.

»Das ist mein erstes Problem«, sagte der Richter. »Mein zweites ist, daß J. C. Roberts gestern im Callaway Hospital in La Grange an der Prostata operiert worden ist.« J. C. Roberts war der Bezirksstaatsanwalt. »J. C. hat nur einen Stellvertreter, und der Junge hat alle Hände voll zu tun.«

Hunter atmete hörbar aus.

»Dieser Prozeß wird einige Aufmerksamkeit erregen, nicht nur in

Georgia, sondern vielleicht auch in anderen Bundesstaaten. Ich möchte, daß die Verhandlung einwandfrei geführt wird. Auf keinen Fall dürfen wir den gottverdammten Zeitungen in Atlanta und den Brüdern vom Fernsehen Gelegenheit geben, uns als reaktionäre Provinzler hinzustellen. Deswegen will ich auch nicht, daß J. C.s Mann die Anklage vertritt, selbst wenn er die Zeit dafür aufbringen könnte, und genausowenig will ich einen Anwalt aus diesem Bezirk als Verteidiger. Ich möchte zwei erstklassige Juristen, von denen der eine die Anklage übernimmt und der andere die Verteidigung.«

»Ist es in solchen Fällen nicht üblich, einen Staatsanwalt aus einem anderen Bezirk zu beauftragen?« fragte Elton Hunter.

»Natürlich«, antwortete der Richter, »aber ich soll verdammt sein, wenn ich einen Staatsanwalt aus dem nächsten Bezirk oder ein grünes Bürschchen aus Atlanta – genau so eines würden sie uns nämlich schikken – mit diesem Fall betraue. Deshalb habe ich den Gouverneur gebeten, einen Sonderankläger zu bestellen, außerdem habe ich mir das Recht ausbedungen, daß ich mir den Mann persönlich aussuchen kann. Hat einer von Ihnen schon mal bei einem Mordprozeß mitgewirkt?«

»Ja, einmal«, sagte Hunter.

Der Richter gestattete sich ein verstohlenes Lächeln. »Das war dieser Higgins, der jetzt in der Todeszelle sitzt, stimmt's?«

»Leider ja«, bekannte Hunter verlegen. »Ich habe versucht, ihn zu einer Aussage vor Gericht zu bewegen, die ihn entlastet hätte, aber er hat sich geweigert.«

»Ich erinnere mich«, nickte der Richter. »Sie hatten es in diesem Prozeß sehr schwer, und unter den Umständen hätte ein anderer Verteidiger auch nicht mehr erreichen können.« Er wandte sich an Will. »Und Sie?«

»Nie«, entgegnete Will. »Ich schätze, daß ich bei ungefähr einem Dutzend Strafprozessen die Verteidigung übernommen habe. Der schlimmste Fall war bewaffneter Raub.« Will dachte blitzschnell nach. Der bevorstehende Prozeß war vielleicht genau das richtige, um sich in der Öffentlichkeit zu profilieren – Weißer des Lustmords an schwarzem Mädchen beschuldigt –, darüber würden die Zeitungen in Atlanta Tag für Tag berichten.

»Ich halte Sie beide für kompetent genug«, sagte der Richter. Er ließ den Blick von Will zu Hunter wandern. »Wie denken Sie darüber, meine Herren?«

»Ich bin einverstanden«, sagte Hunter prompt.

»Wer übernimmt die Anklage und wer die Verteidigung?« fragte Will. Er legte keinen Wert darauf, einen Mörder zu verteidigen.

Der Richter zog seine Schreibtischschublade auf und holte eine Münze heraus, einen halben Dollar. Er warf ihn in die Luft, fing ihn auf, knallte ihn auf die Schreibtischplatte und deckte ihn mit der flachen Hand zu.

»Moment«, rief Will. »Zuerst muß ich mit dem Senator über die Sache sprechen.« Er brauchte Bedenkzeit, bevor er sich auf so etwas einließ.

»Wie ich schon sagte – ich habe mich bereits mit ihm darüber unterhalten«, erwiderte der Richter und lächelte. »Der Senator sagt, Ihnen stünde alle Zeit, die Sie brauchen, zur Verfügung.«

Will lehnte sich zurück. Ich möchte die Anklage vertreten, dachte er.

»Kopf heißt, daß Sie die Anklage übernehmen, Elton«, erklärte der Richter. »Zahl, daß Will sie übernimmt.« Er hob die Hand.

Will beugte sich vor, um besser zu sehen. Hunter ebenso.

Der Richter schielte auf die Münze. »Kopf!« rief er. Dann legte er den halben Dollar rasch in die Schublade zurück.

Will konnte nur mit Mühe seinen Unmut verbergen, während Hunter zufrieden grinste.

Der Richter sah die beiden jüngeren Männer mit hochgezogenen Augenbrauen an. »Sie sind also einverstanden?«

Hunter nickte eifrig.

Will musterte den Richter mit scharfem Blick. »Sie haben mit dem Senator gesprochen?«

»Ja. Das habe ich Ihnen doch schon gesagt.«

»Und er meint, ich könnte alle Zeit haben, die ich brauche?«

»Richtig. Übernehmen Sie nun den Fall, oder habe ich meine Zeit verschwendet?«

»Okay«, seufzte Will resigniert. »Ich verteidige diesen Moody.«

»Gut«, sagte der Richter und erhob sich. »Dann können wir ja jetzt nach Hause gehen.«

Will und Hunter standen mit ihm auf, und der Richter schob sie wie zwei Schuljungen zur Tür. Als sie auf dem Flur waren, lehnte er sich gegen den Türrahmen.

»Suchen Sie so schnell wie möglich Ihren Mandanten auf, Will. Am Montag um zehn ist die Vorverhandlung.«

»Ja, Sir«, sagten die beiden Anwälte wie aus einem Mund.

»Noch etwas«, fügte der Richter hinzu. »Sie sind jetzt beide eine

Verpflichtung eingegangen, und ich möchte nicht erleben, daß einer von Ihnen zu mir kommt und mich bittet, sein Mandat niederlegen zu dürfen. Sie bleiben dabei bis zum Ende.« Er ging ins Richterzimmer zurück und schloß die Tür.

3

Will stand in dem kleinen Raum und wartete. Das Gefängnis war erst vor kurzem gebaut worden, aber das sah man ihm kaum mehr an. Von den fensterlosen Wänden blätterte bereits die Farbe ab, und der Fliesenboden war schmutzig und abgetreten. Der Raum hatte zwei Türen. Die eine führte zum Zellentrakt, die andere war die Verbindung zur Außenwelt. Ein paar Stahlrohrmöbel – ein Tisch und vier Sessel – waren am Boden festgeschraubt.

Von irgendwo drang ein gedämpftes metallisches Geräusch zu Will, dann noch eins, schließlich öffnete sich die Tür. Ein Hilfssheriff trat ein, gefolgt von Larry Eugene Moody.

»Er steht Ihnen zur Verfügung, Sir«, sagte der Hilfssheriff. »Solange Sie wollen. Wenn Sie fertig sind, klingeln Sie bitte. Hier.« Der Hilfssheriff deutete auf einen Knopf neben der Tür. Dann verschwand er und sperrte hinter sich ab.

»Hallo«, grüßte der junge Mann unsicher. Er war ungefähr einen Meter fünfundsiebzig groß und wirkte athletisch. Sein hellblondes Haar war gepflegt, nicht allzu lang, gefönt und ordentlich gekämmt. Ein Schnurrbart oder eher ein dichter Flaum zierte seine Oberlippe. Er trug Jeans und ein kurzärmeliges Polohemd. Viel älter als fünfundzwanzig konnte er nicht sein. Er quälte sich ein kleines Lächeln ab und streckte die Hand aus. »Ich bin Larry Moody«, sagte er.

Will schüttelte ihm die Hand. »Mein Name ist Will Lee«, sagte er. »Das Gericht hat mich zu Ihrem Pflichtverteidiger bestellt. Nehmen Sie Platz.«

»Mann, bin ich froh, daß Sie da sind!« gestand Moody und ließ sich in einen Sessel sinken. »Ich bin seit heute vormittag hier und hab' noch keinen Menschen gesehen außer den Wärtern und den Gefangenen. Können Sie mich hier rausholen?«

Er scheint verwirrt zu sein, und ein bißchen Angst hat er auch, dachte Will. Eine angemessene Reaktion, wenn man gerade verhaftet worden ist. »Das weiß ich noch nicht. Unterhalten wir uns erst mal über die Sache, dann wissen wir, wo wir stehen.«

»Okay. Ich sag' Ihnen alles, was Sie wissen wollen«, antwortete Moody ernst.

Will beugte sich vor, stützte die Ellenbogen auf den Tisch und musterte Moody eingehend. »Zunächst möchte ich Sie fragen, ob es Ihnen recht ist, daß ich Sie vertrete? Oder haben Sie irgendwelche Bedenken?«

»Natürlich nicht. Ich meine, es ist mir recht.«

»Gut. Dann ist von jetzt an alles, was Sie mir erzählen, streng vertraulich. Ich darf Ihre Äußerungen nicht ohne Ihre Erlaubnis zitieren, und niemand kann mich dazu zwingen, Informationen weiterzugeben, die Sie mir anvertraut haben. Verstehen Sie?«

»Sie meinen, dieses Gespräch ist fast so wie eine Beichte?«

»Genau. Selbst wenn Sie mir sagen würden, daß Sie ein Verbrechen begangen haben, dürfte ich niemandem etwas davon erzählen, und wenn ich es verraten würde, könnten Sie nicht aufgrund meiner Aussage strafrechtlich belangt werden.«

»Okay. Ich verstehe.«

»Das ist sehr gut. Wenn ich Sie verteidigen soll, müssen Sie mir vertrauen können. Sie können sicher sein, daß Sie mir alles sagen können, ohne Angst haben zu müssen, daß Ihnen dadurch ein Schaden entsteht.«

»Alles klar.«

»Das wichtigste ist, daß Sie mir die Wahrheit sagen, Larry. Ich bin Ihr Anwalt, und mich anzulügen, wäre das Dümmste, was Sie tun können.«

»Keine Sorge. Ich sage Ihnen die volle Wahrheit.«

»Gut.« Will holte ein Papier aus der Brusttasche. »Das ist eine Kopie des Haftbefehls, der gegen Sie ergangen ist. Sie sind des Mordes verdächtigt worden, das heißt, man glaubt, daß Sie jemanden getötet haben. Der Sheriff scheint seiner Sache sicher zu sein. Eine Mordanklage setzt voraus, daß man Ihnen einen Vorsatz unterstellt. Der Sheriff meint also, daß Sie gewußt haben, was Sie taten, daß Sie es tun wollten und daß Sie Zeit hatten, sich zu überlegen, ob Sie es tun wollten. Der Haftbefehl bescheinigt, daß Sie volljährig sind, daß Sie zwischen Gut und Böse unterscheiden können und daß Sie zum Zeitpunkt der Tat voll zurechnungsfähig waren.«

Larry Moody nickte. Er hatte aufmerksam zugehört.

»Der Haftbefehl besagt allerdings nicht, daß Sie definitiv schuldig sind«, fuhr Will fort. »Nach unserer Rechtsordnung gelten Sie zunächst für unschuldig, und bevor Sie für schuldig befunden werden können, muß der Staat Georgia Ihre Schuld eindeutig beweisen. Verstehen Sie?«

Larry nickte wieder. »Sicher. Das haben wir alles an der Highschool durchgesprochen, und man sieht's ja dauernd im Fernsehen, aber, Mann, ich hätte nie gedacht, daß mir so was mal wirklich passieren könnte.«

»Ich kann mir vorstellen, wie Ihnen zumute ist«, entgegnete Will. »Sie haben übrigens auch noch andere Rechte. Hat Sie heute vormittag jemand nach Ihrer Verhaftung über Ihre Rechte belehrt?«

»Ja. Als ich im Gefängnis war, hat mir der Sheriff gesagt, was ich für Rechte habe.«

»Hat der Sheriff oder sonst jemand Sie aufgefordert, etwas zu unterschreiben?«

»Ja, ein Papier, in dem stand, daß sie mir gesagt haben, was für Rechte ich habe.«

»Sind Sie sonst noch zu etwas aufgefordert worden?«

»Ja. Sie haben mich gefragt, ob sie sich meinen Transporter ansehen können. Da stand auch was drüber in dem Papier.«

»Haben Sie den Leuten erlaubt, sich Ihren Transporter anzusehen?«

»Ja.«

Will zog ein weiteres Blatt Papier aus der Brusttasche und reichte es Larry. »Ist das eine korrekte Kopie von dem, was Sie unterschrieben haben?«

Larry las sich das Papier durch. »Ja.«

»Gut.« Will holte einen Notizblock aus seiner Aktentasche. »Und jetzt erzählen Sie mir bitte genau, was passiert ist, seit Sie vom Sheriff oder einem seiner Hilfssheriffs abgeholt worden sind.«

Moody lehnte sich zurück. Er schien sich zu konzentrieren. »Also, ich war gerade bei meiner zweiten Tasse Kaffee...«

»Um wieviel Uhr war das?«

»Um zehn oder kurz nach zehn. Kenny Eberhart hat an der Tür geklingelt und mich aufgefordert, mit ihm zu kommen, weil der Sheriff mit mir reden will.«

»Wer ist Kenny Eberhart?«

»Ein Hilfssheriff. Ich kenne ihn vom Sehen.«

»Hat er gesagt, daß Sie verhaftet sind?«

»Nein. Er hat nur gesagt, daß es nicht lange dauert. Dann hat er gefragt, ob ich mit meinem eigenen Wagen fahren kann, weil er Dienst hat und mich nicht zurückbringen kann. Ich fand das irgendwie komisch. Als ich auf halbem Weg zum Sheriff war, hab' ich in den Rückspiegel geschaut und Kenny Eberhart knapp hundert Meter hinter mir gesehen. Ich dachte, daß er mich verfolgt oder so.«

»Und dann?«

»Dann bin ich hier angekommen und hab' nach dem Sheriff gefragt. Der hat mich dann in sein Büro geführt und gesagt: ›Bitte, nehmen Sie Platz.‹ In seinem Büro war noch ein Hilfssheriff – der lehnte an der Wand. Der Sheriff war zuerst sehr nett, und später hat er mich gefragt, was ich am Donnerstag abend gemacht habe.«

»Hat er Ihnen gegenüber geäußert, daß Sie verhaftet sind?«

»Nein, aber er hat mich über meine Rechte belehrt.«

»Was hat er Ihnen genau gesagt, und wie hat er es gesagt?«

»Er meinte: ›Ich will Ihnen nur ein paar Fragen stellen, Larry, aber Sie müssen nicht darauf antworten, und wenn Sie einen Anwalt wollen, können Sie gern einen haben.‹«

»Hat er Ihnen erklärt, daß alles, was Sie sagen, gegen Sie verwendet werden kann?«

»Ja. So, als wär's ihm nachträglich eingefallen. Er hat gesagt: ›Ach ja, wenn mir danach ist, verwende ich das, was Sie hier sagen, gegen Sie.‹ Es klang mehr wie ein Witz. Dann hat er gefragt: ›Haben Sie was dagegen, wenn wir uns mal Ihren Transporter ansehen?‹ Ich hatte natürlich nichts dagegen und habe ihm die Wagenschlüssel gegeben. Und dann hat er mich aufgefordert, das Papier zu unterschreiben.«

»Hat er Sie gebeten, es zuerst durchzulesen?«

»Ja. Er hat gesagt: ›Lesen Sie das, und bestätigen Sie mit Ihrer Unterschrift, daß alles, was dort steht, stimmt.‹ Es hat gestimmt, also hab' ich's unterschrieben.«

»Okay, und jetzt zum Donnerstag abend. Er hat Sie gefragt, wo Sie am Donnerstag abend waren. Was haben Sie ihm erzählt?«

»Daß ich bis kurz vor sechs Uhr gearbeitet habe.«

»Arbeiten Sie oft so lange?«

»Nein, nur manchmal, wenn jemand anruft, weil die Heizung kaputt ist oder das Warmwasser nicht funktioniert. Und am Donnerstag hat jemand angerufen.«

»Wo mußten Sie hin?«

»Zu Mr. Hunter, dem Rechtsanwalt.«

»Sie meinen Elton Hunter?«

»Ja. Ich war schon mal bei ihm. Voriges Jahr. Damals mußte ich neue Wärmetauscher in seine Heizung einbauen.«

Will konnte sich das Lachen kaum verkneifen. »War Mr. Hunter zu Hause?«

»Nein, zuerst nicht. Seine Frau hat bei uns angerufen. Er ist nach Hause gekommen, als ich gerade fertig war, und er hat die Auftragsbestätigung unterschrieben.«

»Gut. Was haben Sie danach getan?«

»Dann bin ich nach Hause gefahren.«

»Mit Ihrem Transporter?«

»Ja.«

»Ist das Ihr einziger Wagen?«

»Ja. Charlene ist an diesem Tag von einer Kollegin nach Hause gefahren worden, deshalb bin ich gleich heimgefahren.«

»Wer ist Charlene?«

»Meine Freundin. Charlene Joiner. Sie wohnt bei mir.«

»Was haben Sie an diesem Abend getan?«

»Ich hab' ein Bier getrunken, und kurz nach sechs ist Charlene gekommen. Sie hat um sechs Feierabend. Sie hat ein gegrilltes Hähnchen gekauft, und das haben wir gegessen. Danach haben wir uns ein Video angesehen, das Charlene mitgebracht hat.«

»Wo arbeitet Charlene?«

»Im MagiMarkt. Das ist ein Einkaufszentrum am Highway nach La Grange. Die verleihen auch Videos, und Charlene darf manchmal über Nacht einen Film mit nach Hause nehmen.«

»Was haben Sie sich angesehen?«

»*Beverly Hills Cop* mit Eddie Murphy.«

»Und dann?«

Larry wurde ein wenig verlegen. »Dann... äh, dann sind wir ins Bett gegangen.«

»Haben Sie miteinander geschlafen?«

»Wie bitte?«

»Ich will nicht indiskret sein, Larry, aber es könnte sein, daß das später wichtig ist.«

»Klar haben wir miteinander geschlafen. Charlene ist irgendwie...«

»Irgendwie was?«

»Irgendwie unheimlich heiß.«

»An diesem Abend?«

»An jedem Abend.« Larry runzelte die Stirn. »Sind Sie sicher, daß das wichtig ist?«

»Ja.«

»Also gut, um die Wahrheit zu sagen – Charlene ist *immer* scharf. Ich meine, sie will immer, Tag und Nacht und überall.«

»Sie meinen, sie möchte auch mit Ihnen schlafen, wenn Sie nicht im Haus sind?«

»Ich meine überall. Ich kann nicht mit ihr ins Kino gehen. Da schmeißt sie sich sofort an mich ran. Also bleiben wir zu Hause und sehen Filme, oder wir fahren ins Autokino am Highway. Da waren wir am... Mittwoch abend, ja, und was ist dabei rausgekommen? Daß wir's im Transporter gemacht haben, auf dem Boden. Ein Glück, daß ich gut in Form bin, sonst würde mich die Frau umbringen.«

»Dann waren Charlene und Sie also am Donnerstag abend nach dem Video... äh, wie lange miteinander beschäftigt?«

»Weiß ich nicht. Da verliert man irgendwie das Zeitgefühl.«

»Wie lange kennen Sie Charlene schon?«

»Ungefähr... Sekunde... wir haben uns im Juni kennengelernt, in Callaway Gardens, am Strand.«

»Und wann ist sie zu Ihnen gezogen?«

»Auch im Juni. Noch am selben Tag. Sie ist eigentlich aus Newman, aber sie ist gleich bei mir eingezogen und hat den Job bei MagiMarkt angenommen.«

»Und so war es die ganze Zeit mit Charlene? Seit Juni?«

»Ja, Sir. Die ganze Zeit. Ich glaube, wir haben keinen Tag ausgelassen.«

»Sind Sie am Donnerstag abend nicht mehr aus dem Haus gegangen? Nicht mehr mit dem Transporter gefahren?«

»Nein, Sir. Wenn Charlene und ich fertig sind, bin ich so kaputt, daß ich nur noch schlafen kann.«

»Okay. Und das ist wirklich alles?«

»Ja.«

»Haben Sie dem Sheriff das auch erzählt?«

»Das mit Charlene hab' ich ihm nicht gesagt. Ich meine, Sie haben vorhin erklärt, daß Sie nicht jedem sagen dürfen, was ich mit Ihnen bespreche. Ich glaube, der Sheriff hätte es allen weitererzählt.«

Will lachte. »Was hat Sie der Sheriff sonst noch gefragt?«

»Ob ich Sarah Cole kenne. Ich habe gesagt, daß ich dort, wo sie arbeitet, die Heizung repariert habe.«

»Wann war das?«

»Am Donnerstag nachmittag.«

»Haben Sie Sarah Cole vorher schon gekannt?«

»Nein, Sir. Ich bin in das Büro gefahren, weil wir angerufen worden sind, zuerst habe ich mit der Frau am Empfang geredet, und dann hab' ich die Heizung repariert. Der Thermostat war kaputt, und ich hab' einen neuen eingebaut. Dann kam Sarah Cole aus einem Büro und hat die Auftragsbestätigung unterschrieben und mir einen Scheck gegeben.«

»Und bei dieser Gelegenheit sind sie Sarah Cole zum ersten Mal begegnet?«

»Nein. Ich habe sie schon ein paarmal in der Stadt gesehen, aber *gekannt* hab' ich sie nicht.«

»Haben Sie vorher schon mal mit ihr gesprochen?«

»Nein, Sir.«

»Und als Sie sie in diesem Büro getroffen haben – hatten Sie da Meinungsverschiedenheiten oder eine Auseinandersetzung?«

»Nein, Sir. Das heißt, sie fand den Thermostat zu teuer. Ich habe ihr gesagt, daß das der billigste ist, den wir haben, und daß sie Schwierigkeiten haben würde, einen noch billigeren zu finden. Aber sie hat mir den Scheck trotzdem gegeben. Wir haben vielleicht zehn Worte miteinander gesprochen, mehr nicht.«

»War jemand dabei, als Sie sich unterhalten haben?«

»Ja, die Frau vom Empfang.«

»Was hat Sie der Sheriff sonst noch gefragt?«

»Ob ich weiß, wo hier die Müllkippe ist, und ich hab' gesagt, ja. Dann hat er noch gefragt, ob ich am Donnerstag abend bei der Müllkippe war, und ich hab' gesagt: ›Nein, ich hab's Ihnen doch schon gesagt, ich war zu Hause, bei Charlene.‹«

»Sonst noch was?«

»Das war eigentlich alles. Dann ist er gegangen, um sich den Transporter anzuschauen. Ich bin im Büro geblieben, bei einem Hilfssheriff. Der Sheriff war ungefähr zwanzig Minuten weg, während dessen hab' ich mir eine Illustrierte angesehen. Dann ist er wiedergekommen und hat gesagt, daß ich wegen Mordes verhaftet bin. Er hat mir den Haftbefehl gezeigt und mich noch mal über meine Rechte belehrt – diesmal hat er die ganze Litanei von einer Karte abgelesen. Dann mußte ich meine Taschen ausleeren, und sie haben mich in eine Zelle gebracht.«

»Hat er Ihnen gesagt, daß Sie ein Telefongespräch führen dürfen?«

»Ja. Ich hab' ein paarmal bei MagiMarkt angerufen, aber da war dauernd besetzt. Charlene muß heute arbeiten, und ich wußte nicht, wen ich sonst anrufen soll. Höchstens meinen Boß, aber ich wollte nicht, daß er erfährt, daß ich im Knast bin. Ich hab' dem Sheriff erzählt, daß ich keinen Rechtsanwalt kenne und mir auch keinen leisten kann. Der Sheriff meinte, daß sie einen für mich besorgen.«

Will befragte den jungen Mann nach seiner Lebensgeschichte und machte sich Notizen. Larry Moody war vierundzwanzig Jahre alt, geboren und aufgewachsen in La Grange, dreißig Kilometer von Greenville entfernt; er hatte die Highschool besucht und mit Zweien und Dreien abgeschlossen; sein Vater war gestorben, als er sechs war; seine Mutter arbeitete in einer Weberei und starb, als er neunzehn war; er spielte an der Highschool in der Footballmannschaft als Mittelstürmer. Nach seinem Abschluß fing er als Lehrling bei Morgan & Morgan an. Er wohnte seit einem guten Jahr in Greenville, wo seine Firma eine Filiale hatte.

»Okay«, sagte Will. »Jetzt muß ich noch was wissen, und ich möchte, daß Sie mir die Wahrheit sagen. Sind Sie schon mal mit dem Gesetz in Konflikt geraten? Falls ja, kommt es raus, Larry, darüber sollten Sie sich im klaren sein. Darum sagen Sie es mir am besten gleich. Hatten Sie schon einmal Schwierigkeiten mit der Polizei?«

Larry wandte sich zum ersten Mal ab. »Ja, Sir«, gestand er leise.

»Dann erzählen Sie mir davon«, forderte Will ihn auf. »Und lassen Sie nichts aus.«

»Also, als ich zwanzig war, bin ich im Lauf von vier Monaten dreimal wegen Geschwindigkeitsübertretung verwarnt worden. Sie haben mir die Fahrerlaubnis entzogen. Als ich den Führerschein wiederhatte, hab' ich mir den Transporter gekauft. Mit dem kann man nicht so schnell fahren.«

»Das ist alles?« fragte Will erleichtert. »Mehr Probleme hatten Sie nicht?«

»Nein, Sir.«

»Und Trunkenheit war bei diesen Verwarnungen nicht mit im Spiel?«

»Nein, Sir.«

Will holte tief Luft. »Okay, wenn Ihnen noch was einfällt, können Sie's mir später sagen. Und jetzt nennen Sie mir bitte drei oder vier Leute, die eine gute Meinung von Ihnen haben.«

Larry nannte die Namen einer Lehrerin von der Highschool, seines Footballtrainers und seines Chefs.

»Und jetzt noch ein paar Leute, mit denen Sie nicht auskommen, die keine gute Meinung von Ihnen haben.«

Larry schien einen Augenblick verwirrt zu sein und starrte an die Decke. »Da fällt mir niemand ein«, sagte er schließlich.

»Sie haben überhaupt keine Feinde?«

Larry schüttelte den Kopf. »Nicht daß ich wüßte.«

»Okay, Larry. Gehen Sie zur Kirche? Kennen Sie einen Geistlichen?«

»Nein, Sir. Ich bin nicht besonders religiös.«

Will legte seinen Notizblock aus der Hand. »Ich sage Ihnen jetzt, was als nächstes passiert: Sie werden das Wochenende hier verbringen müssen, und am Montag vormittag findet eine Vorverhandlung statt. Richter Boggs wird sich anhören, was der Anklagevertreter hat, und dann muß er darüber entscheiden, ob das Verfahren eröffnet werden kann. Der Anklagevertreter muß Zeugen vorführen, aber vermutlich bringt er noch nicht alle. Nach dieser Vorverhandlung wissen wir ungefähr, was er gegen Sie in der Hand zu haben glaubt. Wenn der Richter meint, daß das reicht, wird er den Fall einer Jury vortragen. Falls die Jury die Ansicht vertritt, daß genügend Beweise zur Eröffnung eines Verfahrens vorliegen, findet ein Prozeß statt.«

»Wie lang dauert das alles?« fragte Larry. »Muß ich die ganze Zeit hierbleiben?«

»Wir können bei der Vorverhandlung versuchen, Sie gegen Kaution freizukriegen. Haben Sie irgendwelche Vermögenswerte?«

»Nur den Wagen, und den hab' ich erst in drei Jahren ganz bezahlt.«

»Besitzen Sie ein Haus oder eine Eigentumswohnung?«

»Nein, Sir, ich wohne zur Miete.«

»Kennen Sie jemanden, der Geld für Sie bereitstellen kann?«

»Mein Boß vielleicht, Mr. Morgan. Aber den möchte ich nicht fragen.«

»Ich rede mit ihm. Er muß sowieso erfahren, daß Sie am Montag nicht zur Arbeit kommen.«

Larry klatschte sich mit der flachen Hand gegen die Stirn. »Mann, ich hab' vergessen, Ihnen von der Gegenüberstellung zu erzählen. Das ist mir gerade erst wieder eingefallen.«

»Der Sheriff hat eine Gegenüberstellung mit Ihnen vorgenommen?«

»Ja, ich und noch vier andere Männer standen in einer Reihe.«

»Waren die ungefähr so groß wie Sie? Sahen die ungefähr so aus wie Sie?«

»Mehr oder weniger. Aber es war echt komisch. Wir mußten mit dem Gesicht zur Wand stehen.«

»Sie meinen, der Zeuge hat Sie nur von hinten gesehen?«

»Am Anfang ja. Aber nach ein paar Minuten haben sie uns gesagt, daß wir uns umdrehen sollen.«

»Haben Sie den Zeugen gesehen?«

»Nein, da war so ein Spiegel. Ein Einwegspiegel wahrscheinlich. Da saß wohl jemand dahinter.«

»Richtig. So wird das meistens gehandhabt.« Will machte seine Aktentasche zu.

»Wie tief sitze ich eigentlich im Dreck, Mr. Lee?« fragte Moody besorgt.

»Das kann man jetzt noch nicht sagen, Larry. Das wissen wir erst, wenn wir erfahren haben, was die Anklage vorzubringen hat. Ich informiere Sie am besten gleich darüber, welche Möglichkeiten Sie haben. Am Montag müssen Sie sich zu Ihrer Verteidigung äußern. Das heißt, Sie müssen sich schuldig oder nicht schuldig bekennen. Wenn Sie sich nicht schuldig bekennen und beim Prozeß des Mordes überführt werden, kann es gut sein, daß Sie die Todesstrafe bekommen. Es kann aber auch eine lebenslängliche Freiheitsstrafe sein – das hängt von den Umständen ab.« Will beugte sich vor. »Sie können sich aber auch schuldig bekennen. Wenn Sie sich dafür entscheiden, kann ich mit dem Vertreter der Anklage reden und mich mit ihm vielleicht dahingehend verständigen, daß Ihnen ein weniger schweres Verbrechen zur Last gelegt wird – Totschlag im Affekt oder dergleichen. Auch das hängt von den Umständen ab. Jedenfalls würden Sie dann wahrscheinlich eine kürzere Haftstrafe abbüßen müssen und wären in ein paar Jahren wieder auf freiem Fuß. Insgesamt läuft es also auf folgendes hinaus, Larry: Sie bekennen sich schuldig und sitzen fünf bis zehn Jahre. Oder Sie bekennen sich für nicht schuldig, was einerseits mit Freispruch und andererseits mit Ihrem Tod enden kann. Lassen Sie sich das am Wochenende durch den Kopf gehen, und am Montag unterhalten wir uns noch mal darüber. Wenn Sie wollen, kann ich mich jetzt schon mit dem Anklagevertreter in Verbindung setzen und herausfinden, was für Sie drin ist. Und dann können Sie mich Ihre Entscheidung wissen lassen.«

»Das weiß ich schon«, sagte Larry. Er richtete sich auf. »Ich werde auf nicht schuldig plädieren.«

»Sind Sie sicher?« fragte Will.

»Ja.«

»Okay.« Will erhob sich. »Ich muß jetzt gehen. Kann ich vor Montag noch etwas für Sie tun, außer daß ich Ihren Chef anrufe?«

»Ja, Sir. Sie können mir Rasierzeug und frische Wäsche zukommen lassen und Charlene sagen, wo ich bin.« Er schrieb Will seine Adresse auf. »Vor der Haustür steht ein Blumentopf. Und unter dem liegt ein Schlüssel. Vielleicht können Sie Charlene die Wagenschlüssel geben. Dann kann sie mit dem Transporter fahren. Sie hat keinen eigenen Wagen.«

»Ich weiß nicht, ob das klappt. Kann sein, daß der Sheriff den Transporter als Beweismittel einbehalten will. Aber ich werde es zumindest versuchen. Sonst noch was?«

Moody wandte den Blick von Will ab. »Also, eins finde ich komisch«, sagte er.

»Was denn?«

Moody sah Will wieder an. »Sie haben mich überhaupt nicht gefragt, ob ich die Frau umgebracht habe.«

Will wandte sich ab. »Nun, Larry, das ist eine Frage, die ein Anwalt seinem Mandanten manchmal nicht stellen möchte.«

»Sie müssen sie auch nicht stellen. Ich sag's Ihnen auch so«, erwiderte Moody.

Will hielt den Atem an. Wenn der Junge wirklich schuldig war, wollte er es nicht wissen.

»Ich hab' sie nicht umgebracht«, sagte Larry mit Nachdruck. »Ich schwöre es bei Gott. Was ich Ihnen heute erzählt habe, ist die reine Wahrheit.«

Will lächelte. »Dann, Larry«, sagte er mit mehr Gewißheit, als er empfand, »dann haben Sie nichts zu befürchten.«

Larry nahm Wills Hand und schüttelte sie so überschwenglich, als wäre er gerade freigesprochen worden.

4

Will klopfte gegen die Scheibe, die das Büro des Sheriffs vom Rest des Büros trennte. »Morgen, Dan. Wie geht's?«

Sheriff Cox hob den Blick von den Papieren, die vor ihm lagen, stand auf und gab Will die Hand. »Leidlich, Will. Und Ihnen?«

Will kannte den Sheriff so gut, wie man seinen Sheriff als Anwalt in einem kleinen Bezirk eben kannte. »Oh, ich kann nicht klagen. Außer daß ich nicht sehr glücklich darüber bin, daß Sie meinen unschuldigen Mandanten ins Gefängnis gesteckt haben.«

Der Sheriff grinste. »Ich mache das schon noch hieb- und stichfest. Jede Wette.«

»Er möchte seinen Transporter wiederhaben, damit seine Freundin einen fahrbaren Untersatz hat. Geben Sie mir die Schlüssel?«

Cox schüttelte den Kopf. »Nein. Der Transporter ist beschlagnahmt.«

»Kann ich ihn mir mal ansehen?«

»Nein. Die Ermittlungen laufen noch.«

Will hatte ohnehin nicht damit gerechnet, daß er sich den Wagen anschauen durfte. »Aber Sie schicken mir den Laborbericht, ja?« Er hatte das Recht, Einsicht in alle Untersuchungsergebnisse aus dem Labor zu nehmen. »Und den Obduktionsbericht auch.«

»Klar. Aber ich glaube nicht, daß ich vor Mitte nächster Woche was für Sie habe. Die Jungs brauchen immer viel Zeit.«

»Mitte nächster Woche geht in Ordnung. Und wenn Sie mit dem Transporter fertig sind – kann Moodys Freundin ihn dann haben? Ist doch witzlos, ihn erst kurz vor dem Prozeß freizugeben, oder?«

»Wir werden sehen«, wich der Sheriff aus.

Will verließ das Gebäude und fuhr zu dem mehr als bescheidenen Haus, in dem Larry Moody wohnte. Es war eine Art Rohbau, auf dem Grundstück wuchs kein Hälmchen Gras, und von der Straße wurde es nur durch einen tiefen Abzugsgraben getrennt. Will stellte seinen Wagen am Straßenrand ab, stieg aus und überquerte den Graben auf einem grobgezimmerten Steg. Er entdeckte den Blumentopf mit den Überresten einer verdorrten Pflanze und fand den Schlüssel darunter. Dann öffnete er die Tür.

In dem Haus befanden sich verblüffend viele Möbelstücke. Die meisten Sachen sahen neu, aber billig aus und waren in das kleine Wohnzimmer gestopft worden, in dem drangvolle Enge herrschte. An der Wand stand ein Stereoturm, daneben ein Farbfernseher und ein teurer Videorekorder. Das winzige Eßzimmer wurde fast komplett von einem ausgeklügelten System von Fitneßgeräten eingenommen. Will sah sich das Gerät an, überlegte sich, was ein Heizungsmonteur mutmaßlich verdiente, und begriff, warum sich Larry Moody keinen Anwalt leisten konnte. Mit all dem Zeug und dem Transporter mußte er bis über beide Ohren verschuldet sein.

Will stand einen Moment lang reglos und betrachtete Moodys Heim. Gerade als er ins Schlafzimmer gehen wollte, um Larrys Sachen zu holen, öffnete sich die Haustür. Eine junge Frau trat ein.

Sie blieb stehen und starrte Will erstaunt an.

Will war nicht weniger verblüfft. Das Mädchen war sehr hübsch – fast schön. Sie war noch blonder als Larry, hatte große strahlendblaue Augen, eine kleine Nase und einen vollen Mund. Sie war gerade einssechzig, aber so wohlproportioniert, daß sie größer wirkte.

»Wer sind Sie?« fragte sie und runzelte die Stirn. Sie hatte eine feste Stimme und sprach, ähnlich wie ihr Freund, mit breitem Akzent.

»Mein Name ist Will Lee. Ich bin Anwalt und vertrete Larry Moody. Tut mir leid, wenn ich Sie erschreckt habe – Larry hat mich gebeten, ein paar Sachen für ihn zu holen.« Er machte eine Pause, aber die junge Frau schwieg. Sie sahen sich eine Weile an. »Dann sind Sie wohl Charlene Joiner«, sagte Will schließlich.

»Ja«, bestätigte sie. »Vor ein paar Minuten hat jemand im Einkaufszentrum erzählt, daß Larry irgendwelche Probleme hätte. Ich hab' mich von einer Kollegin herbringen lassen.«

»Larry steckt tatsächlich in Schwierigkeiten. Ich komme eben aus dem Gefängnis. Das Gericht hat mich zu seinem Pflichtverteidiger bestellt.« Will hielt inne. Er war nicht gerade begeistert, ihr beibringen zu müssen, worum es ging.

»Verraten Sie mir vielleicht, was passiert ist?« fragte sie, und ihre Stimme klang ein wenig schriller als vorher.

»Äh… ja, sofort«, stammelte Will. »Vielleicht sollten Sie sich erst mal setzen.«

Sie nahm auf dem Sofa Platz und betrachtete ihn mit klarem Blick, während er sich ebenfalls setzte und ihr berichtete, was Larry zur Last gelegt wurde. Als er fertig war, erhob sie sich und streifte ihren Parka ab. Darunter trug sie einen gelben Nylonkittel mit dem Emblem des

MagiMarkt. »So ein Quatsch«, schimpfte sie. »Larry würde nie jemanden töten.« Sie zog den Reißverschluß auf, streifte den Kittel ab und warf ihn über einen Stuhl. Sie hatte eine enge Jeans und ein dünnes kurzes T-Shirt an, das gut zwölf Zentimeter leicht gebräunte, seidige Haut frei ließ.

Will war ein wenig irritiert von ihrem Anblick. Sie hatte volle Brüste, und ihre Brustwarzen waren steif und zeichneten sich deutlich unter dem T-Shirt ab. »Vor... vor Montag vormittag werden wir nicht viel unternehmen können. Am Montag findet die Vorverhandlung statt. Ich würde Sie bitten, sich dazu einzufinden.« Er versuchte, langsam und gleichmäßig zu atmen.

»Mach' ich«, versprach sie und setzte sich wieder aufs Sofa.

»Ich muß Ihnen noch ein paar Fragen stellen«, begann Will.

»Okay«, sagte sie. »Wenn es Larry hilft...«

»Was Sie mir sagen, bleibt unter uns und kann nicht gegen Larry verwendet werden.«

»Okay«, sagte sie wieder und fuhr sich mit der Zunge über die Unterlippe – eine Geste, die Will unglaublich sinnlich vorkam.

Er räusperte sich und versuchte, die Fassung zu wahren. Diese Frau verwirrte ihn. Er schlug die Beine übereinander und bemerkte die Andeutung einer Erektion. Er räusperte sich noch einmal. Dann fragte er Charlene Joiner, was sie am Donnerstag abend getan hatte.

Ihre Darstellung stimmte genau mit der von Larry überein, nur daß sie sagte, sie hätten Spareribs gegessen und nicht gegrilltes Hähnchen. Was den weiteren Verlauf des Abends betraf, war sie nicht so zurückhaltend wie Larry am Anfang. »Und nach dem Film«, sagte sie, »haben wir gebumst. Zwei- oder dreimal.«

Will schluckte. »Sie dürfen nicht glauben, daß ich neugierig bin«, sagte er, »aber tun Sie das oft – ich meine Larry und Sie?«

Sie zog die Augenbrauen hoch. »Was? Bumsen? O ja. Wir haben Spaß dran. Bei uns klappt es wunderbar.« Sie schaute Will an und lächelte. »Das ist Ihnen jetzt ein bißchen peinlich, nicht?«

»Keineswegs«, log Will. »Haben Sie irgendwelche Fragen, was Larrys Anklage betrifft?«

Charlene Joiner wollte wissen, was genau Larry vorgeworfen wurde und was ihm passieren konnte. Sie war nicht scheu und zurückhaltend wie Larry; sie behandelte Will, als wäre er ein alter Bekannter. Ihre Fragen waren intelligent und trafen den Kern der Sache. Sie wirkte irgendwie älter und reifer als Larry.

Nachdem Will ihre Fragen beantwortet hatte, stand er auf. »Ich muß jetzt gehen. Wenn Sie mir Larrys Rasierzeug und frische Wäsche zusammenpacken, bringe ich die Sachen noch ins Gefängnis.«

»Ich bring's ihm selber. Ich möchte ihn sehen.«

Will warf einen Blick auf seine Uhr. »Jetzt ist leider keine Besuchszeit mehr. Aber Sie können ihn morgen sehen, zwischen zwei und fünf.«

Sie verschwand im Schlafzimmer. Kurz darauf kam sie mit einem Kleidersack wieder und gab ihn Will.

»Die Sachen werden sicher durchsucht«, sagte Will. »Falls da etwas drin ist, das die Polizei nicht finden soll...«

»Da ist nichts Außergewöhnliches drin«, sagte Charlene Joiner. Dann streckte sie die Hand aus. »Vielen Dank, Will, daß Sie das alles für Larry tun. Ich darf doch Will zu Ihnen sagen?«

»Natürlich.« Er nahm ihre Hand. Sie war warm und weich, und ihr Griff war fest. »Der Sheriff hat Larrys Transporter vorerst beschlagnahmt. Vielleicht kann ich ihn dazu bewegen, daß er ihn Ende nächster Woche freigibt. Larry möchte, daß Sie darüber verfügen können. Rufen Sie mich an, wenn Sie noch Fragen haben – ich wohne in Delano –, meine Nummer steht im Telefonbuch. Geschäftlich unter Lee & Lee, privat unter W. H. Lee.«

Charlene Joiner runzelte die Stirn und ließ Wills Hand nicht los. »Ist Billy Lee vielleicht Ihr Vater? Der Lee, der mal Gouverneur war?«

»Ja.« Will zog seine Hand zurück und steckte sie in die Hosentasche. Die Hand war feucht.

»Auf Wiedersehen«, sagte Charlene Joiner.

Will ging aus dem Haus und stieg in seinen Wagen. »Großer Gott!« stöhnte er. »Kein Wunder, daß sich Larry im Gefängnis nicht wohl fühlt!« Er startete den Wagen und versuchte, nicht an Charlene Joiner zu denken.

5

Nachdem Will den Kleidersack im Gefängnis abgegeben hatte, fuhr er über Land zur Farm seiner Familie und testete sein Gedächtnis anhand der vielen kleinen Straßen, die keine Wegweiser hatten. Zwanzig Minuten später bog er auf die Straße nach Raleigh, und kurz darauf kam das Hauptgebäude in Sicht. Sein Ururgroßvater hatte hier ein Haus errichtet, das 1930 bei einem Brand zerstört wurde. Als Wills Vater 1945 mit seiner jungen irischen Frau Patricia aus dem Zweiten Weltkrieg zurückgekehrt war, wurde genau an derselben Stelle ein neues Farmhaus gebaut, das nach den Originalplänen von Patricia Worth-Newenam Lees irischem Familiensitz gestaltet wurde. Allerdings wurden Backsteine und nicht Feldsteine verwendet wie bei dem irischen Original. Das Haus war großzügig, aber nicht protzig, und es paßte genausogut zur roten Erde von Georgia wie das alte Gemäuer in Irland zu den Feldern der grünen Insel.

Will bog in die halbkreisförmige Auffahrt und fuhr dann geradeaus weiter, auf eine Baumgruppe an einem kleinen See zu, der sich hinter dem Hauptgebäude befand. Als er am Haus vorbeikam, sprang ein Hund, ein semmelgelber Labrador, von der hinteren Veranda und jagte dem Wagen nach. Will verlangsamte das Tempo, bis der Hund ihn fast eingeholt hatte. Er lachte, als der schöne Hund zu den Bäumen stürmte.

Will bog auf einen unbefestigten Weg und kam zu seinem Haus, einem kleinen hübschen Cottage aus Stein und Zedernholz. Er hatte es mit Hilfe zweier Farmarbeiter im selben Jahr gebaut, in dem er in die Kanzlei seines Vaters eingetreten war. Er war damals fünfundzwanzig Jahre alt gewesen. Das Häuschen stand auf einem kleinen Hügel zwischen den Bäumen und bot einen wunderbaren Blick auf den vier Hektar großen See, den Wills Mutter in den fünfziger Jahren hatte anlegen lassen.

Will stieg aus und wurde von dem Hund fast umgeworfen. »Hallo, Fred! Wie geht's, mein Alter?« Er hockte sich hin und ließ sich das Gesicht von dem Labrador lecken. Dann holte er sein Gepäck aus dem Kofferraum und gab Fred eine Aktentasche zu tragen. Der Hund lief stolz aufs Haus zu und versuchte zu bellen, ohne den Griff der Tasche aus dem Maul gleiten zu lassen.

Will brachte sein Gepäck die Treppe hinauf, ging ins Schlafzimmer und lud alles auf seinem Bett ab. Fred kam nach und ließ die Aktentasche ebenfalls auf dem Bett fallen. Will lobte ihn, kraulte ihn hinter den Ohren und schnupperte: Marie, die bessere Hälfte des schwarzen Paars, das seine Eltern versorgte, hatte ihm etwas gebacken. Will wanderte durch das Wohnzimmer in die Küche, entdeckte den Teller frisch gebackener Schokoladeplätzchen, bediente sich, kehrte kauend ins Schlafzimmer zurück und packte seine Sachen aus. Dann duschte er, legte sich aufs Bett und schlief, bis die Sonne unterging.

Dann zog er sich an. Im Hauptgebäude führte seine Mutter das Regiment, und das hieß Krawattenzwang beim Essen. Im Licht des aufgehenden Mondes – Fred lief voraus – spazierte Will durch die Baumgruppe und über den Rasen zum Hauptgebäude. Die Luft war frisch, aber nicht kalt – wesentlich angenehmer als in Washington, dachte Will.

Er trat ins Hauptgebäude und stieß fast mit Eloise zusammen, der jüngeren Schwester seines Vaters, die gerade aus der Küche kam. Sie umarmten sich.

»Du hast abgenommen«, stellte Ellie fest. Sie war seit dem Zweiten Weltkrieg verwitwet und führte das Damenmodengeschäft, das ihre Mutter eröffnet hatte, als Wills Großvater gestorben war. Nun war sie Anfang Siebzig und lebte allein in Delano, besuchte aber ihren Bruder oft.

»Das war auch nötig«, lachte Will. »Aber nach Weihnachten ist alles wieder drauf, und so wie ich dich kenne, wirst du kräftig dazu beitragen.«

Patricia Lee begrüßte ihren Sohn an der Tür zur Bibliothek. Sie schlang ihre Arme um ihn und drückte ihn fest an sich. Mit ihren siebzig Jahren war sie immer noch eine schöne Frau – hochgewachsen, schlank und aufrecht, das ehemals kastanienbraune Haar war inzwischen silberweiß geworden. Sie trat einen Schritt zurück, hielt Wills Gesicht in ihren Händen und betrachtete ihn. »Du siehst müde aus«, urteilte sie. »Aber das tust du ja immer, wenn du aus Washington kommst.« Ihr irischer Akzent war im Laufe der Jahre fast verschwunden; aber wenn sie ungehalten war, sprach sie, als lebte sie noch in der Grafschaft Cork.

Wills Vater, Billy Lee, wandte sich von der Hausbar ab, die dezent hinter ledernen Buchrücken verborgen war. »Hallo, Junge!« rief er. Er ging zu seinem Sohn und umarmte ihn. Billy Lee war jetzt Ende Siebzig, und obwohl er ein Jahr zuvor einen Herzinfarkt erlitten hatte, wirkte er um zehn Jahre jünger. Sein dichtes Haar war schlohweiß, und Will dachte – nicht zum ersten Mal –, daß sein Vater mehr wie ein Senator aussah als Benjamin Carr. »Möchtest du einen Bourbon?« fragte Billy.

»Gern«, sagte Will. Er nahm den Drink entgegen und ließ sich auf das Sofa vor dem Kamin sinken, in dem ein munteres Feuer prasselte. Will liebte diesen Raum.

»Hattest du einen guten Flug?« erkundigte sich sein Vater.

»Ja. Um Washington herum war es ziemlich wolkig, aber auf dem Weg nach Süden hat es aufgeklart.«

»Na, das entspricht doch genau der Lage der Nation«, lachte Billy.

»Was wollte Richter Boggs von dir?« fragte Patricia. »Ich nehme an, er hat dir einen Fall übergeben, den sonst niemand haben wollte.«

»Das ist es vermutlich«, sagte Will. »Aber aus seinem Mund hörte es sich so an, als ob er niemand anderen damit betrauen wollte. Elton Hunter aus Greenville hat er auch überreden können. Er übernimmt die Anklage.« Will berichtete seinen Eltern von dem Treffen mit Richter Boggs. »Der alte Gauner hatte bereits mit dem Senator gesprochen und geklärt, ob ich genügend Zeit habe und so weiter. Ich hatte keine Möglichkeit mehr, mich zu drücken.«

»Glaubst du, daß Moody der Täter war?« fragte Patricia.

»Schwer zu sagen«, antwortete Will. »Der Junge macht keinen schlechten Eindruck; wenn ich's richtig anstelle, macht er im Zeugenstand Pluspunkte. Ich habe noch keine Ahnung, welche Beweise gegen ihn sprechen, aber es scheint einen Zeugen zu geben – wofür, weiß ich noch nicht. Trotzdem – Moody hat etwas an sich, das ihn glaubwürdig macht, eine sympathische Art. Er wirkt fast kindlich. Die weiblichen Geschworenen werden ihn bemuttern wollen.«

»Hat er ein Alibi?« fragte Billy.

»Und ob. Er hat eine Freundin, und wenn die in den Zeugenstand tritt, glaubt niemand mehr, daß er überhaupt noch die Energie hatte, eine andere Frau zu vergewaltigen.«

»Was weißt du über Sarah Cole?« fragte Wills Vater.

»Nur, daß sie schwarz und eine Farmerstochter war.«

»An der ist noch viel mehr dran«, erklärte Billy. »Sie ist – oder war – blitzgescheit. Hat in Greenville die Highschool absolviert, hat dann ein Stipendium am College in Vermont bekommen, und dort war sie offenbar eine von den Besten.«

»Du hast sie gekannt?«

»Nein. Das stand alles in der Zeitung. Und es geht noch weiter. Sie hat sich eine Art Stiftungsdarlehen besorgt und eine Beratungsstelle für schwangere Teenager eröffnet – die einzige Einrichtung dieser Art in der Umgebung.«

»Hört sich gut an«, murmelte Will. »So was können wir leider ganz und gar nicht brauchen.«

»Trotzdem hat sich Sarah Cole hier keine Freunde gemacht, jedenfalls nicht bei den Weißen. Sie war eine militante Feministin, eine radikale Atheistin und in jeder Hinsicht eine Nervensäge – das hat man mir zumindest erzählt.« Billy erhob sich, nahm eine Zeitung vom Tisch und reichte sie Will. »Und sie sah sehr gut aus.«

Will starrte in ein atemberaubend schönes Gesicht: kaffeebraune Haut, ebenmäßige Züge, kurzgeschnittenes Haar im Afrolook, kluge und, wie er fand, ein wenig zornige Augen.

»Sie soll auch weiße Vorfahren gehabt haben«, sagte Billy. »Ich glaube, es hat eine Menge Leute geärgert, daß jemand so lästig und trotzdem so attraktiv sein konnte. Sie benahm sich nicht wie eine Schwarze. Und so was macht den weißen Pöbel immer verrückt.«

»Dieser Fall hat offenbar viele Seiten, die den Prozeß beeinflussen werden«, stellte Will fest. Ihm war ziemlich unbehaglich zumute.

»Das ist bei jedem Fall so«, belehrte ihn sein Vater. »Man weiß nie im voraus, worauf man sich einläßt. Sag mal, hat Richter Boggs eine Münze geworfen, um zu entscheiden, wer die Anklage übernimmt und wer die Verteidigung?«

»Ja. Woher weißt du das?«

»Er hat diese Münze schon seit dreißig Jahren. Sie hat nicht Kopf und Zahl, sondern nur einen Kopf – auf beiden Seiten.«

Will zuckte zusammen.

Sein Vater lachte. »Er hatte sich bereits für dich entschieden. Kein anderer Anwalt aus dieser Gegend hätte den Jungen verteidigt, also hat er sich einen ausgesucht – dich. Du kannst das als Kompliment betrachten.«

Henry, Maries Mann und das Faktotum der Familie, kam in die Bibliothek, wie immer in schwarzer Hose, weißem Hemd und mit einer schwarzen Fliege. »Das Essen ist fertig, Mrs. Lee«, verkündete er.

Patricia seufzte. »Jetzt ist Henry schon zwanzig Jahre bei uns, und in all der Zeit habe ich ihn nie dazu kriegen können, daß er sagt: ›Es ist angerichtet.‹« Sie standen auf und gingen ins Speisezimmer.

Als sie Platz genommen hatten und der Wein eingeschenkt war, räusperte sich Will. »Ich habe euch etwas mitzuteilen«, sagte er.

Seine Eltern und seine Tante sahen ihn erwartungsvoll an.

»Senator Carr und ich hatten heute morgen eine Unterredung«, fuhr Will fort. »Ich habe mich damit einverstanden erklärt, bis zur Wahl und zwei Jahre darüber hinaus bei ihm zu bleiben.«

Schweigen am Tisch. Wills Eltern schienen etwas enttäuscht zu sein. Sein Vater wollte das Wort ergreifen, aber Will hob die Hand.

»Das ist noch nicht alles«, sagte er. »Als Ausgleich für diese zwei Jahre hat mir der Senator angeboten, mich bei den nächsten Kommunalwahlen in vier Jahren intensiv zu unterstützen.«

»Was heißt ›intensiv‹?« hakte Billy nach.

»Daß er mich öffentlich unterstützt, in der Öffentlichkeit Loblieder auf mich singt« – Will lächelte – »und zwei Millionen Dollar für mich lockermacht.«

»Hurra!« rief Wills Mutter.

»Weiß Gott«, sagte Billy. »Wenn Ben Carr wirklich hinter dir steht, bist du so gut wie gewählt!«

»Das ist wunderbar, Will«, lachte Tante Ellie. »Ich hätte nie gedacht, daß Ben Carr sich so engagiert. Er steht doch sonst bei jedem Wahlkampf immer nur geheimnisvoll lächelnd im Hintergrund.«

Wills Vater schlug mit der flachen Hand auf den Tisch und warf sich in eine Pose, die der von Benjamin Carr glich. »Ich werde für den Kandidaten meiner Partei stimmen!« ahmte er ihn nach. »Das ist die einzige Aussage, die ich von ihm gehört habe, seit er bei Franklin D. Roosevelts Wahlkampagne mitgemacht hat!« Billy erhob sein Glas. »Na dann«, sagte er. »Trinken wir auf das Wohl des künftigen zweiten Senators von Georgia!« Alle prosteten Will zu.

Draußen auf dem Flur klingelte das Telefon. Man hörte, wie Henry mit schwerem Schritt an den Apparat ging.

»Das ist vielleicht noch ein bißchen zu früh«, wehrte Will ab. »In vier Jahren kann alles mögliche passieren.«

Henry trat ins Speisezimmer. »Mr. Will«, sagte er, »Telefon für Sie.«

»Henry«, erwiderte Patricia, »ich habe Ihnen doch schon tausendmal gesagt, daß wir beim Essen nicht gestört werden wollen. Fragen Sie, was der Anrufer möchte und sagen Sie ihm, daß mein Sohn zurückruft.«

»Ja, Ma'am«, sagte Henry und verließ den Raum. Ein paar Sekunden später erschien er wieder. »Ein Mr. Wendell von der *Atlanta Constitution.* Er sagt, es wäre dringend.«

»Henry!« grollte Patricia.

»Schon gut, Mutter«, sagte Will. »Dudley Wendell ist der stellvertretende Chefredakteur. Es scheint wirklich wichtig zu sein, sonst hätte er einen Reporter beauftragt, mich anzurufen. Es ist besser, ich spreche mit ihm.« Will stand auf und folgte Henry auf den Flur. Er nahm den Telefonhörer. »Ja, Dudley?«

»Guten Abend, Will. Tut mir leid, daß ich Sie beim Essen störe, aber ich brauche einen Kommentar zu dieser Geschichte.« Wendell hielt inne und wartete ab.

Will war verwirrt. Konnten die Journalisten überhaupt schon erfahren haben, daß er Larry Moodys Verteidigung übernommen hatte? Und war diese Tatsache für die Öffentlichkeit tatsächlich so wichtig, daß sich ein hochrangiger Redakteur selbst um Informationen bemühte? »Was für eine Geschichte meinen Sie?« fragte Will.

Wendell schwieg noch immer. Dann sagte er plötzlich: »Haben Sie's wirklich noch nicht gehört?« Es klang ungläubig.

»Was gehört?«

»O Gott, Will, es tut mir leid, daß ausgerechnet ich Ihnen das sagen muß.«

»Was, Dudley? Wovon reden Sie, verdammt noch mal?«

Wendell holte tief Luft. »Ben Carr hatte einen Schlaganfall. Einen schweren.«

6

Will stellte den Autopiloten an, goß sich einen Becher Kaffee aus der Thermoskanne ein und wickelte das Roastbeefsandwich aus, das Marie ihm mitgegeben hatte. Er biß ein paarmal davon ab, aber er hatte keinen rechten Appetit. Er legte das Sandwich weg, trank seinen Kaffee und starrte in die Nacht hinaus. Ab und zu zogen die Lichter kleiner Städte und verstreut liegender Farmen unter ihm vorbei, helle Punkte in der Dunkelheit. Er fühlte sich wie ausgebrannt. Und er hatte Angst.

Er war einundvierzig, in den letzten acht Jahren hatte sich sein Leben nur um Ben Carr gedreht, und nun würde der Mann vielleicht sterben. Der behandelnde Arzt des Krankenhauses in Newport/Georgia – das war die Klinik, die der Farm des Senators am nächsten lag – hatte am Telefon nicht gerade optimistisch geklungen. Ben Carr hatte, wie der Redakteur von der *Atlanta Constitution* schon gesagt hatte, einen schweren Schlaganfall erlitten, und niemand wagte, eine eindeutige Prognose zu stellen.

Eigentlich hätte sich Will in einer so außergewöhnlichen Situation um alles Notwendige kümmern und daran denken müssen, welche Schritte unternommen werden sollten, um ein Chaos zu verhindern. Aber jetzt konnte er nur an seine erste Begegnung mit Benjamin Carr denken.

»Ihr Vater meint, daß Sie einen Job brauchen«, sagte der Senator trocken.

»Das stimmt«, erwiderte Will. Er hatte es satt, Anwalt zu sein. Die Vorstellung, für einen einflußreichen Senator zu arbeiten, gefiel ihm.

Carr verschränkte die Hände hinter seinem Kopf und lehnte sich zurück. »Was können Sie denn?« fragte er, als erwarte er keine besonders überzeugende Antwort.

Will hätte gern etwas Schlagfertiges erwidert, aber ihm fiel nichts ein. »Ich kann Testamente abfassen, ich kann wirkungsvolle Mahnbriefe schreiben, ich kann einen Delinquenten verteidigen oder zumindest einen Antrag auf Kaution für ihn stellen. Ich kann außergerichtliche Vergleiche aushandeln, wenn die Parteien keine allzu großen Differenzen haben. Ich kann Boote bauen und steuern, ich kann einmotorige Flugzeuge fliegen.«

Der Senator sah Will ausdruckslos an. »Und Organisieren – können Sie Details planen?« fragte er.

»Ja, das könnte mir liegen – vorausgesetzt, das ist nicht meine einzige Aufgabe und ich muß mich ihr nicht für den Rest meines Lebens widmen.«

Der Senator nickte – das erste Entgegenkommen, das er Will zeigte. »Sind Sie trinkfest?«

»Nicht unbedingt, aber gewöhnlich halte ich mich mit Alkohol ziemlich zurück.«

Der Senator nickte wieder. »Können Sie den Mund halten?«

»Ja, Sir.«

»Sie würden staunen, wenn Sie wüßten, wie schwierig es ist, junge Leute zu finden, die das können.« Der Senator beugte sich vor, stützte die Ellenbogen auf seinen Schreibtisch und legte das Kinn in seine Hände. »Hatten Sie schon mal was mit Gesetzentwürfen zu tun?«

»Ja, Sir, zweimal im Zusammenhang mit Mandanten, die etwas beim Staatsparlament erwirken wollten.«

»Und hatten Ihre Eingaben Folgen?«

»Nein. Der erste Antrag ist nicht über den zuständigen Ausschuß hinausgekommen, und an dem zweiten wurde so viel geändert, daß er praktisch wirkungslos war.«

Der Senator grinste. »Na, da haben Sie jedenfalls was gelernt«, sagte er. »Haben Sie Vermögen?«

»Ja, Sir.«

»Wieviel?«

Will hätte fast gesagt, das ginge weder ihn noch sonst jemanden etwas an, aber er bremste sich und schwieg. Er erwiderte nur stumm den Blick des Senators.

»Formulieren wir es anders«, sagte Carr. »Können Sie mit fünfzehntausend Dollar im Jahr auskommen? Mehr zahle ich nämlich nicht.«

»Ja, Sir«, antwortete Will ohne Zögern.

Der Senator zog eine goldene Uhr aus seiner Westentasche und warf einen Blick darauf. »In drei Minuten habe ich eine Ausschußsitzung.« Er erhob sich. »Kommen Sie mit, dann bekommen Sie schon mal Einblick in die Arbeit, mit der wir uns hier rumschlagen müssen.« Er hastete aus dem Büro, und Will folgte ihm.

Auf dem Flur holte er Carr ein. »Verzeihung, Senator«, keuchte er, »bin ich engagiert?«

»Mein Junge«, erwiderte der Senator, »Sie haben bereits angefangen.«

Die Führungsfeuer der Landepiste – erst weiß, dann grün – holten Will in die Gegenwart zurück. Er drosselte das Tempo und setzte zur Landung an. Auf dem Boden rollte er zu einem Abstellplatz und schaltete den Motor aus. Im selben Moment landete zwanzig Meter vor ihm mit gewaltigem Getöse ein Helikopter. Als Will aus seiner Cessna stieg, sah er einen Streifenwagen der Staatspolizei mit Blaulicht übers Vorfeld auf den Helikopter zurasen. Will beobachtete, wie Mack Dean, der Gouverneur von Georgia, aus dem Helikopter sprang und zum wartenden Streifenwagen eilte, gefolgt von einem jüngeren Mann und einem Polizisten. Dean bemerkte Will und rief ihm über den Höllenlärm hinweg zu: »Kommen Sie, Will, Sie können bei mir mitfahren!«

Will stieg ein und quetschte sich zwischen den Gouverneur und den jungen Mann auf den Rücksitz.

»Das ist Rob Cutts von der *Constitution*«, stellte der Gouverneur vor.

Will schüttelte dem jungen Mann die Hand.

»Wie geht es dem Senator?« fragte Cutts.

»Rob«, wies ihn der Gouverneur zurecht, »Will weiß nicht mehr als wir. Er ist auch gerade erst angekommen. Aber wir sind gleich im Krankenhaus.« Er wandte sich Will zu. »Ich habe heute am späten Nachmittag noch mit ihm gesprochen. Er machte nicht den Eindruck, als wäre er krank.«

Will nickte.

»Er war immer unverwüstlich«, fuhr der Gouverneur fort. »Und wissen Sie, worüber er heute nachmittag geredet hat? Über Sie.«

Will erschrak und dachte an die Begegnung im Büro. Der Senator hatte gesagt, daß er ihn dem Gouverneur als seinen Nachfolger empfehlen wollte, falls er im Amt sterben sollte. Benjamin Carr hatte keine Zeit verloren. Sie schwiegen, bis der Streifenwagen vor der Notaufnahme der kleinen Klinik hielt.

Der Gouverneur ging voran, sprach mit den Krankenschwestern und allen, an denen er vorbeikam, oder winkte ihnen zu. Er schien enttäuscht zu sein, daß zu dieser Stunde nicht mehr Leute da waren, die er in seinen Bann ziehen konnte. Vor dem Zimmer des Senators stand ein Polizist Wache, und als sich die drei Männer näherten, kam ein Arzt aus dem Krankenzimmer.

Er streckte seine Hand aus. »Gouverneur«, begann er, »ich bin Ralph Daniels.«

»Hallo, Ralph«, dröhnte der Gouverneur und schüttelte dem Mann die Hand, als bediente er einen Pumpenschwengel, »wie geht's? Beziehungsweise, wichtiger noch, wie geht es dem Senator?«

Der Arzt legte den Kopf schief. »Es sieht leider gar nicht gut aus. Ich kann nicht garantieren, daß er die Nacht übersteht.«

Rob Cutts, der Reporter, machte sich eilig auf die Suche nach dem nächsten Telefon.

Will meldete sich zu Wort: »Guten Abend, Dr. Daniels. Ich bin Will Lee, ein Mitarbeiter des Senators.«

»Wir haben schon auf Sie gewartet«, erwiderte der Arzt. »Miß Emmy möchte Sie sprechen. Sie ist im Moment beim Senator.«

»Einen Augenblick noch«, sagte Will. »Erzählen Sie mir bitte genau, was passiert ist und welche Behandlung Sie eingeleitet haben.«

»Selbstverständlich.« Der Arzt nickte. »Der Chauffeur des Senators hat den Patienten gegen achtzehn Uhr hierhergebracht. Seine Schwester hat ihn begleitet. Mr. Carr hatte sich übergeben, empfand ein taubes Gefühl in Armen und Beinen – klassische Symptome eines Schlaganfalls. Wir haben ihm sofort eine Infusion gegeben, ihn beatmet und die üblichen Untersuchungen wie Blutdruckmessen und EKG durchgeführt. Danach habe ich eine Computertomographie erstellen lassen – zum Glück haben wir einen Tomographen, so was hat nicht jedes Kleinstadtkrankenhaus.«

Will erinnerte sich daran, daß der Senator die Mittel für die Anschaffung des Computertomographen selbst bereitgestellt hatte.

»Dann wurde er aphasisch und zunehmend lethargisch, und nachdem wir ihn in das Krankenzimmer gebracht hatten, verlor er das Bewußtsein.«

»Was heißt aphasisch?« fragte der Gouverneur.

»Er ist nicht mehr in der Lage, sich zu artikulieren, und reagiert kaum, wenn man ihn anspricht«, erklärte der Arzt.

»Was hat die Tomographie ergeben?« erkundigte sich Will.

»Er hat ein Blutgerinsel im Broca-Zentrum, in diesem Teil des Gehirns befindet sich das motorische Sprachzentrum.«

»Danke, Dr. Daniels«, murmelte Will. »Ich werde jetzt zu ihm gehen.« Er folgte dem Arzt ins Krankenzimmer des Senators. Der Gouverneur bildete das Schlußlicht. Benjamin Carr lag im Bett. Er war bewußtlos und atmete flach. Eine klare Flüssigkeit tropfte von einer Plastikflasche durch einen durchsichtigen Schlauch in die Vene des Patienten, und aus seiner Nase ragte eine Kanüle, durch die er mit Sauerstoff versorgt wurde. Sein Anblick traf Will wie ein Hieb. Noch vor wenigen Stunden war der Senator so vital und munter gewesen, und nun konnte er nur noch durch medizinische Hilfsmaßnahmen am Leben erhalten werden. Will empfand Mitleid und war gleichzeitig sehr traurig.

Emma Carr, die Schwester des Senators, saß am Bett und hielt die Hand ihres Bruders. Sie sah auf, und als sie Will erkannte, verzog sich ihr Gesicht. »Sie!« zischte sie. »Sie haben ihm das angetan, Ihretwegen hat er zuviel gearbeitet. Und jetzt sind Sie froh, daß es so gekommen ist, was? Ich wollte Sie sehen, damit ich Ihnen das ins Gesicht sagen kann!«

Will starrte die kleine weißhaarige Frau sprachlos an. Wovon sprach sie eigentlich? Sie war immer schon exzentrisch gewesen, und Will hatte oft den Verdacht gehegt, daß Ben Carr sie wohl nur bei sich behielt, um sie im Auge zu behalten, und nicht, weil sie ihm das Haus führte. Die Hauptarbeit erledigte ohnehin das schwarze Personal, und Miß Emmy, wie jeder sie nannte, hatte eigentlich nichts zu tun. Sie hatte nur ständig an allem etwas auszusetzen.

Der Arzt trat neben sie hin. »Bitte, Miß Emmy«, ermahnte er sie höflich, aber bestimmt. »Der Patient braucht wirklich Ruhe.«

Ben Carr holte plötzlich tief Luft und stieß sie wieder aus. Alle drehten sich um und sahen ihn an. Will wartete darauf, daß er wieder Luft holte, aber Ben Carr lag sekundenlang reglos und ohne zu atmen da.

»Doktor?« fragte Will leise. »Ist er...«

Der Arzt wollte gerade antworten, als Ben Carr wieder zu atmen anfing.

»Das nennt man Cheyne-Stokes-Atmung«, erklärte der Arzt. »Ich weiß, es erscheint Ihnen beunruhigend, aber er atmet. Daran stirbt er nicht.«

Will merkte erst jetzt, daß Jasper, der Chauffeur des Senators, still in der Ecke saß und weinte. Er ging zu ihm. »Jasper«, tröstete er ihn, »machen Sie sich keine Sorgen – er hält sich gut.«

Jasper blickte Will aus weitaufgerissenen Augen an. »Ich hab' getan, was ich konnte, Mr. Will. Ich bin so schnell wie möglich hergefahren.«

»Ich weiß«, sagte Will. »Sie haben genau das Richtige getan. Wahrscheinlich haben Sie ihm das Leben gerettet.«

»Hoffentlich. Ich will ihn doch nicht verlieren...«

Die Besucher schwiegen lange Zeit, während Ben Carr nach Luft rang. Einmal zählte Will dreißig Sekunden zwischen Aus- und Einatmen. Miß Emmy saß nach wie vor am Bett ihres Bruders und hielt seine Hand. Sie schien alle anderen vergessen zu haben.

Schließlich bedeutete der Arzt Will und dem Gouverneur, ihm zu folgen. Sie verließen das Zimmer. Auf dem Flur wandte sich der Arzt Will zu. »Die ist eine echte Plage.« Er deutete mit dem Kopf in Richtung Tür.

»Ich weiß«, sagte Will.

»Achten Sie gar nicht auf sie«, sagte der Gouverneur. »Sie ist ein bißchen verrückt.«

»Ich weiß nicht, ob sie Entscheidungen, was die Behandlung des Patienten betrifft, fällen kann«, sagte der Arzt.

»Das kann sie mit Sicherheit nicht«, erwiderte Will. »Halten Sie sie nur bei Laune, so gut es geht. Verständigen Sie mich bitte, wenn Entscheidungen getroffen werden müssen.«

»Ich habe den Senator noch nie behandelt«, erklärte der Arzt, »und ich kenne seine Krankengeschichte nicht. Hat er einen Hausarzt?«

»Normalerweise kümmern sich der Stabsarzt und die Leute vom Walter-Reed-Hospital um ihn«, berichtete Will. »Er ist erst gestern dort untersucht worden, Sie können sich im Hospital erkundigen. Ich weiß nur, daß er einen zu hohen Blutdruck hatte, aber leider kann ich Ihnen nichts Genaueres darüber sagen.«

»Ich werde gleich beim Walter-Reed-Hospital anrufen«, sagte der Arzt, dann runzelte er die Stirn. »Sie sehen müde aus. Möchten Sie hierbleiben?«

»Ja.«

Der Arzt deutete auf die Tür neben der zum Zimmer des Senators. »Dort schläft der Polizist, aber es gibt zwei Betten in diesem Zimmer. Sie können sich ein wenig ausruhen. Wenn es etwas Neues gibt, sage ich Ihnen sofort Bescheid. Im Augenblick können Sie wirklich nichts für den Senator tun.«

Will nickte. »Vielen Dank. Es wäre wunderbar, wenn Sie für den Chauffeur des Senators auch ein Plätzchen finden könnten. Er wird das Krankenhaus nicht verlassen, solange der Senator in Lebensgefahr ist.«

»Selbstverständlich – ich sage der Stationsschwester gleich, daß sie sich um ihn kümmern soll.« Der Arzt ging in sein Büro, um beim Walter-Reed-Hospital anzurufen. Der Gouverneur wandte sich an Will: »Ich glaube, ich kann hier auch nichts mehr tun. Ich fliege jetzt nach Atlanta zurück. Ich habe morgen sehr viele Termine.«

»Natürlich, Mack«, sagte Will. »Ich rufe Sie an, wenn sich etwas ändert.«

Sie verließen das Krankenhaus, und der Gouverneur blieb auf dem Gehsteig stehen. »Will«, begann er, »mein Gespräch mit dem Senator heute nachmittag...« Er blickte um sich, sog die kühle Nachtluft in die Lungen. »Ich möchte nicht, daß Sie sich falsche Hoffnungen machen, und darum sage ich Ihnen besser gleich, daß ich die Absicht habe, seinen Sitz zu übernehmen.« Er verstummte und wartete auf eine Antwort.

Will schwieg.

»Es wäre mir sehr lieb, wenn Sie Ihren jetzigen Job behalten würden«, fuhr Mack Dean fort. »Ich weiß, daß Sie Ihre Sache sehr gut machen, und ich werde Sie brauchen.« Er wartete wieder auf Antwort. »Nun?« fragte er schließlich.

Will starrte den Gouverneur an. Er hätte gute Lust gehabt, in dieses blasse, aufgedunsene Gesicht zu schlagen. Nicht weil Mack Dean ihn zur Seite drängen wollte, sondern weil er bereits über Ben Carrs Position, Ben Carrs Mitarbeiter und Ben Carrs Macht bestimmte. Will drehte sich wortlos um und ging ins Krankenhaus zurück.

7

Erst am Sonntagabend dachte Will wieder daran, daß er am nächsten Tag zur Vorverhandlung seines Mandanten gehen mußte. Er hatte den Sonntag damit verbracht, alle möglichen Telefonate entgegenzunehmen – von der *New York Times* bis zum Präsidenten der Vereinigten Staaten – und mit Miß Emmy zu Rande zu kommen. Am Nachmittag waren Dr. Daniels und Will beim Vormundschaftsrichter gewesen. Sie hatten eine einstweilige Verfügung erwirkt, die besagte, daß die Angelegenheiten des Senators bis auf weiteres von Will geregelt werden konnten.

Jetzt mußte sich Will auf die Verteidigung von Larry Moody konzentrieren, zumindest so lange, bis er mit Richter Boggs sprechen konnte, der unter diesen Umständen gewiß einen anderen Anwalt zum Pflichtverteidiger bestellen würde. Will zog seine Unterlagen zu Rate und rief in La Grange bei John Morgan, Larrys Chef, an. Morgan hatte bereits von der Verhaftung gehört und Moody im Gefängnis besucht.

»Sie müssen mir nur sagen, was ich tun kann, Mr. Lee«, sagte Morgan. »Larry ist der beste Mann, den ich habe. Deswegen habe ich ihm auch die Filiale in Greenville anvertraut.«

»Ich kann versuchen, ihn gegen Kaution freizukriegen«, erklärte Will, »aber er hat kein Geld und keine nennenswerten Vermögenswerte.«

»Wieviel werden Sie brauchen?« fragte Morgan.

»Ich nehme an, daß der Richter mindestens fünfzigtausend Dollar verlangt, vielleicht auch hunderttausend – falls er sich überhaupt auf eine Freilassung gegen Kaution einläßt.«

»Ich könnte ohne weiteres Vermögenswerte über diese Summe anführen«, sagte Morgan.

»Dann kommen Sie bitte morgen um zehn ins Gericht«, sagte Will, »und bringen Sie eine Übertragungsurkunde mit.«

»Wird gemacht«, versprach Morgan.

»Sie sollten sich aber im klaren darüber sein, Mr. Morgan, daß viele Leute, selbst wenn Larry auf freien Fuß gesetzt wird, keinen Heizungsmonteur im Haus haben wollen, dem ein Mord zur Last gelegt wird.«

»Deswegen mache ich mir keine Gedanken«, erwiderte Morgan. »Wir sehen uns am Montag.«

Will legte auf. Daß Larry Moodys Chef bereit war, so viel für seinen Angestellten zu tun, beeindruckte ihn. Er bedauerte fast, daß er den Fall abgeben mußte und nahm sich vor, bei der Suche nach einem guten Anwalt mitzuwirken. Dann blickte er auf und sah, daß der Arzt auf ihn zukam.

»Ich habe den Senator noch einmal untersucht«, berichtete Daniels. »Seine Atmung ist wieder normal, das ist ein gutes Zeichen. Sein Zustand ist zwar immer noch kritisch, aber er scheint sich stabilisiert zu haben.«

»Wunderbar«, sagte Will. Er schrieb seine Telefonnummer auf einen Zettel. »Ich habe morgen vormittag einen Gerichtstermin. Ich werde zwar die meiste Zeit erreichbar sein, aber wenn Sie mich aus irgendeinem Grund doch nicht finden können, dann verlassen Sie sich auf Jaspers Urteil. Er kümmert sich schon seit vielen Jahren um den Senator.«

»In Ordnung«, antwortete der Arzt.

»Ich komme morgen nachmittag wieder her«, sagte Will.

Es war zwei Uhr morgens, als Will endlich in seinem Bett lag, und es dauerte noch eine Weile, bis er einschlafen konnte. Trotzdem wachte er wie üblich um halb sieben auf, machte Frühstück, sah sich im Fernsehen die Berichte über die Krankheit des Senators an und dachte über die Vorverhandlung nach. Auf dem Weg nach Greenville hielt er in Delano bei der Kanzlei in der Main Street. Er begrüßte Kathy, die Dame am Empfang, und die ehrfurchtgebietende Maxine Moss, die als Sekretärin für seinen Vater und ihn selbst arbeitete, wenn er etwas in der Kanzlei zu tun hatte. Maxine ging auf die Sechzig zu, war groß und kräftig und ungeheuer intelligent. Sie herrschte über die Kanzlei und manchmal auch über ihre Chefs mit eiserner Hand.

»Keine Post für Sie«, verkündete Maxine, »aber irgend jemand hat das hier in den Briefkasten geworfen.« Sie legte eine gefütterte braune Versandtasche auf Wills Schreibtisch. Sein Name war mit dickem Filzstift auf das Kuvert gekritzelt.

»Danke, Maxine«, sagte Will. »Ich wollte eigentlich nur kurz hereinschauen. Um zehn Uhr habe ich eine Vorverhandlung.«

»Ich weiß«, erwiderte Maxine. »Ich habe gehört, daß der Senator schwer krank ist – tut mir sehr leid. Wie geht es ihm?«

»Nicht besonders gut«, sagte Will. »Wenn sich Dr. Daniels hier meldet, würde ich Sie bitten, im Gerichtsgebäude Bescheid zu geben.«

»Natürlich. Möchten Sie einen Kaffee?«

»Ich könnte eine Tasse vertragen.«

Maxine ging, und Will öffnete die Versandtasche und kippte den Inhalt auf seinen Schreibtisch. Er war einen Moment lang wie erstarrt. Vor ihm lag ein Dutzend Banknotenbündel – Hunderter, Fünfziger und Zwanziger, von Gummis zusammengehalten. Im Vorzimmer hörte Will Maxines Stimme. Er zog rasch die Schreibtischschublade auf und ließ das Geld darin verschwinden. Er wunderte sich selbst, daß er es vor Maxine versteckte, aber soviel Bargeld hatte immer etwas Anrüchiges an sich. Maxine brachte den Kaffee, und als sie gegangen war, zog Will die Schublade wieder auf und zählte das Geld – es waren genau fünfundzwanzigtausend Dollar.

Er schaute noch einmal in den Umschlag und fischte einen zusammengefalteten Bogen Briefpapier heraus. Darauf stand, ebenfalls mit Filzstift und in Druckbuchstaben geschrieben: »FÜR DIE VERTEIDIGUNG VON LARRY EUGENE MOODY.« Es war nicht schwer zu erraten, warum Moodys Wohltäter anonym bleiben wollte. Nun, sagte sich Will, ihm sollte es recht sein.

Er steckte das Geld und den Briefbogen in das Kuvert zurück und stopfte ihn in seine Aktentasche. Larry Moody hatte mehr Freunde, als er selbst wußte. Dieser Freund jedoch wollte nicht mit Moody in Verbindung gebracht werden – vermutlich wegen der Art des Verbrechens. Greenville war schließlich eine Kleinstadt.

Um neun Uhr dreißig klopfte Will an die Tür von Richter Boggs' Zimmer.

»Kommen Sie herein.« Der Richter deutete auf einen Sessel. »Was kann ich für Sie tun?«

»Ich vermute, daß Sie schon von der Erkrankung des Senators gehört haben.«

»Habe ich. Wie geht es ihm?« Bevor Will antworten konnte, klingelte das Telefon, und der Richter nahm ab. »Hallo?« Einen Augenblick später reichte er Will den Hörer. »Es ist für Sie.«

»Hier Daniels«, sagte eine Stimme.

Eine jähe Angst schnürte Will die Kehle zu. »Ja, Doktor, was ist passiert?«

»Der Senator ist bei Bewußtsein«, berichtete der Arzt. »Ich muß zugeben, daß ich darüber sehr erstaunt bin. Er kann sich nach wie vor nicht artikulieren, aber er scheint zu verstehen, was um ihn herum vorgeht. Seine Körperfunktionen sind stabil. Er ist keineswegs über den Berg, aber ich bin jetzt doch etwas optimistischer.«

»Das sind gute Nachrichten, Doktor«, sagte Will.

»Möchten Sie, daß ich jemandem Mitteilung über seinen Zustand mache?«

»Ist der Reporter von der *Constitution* noch in der Klinik?«

»Ja. Und ein TV-Team aus Atlanta.«

»Okay. Dann geben Sie eine kleine Pressekonferenz, und erzählen Sie den Leuten, was Sie mir eben gesagt haben. Machen Sie's kurz, sagen Sie, Sie hätten ein Statement zu machen, würden aber keine Fragen beantworten. Alles klar?«

»Ja.«

»Lassen Sie sich von den Jungs nicht zu irgendwelchen Spekulationen bewegen.«

»In Ordnung.«

Will bedankte sich und legte auf. Er informierte den Richter über das, was er gerade erfahren hatte.

»Freut mich zu hören«, sagte Boggs. »Carr ist ein guter Mann, und ich hoffe sehr, daß er's schafft. Aber was kann ich für Sie tun?«

»Sie werden sicher verstehen, daß ich durch die Erkrankung des Senators in eine heikle Lage geraten bin – ich meine, im Hinblick auf die Verteidigung von Larry Moody. Unter diesen Umständen muß ich Sie leider bitten, mich von meinem Mandat zu entbinden.«

Der Richter schüttelte den Kopf. »Kommt nicht in Frage. Ich habe Ihnen und Elton deutlich klargemacht, daß Sie sich verpflichtet haben, die Sache zu Ende zu führen. Ich gebe Ihnen jeden Spielraum, den Sie brauchen, um die Angelegenheiten des Senators zu regeln, aber Sie haben die Verteidigung von Moody übernommen, und das ist unwiderruflich.«

Will hatte Mühe, seinen Ärger nicht zu zeigen. »Richter, ich halte diese Entscheidung in einer solchen Situation für unvernünftig. Ich werde bei der Vorverhandlung für ihn eintreten, aber dann sollten Sie den Fall einem anderen Anwalt übergeben. Sie werden doch nicht die Chancen des Angeklagten mindern wollen.«

»Will, ich weiß, daß Sie Probleme haben, und ich werde Ihnen helfen, so gut ich kann, aber ich habe auch Schwierigkeiten, und zunächst werden wir die beseitigen müssen. Ich bin sehr zufrieden damit, wie sich dieser Fall anläßt, und ich habe nicht vor, etwas zu verändern.« Boggs warf einen Blick auf seine Uhr. »Wir sehen uns in zwanzig Minuten im Gerichtssaal.«

Will erhob sich und ging zur Tür. »Wie Sie wünschen«, sagte er mit mühsam unterdrücktem Zorn. An der Tür blieb er stehen. »Moody ist übrigens nicht mehr mittellos. Es ist jemand an mich herangetreten, der einen Honorarvorschuß für seine Verteidigung anbietet.«

»Ach ja?« Der Richter zog die Augenbrauen hoch. »Wer ist das?«

»Der Geldgeber möchte anonym bleiben.«

»Und wieviel hat er angeboten?«

»Genug.« Will sah keinen Grund, dem Richter die genaue Summe zu nennen.

»Das ist sehr interessant, Will, und ich freue mich darüber. Bis später.«

Um zehn vor zehn wurde Larry Moody von einem Hilfssheriff in den Gerichtssaal geführt. Will wartete, bis Larry die Handschellen abgenommen wurden, und schüttelte ihm die Hand. »Sind Sie anständig behandelt worden, Larry?« fragte er.

»Ja, Sir. Aber den Knast hab' ich trotzdem satt.«

Ein Mann betrat den Saal. Will vermutete, daß er John Morgan war und winkte ihn zu sich. Der Hilfssheriff erhob keine Einwände, als sich Morgan und Moody über die Schranke hinweg die Hand gaben. »Larry«, begann Will, »Mr. Morgan hat angeboten, die Kaution für Sie zu stellen. Natürlich müssen wir erst herausfinden, ob der Richter überhaupt eine Kaution festsetzt.«

»Danke, Sir«, sagte Moody.

»Schon gut, mein Junge«, erwiderte Morgan. »Wir sind alle überzeugt, daß Sie nichts mit dieser Geschichte zu tun haben. Wir stehen hinter Ihnen.«

»Mr. Morgan«, sagte Will, »ich würde Sie gern als Leumundszeugen aufrufen, wenn Ihnen das recht ist.«

»Wird mir ein Vergnügen sein.« Morgan nahm in der vordersten Zuschauerreihe Platz.

Will bedeutete Moody, sich neben ihn an den Tisch der Verteidigung zu setzen. »Das heute ist noch kein Prozeß«, erklärte er, »aber wir werden sehen, was die Vertretung der Anklage gegen Sie in der Hand hat. Ich...« Will hielt inne, als sich eine Hand auf Moodys Schulter legte. Er drehte sich um und sah, daß Charlene Joiner ihn und Larry anlächelte. Selbst in dem schlichten, in keiner Weise gewagten Kleid verwirrte sie ihn.

»Hallo«, sagte sie zu Moody. »Du fehlst mir, Mann!«

Moody strahlte. »Du mir auch. Aber Mr. Lee hat gesagt, daß ich vielleicht auf Kaution freikomme.«

»Guten Morgen«, grüßte Charlene und blickte Will direkt in die Augen.

»Guten Morgen, Miß Joiner«, entgegnete Will. »Ich bin nicht sicher, ob wir Erfolg haben werden, aber wir werden auf jeden Fall versuchen, für Larry eine Freilassung gegen Kaution durchzusetzen.«

»Ich weiß, daß Sie Ihr Bestes tun«, flötete Charlene. Sie setzte sich neben John Morgan, und die beiden begrüßten sich.

Will wandte sich wieder Moody zu. »Ich möchte Ihnen nicht verheimlichen, daß ich den Richter vorhin gebeten habe, mich von Ihrer Verteidigung zu entbinden.«

Moody starrte Will entsetzt an. »Warum?«

»Es hat nichts mit Ihnen zu tun, Larry. Ich bin nicht nur Anwalt, sondern bin hauptsächlich für Senator Carr in Washington tätig. Der Senator hat am Samstag einen Schlaganfall erlitten. Ich muß vermutlich viel Zeit investieren, um mich um seine Angelegenheiten zu kümmern. Ich habe mit dem Richter darüber gesprochen, aber er besteht darauf, daß ich Sie weiter verteidige.«

Moody stieß einen Seufzer der Erleichterung aus. »Mann, da bin ich aber froh. Ich möchte wirklich, daß Sie mich verteidigen.«

»Das weiß ich zu schätzen, Larry, aber Sie müssen verstehen, daß unter diesen Umständen ein anderer Anwalt bessere Arbeit für Sie leisten könnte. Im Zusammenhang mit meiner derzeitigen Situation wird es unweigerlich zu Verzögerungen kommen, und das kann bedeuten, daß sich auch der Beginn des Prozesses hinausschiebt. Wenn wir Sie nicht gegen Kaution freikriegen, müßten Sie also möglicherweise längere Zeit im Gefängnis verbringen.« Will holte tief Luft und spielte seine letzte Karte aus. »Wenn Sie dem Richter jetzt mitteilen, daß Sie einen anderen Anwalt wollen, ist er gezwungen, Ihrem Wunsch zu entsprechen. Meine ehrliche Meinung ist, daß Sie unter diesen Umständen mit einem anderen Anwalt, der Ihrem Fall mehr Zeit widmen kann, besser dran wären. Wie denken Sie darüber?«

»Ich will keinen anderen Anwalt«, sagte Moody mit Nachdruck. »Ich glaube, daß Sie sehr klug sind und mir helfen können. Charlene glaubt das auch.«

Will schaute sich nach Charlene um, die seinen Blick mit der Andeutung eines Lächelns erwiderte. »Larry, heute morgen hat mir jemand fünfundzwanzigtausend Dollar in bar in den Briefkasten geworfen. Das Geld ist für Ihre Verteidigung bestimmt, und für diese Summe könnte ich vielleicht sogar einen der Staranwälte von Atlanta dafür gewinnen, Ihren Fall zu übernehmen.«

Larry schüttelte den Kopf. »Nein, Sir, ich will Sie, und Charlene ist meiner Meinung«, wiederholte er.

Will blieb jetzt kein Ausweg mehr, und er wußte es. »Also gut«, sagte er, »dann bin ich auch in Zukunft Ihr Anwalt. Haben Sie eine Ahnung, von wem das Geld stammen könnte?«

Larry schüttelte den Kopf. »Nein.«

»Aufstehen!« rief der Gerichtsdiener.

Richter Boggs kam mit flottem Schritt und wallender Robe in den Saal, nahm Platz und erlaubte den Anwesenden, wieder Platz zu nehmen. Dann sah er den Staatsanwalt fragend an. »Mr. Hunter?«

Elton Hunter erhob sich. »Hohes Gericht, in dieser Vorverhandlung erhebt der Staat Georgia Anklage gegen Larry Eugene Moody wegen Mordes. Ich werde nur einen Zeugen aufrufen.«

»Bitte, rufen Sie ihn auf.«

»Sheriff Dan Cox, bitte.« Der Sheriff trat in den Zeugenstand und wurde vereidigt.

Will beugte sich vor und flüsterte Larry Moody zu: »Die Anklage hält sich bedeckt – sie läßt nur den Sheriff antreten. Das heißt, sie will nicht, daß wir mehr erfahren als unbedingt nötig.«

Elton Hunter wandte sich seinem Zeugen zu. »Mr. Cox, Sie sind der Sheriff des Bezirks Meriwether?«

»Ja.«

»Und Sie haben den Angeklagten, Larry Eugene Moody, am Donnerstag voriger Woche verhaftet?«

»Ja.«

»Aus welchem Grunde haben Sie einen Haftbefehl gegen ihn erwirkt?«

»Ich habe einen Zeugen, der den Angeklagten am Tatort gesehen hat. Der Zeuge hat den Angeklagten bei einer Gegenüberstellung identifiziert. Ich habe Beweisstücke für das Verbrechen in dem Transporter gefunden, der dem Angeklagten gehört. Ich habe den Angeklagten vernommen und bin von seinen Angaben bezüglich dessen, wo er sich am Tag des Mordes zwischen zwanzig und zweiundzwanzig Uhr aufgehalten hat, nicht überzeugt.«

»Ich habe keine weiteren Fragen mehr an den Zeugen. Bitte, Mr. Lee«, sagte Hunter und kehrte an seinen Platz zurück.

Will erhob sich. »Guten Morgen, Sheriff. Hat Ihr Zeuge das Verbrechen beobachtet?«

»Nein, Sir.«

»Woher wollen Sie dann wissen, daß der Zeuge meinen Mandanten am Tatort gesehen hat?«

Der Sheriff wurde rot. »Ich muß mich berichtigen«, sagte er. »Mein Zeuge hat beobachtet, wie sich der Angeklagte des Opfers entledigt hat. Ich glaube, daß die Tat im Transporter des Angeklagten verübt wurde. Es ist möglich, daß sich der Angeklagte nach der Tat mit seinem Wagen vom Tatort entfernt hat.«

»Dann hat Ihr Zeuge also nicht gesehen, wie mein Mandant den Mord begangen hat?«

»Nein, Sir.«

»Hat Ihr Zeuge das Gesicht der Person gesehen, die sich des Opfers entledigt hat?«

Das Gesicht des Sheriffs wurde noch röter. »Nicht direkt, aber er ist sicher, daß es der Angeklagte war.«

»Der Zeuge hat das Gesicht dieser Person nicht gesehen, aber er ist sicher, daß er meinen Mandanten erkannt hat. Aha.« Will warf dem Richter einen ungläubigen Blick zu. Boggs verzog keine Miene. »Sie sagen außerdem, Sheriff, daß Sie Beweise aus dem Transporter von Mr. Moody haben. Handelt es sich dabei um Befunde des kriminalistischen Labors des Staates Georgia?«

»Genau.«

»Darf ich den Bericht mal sehen?«

»Den habe ich noch nicht. Das Labor hat mir telefonisch Auskunft gegeben. Ich habe erfahren, daß die Faserspuren am Körper des Opfers aus dem Wagen des Angeklagten stammen.«

»Aber so würde das bestimmt nicht in dem Bericht, den Sie ja noch nicht haben, formuliert werden, oder? Müßte es nicht heißen, daß die Fasern mit denen identisch sind, die im Wagen gefunden wurden?«

»Ja.«

»Das bedeutet also, daß es sich hier um identische oder ähnliche Fasern handelt. Es bedeutet aber nicht, daß sie dieselbe Herkunft haben, ist das richtig?«

»Kann sein.«

»Gut. Sie sagen außerdem, daß Sie die Angaben des Angeklagten hinsichtlich seines Verbleibs zur Tatzeit nicht überzeugt hätten. Habe ich das korrekt wiedergegeben?«

»Ja, Sir.«

»Inwiefern haben diese Angaben Sie nicht überzeugt?«

»Ich glaube dem Angeklagten nicht.«

»Das ist alles? Sie haben keinen Beweis dafür, daß er lügt – Sie glauben ihm einfach nicht?«

»Ich habe meinen Zeugen.«

»Mit anderen Worten, Sie glauben Ihrem Zeugen, der zugibt, daß er das Gesicht meines Mandanten nicht gesehen hat.«

»Ja, Sir.«

»Mein Mandant hatte ein Alibi, nicht wahr?«

»Ja, Sir. Er hat gesagt, er wäre zu Hause bei seiner Freundin gewesen.«

»Also bei Miß Charlene Joiner. Haben Sie Miß Joiner auch vernommen?«

»Ja, Sir.«

»Und hat sie Mr. Moodys Angaben bestätigt?«

»Ja, Sir.«

»Aber Sie haben auch ihr nicht geglaubt.«

»Nein, Sir.«

»Und warum nicht? Sprach irgend etwas dagegen? Gibt es irgendeinen Beweis?«

»Nur das, was ich schon gesagt habe.«

»Sie schenken also Ihrem Zeugen Glauben, nicht aber Miß Joiner, ist das richtig?«

»Ja, Sir.« Der Sheriff war jetzt sichtlich verärgert.

»Ist an dem Opfer eine Autopsie vorgenommen worden, Sheriff?«

»Ja, Sir.«

»Hat die Obduktion erwiesen, daß das Opfer vor dem Mord vergewaltigt wurde?«

»Ja, Sir.«

»Warum ist mein Mandant dann nicht wegen Vergewaltigung angeklagt?«

»Da müssen Sie den Staatsanwalt fragen. Das war nicht meine Entscheidung.«

»Danke, Sheriff, ich habe keine Fragen mehr. Hohes Gericht, die Verteidigung ruft Miß Charlene Joiner als Zeugin auf.«

Der Sheriff und Charlene tauschten die Plätze, und Charlene wurde vereidigt.

»Miß Joiner, wo waren Sie am vergangenen Donnerstag abend?«

»Ich bin kurz nach sechs von der Arbeit nach Hause gekommen.«

»Waren Sie den ganzen Abend zu Hause?«

»Ja.«

»Und wo war Larry Moody?«

»Auch zu Hause, bei mir.«

»Hat er das Haus verlassen, nachdem Sie von der Arbeit gekommen waren?«

»Nein.«

»Auch nicht für kurze Zeit? Ist er nicht noch schnell was einkaufen gegangen? Oder hat er vielleicht irgendwo ein Bier getrunken?«

»Nein, er war bis acht Uhr morgens zu Hause.«

»Waren Sie selbst die ganze Zeit über zu Hause?«

»Ja.«

»Miß Joiner, ist Ihnen klar, daß Sie hier unter Eid aussagen und daß Sie, wenn Sie lügen, nicht nur wegen Meineids, sondern auch wegen Beihilfe zum Mord bestraft werden können?«

»Ja, das ist mir klar, aber ich lüge nicht. Larry war von sechs Uhr abends bis acht Uhr morgens mit mir zusammen.«

»Ich habe keine weiteren Fragen an die Zeugin, hohes Gericht.«

Der Richter sah Elton Hunter an. Hunter schüttelte den Kopf. »Haben Sie noch einen Zeugen, Mr. Lee?« fragte Boggs.

»Ja, hohes Gericht. Mr. Morgan, bitte.«

John Morgan trat in den Zeugenstand.

»Mr. Morgan, wie lange kennen Sie Larry Moody schon?« fragte Will.

»Seit seiner Highschoolzeit. Er hat da Football gespielt, und ich war Mitglied im Quarterback-Club. So habe ich ihn kennengelernt.«

»Und wann hat er angefangen, für Sie zu arbeiten?«

»Gleich nach der Highschool.«

»Wie lange ist das her?«

»Knapp sieben Jahre. Er hat in La Grange seine Lehre bei uns gemacht, und vor zwei Jahren haben wir ihn nach Greenville geschickt. Wir haben viele Kunden in Greenville, und ich hielt es für eine gute Idee, hier eine Filiale zu eröffnen.«

»Warum haben Sie gerade Larry Moody nach Greenville geschickt?«

»Weil er gut gearbeitet hat – erstklassig sogar – und immer absolut zuverlässig war.«

»Mr. Morgan, Sie haben mir gesagt, daß Sie bereit wären, eine hohe Kaution für Larry Moody zu stellen. Warum?«

»Weil Larry ein feiner Kerl ist und weil ich ihm bedingungslos vertraue.«

»Danke, Mr. Morgan. Ich habe keine weiteren Fragen mehr.«

Wieder sah der Richter Elton Hunter an, und wieder lehnte Hunter eine Vernehmung ab. »In Ordnung, Mr. Hunter«, sagte Boggs. »Dann darf ich um Ihr Schlußwort bitten.«

Elton Hunter erhob sich. »Hohes Gericht, Sie haben die Aussage des Sheriffs gehört, eines Mannes, dem es wirklich nicht an Erfahrung mangelt und der seit vielen Jahren im Amt ist. Die Anklage beantragt demnach, daß der Angeklagte vor ein Großes Schwurgericht gestellt wird.« Hunter nahm wieder Platz.

»Mr. Lee?« sagte der Richter.

Will stand auf. »Hohes Gericht, nach Aussage des Sheriffs hat sein Zeuge das Gesicht meines Mandanten nicht gesehen. Auch ergibt sich bei seinen Beweisen kein zweifelsfreier Zusammenhang mit Mr. Moodys Wagen. Sie haben von einer zuverlässigen Zeugin gehört, daß Mr. Moody den ganzen Abend bei ihr zu Hause war. Sie haben zur Kenntnis genommen, daß mein Mandant, obwohl es sich hier offensichtlich um Vergewaltigung und Mord handelt, nicht wegen Vergewaltigung angeklagt ist, was offensichtlich darauf hindeutet, daß die Anklage auf schwachen Füßen steht. Angesichts eines eklatanten Mangels an Beweisen beantrage ich, daß die Anklage gegen Larry Eugene Moody abgewiesen wird.« Das war reine Formsache; Will rechnete nicht damit, daß die Anklage abgewiesen wurde.

»Abgelehnt«, sagte der Richter. »Beantragen Sie Haftentlassung gegen Kaution?«

»Ja, hohes Gericht. Ich bitte dabei zu berücksichtigen, daß die bislang vorgelegten Beweise gegen meinen Mandanten, um es höflich zu formulieren, nicht sehr überzeugend sind. Mein Mandant hat ein Alibi, und dieses Alibi ist bestätigt worden. Außerdem ist gezeigt worden, daß der Angeklagte einen ausgezeichneten Ruf genießt und ein hervorragendes Zeugnis seines Arbeitgebers aufweisen kann. Er hat keine Ersparnisse und zahlreiche finanzielle Verpflichtungen – es ist also wichtig für ihn, daß er seine Arbeit sofort wieder aufnimmt. Es besteht weder Flucht- noch Verdunkelungsgefahr. Ich beantrage daher, daß mein Mandant gegen eine Kaution von zehntausend Dollar aus der Haft entlassen wird.«

Der Richter sah Elton Hunter an und zog die Augenbrauen hoch.

Hunter erhob sich. »Hohes Gericht, die Vertretung der Anklage lehnt Haftentlassung gegen Kaution ab...«

»Hören Sie«, entgegnete Will. »Wir sind bereit, einen substantiellen Betrag zu hinterlegen. Es gibt gewiß keinen Grund, den Antrag auf Kaution abzulehnen.«

Der Richter sah Will an. »Setzen Sie sich, Mr. Lee«, befahl er. »Sie sind schon zu Wort gekommen.«

Will nahm widerstrebend Platz.

»Hohes Gericht«, fuhr Elton Hunter fort, »Mr. Moody ist eines schweren Verbrechens angeklagt – des brutalen Mordes an einer angesehenen Bürgerin, der das ganze Gemeinwesen erschüttert hat. Es wäre unverantwortlich, ihn jetzt auf freien Fuß zu setzen.«

Der Richter reagierte prompt. »Der Antrag auf Kaution wird abgelehnt. Der Angeklagte wird vor ein Großes Schwurgericht gestellt, das...« Boggs blickte Hunter fragend an, »das noch in dieser Woche zusammentritt.«

»Jawohl, hohes Gericht«, erwiderte Hunter. »Ich werde den Fall am Donnerstag vortragen, sofern der Obduktions- und der Laborbericht bis dahin vorliegen.«

»Gut«, sagte der Richter. »Mr. Lee, wenn der Staatsanwalt tatsächlich so wenig in Händen hat, wird das Große Schwurgericht die Anklage mit Sicherheit abweisen, und Ihr Mandant wird vor Ende der Woche wieder auf freiem Fuß sein.« Der Richter erhob sich. »Die Verhandlung ist beendet.«

»Alles aufstehen!« rief der Gerichtsdiener.

Als Boggs gegangen war, setzte sich Will wieder neben seinen Mandanten. »Tut mir leid, Larry, unsere Aussichten auf Kaution waren von Anfang an nicht gut – das sind sie in einem solchen Fall nie.«

»Aber der Richter hat doch gesagt, daß das Schwurgericht die Anklage vielleicht fallenläßt«, sagte Moody hoffnungsvoll.

Will schüttelte den Kopf. »Wenn über die Anklage entschieden wird, kann ich nicht für Sie plädieren, und der Staatsanwalt hat bei einer solchen Verhandlung fast immer Vorteile. Ich fürchte, Sie müssen bis zum Prozeß im Gefängnis bleiben.«

Moody nickte traurig. »Trotzdem vielen Dank, daß Sie es versucht haben. Sie haben dem Sheriff echt die Hölle heiß gemacht.«

Will grinste. »Warten Sie erst mal ab, bis ich ihn beim Prozeß im Zeugenstand habe.«

Während Moody Charlene küssen und noch einmal mit seinem Chef sprechen durfte, schaute Will sich um und entdeckte eine Reihe von Leuten, die er zuvor nicht bemerkt hatte. Ein älteres, ziemlich hellhäutiges farbiges Paar stand im Saal und unterhielt sich mit einem hochgewachsenen, sehr dunklen Schwarzen. Will kannte den Mann: Martin Washington, führender Kopf einer Gruppe, die sich AFR nannte, Anwälte für Rassengleichheit. Das bedeutete eine Menge Publicity, vielleicht sogar Demonstrationen. Das waren ausgesprochen unerfreuliche Aussichten.

Ein anderer Mann, ein Weißer, den Will nicht kannte, unterhielt sich mit Elton Hunter. Gleich darauf beendeten sie ihr Gespräch, und der Mann kam auf Will zu.

»Mr. Lee«, sagte er und streckte die Hand aus, »ich bin Nick Donner, Korrespondent der *New York Times.*«

Will schüttelte ihm die Hand. O Gott, dachte er, das hat mir gerade noch gefehlt.

8

Will beugte sich über das Bett und sah Benjamin Carr in die Augen. Sie strahlten ihm hell entgegen. Ansonsten war das Gesicht des Senators ausdruckslos. Seine Züge waren völlig entspannt, seine Miene hatte etwas Sanftes und Kindliches an sich, und sein Mund schien leicht zu lächeln.

Der Arzt hatte Will gesagt, daß Carr ihn möglicherweise verstehen konnte, aber nicht in der Lage war, auf seine Worte zu reagieren.

Will zog einen Stuhl ans Bett und ergriff Carrs schlaffe Hand. »Senator«, sagte er, »ich bin's – Will. Ich weiß, daß Sie nicht sprechen können, aber vielleicht verstehen Sie mich. Sie hatten einen Schlaganfall, aber inzwischen hat sich Ihr Zustand stabilisiert. Viel mehr kann der Arzt noch nicht sagen. Er weiß nicht, äh... wann Sie wieder sprechen können.« Fast hätte Will »ob« gesagt. Er machte eine kleine Pause, überlegte sich, was den Senator sonst noch interessieren könnte. »Miß Emmy war die meiste Zeit hier, Jasper auch. Im Moment schlafen sie. Der Gouverneur ist sofort gekommen, als er von Ihrem Schlaganfall gehört hat, aber er mußte nach Atlanta zurück.« Will hielt wieder eine Weile inne. »Der Arzt und ich haben beim Vormundschaftsrichter eine einstweilige Verfügung erwirkt, die mich ermächtigt, mich um Ihre Angelegenheiten zu kümmern. Ich glaube, Miß Emmy wäre der Belastung nicht gewachsen. Minnie und Jasper werden den Haushalt führen, die Rechnungen zahlen und so weiter. Für alle anderen Entscheidungen stehe ich zur Verfügung, bis Sie wieder auf den Beinen sind.« Will unterbrach sich noch einmal. Er wollte etwas sagen, das dem Senator Mut machte und seine Selbstheilungskräfte mobilisierte. Er wußte nicht, ob es richtig war, aber er tat es trotzdem. »Senator, ich kenne Sie gut, und ich weiß, daß Sie bald wieder der Alte sein werden. Ich plane nach wie vor, Ihren Wahlkampf zu organisieren, also lassen Sie mich nicht im Stich, ja? Ich habe den anderen Mitarbeitern bereits gesagt, daß sich nichts geändert hat«, log er abschließend.

Carr verzog keine Miene, aber zu Wills Überraschung bewegte er seine Hand ein ganz klein wenig, als versuchte er, die von Will fester zu fassen.

»Ja, Senator«, sagte Will. »Ich hab's gespürt; ich weiß, daß Sie die Hand bewegen können. Bemühen Sie sich weiter, bitte!« Carr schloß die Augen. Er schien müde zu sein. Will drückte ihm die Hand und ging.

Auf dem Flur begegnete er Dr. Daniels. »Er hat die Hand bewegt, Doktor«, erzählte Will fast atemlos. »Er hat einen Moment meine Hand gedrückt.«

Der Arzt betrachtete Will skeptisch. »Ich glaube nicht, daß er dazu imstande ist. Was Sie gespürt haben, war vermutlich eine unwillkürliche Muskelzuckung.«

»Was für Chancen hat er? Ich meine, daß er sich wieder bewegen, wieder sprechen kann?«

»Das läßt sich kaum sagen«, antwortete der Arzt. »Ich habe es bei ein paar Patienten erlebt, daß sie nach einem schweren Schlaganfall gleich wieder auf dem Damm waren. Und andere haben sich von einem leichten – zumindest hielt ich es für einen leichten – nie mehr erholt.«

»Aber wenn er nun wirklich meine Hand gedrückt hat? Wenn es keine Muskelzuckung war?«

»Dann wäre das ein sehr gutes Zeichen. Wenn er schon so kurz nach dem Schlaganfall dazu in der Lage ist, hat er möglicherweise gute Chancen. Falls sein Zustand stabil bleibt, werde ich ihn in ein paar Tagen – vielleicht schon Weihnachten – nach Hause schicken. Nach einiger Zeit können wir eine Therapie einleiten und sehen, wie er darauf reagiert.«

»Doktor, ich möchte Ihnen im Vertrauen sagen, daß er vorhatte, nächsten November noch einmal für den Senat zu kandidieren. Glauben Sie, daß er bis dahin gesund genug dafür sein wird? Er müßte keinen Wahlkampf im eigentlichen Sinne führen, solange er nur in eine TV-Kamera schauen und normal sprechen kann. Ich glaube, wenn er keine Aussichten mehr hat in den Senat zu kommen, verliert er den Lebensmut.«

Der Arzt schwieg einen Moment. »Will«, sagte er schließlich, »über die Heilungschancen läßt sich nichts Definitives sagen. Aber natürlich wirkt es günstig auf jeden Patienten, wenn er etwas hat, worauf er sich freut. Es kann nicht schaden, wenn Sie mit ihm über seine Wahl reden.«

»Doktor«, sagte Will, »darf ich Sie um einen Gefallen bitten?«

»Selbstverständlich.«

»Wenn Sie mit den Medien sprechen – könnten Sie dann sagen, daß er in einem gewissen Maße auf die Behandlung anspricht? Schließlich hat er versucht, meine Hand zu drücken, er hat es wirklich versucht. Im Moment ist es sehr wichtig, daß niemand denkt, er vegetiere nur noch dahin.«

»Mack Dean zum Beispiel?« fragte Daniels. »Ich nehme an, unser Gouverneur säße gern im Senat, wie? Eine dritte Amtsperiode ist ja nicht drin...«

Will lächelte. »Danke, Doktor«, sagte er.

In seinem kleinen Haus am See begann Will, Entschlüsse zu fassen. Es war Montag abend, der 21. Dezember. Der Schlaganfall des Senators lag zwei Tage zurück. Will hatte seit Samstag keine Anrufe mehr beantwortet. Er setzte sich an seinen Schreibtisch, öffnete seine Aktentasche, suchte sein Adreßbuch und seinen Terminkalender. Zuoberst lag die Versandtasche mit dem Geld von Larry Moodys anonymem Freund. In Wills Schlafzimmerschrank befand sich ein kleiner Safe; Will öffnete ihn, legte das Geld hinein und sperrte ihn wieder ab. Er hatte das seltsame Gefühl, daß er es vielleicht würde zurückgeben wollen, wenn er erfuhr, wer der Wohltäter war.

Dann setzte er sich an seinen Computer und tippte ein Telegramm an die anderen Mitarbeiter des Senators.

SENATOR CARR HAT EINEN SCHWEREN SCHLAGANFALL ERLITTEN. ER SCHEINT JEDOCH AUF DIE BEHANDLUNG ANZUSPRECHEN. ICH HOFFE, DASS ER SICH BALD ERHOLT. BIS ES SOWEIT IST, WÜRDE ER SICHER GERN VON IHNEN HÖREN. WIR SEHEN UNS AM 2. JANUAR IM BÜRO. FÜR WEITERE INFORMATIONEN STEHE ICH IHNEN ZU HAUSE IN DELANO ZUR VERFÜGUNG.

WILL LEE

Das Telegramm sollte an die Mitarbeiter gehen, die im Verteiler gespeichert waren. Sie würden es am nächsten Morgen haben.

Dann rief er Jasper an und trug ihm auf, ein Zimmer für den Senator herzurichten und einen Fernseher hineinzustellen, damit er die Nachrichten sehen konnte. »Schmücken Sie auch einen Baum«, fuhr Will fort. »Es soll so sein wie immer an Weihnachten.«

»Ja, Mr. Will«, antwortete Jasper.

»Jasper, Sie haben jetzt das Kommando im Haus. Lassen Sie sich nicht von Miß Emmy verrückt machen, hören Sie? Machen Sie das, was für den Senator gut ist, und geben Sie mir Bescheid, wenn Sie Schwierigkeiten haben.«

»Ja, Sir.«

Will hatte kaum aufgelegt, als das Telefon klingelte.

»Guten Abend, Will. Hier ist Dudley Wendell«, sagte der Mann am anderen Ende der Leitung.

»Wie kommt's, daß Sie mich immer persönlich anrufen und keinen Reporter damit beauftragen?« fragte Will.

»Ich hoffe, es stört Sie nicht«, erwiderte Wendell. »Ich mußte meinen Mann aus dem Krankenhaus nach Atlanta zurückholen, und ich wollte ein kleines Statement von Ihnen für die morgige Ausgabe.«

»Das können Sie haben, Dudley. Ich habe den Senator heute nachmittag besucht. Er ist bei guter Laune und spricht auf die Behandlung an. Sein Arzt sagt, daß er Weihnachten zu Hause sein wird.«

»Und was ist mit nächstem November?« hakte Wendell nach.

»Das letzte, worüber der Senator und ich vor dem Schlaganfall gesprochen haben, war die Wahl. Er hatte beschlossen, wieder zu kandidieren, und bis ich etwas anderes von ihm höre, gehe ich davon aus, daß er seine Meinung nicht geändert hat.«

»Glauben Sie wirklich, daß er sich in so kurzer Zeit von einem schweren Schlaganfall erholen wird?«

»Es wäre nicht das erste Mal, daß ein starker Mann schnell wieder auf dem Posten ist«, entgegnete Will. »Und jetzt entschuldigen Sie mich bitte, Dudley – ich muß ein wenig schlafen.«

Doch zunächst schlug Will die Nummer von Kate Riles Eltern nach und rief sie dort an.

»Hallo!« sagte sie. Ihre Stimme klang erleichtert.

»Tut mir leid, daß ich dich nicht früher angerufen habe«, sagte Will. »Hier war's ziemlich turbulent.«

»Das kann ich mir vorstellen. Wie geht es dem Senator? Und wie geht es dir?«

»Es hat mich fast umgebracht, als ich ihn so hilflos im Bett liegen sah, aber ich glaube, er schafft es«, antwortete Will.

»Wird er wieder kandidieren können?«

»Das weiß man noch nicht, aber es würde mich, ehrlich gesagt, nicht wundern. Ich habe jedenfalls vor, so weiterzumachen, als hätte sich nichts geändert.« Das Thema war Will plötzlich unbehaglich. »Außerdem habe ich die Verteidigung in einem sehr heiklen Mordprozeß übernehmen müssen.« Will gab Kate eine kurze Darstellung von Larry Moody und dem Fall.

»Du hörst dich total erschöpft an«, sagte Kate.

»Du merkst aber auch alles«, lachte Will. »Liegt es daran, daß der Kontakt zwischen meinem Mund und meinem Hirn unterbrochen ist? Lalle ich?«

»Fast. Geh sofort ins Bett, hast du mich verstanden?«

»Aber sicher. Es wäre sehr schön, wenn du mich begleiten könntest.«

»Das finde ich auch. Laß mich noch schnell meine Neuigkeiten loswerden, bevor du einschläfst.«

»Entschuldigung. Ich habe dich kaum zu Wort kommen lassen, wie?«

»Ich habe den Job. Ab 1. Januar bin ich stellvertretende Direktorin in meiner Abteilung beim CIA.«

»Phantastisch, Kate. Ich weiß ja, wie sehr du dir das gewünscht hast. Du wirst deine Sache großartig machen, und ehe die Leute sich's versehen, bist du an der obersten Spitze!«

»Du traust mir ja allerhand zu. Ich danke dir. Und jetzt geh ins Bett. Gute Nacht.«

Will legte auf und stellte den Anrufbeantworter so ein, daß er sich beim ersten Läuten meldete. Er war froh darüber, daß Kate den Job bekommen hatte. Ohne das wäre sie frustriert und unglücklich gewesen, aber jetzt standen ihnen noch zwei harmonische Jahre in Washington bevor – wenn sich der Senator erholte. Will mochte nicht daran denken, was passierte, wenn der Senator nicht mehr gesund wurde.

9

Manny Pearl war klein, ziemlich feist, teuer, aber nachlässig gekleidet und hatte meistens einen grauen Kammgarnanzug an, der beileibe nicht wie angegossen saß. Trotzdem strahlte er Selbstvertrauen aus und hatte einen Charme, der ihm bei seinen Mädchen sehr zugute kam.

Manny blickte auf, sah der jungen Dame in die Augen und zwinkerte ihr zu.

Sie hieß Lauren – oder sagte es zumindest. Sie zwinkerte zurück, schwenkte den Hintern, drehte sich dann um und strich mit den Fingerspitzen übers Haar. Ihr Minislip war mit Dollarscheinen vollgestopft, und am Laufsteg saßen Männer, die noch mehr Banknoten schwenkten.

Manny deutete auf seine Uhr, vollzog eine Bewegung, als würde er einen Schlüssel im Schloß drehen, und dann eine Geste, die »in einer halben Stunde« bedeutete. Das Mädchen zwinkerte noch einmal und wandte ihre Aufmerksamkeit einem Geschäftsmann in mittleren Jahren zu, der mit einem Zwanziger wedelte.

Manny tappte zur Tür seines Clubs und beobachtete dabei die Gäste und die Bedienungen. Es war Heiligabend und nicht mal halb voll. Aber trotzdem konnte er nicht klagen. Das Geschäft lief wie geschmiert. Er hatte voriges Jahr über eine Million aus diesem Schuppen rausgeholt, und das war nur einer von dreien. Anders verhielt es sich mit dem Buchladen. Den mußte er wohl bald dichtmachen. Er ging in sein Büro und nahm den Umschlag mit den Schecks vom Schreibtisch und ging auf den Parkplatz.

Er sog den Duft des Leders im Inneren seines Mercedes ein. Dann ließ er den Motor an und fuhr zum Buchladen, der nur ein paar Blöcke weiter lag. Der Wagen war neu und hatte noch keine hundertfünfzig Kilometer drauf. Manny empfand jedesmal, wenn er einstieg, einen ungeheuren Besitzerstolz.

Es ist eine Schande mit dem Buchladen, dachte er, während er durch die Straßen von Atlanta fuhr, die regennaß glänzten. Das Ding lief einfach nicht. Die Miete war zu hoch, er mußte zu viele Leute beschäftigen, und der Laden war zu allem Übel in letzter Zeit auch noch von Sittenwächtern heimgesucht worden. Dahinter steckte Calhoun, dieser verdammte Fernsehprediger, der verbissene Hausfrauen und Kinder mit Transparenten zu dem Laden schickte und Kamerateams über die Aktion informierte. Als es dem lokalen Sender langweilig wurde, dieses immergleiche Ritual zu filmen, hatte Calhoun seine eigenen Teams geschickt, und jetzt zeigte er das Spektakel in einem seiner eigenen TV-Programme.

Ist mir sowieso schleierhaft, dachte Manny, als er vor dem Laden parkte, warum sich die Leute Bilder und Videos kaufen, obwohl sie in einen von meinen drei Schuppen kommen und alles live sehen können. Er fischte den Umschlag aus seiner Tasche und warf einen letzten Blick auf die drei Schecks. Jeder Mann bekam zusätzlich zu dem, was er regulär verdiente, noch ein Monatsgehalt. Wenn das nicht großzügig war! Dabei arbeitete keiner von den Kerlen länger als ein Jahr für ihn.

So mancher Arbeitgeber hätte sie einfach rausgeschmissen und den Laden dichtgemacht, Heiligabend hin, Heiligabend her.

Manny stieg aus und ging auf die Tür zu. Er warf einen Blick auf seine Uhr. Fünf Minuten vor vier Uhr – um diese Zeit schloß der Laden. Er würde es kurz und schmerzlos über die Bühne bringen, zum Club zurückfahren, Lauren durchnudeln und um fünf zu Hause im Bett bei seiner Frau liegen. Seine Tochter und ihr Mann, der Penner, wollten morgen zum Weihnachtsessen zu Besuch kommen.

Manny öffnete die Tür und trat in den Laden. Den Transporter, der mit laufendem Motor am Bordstein stand, hatte er nicht bemerkt. Er schaute sich nach Kunden um. Aber der Laden war leer. Das wunderte ihn nicht. An der Kasse saß der eine Typ, der zweite lehnte dösend an der Wand, und als Manny sie begrüßte, kam der Manager aus seinem Kabuff am hinteren Ende des Ladens.

»Hallo, Frank«, sagte Manny. Er zog den Umschlag aus der Tasche und schwenkte ihn hin und her. »Fröhliche Weihnachten.«

Frank wollte etwas erwidern, hielt jedoch plötzlich inne. Sein Gesichtsausdruck veränderte sich plötzlich auf eine Weise, die Manny nicht deuten konnte.

»Was ist los?« fragte er. Dann spürte er einen kalten Luftzug im Genick und merkte, daß Frank an ihm vorbei auf die Tür starrte. Ebenso der Junge an der Kasse. Und der Mann, der an der Wand gelehnt hatte, wurde schlagartig wach. Manny drehte sich um.

Zwei Männer standen in der Tür. Zwei andere stießen rasch dazu. Sie trugen Tarnanzüge und schwarze Mützen, und drei von ihnen hielten kleine automatische Waffen in den Händen. Der vierte – groß und hager, von der Sonne gebräunt, mit abstehenden Ohren und Hakennase – richtete den Lauf einer Pistole auf Manny.

Es war nicht das erste Mal, daß Manny von einer Waffe bedroht wurde. In seinem Geschäft war das nichts Ungewöhnliches, deshalb gelang es ihm, relativ ruhig zu bleiben.

»Okay, Jungs«, sagte er und breitete beschwichtigend die Arme aus. »Kein Problem. Wir geben euch alles, was wir haben, und ihr macht dafür keinen Ärger, okay?« Er drehte sich halb um. »Frank, holen Sie das ganze Geld aus der Kasse und...«

»Nein.«

Manny wandte sich den vier Männern zu.

»Was?«

Der große, hagere Mann sprach wieder. »Wir wollen Ihr dreckiges Geld nicht.«

»Wie bitte?« fragte Manny verwirrt. »Wollt ihr Fotos oder Videos? Nehmen Sie alles, was Sie wollen – alles.«

»Ihr drei«, befahl der Mann Mannys Angestellten. »Legt euch hier auf den Boden.«

Das gefiel Manny ganz und gar nicht. Einen Raubüberfall konnte er verkraften. Aber diese Typen benahmen sich seltsam. Was hatten sie vor? Was bedeuteten diese Uniformen? Manny hielt den Gangstern seine Wagenschlüssel hin. »Hört zu, Jungs«, sagte er. »Draußen vor der Tür steht ein nagelneuer Mercedes 560 SEL. Er ist sechzig Riesen wert. Nehmt ihn euch und feiert ein schönes Weihnachtsfest. Wir müssen die Nerven behalten.«

»Hinlegen«, brüllte der große, hagere Mann. Einer von seinen Leuten packte Frank, den Manager, und stieß ihn zu Boden – er fiel direkt vor Mannys Füße. »Gesicht zur Wand«, befahl der große, hagere Mann.

Manny geriet plötzlich in Panik. Die Szene war wirklich unheimlich. Er schaute aus dem Fenster auf die leere Straße. Einen Streifenwagen, dachte er. Wir brauchen einen Streifenwagen. Sofort.

»Sie sind Pearl«, sagte der große, hagere Mann. »Wir hätten nicht gedacht, daß wir soviel Glück haben.«

»Glück?« fragte Manny mit unsicherer Stimme. Die Typen wollten *ihn*. War das eine Aktion der Mafia? Mit diesen Kerlen hatte er noch nie Probleme gehabt; er hatte immer sehr darauf geachtet, ihnen nicht ins Gehege zu kommen. Seine drei Angestellten lagen jetzt in einer Reihe auf dem Boden.

Der große, hagere Mann nickte einem von seinen Leuten zu und deutete auf Frank. Der Uniformierte war sehr jung und hatte ein Kindergesicht. Er trat vor, hob seine Waffe und zielte auf Franks Hinterkopf. Ein einziger Schuß ertönte. Frank stieß einen Seufzer aus.

»Großer Gott!« sagte Manny. »Hören Sie auf! Die Leute haben Ihnen doch nichts getan! Genausowenig wie ich!«

»Halt's Maul«, knurrte der große, hagere Mann. Er nickte dem zweiten von seinen Leuten zu. Der trat ebenfalls vor und feuerte einen Schuß auf den Kassierer ab. Der dritte Gangster erledigte den anderen Angestellten.

Manny starrte fassungslos auf die Leichen. Dann spähte er hilfesuchend aus dem Fenster. Warum war niemand in der Nähe?

»Pearl!« herrschte ihn der große, hagere Mann an.

Manny drehte sich um. Plötzlich wurde er wütend. »Ihr seid drekkige Bastarde, alle!« brüllte er.

Der große, hagere Mann hob die Pistole und zielte direkt auf Mannys Gesicht.

Manny wurde zurückgeschleudert – er riß ein Bücherregal um und stürzte mit dem Gesicht nach unten auf den Boden. Erstaunlicherweise war er noch bei Bewußtsein. Er hörte den Mann wieder sprechen.

»Gute Arbeit, Leute«, sagte er.

»Pearl atmet noch«, ließ eine andere Stimme verlauten. »Ich glaube, dem mußt du noch eine verpassen.«

»Ja«, sagte der Mann.

Manny ballte die Hände zu Fäusten. Seine rechte Hand war blutverschmiert. Der Schock und der Knall kamen gleichzeitig.

10

Am Vormittag des 25. Dezember landete Will mit seiner Cessna auf einer Weide, die zur Flat Rock Farm gehörte. Er rollte so nahe ans Haus heran, wie es ging. Die letzten hundert Meter ging er zu Fuß. Er hatte ein Weihnachtsgeschenk in der Hand.

»Ich bin froh, daß der Senator wieder zu Hause ist, Mr. Will«, sagte der Schwarze, »und ich bin froh, daß Sie gekommen sind. Minnie läßt fragen, ob Sie zum Dinner bleiben können.«

Will zog seinen Mantel aus und reichte ihn Jasper. »Leider nicht, Jasper«, sagte er. »Meine Familie erwartet mich. Wir haben noch keine Gelegenheit gehabt, zusammen zu essen, seit ich aus Washington gekommen bin.«

»Kommen Sie mit rauf«, sagte Jasper. »Wir haben Mr. Carr in seinem Zimmer untergebracht. Wir haben ein Krankenbett hineingestellt, und gleich werden Sie sehen, was der Gouverneur geschickt hat!«

Will folgte Jasper die Treppe hinauf und den Korridor entlang zu dem großen Eckzimmer. Der Senator saß aufrecht im Bett, den Blick zum größten Fernsehapparat gewandt, den Will je gesehen hatte.

»Das ist ein Siebzig-Zentimeter-Bildschirm. Toll, was?!« prahlte

Jasper. Er beugte sich nahe zu Will und flüsterte ihm zu: »Ab morgen kommt täglich eine Therapeutin ins Haus. Hoffentlich kann sie ihm helfen. Ich hasse es, ihn so hilflos zu sehen.«

Will trat ans Bett, zog sich einen Stuhl heran und ergriff Ben Carrs Hand. »Frohe Weihnachten, Senator«, sagte er. Die Hand bewegte sich ein bißchen. Eine automatische Muskelanspannung? Will legte sein Geschenk aufs Bett und packte es aus. »Das ist ein Lautsprechertelefon«, erklärte er und entfernte den Apparat neben dem Bett, dann stöpselte er den neuen ein. »Wenn Sie einen Anruf kriegen, drückt Jasper auf diesen Knopf, und dann können Sie alles verstehen, ohne den Hörer in die Hand nehmen zu müssen.«

Der Senator hatte noch denselben kindlichen Ausdruck wie im Krankenhaus, dieselben leuchtenden Augen. Verstand er, was um ihn herum vorging? Er mußte einfach. Etwas anderes war für Will nicht vorstellbar. Er saß eine halbe Stunde neben dem Bett und brachte den Senator in allen Dingen, die ihm einfielen, auf den neuesten Stand. Er erzählte von der Vorverhandlung gegen Larry Moody und von Katherine Riles Beförderung. Der Senator kannte sie aus den Hearings seines Geheimdienstausschusses über den Haushalt der CIA.

Schließlich verabschiedete sich Will. »Meine Familie erwartet mich zum Dinner, Senator. Ich werde Sie regelmäßig anrufen und so oft hierherkommen, wie ich kann.« Er ließ den alten Herrn vor dem neuen Fernseher zurück und ging wieder zu seiner Maschine.

Will saß mit seinen Eltern in der Bibliothek und trank Kaffee. Sie waren alle satt von einem köstlichen Mahl.

»Kandidierst du?« wollte Billy Lee plötzlich wissen.

Will richtete sich auf. »Wofür soll ich kandidieren?« fragte er verwirrt. »Wenn du Jim Barnetts Sitz meinst – ja, wahrscheinlich, zu gegebener Zeit. Es hat sich nichts geändert.«

»Alles hat sich geändert«, widersprach Billy. »Begreifst du das nicht, mein Junge? Ich spreche davon, daß du an Ben Carrs Stelle kandidierst.«

Will sah seinen Vater entsetzt an. »Das kann doch nicht dein Ernst sein. Er liegt hilflos in seinem Bett, und es ist immer noch möglich, daß er sich erholt und selbst kandidiert.«

»Mein Junge«, sagte Billy. »Es ist Zeit, daß du den Tatsachen ins Auge siehst. Ben Carr wird sich nie mehr zur Wahl stellen, und je eher du das begreifst, desto besser ist es für dich.«

»Ich habe mit seinem Arzt gesprochen«, erwiderte Will. »Er kennt einige Leute, die sich innerhalb weniger Wochen von einem Schlaganfall vollständig erholt haben.«

»Will, selbst wenn Ben Carrs Genesung die kühnsten Träume seines Arztes überträfe – in der Politik wird er nie mehr Fuß fassen können, das ist offensichtlich. Die Geier kreisen bereits über ihm, mein Junge. Sie warten nur noch auf den Moment, in dem sie sich auf ihn stürzen können.«

»Ich bin kein Geier«, wehrte Will ab. »Sein Amt ist das einzige, was ihn noch am Leben erhält, und ich denke nicht daran, ihm irgend etwas streitig zu machen – dafür schätze ich ihn zu sehr.«

»Sein Amt hat er im Grunde schon verloren«, behauptete Billy. Er stand auf und durchmaß mit langen Schritten den Raum. »Und wenn Ben Carr noch einen Funken Verstand hat, weiß er das. Er war immer ein Realist. Das weißt du genausogut wie ich. Wenn er noch einen klaren Gedanken fassen kann, dann liegt er jetzt in seinem Bett und zerbricht sich den Kopf darüber, wie er's bewerkstelligen kann, daß du ihn ablöst und gewählt wirst.«

»Ich wäre nicht mit dem Herzen dabei, Dad. Ich könnte nicht durch Georgia reisen und die Leute bitten, mich zu wählen, solange Ben Carr das Amt noch innehat.«

»Mack Dean hat in dieser Hinsicht bestimmt keine Skrupel«, sagte Billy. »Unser geschätzter Gouverneur wird sich nicht damit begnügen, sich zur Wahl zu stellen. Wenn Ben Carr sterben sollte, wird er sich selbst für den Rest der Legislaturperiode zu seinem Nachfolger ernennen. Das hat er dir doch selbst gesagt.«

»Er hat nicht gesagt, daß er kandidiert.«

»Aber er wird kandidieren«, beharrte Billy, »und außer ihm ein halbes Dutzend weiterer Leute, obwohl von denen niemand die finanziellen und organisatorischen Mittel dazu hat. Die hat nur Mack Dean.«

»Zu diesen Leuten kannst du mich auch zählen, Dad«, sagte Will. »Ich habe nicht genügend politisches Renommee, geschweige denn ausreichende Mittel oder die Möglichkeit, viel Geld aufzutreiben. Wenn mir der Senator helfen würde, hätte ich vielleicht Aussichten auf Barnetts Sitz, aber wenn seine Unterstützung wegfällt, habe ich keine Chance.«

Billy Lee sah seine Frau einen Augenblick an. Dann ging er zu einem Regal, räumte ein paar Bücher beiseite und stellte die Kombination des kleinen Safes dahinter ein. Er nahm ein Urkundenbündel heraus, schloß den Safe wieder und warf das Bündel seinem Sohn in den Schoß. »Hier sind die finanziellen Mittel«, sagte er. »Einen Wahlsieg kannst du dir damit nicht kaufen, aber für den Anfang reicht es.«

»Was ist das?« fragte Will ein wenig mißtrauisch.

»Die Farm«, sagte Patricia Lee.

»Wie bitte?«

»Wir haben große Teile davon auf dich überschrieben und nur das Haus und zwei Hektar Land behalten. Der Rest gehört dir – auch die Rinder.« Wills Mutter hatte sich in den letzten vierzig Jahren mit Rinderzucht beschäftigt und hervorragende Ergebnisse erzielt. Der Viehbestand der Farm war sehr wertvoll.

»Vater, Mutter – das könnt ihr doch nicht machen«, protestierte Will.

»Wir haben es schon getan«, erwiderte Billy. »Natürlich hoffen wir, daß du das Land behältst. Schließlich ist ein großer Teil davon seit 1820 in Familienbesitz, aber das Vieh könntest du sofort verkaufen.«

»Nein, das kann ich nicht. Mutter hat so hart gearbeitet, um eine solche Herde zu züchten.«

»Und was meinst du wohl, warum ich sie gezüchtet habe?« fragte Patricia. »Gewiß – es hat mir Spaß gemacht, aber gedacht war das Vieh immer für dich, als Wertobjekt. Ich bin siebzig Jahre alt, Will, und dein Vater ist achtundsiebzig. Wir sind zu alt für die Viehzucht. Ich weiß, daß du mit den Rindern nicht viel anfangen kannst, deine Interessen liegen woanders. Du solltest das Vieh wirklich verkaufen, um zu Geld zu kommen. Ich möchte das jedenfalls. Und dein Vater auch.«

Will schaute seine Eltern aus großen Augen an. Er wollte etwas sagen, aber er brachte keine Silbe heraus.

»Ich habe noch nie erlebt, daß es dir die Sprache verschlägt«, lachte seine Mutter. »Also – kandidierst du jetzt?«

»Darüber kann ich jetzt wirklich noch nicht nachdenken«, sagte Will. »Ich bin euch ungeheuer dankbar. Ich bin wirklich überwältigt. Aber euer Vorschlag erscheint mir unmöglich.«

»Du solltest dir alles in Ruhe durch den Kopf gehen lassen«, sagte Billy, »und du wirst staunen, daß plötzlich alles möglich ist.« Er ließ sich in seinen Sessel sinken und griff nach der Fernbedienung. »Wir sprechen später noch einmal darüber«, sagte er. »Jetzt kommen Nachrichten.« Er stellte den Fernseher an.

»Guten Abend«, sagte eine junge Frau. »In den frühen Morgenstunden des Weihnachtstages wurden in einem Erotika-Buchladen in Atlanta drei Männer erschossen.« Der Laden wurde gezeigt. »Die Morde am Geschäftsführer, Frank Smith, und zwei Angestellten vermitteln den Eindruck, als hätte hier eine regelrechte Hinrichtung stattgefunden. Der Besitzer des Ladens, Manfred Pearl, dem außerdem drei Stripteaselokale in Atlanta gehören, hat, obwohl er zwei Kopfschüsse erlitten hat, überlebt und befindet sich im Piedmont Hospital. Sein Zustand ist sehr kritisch.« Die Kamera schwenkte über den Laden und stoppte neben der Kasse. Auf die Ladentheke war mit Filzschreiber: TOD DEN SCHWULEN UND DEN JUDEN geschrieben worden. Die Nachrichtensprecherin erschien wieder im Bild. »Nach Auskunft der Polizei handelte es sich um keinen Raubüberfall. Die Ladenkasse war unberührt. Die Nachricht, die die Mörder hinterlassen haben, stellt eine Bedrohung für Homosexuelle und Juden dar. Mr. Pearl ist Jude.«

Nun tauchte auf dem Bildschirm eine Gruppe von Frauen und Kindern mit Transparenten auf. Im Hintergrund sah man den Laden. »Eine Frauengruppe der Gospel of Freedom Church aus Atlanta hatte in den letzten Wochen vor dem Laden demonstriert. Die Gospel of Freedom Church, deren Oberhirte der bekannte Fernsehpriester Dr. Don Beverly Calhoun ist, hat eine große Gemeinde.« Das Bild eines gepflegten, grauhaarigen Mannes, der von einer Kanzel aus predigte, wurde eingeblendet. »Dr. Calhoun, der seinerzeit auf dem Gelände der Gospel of Freedom Church die Freedom University gegründet hat, ist im Moment bei uns im Studio.«

Die Frau wandte sich nach rechts einem außerordentlich elegant angezogenen Pfarrer zu. »Dr. Calhoun, glauben Sie, daß die Mitglieder Ihrer Kirche, die vor diesem Laden demonstriert haben, auf irgendeine Weise mit dem Mord an den drei Männern in Verbindung stehen könnten?«

Calhoun faltete die Hände und legte sie auf den Tisch vor sich. »Sheila, ein solches Verbrechen kann niemand begangen haben, der auch nur entfernt mit unserer Kirche in Verbindung steht. Diese Tragödie ist wirklich grauenvoll, aber trotzdem hoffe ich, daß keiner von uns vergißt, was jener sogenannte Buchladen und andere seinesgleichen in unserem Gemeinwesen und im ganzen Lande angerichtet haben. Mr. Manny Pearl, dem wir selbstverständlich eine baldige Genesung wünschen, ist eine maßgebliche Figur im prosperierenden pornographischen Gewerbe von Atlanta, das dem Herzen unserer christlichen ...«

»Aber Dr. Calhoun«, unterbrach ihn die Frau, »Mr. Pearls Aktivitäten haben sich, soweit es bekannt ist, immer im Rahmen des Gesetzes bewegt, oder haben Sie einen Beweis für das Gegenteil?«

»Sheila, Mr. Pearls Aktivitäten haben sich nie und zu keiner Zeit im Rahmen des göttlichen Gesetzes bewegt, und dies ist das Gesetz, das wir als das höchste betrachten.«

»Danke, Dr. Calhoun.«

Will wandte sich seinem Vater zu. »Der Mann ist aalglatt.«

»O ja«, antwortete Billy. »Und er ist dick mit Mack Dean befreundet. Die Herren ergänzen sich vorzüglich, wenn ich's mir recht überlege. Mack besucht etwa einmal im Monat die Gospel of Freedom Church, und irgendwie spürt ihn die Kamera immer inmitten der Gemeinde auf. Calhoun hat einen Großteil der Mittel für Macks Wahlkämpfe zur Verfügung gestellt.«

»Glaubst du, daß Calhoun Dreck am Stecken hat?«

»Vielleicht, wenn man in Betracht zieht, daß er alten Frauen ihre Rente abschwatzt. Ich finde das nicht sauber.«

»Er hat auch außerhalb von Georgia eine Menge Geldgeber«, warf Patricia ein. »Er hat ein bundesweites Fernsehpublikum. Er hat genügend Geld zusammengerafft, um diese sogenannte Universität gründen zu können, die lauter kleine Jesus-Roboter ausspuckt.« Patricias irischer Akzent schlug wieder durch, so erbost war sie. »Gnade uns Gott, wenn sie das, was er ihnen eintrichtert, weiterverbreiten.«

»Wenn Mack seine Kandidatur für den Senat bekanntgibt«, sagte Billy, »dann kannst du dich darauf verlassen, daß Dr. Don – so läßt sich Calhoun gern nennen – ihm zur Seite steht. Oder die Fäden im Hintergrund zieht.«

»Meinst du wirklich, daß sich Mack um den Sitz des Senators bewirbt?« fragte Will noch immer ungläubig.

»Mein lieber Junge, manchmal bist du wirklich sehr naiv. Mack Dean, da gehe ich jede Wette ein, betrachtet Ben Carrs schlechten Gesundheitszustand als eine Gabe Gottes, die ihm hilft, auf der Karriereleiter weiter zu kommen, als er es sich je erträumt hätte. Er war ein glanzloser Gouverneur, und ab nächsten November wird er ein ebenso glanzloser Senator sein.« Billy legte eine Kunstpause ein. »Es sei denn, jemand, der wirklich Substanz hat, tritt gegen ihn an.«

Will fand die Aussicht, Mack Dean als Senator akzeptieren zu müssen, fast ebenso deprimierend, wie die, selbst um das Amt zu kandidieren. Er konnte es nicht, das wußte er, und er zweifelte immer noch daran, daß Mack Dean es konnte.

11

In den vier Jahren, die sie sich kannten, waren Will und Kate noch nie zusammen in einem Restaurant gewesen. Kates Position beim CIA und Wills Position – erst als Rechtskonsulent des Geheimdienstausschusses des Senats und dann als wichtigster Mitarbeiter des Vorsitzenden dieses Ausschusses – standen miteinander im Konflikt. Wenn bekannt geworden wäre, daß sich die beiden privat kannten, wäre Kates Karriere gefährdet gewesen. Sie hatten ihr Geheimnis immer gut gehütet, bei Will zu Hause gegessen, weil er gern kochte, und abwechselnd in seinem und in Kates Bett geschlafen. Es war eine seltsame, aber glückliche Liebesgeschichte. Und nun sahen sie sich zum ersten Mal über einen Tisch im Restaurant hinweg an, wenn auch nicht in Washington, sondern in New York. Sie tranken Champagner im Café des Artistes. Es war Silvester.

Will hob sein Glas. »Auf den frischen Wind, der bald in der Agency wehen wird«, sagte er lächelnd.

Kate stieß mit ihm an. »Das ist wahrscheinlich übertrieben. Ich weiß nicht, ob sich so viel verändert.«

»Jetzt, da du die Stelle hast, bestimmt. Du hast dort schon einiges bewirkt, und das von einer sehr viel schwächeren Position aus.«

»Hoffen wir das Beste«, sagte sie.

Der Kellner brachte die Horsd'œuvre.

»Laß uns von etwas Wichtigerem sprechen«, sagte Kate. »Was hast du in Zukunft vor?«

Will war überrascht. »Ich habe nach wie vor meinen Job.«

Kate holte tief Luft. »Ich glaube, du bist ein bißchen unrealistisch. Nach allem, was du mir über den Gesundheitszustand des Senators erzählt hast, ist das seine letzte Legislaturperiode. Außerdem kann ihn jederzeit ein zweiter Schlaganfall heimsuchen, der ihn dann das Leben kostet. Mir scheint, daß du diesen Job im günstigsten Fall nur noch bis zum Ende der Legislaturperiode ausüben kannst, und dann mußt du dir was anderes suchen.«

Will seufzte. »Vielleicht hast du recht«, sagte er.

»Vielleicht? Bestimmt, das weißt du doch selbst. Oder glaubst du im Ernst, daß der Senator sich vollständig erholt und so weitermacht, als wäre nichts passiert?«

Will legte seine Gabel aus der Hand. »Genau das habe ich mir die ganze Zeit eingeredet. Nicht sehr schlau, was?«

»Aber das bedeutet doch nicht, daß die Welt untergeht. Du kannst immer noch tun, was du geplant hast. Vielleicht mußt du jetzt ohne die Hilfe des Senators auskommen, aber es ist auch immerhin möglich, daß er doch noch einiges für dich tun kann, wenn er wieder auf die Beine kommt. Jedenfalls hast du vier Jahre Zeit, um dich vorzubereiten. Dein Vater greift dir sicher unter die Arme; er hat doch politischen Einfluß in Georgia, oder?«

»Wahrscheinlich nicht soviel, wie er gerne hätte. Es ist schließlich über zwanzig Jahre her, daß er Gouverneur war, und es gibt immer noch Demokraten, die es ihm nicht verziehen haben, daß er sich aus der Politik zurückgezogen hat, statt Lester Maddox bei seiner Wahl zu unterstützen. Er wollte keine Starthilfe für einen rassistischen Narren leisten, aber viele Leute waren der Meinung, er hätte das Wohl der Partei im Auge behalten müssen.« Will unterbrach sich kurz. »Du darfst auch nicht vergessen, daß er in vier Jahren zweiundachtzig wird und schon einen Herzinfarkt überstanden hat. Er möchte übrigens, daß ich mich gleich zur Wahl stelle und mich um den Sitz des Senators bewerbe.«

Kate zog die Augenbrauen hoch. Sie setzte zum Sprechen an, überlegte es sich aber anders und aß erst einen Bissen. »Glaubst du«, fragte sie schließlich, »daß er dich zur Kandidatur drängt, weil er noch erleben will, daß du Senator wirst?«

»Vielleicht – das wäre ja auch ganz natürlich. Er meint, daß sich unser Gouverneur, Mack Dean, zur Wahl stellt, und er hat Mack immer für einen charakterlosen Taugenichts gehalten. Er ist überzeugt, daß es richtig wäre, wenn ich kandidieren würde, aber mir fällt es schwer, mich mit dem Gedanken anzufreunden.«

Sie legte ihre Hand auf seine. »Du willst dich nicht um den Sitz des Senators bewerben?«

»Nicht, solange Ben Carr lebt. Und wenn er stirbt, wird sich Mack Dean für den Rest der Legislaturperiode natürlich zu seinem Nachfolger ernennen. Einen Amtsinhaber aus dem Feld zu schlagen, ist keine Kleinigkeit – so etwas ist für jeden schwierig. Schließlich war Mack zweimal Gouverneur, und er hat die Mehrheit der Partei hinter sich.«

»Du müßtest ganz unten anfangen, wenn du gegen ihn antreten würdest«, sagte Kate. »Du hast noch keine Basis, nur einen guten Namen.«

»So ist es. Ich glaube, ich werde erst mal dafür sorgen, daß bis zum Ende der Legislaturperiode im Büro des Senators alles funktioniert, mich dann nach Delano zurückziehen, mir als Anwalt einen Namen machen, damit ich in vier Jahren Jim Barnetts Sitz erobern kann.«

»Das scheint mir auch das Klügste zu sein«, sagte Kate. »Wenn du jetzt gegen Dean antrittst und verlierst – hättest du in vier Jahren einen ziemlich schweren Stand.«

»Natürlich. Und Mack wäre in jedem Fall wütend auf mich, weil ich sein Gegner war. Er würde schon im Wahlkampf einen anderen unterstützen. Das würde mich in den Augen der Wähler von vornherein zum Verlierer machen.«

»Sieht so aus, als hättest du dir alles genau überlegt – vier Jahre als Anwalt arbeiten, eine solide Basis schaffen und dann gegen den Republikaner antreten.«

Will nickte. »Und zwar mit Deans Unterstützung. Wenn ich ihm jetzt helfe, wird er mir später unter die Arme greifen. Der Gedanke, ihm Schützenhilfe zu leisten, gefällt mir allerdings nicht sonderlich.«

Kate hob lächelnd ihr Glas. »Laß uns auf vier nützlich verbrachte Jahre trinken – richtig nützlich sind sie allerdings erst, wenn du einen großen Teil davon in Washington verbringst, in meiner Nähe.«

Auch Will hob sein Glas. »Darauf trinke ich«, sagte er. »Und darauf, daß wir in zwei Jahren heiraten. Abgemacht?«

»Abgemacht.« Sie lächelte. »Ich finde es wirklich klug, daß du jetzt nicht kandidierst. Es ist auch besser für unsere Beziehung. Ich stünde sonst vermutlich in der Agency zu sehr unter Druck. Und ich nehme an, daß ich den Job in zwei Jahren ohnehin satt habe.«

»Solange du *mich* nicht satt hast...«

»Die Chancen sind gering«, lachte sie. »Vergiß nicht, daß wir eine Abmachung getroffen haben.«

Kate und Will tranken von ihrem Champagner und sahen sich tief in die Augen.

12

Will saß auf einem Schreibtisch im größten Raum von Benjamin Carrs Büro. Alle Mitarbeiter des Senators waren um ihn versammelt und betrachteten ihn interessiert, aber auch voll Ungewißheit. Drei Viertel dieses jungen, talentierten und begeisterten Teams hatte Will im Laufe der letzten Jahre selbst angeworben.

»Ich kann Ihnen«, so begann er unvermittelt, »nicht verbindlich sagen, wann oder ob der Senator zurückkommt. Aber auf jeden Fall muß bis zum Ende des Jahres dieses Büro bestehenbleiben und zuverlässig arbeiten. Das wird einen Teil der Zeit ohne mich geschehen müssen. Ich habe mich mit dem Einverständnis des Senators darauf eingelassen, einen mittellosen Angeklagten bei einem Mordprozeß in Georgia zu verteidigen. Der zuständige Richter läßt mich das Mandat nicht niederlegen, obwohl ich ihn eindringlich darum gebeten habe. Ich baue also darauf, daß Sie alle hierbleiben und zum Gelingen unserer Arbeit beitragen. Natürlich ist mir bewußt, daß Sie Angebote von anderen Dienststellen erhalten werden, aber ich hoffe, daß Sie eine Veränderung erst in Erwägung ziehen, wenn wir genau wissen, wie es in Zukunft weitergehen soll. Wenn Sie aber der Meinung sind, ein lukratives Angebot nicht ausschlagen zu können, wäre ich Ihnen dankbar, wenn Sie vor einer endgültigen Entscheidung mit mir sprechen würden. Ich finde, das sind Sie dem Senator schuldig.«

Jack Buchanan, Leiter der Rechtsabteilung, flüsterte Will ins Ohr: »Jasper ist am Apparat. Er ruft vom Haus des Senators an. Willst du mit ihm sprechen?«

»Sag ihm, ich rufe später zurück – außer es handelt sich um einen Notfall«, sagte Will leise. Buchanan ging zum Telefon zurück, und Will fuhr fort: »Natürlich werden wir unter diesen Umständen keine Gesetzeserneuerungen oder andere komplizierte juristische Probleme zu bewältigen haben, deshalb habe ich Jack Buchanan gebeten, mich zu vertreten, wenn ich nicht im Büro bin. Auf keinen Fall dürfen wir jetzt die Wähler vernachlässigen, deshalb haben Jack und ich beschlossen, einige von Ihnen von Ihren sonstigen Pflichten zu entbinden. Ich möchte, daß jeder Anruf und jeder Brief unserer Wähler so beantwortet wird, als wäre der Senator persönlich anwesend. Schreiben an Bundesbehörden und alle anderen Briefe werden von mir – im Auftrag des

Senators – unterschrieben.« Will ließ seinen Blick durch den Raum schweifen, nahm mit dem einen oder anderen Mitarbeiter Augenkontakt auf und erneuerte ihn von Zeit zu Zeit. »Abschließend noch etwas: Wenn der Senator vor Ablauf der Legislaturperiode sterben sollte, wird der Gouverneur jemanden zu seinem Nachfolger ernennen, und ich hoffe, daß Sie für diesen Nachfolger genauso engagiert arbeiten wie für den Senator. Er oder sie wird unsere Hilfe brauchen, bis der neugewählte Senator einen eigenen Mitarbeiterstab zusammenstellen kann. Das war's. Noch Fragen?«

Niemand meldete sich.

»Gut. Wenn es Probleme gibt, kommen Sie zu mir oder, falls ich nicht im Büro bin, zu Jack.«

Die Mitarbeiter machten sich auf den Weg zu ihren Schreibtischen, und Will ging in sein Büro. Er nahm den Telefonhörer und wählte die Nummer der Flat Rock Farm. Aber bevor die Verbindung zustande kam, trat Jack Buchanan ein, groß und schlaksig. Er machte einen besorgten Eindruck.

»Komm, Will, sieh dir das an – schnell!«

Will legte auf und folgte Jack ins Großraumbüro. Die Mitarbeiter starrten auf den Fernseher, der auf einer erhöhten Konsole stand. Auf dem Bildschirm war Emma Carr zu sehen, die Schwester des Senators. Sie sprach in ein Mikrophon.

»Meine sehr verehrten Damen und Herren«, sagte sie mit ihrem breiten Südgeorgia-Akzent, »ich möchte hiermit bekanntgeben, daß Senator Carr beschlossen hat, erneut zu kandidieren. Er hat mir diesen Wunsch gestern abend mitgeteilt.«

»Das ist CNN, Will«, flüsterte Jack. »Sie übertragen live von der Flat Rock Farm.«

»Wie geht es dem Senator, Miß Emmy?« fragte ein Reporter.

»Viel, viel besser. Jeden Tag kommt eine Therapeutin, und sie arbeitet sehr intensiv mit ihm.«

Will starrte ungläubig auf den Bildschirm.

»Kann der Senator schon wieder sprechen, Miß Emmy?« fragte der Reporter weiter.

»Er teilt seine Wünsche mit«, antwortete Miß Emmy vage. »Das ist für heute alles, was ich zu sagen habe.« Sie winkte kokett in die Kamera. Dann drehte sie sich um und ging ins Haus – kurz darauf kam Jasper ins Bild. Er sah bekümmert aus.

»Großer Gott«, murmelte Will und lief in sein Büro. Er nahm den

Hörer von der Gabel, wählte noch einmal die Nummer der Flat Rock Farm. Jasper meldete sich schon beim ersten Läuten.

»Jasper, ich habe gerade Miß Emmy im Fernsehen gesehen. Was ist los?«

»Bin ich froh, daß Sie anrufen, Mr. Will«, seufzte Jasper. »Miß Emmy ist übergeschnappt. Ich konnte sie nicht zurückhalten.«

»Was ist mit dem Senator? Spricht er? Hat er irgendwas gesagt?«

»Kein Wort«, erwiderte Jasper. »Aber er hat was geschrieben.«

»*Geschrieben?* Er kann schreiben?«

»Ja, er konnte ein paar Worte schreiben«, sagte Jasper. »Und das hat Miß Emmy gleich aus der Fassung gebracht.«

»Was hat er denn geschrieben?« fragte Will.

»Kommen Sie her, Mr. Will«, sagte Jasper. »Sie müssen mir helfen. Allein werd' ich nicht mit Miß Emmy fertig.«

»Was hat er geschrieben?« wiederholte Will seine Frage.

»Kommen Sie lieber her, und schauen Sie sich's selber an, bevor ich was Falsches sage«, antwortete Jasper. »Vielleicht wollen Sie auch mit dem Senator reden, wenn Sie's gesehen haben.«

Will war klar, daß Jasper keine weiteren telefonischen Auskünfte geben wollte. »Okay, Jasper. Ich komme, so schnell ich kann. Ich habe hier noch ein paar Dinge zu erledigen, und vor Mittag kann ich wahrscheinlich nicht los. Aber gegen halb vier oder vier müßte ich auf der Farm sein. Wie ist das Wetter bei euch?«

»Schön, Sir. Gute Sicht. Sie können hinter dem Haus landen.«

Will legte auf und musterte Jack Buchanan, der in der Tür stand. »Jasper sagt, der Senator hätte was geschrieben.«

»Ich dachte, er ist gelähmt?« erwiderte Jack.

»Ich auch, aber seit Weihnachten arbeitet eine Therapeutin mit ihm. Er scheint große Fortschritte zu machen.«

Jack drehte sich zu dem Fernseher um. »Großer Gott«, stöhnte er. »Mack Dean.«

Will ging wieder ins Großraumbüro und konnte gerade noch auf dem Bildschirm verfolgen, wie der gequält wirkende Gouverneur die Treppe des Kapitols von Georgia hinunterstieg, gefolgt von ein paar Reportern.

»Ja, ich hab's eben gehört«, sagte Mack Dean. »Das ist eine sehr gute Nachricht.«

»Du siehst aber nicht gerade glücklich aus«, kicherte Jack.

»Ich nehme mit großer Freude zur Kenntnis, daß sich der Senator auf dem Weg zur Besserung zu befinden scheint«, fuhr Dean fort. »Angesichts der Berichte, die ich laufend von seinen Ärzten erhalte, ist diese Nachricht natürlich sehr überraschend. Und nun müssen Sie mich bitte entschuldigen, meine Herren, ich habe einen Termin.«

Die Kamera folgte dem Gouverneur zu seinem Wagen und filmte die Abfahrt. Dann kam ein junger Reporter ins Bild. »Das war Gouverneur Mack Dean, der soeben seiner Freude über die fortschreitende Genesung von Senator Carr Ausdruck verliehen hat. Nun gibt es allerdings Gerüchte, denen zufolge sich der Gouverneur selbst um den Sitz des Senators bewerben wollte. Also war diese gute Nachricht, vom Standpunkt des Gouverneurs aus betrachtet, vielleicht doch nicht so gut.«

Jack lachte schallend. »Nein, für Mack war die Eröffnung von Miß Emma Carr eine Hiobsbotschaft«, sagte er. »Fliegst du zur Farm, Will?«

»Ja. Ich muß was gegen Miß Emmys Aktionen unternehmen. Sieht so aus, als würde Jasper nicht mehr mit ihr fertig.«

Die Schatten waren schon lang, als Will mit seiner Cessna auf das Farmhaus zurollte. Bevor er den Motor abstellte, kam Jasper aus der Tür. Er kam zum Flugzeug, als Will ausstieg, und sie gingen Seite an Seite zum Haus.

»Erzählen Sie mir, was passiert ist«, bat Will.

»Also, gestern am späten Nachmittag war die Therapeutin da. Sie hat mit dem Senator gearbeitet und ihm einen Bleistift gegeben. Er hat versucht, etwas auf einen Block zu schreiben, aber es ist ihm nicht gelungen. Als die Therapeutin weg war, haben wir, der Senator und ich, ferngesehen. Der Gouverneur hat ein Interview gegeben und vage angedeutet, daß er sich um den Senatorenposten bewirbt.«

Nun waren sie beim Haus. Sie traten durch die Hintertür ein. Bevor Jasper weitersprechen konnte, stürzte Miß Emmy aus der Küche.

»Ihr gottverdammten Geier!« fauchte sie Will an. »Aber er wird's euch zeigen! Er wird kandidieren!«

Minnie kam aus der Küche und führte Miß Emmy fort. Sie schaute sich nach Will um und schüttelte nur den Kopf.

»So ist Miß Emmy schon seit gestern, Mr. Will«, sagte Jasper. »Ich hab' ehrlich nicht gewußt, daß sie bei diesem Sender angerufen hat. Erst als ich sie draußen auf der Veranda mit den Leuten gesehen habe, ist mir einiges klargeworden, aber da konnte ich nichts mehr unternehmen.«

Sie stiegen die Treppe zum Zimmer des Senators hinauf.

»Erzählen Sie, was am Abend passiert ist, Jasper«, forderte Will.

»Also, der Senator und ich, wir haben ferngesehen, und ich glaube, der Senator ist wütend geworden. Er hatte den Bleistift noch in der Hand, und dann hat er etwas auf das Papier gekritzelt. Man hat gesehen, daß er sich furchtbar anstrengen mußte.«

»Aber er hat etwas geschrieben?«

»Ja, Sir«, sagte Jasper. Er zog ein zusammengefaltetes Blatt Papier aus seiner Jackentasche. Will wollte es an sich nehmen, aber Jasper hielt es fest. »Er hat etwas geschrieben, und Miß Emmy hat das alles falsch verstanden. Ich glaube, er hat es für Sie geschrieben.« Jasper reichte Will das Papier.

Will faltete es auseinander. Zunächst konnte er das Gekrakel nicht entziffern. Aber nach einem Augenblick wurde ihm klar, was die Buchstaben bedeuteten. Auf dem Blatt Papier standen nur zwei Worte in unbeholfenen Großbuchstaben. Doch so unbeholfen sie sein mochten, sie sagten etwas aus, das Will erschütterte.

Da stand: WILL KANDIDIEREN.

Will starrte das Papier an, las die Worte immer wieder, um sicherzugehen, daß er sich nicht täuschte. Er lehnte sich gegen die Tür und holte ein paarmal tief Luft. Dann betrat er das Zimmer des Senators.

Ben Carr war wach und saß aufrecht im Bett. Will zog sich einen Stuhl heran und nahm die Hand des alten Herrn. Sein Gesicht wirkte nach wie vor kindlich und ausdruckslos, aber in seinen Augen loderte es. »Guten Tag, Senator«, sagte Will. »Wie ich höre, geht es Ihnen besser.«

Der Senator drückte Will die Hand. Leicht nur, aber es war deutlich mehr als nur eine Muskelanspannung.

»Senator«, begann Will, »ich möchte Sie etwas fragen. Versuchen Sie bitte, mir mit einem Händedruck zu antworten. Einmal für ja und zweimal für nein. Schaffen Sie das?«

Der Senator reagierte mit einem einfachen Händedruck.

»Wunderbar«, sagte Will. »Sie werden sich bald erholen! Ehe Sie sich's versehen, sind Sie wieder bei uns in Washington!«

Ein zweifacher Händedruck. Intensiv.

»Senator«, fuhr Will fort, »haben Sie mit diesen Worten gemeint, daß Sie erneut kandidieren wollen?«

Wieder ein zweifacher Händedruck.

Will holte tief Luft. Er scheute sich, die nächste Frage zu stellen, aber schließlich wagte er es doch. »Haben Sie gemeint, daß *ich* kandidieren soll?«

Will war erstaunt über die Festigkeit, mit der ihm der Senator die Hand drückte. Einmal. Wirklich nur einmal. Und mit Entschlossenheit.

13

Leah Pearl saß da und strickte und warf gelegentlich einen Blick auf ihren Mann. Sie hatte den größten Teil des Tages gestrickt, war nur einmal aufgestanden, um eine Kleinigkeit zu essen und auf die Toilette zu gehen. Seit auf Manny geschossen worden war, hatte sie jeden Tag an seinem Bett gesessen.

Leah lächelte. Sie dachte daran, was Manny über ihre Strickerei zu sagen pflegte: »Da hat sie was zum Nachdenken, wenn sie redet.« Manny hatte immer Witze gemacht, seit dem Tag vor fast vierzig Jahren, an dem sie ihn kennengelernt hatte. Damals hatte sie im Fox-Theater Karten verkauft, und Manny war Platzanweiser gewesen. Einen Monat später hatten sie geheiratet, und Leah hatte es nie bereut. Gewiß, viele Leute hielten Manny für unzuverlässig, weil er schon so viele Geschäfte gehabt hatte – Herrenmoden, einen Kostümverleih, Damenunterwäsche, Ehehygiene und jetzt diese Nachtclubs. Doch die Leute begriffen offenbar nicht, daß Manny mit alledem Geld gemacht hatte; er wechselte die Branche nur, weil ihm jedes Geschäft auf die Dauer langweilig wurde, aber auf seine Art war Manny sehr beständig. Er war ein guter Vater, obwohl er streng war. Die Jungs hatten die besten Schulen besucht. Er war ein guter Ehemann, auch ein Ehrenmann, fromm sogar, obwohl er nur an Feiertagen in die Synagoge ging. Trotzdem hatte er viel für die Gemeinde und für Israel getan. Die Mädchen nebenher – das hatte Leah nie gestört. Ihrer Meinung nach brauchten Männer das, und solange er sie mit Einzelheiten verschonte, war es ihr egal. Sie wußte, daß er nicht bis in die frühen Morgenstunden arbeiten mußte, wie er immer behauptete, aber auch das war ihr gleichgültig. Er hatte seinen Spaß, und ihr sollte es recht sein.

Sie warf wieder einen Blick auf Manny und sah, daß sein Arm über den Bettrand hing. Besorgt ging sie zu ihm und fühlte ihm den Puls. Ruhig und gleichmäßig. Er war stabil seit dem dritten Tag nach der Verletzung. Seit diesem Tag wurde Manny auch nicht mehr künstlich beatmet. Leah strich zärtlich über die Verbände, die den größten Teil seines Kopfs einhüllten. Dann schob sie seinen Arm unter die Decke und kehrte zu ihrem Sessel und ihrem Strickzeug zurück. Einen Moment darauf – zum ersten Mal seit Weihnachten – rührte sich ihr Mann.

»Alte Drecksau!« sagte er plötzlich.

Leah ließ ihr Strickzeug fallen und stürzte zum Bett. Manny starrte die Zimmerdecke an. »Verbrecher!« schrie er. »Arschloch!«

»Schatz«, flüsterte Leah gepreßt und tastete nach dem Klingelknopf, »lieg still und reg dich nicht auf. Der Doktor ist gleich da.« Sie hoffte, daß Manny keine Kraftausdrücke von sich gab, wenn der Doktor kam.

Eine hübsche blonde Schwester steckte den Kopf durch die Tür. »Was ist los, Mrs. Pearl?«

»Er... er ist wach!« stammelte Leah. »Holen Sie den Doktor!«

Die Schwester trat ans Bett, nahm Mannys Kopf in beide Hände und sah sich seine Pupillen an. »Können Sie mich hören, Mr. Pearl?« fragte sie mit lauter Stimme.

»Na klar kann ich Sie hören, Süße«, grinste Manny. »Sie sollten ins Showbusiness gehen. Echt. Möchten Sie Ihren Job wechseln?«

»Manny!« mahnte Leah streng.

Die Schwester ging aus dem Zimmer, und Manny wandte sich seiner Frau zu. »Hallo, Liebling.« Er sah sich erstaunt um. »Sie haben meine drei Jungs umgebracht, stimmt's? Ich hab's gesehen.«

»Ja, Manny«, sagte Leah. »Aber dich haben sie nicht getötet.«

»Nein. Dieses alte Dreckstück. Sie hätten wirklich nicht schießen müssen – ich wollte ihnen alles Geld geben! Ich hab' ihnen sogar den Wagen angeboten!« Manny schaute seine Frau an. »Haben sie ihn genommen?«

»Nein, Manny. Er steht zu Hause in der Garage. Da ist nicht mal ein Kratzer dran.«

»Gelobt sei Gott auch für kleine Gaben«, sagte Manny.

Ein junger Arzt trat ins Zimmer und begann Manny zu untersuchen. Er hielt seine Hand hoch. »Wie viele Finger sind das, Mr. Pearl?«

»Zwei«, erwiderte Manny. »Und weißt du, wer dahintersteckt? Dieser Scheißprediger.«

»Manny!« tadelte Leah.

»Jetzt folgen Sie mal meinem Finger mit den Augen«, forderte der Arzt. Er bewegte seinen Zeigefinger vor Mannys Gesicht hin und her.

»Tut mir leid, Leah«, sagte Manny. »Ich muß mich für meine Ausdrucksweise entschuldigen, Doktor.«

»Schon gut, Mr. Pearl. Es freut mich, daß Sie überhaupt was sagen.«

Manny kniff die Augen zusammen. »Wie alt sind Sie?« fragte er.

»Warum wollen Sie das wissen?« erwiderte der Arzt.

»Wie lang sind Sie schon Doktor?«

Der Arzt lachte. »Jedenfalls lange genug, um zu wissen, daß Sie ein medizinisches Wunder sind. Sie wollen jemanden mit grauen Schläfen, ja?«

»Ich hab' kein Vertrauen zu jungen Leuten«, erklärte Manny. »Nur zu alten.«

»In diesem Krankenhaus gibt es leider keine alten Leute – nur einige Patienten sind alt. Sie werden mit mir vorliebnehmen müssen. Und jetzt bleiben Sie bitte ruhig liegen. Ich möchte noch ein paar Röntgenaufnahmen von Ihrem Kopf machen, und dann soll Sie ein Neurologe eingehend untersuchen. Aber ich muß Sie warnen – er ist auch ziemlich jung.«

»Die Röntgenaufnahmen können Sie sich sparen«, sagte Manny.

»Mr. Pearl, zwei Kugeln haben Ihren Kopf durchbohrt, und wir mußten Sie operieren.«

»Wirklich? Aber jetzt bin ich doch wieder okay, oder?«

»Genau das will ich ja herausfinden.«

»Na schön, dann tun Sie, was Sie nicht lassen können«, sagte Manny. »Aber erst will ich einen Cop sehen.«

»Einen Cop?«

»Viele Cops. Ich hab' eine Menge zu erzählen. Und ich will nichts von diesem Neurologen wissen, bevor ich nicht mit der Polizei gesprochen habe. Sagen Sie den Leuten, daß sie so schnell wie möglich herkommen sollen. Ich muß denen einiges berichten.«

Der Detective Sergeant blickte von seinem Notizblock auf. »Sonst noch was, Mr. Pearl?«

»Der lange Bursche mit den Segelohren und der krummen Nase müßte eigentlich leicht zu finden sein. So wie der sieht kein anderer aus.«

»Wir werden die Beschreibung sofort an alle Dienststellen weitergeben.«

»Ich glaube, er war ein Soldat«, sagte Manny. »Ich war bei der Army, und ich denke, er auch. Oder bei der Marine.«

»Weshalb glauben Sie das?« fragte der Detective Sergeant.

»Er hat sich eben wie ein Soldat benommen. Wie er dastand, wie er Befehle gegeben hat. Vielleicht ist er auch nicht mehr beim Militär. Sie wissen ja, wie viele junge Leute zur Army gehen und nach zwanzig Jahren aufhören. So was wird's sein.«

»Wir können beim Pentagon nachfragen, aber es ist Ihnen doch klar, daß es unzählige ehemalige Offiziere in Georgia gibt.«

»Der war kein Offizier. Der war Unteroffizier«, behauptete Manny. »Master Sergeant oder so, jede Wette. Sie wissen ja, was für Ärsche diese Sergeants sind.«

»Manny!« rügte Leah.

»Entschuldigung, Sergeant«, sagte Manny verlegen. »Ich hab' die von der Army gemeint, nicht die von der Polizei.«

»Alles klar, Mr. Pearl«, sagte der Detective. »Ich war selbst bei der Army. Ich weiß Bescheid.«

»Über Fernsehprediger auch?« fragte Manny. »Wissen Sie über Fernsehprediger auch Bescheid?«

»Hören Sie, Mr. Pearl«, sagte der Mann von der Kripo ernst. »Ich an Ihrer Stelle würde nicht solche Behauptungen von mir geben. Sicher, Calhoun hat ein paar Demonstranten zu Ihrem Laden geschickt, aber das heißt noch lange nicht, daß er was mit dem Überfall zu tun hat. Hier gibt's viele Leute, die Calhoun für einen Heiligen halten – meine Mutter ist eine von ihnen. Ich glaube allerdings, daß sie die Sache übertreibt. Sie hat einen Teil ihrer Rente an den Kerl überwiesen. Mir wird ganz schlecht, wenn ich daran denke.«

Ein Arzt, der an der Wand des Krankenzimmers lehnte, meldete sich zu Wort. »Wenn Sie fertig sind, Sergeant, dann würde ich jetzt gern Mr. Pearl untersuchen und prüfen, ob er seine Finger und Zehen bewegen kann.«

»Ich will Ihnen was sagen, Doktor«, erwiderte der Sergeant. »Ich würde mich nicht für viel Geld mit Mr. Pearl im Armdrücken messen wollen.« Er wandte sich seinem Partner zu. »Gehen wir.«

»Okay, Doc«, sagte Manny. »Jetzt sind Sie dran. Bringen wir's hinter uns.«

14

Mitternacht war schon vorbei, als Will nach Georgetown zurückkehrte, und er war erschöpft. Er wollte eigentlich nach Hause, aber er fuhr zu Kate. Er schloß auf, stellte die Alarmanlage ab und läutete dreimal, um anzukündigen, daß er da war.

»Was ist los?« fragte Kate verschlafen und machte Platz, damit er zu ihr unter die Decke kriechen konnte.

»Eine ganze Menge«, sagte er. Er schlüpfte ins Bett und erzählte Kate von der Notiz des Senators.

Sie hörte zu, hellwach jetzt, und als Will fertig war, schwieg sie.

»Du siehst also, wie die Dinge stehen«, sagte er schließlich.

»Ja, das sehe ich«, antwortete sie. »Du wirst kandidieren, nicht wahr? Trotz unserer Abmachung.«

»Ja«, sagte Will. »Ich habe keine andere Wahl. Alles hat sich geändert. Letzte Woche dachte ich, ich könnte nicht kandidieren, weil ich ihn damit kränken würde. Und jetzt muß ich mich zur Wahl stellen, und das aus demselben Grund.«

»Ich weiß«, sagte Kate.

»Vor vierzehn Tagen sah alles so gut aus. Wir hatten beide, was wir wollten – du deinen neuen Job beim CIA, ich das Versprechen des Senators, daß er mir beim Wahlkampf gegen Barnett hilft...«

»Und Heiratspläne hatten wir auch«, warf sie ein.

»Ja. Und jetzt ist alles anders, jetzt sind wir beide in der Pflicht.«

»Und da kommen wir nicht raus«, ergänzte sie ruhig.

»Du kannst mich nicht jetzt schon heiraten, oder?« fragte er.

»Nein, das weißt du doch. Zwei unserer Leute sind vor der Zeit in Pension gegangen, weil ich und nicht sie den Posten bekommen habe. Ich kann jetzt keinen Rückzieher machen.«

»Und ich kann mich auch nicht weigern, zu kandidieren.«

Sie schmiegte sich an ihn und legte ihren Kopf an seine Schulter. »Ich wünschte, ich könnte dir bei deinem Wahlkampf helfen.«

Er legte den Arm um sie. »Ich auch. Aber ich habe volles Verständnis dafür, daß du das nicht tust.«

»Wir können uns doch weiter treffen wie bisher, nicht?« flüsterte sie.

»Natürlich«, erwiderte er, aber er war sich nicht sicher. »Ich werde nur leider nicht so oft zu dir kommen können – bis zum Wahltag«, fügte er hinzu.

»Und ich werde dich auch nicht besuchen können«, sagte sie. »Ich habe jetzt einen ganz anderen Status in der Agency und Zugang zu sehr viel mehr Informationen. Sie werden mich einer neuen Sicherheitsüberprüfung unterziehen, und ich muß über alle Reisen, die ich unternehme, schriftlich Rechenschaft ablegen – es gibt keine Ausnahmen. Du siehst also, es ist wichtiger denn je, daß wir unsere Beziehung geheimhalten. Wenn auch nur eine Zweizeilenmeldung in der Presse erscheint, ist meine Position gefährdet. Das verstehst du doch, oder?«

»Ja, das verstehe ich.« Er umarmte sie. »Es muß ganz einfach das bestgehütete Geheimnis von Washington bleiben.«

Sie lagen sich in den Armen, bis sie einschliefen.

15

Will saß in seinem Büro und machte sich Notizen. Es war kurz nach acht, und er saß schon seit einer Stunde an seinem Schreibtisch. Er hörte Schritte im Großraumbüro, kurz darauf steckte Jack Buchanan seinen Kopf durch die Tür.

»Komm rein, Jack«, sagte Will. »Ich bin froh, daß du so früh da bist – ich muß mit dir reden.« Jack nahm in dem zweiten Sessel Platz, der in Wills Büro stand. Will musterte ihn eingehend. Er hatte Jack Buchanan von einem Abgeordneten aus Massachusetts abgeworben, dessen Assistent er gewesen war. Will hatte Jack im Zusammenhang mit seiner Arbeit für den Geheimdienstausschuß kennengelernt und war sofort von seiner verbindlichen Art und seinem scharfen Verstand beeindruckt gewesen. Vor vier Jahren war Will Trauzeuge bei Jacks Hochzeit gewesen, und später war er Pate für die ältere von seinen beiden Töchtern geworden. Ein paar Leute aus Georgia hatten zunächst an Jack Anstoß genommen – ein Yankee in einem Team, das zum größten Teil aus Südstaatlern bestand –, doch er hatte seine Kollegen schnell für sich gewonnen. Will hatte vor, Jack als seinen Nachfolger zu empfehlen, wenn er selbst aus dem Mitarbeiterstab des Senators ausschied.

»Jack«, sagte Will, »ich wollte mit dir vor allen anderen sprechen.«

Er legte eine kleine Pause ein. Er hatte seine Entscheidung getroffen, aber er fühlte sich noch immer unwohl dabei. Das ging alles zu rasch. Er erklärte Buchanan, was sich im Haus des Senators abgespielt hatte. »Ich werde mich um seinen Sitz bewerben, Jack. Ich hatte eigentlich vor, erst bei der übernächsten Wahl gegen Barnett anzutreten, aber das ist jetzt nicht mehr möglich. Der Senator möchte es so.«

Jack grinste. »Phantastisch, Will. Freut mich sehr für dich. Trotzdem, du wirst mir fehlen.«

»Danke, Jack, aber...«

»Ich halte hier die Stellung. Darauf kannst du dich verlassen.«

»Jack, ich will nicht, daß du hier bleibst. Ed Tanner soll darauf achten, daß alles funktioniert.« Ed Tanner war der Pressesprecher des Senators.

Jack machte ein langes Gesicht. »Ach so. Wenn du meinst...«

Will lachte. »Entschuldigung, ich habe mich nicht klar genug ausgedrückt. Ich möchte, daß du mit mir kommst und mir beim Wahlkampf hilfst.«

Jack grinste breit. »Mit Vergnügen, Will.« Er runzelte die Stirn. »Aber ich weiß nicht, ob ich das schaffe.«

»Ich habe ein bißchen Geld. Ich kann dir für die Dauer des Wahlkampfs das zahlen, was du hier verdienst. Und wenn wir Erfolg haben, möchte ich, daß du mein Büro managst.«

Jack erhob sich und ergriff Wills Hand. Das Sprechen schien ihm schwerzufallen.

»Das bedeutet, daß du oft von Millie und den Kindern getrennt sein wirst, Jack.«

»Das macht ihr bestimmt nichts aus, Will. Sie hat dich sehr gern, das weißt du doch.«

»Das freut mich. Ich werde auch Kitty Conroy fragen, ob sie für uns arbeitet. Ihr zwei seid die einzigen, die ich mir im Moment leisten kann.«

»Ich rufe jetzt Millie an«, sagte Jack.

»Danke. Wenn Kitty kommt, sag ihr bitte, daß sie bei mir reinschauen soll, okay?«

»Okay.« Jack wandte sich zum Gehen.

»Noch was, Jack. Was hältst du von Hank Taylor?«

»Ich kenne ihn nicht direkt«, antwortete Jack schmunzelnd. »Wir haben hier ja eigentlich nie einen Medienberater gebraucht.«

»Ich kenne ihn flüchtig aus der Zeit, als er Pressemann bei Jimmy Carter war.«

»Er hat hauptsächlich in New York und Kalifornien Wahlkampf gemacht, stimmt's?«

»Ja, aber er kommt aus dem Süden. Und das wird er nicht ganz vergessen haben.«

»Hoffen wir's.« Jack wandte sich endgültig zum Gehen. »Ich schicke dir Kitty, sobald sie da ist.«

Kitty Conroy war begeistert. »Ich werde mein Bestes geben, Will«, versprach sie. Kitty war Ende Zwanzig, rothaarig, clever und hübsch. Sie kam aus Savannah.

»Das hast du immer getan. Deswegen bitte ich dich ja auch um deine Mitarbeit. Ich weiß, daß es dir gar nicht gefällt, Eds Stellvertreterin zu sein, obwohl du für den Pressejob qualifiziert wärst. Bei mir kriegst du ihn – ab nächsten Montag. Tipp schon mal deine Kündigung! Und leite das Nötige in die Wege, damit hier alles reibungslos weiterläuft, wenn du weg bist.«

»Klar, Will.«

»Außerdem würde ich dich bitten, am Wochenende nach Delano zu kommen. Bring alles mit, was du für einen längeren Aufenthalt brauchst.«

Will kam im Watergate an und fuhr mit dem Lift in das Stockwerk, in dem Hank Taylor residierte. Eine hübsche Empfangsdame bat ihn zu warten. Will setzte sich und betrachtete die nüchterne Einrichtung, die teuren Möbel, die Bilder. Aus dem Raum nebenan dröhnte Marschmusik. »Heald ist unser Mann! Er kann, was keiner kann!« sang ein Männerchor. Will zuckte zusammen; es war entsetzlich. Michael Heald kandidierte in einem New Yorker Wahlkreis für den Kongreß. Will dachte gerade, daß er sich besser nach einem anderen Medienberater umsehen sollte, als die Tür aufging und ein hübsches Mädchen ihn bat, ihr zu folgen. Sie gingen über einen langen Flur zum Büro des Chefs, und Will warf unterwegs flüchtige Blicke in Räume mit Leuten, die Anzeigen entwarfen und Filme schnitten. Die Musik war jetzt leiser, und Will versuchte, sie zu vergessen.

Hank Taylor erhob sich von seinem Platz hinter einem riesigen Glastisch, um Will zu begrüßen. Er war klein, drahtig, sportlich, trug eine Brille mit schwarzem Gestell, dazu ein Seidenhemd und rote Hosenträger. »Hallo, Will, wie geht's?« Er sprach nach wie vor mit Südstaaten-Akzent.

»Gut, Hank.«

»Und wie geht es dem Senator?«

»Besser. Die Therapie scheint anzuschlagen.«

Taylor deutete auf einen Sessel. »Aber bis November wird er wohl nicht wieder ganz gesund werden, oder?«

Will schüttelte den Kopf. »Ich fürchte, daß er nicht mehr arbeiten kann, Hank. Aber das bleibt bitte unter uns.«

»Und Sie wollen sich jetzt um seinen Sitz bewerben?« fragte Taylor. Er lehnte sich zurück und grinste.

»Das ist der Wunsch des Senators«, erklärte Will verlegen. »Ich wollte eigentlich erst bei der übernächsten Wahl gegen Barnett antreten.«

»Natürlich.« Taylor grinste wieder.

Will wurde rot. »Lassen Sie mich eines klarstellen, Hank. Ich würde nicht kandidieren, wenn der Senator mich nicht darum gebeten hätte.«

»Entschuldigung«, sagte Taylor und hob beschwichtigend die Hand. »Sie werden Hilfe brauchen.«

»Deswegen bin ich ja hier«, meinte Will. »Sie sind der einzige Medienberater, den ich kenne, Sie kommen aus dem Süden, und Sie haben einen guten Ruf.«

Taylor stand auf und begann hin und her zu gehen. »Okay, dann sag' ich Ihnen mal, was Sie für Ihr Geld kriegen. Wir versorgen Fernsehen, Radio und die Printmedien mit Material über Sie. Wir halten es für sehr wichtig, überall mit einem einheitlichen Konzept zu werben – das müßte sich in den Köpfen der Wähler festsetzen.«

»Klingt gut«, antwortete Will.

»Ohne meine Erlaubnis wird kein Entwurf aus dem Haus gegeben. Der größte Aktivposten dieser Firma ist mein Gespür für die wichtigen Dinge, und davon profitieren Sie, wenn Sie bei uns Kunde sind.«

»Freut mich zu hören.«

»Meine Leute schreiben Ihnen für jeden Bereich die richtigen Statements...«

»Das kann ich selbst, Hank«, sagte Will. »Ich schreibe seit Jahren die Statements für Senator Carr.«

»Okay, okay, aber wir müssen ein paar heiße Themen anreißen, verstehen Sie? Da ist zum Beispiel gerade ein Gesetz in der Diskussion, das Eltern bezuschußt, wenn sie ihre Kinder auf eine Privatschule schicken. Kommt sagenhaft gut an.«

»Ich bin Demokrat, Hank. Ich bin für öffentliche Schulen.«

»Okay, okay, ich entwickle hier ja nur mal unverbindlich ein paar Ideen. Wir arbeiten natürlich Ihren Standpunkt voll raus, keine Sorge.« Taylor kehrte an seinen Tisch zurück und setzte sich wieder. »Und jetzt lassen Sie uns über das Geld reden«, sagte er. »Haben Sie welches?«

»Für den Anfang reicht es. Aber ohne Wahlkampfspenden wird es nicht gehen.«

»Klar. Nur – damit haben wir nichts zu tun. Wir sind ein reiner Medienladen.«

»Ich verstehe. Und was kostet mich das Ganze?«

»Fünfundsiebzigtausend. Davon müssen Sie siebenunddreißig gleich bezahlen und den Rest einen Tag nachdem Sie die Vorwahl gewonnen haben. Das deckt unsere Honorare ab. Was an Produktions- und Materialkosten anfällt, stellen wir Ihnen in Rechnung. Dazu kommt ein Aufschlag von siebzehneinhalb Prozent Provision. Das ist unser üblicher Satz. Unser Medienservice überwacht die gesamte Werbung, und mit dem teilen wir uns die fünfzehn Prozent Provision von den Sendern. Alles klar?«

»Ja«, sagte Will und schluckte.

»Gut. Wann kriege ich den Scheck?«

»Wir haben noch nicht mal ein Konto. Ist nächste Woche okay?«

»Meinetwegen. Kann ich dann am Montag mit dem Scheck rechnen?«

»Okay. Ich gebe ihn am Freitag auf die Post.«

»Per Eilboten – sicherheitshalber«, empfahl Taylor und erhob sich von seinem Sessel. Er faßte Wills Arm und brachte ihn zur Tür. »Ich schicke Ihnen nächste Woche einen von meinen Jungs. Der wird mit Ihnen reden, das Ambiente auf sich wirken lassen, Ihre Ideen abklopfen und so weiter. Okay?«

»Okay.«

»Ich denke, Tommy Black ist der Richtige für Sie. Er ist einer der Besten. Sie werden ihn mögen.« Taylor begleitete Will über den Flur zum Empfang. Dort nahm er seine Hand. »Sie müssen sich keine Gedanken mehr machen, Will. Sie haben die besten Leute der Branche hinter sich. Sie werden Georgia im Senat vertreten. Hundertprozentig.«

Will schüttelte Taylor die Hand und ging. Auf dem Weg zum Lift hörte er wieder die Marschmusik. »Heald ist unser Mann! Er kann, was keiner kann!« Will lief es kalt über den Rücken.

Doch als er zum Capitol Hill zurückfuhr, fühlte er sich irgendwie besser. Jetzt kümmerten sich Profis um alles, und er hatte fünfundsiebzigtausend Dollar Schulden.

16

Detective Sergeant Charles Pittman saß an seinem Schreibtisch in der Polizeizentrale von Atlanta in der Decatur Street, ihm gegenüber saß sein Partner, Mickey Keane.

»Das ist alles?« fragte Pittman.

»Ja, Chuck«, antwortete Keane und hakte die Punkte auf einer Liste ab. »Wir haben ein paar Kugeln und Patronenhülsen – Mac Tens und eine Beretta. Wir haben etwas rote Erde von den Schuhen der Leute…«

»Rote Erde. Toll. Die gibt es überall in Georgia.«

»Richtig«, bestätigte Keane. »Wir haben Reifenspuren – mit der Sorte Reifen sind ein Dutzend Lieferwagen- und Kleinlastertypen von General Motors und ein paar von Chrysler ausgestattet. Und das ist schon alles.«

»Wir haben Manny Pearl«, warf Pittman ein. »Der ist Gold wert. Er identifiziert den Sarge, du wirst sehen.« ›Sarge‹ war Pittmans und Keanes Bezeichnung für den Anführer des Mordkommandos, den mutmaßlichen Master Sergeant. »Und das haben wir auch noch«, fuhr Pittman fort. Er öffnete eine Schublade und warf einen dicken Stapel Computerausdrucke auf den Schreibtisch. »Die Antwort vom Pentagon auf meine Anfrage. Nur Informationen, keine Bilder. Es sind insgesamt fünfhundertachtzehn Leute, und der Mann, mit dem ich gesprochen habe, wollte keine fünfhundertachtzehn Fotos rausgeben. Es sind so viele, weil wir in Georgis dank Senator Ben Carr ein halbes Dutzend größere Army-Standorte haben, und einem Haufen Leuten, die da gedient haben, gefällt es bei uns so gut, daß sie sich hier zur Ruhe setzen. Ein Glück, daß wir nicht in Florida sind, sonst hätten wir's mit zehntausend zu tun.«

»Und was waren deine Kriterien?« fragte Keane.

»Unser Mann hat die Army vor weniger als zehn Jahren verlassen, war Unteroffizier und ist in Georgia ansässig.«

Keane nahm sich die eine Hälfte des Stapels und schob die andere Pittman zu. »Und wie willst du jetzt vorgehen?«

»Pearl sagt, daß der Typ groß und dürr war. Schade, daß sie bei der Army die Ohrengröße nicht registrieren. Schauen wir mal – aber wo fangen wir an? Bei einsneunzig?«

»Pearl ist klein. Dem kommt wahrscheinlich schon einsachtundsiebzig groß vor.«

»Gut. Einsachtundsiebzig.«

»Und wenn unser Mann ein Zweizentnermann war, als er von der Army weggegangen ist, und dann zwanzig Kilo abgespeckt hat?«

Pittman lachte. »In mittleren Jahren nimmt niemand so viel mehr ab. Ich wette, unser Mann ist immer mager gewesen.«

Pittman und Keane gingen die Ausdrucke nach Größe und Gewicht durch und sortierten die kleineren, schwergewichtigeren Männer aus. Um Mittag ließen sie sich eine Pizza kommen und arbeiteten weiter, während sie aßen. Bei Dienstschluß hatten sie alle fünfhundertachtzehn Namen durchgesehen.

Pittman zählte die Übriggebliebenen. »Einundachtzig mehr oder weniger große, dürre Sergeants a. D.«, sagte er. »Picken wir uns noch die raus, die in Atlanta wohnen. Ich glaube kaum, daß die Jungs extra von Südgeorgia hergefahren sind, um einen Pornobuchladen auseinanderzunehmen.«

Sie gingen die Papiere noch einmal durch. »Genau zwölf«, stellte Pittman fest. »Jetzt können wir das Pentagon um Fotos bitten.«

Er formulierte ein Telex und reichte den Text an den Mann am Fernschreiber weiter.

Die Fotos kamen am nächsten Tag kurz nach zwölf. Pittman und Keane betrachteten sie.

»Komisch. Die meisten langen und dürren Leute haben große Ohren, wie?« sagte Keane.

»Besuchen wir Manny Pearl«, schlug Pittman vor.

Manny Pearl saß aufrecht im Bett, als Pittman und Keane ins Zimmer traten.

»Wie geht es Ihnen, Mr. Pearl?« fragte Pittman.

»Das Neurologenjüngelchen sagt, meine linke Körperhälfte hätte einen Schaden erlitten«, antwortete Manny. »Von Therapie spricht er auch.«

»Sie können sicher bald wieder joggen«, prophezeite Pittman.

»Joggen?« schnaubte Manny. »Hab' ich zwei Kopfschüsse überlebt, damit ich mich mit Sport ruiniere?«

Pittman zog sich einen Stuhl ans Bett und nahm die Fotos aus dem Umschlag. »Mr. Pearl, wir wollen Ihnen ein paar Bilder zeigen. Wir fanden Ihre Idee mit der Army gut und haben uns ans Pentagon gewandt. Es hat uns diese zwölf Bilder geschickt. Die Männer sind alle groß und schlank, als Unteroffiziere aus der Army ausgeschieden und in Atlanta wohnhaft. Bitte schauen Sie sich die Fotos genau an, und sagen Sie mir, ob der Mann darunter ist, der Sie niedergeschossen hat. Lassen Sie sich Zeit.«

Manny ließ sich Zeit. Mit seiner Halbbrille auf der markanten Nase starrte er ernst jedes Foto an, betrachtete eingehend Gesichter und Ohren. Als er durch war, gab er Pittman die Bilder zurück. »Nein«, sagte er mit Nachdruck, »da ist er nicht dabei.«

»Vielleicht schauen Sie sich die Fotos noch mal an, Mr. Pearl«, schlug Keane vor. »Damit wir absolut sicher sein können.«

»Na schön«, sagte Manny. Er wiederholte die Prozedur und ließ sich dabei noch mehr Zeit. »Tut mir leid, aber er ist wirklich nicht dabei, meine Herren«, sagte er schließlich und gab die Bilder endgültig zurück.

Pittman erhob sich verdrossen. »Okay, Mr. Pearl. Danke für Ihre Hilfe. Wir suchen weiter.«

»Sergeant«, rief Manny. »Ich erkenne ihn wieder, wenn Sie mir den Richtigen zeigen. Glauben Sie mir.«

»Ich glaube Ihnen, Mr. Pearl«, sagte Pittman.

»Und was machen wir jetzt?« fragte Keane, als sie draußen waren.

»Jetzt bitten wir das Pentagon um Fotos von den anderen neunundsechzig aus der langen und dürren Gruppe. Wenn das auch nichts bringt, nehmen wir uns die Marine vor.« Pittman seufzte. »Zur Hölle, was bleibt uns sonst übrig?«

17

Will stand vor Richter Boggs. Seine Argumente für die Freilassung Larry Moodys gegen Kaution waren so ziemlich dieselben wie bei der Vorverhandlung: Moody war nicht vorbestraft, hatte einen festen Wohnsitz und war unabkömmlich für seinen Arbeitgeber. John Morgan saß in der vordersten Reihe des Gerichtssaals, nach wie vor bereit, die Kaution zu stellen. Charlene Joiner hatte neben ihm Platz genommen.

Dann ergriff Elton Hunter das Wort. »Hohes Gericht, der Angeklagte wird eines schweren Verbrechens beschuldigt, nämlich des Mordes. Eine Freilassung gegen Kaution wäre nur unter außergewöhnlichen Umständen gerechtfertigt, und die Umstände sind nicht außergewöhnlich. Bliebe der Angeklagte nicht weiter in Haft, so wäre dies eine Gefahr für jede Frau im Bezirk. Die Anklagevertretung stellt daher den Antrag, der Freilassung auf Kaution nicht stattzugeben.«

Der Richter kramte einen Moment in seinen Papieren, schrieb etwas und blickte dann auf. »Dem Antrag der Anklagevertretung wird stattgegeben. Der Angeklagte bleibt bis zum Prozeß im Gewahrsam des Sheriffs. Gibt es Einwände dagegen, daß wir jetzt einen Prozeßtermin anberaumen?«

Will erhob sich. »Euer Ehren, die Verteidigung bittet um eine Unterredung im Richterzimmer.«

Boggs sah Will verständnislos an. »Warum? Ich bin durchaus bereit, sofort einen Termin festzusetzen.«

»Ich wäre trotzdem dankbar für eine Unterredung im Richterzimmer, Euer Ehren.«

Boggs schaute Elton Hunter an. Der zuckte mit den Achseln. Boggs seufzte. »Also gut. Wir sehen uns in zehn Minuten im Richterzimmer.«

Will brachte Larry an die Schranke, um mit Charlene und John Morgan zu sprechen. »Leider konnten wir nichts anderes erwarten«, sagte er. »Wir hatten keine großen Aussichten, eine Freilassung durchzusetzen. Nicht bei einer solchen Beschuldigung.«

»Larry«, sagte John Morgan, »ich mache den Kundendienst in Greenville von La Grange aus, bis Sie wieder draußen sind. Ich weiß, daß Sie nichts getan haben, und ich werde Sie nicht durch einen anderen Mann ersetzen. Ich zahle Ihnen auch Ihren Lohn weiter.«

»Danke, Mr. Morgan«, sagte Larry. »Das ist wirklich nett von Ihnen.«

Morgan schüttelte Larry und Will die Hand. Dann ging er. Charlene blieb.

»Larry«, sagte Will, »ich gehe jetzt zum Richter, und nachher besuche ich Sie in der Zelle.«

»Warum haben Sie verhindert, daß der Richter einen Prozeßtermin festsetzt?« fragte Charlene.

»Weil ich zunächst mit ihm sprechen muß«, antwortete Will. Er wich Charlenes Blick aus. »Es dauert nur ein paar Minuten.«

Ein Hilfssheriff kam. »Ich muß ihn jetzt wieder in seine Zelle bringen, Mr. Lee.« Larry machte sich mit dem Mann auf den Weg, und Will wandte sich ebenfalls zum Gehen.

»Sekunde«, rief Charlene und legte ihre Hand auf seinen Arm. »Was ist los?«

»Warten Sie hier«, sagte Will. »Ich bin in ein paar Minuten wieder da. Dann können wir Larry gemeinsam besuchen.« Will ging ins Richterzimmer. Elton Hunter war schon da.

»Was ist, Will?« fragte er.

»Warten wir auf den Richter, dann muß ich die Sache nicht zweimal erklären.«

Der Richter trat ein und nahm an seinem großen Schreibtisch Platz. »So, Will. Was kann ich für Sie tun?«

Will holte tief Luft. »Richter, seit der Vorverhandlung ist eine Menge passiert. Der Senator hat sich ein wenig erholt. Immerhin hat er die Absicht geäußert, sich nicht zur Wiederwahl zu stellen.« Will legte eine Pause ein. Er hatte dasselbe Gefühl wie vorhin bei seinem Antrag auf Kaution. »Er hat vorgeschlagen, daß ich an seiner Stelle kandidiere.« Will hielt inne und wartete.

Boggs betrachtete ihn interessiert. »Ja, und?«

»Richter, es muß Ihnen klar sein, daß ich nicht die Verteidigung in einem Mordprozeß übernehmen und gleichzeitig für den Senat kandidieren kann. Wenn mein Mandant verurteilt würde, hätte er allen Grund, die Aufhebung des Urteils zu verlangen, weil er nicht zureichend verteidigt worden ist.«

»Da mögen Sie recht haben, Will«, sagte der Richter liebenswürdig. »Es tut mir wirklich leid, daß Sie auf den Senatorenposten aus sind.«

»Wie bitte?« fragte Will verdattert.

»Wenn Sie nicht gleichzeitig zureichend verteidigen und für den Senat kandidieren können, nun, dann werden Sie ein anderes Mal kandidieren müssen.«

Trotz seiner bösen Vorahnungen war Will wie vom Donner gerührt. »Jetzt hören Sie mal...« begann er.

»Nein!« brüllte der Richter, schlug mit der Faust auf seinen Schreibtisch und stand auf. »Ich habe Ihnen von vornherein gesagt, daß Sie diesen Prozeß von Anfang bis Ende durchhalten müssen, und jetzt versuchen Sie schon zum zweiten Mal, das Mandat niederzulegen!«

»Aus gutem Grund!« schrie Will zurück. Auch er stand jetzt auf und funkelte Boggs wütend an.

Elton Hunter erhob sich und streckte beschwichtigend die Arme aus. »Meine Herren, bitte beruhigen Sie sich. Lassen Sie uns vernünftig miteinander reden.«

»Sie halten den Mund!« donnerte der Richter. Dann wandte er sich erneut Will zu. »Sie werden die Verteidigung bis zum Ende führen, verstehen Sie mich?«

»Nein, ich verstehe Sie nicht!« zischte Will. »Ich lege das Mandat nieder, noch bevor der Prozeßtermin festgesetzt wird – ich habe nichts mehr mit der Sache zu tun!«

»Dann können Sie vom Gefängnis aus für den Senat kandidieren!« Boggs ging zur Tür. »Gerichtsdiener!« rief er. Dann drehte er sich um und betrachtete Will. »Ich lasse Sie wegen Mißachtung des Gerichts in Haft nehmen und verschiebe den Prozeß, bis Sie sich zum Weitermachen entschließen.«

»Halten Sie beide den Mund!«

Will und der Richter wirbelten herum und starrten Elton Hunter an, der puterrot angelaufen war. »Verschwinden Sie!« brüllte Elton den Gerichtsdiener an, der gerade das Zimmer betreten hatte. Der erstaunte Mann blieb stehen und sah die drei Männer aus großen Augen an. Elton klatschte mit der flachen Hand auf den Schreibtisch – es hörte sich an wie eine schallende Ohrfeige. »Jetzt setzen Sie sich – beide – und reißen sich gefälligst zusammen!« befahl er. »Ich habe Ihnen doch gesagt, daß Sie verschwinden sollen!« blaffte er den Gerichtsdiener an. Der Gerichtsdiener floh. »Und nun«, fuhr Elton etwas ruhiger fort, »sollten wir in aller Ruhe über die Sache sprechen.«

Will und Boggs, überrascht über den Ausbruch des sonst so milden

Elton, nahmen gehorsam Platz. »Richter, es wäre wirklich unvernünftig, wenn ich den Jungen weiter vertreten würde«, sagte Will.

»Mag sein, aber es bleibt dabei, und Sie werden damit leben müssen«, erwiderte Boggs. »Ich habe diesen Prozeß so arrangiert, daß Anklage und Verteidigung von den besten verfügbaren Anwälten übernommen werden. Wenn nun einer von Ihnen ausfallen würde und ich ihn durch jemand anderen ersetzen müßte, hätten wir ein Ungleichgewicht. Ich möchte aber sichergehen, daß dieser Prozeß äußerst fair geführt wird.« Boggs klappte seinen Terminkalender auf. »Wenn Sie noch etwas mehr Zeit zur Vorbereitung brauchen, Will, dann können Sie sie haben. Wie wäre es mit dem 16. Februar?«

»Paßt mir gut, Richter«, sagte Elton.

»Mr. Lee?« fragte der Richter in etwas gereiztem Ton.

Will nickte zähneknirschend. »In Ordnung. Ich entschuldige mich für mein ungebührliches Verhalten.«

»Gut«, sagte der Richter. »Dann sehen wir uns am 16. Februar um Punkt zehn Uhr.«

Will kehrte in den Gerichtssaal zurück, wo Charlene auf ihn wartete. »Kommen Sie«, sagte er. »Wir gehen zu Larry.« Fünf Minuten später saß er mit Larry und Charlene in der Besucherzelle.

»Ich möchte kein Geheimnis draus machen«, begann er. »Ich habe noch einmal versucht, die Verteidigung abzugeben.«

»Warum?« fragte Larry gekränkt.

»Das hat nichts mit Ihnen persönlich zu tun, Larry. Mein Chef, Senator Carr, ist krank und wird sich nicht zur Wiederwahl stellen, deshalb werde ich mich um seinen Sitz bewerben. Ich weiß wirklich nicht, wie ich Sie anständig verteidigen und gleichzeitig für den Senat kandidieren soll.«

»Was hat der Richter dazu gesagt?« fragte Charlene.

»Er entbindet mich nicht von diesem Fall. Darum wollte ich mit Ihnen beiden reden. Larry, ich weiß, daß wir schon einmal darüber gesprochen haben, aber ich möchte Ihnen trotzdem empfehlen, den Richter um einen anderen Anwalt zu bitten.«

»Warum? Das verstehe ich nicht.« Larry wirkte sehr bedrückt.

»Ich habe es Ihnen gerade erklärt, Larry.« Will wandte sich an Charlene. »Helfen Sie mir! Sie sehen doch sicher ein, daß ich Larry nicht gut genug vertreten kann. Wenn er um einen anderen Anwalt bittet, muß der Richter seinem Wunsch entsprechen.«

Charlene sah Will einen Moment in die Augen. Dann schüttelte sie den Kopf. »Das müssen Sie mit Larry abmachen«, erwiderte sie.

»Ich möchte, daß Sie mein Anwalt bleiben, Mr. Lee«, erklärte Larry fest. »Wofür Sie kandidieren, ist mir egal.« Er verschränkte die Arme. »Ich will keinen anderen Anwalt«, wiederholte er trotzig.

Will stützte seine Ellenbogen auf den Tisch und rieb sich die Schläfen. Das war der reine Irrsinn. Larry und Charlene schwiegen. »Sind Sie sich im klaren darüber, was in Georgia die Höchststrafe für Mord ist, Larry?« fragte Will müde. Moody gab keine Antwort. »Die Todesstrafe«, fuhr Will fort. »Der elektrische Stuhl. Das blüht Ihnen, wenn wir diesen Prozeß verlieren. Sie spielen mit Ihrem Leben, wissen Sie das?«

Larry Moody nickte. »Ich lass' es drauf ankommen. Ich will keinen anderen Anwalt.«

18

Es war Samstag vormittag. Will wartete darauf, daß Jack Buchanan und Kitty Conroy aus Washington eintrafen. Er saß zu Hause an seinem Computer und versuchte, ein Konzept für den Wahlkampf zu erarbeiten, aber er kam nicht recht vorwärts, weil er in diesen Dingen noch keine Erfahrung hatte. Gewiß, er hatte schon Wahlkämpfe für Benjamin Carr organisiert, aber das war etwas anderes. Ben Carr war bekannt, während Will bis jetzt kaum in der Öffentlichkeit aufgetreten war. Als er sich abmühte, wurde Will immer deutlicher bewußt, wie schwierig sein Vorhaben war. Er spielte mit dem Gedanken, sich aus dem Wahlkampf zurückzuziehen, bevor er begonnen hatte, als er einen Wagen vorfahren hörte. Will warf einen Blick auf seine Uhr. Jack und Kitty konnten es noch nicht sein, die waren jetzt bestenfalls am Flughafen in Atlanta. Er erhob sich und ging auf die Veranda.

Zwei Männer und eine Frau stiegen aus einem Kombi. Sie liefen den Weg zum Haus entlang, der kleinere Mann voraus. Der zweite Mann und die Frau hatten Kameras bei sich. Der kleinere Mann, wohl Anfang oder Mitte Zwanzig, trat auf die Veranda und streckte die Hand aus. »Hallo, ich bin Tom Black aus Hank Taylors Büro«, stellte er sich vor.

Will schüttelte ihm die Hand. »Guten Morgen. Ich habe Sie eigentlich erst nächste Woche erwartet...«

»Ich wollte so früh wie möglich anfangen«, erklärte Black. »Das sind Jim und Betty, zwei freie Mitarbeiter. Ich will ein paar Bilder von Ihnen und Ihrer Umgebung machen.«

»Gut. Die Zeit ist günstig. Meine beiden ersten Mitarbeiter kommen in ein oder zwei Stunden – dann können Sie bei unserem ersten Wahlkampfmeeting dabei sein.«

»Wunderbar«, sagte Black. Er schaute sich um, betrachtete das Haus und den See. »Schön haben Sie's hier«, meinte er. »Auf einem Film macht sich das sicher gut. Kann ich mal ins Haus schauen?«

»Natürlich, kommen Sie herein«, sagte Will. Er führte seine Besucher ins Haus.

Jim und Betty nahmen alles auf, er mit einer Videokamera, sie mit einer 35-mm-Filmkamera. Black warf einen Blick in die Küche.

»Tut mir leid, daß es ein bißchen unaufgeräumt ist«, entschuldigte sich Will.

»Macht nichts«, erwiderte Black und schlenderte ins Schlafzimmer. »Haben Sie was dagegen, wenn ich mir Ihre Sachen ansehe?« Ohne Wills Antwort abzuwarten, holte er Anzüge aus dem Schrank und zog die Schublade auf, in denen die Hemden lagen. »Hm«, brummte er. Dann verließ er das Schlafzimmer und warf sich in einen Sessel.

»Ich habe gerade an einem Wahlkampfkonzept gearbeitet«, erzählte Will und deutete auf den Computer.

»Darüber unterhalten wir uns später«, entgegnete Black. Er nickte den beiden Kameraleuten zu. »Setzen Sie sich an den Computer. Wir machen ein paar Bilder von Ihnen bei der Arbeit. Krempeln Sie die Ärmel auf.«

Will tat ihm den Gefallen, während die Kameraleute um ihn herumgingen.

»Jim, Betty, jetzt solltet ihr noch ein paar Aufnahmen vom Haus machen«, riet Black. »So, daß der See mit drauf ist.« Als die beiden gegangen waren, ließ sich Black wieder in den Sessel sinken.

Will musterte ihn. Er hatte sandfarbenes Haar und ein glattes Gesicht und trug ein Buschhemd und Stiefel. Der ist bestimmt nicht älter als fünfundzwanzig, dachte Will. Und das soll einer von Hank Taylors besten Leuten sein?

Black schien Wills Gedanken zu erraten. »Damit wir uns nicht mißverstehen«, sagte er, »ich bin einunddreißig. Ich weiß, daß ich nicht so aussehe. Ich bin 1976 in die Politik eingestiegen, hab' bei der Vororganisation von Jimmy Carters Wahlkampf mitgemacht. Damals war ich neunzehn. Beim achtziger Wahlkampf war ich Boß der gesamten Vororganisation im Osten. Dazwischen habe ich bei der Presseabteilung im Weißen Haus gearbeitet. Als Carter verloren hat, habe ich in Hanks Büro angefangen. Seitdem habe ich elf Wahlkämpfe gemacht und acht davon gewonnen.«

»Okay«, lachte Will, »ich habe Sie unterschätzt.«

»Das kann leicht passieren.« Black grinste. »Tatsächlich ist das eine meiner stärksten Waffen. Ich setze vieles durch, gerade weil ich nicht wie ein Profi aussehe. Wer kommt heute zu diesem Meeting?«

»Jack Buchanan und Kitty Conroy. Jack war Leiter der Rechtsabteilung in Ben Carrs Büro, Kitty stellvertretende Pressesprecherin.«

»Beide sind mir bekannt«, sagte Black. »Sonst noch jemand?«

»Ja, meine Eltern und meine Tante Eloise. Sie haben alle Wahlkampferfahrung, und sie wollen mir helfen.«

»Gut«, sagte Black. »Familie zieht immer, zumal Sie nicht verheiratet sind. Haben Sie vielleicht eine Verlobte? Oder eine Freundin?«

Will zögerte einen Moment. »Nein«, sagte er dann. »Mein Job hat mir keine Zeit dafür gelassen.«

»Mhm«, machte Black zurückhaltend. »Wie kommt's, daß Sie Ihre Sachen in London kaufen?«

»Meine Mutter ist Irin, mein Vater und sie haben sich im Zweiten Weltkrieg drüben kennengelernt, und sie hat dort ein Haus von ihrem Vater geerbt. Deswegen war ich oft in London. Mein Vater hat dort einen Schneider, der mir schon lange meine Kleidung schickt.«

»Mhm«, machte Black wieder. »Ihr alter Herr hat einen exzellenten Geschmack, aber die Sachen sind nichts für einen Wahlkampf.«

»Warum nicht?«

»Zu schick. Sie sind jetzt in Georgia, nicht mehr in Washington. In Atlanta gibt's einen Mann namens Ham Stockton. Er hat ein Geschäft für Herrenmode.«

»Ich kenne Ham.«

»Der ist genau richtig. Nicht spießig, aber unauffällige Sachen. Schaffen Sie sich zwei Anzüge in Marineblau an, mit Nadelstreifen, dazu zwei marineblaue Blazer mit schlichten Knöpfen. Besorgen Sie sich außerdem ein Dutzend weiße Hemden mit klassischem Kragen und langen Ärmeln. Ich mag aufgekrempelte Ärmel, wenn es warm ist. Schaffen Sie sich gestreifte Krawatten mit viel Rot an. Besorgen Sie sich zwei Paar mokassinartige Schuhe und zwei Paar schwarze feste Halbschuhe.«

»Feste Halbschuhe?«

»Ja, ich mache keine Witze. Es lohnt sich. Sie werden viel auf den Beinen sein, und dafür brauchen Sie schwere Schuhe mit dicken Sohlen. Ich will nicht, daß Sie mitten im Wahlkampf fußkrank werden. Besorgen Sie sich einen braunen, einreihigen Regenmantel mit ausknöpfbarem Futter. Mehr Mäntel brauchen Sie nicht. Ihre Rolex ist okay. Millionen Amerikaner lieben Schweizer Uhren. Sind Sie Brillenträger?«

»Nein.«

»Hätten Sie was dagegen, einer zu werden?«

»Ja.«

»Okay. Aber bevor Sie erblinden, wenden Sie sich bitte an mich, dann suche ich die richtige Brille für Sie aus. Das ist sehr wichtig. Außerdem müssen Sie zum Friseur. Lassen Sie sich die Haare hier oder in Washington schneiden?«

»In Washington.«

»Dann rufen Sie bei Ray Brewer in Atlanta an. Machen Sie einen Termin mit ihm aus und sagen Sie ihm, ich hätte Sie geschickt. Der weiß, was ich will. Und danach lassen Sie sich alle zehn Tage die Haare schneiden. Sie werden oft im Fernsehen auftreten. Wenn Sie keine Zeit haben, nach Atlanta zu fahren, bitten Sie Ihre Leute, Ray herzuholen.«

»Sehe ich wirklich so unmöglich aus?«

»Ja. Glauben Sie mir. Was ich Ihnen rate, ist gut – Sie zahlen ja auch eine Menge Geld dafür.«

Will seufzte. »Okay. Wie oft werden Sie während des Wahlkampfs hier sein?«

»Ziemlich oft, aber nicht ständig. Ich muß auch noch Heald betreuen. Er kandidiert in New York. Und dann noch einen Mann in Nordcarolina.«

»Ich verstehe.«

»Hoffentlich. Wenn ich die ganze Zeit über hier wäre, müßten Sie dreimal soviel zahlen wie jetzt. Ich werde Ihre Aktionen beobachten und Ihnen Ratschläge geben. Ich gehe davon aus, daß meine Vorschläge ernst genommen werden. Sie werden kaum jemanden finden, der auf diesem Gebiet so beschlagen ist wie ich – das kann ich ohne jede Übertreibung behaupten.«

»Ja, da bin ich sicher«, sagte Will und meinte es auch so.

»Der Wagoneer draußen – gehört der Ihnen?«

»Ja.«

»Verkaufen Sie ihn. Schaffen Sie sich einen Ford oder einen Chevy an. Ford und Chevrolet werden auch in Atlanta produziert. Ein Wagoneer ist ja fast ein ausländischer Wagen. So etwas sollten auch Ihre Mitarbeiter nicht fahren – übrigens auch keine teuren Schlitten.«

»Okay, das ist einleuchtend.«

»Heiraten Sie demnächst?«

»Da besteht leider keine Hoffnung.«

»Dann können wir vielleicht jemanden für Sie finden«, sagte Black trocken. »Eine nette Blondine, die wie Marilyn aussieht und am Wochenende Obdachlose betreut.«

Will lachte.

»Haben Sie einen Hund?«

»Ja, einen Labrador-Retriever.«

»Dann halten wir uns an den.« Black stand auf. »Kommen Sie, jetzt machen wir noch ein paar Bilder von Ihnen am See. Möglichst mit Hund.«

19

Nachdem sich alle miteinander bekannt gemacht hatten, nahm man am Eßtisch im großen Haus Platz, Billy und Patricia an den Stirnseiten, Will in der Mitte, die anderen dazwischen. Die Gruppe war zu klein und intim für eine lange Eröffnungsrede, also faßte sich Will kurz.

»Ich möchte heute allen eine Aufgabe zuweisen, und dann möchte ich Ideen und Vorschläge hören. Tante Eloise, kannst du noch stenographieren?«

»Leidlich«, antwortete Wills Tante.

»Dann wäre ich dir sehr dankbar, wenn du mitschreiben und es später abtippen würdest.«

»Gern.«

»Ich werde – zumindest vorläufig – meinen Wahlkampf selbst managen. Am Anfang werden wir sowieso wenig Leute sein, und ich möchte niemandem die gesamte Organisation aufhalsen.« Will wandte sich an Jack Buchanan. »Jack, du mietest Räume in Atlanta an, in denen wir unsere Zentrale einrichten können.«

Billy Lee hob die Hand. »Dabei kann ich helfen. Ich werde ein paar Telefonate führen.«

»Gut«, nickte Will. »Kitty, du kriegst natürlich das Presseressort, und ich würde dich außerdem bitten, die Planung meiner Termine zu übernehmen. Es wird sicher noch eine Menge anderen Kram geben, mit dem du dich befassen mußt. Ich möchte nicht, daß sich jemand jetzt schon allzusehr spezialisiert.« Will wandte sich an seinen Vater. »Dad hat sich bereit erklärt, sich fürs erste um die Spenden zu kümmern. Das dürfte im Moment auch das Wichtigste sein.«

Das Gespräch zog sich über den ganzen Vormittag hin. Dann gab es ein leichtes Mittagessen, und danach planten sie weiter. Die Sonne stand schon tief, als Will Luft holte und sagte: »Das war's – es sei denn, jemand hat noch eine Idee.«

Patricia erhob sich. »Ich habe Zimmer für Jack, Kitty und Tom hergerichtet. Ich schlage vor, daß wir uns jetzt alle ein bißchen ausruhen. Um sieben Uhr gibt es Abendessen und ein paar Drinks.«

Als die Gesellschaft aufstand, kam Henry ins Zimmer. Will wurde am Telefon verlangt. Will nahm das Gespräch auf dem Flur entgegen.

»Will? Hier Rob Cutts von der *Atlanta Constitution*. Wir haben eben erfahren, daß Gouverneur Dean sich um Senator Carrs Sitz bewerben will. Wir werden das morgen auf der Titelseite bringen. Haben Sie einen Kommentar dazu?«

»Einen Moment, Rob«, sagte Will. Er winkte Tom Black zu sich und legte die Hand über die Muschel. »Mack Dean gibt morgen seine Kandidatur bekannt. Die *Constitution* möchte einen Kommentar von mir.«

Black schüttelte den Kopf. »Geben Sie keinen ab. Sagen Sie nur, daß Sie das nicht wundert.«

»Das wundert mich nicht«, sagte Will in die Muschel. »Ansonsten habe ich nichts dazu zu sagen.«

»Okay. Miß Emma Carr hat dem Gouverneur ihren Segen gegeben. Haben Sie dazu was zu sagen?«

Will zuckte zusammen. Diesmal beriet er sich aber nicht mit Black. »Nichts von dem, was Miß Emmy sagt, ist vom Senator autorisiert. Können wir jetzt inoffiziell ein paar Worte miteinander reden, Rob?«

»Ja, das können wir.«

»Falls Sie unser Gespräch mitschneiden, dann stellen Sie bitte das Tonband ab.«

»Schon passiert.«

»Sie haben Miß Emmy doch im Krankenhaus erlebt, oder?«

»Ich habe gesehen, wie sie im Zimmer des Senators aus- und eingegangen ist, und ich habe gehört, daß sie die Leute herumkommandiert hat.«

»Okay, dann werden Sie verstehen, was ich Ihnen jetzt sage. Miß Emmy ist im Moment nicht sie selbst. Ihre Angelegenheiten und die des Senators sind von Gerichts wegen in meine Hände gelegt worden. Mit anderen Worten, sie ist nicht ganz zurechnungsfähig.«

»Ich verstehe, Will«, antwortete Cutts. »Haben Sie sonst noch was zu sagen?«

»Im Moment nicht.«

»Überlegen Sie sich, selber zu kandidieren?«

»Diese Frage kann ich im Moment auch nicht beantworten.«

Der Reporter bedankte sich und legte auf.

»Machen Sie sich keine Gedanken wegen Dean«, riet Black. »Er tut, was er sich vorgenommen hat. Er wird wahrscheinlich viel heiße Luft ablassen – da können Sie nichts dran ändern.«

»Mack ist mir egal, aber die Schwester von Senator Carr treibt mich noch zum Wahnsinn.«

»Die berühmte Miß Emmy? Es war gut, daß Sie ihr ein bißchen das Wasser abgegraben haben. Bleiben Sie dabei, aber greifen Sie sie nicht direkt an. Wann wollen Sie übrigens Ihre Kandidatur bekanntgeben?«

»Anfang nächster Woche, dachte ich.«

Black schüttelte den Kopf. »Das ist zu früh. Sie sollten warten, bis wir ein paar Vorbereitungen getroffen haben. Zunächst einmal müßten wir ein paar Ideen entwickeln, wie wir zu Wahlkampfspenden kommen, dann brauchen wir ein Büro in Atlanta und noch ein paar Mitarbeiter. Wenn Sie Ihren Entschluß der Öffentlichkeit mitteilen, sollten wir wirklich startklar sein.«

»Okay«, sagte Will. »Sie haben recht.«

Black ergriff seinen Arm. »Kommen Sie, ich begleite Sie zu Ihrem Domizil.« Die beiden Männer traten aus der Villa und schlenderten zum See.

»Ihr Vater«, begann Black vorsichtig. »Meinen Sie, er hat Erfolg beim Sammeln von Spendengeldern?«

»Er hat viele Freunde, die meisten von ihnen sind ziemlich vermögend.«

Black nickte. »Das ist gut. Aber denken Sie daran – keiner von ihnen darf mehr als tausend Dollar spenden.«

»Ich weiß.«

»Es wird nicht lange dauern, bis Ihr Vater die Namen auf seiner Liste abgehakt hat. Danach müssen wir uns ein System ausdenken. Sie sollten sich alle Leute, die Sie kennen und die einigermaßen was von Ihnen halten, notieren – und mit alle meine ich wirklich alle. Gehen Sie bis zu Ihrer Collegezeit zurück. Sobald Sie Ihre Kandidatur bekanntgegeben haben, rufen Sie diese Menschen an, bitten Sie um Geld, um Sachspenden und um Mitarbeit. Sie sollen Veranstaltungen organisieren und ihre Freunde dazu einladen. Wenn ich das richtig mitgekriegt habe, waren Sie an der University of Georgia. Das heißt, Sie hatten Kommilitonen aus fast jeder Stadt in diesem Staat.«

»Ich weiß nicht, wie viele von denen ich so ohne weiteres um Geld bitten kann«, sagte Will kopfschüttelnd.

»Hören Sie«, erwiderte Black, »wir reden hier nicht von zinslosen Darlehen. Sie bitten die Leute auch nicht darum, eine Kaution zu hinterlegen, weil Sie im Suff einen Unfall gebaut haben. Es ist die Pflicht der Bürger, Senatskandidaten zu unterstützen, und Sie müssen sehr schnell Ihre Skrupel verlieren und sie darauf ansprechen. Im schlimmsten Fall sagen sie nein. Glauben Sie mir, viele werden geschmeichelt sein. Sagen Sie jedem, daß Sie tausend Dollar brauchen. Und wenn er die nicht hat, bitten Sie um achthundert, fünfhundert, hundert. Auch über zehn dürfen Sie nicht die Nase rümpfen. Führen Sie Buch darüber, und später bitten Sie um mehr – dann sollen die Frauen und Kinder, Eltern und Freunde spenden. Wer mit echter Begeisterung dabei ist, den machen Sie gleich zum offiziellen Wahlkampfhelfer.«

»Okay«, seufzte Will.

»Noch was. Ich wollte mich bei dem Meeting nicht zu sehr einmischen, aber wenn Sie Räume in Atlanta anmieten, dann sagen Sie Buchanan, daß er genügend Telefone besorgen soll. Wir brauchen viele Anschlüsse – notfalls mieten Sie ein leerstehendes Lagerhaus und stellen Sie ein paar Telefone hinein. Ein freiwilliger Wahlhelfer am Telefon ist das Billigste, was Sie kriegen können.«

»Gute Idee.«

»Noch was. An dem Tag, an dem Sie Ihre Kandidatur bekanntgeben, müssen Sie ein paar prominente Schwarze in Ihr Team holen. Haben Sie entsprechende Kontakte in Atlanta?«

»Ja, ich habe den Schwarzen dort so manchen Gefallen getan, seit ich für den Senator arbeite. Ich kenne ein halbes Dutzend Pastoren und ein paar Stadträte. Ich habe schon daran gedacht, an Marty Banks heranzutreten.«

»Den Lokalmatador der Politszene von Atlanta? Bestens. Auf den fliegen die Frauen... Ach, übrigens, haben Sie schon gehört, daß die *Constitution* eine neue leitende Redakteurin für ihr Sonntagsmagazin hat, eine Lady von der *Washington Post* namens Ann Heath?«

»Ja, ich hab's irgendwo gelesen. Sie will das Magazin total umkrempeln.«

»Richtig. Neues Layout und alles. Die erste Nummer erscheint in etwa vier Wochen. Sie werden auf dem Titelblatt sein.«

Will zog die Augenbrauen hoch. »Ehrlich?«

»Ehrlich. Ann Heath kommt morgen mit einem Fotografen bei Ihnen vorbei. Ich hab' ihr gesagt, daß sie hier einen anständigen Lunch bekommt.«

»Sie verschwenden keine Zeit, wie?«

»Nein. Wir müssen noch darüber reden, was Sie ihr erzählen und was Sie anziehen. Gibt's hier ein Bier?«

20

Chuck Pittman war der Meinung, daß sich die meisten Fälle, die er bearbeitet hatte, grob in zwei Kategorien einteilen ließen: nicht allzu kompliziert und fast unlösbar. Wenn man methodisch vorging, waren die meisten nicht allzu kompliziert. Doch was ihn faszinierte, waren die fast unlösbaren Fälle – die Fälle, bei denen man Phantasie brauchte und oft nur Glück zum Erfolg führte. Sein Glück im Porno-Fall, wie er ihn für sich nannte, bestand darin, daß Manny Pearl überlebt hatte.

Aber das war auch schon alles, mehr Glück konnte er nicht erwarten, und seine Phantasie hatte ihn bislang im Stich gelassen. Wenn er bei einem Fall nicht weiterkam, beschäftigte er sich oft mit einem anderen, und dabei hatte er dann und wann eine Idee, die ihn im ersten weiterbrachte. Diesmal jedoch hatten Keane und er alles, was zu machen war, bereits erledigt.

Chuck Pittman saß in seinem Wintergarten und beobachtete, wie der Regen gegen die Scheiben trommelte. Er war vor zwei Jahren geschieden worden, und seine Frau hatte kurz darauf wieder geheiratet. Einen anderen Polizisten. Dieses Wochenende war nicht sein Besuchswochenende, und er fühlte sich einsam. Nächstes Wochenende würde er, wenn das Wetter gut war, mit seinen beiden kleinen Töchtern einen Ausflug zum Stone Mountain machen. Er überlegte sich, ob er auf einen Drink in eine Bar gehen sollte, aber dafür war es zu früh – es war noch nicht mal dunkel.

Pittman ging ins Wohnzimmer und stellte den Fernseher an. Er wollte sich die Sechsuhrnachrichten anschauen. Unruhen in Mittelamerika – davon hatte er die Nase voll. Im Parlament von Georgia war der Entwurf zu einem Gesetz eingebracht worden, das den Ausschank alkoholischer Getränke in Stripteaselokalen verbieten sollte. Pittman lachte. Das würde Manny Pearl gefallen! Und dann spitzte Pittman die Ohren. In einem Pornokino in Charlotte/Nordcarolina waren drei Leute ermordet worden. Er holte das Telefon und wählte die Privatnummer seines Chefs.

»Captain, hier Pittman. In Charlotte sind drei Leute ermordet worden. Hört sich an wie unser Porno-Fall. Ich würde gern hinfahren.«

»Chuck, Ihnen ist nur langweilig. Was wollen Sie in Charlotte machen – den Fall für die Kollegen lösen? Sie sind noch nicht mal mit Ihrem eigenen weitergekommen. Außerdem haben wir nicht die Mittel für solche Spritztouren. Sie können ja mit den Kollegen telefonieren. Sie werden Ihnen schon sagen, was sie wissen.« Der Captain legte auf.

Pittman war zehn Minuten später mit der richtigen Abteilung der Polizei von Charlotte verbunden. Der für den Fall zuständige Mann war gerade nach Hause gegangen. Pittman bat darum, ihm auszurichten, daß er ihn zurückrufen solle.

Bis der Anruf kam, verging fast eine Stunde. Der Kollege aus Charlotte hieß Miller.

»Ich habe von Ihrem Fall erfahren – das Fernsehen hatte darüber berichtet«, sagte Pittman. »Die ganze Sache erinnert mich verdammt an einen Mordfall, den ich hier bearbeite. Können Sie mir ein paar Informationen geben?«

»Wenn Sie mit Ihren rausrücken, können Sie meine haben«, bot Miller an.

»Okay. Hier sind vier Leute in Tarnanzügen in einen Pornobuchladen gegangen, haben den Geschäftsführer und zwei Angestellte exekutiert und dem Besitzer zwei Kopfschüsse verpaßt – er hat den Anschlag überlebt. Sie waren mit drei Mac Tens und einer Beretta, 9-mm-Automatik, bewaffnet. Wir haben ein paar Reifenspuren gefunden – Goodyear-Reifen, mit denen viele Transporter und Kleinlaster von GM und Chrysler ausgestattet sind. Der Ladenbesitzer hat uns den Anführer des Kommandos wie folgt beschrieben: fünfundvierzig bis fünfzig Jahre alt, zwischen einsachtzig und einsneunzig groß, ziemlich mager, große Ohren, große Nase. Über die anderen konnte er uns nicht viel sagen, außer daß sie jung waren. Und was haben Sie?«

»Ein paar Neunmillimeterkugeln und einen Haufen Schrotpatronen – grober Schrot. Nichts weiter. Keine Personenbeschreibung. Es war kein Raubüberfall, sondern eine Exekution.«

»Haben die Leute irgendwas Schriftliches hinterlassen? Parolen wie ›Tod den Schwulen‹ oder etwas ähnliches?«

»Nein.«

»Ich wäre Ihnen sehr dankbar, wenn Sie mir den ballistischen Bericht schicken würden. Ich möchte die Fakten vergleichen.«

»Das mache ich. Können Sie mir sonst noch was sagen?«

»Ich will den Anführer von dem Besitzer des Buchladens identifizieren lassen. Wir warten noch auf Fotos von der Army. Wenn ich was habe, schicke ich's Ihnen.« Pittman bedankte sich bei dem Kollegen und legte auf. Er hatte auf mehr gehofft.

Inzwischen war es dunkel. Pittman zog sich eine Jacke an und suchte seine Autoschlüssel. Er würde eine Kleinigkeit essen und sich dann ein, zwei Drinks gönnen. Heute abend wollte er sich mit jemandem unterhalten, aber nicht über Mord und Totschlag.

21

Ann Heath, die neue leitende Redakteurin des Sonntagsmagazins der *Atlanta Constitution*, war ziemlich hübsch. Sie war Mitte Dreißig, groß, sehr modisch gekleidet, und sie trug ihr dunkles, schulterlanges Haar offen. Sie machte Will nervös – sie war wirklich sehr attraktiv. »Sie ist bezaubernd«, hatte Tom Black zu ihm gesagt. Mehr als das, dachte Will, und zu einer anderen Zeit und an einem anderen Ort hätte er die Bekanntschaft vielleicht vertieft. Er wußte nicht mehr von ihr, als daß sie bei der *Washington Post* über Mode berichtet und Features geschrieben hatte. Mit Politik hatte sie bis jetzt nichts zu tun gehabt.

Will empfing sie und ihren Fotografen auf der Veranda seines Hauses und bat sie in die Küche, wo er gerade das Mittagessen zubereitete. In der Nacht hatte es geregnet und stark abgekühlt, und er hatte ein Feuer im Kamin angezündet. Er bot Ann Heath an der kleinen Bar, die die Küche vom Wohnzimmer abteilte, einen Platz an und fragte sie, ob sie etwas trinken wollte.

»Gern, ein Glas Wein«, sagte sie.

Will hatte nicht damit gerechnet, daß man bei diesem Interview Wein trinken würde, aber er holte eine Flasche kalifornischen Chardonnay aus dem Kühlschrank. »Und Sie?« fragte er den Fotografen.

»Tun Sie einfach so, als wäre er nicht hier«, bat Ann Heath. »Er macht seine Fotos, und dann geht er.« Als sei dies sein Stichwort, begann der Mann zu fotografieren.

»Setzen wir uns ins Wohnzimmer«, schlug Will vor und nahm seine Schürze ab. Er hatte auch nicht damit gerechnet, in der Küche fotografiert zu werden.

Ann Heath dirigierte ihn durch den ganzen Raum, ließ ihn erst in einem Sessel Platz nehmen, dann am Computer, und forderte ihn schließlich auf, sich an den Kaminsims zu lehnen. Der Fotograf machte noch ein paar Aufnahmen auf der Veranda und am See. Dann schickte Ann Heath ihn weg. Er stieg in sein Auto und fuhr davon.

»Sie sind mit zwei Wagen gekommen?« fragte Will, beunruhigt darüber, mit Ann Heath allein zu sein.

»Der Fotograf war unterwegs, und wir haben uns hier getroffen«, antwortete sie und setzte sich wieder auf den Barhocker. Sie erhob ihr Glas. »Auf die Politik?«

»Da sage ich nicht nein«, erwiderte Will.

»Was dagegen?« fragte Ann Heath. Sie stellte ein kleines Tonbandgerät auf die Bar und machte es an. »Ist nur wegen der Genauigkeit.«

Will nickte. Er war es nicht gewohnt, interviewt zu werden und hatte angenommen, daß sie sich Notizen machen würde – er hatte auch angenommen, daß sie klein und pummelig wäre.

»Tom hat mir keine biographischen Informationen über Sie gegeben«, fuhr Ann Heath fort. »Vielleicht können Sie mir ein bißchen von sich erzählen – Familie, Schule, Uni und so weiter.«

Will berichtete, daß er hier auf der Farm geboren und aufgewachsen war, erzählte, wie sich seine Eltern kennengelernt hatten, schilderte seinen Werdegang über College und Universität bis zur Arbeit als Anwalt und seiner Anstellung bei Senator Carr. »Womit wir beim heutigen Stand wären«, schloß er.

»Die meisten Männer, die in Ihrem Alter in die Politik gehen, führen den Medien Frau, Kind und Hund vor«, sagte Ann Heath. »Warum sind Sie nicht verheiratet?«

Will lachte. Diese Frage war ihm schon oft gestellt worden. »Reiner Zufall, nehme ich an. Aber mit einem Hund kann ich dienen.«

Ann Heath lächelte ein wenig. »Ich vermute, daß Sie eine Freundin haben.«

»Nichts Festes«, log Will. Er mußte sich daran gewöhnen, so zu tun, als gäbe es Kate nicht.

Ann Heath zog die Augenbrauen hoch. »Nicht mal eine Freundin? Sie sind doch sicher einer der begehrtesten Junggesellen in Georgia.«

»Das möchte ich bezweifeln«, lachte Will. »Aber ich bin gewiß nicht der erste Junggeselle, der für den Senat kandidiert. John F. Kennedy war auch unverheiratet, als er zum ersten Mal gewählt wurde.«

»Er hatte viele Bekanntschaften«, sagte Ann Heath. »Komisch, in Washington kursieren überhaupt keine Gerüchte über Sie. Ich hab' das recherchiert.«

»Oh, in meiner ersten Zeit in Washington war ich auf vielen Partys«, entgegnete Will. »Ich bin oft eingeladen worden, wenn ein Mann fehlte, aber ich habe bald gemerkt, daß sich niemand für jemanden interessiert, der keine Macht hat. Da ich Senatsassistent war und nicht Senator, haben die Leute mehr oder weniger durch mich hindurchgesehen. Irgendwann war ich's dann leid, und für Benjamin Carr zu arbeiten war mehr als ein Fulltimejob.«

»Sie sind also nur eingeladen worden, wenn ein Mann auf einer Gesellschaft fehlte? Aha«, sagte Ann Heath. »Kandidieren Sie deswegen für den Senat? Damit Sie Macht haben und die Leute auf Partys nicht mehr durch Sie hindurchsehen?«

»Das ist ganz sicher nicht der Grund«, antwortete Will.

»Warum dann?« hakte Ann Heath nach.

»Ich bin dazu erzogen worden, etwas für andere Menschen zu bewirken«, sagte Will und war sich durchaus bewußt, daß das hochtrabend klang. »Ich meine, alle Mitglieder meiner Familie – auch die, die nicht im öffentlichen Leben standen – haben immer dem Gemeinwohl gedient. Nach ein paar Jahren in Senator Carrs Büro begriff ich, wie Kongreßmitglieder arbeiten. Ich habe mir vorgenommen, eines Tages für ein öffentliches Amt zu kandidieren.«

»Und warum denken Sie, daß Sie dafür geeignet sind?«

»Ich kenne die Pflichten eines Senators genau und weiß besser als die meisten Leute, wie man ein solches Amt führt. Sie müssen wissen, daß auch ein sehr guter Senator in gewissem Maße von seinen Mitarbeitern abhängig ist. In den letzten acht Jahren habe ich so ziemlich alles getan, was ein Mitarbeiter für seinen Senator tun kann.«

»Soll das heißen, daß ein Senator von seinen Mitarbeitern manipuliert wird?«

»Nein, natürlich nicht. Jedenfalls nicht ein Mann wie Ben Carr.«

»Aber es gibt Senatoren, die von ihren Mitarbeitern manipuliert werden?«

»Nicht daß ich wüßte.« Will hatte nicht die Absicht, sich bei einem so heiklen Thema aufs Glatteis zu begeben. Er ging mit der Salatschüssel und seinem Glas zu dem kleinen Eßtisch im Wohnzimmer. Ann Heath kam mit ihrem Tonbandgerät nach. Sie nahmen Platz und setzten das Interview fort.

»Warum glauben Sie, daß Sie ein besserer Senator wären als Mack Dean?« fragte Ann Heath.

»Nun«, antwortete Will vorsichtig, »ich meine, es wirft kein unvorteilhaftes Licht auf seine Verdienste als Gouverneur, wenn ich sage, daß das, was ein Gouverneur macht, sehr wenig mit dem zu tun hat, was ein Senator macht.«

»Aber Dean war immerhin Mitglied des Repräsentantenhauses und des Senats.«

»Unbestritten. Trotzdem habe ich das Gefühl, daß ich mit den Erfahrungen, die ich im Laufe der letzten Jahre bei Benjamin Carr gesammelt habe, besser als jeder andere in diesem Staat dafür gerüstet bin, Georgia im Senat zu vertreten.«

»Obwohl Sie noch nie ein offizielles Amt bekleidet haben?«

»Ich habe die Arbeit eines Senators wirklich hautnah kennengelernt. Ich behaupte nicht, daß ich das Zeug zum Gouverneur hätte, aber ich könnte durchaus die Pflichten eines Senators erfüllen.«

»Glauben Sie, daß Sie ein so guter Senator sein können wie Ben Carr?«

Will lachte. »Ich glaube, daß *niemand* ein so guter Senator sein kann wie Ben Carr. Sie sprechen hier von einem Mann, den Kenner der Materie den größten Senator dieses Jahrhunderts genannt haben. Ich hatte jedoch das Privileg, für ihn zu arbeiten, und das war eine sehr gute Schule.«

»Wird Senator Carr Sie unterstützen?«

»Ich kann unmöglich wissen, ob sich der Senator schnell genug erholt, um sich überhaupt hinter jemanden stellen zu können, aber vor seiner Erkrankung hat er mir zugesichert, mich zu fördern, wenn ich je beschließen würde, für den Senat zu kandidieren.«

»Das läßt sich jetzt leicht behaupten. Schließlich kann er sich im Moment nicht dazu äußern.«

Will bemühte sich, ruhig zu bleiben. »Es wäre mir unmöglich, so etwas zu behaupten, wenn es nicht der Wahrheit entspräche. Schließlich muß ich dem Senator jedesmal, wenn ich ihn besuche, in die Augen sehen.«

»Sie meinen, wir sollen Ihnen das ganz einfach glauben?«

»Ich hoffe, daß der Senator bald diese Aussage bestätigen kann.«

»Ist es nicht ungewöhnlich, wenn ein Mann Ihres Alters noch zu Hause bei seinen Eltern wohnt?«

Will spürte, daß er rot wurde. »Die meiste Zeit lebe ich in Washington. Wenn ich in Georgia bin, wohne ich zwar in der Nähe meiner Eltern, aber in meinem eigenen Haus. Sie sitzen darin.«

Ann Heath schien die Zurechtweisung nicht bemerkt zu haben. »Tom sagt, Sie hätten dieses Haus selbst gebaut. Stimmt das?«

»Ich habe es entworfen und mit Hilfe zweier Farmarbeiter gebaut. Also kann ich wohl sagen, es ist zu einem Drittel von mir.«

»Das hört sich ziemlich bescheiden an«, meinte Ann Heath und hielt Will ihr leeres Glas hin.

»Es entspricht der Wahrheit«, erwiderte Will und schenkte ihr Wein nach. »Ich habe bei den Maurer- und Dachdeckerarbeiten mitgeholfen, aber mit elektrischen Dingen und Installationen hatte ich nichts zu tun. Sonst wäre das Haus längst in Flammen aufgegangen oder weggeschwommen. Den größten Teil des Innenausbaus habe ich selbst gemacht. Zimmermannsarbeiten beherrsche ich am besten.«

Ann Heath trank einen großen Schluck. »Wie soll sich die arbeitende Bevölkerung von Georgia mit einem Mann verbunden fühlen, der eine Yacht, einen Porsche und ein Flugzeug besitzt?« fragte sie spitz.

Will lachte, wenn auch etwas gequält. »Ich werde versuchen, das zu erklären«, sagte er. »Als ich zwanzig Jahre alt war, war ich zwei Jahre in Irland und habe einem befreundeten Ehepaar geholfen, ein Segelboot zu bauen. Als das Boot fertig war, ist die Frau bei einem Unfall ums Leben gekommen, und der Mann ist bei einer Atlantiküberquerung, die er allein bewältigen wollte, über Bord gegangen. Ein Frachter hat das Boot geborgen, nicht aber meinen Freund, und ich erfuhr zu meinem Erstaunen, daß er mir die Yacht testamentarisch vermacht hatte. Das ist über fünfzehn Jahre her. Ich habe das Boot behalten, obwohl es eine Belastung für mich war und ist, weil es mich so stark an meine Freunde und an diese Zeit meines Lebens erinnert. Ein Verkauf kommt für mich nicht in Frage, da würde ich lieber aufs Meer damit fahren und es versenken.

Der Porsche ist acht Jahre alt; ich habe ihn vor vier Jahren billig von einem Senator erworben, dessen Name hier nichts zur Sache tut. Er mußte ihn schnell loswerden, weil in seinem Heimatstaat Autos gebaut werden – keine Porsches natürlich – und er sich zur Wiederwahl stellen wollte.

Das Flugzeug ist zehn Jahre alt. Ich habe es vor sechs Jahren gekauft, um schneller nach Georgia kommen zu können. Mein Vater brauchte mich damals in verstärktem Maße in unserer Kanzlei. Ein nützlicher Nebeneffekt von alledem ist, daß ich mich jetzt mit der Luftfahrt in den Vereinigten Staaten recht gut auskenne – wenn ich in den Senat gewählt werde, werde ich diesem Gebiet besondere Aufmerksamkeit widmen.«

»Sind Sie reich?«

»Ein Armer würde vielleicht ja sagen, ein Reicher nein.«

»Werden Sie beim Wahlkampf auf Ihre eigenen Mittel zurückgreifen?«

»Wenn ich ausschließlich auf meine eigenen Mittel angewiesen wäre, würde ich nicht mal den nächsten Monat überstehen. Ich brauche beim Wahlkampf jede Unterstützung, die ich kriegen kann.«

Ann Heath stellte weitere Fragen, weniger aggressiv jetzt, erkundigte sich nach Wills Standpunkten im Hinblick auf Verteidigungs-, Sozial- und Agrarpolitik. Sie gab sich mit kurzen Antworten zufrieden und schien an seinen Ausführungen nicht übermäßig interessiert zu sein. Will und sie aßen und leerten die Flasche Wein. Ann Heath hatte das meiste davon getrunken, machte aber keinen beschwipsten Eindruck. Will fragte sich, ob sie jeden Tag eine Flasche Wein zum Mittagessen konsumierte. Er räumte das Geschirr weg. Sie stellte das Tonbandgerät ab.

»Das reicht«, sagte sie. »Darf ich schnell mal wohin?«

»Sicher«, sagte Will. »Da hinten – durchs Schlafzimmer.« Er zeigte ihr die Richtung.

Ann Heath war ziemlich lange fort. Als Will das Geschirr in der Spülmaschine hatte, rief sie aus dem Schlafzimmer: »Wer hat das Bild hier gemalt?«

»Welches?« fragte Will.

»Kommen Sie, dann zeige ich's Ihnen!« rief Ann Heath.

Will ging ins Schlafzimmer und traf sie vor einem abstrakten Bild an, das am Fußende seines Bettes hing. »Das ist von einem Künstler aus Atlanta, Sidney Guberman. Ein Freund von mir.«

Ann Heath trat näher an Will heran, wie um das Bild aus einem anderen Blickwinkel zu betrachten. »Tatsächlich? Haben Sie viele Künstlerfreunde?«

»Ein paar.« Will fiel plötzlich auf, daß sich Ann Heath im Bad parfümiert hatte.

»Ist ein Akt, nicht?« fragte sie.

Will lachte. »Vielleicht. Wer weiß das schon bei einem abstrakten Bild?«

»Ich glaube, das ist eine Brust – hier«, sagte Ann Heath und deutete darauf. Sie drehte sich um, sah Will an, trat einen Schritt zurück und legte ihre Hände auf die Hüften. »Sagen Sie«, fuhr sie fort, »was mögen Sie lieber? Große Brüste oder kleine?«

Will blieb einen Moment lang die Luft weg. »Ist das nun offiziell oder inoffiziell?« fragte er und bereute die Bemerkung sofort.

»Oh, mit dem offiziellen Teil sind wir durch«, sagte Ann Heath. »Ich erkundige mich jetzt nach Ihren privaten Vorlieben.«

»Also«, begann Will, »ich glaube nicht, daß es klug von mir wäre, wenn ich zu diesem Thema Stellung bezöge, und sei es auch nur inoffiziell.« Er versuchte, es scherzhaft klingen zu lassen, aber es wirkte eher argwöhnisch. Er geriet allmählich ins Schwitzen, als er Schritte auf der Veranda hörte.

»Hallo?« rief Tom Black.

Will drehte sich erleichtert um und ging ins Wohnzimmer, gefolgt von Ann Heath. »Hallo, wir sind gerade fertig. Ann hat sich nach einem Bild erkundigt, das da drin hängt.«

Tom erfaßte die Lage sofort. »Aha«, sagte er. »Ich muß gleich nach Atlanta. Ist in Ihrem Flitzer vielleicht noch ein Platz für mich frei, Ann?«

»Na klar«, sagte Ann Heath. Sie wandte sich Will zu und gab ihm die

Hand. »Ich hoffe, wir können unser Gespräch über Kunst ein anderes Mal fortsetzen.«

»Äh... ja, sicher«, stotterte Will. »Vielen Dank, daß Sie gekommen sind. Ich weiß das sehr zu schätzen.«

Ann Heath schnappte sich ihre Handtasche und ihr Tonbandgerät und ging aus der Tür.

»Ich komme sofort nach, Ann!« rief Black. Dann musterte er Will. »Was war da los im Schlafzimmer?« fragte er.

»Sie hat sich nach einem Bild erkundigt«, antwortete Will und fragte sich, warum er Schuldgefühle empfand. »Sie hat fast eine Flasche Wein weggeputzt. Ich bin froh, daß Sie im richtigen Moment aufgetaucht sind.«

»Hören Sie«, sagte Black, »jemanden, der Journalistinnen anmacht, kann ich nicht brauchen.«

»Da brauchen Sie keine Angst zu haben«, sagte Will mit Nachdruck.

»Gut. Ich rufe Sie in ein paar Tagen aus Washington an, und Sie sagen mir, wie alles läuft. Ich lese mir Ihre Statements durch und setze mich dann mit Hank zusammen. Wir werden die Vorarbeiten für eine TV-Kampagne erledigen.«

»Okay«, sagte Will. »Aber bevor wir über Ihre Ideen geredet haben, unternehmen Sie nichts weiter. Ich möchte keine unnötigen Produktionskosten haben.«

Black streckte die Hand aus. »Passen Sie gut auf sich auf.«

Will grinste. »Sie auch. Sie sitzen nachher bei ihr im Wagen.«

Black verdrehte die Augen und ging zur Tür.

22

Am Montagmorgen fuhr Will zur Kanzlei in Delano, las seine Post und rief, wie jeden Tag, beim Senator an. Dann stieg er in seinen Wagen und fuhr nach Greenville.

Der Sheriff sah ihn kommen, als er ins Gefängnis trat. »Ich weiß, was Sie wollen«, sagte er grinsend und wedelte mit ein paar Papieren herum. »Ich wollte sie Ihnen gerade schicken.«

Glaub' ich dir aufs Wort, dachte Will. Er nahm die Papiere und steckte sie in seine Aktentasche. »Den Transporter hätte ich auch gern,

Sheriff«, sagte er. »Den werden Sie inzwischen doch gründlich genug untersucht haben, oder?«

»Tja«, sagte der Sheriff und kratzte sich am Kinn, »ich weiß nicht…«

»Ich kann die Freigabe auch gerichtlich erzwingen, wenn Ihnen das lieber ist.«

»So extrem müssen wir nun wirklich nicht vorgehen, Will«, tadelte der Sheriff. Er langte in eine Schreibtischschublade und holte einen Schlüsselring mit einem großen Anhänger heraus. »Hier. Aber der Junge wird eine ganze Weile nicht mehr mit dem Auto fahren. Vielleicht auch nie wieder.« Der Sheriff grinste.

»Seien Sie nicht so pessimistisch, Dan«, lachte Will. »In spätestens einem Monat habe ich ihn rausgepaukt.«

»Garantiert«, höhnte der Sheriff.

Will verließ das Gefängnis und ging zum Parkplatz dahinter. Der schokoladenbraune Transporter war in einer Ecke abgestellt. Er war dreckig und sah total verlottert aus. Will schloß die hintere Tür auf, und Sonnenlicht strömte ins Innere. Der Bodenteppich fehlte. Alles war mit schwarzem Fingerabdruckpulver eingestäubt. Die Kissen waren von den Sitzen entfernt worden. Will machte die hintere Tür zu. Er ging zur Fahrertür, sperrte sie auf und stieg ein. Er drehte den Schlüssel im Zündschloß. Die Batterie gab nicht mehr viel her, aber der Motor sprang an. Will ließ ihn laufen, während er die Papiere durchlas, die ihm der Sheriff ausgehändigt hatte.

Zuoberst lag eine Empfangsbestätigung für den Bodenteppich. Darunter der Laborbericht. Auf dem Teppich war ein Blutfleck gewesen, Blutgruppe A positiv – sie stimmte mit der des Opfers überein; es waren Fasern gefunden worden, die genau zu dem Pullover paßten, den das Opfer getragen hatte. Der Pullover wurde mit einiger Ausführlichkeit beschrieben – bei Rich's, einem Kaufhaus in Atlanta erstanden, mittlere Größe, Lambswool, schwarz. An den Kleidern des Opfers waren Fasern gefunden worden, die wahrscheinlich von dem Teppich im Transporter stammten.

Will schob den Laborbericht in seine Aktentasche. Dann fuhr er zum MagiMarkt. Er stellte den Transporter auf dem Parkplatz ab und ging hinein.

Charlene Joiner bediente gerade einen Kunden, und Will schaute sich ein wenig um. Als sie fertig war, kam sie hinterm Tresen hervor und steckte Will, beherrscht und sanft wie immer, die Hand entgegen.

»Hallo«, grüßte er, »ich habe die Freigabe von Larrys Transporter erreicht. Wenn Sie ein paar Minuten Zeit haben, können Sie mich bei meinem Wagen absetzen, und dann sind Sie motorisiert.«

»Wunderbar«, sagte Charlene. »War ganz schön lästig ohne Auto.« Sie blickte sich suchend um. »Mavis, kannst du mich zehn Minuten vertreten?«

»Klar«, sagte die Frau. »Ist sowieso nicht viel los.«

»Haben Sie hier eine Toilette?« fragte Will.

»Da lang«, antwortete Charlene und zeigte auf eine Tür.

»Ich bin in zwei Minuten beim Wagen«, sagte Will. Als er auftauchte, saß Charlene hinter dem Steuer. Er nahm auf dem Beifahrersitz Platz.

»Den Laborbericht habe ich auch«, sagte Will.

»Und? Wie sieht's aus für Larry?« fragte sie.

Es fiel Will schwer, nicht auf ihre Brüste zu starren. »Das kann man jetzt noch nicht sagen. Auf dem Teppich war etwas Blut. Man hat auch Fasern gefunden. Ich werde tun, was ich kann, um all das zu entkräften. Was haben Sie für eine Blutgruppe?«

»Keine Ahnung«, sagte Charlene.

»Dann gehen Sie bitte zum Arzt oder in eine Klinik – möglichst noch heute – und lassen Sie's feststellen. Lassen Sie sich einen schriftlichen Befund geben.«

»Mach' ich«, sagte Charlene. Sie sah Will von der Seite an. »Wollen Sie wirklich für den Senat kandidieren?«

»Ja, aber behalten Sie das für sich, okay? Ich gebe meine Kandidatur erst in zwei, drei Wochen bekannt.«

»Dann werden Sie gegen Mack Dean antreten?«

»Genau.«

»Glauben Sie, daß Sie ihn schlagen können?«

»Ich werde es auf jeden Fall versuchen.«

Charlene stoppte vor dem Gefängnis. »Ich glaube, Sie können gewinnen«, sagte sie lächelnd. »Ich wähle Sie hundertprozentig.«

»Besten Dank für Ihr Vertrauen.«

»Gern geschehen«, lachte sie.

Ihr Lachen klang angenehm. »Bis bald«, sagte Will und stieg aus. Charlene fuhr davon, und er setzte sich in seinen Wagen. Er mußte noch einmal in Greenville haltmachen.

Er fuhr zum Highway in Richtung La Grange und fand ein Schild, das ihm den Weg wies. Nach einem knappen Kilometer auf einer ungeteerten Straße sah er Rauch vor sich aufsteigen. Einen Moment darauf stoppte er und überblickte die Szene. Da und dort brannten Feuer, ein halbes Dutzend etwa. Hundert Meter weiter schob ein Bulldozer rote Erde über Müll. Will nahm die Papiere wieder aus seiner Aktentasche und stieg aus seinem Wagen. Er nahm die letzte Seite, einen handgezeichneten Lageplan, ging los und versuchte, sich anhand der Skizze zu orientieren. Nach ein paar Minuten blieb er stehen. Auf dem Boden lag ein gelbes Band, auf das die Worte TATORT. BETRETEN VERBOTEN gedruckt waren. Er betrat den Tatort, warf einen Blick auf den Plan und fand die Stelle, an der Sarah Coles Leiche abgelegt worden war.

Will drehte sich langsam im Kreis und sah sich um. Plastiksäcke, Müll und abermals Müll. Dann hielt er inne. Dreißig Meter weiter, zwischen den Bäumen am Rand der Müllkippe von Greenville, stand eine Hütte. Will lief darauf zu. Vor der Tür blieb er stehen und betrachtete sie. Die Hütte war aus allen möglichen Materialien zusammengebaut: Sperrholz, Hart-PVC, Spanplatten, Dachpappe. Die Front war beinahe komplett mit alten Radkappen verblendet, manche glänzten, manche waren stumpf und andere verbeult. Aus dem Dach ragte ein Metallrohr, und aus dem Metallrohr kräuselte sich Rauch.

»Schönen guten Tag«, sagte jemand hinter ihm.

Will drehte sich um und sah einen Schwarzen unbestimmbaren Alters in einem verschlissenen Overall. Er kam von den Bäumen auf ihn zu. »Tag«, sagte Will. »Wohnen Sie hier?«

»Ja«, antwortete der Mann. Er lächelte und ließ ein paar Zahnlükken sehen. »Hier draußen mach' ich mein Geld«, fuhr er fort. »Kann ganz gut von dem leben, was andere Leute wegschmeißen.«

»Mein Name ist Will Lee«, stellte sich Will vor. »Und wie heißen Sie?«

»Roosevelt Watkins«, entgegnete der Mann. »Sehr erfreut.« Er streckte die Hand aus.

Will schüttelte sie und mußte daran denken, daß er mindestens ein Dutzend Schwarze kannte, die Roosevelt hießen. Das war in den dreißiger Jahren ein beliebter Vorname bei der farbigen Bevölkerung gewesen. »Mr. Watkins«, begann Will, »ich wollte...«

Der Mann fiel ihm ins Wort. »Sie können ruhig Roosevelt zu mir sagen. Das tun alle. Ich hab' mal Mr. Franklin D. persönlich kennengelernt, im Krieg seinerzeit, und der hat auch Roosevelt zu mir gesagt.«

»Also, Roosevelt«, fuhr Will fort, »ich wollte Sie etwas fragen.«

»Nur zu«, antwortete Watkins. »Wenn ich Ihnen was sagen kann, dann tu' ich's.«

»Haben Sie in letzter Zeit zufällig mit dem Sheriff gesprochen?« fragte Will.

»O ja«, grinste Roosevelt und klopfte sich auf die Schenkel. »Für den bin ich seit neuestem unheimlich interessant.«

»Aha.« Will lächelte. »Ich glaube, Sie sind der Mann, den ich suche.« Er führte ein langes Gespräch mit Roosevelt Watkins.

23

Chuck Pittman fuhr zur Arbeit, als der Funkspruch kam.

»Ihr Partner sagt, es wäre ein Päckchen vom Pentagon eingetroffen«, meldete der Mann von der Leitstelle.

»Verstanden«, antwortete Pittman. »Sagen Sie meinem Partner, er soll im Piedmont Hospital auf mich warten.« Pittman wendete mitten auf der Fahrbahn und streifte um Haaresbreite einen anderen Wagen. Zehn Minuten später war er beim Krankenhaus; Keanes Auto stand schon auf dem Parkplatz. Pittman stieg aus und ging nach drinnen. Keane wartete am Empfang.

»Pearl ist entlassen worden«, berichtete er und reichte Pittman ein dickes braunes Kuvert. »Hier ist das Päckchen. Die Schwester sucht mir gerade Pearls Adresse raus.«

Pittman zog Keane zu einer Bank und setzte sich. Er machte das Päckchen auf, gab seinem Partner die Hälfte der Fotos. »Hast du eine Vorstellung vom Sarge?«

»Klar.«

»Dann pick ihn aus deinem Stapel raus, ich versuch's bei meinem.« Die beiden Männer gingen rasch die neunundsechzig Fotos durch. Als sie fertig waren, hatte Keane ein Bild beiseite gelegt und Pittman zwei. Sie breiteten die Fotos auf der Bank aus.

»Herrgott«, staunte Keane, »die könnten Brüder sein.«

»Scheiße. Das gefällt mir nicht. Ich hatte auf eine eindeutige Identifizierung gehofft.«

Keane seufzte. »Wir können es nur versuchen.«

Eine Krankenschwester rief Keane an den Empfangstisch. »Hier ist die Adresse von Mr. Pearl.«

»Das ist in Brookhaven«, sagte Pittman. »Fahr mir nach, ich kenne die Straße.«

Pittman brauste mit überhöhter Geschwindigkeit die Peachtree Road entlang. Anderthalb Kilometer hinter dem Lenox Square bog er nach links ab und fand die Straße auf Anhieb. Das Haus sah nicht so aus, als wohnte hier ein Besitzer von Striplokalen: Backstein, georgianischer Stil. Pittman und Keane läuteten. Leah Pearl öffnete die Tür.

»Hallo, Sergeant«, sagte sie. »Kommen Sie herein.«

»Danke, Ma'am«, antwortete Pittman und trat ein. Es war still, und es roch nach gutem Essen. »Man hat uns gesagt, daß Mr. Pearl wieder zu Hause ist. Freut mich sehr. Können wir ihn einen Moment sprechen?«

»Natürlich«, sagte Leah. Sie führte die beiden Männer zu einer Glasveranda, die die ganze Hinterseite des Hauses einnahm. Manny Pearl machte Gehversuche mit einem fahrbaren Alugestell und zog den linken Fuß nach, und dieses Training schien ihn sehr anzustrengen. Pittman und Keane sahen ihn zum ersten Mal ohne Kopfverband, nur unter dem rechten Auge und am Hinterkopf waren noch Mullstreifen und Pflaster befestigt.

»Hallo, Sergeant, hallo, Officer Keane – wie geht's?« sagte Manny strahlend. »Schauen Sie sich mein tolles Wägelchen an.«

»Sie machen große Fortschritte, Mr. Pearl«, sagte Pittman. »Können wir uns einen Moment zusammensetzen? Wir wollen Ihnen wieder ein paar Bilder zeigen.«

Pearl winkte Pittman und Keane zu einer Hollywoodschaukel, die mit geblümtem Plastik überzogen war. Er setzte sich in die Mitte. Pittman und Keane nahmen rechts und links von ihm Platz.

»Lassen Sie sich Zeit«, sagte Pittman, »und selbst wenn Sie glauben, daß Sie den Mann erkannt haben, sehen Sie sich bitte alle Bilder an, bevor Sie sich endgültig entscheiden.«

Manny ging die Fotos sorgfältig durch und stapelte sie auf dem Glastisch, der vor ihm stand. Pittman und Keane beobachteten ihn nervös. Manny hielt plötzlich inne. Ein Foto betrachtete er lange, dann legte er es gesondert auf den Glastisch und machte weiter. Das wiederholte sich noch zweimal, bis die drei Aufnahmen, die sich auch Pittman und Keane herausgepickt hatten, auf einem eigenen kleinen Häufchen lagen. Die beiden Polizisten blickten sich vielsagend an.

Manny breitete die drei Fotos vor sich aus und schaute von einem zum anderen. Er hob den Zeigefinger, ließ ihn in der Luft kreisen und tippte dann auf das rechte Bild. »Der ist es«, sagte er. »Da gibt es überhaupt keinen Zweifel.«

»Sind Sie sicher, Mr. Pearl?« fragte Pittman. »Die drei sind sich doch so ähnlich, als wären sie Brüder.«

»Vielleicht *sind* sie Brüder«, sagte Manny. »Aber das spielt keine Rolle. Das hier ist der Wichser, der auf mich geballert hat. Der war der Boß. *Die* Fresse vergess' ich nie.«

Pittman drehte das Foto um und las: »Senior Master Sergeant Perkerson, Harold C. (a. D.), Airport Road 400, East Point/Georgia.« Er sah Keane an. »Das ist Atlanta Süd. Wieso war der nicht bei dem Pakken aus Atlanta, den wir Mr. Pearl gezeigt haben?«

Keane zuckte mit den Achseln. »Da hat wohl jemand Mist gebaut.«

»Danke, Mr. Pearl«, sagte Pittman. »Kann ich mal telefonieren?«

»Bitte. Der Apparat steht vor Ihnen«, sagte Manny.

Pittman rief seinen Vorgesetzten an. »Captain«, sagte er, »Mr. Pearl hat gerade anhand von Fotos, die wir vom Pentagon bekommen haben, den Anführer der Gangster identifiziert. Der Mann ist Master Sergeant a. D., heißt Harold C. Perkerson und wohnt in East Point in der Airport Road.«

»Gut gemacht, Chuck«, sagte der Captain. »Was wollen Sie jetzt unternehmen?«

»Ihn sofort verhaften«, erwiderte Pittman.

»Und was brauchen Sie dazu?«

»Einen Haftbefehl, ein mobiles Einsatzkommando – der Mann ist ein Profi und hat Zugang zu automatischen Waffen –, und wir müssen auf die Zusammenarbeit mit der Polizei von East Point zählen können.«

»Wo sollen die Leute hinkommen?«

»Zur alten Airport-Ausfahrt an der Interstate 85 Süd. Da gibt es eine Tankstelle. An der treffen wir uns in...« er warf einen Blick auf seine Uhr »...in zwanzig Minuten – oder sagen wir, um Punkt zehn.«

»Okay«, sagte der Captain. »Sonst noch was?«

»Erstens: Ich hätte nichts dagegen, wenn Leute vom Fernsehen dabei wären. Das heißt, wenn Sie einverstanden sind«, sagte Pittman.

»Geht in Ordnung. Das Verbrechen hat Aufsehen erregt, da kann die Verhaftung auch ein wenig Staub aufwirbeln.«

»Zweitens: Das Pentagon soll uns weitere Daten über Perkerson durchfaxen. Die werden wir letzten Endes sowieso bekommen, aber ich hätte sie gern schon, wenn ich ihn verhöre.«

»Ich rufe persönlich dort an, sobald ich alles andere organisiert habe.«

»Danke, Sir.« Pittman legte auf. »Gehen wir«, sagte er zu Keane.

Manny Pearl hielt Pittman am Ärmel fest. »Passen Sie bloß auf«, sagte er. »Der Typ ist gefährlich.«

Pittman fuhr auf dem ganzen Weg mit Martinshorn, Keane hielt sich direkt hinter ihm. An der Tankstelle wartete bereits ein Lieutenant von der East Pointer Polizei. Der Mann hieß Brown.

»Was liegt an, Sergeant?« fragte er.

»Erinnern Sie sich an die Morde im Pornobuchladen an Weihnachten?«

»Ja. Um die Leute geht es?«

»Zumindest um einen von ihnen. Den Boß.«

»Ich werde nicht eingreifen, außer Sie brauchen meine Hilfe«, sagte der Lieutenant.

»Ich glaube, wir haben alles Nötige«, antwortete Pittman. »Trotzdem vielen Dank, daß Sie gekommen sind.«

Der Einsatzwagen des MEK fuhr vor, gefolgt von einem grellbunten Übertragungswagen. Pittman begrüßte den Chef des MEK, einen Captain namens Meadows, und ging dann zum Übertragungswagen. Ein junger Mann mit Tweedsakko stieg aus und näherte sich ihm.

»Sergeant Pittman? Ich bin Jerry Cross, Channel Six News.«

»Hallo, Jerry«, grüßte Pittman. »Hören Sie, das ist eine verdammt gefährliche Sache.« Er erklärte, wen sie verhaften wollten. »Erst muß ich mir die Bude mal ansehen, dann komme ich zu Ihnen. Sie bleiben die ganze Zeit hinter dem Einsatzwagen, verstanden?«

»Verstanden«, bestätigte der Reporter.

Pittman, Keane und Captain Meadows stiegen in Pittmans Wagen. Sie fuhren die Airport Road entlang, konnten die Nummer 400 aber nicht finden.

»Moment«, sagte Keane. »Ich glaube, das ist in dem Einkaufszentrum hier. Vielleicht haben wir die Adresse des Ladens, in dem er arbeitet.«

Pittman bog ab und fuhr langsam über den Parkplatz des Einkaufszentrums. »Da«, sagte Meadows. Er deutete auf einen kleinen Laden. »Nummer 400.«

Auf dem Schild vor der Tür stand FOTOKOPIEN & PASSBILDER.

»Schauen wir erst hinter den Laden«, schlug Meadows vor.

Pittman fuhr auf die Airport Road zurück und bog dann in eine schmale Straße. Er rollte im Schrittempo die Straße entlang und sah sich die Hausnummern an.

»Da«, rief Keane und zeigte drauf.

Eine Hintertür und eine kleine Laderampe.

»Ich stelle meinen Wagen bei den Müllcontainern ab«, sagte Meadows. »Ich würde vorschlagen, daß Keane, Sie und der Kollege aus East Point vorne reingehen wie ganz normale Kunden. Meine Leute und ich kommen von hinten.«

»Klingt gut«, sagte Pittman. »Dann können wir die Leute, die vielleicht im Laden sind, noch rechtzeitig wegschaffen.«

Sie fuhren zur Tankstelle zurück. Meadows gab seinen Männern Anweisungen, und Pittman informierte Brown über die Lage.

»Sind Sie sicher, daß ich Ihnen nicht im Weg bin?« fragte Brown.

Willst dich wohl drücken, dachte Pittman. »Ich will Ihnen was sagen – Sie geben uns von außen Rückendeckung, okay?«

»Okay«, nickte Brown. Er wirkte erleichtert.

Pittman ging zu Captain Meadows. »Hören Sie, vielleicht sollte ich allein da reingehen und nach dem Kerl fragen. Wir haben hier einen Haufen Unbeteiligte in der Nähe. Es wäre gar nicht gut, wenn denen plötzlich Kugeln um die Ohren fliegen.«

»Keine Sorge«, sagte Meadows. »Meine Leute ballern nicht wahllos durch die Gegend, und wenn sie schießen, dann treffen sie auch.«

Zehn Minuten später stellte Pittman seinen Wagen in der zweiten Reihe vor dem Laden ab, nahm sich ein Handfunkgerät und drückte die Sendetaste. »Gruppenführer?« fragte er.

»Ich höre Sie«, sagte Meadows. »Brauche noch eine Minute, bis sich meine Leute formiert haben. Bleiben Sie dran.«

»Verstanden«, sagte Pittman. Er zog seinen Dienstrevolver aus dem Holster. Keane und Brown ebenfalls. Dann meldete sich Meadows. »Wir sind soweit.«

»Verstanden«, sagte Pittman. »Ab jetzt kein Ruf mehr an mich. Ich will nicht, daß das Funkgerät losplärrt, wenn wir im Laden warten und sich noch Kunden dort aufhalten. Ich sage Ihnen mit einem Wort Bescheid – ›los‹ –, okay?«

»Verstanden«, sagte Meadows. »Auf los geht's los.«

»Keane und ich gehen jetzt rein«, verkündete Pittman.

Die drei Männer stiegen aus dem Wagen. Während Brown hinter dem Heck in Deckung ging, liefen Pittman und Keane auf den Laden zu.

»Ich sehe eine Frau«, sagte Pittman.

»Richtig«, antwortete Keane. »Aber laß uns auf Nummer Sicher gehen.«

Die beiden Polizisten betraten den Laden. Ein großer, dünner Mann hinter dem Tresen bediente gerade eine alte Dame.

»Ich komme gleich zu Ihnen«, sagte er zu Pittman.

Pittman nickte und schaute sich um. Auf einem Schild an der Wand stand, daß man hier Pakete für UPS aufgeben konnte. Auf der anderen Seite des Raums war eine Wand mit Schließfächern.

»Vielen Dank«, sagte die Frau zu dem großen, dünnen Mann.

»Ich habe zu danken, Ma'am«, erwiderte er.

Die Frau ging langsam an den beiden Polizisten vorbei und verließ den Laden.

Pittman und Keane näherten sich der Ladentheke. Hinter dem Verkäufer befand sich eine Zwischenwand, so daß man nicht in den Nebenraum sehen konnte.

»Tag«, sagte Keane zu dem großen, dünnen Mann. »Können Sie mir helfen?«

Pittman drehte sich vom Tresen weg, nahm das Funkgerät aus seinem Gürtel und sagte: »Los!«

Sekundenbruchteile später kam von der anderen Seite ein lautes Poltern – die Hintertür wurde eingetreten. Pittman und Keane zückten gleichzeitig ihre Dienstmarke und ihren Revolver.

»Polizei. Keine Bewegung!« schrie Pittman.

Der große, dünne Mann trat mit ausgestreckten Händen vom Ladentisch zurück. »Also, hören Sie mal...« begann er.

Pittman flankte über die Theke, wirbelte den Mann herum und drückte ihn gegen die Wand. Dann befahl er Keane, dem Mann Handschellen anzulegen, ging zum Ende der Zwischenwand und warf einen Blick dahinter. Der Raum war voll von MEK-Leuten. Zwei Angestellte standen an der Wand und wurden durchsucht. Pittman drehte sich zu Keane um. »Okay«, sagte er. »Hier sind alle außer Gefecht gesetzt.«

Pittman lief in den Nebenraum. Keane und der Verkäufer folgten ihm.

»Haben Sie ihn?« fragte Meadows.

Pittman schaute sich die beiden Angestellten an. Dann den Verkäufer. »Der Kerl hier sieht ihm ein bißchen ähnlich, aber er ist jünger«, sagte er. »Okay«, fuhr er mit erhobener Stimme fort, »wo ist Harold Perkerson?«

»Wie?« fragte der Verkäufer. »Was geht hier vor, verdammt noch mal? Wie kommen Sie dazu, einen solchen Wirbel zu veranstalten?«

Pittman musterte den Verkäufer und hielt ihm ein Foto hin. »Wir suchen diesen Mann«, sagte er. »Er heißt Harold C. Perkerson. Und er muß hier wohnen.«

»Wirklich?« fragte der Verkäufer höhnisch. »Der Name kommt mir bekannt vor. Sekunde, ich zeig's Ihnen.« Die Hände immer noch hinter dem Rücken gefesselt, ging der Verkäufer zu der Stelle, an der Pittman stand und deutete mit dem Kopf auf die Wand mit den Schließfächern. »Der wohnt da hinten in einem Schließfach«, sagte er.

»O Scheiße«, stöhnte Keane.

»Und wie heißen Sie?« fragte Pittman den Verkäufer.

»Robert Wickmann«, erklärte der Mann. »Mir gehört der Laden. Nehmen Sie mir jetzt diese verdammten Handschellen ab? Dann will ich sehen, ob ich Ihnen helfen kann.«

Pittman nickte Keane zu. Keane schloß die Handschellen auf. Dann hob er den Kopf und stellte fest, daß er in eine Fernsehkamera blickte.

24

Chuck Pittman und Mickey Keane standen vor dem Schreibtisch ihres Vorgesetzten und schwitzten.

»*Ein Schließfach?*« fragte der Captain ungläubig. »Eine Briefkastenadresse? Mehr nicht?«

»Nein, Sir«, sagte Pittman. »Aber das konnten wir natürlich nicht ahnen.«

»Und Channel Six News – die haben das alles gefilmt?«

»Ja, Sir. Leider.«

»Werden sie's bringen?«

»Äh... ich hatte gehofft, Sie würden mit dem zuständigen Mann reden, Sir. Wenn sie die Geschichte senden und Perkerson es sieht oder jemand, der Perkerson kennt, wird er natürlich untertauchen.«

»Großer Gott«, seufzte der Captain angewidert. Er nahm den Telefonhörer von der Gabel und wählte ein Nummer. »Ich hasse es, wenn ich Fernsehleute um einen Gefallen bitten muß.«

Pittman und Keane schwitzten noch ein paar Minuten, während der Captain, mal schmeichelnd und mal fordernd, dem Programmdirektor sein Anliegen vortrug. Schließlich legte er auf.

»Dem schulde ich jetzt einen Gefallen«, sagte er zu Pittman und Keane, »und Sie, verdammt noch mal, sind schuld daran. Daran werde ich mich noch lange erinnern.«

»Er sendet es also nicht?« fragte Pittman hoffnungsvoll.

»Soviel Glück haben Sie nicht, Pittman«, sagte der Captain. »Er bringt es nicht gleich, aber in den Sechsuhrnachrichten kann jeder Ihre Heldentat bewundern. Bis dahin haben Sie Zeit, Perkerson zu finden.«

»Wir haben eine Telefonnummer von dem Mann aus dem Laden bekommen«, sagte Pittman. »Außerhalb von Atlanta. Ich lasse gerade feststellen, wo sich der Anschluß befindet.«

»Sichern Sie sich Unterstützung vor Ort, bevor Sie losschlagen«, sagte der Captain. »Und nehmen Sie diesmal, um Himmels willen, keine Fernsehleute mit. Das war's. Sie können gehen.«

Pittman und Keane gingen zu ihren Schreibtischen. Pittman setzte sich, rief noch einmal seinen Kontaktmann bei der Telefongesellschaft an und machte sich Notizen. Dann legte er auf und wandte sich an Keane. »Wir haben Glück. Es ist eine Adresse auf dem Land, östlich von La Grange, im Bezirk Meriwether. Wer ist da Sheriff?«

»Keine Ahnung«, sagte Keane. Er öffnete eine Schreibtischschublade und zog das Register heraus, in dem alle Polizeidienststellen des Staates Georgia aufgeführt waren. Er blätterte eine Weile. »Dan Cox«, sagte er und las die Telefonnummer vor.

Pittman wählte und ließ sich mit dem Sheriff verbinden.

»Dan Cox«, sagte eine tiefe Stimme.

»Sheriff, hier Sergeant Chuck Pittman von der Kripo Atlanta.«

»Tag, Sergeant, was kann ich für Sie tun?« fragte der Sheriff.

»Ich muß heute jemanden in Ihrem Bezirk verhaften und bräuchte ein wenig Unterstützung.«

»Was brauchen Sie?«

»Möglichst viele Leute.«

»Und wen wollen Sie festsetzen?«

»Einen gewissen Harold C. Perkerson. Kennen Sie ihn?«

»Nur vom Sehen«, sagte der Sheriff. »Was liegt gegen ihn vor?«

»Mord in drei Fällen.«

Am anderen Ende der Leitung trat ein kurzes Schweigen ein. Dann hörte Pittman, wie der Sheriff zu jemandem sagte: »Er will Harold Perkerson wegen Mord in drei Fällen.« Und nun sprach der Sheriff wieder ins Telefon. »Sind Sie sicher?«

»Ich habe einen Zeugen. Er hat ihn anhand eines Fotos von der Army identifiziert.«

»Verdammt«, sagte Cox. »Das hätte ich nicht gedacht. Er soll eine Art Kriegsheld gewesen sein.«

»Ja, ich habe mir die Unterlagen von der Army angesehen. Deswegen brauche ich auch möglichst viele Leute. Der Mann ist ein Waffenexperte.«

»Drei, vier Hilfssheriffs kann ich wohl zusammenkriegen, eigentlich haben sie ja dienstfrei.«

»Sehr gut. Danke. Bitte sagen Sie den Leuten nicht, wen wir verhaften wollen. Ich habe heute schon mal Mist gebaut, und das soll sich nicht wiederholen.«

»Ich verstehe. Wann kommen Sie?«

»Wie wäre es, wenn wir uns um fünfzehn Uhr an der I-85 Süd, Ausfahrt Moreland, treffen?«

»Okay, wir sind da. Wir sollen vermutlich mit Schrotflinten anrükken.«

»Genau. Und noch was. Es kann sein, daß wir einen Krankenwagen brauchen.«

»Ich rufe die Klinik an und sage, daß sie einen bereitstellen sollen.«

Pittman bedankte sich. Dann setzte er sich mit dem Georgia Bureau of Investigation und der Staatspolizei in Verbindung. Binnen einer Stunde hatte er einen Trupp von zwanzig Mann mit automatischen Waffen, Tränengas und kugelsicheren Westen zusammen. Dann legte er auf und schaute Keane an. »Wenn wir ihn heute nachmittag nicht kriegen, sind wir im Arsch«, sagte er. »Wenn er die Sechsuhrnachrichten sieht, haut er ab.«

Um fünfzehn Uhr versammelte Pittman seinen Trupp auf dem Parkplatz eines Fast-food-Restaurants außerhalb von Luthersville um sich. Er schüttelte Sheriff Dan Cox die Hand und stellte die Gruppenführer vom GBI und von der Staatspolizei vor.

»Ich kenne das Haus, in dem er wohnt«, sagte Sheriff Cox. »Er hat es vor drei oder vier Jahren von einem meiner Freunde gekauft.«

»Können Sie uns einen Lageplan zeichnen?« fragte Pittman.

Cox holte ein Notizbuch aus seinem Wagen und skizzierte die Gegend. »Das Haus ist knapp fünfhundert Meter von der Straße entfernt«, sagte er. »Steht hinter ein paar Kiefern. Direkt hinter dem Haus sind ein Stall und ein, zwei Koppeln. Auf drei Seiten ist Wald, auf der vierten eine Wiese.«

»Dann können wir also von drei Seiten durch den Wald an das Haus ran«, stellte Pittman fest.

»Ja«, bestätigte Cox. »Ich finde, wir sollten die Wagen an der Straße parken und das Haus zu Fuß umstellen.«

»Richtig«, nickte Pittman. »Dann wollen wir mal.« Er nannte den anderen die Frequenz, auf der sie funken sollten. Dann setzten sich alle in die Autos und fuhren die drei Kilometer bis zu der Straße, an der Perkersons Briefkasten stand.

Als sie aus dem Wagen stiegen, sagte Keane zu Pittman: »Chuck, warum hat der Typ ein Schließfach in East Point und hier einen Briefkasten, auf dem groß und breit sein Name steht?« Er warf einen Blick hinein. Der Briefkasten war leer.

»Ich weiß es nicht«, erwiderte Pittman. »Bei der Army hat er das Schließfach als Adresse angegeben, aber er wohnt hier, achtzig Kilometer von East Point entfernt. Das macht alles keinen Sinn.«

»Mich macht es nervös«, erwiderte Keane.

»Hoffen wir, daß er zu Hause ist«, sagte Pittman. Er schickte die Leute vom GBI in den Wald vor dem Haus und die von der Staatspolizei zur zweiten bewaldeten Seite. Dann gingen er, Keane und der Sheriff mit seinen Hilfssheriffs zur Rückfront. Sie schlugen einen weiten Bogen um das Haus, damit sie nicht gesehen wurden.

Eine halbe Stunde später bahnte sich Pittman langsam seinen Weg durch die Kiefern und verwünschte sich dafür, daß er keine anderen Kleider angezogen hatte. Er trug seinen besten Anzug, und die Hose war inzwischen voller Kletten. Immerhin konnte er jetzt den Stall sehen, und er bewegte sich leise von Baum zu Baum.

Dann blieb er stehen und hob das Funkgerät an seine Lippen. »Hier Pittman. Ich bin zwanzig Meter vom Stall entfernt. Sind alle soweit?«

Er bekam eine Bestätigung vom GBI und von der Staatspolizei.

»Wir gehen jetzt weiter und schauen uns das Haus aus der Nähe an«, sagte Pittman ins Funkgerät. »Bleiben Sie einstweilen, wo Sie sind.« Er wandte sich Keane und dem Sheriff zu. »Ich gehe zuerst, und wenn die Luft rein ist, mache ich Ihnen ein Zeichen.«

Keane und der Sheriff nickten.

Pittman arbeitete sich zum Waldrand vor und sah sich um. Nichts. Geduckt rannte er zum Stall und ging langsam zur Vorderseite. Nun konnte er die Rückseite des Hauses sehen. Ein grauer Chevrolet-Transporter parkte davor. Links von Pittman befand sich eine kleine Koppel, auf der ein paar Ballen Heu unter einer Plane lagen. Pittman drehte sich um, winkte Keane und dem Sheriff. Kurz darauf drückten sich alle Männer gegen die Seitenwand des Stalls.

»Schau mal«, sagte Keane. Er deutete auf die Koppel.

Pittman hatte es nicht gleich bemerkt; die Heuballen hatten ihm die Sicht versperrt. In der Koppel lagen zwei Pferde reglos auf dem Boden.

»Sie sind tot«, sagte Keane. »Das gefällt mir nicht, Chuck.«

»Komisch«, sagte Pittman. »Warum hat er die Pferde getötet?«

Der Sheriff schaltete sich ein. »Wir sollten jetzt was unternehmen«, sagte er.

Pittman überprüfte den Sitz seiner kugelsicheren Weste und sprach ins Funkgerät. »Ich will das Haus nicht gleich stürmen. Ich geh' jetzt von hinten ran und sehe mich um. Wenn ich ›los‹ sage, stürmen Sie vorwärts, und zwar schnell.«

GBI und Staatspolizei bestätigten, daß sie verstanden hatten.

»Gut«, sagte Pittman. Er sprintete die letzten zwanzig Meter bis zum Haus und duckte sich unter ein Fenstersims. Dann hob er rasch den Kopf und zog ihn gleich wieder ein. Er hatte niemanden gesehen. Wieder hob er den Kopf, langsam diesmal, und blickte in eine Küche. Der Raum war leer. Auf dem Küchentisch stand eine Kaffeetasse. Daneben lag eine zusammengefaltete Zeitung. Pittman drückte die Sendetaste.

»In der Küche ist niemand.« Er hatte das Gefühl, daß das ganze Haus leer war, und er traf seine Entscheidung. »Ich geh' allein rein«, sagte er.

»Nein, tu das nicht, Chuck«, sagte Keane über Funk. »Ich hab' ein verdammt ungutes Gefühl.«

»Ach Mickey, ihr Iren mit eurem Aberglauben ...« sagte Pittman. Keane hatte ständig böse Vorahnungen und erzählte auch immer davon. Pittman ging zur Hintertür. Sie stand offen. Nur eine Tür mit Fliegendraht versperrte ihm noch den Weg zur Küche. Er hoffte, daß sie nicht knarren würde. Sie knarrte nicht, sie glitt erstaunlich leise auf.

Pittman zog seine Schuhe aus und trat in die Küche, während er seine Schrotflinte schräg vor den Körper hielt. Er legte die Hand an den

Ofen. Kalt. Der Kühlschrank brummte plötzlich, und Pittman zuckte unwillkürlich zusammen. Er holte ein paarmal tief Luft und bewegte sich auf die Tür am anderen Ende der Küche zu. Plötzlich drang ein Geräusch an sein Ohr. Es war die Titelmelodie einer Fernseh-Show. Der Fernseher muß im Wohnzimmer stehen, dachte Pittman. Er würde Perkerson vor der Glotze schnappen.

Pittman ging durch die Tür, kam auf einen Flur. Die Musik wurde immer lauter und wies ihm den Weg zum Wohnzimmer. Auf dem Flur brannte kein Licht, doch im matten Schein, der durch die Küchen- und Wohnzimmertür drang, konnte er etwas sehen, wenn auch undeutlich. Pittman tat die ersten Schritte. Dann roch er etwas. Er kannte den Geruch. Trotzdem brauchte er einen Moment, um ihn einzuordnen, denn es war ein Geruch, der nicht in geschlossene Räume gehörte. Vor ihm standen ein paar niedrige Gegenstände. Neugierig ging er darauf zu. Und dabei stieß er mit dem Fuß etwas an. Zu spät erkannte er, was das für Gegenstände waren: Kanister – Benzin.

Mickey Keane lehnte an der Stallwand und biß die Zähne zusammen. Die toten Pferde gefielen ihm nicht, und daß Pittman allein ins Haus gegangen war, gefiel ihm auch nicht. Er persönlich hätte Tränengas eingesetzt und den Burschen über Megaphon zum Aufgeben aufgefordert. Warum brauchte Chuck so lang, zum Teufel? Keane spähte um die Ecke des Stalls, und im selben Moment wölbte sich die Hinterfront des Hauses vor, und eine Millionstelsekunde darauf kamen die Druckwelle und der Knall. Er wich zurück. Als die Druckwelle verebbt war, sah er wieder um die Ecke. Da explodierte der Transporter. Ein riesiger orangefarbener Feuerball stieg auf, und Splitter flogen durch die Luft.

Keane ging in Deckung, preßte sich gegen die Stallwand und hoffte, daß sie nicht nachgaben. Sein Gesicht war schmerzverzerrt – Metallteile hatten ihn getroffen. Keane verwünschte sich, weil er seinen Partner allein ins Haus hatte gehen lassen. Als der Höllenlärm der Explosion verhallt war, schaute er nicht nach der Stelle, an der das Haus gestanden hatte. Er sank zu Boden und fing an zu weinen.

Zweites Buch

1

Will stand auf der Treppe des Kapitols von Georgia und wartete auf sein Stichwort. Die vergoldete Kuppel des Gebäudes ragte hinter ihm auf und verlor sich im Nebel, und ein leichter Regen nieselte auf die kleine Menge, die sich hier versammelt hatte. Will trug einen neuen blauen Anzug von Ham Stockton, ein weißes Hemd, eine rote Krawatte und feste Schuhe. Am Bordstein parkte sein neuer Chevrolet-Kombi. Neben Will standen seine Eltern, Jack Buchanan, Kitty Conroy und, etwas abseits, Tom Black.

Als der Regen einsetzte, spannte Patricia Lee einen Schirm auf und hielt ihn über Wills Kopf.

»Mrs. Lee!« rief Tom Black leise. Als er ihre Aufmerksamkeit auf sich gelenkt hatte, schüttelte er den Kopf, und Patricia machte den Schirm wieder zu.

»Sechsuhrnachrichten!« rief ein Mann von einem der Übertragungswagen herüber. »Fünf, vier, drei, zwei, eins...« Er ließ die Hand sinken.

Will blickte über die Köpfe der drei Kameramänner hinweg und begann zu sprechen. »Hiermit gebe ich meine Absicht bekannt, mich zur Wahl für den Senatorenposten von Georgia zu stellen. Ich möchte dieses Bundesland im Senat der Vereinigten Staaten vertreten. Ich kandidiere, weil ich glaube, daß ich für dieses Amt besser qualifiziert bin als jeder andere in Georgia – mit Ausnahme eines Mannes, der nicht gesund genug ist, um sich zur Wahl zu stellen.« Will verstummte und behielt weiterhin einen Punkt über den Köpfen der Kameramänner im Auge. In drei Studios verkündeten Moderatoren die Nachricht seiner Kandidatur als erste Meldung. Will wußte nicht, wie Tom Black das bewerkstelligt hatte, aber es war ihm gelungen, die Fernsehsender für Wills Eröffnung zu interessieren.

Jetzt wandte sich Will, wie es mit Tom verabredet war, der ersten

Kamera zu und wartete darauf, daß es losging. Er würde drei Interviews hintereinander geben, und jedes wurde live übertragen.

Ein Reporter richtete das Wort an Will. »Mr. Lee, Sie haben gerade gesagt, Sie seien besser qualifiziert als jeder andere in diesem Staat mit Ausnahme eines Mannes – haben Sie damit Senator Benjamin Carr gemeint?«

»Ja«, sagte Will. »Ich würde nicht kandidieren, wenn sich der Senator erneut zur Wiederwahl stellen könnte.«

»Glauben Sie, daß Sie besser qualifiziert sind als Gouverneur Mack Dean?«

»Ja«, sagte Will mit Nachdruck, »und das aus einer Reihe von Gründen. Ich nenne Ihnen hier die beiden wichtigsten. Erstens habe ich ein echtes Programm, dessen Einzelpunkte dazu beitragen werden, Akzente in der Verteidigungspolitik, in der Außenpolitik, in der Schulpolitik und im Bereich des wirtschaftlichen Fortschritts zu setzen. Zweitens habe ich acht Jahre Ausbildung und aktiven Dienst an der Seite des größten Senators hinter mir, den unser Land in diesem Jahrhundert hervorgebracht hat, und ich glaube, wenn Senator Carr könnte, wäre er heute hier, um mich zu unterstützen.«

»Wann werden wir Genaueres über Ihr Programm erfahren, Mr. Lee?«

»Sobald Sie mir mehr als zwei Minuten Sendezeit zur Verfügung stellen«, lachte Will. »Ich werde dieses Programm in den kommenden Monaten in jede Ecke unseres Staates tragen, und ich glaube, den Bürgern von Georgia wird gefallen, was sie von mir erfahren.«

Der Reporter blickte in die Kamera. »Sie haben es gehört, meine Damen und Herren. Will Lee beginnt seinen Wahlkampf mit der Behauptung, er sei für den Senat der Vereinigten Staaten besser qualifiziert als Gouverneur Dean. Wir werden später eine Stellungnahme des Gouverneurs dazu bringen, aber zunächst zurück ins Studio.«

Tom Black trat dazu, bedankte sich bei dem Reporter und arrangierte das nächste Interview. Will stand den beiden anderen Sendern Rede und Antwort und sprach dann fünf Minuten mit Zeitungsreportern. Als er fertig war, begleitete Tom ihn zu seinem Kombi.

»Okay«, sagte Tom, als sie einstiegen. »Das war ein guter Start. Am Sonntag haben wir noch ein paar Livesendungen, Dreißigminuteninterviews mit Sendern in Augusta, Savannah, Macon, Columbus und Waycross. Damit erreichen wir so ziemlich jeden Haushalt in Georgia.«

Will wischte sich ein paar Regentropfen vom Gesicht. »Ich glaube, wenn ich das bewältige, was Sie für nächste Woche geplant haben, schaffe ich alles.«

»Nur nicht zu optimistisch«, warnte Tom. »Es kommt noch dikker.«

Sie fuhren in die Spring Street, zu Wills neueingerichteter Wahlkampfzentrale in einem Geschäftshaus. In der einen Etage stand ein Dutzend Schreibtische, mit Freiwilligen besetzt. Ein Stockwerk höher befand sich ein großer Raum mit weiteren Schreibtischen und Büros für Will, Jack und Kitty. Will nahm an seinem Schreibtisch Platz, und Jack schob ihm einen Stapel Karteikarten zu.

»Das sind die Bekannten von deiner Liste«, sagte Jack Buchanan. »Auf jeder Karte steht, was wir von dem Mann wissen – Job, Familie, Kinder. So, und jetzt bist du dran.«

Will starrte die oberste Karte an. Willis Perkins, vor zwanzig Jahren Kommilitone an der University of Georgia. »Okay«, sagte Will. Er wählte die Nummer, Tom Black hörte über einen Nebenanschluß mit. Ein kleiner Junge meldete sich, und Will konnte ihn schließlich dazu bewegen, daß er seinen Vater ans Telefon holte.

»Ja?«

Es war eine tiefe, sonore Stimme, eine Stimme, an die Will sich sofort erinnern konnte. »Willis, hier Will Lee. Wie geht es dir?«

Perkins schwieg einen Augenblick. Dann fragte er: »Will Lee von der Uni?«

»Genau.«

»Na, so was!«

Will warf einen Blick auf die Karte. »Wie läuft das Papierholzgeschäft? Du hast doch die Firma deines Vaters übernommen, oder?«

»Ja. Läuft ganz gut.«

»Hast du heute zufällig die Sechsuhrnachrichten gesehen, Willis?«

»Nein. Ich hab' geschlafen, und du hast mich geweckt.«

»Das tut mir leid, aber wenn du die Nachrichten gesehen hättest, wüßtest du, daß ich heute auf der Treppe des Kapitols gestanden und meine Kandidatur für den Senat bekanntgegeben habe.«

»Für den Senat von Georgia?«

»Nein, für den Senat der Vereinigten Staaten.«

»Ehrlich?«

Will holte tief Luft und zwang sich weiterzusprechen. »Hör zu, Willis, ich brauche deine Hilfe.«

»Aha!« lachte Perkins. »Jetzt hab' ich's kapiert. Du willst eine Wahlkampfspende, stimmt's?«

»Ja, Willis.«

»Bist du Republikaner oder Demokrat?«

»Demokrat.«

»Dann hast du Pech gehabt, Alter. Ich bin Republikaner. Jimmy Carter hat mich dazu gemacht.«

»Mich auch fast«, antwortete Will. Warum habe ich das gesagt? fragte er sich. Es ist doch gar nicht wahr.

Auf der anderen Seite des Schreibtischs zog Tom Black den Zeigefinger über seine Kehle. »Machen Sie Schluß«, sagte er lautlos.

»Willis, ich möchte natürlich nicht, daß du deinen republikanischen Grundsätzen zuwiderhandelst, aber vielleicht hörst du dir an, was während dieses Wahlkampfs gesagt wird, und wenn du eines Tages meiner Meinung sein solltest, dann ruf mich an, ja? Wir nehmen dich jederzeit mit offenen Armen auf.«

»Okay, nur – verlaß dich nicht darauf«, sagte Perkins.

»Ich bedanke mich für das Gespräch, Willis.« Will legte auf und wischte sich über die Stirn. »Der Mann ist ohne Hirn auf die Welt gekommen. Ich weiß nicht, warum ich ihn auf die Liste gesetzt habe.«

»War jedenfalls keine vergeudete Zeit«, sagte Tom. »Es kann durchaus sein, daß Sie von ihm hören. Zumindest wird er jedem, den er kennt, erzählen, daß Sie ihn angerufen haben. Und er wird stolz darauf sein.«

Kitty Conroy kam ins Büro. »Das ist vorhin für dich abgegeben worden«, sagte sie zu Will. Sie legte ein großes braunes Kuvert auf den Schreibtisch.

Will öffnete es und schaute hinein. »Gut«, sagte er. »Das sind Unterlagen für den Prozeß gegen Larry Moody. Hat einer aus der Kanzlei für mich zusammengetragen.« Will sah die Papiere rasch durch und grinste. »Wirklich gut. Das kann ich brauchen.«

»Wie lange wird der Prozeß schätzungsweise dauern?« fragte Jack Buchanan.

»Drei bis fünf Tage«, antwortete Will. »Am Montag vormittag werden die Geschworenen bestimmt – das dürfte nicht mehr als einen Tag in Anspruch nehmen. Der Vertreter der Anklage wird einen weiteren Tag für seine Ausführungen brauchen. Ich auch. Übermäßig viel Zeugen gibt es nicht. Aber sicherheitshalber solltet ihr bis zum Wochenende tagsüber keine Termine für mich machen.«

»Das Gute an dem Prozeß ist, daß Sie jeden Tag im Fernsehen zu sehen sind«, sagte Tom.

»Was ist daran so gut?« fragte Will. »Wenn Moody freigesprochen wird, sind mit Sicherheit die meisten Schwarzen empört, und wenn er verurteilt wird, regen sich bestimmt viele Weiße darüber auf – und außerdem bin ich in diesem Fall der Verlierer.«

»Deswegen brauchen Sie sich keine Gedanken zu machen«, sagte Tom. »Kitty wird der Presse erklären, daß Sie den Jungen verteidigen *mußten*. Hauptsache ist, daß Sie Abend für Abend in den Sechsuhrnachrichten zu sehen sind, wie Sie aus dem Gerichtssaal kommen, und daß Sie in die Mikrophone sprechen können.«

»Das finde ich auch«, sagte Kitty.

»Es wäre schlimmer, wenn der Prozeß später liegen würde«, fuhr Tom fort. »Aber in dieser frühen Phase hat das nur den positiven Effekt, daß sich die Leute an Ihr Gesicht gewöhnen.«

»Hoffen wir's«, seufzte Will und nahm die zweite Karteikarte vom Stapel. »Harry Maples«, las er. »Banker... Was? Harry ist Banker?«

»Das steht im Verzeichnis der University of Georgia«, erwiderte Jack.

»Also, wenn ich ehrlich bin«, sagte Will, »ich hätte nie gedacht, daß Harry nach dem Studium überhaupt einen Job finden würde.« Er wählte die Nummer.

»Hallo?«

»Harry Maples?«

»Exakt.«

»Hier Will Lee. Ich...«

»Will, Mensch! Wie geht's? Ich hab' dich eben in den Nachrichten gesehen. Kann ich was für dich tun? Kann ich dir helfen?«

Will legte die Hand über die Muschel und sah Tom Black an. »Vielleicht wird das doch nicht so übel«, sagte er.

Als Will das Gespräch beendete, hatte Maples ihm versprochen, daß er tausend Dollar spenden und sich bemühen würde, weiteres Geld bei seinen Freunden lockerzumachen.

Kitty ging zu dem großen Fernseher in der Ecke und stellte ihn lauter. »Jetzt kommt gleich ein Interview mit dem Gouverneur«, verkündete sie.

Will legte die Karteikarten beiseite und wandte seine Aufmerksamkeit dem Bildschirm zu. Der Moderator machte die Ansage, und zwei Sekunden später erschien Mack Dean. Er stand auf der Treppe des Kapitols – genau an der Stelle, an der Will gestanden hatte.

»Gouverneur, Will Lee meint, er sei besser qualifiziert als Sie, Georgia im Senat zu vertreten. Was sagen Sie dazu?«

Dean lächelte milde. »Ich habe Will schon als kleinen Jungen gekannt«, sagte er, »und er war immer die Höflichkeit in Person.« Dean zeigte die Andeutung eines Stirnrunzelns. »Allerdings hat sich Will noch nie um ein öffentliches Amt beworben, und man muß sich schon fragen, ob er sich nicht übernimmt, wenn er gleich für den Senat der Vereinigten Staaten kandidiert. Ich bin der Meinung, Will sollte erst einmal auf lokaler Ebene Erfahrungen sammeln – im Stadtrat seines Heimatorts Delano vielleicht. Und wenn er dann gelernt hat, was die Leute von einem Politiker erwarten, könnte er für den Bezirksrat kandidieren oder möglicherweise sogar fürs Repräsentantenhaus von Georgia.«

»Gouverneur, Mr. Lee hat acht Jahre lang für Senator Ben Carr gearbeitet, und er sagt, daß er mit der Unterstützung des Senators rechnen kann.«

Mack Dean blickte betrübt drein. »Also, ich bedaure es sehr, daß Will sich anmaßt, sich mit Senator Carr zu vergleichen, und was die Unterstützung des Senators betrifft, so ist Ben Carr meines Wissens – und ich bin sehr gut über seinen Gesundheitszustand informiert – nicht in der Lage, seine Wünsche mitzuteilen. Für Will ist es ja auch ganz einfach zu behaupten, er habe die Unterstützung des Senators, da er weiß, daß der Senator nicht für sich selbst sprechen kann. Trotzdem freue ich mich darauf, Will Lee in die Politik des Staates Georgia einzuführen. Er muß noch viel lernen, und ich werde tun, was ich kann, um ihm dabei behilflich zu sein.«

»Du Mistkerl«, zischte Will zum Bildschirm gewandt.

»An so etwas sollten Sie sich schnell gewöhnen«, riet Tom Black. »Er hat noch nicht mal richtig losgelegt.«

2

»Kommen Sie rein, Harry«, sagte der Archon.

Harold Perkerson schüttelte seinen Regenmantel aus, bevor er eintrat.

»Entsetzliches Wetter«, fuhr der Archon fort. Er nahm Perkerson den Mantel ab und hängte ihn auf einen Bügel.

Perkerson folgte dem Mann über den Flur mit dem Marmorfußboden in die kleine Bibliothek. Im Kamin prasselte ein Feuer. Der Archon ging zu einem der Regale und klappte eine Tür auf, hinter der sich eine verspiegelte Hausbar befand. Er goß Perkerson und sich einen Bourbon ein.

»Nehmen Sie Platz«, bot der Archon an und deutete auf einen Ledersessel vor dem Kamin.

Perkerson setzte sich und beobachtete, wie sich der Archon in einem zweiten Ledersessel, ihm gegenüber, niederließ. Er war so ruhig und gastfreundlich, als empfinge er nicht einen Mann, der sich auf der Flucht befand, sondern den Präsidenten der Vereinigten Staaten. Perkersons Bewunderung wuchs ins Unermeßliche. »Ich... es tut mir leid, daß ich Sie anrufen mußte«, begann er.

»Das braucht Ihnen doch nicht leid zu tun«, erwiderte der Archon und schüttelte den Kopf. »Es war das einzig Richtige. Es tut *mir* leid, daß es eine Weile gedauert hat, alles zu arrangieren.«

Perkerson nahm einen großen Schluck von dem Bourbon. »Ich weiß, daß ich jetzt nutzlos bin«, sagte er mit zitternder Stimme.

»Wie bitte? Glauben Sie das im Ernst? Seien Sie beruhigt, Harold. Bislang waren Sie ein vorzüglicher Ausbilder und Gruppenführer, aber jetzt sind Sie noch viel mehr.« Der Archon beugte sich vor und stützte die Ellenbogen auf die Knie. »Jetzt sind Sie ein Held für alle jungen Männer in unserer und in anderen mit uns sympathisierenden Organisationen. Man weiß, was Sie geleistet haben. Sie sind ein Vorbild, Harold.«

Perkerson konnte kaum glauben, was er hörte. Gleich nach seiner Flucht hatte er den Archon angerufen und die Auskunft erhalten, er solle warten und sich später noch einmal melden. Er war auf einen Genickschuß gefaßt gewesen, als er ins Haus des Mannes gekommen war. Er hätte sich auch selbst eine Kugel in den Kopf gejagt, wenn es von ihm verlangt worden wäre, und nun nannte man ihn einen Helden.

»Das mit der Farm war ebenfalls saubere Arbeit«, sagte der Archon. »Verbrannte Erde – ein kluger Schachzug.«

»Ich habe einen Polizisten getötet«, gab Perkerson zu bedenken. »Das ist immer schlecht.«

»Keine Sorge, Harold. Die Leute sind natürlich außer sich, aber sie werden mit ihren Ermittlungen keinen Schritt weiterkommen. Sie wissen mittlerweile zwar, wer Sie sind, aber da läßt sich auch was machen. Sie tappen im dunkeln, was Ihr Motiv betrifft, und das treibt sie zum Wahnsinn. Ich weiß, wovon ich spreche – ich habe einen Gewährsmann bei der Polizei. Und der Sheriff in Ihrem Bezirk ist nicht gerade mit großen Geistesgaben gesegnet, also haben Sie nichts zu befürchten. Sie sind immer für sich geblieben. Infolgedessen gibt es keine Freunde und Bekannten, bei denen man Erkundigungen einziehen könnte.« Der Archon zwinkerte Perkerson zu. »Und unsere Leute halten den Mund.«

»Aber mein Foto war in allen Zeitungen von Georgia«, wandte Perkerson ein.

»Das ist richtig«, sagte der Archon. Er erhob sich und ging zur Bar. »Aber da werden wir Abhilfe schaffen.«

»Abhilfe schaffen?«

Der Archon hantierte an einem Mechanismus seitlich von der Bar herum. Dann faßte er nach einem Regalbrett und zog daran. Die verspiegelte Rückwand der Bar schwang auf, und dahinter wurde ein großer, altmodischer Safe sichtbar, der in eine Nische eingebaut war. Der Archon stellte die Kombination ein, legte die Hand um den Griff und öffnete den Safe. Perkerson konnte nicht sehen, was drin war, denn die Tür versperrte ihm die Sicht. Der Archon holte eine kleine Reisetasche heraus und setzte sie auf dem Boden ab. Er sperrte den Safe wieder zu, schob das Regalbrett in die alte Lage, nahm die Tasche und kehrte zu seinem Sessel zurück. »Dann wollen wir mal sehen, was wir für Sie haben«, sagte er. Er setzte die Tasche wieder ab und zog den Reißverschluß auf. Zum Vorschein kam eine noch kleinere Tasche, die er Perkerson zuwarf. »Zehntausend Dollar in Zwanzigern und Fünfzigern«, erklärte er.

Perkerson legte die Tasche in seinen Schoß, ohne sie zu öffnen.

Der Archon hielt ein kleines, von einem Gummi zusammengehaltenes Bündel Plastikkarten hoch und warf es Perkerson zu. »Kreditkarten, ausgestellt auf den Namen James Ross – das ist ein Vertreter bei einer Firma, die Freunden von uns gehört. Außerdem ein Führerschein auf denselben Namen, mit einem Foto von Ihnen, das aus meinen Akten stammt. Den werden Sie in ein paar Tagen verbrennen müssen.«

Perkerson schaute sich den Führerschein an. »Meine Ohren sind wirklich auffällig.«

»Ihre Nase auch«, erwiderte der Archon. »Aber, wie gesagt, da werden wir Abhilfe schaffen.« Er zog ein Notizbuch aus der Tasche, riß ein Blatt heraus, schrieb etwas darauf und reichte es Perkerson. »Das ist ein exzellenter Chirurg. Praktiziert im Bezirk Cobb und ist einer unserer treuesten Anhänger. Er hat sich bereits ein Foto von Ihnen angesehen und sagt, daß er einen neuen Menschen aus Ihnen machen kann. Fahren Sie von hier aus direkt zu ihm – er möchte Sie noch heute abend operieren.« Der Archon schmunzelte. »Wegen der Ohren brauchen Sie sich also keine Sorgen mehr zu machen.« Er warf Perkerson die leere Reisetasche zu.

Perkerson fing sie auf und stopfte die Dinge hinein, die ihm der Archon gegeben hatte.

»Haben Sie Waffen bei sich?« fragte der Archon.

Perkerson nickte. »Eine Uzi im Mantel und eine H&K Automatik im Schulterhalfter.«

»Haben Sie diese Waffen bei einem von Ihren Aufträgen benutzt?«

»Ja, alle beide.«

Der Archon stand auf und verließ die Bibliothek. Wenig später kam er mit einer Selbstladepistole und einer Aktentasche aus Leder wieder. »Nehmen Sie die«, sagte er, »und händigen Sie mir Ihre Waffen aus. Ich werde sie beseitigen.«

Perkerson gab dem Archon seine Pistole und wog die neue in der Hand. Dann warf er einen fragenden Blick auf die Aktentasche.

»Das ist etwas ganz Spezielles«, erklärte der Archon und öffnete die Aktentasche. »Tschechisches Fabrikat, mit Schalldämpfer, in handliche Teile zerlegbar – das ideale Gewehr für Scharfschützen.«

Perkerson nahm die Teile aus der Aktentasche und setzte sie mit flinken Fingern zusammen. Die Waffe war ziemlich leicht.

»Ich habe neue Aufträge für Sie – das heißt, sobald Sie sich von der Operation erholt haben«, sagte der Archon, als hätte er Perkersons Gedanken erraten. »Dann werden Sie das Gewehr brauchen. Was für einen Wagen fahren Sie?«

»Ich habe gestern meinen kleinen Lkw beseitigt. Um zu Ihnen zu kommen, bin ich mit dem Taxi gefahren, zwei Kilometer vorher ausgestiegen und den Rest gelaufen.«

»Gut.« Der Archon griff in seine Tasche und reichte Perkerson einen Schlüsselring. »In meiner Garage steht ein Mazda, auf die Firma zugelassen, für die unser Freund James Ross arbeitet. Fahren Sie gleich zu dem Arzt. Ich sage ihm, daß Sie unterwegs sind.«

Perkerson nahm das Gewehr auseinander und verstaute es in der Aktentasche. Dann erhob er sich. »Ich weiß nicht, wie ich Ihnen danken soll, Sir.«

Der Archon schüttelte ihm die Hand. »Ich weiß nicht, wie ich *Ihnen* danken soll, Harold«, sagte er. »Fahren Sie vorsichtig, es regnet immer noch, und beachten Sie jedes Stop-Schild. Wenn Sie ohne Zwischenfälle beim Doktor ankommen, ist alles gut.«

Perkerson fuhr ein paar Minuten später über den Chattahoochee River und durch den Bezirk Cobb. Er staunte über die Organisation, der er angehörte und der er sich mit Leib und Seele verschrieben hatte. Sie konnten alles erreichen – die Auserwählten unter ihrem Archon. Sie konnten Gesichter verändern und Identitäten wechseln – so mühelos, wie es die Regierung bei einem Kronzeugen vermochte. Sie konnten ihn schützen, ihn nähren, während er seine Arbeit tat. Sie konnten ihn vom Sergeant a. D. zum Herold einer neuen Ordnung, einer neuen Welt verwandeln. Perkerson fuhr beglückt durch die Nacht.

3

Will war seit sechs Uhr wach, und um sieben wählte er Katherine Riles Nummer in Washington.

»Hallo«, sagte eine verschlafene Stimme.

»Hier Will.«

»Oh. Wie spät ist es?«

»Sieben Uhr morgens. Ich dachte, du wärst schon auf.«

»Ich bin noch nicht auf. Können wir später telefonieren?«

Will bemühte sich, nicht gereizt zu klingen. »Ich versuche seit einer

Woche dich zu erreichen. Aber dein Anrufbeantworter ist ständig eingeschaltet. Du hast kein einziges Mal zurückgerufen.«

Ein kurzes Schweigen trat ein. »Ich hatte wahnsinnig viel zu tun«, sagte sie schließlich.

»Ich auch.« Seine Stimme verriet nun den Ärger, den er empfand.

»Du weißt genau, daß ich am Telefon nicht ausführlicher werden kann«, sagte sie. »Wann kommst du nach Washington?«

»Das weiß ich nicht«, erwiderte er mürrisch.

»Kannst du dir nicht ein bißchen Zeit nehmen? Ich finde, wir müssen miteinander reden.«

»Ich kandidiere für den Senat der Vereinigten Staaten, falls du's vergessen haben solltest. Und heute vormittag fängt ein Mordprozeß an, bei dem ich die Verteidigung übernommen habe. Ich habe wirklich keine Zeit. Ich hatte gehofft, du würdest das verstehen.«

»Und ich bin erst seit ein paar Wochen in meinem neuen Job, das weißt du doch. Ich bin heute um zwei Uhr morgens nach Hause gekommen und wollte eigentlich ein paar Stunden schlafen. Du hast mich geweckt und führst dich auf wie ein schmollendes Kleinkind.«

Will holte tief Luft. »Tut mir leid, daß ich dich gestört habe. Schlaf weiter. Und ruf mich irgendwann mal an.« Er legte auf, ohne ihre Antwort abzuwarten.

Zwei Minuten lang lief er hin und her, verwünschte Kate, bedachte sie im Geist mit Ausdrücken, die er in Wirklichkeit nie gebraucht hätte. Dann schnappte er sich seinen Mantel und eine Krawatte, ging aus dem Haus und schlug die Tür hinter sich zu. Als er beim Wagen war, hörte er drinnen das Telefon läuten. Er zögerte einen Moment, stieg dann aber doch ein und fuhr davon.

Um neun Uhr verließ Will die Kanzlei und stieg in den Chevy-Kombi. Er war immer noch wütend auf Kate, fuhr mit überhöhter Geschwindigkeit nach Greenville und parkte auf einem der Stellplätze vor dem Gerichtsgebäude, die für Anwälte reserviert waren. Zu seiner Überraschung hatte sich auf dem Rasen ein Team von Fernsehleuten aufgebaut, und bevor er das Gebäude betreten konnte, wurde er abgefangen.

»Einen Moment bitte, Mr. Lee«, sagte der Reporter, ein junger Schwarzer.

Will hätte am liebsten abgewinkt, aber es hätte Tom Black gewiß nicht gefallen, wenn er kostbare Sendezeit verschenkte. »Ja, was kann ich für Sie tun?« fragte er.

Der Reporter nickte seinem Kameramann zu.

»Hier meldet sich Dave Willis. Ich stehe vor dem Gerichtsgebäude des Bezirks Meriwether. Bei mir ist Will Lee, Senatskandidat und Verteidiger von Larry Eugene Moody beim Prozeß wegen des Mordes an Sarah Cole.« Er wandte sich Will zu. »Mr. Lee, warum verteidigen Sie Larry Moody?« fragte er in vorwurfsvollem Ton.

»Sicher sind auch Sie der Meinung, Dave, daß Mr. Moody das Recht auf einen Anwalt hat«, erwiderte Will. »Ich...«

»Selbstverständlich, Mr. Lee, aber warum gerade Sie? Sie bewerben sich um ein öffentliches Amt. Hoffen Sie auf Stimmengewinne, wenn Sie einen Mann verteidigen, der wegen Vergewaltigung und brutalen Mordes vor Gericht steht?«

»Natürlich nicht«, sagte Will, um Selbstbeherrschung bemüht. »Der Richter hat mich gebeten, Mr. Moody zu verteidigen, bevor ich beschlossen habe, für den Senat zu kandidieren.«

»Sie waren als Pflichtverteidiger vorgesehen?«

»Zunächst ja. Das war die Basis, auf der ich mich damit einverstanden erklärt habe«, antwortete Will.

»Sie sagten ›zunächst‹, Mr. Lee. Heißt das, daß sich Ihr Status inzwischen geändert hat? Werden Sie dafür bezahlt, daß Sie Larry Eugene Moody verteidigen?«

Der Reporter reagierte schneller, als Will ihm zugetraut hatte. »In der Zwischenzeit hat jemand seinen Wunsch bekundet, für Mr. Moodys Verteidigung aufzukommen«, erklärte Will. »Das habe ich dem Richter mitgeteilt, und damit bin ich kein Pflichtverteidiger mehr.«

»Wer zahlt für Moodys Verteidigung?« fragte der Reporter.

»Der Geldgeber möchte anonym bleiben«, sagte Will. »Und jetzt entschuldigen Sie mich bitte, ich muß ins Gericht.« Er wandte sich zum Gehen.

Der Reporter lief ihm nach. »Welches Ergebnis erwarten Sie?« fragte er.

»Freispruch«, sagte Will über seine Schulter hinweg. »Auf Wiedersehen.« O Gott, würde es jeden Tag so sein? Will betrat den Gerichtssaal – der war brechend voll, und auf dem Flur drängten sich Leute, die keinen Platz mehr gefunden hatten.

John Morgan, Larrys Chef, und Charlene Joiner saßen nebeneinander in der ersten Reihe, direkt hinter dem Tisch der Verteidigung. Will legte seine Aktentasche ab und schob den Müllsack, in dem er die Beweisstücke verstaut hatte, darunter. Dann begrüßte er Morgan und

Charlene. Sie war unauffällig angezogen, trug ein dunkelblaues, hochgeschlossenes Kleid. Will fand sie in diesem Aufzug noch attraktiver. Er blickte auf und bemerkte, daß ein Hilfssheriff Larry Moody gerade die Handschellen abnahm.

Larry, mit braunem Anzug und brauner Krawatte, sah recht passabel aus. Auf Wills Betreiben hatte er sich die Haare schneiden und den Schnurrbart abnehmen lassen. Will schüttelte ihm die Hand, und sie nahmen Platz, um auf den Beginn der Verhandlung zu warten. Will fiel auf, daß Larry Charlene nur mit einem kurzen Nicken begrüßte, während er sich über die Schranke beugte und John Morgan die Hand drückte.

Sie warteten fast eine Viertelstunde. Will warf einen Blick auf seine Uhr. Es war schon nach zehn, und Elton Hunter war noch nicht da. Der Richter auch nicht. Das Gemurmel der Zuschauer wurde immer lauter, als der Gerichtsdiener auftauchte und an den Tisch der Verteidigung trat.

»Der Richter möchte Sie in seinem Zimmer sprechen«, sagte er zu Will.

»Ich bin gleich wieder da, Larry«, rief Will. »Nur keine Panik.« Er stand auf und ging zum Richterzimmer.

»Kommen Sie rein, Will.« Boggs saß an seinem Schreibtisch und telefonierte.

Will setzte sich.

»Und wie ist sein Zustand jetzt?« fragte Boggs und wartete auf Antwort. »Nein, ich bin kein Angehöriger, ich bin Bezirksrichter, und der Herr sollte vor zehn Minuten in meinem Gerichtssaal erscheinen. Wird er's schaffen?« Boggs wartete wieder. »Besten Dank«, sagte er schließlich. Dann legte er seufzend auf und wandte sich Will zu. »Wir haben Probleme, mein Junge«, sagte er.

»Inwiefern?« fragte Will.

»Elton Hunter ist heute morgen mit Bauchschmerzen ins Callaway Hospital in La Grange eingeliefert worden. Es hat sich herausgestellt, daß es sich um einen Blinddarmdurchbruch mit Bauchfellentzündung handelt. Elton liegt in der Intensivstation, und es sieht nicht gut aus.«

Will wußte nicht, was er erwidern sollte.

»Hoffentlich stirbt er nicht«, fuhr der Richter fort.

»Gibt es jemanden, der für ihn einspringen könnte?« fragte Will.

»Nein«, sagte der Richter. »Ich werde einen neuen Verhandlungstermin ansetzen müssen, und der wird nicht vor Ende dieses Quartals liegen, das kann ich Ihnen jetzt schon sagen. Ich bin zur Zeit mehr als ausgelastet.«

»Also in drei Monaten?« fragte Will ungläubig.

»So ungefähr.«

Will lehnte sich zurück und massierte seine Schläfen. »Richter, ich muß Sie nochmals bitten...«

»Nein«, unterbrach ihn Boggs entschieden. »Fangen Sie ja nicht wieder davon an.«

»Okay«, seufzte Will. Er stand auf. »Ich möchte aber, daß mein Mandant gegen Kaution freigelassen wird. Es gibt keinen Grund, ihn in Haft zu behalten. Er hat einen Job, sein Chef ist bereit, die Kosten zu übernehmen, und er wird nicht fliehen. Ich beantrage also eine Kaution in Höhe von fünfzigtausend Dollar.«

»Beantragen Sie's nachher, im Gerichtssaal«, rief Boggs und erhob sich.

Will kehrte an den Tisch der Verteidigung zurück.

»Was ist los?« fragte Larry Moody.

»Das werden Sie gleich erfahren«, antwortete Will.

»Aufstehen!« befahl der Gerichtsdiener.

Alle erhoben sich, während Boggs eintrat und sich an den Richtertisch setzte.

»Meine sehr verehrten Damen und Herren«, sagte Boggs, »Sie sind leider umsonst gekommen. Der Staatsanwalt liegt mit einer akuten Blinddarmentzündung im Krankenhaus, und ich muß den Prozeß aufs nächste Quartal verschieben.« Er sah Will an und nickte.

Will stand auf. »Hohes Gericht, ich beantrage, daß mein Mandant gegen Kaution freigelassen wird.«

Ein Raunen lief durch den Saal.

»Dem Antrag wird stattgegeben«, sagte der Richter. »Die Kaution wird auf zweihundertfünfzigtausend Dollar festgesetzt.«

»Scheiße«, murmelte Will. Er drehte sich um und sah John Morgan an. Zu seiner Überraschung nickte Morgan. Will wandte sich wieder dem Richter zu. »Hohes Gericht, der Angeklagte wird eine Kaution in dieser Höhe hinterlegen.«

»In Ordnung«, sagte der Richter. Er schlug mit seinem Hammer auf den Tisch. »Die Verhandlung ist damit geschlossen. Den nächsten Fall hören wir in einer Stunde.« Boggs erhob sich und ging ins Richterzimmer.

Larry Moody war völlig verdattert. »Heißt das, daß ich frei bin?« fragte er.

Will sah Morgan an, der gegen seine Jackentasche klopfte.

»Ich habe alles Nötige dabei«, sagte er.

Will wandte sich wieder Larry zu. »Dann sind Sie noch vor Mittag draußen.« Er schaute sich nach Charlene um, aber sie war fort. »Wo ist Charlene?« fragte er Larry. »Freut sie sich denn gar nicht über diese Nachricht?«

Larry blickte zu Boden. »Ich hab' keine Ahnung, wo sie hin ist. Ist mir auch egal.« Dann bemerkte er Wills bestürzten Gesichtsausdruck und sagte: »Keine Sorge, wenn's soweit ist, sagt sie für mich aus. Darauf können Sie sich verlassen.«

4

Als Will nach Hause kam, blinkte das Licht an seinem Anrufbeantworter. Er drückte den Knopf und setzte sich mit Block und Bleistift davor.

»Ach, zum Teufel«, sagte Katherine Rile. »Du kannst mich mal.« Der Hörer wurde auf die Gabel geknallt.

Wunderbar, dachte Will. Bevor er weiter darüber nachdenken konnte, ertönte eine andere Stimme. »Will, hier Hank Taylor. Wir haben eine sagenhafte Werbung für Sie. Kommen Sie so bald wie möglich nach Washington, und sehen Sie sich's an. Sie rufen gleich zurück, ja?«

Will schrieb sich die Nummer auf. Dann rief er die Wahlkampfzentrale in Atlanta an und ließ sich mit Jack Buchanan verbinden. »Der Prozeß gegen Moody ist vertagt worden«, sagte er. »Ich habe die ganze Woche frei. Kannst du ein paar Termine für mich machen?«

»Schlecht, Will«, erwiderte Jack mit heiserer Stimme. »So kurzfristig können wir kaum was einschieben.«

»Du hörst dich furchtbar an, Jack. Bist du krank oder was?«

»Nein, ich war wohl nur zu lange auf. Ich... äh, ich hab' an was gearbeitet.«

»Dann ruh dich aus. Wenn du so angeschlagen bist, kann ich dich nicht brauchen.«

»Okay. Paß auf. Du kannst in dieser Woche nur Gelder beschaffen – aber die erste Liste hast du schon durch.«

»Hank Taylor hat mich vorhin angerufen. Er sagt, ich soll mir ein paar Sachen anschauen. Ich glaube, daß ich heute noch nach Washington fliege.«

»Okay«, sagte Jack. »Wann kommst du zurück?«

»Morgen. Nein, übermorgen. Ich muß mich auch noch um ein paar persönliche Angelegenheiten kümmern.«

»Hast du was dagegen, wenn ich mitkomme? Ich hab Millie und die Kinder seit Wochen nicht mehr gesehen, und Millie ist ziemlich niedergeschlagen. Ich glaube, Kitty wird hier auch ohne mich fertig.«

»Okay.« Will warf einen Blick auf seine Uhr. »Wir treffen uns in zwei Stunden am Peachtree De Kalb Airport. Am späten Nachmittag sind wir in Washington.«

Will legte auf und packte seine Sachen. Er nahm sich vor, mit Kate zu reden und einiges klarzustellen.

Will landete auf dem PDK, tankte auf und holte Jack Buchanan ab. Jack sah müde und bekümmert aus. »Ist was?« fragte Will.

»Nichts Besonderes«, sagte Jack. »Bißchen Krach mit Millie. Aber es ist alles halb so schlimm.«

»Jack, wenn du längere Zeit zu Hause bleiben willst, läßt sich bestimmt was arrangieren...«

»Nein, nein, so ernst ist es nicht. Das kriegen wir schon wieder hin.«

Will wollte nachhaken, nahm jedoch Abstand davon. Es ging ihn eigentlich nichts an. »Wenn ich dir helfen kann, mußt du nur Bescheid sagen.«

Jack döste kurz nach dem Start ein und schlief bis kurz vor der Landung. Will ließ seinen Wagen kommen, während Jack mit dem Taxi zu seiner Wohnung nach Bethesda fuhr. Dann rief Will Kate im Büro an, was er nur in Notfällen tat.

Ein Mann meldete sich.

Will hätte fast aufgelegt, aber er wollte unbedingt mit Kate sprechen. »Kann ich Katherine Rile sprechen?« sagte er schließlich.

»Wer ist am Apparat?«

»William Henry«, sagte Will. Das waren seine beiden Vornamen. Er hatte immer nur die genannt, wenn er Kate am Arbeitsplatz angerufen hatte.

Ein langes Schweigen trat ein. Dann meldete sich Kate, kühl und geschäftsmäßig. »Ja?« sagte sie.

»Ich bin gerade in Washington angekommen«, sagte Will ebenso kühl. »Können wir uns heute abend treffen?«

»Ich rufe am späten Nachmittag zurück«, antwortete sie. »Wiederhören.« Sie legte auf.

Will fragte sich, ob sie so kurz angebunden war, weil sie vom Büro aus sprach, oder ob sie andere Gründe dafür hatte. Das beschäftigte ihn auf dem ganzen Weg zu Hank Taylor.

Man ließ ihn ein paar Minuten am Empfang warten, was ihm weiter Gelegenheit gab, sich wegen Kate Gedanken zu machen. Schließlich wurde Will in ein Konferenzzimmer geführt, in dem Hank Taylor auf ihn wartete.

»Na, Will, wie geht's?« fragte Taylor und schüttelte ihm die Hand.

»Danke, gut, Hank«, antwortete Will. Er ärgerte sich immer noch über Kate und versuchte, sich nichts davon anmerken zu lassen, aber er war ganz und gar nicht scharf auf Taylors plumpe Vertraulichkeit.

»Setzen Sie sich, alter Junge, ich muß Ihnen was Tolles zeigen«, sagte Taylor. Er zog einen Stuhl für Will unter dem Konferenztisch hervor. »Der Film wird gerade eingelegt.«

Der Film? dachte Will. Er hatte Taylor gebeten, ihm seine Ideen vorzutragen, ehe er Spots machte. »Wo ist Tom Black?« fragte Will.

»Der kann heute nicht bei uns sein«, sagte Taylor ausweichend. »Ich bin auch nicht sicher, ob er der richtige Mann für Sie ist. Er investiert eine Menge Zeit in diese Heald-Geschichte. Ich stelle einen besseren Mann für Sie ab.«

Will wollte etwas darauf erwidern, aber die Lichter wurden gedämpft, und Taylor hob die Hand. »Warten Sie, bis Sie das gesehen haben«, sagte er. »Warten Sie, bis Sie's *gehört* haben.«

Will lehnte sich zurück und richtete den Blick auf die Leinwand am Ende des Raumes. Zunächst lief ein Countdown, und Will hatte noch einmal Gelegenheit, sich darüber zu ärgern, daß Taylor einen Film gemacht hatte, ohne vorher mit ihm die Einzelheiten abzusprechen. Und was sollte das mit Tom Black? Er hatte angefangen, Tom zu vertrauen, und er würde ihn nicht kampflos ziehen lassen. Er bemühte sich, einen klaren Kopf zu bekommen und sich auf den Film zu konzentrieren, der gerade begann.

Will sah sich am See vor seinem Haus stehen, die Ärmel aufgekrempelt, den Hund an seiner Seite. Im Hintergrund ertönte leise ein Marsch. Dann setzte die tiefe Stimme eines Sprechers ein. »Georgia braucht einen neuen Senator«, sagte er, »einen Senator, der mit beiden

Beinen auf unserer roten Erde steht und mit seinen Gedanken nach den Sternen greift.« Will ging jetzt am Ufer des Sees entlang. Die Kamera folgte seiner Bewegung. Will warf einen Stock für den Hund.

»Einen Senator«, fuhr der Sprecher fort, »der allen Eltern ermöglicht, die Schule für ihre Kinder frei zu wählen – sei sie öffentlich oder privat –, und der den Steuerzahlern Ausbildungsbeihilfe für die Kinder zusichert.«

Will riß die Augen auf. Er hatte Taylor klipp und klar gesagt, daß er gegen diesen Plan war.

Die Kamera schwenkte über den See auf Wills Gesicht, und der Film wurde gestoppt. »Einen Senator, auf den Georgia bauen kann«, sagte der Sprecher. Die Musik wurde lauter, und ein kerniger Männerchor fiel ein: »Lee ist unser Mann! Er kann, was keiner kann!« Die Leinwand wurde dunkel, und eine Schrift erschien: »Finanziert vom Komitee für die Wahl von Will Lee.« Damit endete der Film, und die Lichter gingen wieder an.

Will wandte sich Taylor zu. »Das ist großer Mist«, sagte er. Er war kurz davor, zu explodieren.

»Was?« fragte Taylor.

»Wenn Sie meinen, daß ich für diesen Dreck bezahle, dann irren Sie sich gewaltig«, donnerte Will.

»Immer mit der Ruhe, Will, immer mit der Ruhe. Das ist erst ein Entwurf, aber wir finden ihn echt gut.«

»Ich habe Ihnen ausdrücklich gesagt, daß ich gegen diese schwachsinnige Privatschulfinanzierung bin. Ich bin Demokrat, Mann.«

»Will, wir...«

»Ich habe Ihnen ausdrücklich gesagt, daß Sie keine Filme machen sollen, bevor wir die Konzeption diskutiert haben.«

»Will, das ist doch nur ein Entwurf...«

»Und als ich letztes Mal hier war, habe ich genau diese Schrottmusik gehört. Nur hieß es da nicht Lee, sondern Heald. Was ist? Hat er Ihnen diesen Marsch vor die Füße geschmissen? Dafür hat er mein volles Verständnis, er ist einfach Scheiße. Aber Sie haben gedacht, mir können Sie so einen Schwachsinn unterjubeln, ja?« Will stand auf. »Wo ist Tom Black? Ich kann nicht glauben, daß er an diesem Mist beteiligt war.«

Taylor stand ebenfalls auf. »Ich hab's Ihnen doch schon gesagt, Will – er hat nichts mehr mit Ihrem Wahlkampf zu tun.«

»Sie auch nicht«, erwiderte Will und ging auf die Tür zu. Er blieb stehen, drehte sich um. »Schicken Sie mir eine Rechnung über Toms Zeit und Spesen. Alles andere können Sie vergessen. Den Rest von meinen siebenunddreißigtausendfünfhundert Dollar zahlen Sie mir zurück. Und wenn ich das Geld nicht binnen einer Woche habe, verklage ich Sie und gebe die Story an die *Washington Post* weiter.«

Taylor stand rot und schwitzend am Konferenztisch. Er schien etwas sagen zu wollen, aber er bekam kein Wort heraus.

Will knallte die Tür zu und stürmte nach draußen.

5

Mickey Keane saß im Büro seines Vorgesetzten und wartete darauf, daß der Captain, der ihm den Rücken zugedreht hatte, sein Telefonat beendete. Schließlich legte der Captain auf, drehte sich um und schaute Keane an.

»Grundgütiger Himmel, Mickey!« rief er.

Keane hob die Hand und befühlte sein Gesicht. Die Schwellungen waren zurückgegangen, aber überall, wo man ihm die Glassplitter herausoperiert hatte, waren rote Striemen zurückgeblieben. Er konnte von Glück sagen, daß er nicht erblindet war. »Ja, Captain, ich weiß.«

»Läßt sich da irgendwas machen?«

»Die Jungs reden von plastischer Chirurgie, aber dafür hab' ich jetzt keine Zeit.«

»Dann nehmen Sie sie sich«, befahl der Captain. »An mir soll's nicht scheitern. Außerdem sind Sie so, wie Sie im Moment aussehen, schlecht für die Moral hier.« Das sollte eigentlich ein Witz sein, war aber nur mäßig lustig.

Keane lachte trotzdem leise – er versuchte es zumindest. »Das beschäftigt mich im Augenblick weniger.«

»Ich weiß«, sagte der Captain. »Dann will ich Sie mal über die bisherigen Ermittlungen informieren.«

»Ich habe alle Berichte gelesen, die Sie mir ins Krankenhaus geschickt haben. Danke.«

»Ach so. Tja, viel Neues ist nicht dazugekommen. Das Haus war das reinste Waffenarsenal. Wir haben unter dem Stall einen Keller entdeckt, der als Schießstand ausgebaut war. Wir haben jede Menge Metall aus dem Kugelfang ausgegraben, alle möglichen Kaliber – Uzi-Munition, Mac-Ten-Munition, Schrot – was Sie wollen. Unsereins ist nicht so gut sortiert.«

»Dann haben wir's also mit einer Art Gruppe zu tun. Das könnte einen Sinn ergeben. Es müssen mehr Leute beteiligt sein als die vier, die in Manny Pearls Laden reingeplatzt sind.«

»Das weiß man nicht genau«, sagte der Captain. »Ich nehme an, Sie wollen an der Fahndung nach Perkerson beteiligt sein?«

»Ja, Sir.«

Der Captain lehnte sich zurück und verschränkte die Hände hinter seinem Kopf. »Ich habe Ihren Bericht gelesen, Mick, aber ich möchte noch mal von Ihnen persönlich hören, warum Pittman allein in dieses Haus gegangen ist. Und ich möchte wissen, warum Sie ihn haben gehen lassen.«

»Ich habe versucht, es ihm auszureden, Captain, aber mir blieb nicht viel Zeit, und er hat nicht auf mich gehört. Als ich sah, daß die Pferde erschossen worden waren, hatte ich ein ungutes Gefühl, aber davon wollte Chuck nichts wissen. Er hatte einen höheren Dienstgrad als ich; ich konnte ihm nicht befehlen, nicht reinzugehen.«

»Okay«, sagte der Captain. »Tja. Chuck war immer eigensinnig und mutig. Er hat immer eine ganze Menge gewagt.«

»Ja, er hatte Mut«, bestätigte Keane und schaute zu Boden. »Wenn wir das Haus gestürmt hätten, wären noch mehr Leute draufgegangen.« Keane blickte auf und sah den Captain direkt an. »Ich nehme an, es würde sich besser für mich machen, wenn ich tot wäre – wie mein Partner.«

Der Captain lief rot an. »Reden Sie keinen Unsinn, Keane. Ich werfe Ihnen nichts vor. Niemand wirft Ihnen was vor.«

Keane starrte durch die Trennscheibe ins Großraumbüro. Keiner dort behandelte ihn so wie früher. Er hatte seinen Partner verloren, und die Leute fragten sich, warum. »Ich will keinen anderen Partner, Captain, wenn sich das einrichten läßt.«

Der Captain nickte. »Das kann ich verstehen. Wir lassen erst mal Gras über die Sache wachsen.«

»Aber ich würde gern die Fahndung nach Perkerson übernehmen.«

»Dafür ist es schon ein bißchen zu spät«, erwiderte der Captain. »Wir sind allen Kontakten des Mannes nachgegangen. Nichts. Keine heiße Spur.«

»Er wird wieder auftauchen«, prophezeite Keane. »Der Kerl führt einen gottverdammten Kreuzzug – erst der Pornobuchladen, dann das

Pornokino in Charlotte. Niemand hat so einen Schießstand, wenn er nur für die Entenjagd trainieren will. Das ist was Paramilitärisches, was Politisches. Wie die rechtsextremistischen Gruppen im Westen.«

»So was hatten wir hier noch nie«, sagte der Captain.

»Doch, den Klan«, erwiderte Keane. »Nur daß die Leute vom Klan nicht so gut organisiert und ausgebildet sind. Diese Burschen sind keine angejahrten Jungs mit Gewehrständer und ein paar Sechserpacks im Auto, die am Samstagabend ein bißchen Terror machen.«

Der Captain blickte Keane an, schwieg aber.

»Oder sehen Sie's anders?« fragte Keane.

Der Captain zuckte mit den Achseln. »Soll ich dem Chef sagen, daß hier in der Stadt und im Staat eine kleine Armee ihr Unwesen treibt? Soll der Chef das dem Bürgermeister erzählen? Und der Bürgermeister dem Gouverneur?«

»Mein Partner ist tot«, sagte Keane. »Er ist durch eine Sprengfalle umgekommen, die dem Vietcong alle Ehre gemacht hätte. Er ist bei der Fahndung nach einem Kerl umgekommen, der drei andere Typen in einer Art Uniform bei einem Mordkommando angeführt hat. Drei Leute haben dran glauben müssen, und es ist reines Glück, daß es nicht noch einen vierten erwischt hat. Das war kein Raubüberfall und kein Rachefeldzug – keins von den üblichen kriminellen Motiven. Wie erklären Sie sich das, Captain?«

»Ich tu' das in keine Schublade – das überlasse ich der Presse«, antwortete der Captain. »Wir verfolgen die Sache weiter wie immer. Langsam, aber stetig.«

»Lassen Sie mich nach dem Kerl fahnden«, drängte Keane.

»Ich hab's Ihnen doch schon gesagt. Wir sind allen Spuren nachgegangen. Ich habe fünfzehn Männer drangesetzt.«

»Er wird wieder zuschlagen, jede Wette. Bald haben wir wieder einen Mord. Perkerson wird der Täter sein – solo oder mit seinen Männern. Und wenn das passiert, will ich den Fall bearbeiten.«

»Okay«, sagte der Captain. »Wenn das passiert, kriegen Sie ihn.«

»Ich merke, wenn er es ist«, fuhr Keane fort. »Darf ich Ihnen dann Bescheid sagen?«

»Okay«, nickte der Captain. »Wenn sich was nach ihm anhört, sagen Sie mir Bescheid, und dann kriegen Sie den Fall. Aber erst nehmen Sie noch eine Woche Urlaub. Gehen Sie nach Florida oder sonstwohin. Solange Ihr Gesicht so verbeult ist, will ich's nicht sehen. Lassen Sie ein bißchen Sonne drauf scheinen.«

Keane nickte. »Ja, Sir.« Er stand auf und ging. Auf dem Weg durchs Großraumbüro blickte er starr geradeaus. Ein Kollege hielt ihn auf.

»Schade um Pittman, was, Mick?« sagte er.

»Ja«, antwortete Keane und ging weiter. Er wollte nach Florida fahren, sich in die Sonne legen und ausruhen. Perkerson hatte bestimmt nicht vor, jetzt gleich wieder zuzuschlagen. Das wäre zu gefährlich. Aber eines Tages würde er's tun, und dann würde Keane den Fall übernehmen. Mickey Keane wollte Perkerson. Er wollte ihm seinen Dienstrevolver ins Ohr schieben und abdrücken, bis die Trommel leer war.

6

Will schloß sein Haus in Georgetown auf, stellte die Alarmanlage ab und drehte die Heizung an.

Das Telefon klingelte.

Will rannte hin, aber der Anrufbeantworter hatte sich schon beim ersten Läuten eingeschaltet. Er nahm den Hörer von der Gabel. Er wartete geduldig, bis seine Tonbandstimme ausgeredet hatte und der Signalton vorbei war. »Hallo?« sagte er.

»Können wir uns um sieben im Pied de Couchon treffen?« fragte Kate.

In einem Restaurant? Nicht bei ihr oder bei ihm? Sie hatten sich seit Wochen nicht gesehen. »Wenn du drauf bestehst...« sagte er.

»Dann bis sieben«, sagte sie und legte auf.

Will knallte wütend den Hörer auf die Gabel. Er war wütend auf Hank Taylor wegen seiner lausigen Arbeit, wütend auf Tom Black, weil er sich vor dem Treffen gedrückt hatte, und wütend auf Kate – das vor allem. Er stand da, holte tief Luft und zwang sich, ruhiger zu werden. Er warf einen Blick auf seine Uhr. Halb sechs. Was sollte er bis sieben tun? Er ging in sein Arbeitszimmer, nahm einen Notizblock zur Hand und fing an, Listen zu schreiben, Listen von Dingen, die für den Wahlkampf wichtig waren.

Er schrieb eine Liste für Kitty Conroy und dann eine für Jack Buchanan. Zwischendurch warf er wieder einen Blick auf seine Uhr: Viertel nach sechs. Er mußte sich nach einem anderen Berater umsehen. Oder vielleicht besser nach einer Werbeagentur. Auch was Jack betraf, mußte er etwas unternehmen. Er hatte ihn zu sich geholt, ohne ihm wirkliche Befugnisse zu geben. Er würde ihn zum Wahlkampfmanager ernennen.

Jack war intelligent, einfallsreich und fleißig. Anfangs hatte Will gedacht, er könne alles selbst organisieren, aber das war Unsinn. Letztlich war er ohnehin der Boß, und es war falsch, Jack den Titel vorzuenthalten.

Will schlug Tom Blacks Privatnummer nach und rief ihn an. Ein Anrufbeantworter meldete sich. »Tom, hier Will Lee. Ich habe mich heute nachmittag mit Hank Taylor getroffen, und ich habe ihn gefeuert. Aber ich möchte mit Ihnen reden. Ich bin bis morgen abend in meinem Haus in Georgetown zu erreichen, danach wieder in Delano. Bitte rufen Sie mich so bald wie möglich an.« Tom Black war ihm eine Erklärung schuldig.

Halb sieben. Will ging nach oben ins Schlafzimmer, rasierte sich und zog ein frisches Hemd an. Er streifte ein Tweedsakko über und holte seinen Trenchcoat aus dem Schrank. Viertel vor sieben. Er war wieder unten und im Begriff, die Alarmanlage anzustellen, als es an der Tür klingelte.

Jack Buchanan stand auf der Schwelle. Er sah so aus, als hätte ihn ein Lastwagen angefahren.

»Was ist los, Jack?« fragte Will. »Komm rein.« Er hängte seinen und Jacks Mantel an die Garderobe, führte Jack dann ins Wohnzimmer und ließ ihn in einem Sessel Platz nehmen.

»Tut mir leid, daß ich dich überfalle, Will«, sagte Buchanan.

»Schon gut, Jack. Du siehst so aus, als könntest du einen Drink vertragen.«

»Ja, das kann ich bestimmt. Danke.«

Will ging zur Hausbar, goß einen Bourbon ein, reichte ihn Jack, setzte sich in einen Sessel und warf einen Blick auf seine Uhr. Zehn vor sieben, und zum Restaurant ging man genau zehn Minuten. »Was ist passiert, Jack?«

Buchanan trank einen großen Schluck und schüttelte den Kopf. »Millie und ich«, stammelte er. »Es ist aus.«

»Ach was, Jack«, sagte Will. »Millie und du – ihr doch nicht! Ihr hattet Krach, aber du könntest Millie doch nie den Laufpaß geben.«

»Sie hat *mir* den Laufpaß gegeben«, verbesserte ihn Jack. »Sie hat mich rausgeschmissen. Und gesagt, ich soll mich ja nie wieder blicken lassen.«

»Das meint sie nicht ernst, Jack, das weißt du doch. Ihr beiden führt die beste Ehe, die ich kenne.«

»Das war mal«, sagte Jack. »Aber es wird nie wieder sein.« Er fing an zu weinen.

Will war verlegen. Jack und er hatten lange zusammengearbeitet, und Will war einige Male bei Millie und ihm zum Essen gewesen, aber als Paar kannte er sie nicht allzu gut. Er warf wieder einen Blick auf seine Uhr, erhob sich und setzte sich auf die Armlehne von Jacks Sessel. Fünf vor sieben. Er würde zu spät kommen. Linkisch legte er Jack seine Hand auf die Schulter. »Nimm's nicht so schwer, Jack. Morgen sieht es nicht mehr so schlimm aus. Und bleib über Nacht hier. Ich muß noch weg, aber du kannst es dir gemütlich machen.«

Jack holte tief Luft, wischte mit dem Ärmel über seine Augen und schien sich wieder unter Kontrolle zu bekommen. »Okay, Will, vielen Dank. Ich bleibe. Woanders hin kann ich sowieso nicht.«

Will stand auf. »Komm mit nach oben. Ich zeige dir, wo alles ist.« Er führte Jack die Treppe hinauf und blieb im Flur vor einem Schrank stehen, der voll Werkzeug und anderen Dingen war, die man im Haushalt brauchte. »Ich gebe dir eine Heizdecke. In deinem Zimmer ist es ein bißchen kühl.« Er ging mit Jack zum Gästezimmer am Ende des Flurs. »Das Bett ist frisch bezogen, und hinter der Tür hier ist das Bad. Im Spiegelschrank findest du Rasierzeug, Seife und so weiter.« Will legte die Heizdecke aufs Bett und steckte den Stecker in die Dose.

»Vielen Dank, Will«, sagte Jack. »Ich werde mich sehr bemühen, dich nicht zu stören.«

»Mach dir keine Gedanken deswegen, Jack. Leg dich eine Weile hin, und wenn's dir dann besser geht – im Kühlschrank ist was zu essen. Kommst du mit einem Mikrowellenherd zurecht?«

»Ja.« Jack nickte. Dann setzte er sich auf die Bettkante. »Will«, begann er, »ich muß dir das alles erzählen. Das geht jetzt schon ziemlich lange...«

Will warf wieder einen Blick auf seine Uhr. Sieben. Verdammt. Kate würde inzwischen da sein; sie kam nie zu spät. »Hör zu, Jack. Du bist doch jetzt eigentlich nicht zum Reden aufgelegt, und ich muß noch weg. Ich komme erst spät wieder, aber wir können uns morgen früh unterhalten.«

»Will...«

»Keine Widerrede«, sagte Will. Er schob Jack aufs Bett und deckte ihn zu. »Morgen kannst du mir alles erzählen. Und wenn ich dir helfen kann, tu' ich's, das weißt du.«

Jack nickte und drehte sich zur Wand. »Gute Nacht, Will«, sagte er. »Bis morgen.«

»Ja. Gute Nacht, Jack.« Will machte das Licht aus, lief schnell die Treppe hinunter und nahm sich seinen Mantel von der Garderobe.

Er lief ziemlich schnell zum Restaurant. Er hatte pünktlich sein wollen – Kate sollte nichts gegen ihn in der Hand haben –, aber als er ankam, war sie nicht da.

»Wie viele Plätze, Sir?« fragte der Kellner.

»Zwei«, antwortete Will. »Ich habe leider keine reservieren lassen.«

»Das geht jetzt schon noch«, sagte der Kellner. Er führte Will zu einem Tisch. Dann brachte er zwei Speisenkarten und etwas Brot und Butter.

Will warf einen Blick auf seine Uhr: Viertel nach sieben. Kate kam sonst nie zu spät. Er wurde allmählich wieder wütend. Er schnitt ein Brötchen auf und bestrich es mit Butter. Er hatte plötzlich Hunger. Er aß die eine Hälfte des Brötchens, dann die andere. Er bestellte eine Flasche Rotwein, einen Wein, den Kate mochte. Um kurz nach halb acht blickte er auf, und sie stand vor ihm.

»Tut mir leid, daß ich mich verspätet habe«, sagte sie. Sie streifte ihren Mantel ab und gab ihn dem Kellner.

»Schon gut«, sagte Will, um Gelassenheit bemüht. »Ich war auch spät dran. Jack und Millie Buchanan haben sich gestritten, und Jack ist bei mir aufgetaucht, als ich gerade gehen wollte. Ich habe ihm einen Drink gegeben und ihn ins Bett gesteckt.« Will schenkte Kate ein Glas Wein ein, aber sie trank nicht davon.

»Das ist der aus deinem Büro? Ich meine, aus Senator Carrs Büro?« Sie hatte nie einen von Wills Kollegen kennengelernt, aber sie hatte oft von ihnen gehört.

»Ja. Er hilft mir jetzt beim Wahlkampf, und wenn ich gewinne, wird er wahrscheinlich mein wichtigster Mitarbeiter.«

»Schön, daß du zuverlässige Mitarbeiter hast«, sagte sie. »Wie geht es dem Senator?«

»Besser. Aber er erholt sich nur langsam. Ich fliege einmal in der Woche zu ihm.«

»Und wie läuft der Wahlkampf?«

»Der hat kaum angefangen. Ich hatte mir diese Woche für den Prozeß gegen Moody freigehalten, aber der Staatsanwalt mußte überraschend ins Krankenhaus. Dadurch verschiebt sich alles um mindestens drei Monate, und das ist sehr lästig.«

Sie nickte. »Wird sicher hart, wenn du mitten im Wahlkampf noch einen Prozeß am Hals hast.«

»Ich werde dich darüber informieren«, sagte Will.

Der Kellner kam. »Was darf ich Ihnen bringen?« fragte er.

»Ich esse nichts«, sagte Kate. Sie wandte sich Will zu. »Ich habe um acht einen Termin.«

»Ich bestelle später«, sagte Will zum Kellner. Der Mann ging, und Will drehte sich Kate zu. »Sieht so aus, als hättest du nur ein paar Minuten für mich übrig«, sagte er.

»Will, wir müssen miteinander reden.«

»Und das offenbar schnell.«

»Tut mir leid, aber ich habe nicht mit dir gerechnet und anders disponiert. Du kannst nicht einfach vom Flughafen aus anrufen und erwarten, daß ich alles stehen- und liegenlasse.«

Damit hatte Will fast gerechnet. »Nein, das kann ich wohl nicht«, sagte er.

»Hör zu«, sagte sie müde. »Ich stehe im Augenblick gewaltig unter Druck.«

»Erzähl mir davon.«

»Wir haben einen neuen Direktor, und jetzt gibt's die übliche Umverteilung mit allem Drunter und Drüber. Ich habe dir schon gesagt, daß ich wegen der Beförderung eine neue Sicherheitsüberprüfung über mich ergehen lassen muß, und auch sonst werde ich sehr genau beobachtet. Ich bin die erste Frau, die es so weit gebracht hat, und das geht einigen von der alten Garde mächtig gegen den Strich.«

»Ich habe nicht gewußt, daß es bei euch noch welche von der alten Garde gibt.«

»Von der relativ alten Garde. Simon ist fort, aber ein paar von seinen Freunden sind noch da.« Simon Rile war Kates Exmann. Er hatte vor einiger Zeit im Zusammenhang mit einem Skandal zurücktreten müssen. »Sie hoffen, daß ich der Aufgabe nicht gewachsen bin, verstehst du? Es war immer ein Problem, daß wir uns treffen, weil du für den Vorsitzenden des Geheimdienstausschusses arbeitest, und im Moment ist es schlimmer denn je. Ich weiß nicht, wie weit die Sicherheitsüberprüfung geht. Kann sein, daß ich abgehört und observiert werde.«

»Wenn du observiert wirst – warum triffst du dich dann ausgerechnet in einem Restaurant mit mir?«

»Ich wollte nicht zu dir kommen, und außerdem ist Jack Buchanan da, oder?«

»Hattest du Angst, daß ich dich vergewaltige?«

»Ach Will, laß das doch.«

»Und dein Haus wird natürlich observiert.«

»Ich weiß es nicht. Aber es kann sein. Jedenfalls bekomme ich heute abend Besuch.« Sie warf einen Blick auf ihre Uhr. »Er...« Sie hielt inne.

Will spürte eine heiße Aufwallung von Eifersucht. »Aha. Jemand, gegen den dein Büro nichts hat.«

»Er *ist* aus meinem Büro.«

»Dann ist ja alles okay. Ich hatte vergessen, daß es bei euch geschätzt wird, wenn die eigenen Leute was miteinander haben. So geht alles viel glatter, weniger Sicherheitsprobleme.«

»Wir haben nichts miteinander«, entgegnete Kate müde. »Wenn du mir früher Bescheid gesagt hättest, hätte ich ihm absagen können, aber jetzt habe ich was zum Essen eingekauft und...«

»Kochst du etwa?« Sie hatte, solange er sie kannte, nicht mal Wasser gekocht. Was in der Küche zu tun war, hatte immer er gemacht.

Kate wurde rot. »Ein bißchen. Ich hab's mir angewöhnt. Ist gar nicht so schlimm, wie ich dachte.«

»Es wundert mich, daß du bei all deinen neuen Pflichten die Zeit dafür findest«, sagte Will. »Du hast doch letzthin nicht mal die Zeit gefunden, Telefongespräche zu beantworten.«

»Ich bin dir keine Rechenschaft schuldig«, sagte sie verärgert.

»Nein, natürlich nicht.« Will winkte dem Kellner. »Ich nehme das Pfeffersteak, medium; gebackene Kartoffel mit Dressing dazu; einen gemischten Salat vorweg. Die Dame ißt nichts, jedenfalls nicht mit mir.« Der Kellner notierte sich die Bestellung und ging. Will wandte sich wieder Kate zu, warf einen Blick auf seine Uhr. »Ich möchte dich nicht aufhalten.«

»Will, ich stehe wirklich unter Druck. Bitte versuch das zu verstehen«, sagte Kate. »Ich schlafe nicht mit ihm; er ist nichts weiter als ein Freund, ein guter Freund, und gute Freunde brauche ich zur Zeit so viele, wie ich nur kriegen kann.«

Will sah sie an. Sie war schön – das kastanienbraune Haar, die samtige Haut, der volle Mund. Er wollte sie, aber... »Mich scheinst du nicht mehr zu brauchen«, sagte er.

Kate blickte auf das Tischtuch nieder, dann schaute sie auf. Sie setzte zum Sprechen an, ließ es aber bleiben, erhob sich, nahm ihren Mantel vom Kleiderständer und ging ohne ein Wort.

Will trank einen Schluck, schenkte sich nach und saß dann da und starrte in sein Glas. Der Kellner brachte den Salat, aber er rührte ihn nicht an. Was sollte er tun? Sich aus dem Wahlkampf zurückziehen? Seinen Namen ändern? Auf irgendeine Weise als Begleiter einer Dame aus dem Direktorat des CIA akzeptabel werden? Bald stellte der Kellner den Salat beiseite und servierte das Steak.

Will versuchte zu essen, aber seine Kehle war wie zugeschnürt, und er konnte das Fleisch nicht schlucken, ohne es mit Wein hinunterzuspülen. Als sein Teller halb leer war, bat er um die Rechnung. Während er darauf wartete, trank er die Flasche aus. Dann zahlte er und verließ das Restaurant.

Er machte einen Umweg, um an Kates Haus vorbeizukommen. Er blieb einen Moment stehen und starrte die Fenster an. Die Vorhänge waren zugezogen. Dahinter flackerte mattes Licht. Kerzen vermutlich. Wütend und verzweifelt drehte er sich um und ging nach Hause.

Fünf Minuten später steckte er den Schlüssel ins Schloß und sperrte auf. Er öffnete die Tür, trat ein und blieb mit weitaufgerissenen Augen stehen.

Jack Buchanan hatte eine dicke orange Verlängerungsschnur um den Hals und hing in der Diele, die Füße nur Zentimeter vom Boden entfernt. Das Ende der Schnur war ums Treppengeländer im ersten Stock geknotet.

7

Der Detective war gelangweilt, aber nicht unfreundlich. Will versuchte, seine eigenen Probleme hintanzustellen und die Fragen des Mannes so nüchtern zu beantworten, wie er nur konnte.

»Woher hatte er die Verlängerungsschnur?«

»Ich habe aus dem Schrank oben eine Heizdecke für ihn geholt. Da lag auch die Verlängerungsschnur drin – er muß sie gesehen haben.«

Der Detective nickte. »Haben Sie seine Familie verständigt?«

»Ich habe seine Frau angerufen, sobald die Sanitäter da waren, aber sie hat sofort aufgelegt.«

»Warum das?«

»Ich kann es mir nur so erklären, daß sie glaubte, ich riefe in Jacks Auftrag an und wollte versuchen zu vermitteln. Jack erzählte mir, daß sie sich gestritten hatten. Bevor Sie gekommen sind, habe ich noch ein paarmal versucht, sie anzurufen, aber es war immer besetzt. Wahrscheinlich hat sie den Hörer neben das Telefon gelegt.«

»Hatten Sie irgendeinen Hinweis darauf, daß er deprimiert genug war, um sich das Leben zu nehmen?«

Will schüttelte den Kopf. »Nein.« Er schwieg einen Moment. »Ich wußte natürlich, daß es ihm nicht gutging. Er wollte mit mir über die Ereignisse sprechen, aber ich war verabredet und schon zu spät dran und mußte mich beeilen. Wenn ich geblieben wäre und ihm zugehört hätte, hätte er sich vielleicht nicht…«

»Mit wem waren Sie verabredet?«

»Ich möchte die betreffende Person nicht ins Spiel bringen. Ich glaube nicht, daß das nötig ist.«

»Die Entscheidung darüber, was nötig ist und was nicht, überlassen Sie bitte mir, Mr. Lee«, sagte der Detective.

Will schüttelte den Kopf. »Die betreffende Person hatte mit alledem nichts zu tun. Ich gebe Ihnen mein Wort darauf und bitte Sie, mir zu glauben.«

Das Gesicht des Polizisten verdüsterte sich. »Okay. Dann sagen Sie mir vielleicht, wo Sie waren?«

»Ich habe im Pied de Couchon zu Abend gegessen, ein paar Straßen weiter.«

»Mit der betreffenden Person?«

»Nein, allein.«

»Kann das jemand bestätigen?«

»Der Kellner wahrscheinlich. Ich saß rechts vom Eingang. Am dritten oder vierten Tisch. Ich habe mit Kreditkarte bezahlt.« Will langte in seine Tasche. »Hier ist die Quittung.«

Der Detective warf einen Blick darauf und nickte. »Würden Sie sagen, daß Jack Buchanan generell zu Depressionen geneigt hat?«

Will zuckte mit den Achseln. »Ich glaube nicht. Aber Jack war sehr nachdenklich – er hat sich über viele Dinge Gedanken gemacht.«

»Über welche Dinge?«

»Über alles eigentlich. Das war einer der Gründe dafür, daß er in seinem Job so gut war. Weil er sich um alles gekümmert hat.«

»Können Sie mir sonst noch etwas von ihm sagen?«

Will dachte einen Augenblick nach. »Er schien auf dem Flug hierher sehr müde zu sein; er hat die ganze Zeit geschlafen. Ich hatte den Eindruck, daß er ziemlich stark abgenommen hatte. Vielleicht hatte er mehr Sorgen als sonst – ich weiß es nicht. Sie müssen wohl Millie fragen, seine Frau.«

»Das mache ich«, sagte der Polizist und klappte sein Notizbuch zu. »Ich schicke einen Streifenwagen zu ihr.«

»Es wäre mir lieber, wenn Sie das nicht täten«, erwiderte Will. »Ich fahre selbst zu ihr, wenn Sie hier mit allem fertig sind.«

Der Detective drehte sich um und beobachtete, wie die Leute von der Gerichtsmedizin den toten Jack Buchanan aus dem Haus trugen. »Ich glaube, das war's«, sagte er.

Im Streifenwagen schwieg der Detective, aber sein jüngerer Partner wollte reden.

»Was halten Sie von Lees Story?« fragte er.

Der Detective seufzte. »Ich nehme an, es ist so passiert, wie er gesagt hat.«

Der jüngere Mann war ungläubig. »Sie machen wohl Witze? Da steckt mehr dahinter. Ich glaube, die sind schwul.«

»Was?«

»Die sind schwul – Lee und Buchanan. Die Frau hat's rausgekriegt und ihn vor die Tür gesetzt. Und mit Lee will sie nicht mal reden.«

»Sie haben eine blühende Phantasie«, sagte der Detective. »Ich habe mir viele Jahre lang die Aussagen von Leuten angehört. Ich merke, wenn sie lügen oder etwas verschweigen. Und Lee verschweigt zwar was, aber nicht viel. Er war nicht nervös. Er konnte mir in die Augen sehen und hat normal geatmet. Und Angst hatte er auch nicht. Er war nur traurig. Er hat die Wahrheit gesagt.«

»Glaub' ich nicht«, beharrte der Partner. »Da steckt mehr dahinter.«

Der Detective, der den Wagen lenkte, fuhr an den Bordstein.

»Warum halten Sie?« fragte sein Partner.

Der Detective deutete mit dem Kopf auf ein Haus. »Das Restaurant«, sagte er. »Dritter oder vierter Tisch rechts. Sie fragen jetzt den Kellner nach Lee.«

»Okay«, sagte der Partner und stieg aus.

Der Detective wartete fünf Minuten, bis sein Partner wieder in den Wagen stieg.

»Also...« begann der Partner.

»Ich sag's Ihnen«, erwiderte der Detective. »Er ist zu der Zeit hier eingetrudelt, die er angegeben hat; er hat sich mit einer Frau getroffen; die beiden hatten Krach; die Frau ist abgerauscht, und er hat allein gegessen und ist auch zu der Zeit gegangen, die er angegeben hat. Stimmt's?«

»Woher wissen Sie das mit der Frau?« fragte der Partner.

»Weil er nicht sagen wollte, mit wem er verabredet war. Hören Sie, mein Junge, erzählen Sie das nicht an Ihre Kumpel von den Medien weiter. Lee arbeitet für Ben Carr, und er hat einen guten Ruf, das weiß ich. Buchanan hat auch für Carr gearbeitet. Für Carr arbeiten nur gute Leute. Ich will nicht, daß die Presse- und Fernsehleute mehr aus der Geschichte machen, als dran ist.«

»Warum hat er uns dann den Namen der Frau nicht gesagt?«

»Sie sind nicht nur jung, sondern auch ein bißchen begriffsstutzig«, sagte der Detective. »Das kann man sich doch leicht denken. Die Frau ist verheiratet.«

Will stellte den Motor seines Porsche ab und blieb noch eine Weile vor dem Haus in Bethesda sitzen. Er hatte keine Angst davor gehabt, mit der Polizei zu reden, aber er fürchtete sich davor, Millie Buchanan gegenüberzustehen. Schließlich holte er tief Luft, stieg aus und lief zur Haustür. Unten ging das Licht an; Millie war schon zu Bett gewesen.

Die Tür öffnete sich. Millie zog einen Bademantel um sich. »Aha – Will«, sagte sie. »Ich weiß, warum du hier bist, und ich möchte nicht mit dir sprechen. Die ganze Sache geht dich nichts an.«

Will betrachtete sie. »So einfach ist das leider nicht, Millie«, sagte er.

8

Die Beerdigung war ein Alptraum. Die kleine Kirche in Bethesda war voll. Viele Mitarbeiter aus Ben Carrs Büro und Freunde waren gekommen. Jack Buchanan war beliebt gewesen. Seine Witwe blickte starr auf den Sarg vor dem Altar. Sie weinte nicht und zeigte keine Gemütsregung.

Als Will nach dem Gottesdienst zu ihr ging und sie auf die Wange küssen wollte, wich sie zurück. Ihre Eltern, die neben ihr standen, schauten zur Seite.

Kitty Conroy – sie war wegen der Trauerfeier aus Atlanta hergeflogen – trat zu Will, während er noch über Millies Reaktion nachgrübelte. Sie hatte rote Augen. »Wie ist das passiert, Will?« fragte sie. Sie mußte an sich halten, um nicht hemmungslos zu weinen. Weitere Mitarbeiter aus Carrs Büro kamen dazu.

Will gab ihnen eine kurze Darstellung der Ereignisse, und nachdem sie ihn angehört hatten, gingen sie wieder. Nur Kitty blieb.

»Will, ich muß eine Presseerklärung schreiben.« Sie legte den Kopf schief. »Hast du mir wirklich alles erzählt? Nicht daß da später noch etwas Furchtbares auf uns zukommt...«

Will sah sie verwirrt an. »Das ist alles, Kitty«, sagte er. »Was sollte ich dir denn vorenthalten haben?«

»Das ist es nicht«, sagte sie unbehaglich. »Es ist nur so, daß solche Dinge ein Eigenleben entwickeln, wenn man nicht absolut offen damit umgeht.«

»Du meinst, es könnte einen Skandal geben?«

»Ich möchte das auf jeden Fall verhindern.« Will legte seinen Arm um sie und brachte sie zu ihrem Wagen. »Kitty, ich habe dir alles gesagt, was ich weiß. Ich habe dir genau erzählt, was passiert ist.« Abgesehen von Millie Buchanans Verhalten an jenem Abend, dachte Will. »Ich wäre dir dankbar, wenn du für morgen eine Pressekonferenz in Atlanta ansetzen würdest. Ich gebe dann ein Statement ab und sage, wie schockiert und traurig wir alle sind und wie sehr wir Jack geschätzt haben.«

Kitty schüttelte den Kopf. »Ich glaube nicht, daß eine Pressekonferenz das Richtige wäre. Das ist unter diesen Umständen einfach zuviel. Ich würde lieber eine Presseerklärung rausgehen lassen, in der steht, was passiert ist. Du kannst dann im Büro zur Verfügung stehen, wenn die Leute noch Fragen haben.«

»Vielleicht hast du recht«, sagte Will. Er machte Kitty die Wagentür auf. »Tu, was du für richtig hältst. Wenn du nach Atlanta mitfliegen willst, komm in einer Stunde bei mir vorbei. Dann können wir mit meinem Wagen zum Flughafen rausfahren.«

»Okay.« Kitty schaute zu Boden. »Ich komme mir schäbig vor, weil ich jetzt davon anfange, aber hast du dir schon überlegt, wem du Jacks Posten gibst?«

Will schüttelte den Kopf. »Nein. Ich habe keine Ahnung, wer ihn ersetzen könnte.«

Hinter Will schaltete sich jemand ins Gespräch ein. »Darf ich vielleicht einen Vorschlag machen?«

Will drehte sich um. Tom Black stand hinter ihm, und plötzlich fiel ihm die Szene in Hank Taylors Büro wieder ein. Er gab keine Antwort.

»Ich bin vorige Woche von Taylor weggegangen«, erklärte Black. »Sie glauben doch hoffentlich nicht, daß ich was mit dem Mist zu tun hatte, den er Ihnen präsentiert hat, oder?«

»Wirklich nicht?« fragte Will mißtrauisch.

»Wirklich nicht«, betonte Black. »Wir hatten eine Diskussion darüber, um es sanft zu formulieren. Er hat angekündigt, daß er Ihnen die Sache zeigen würde, ob's mir paßt oder nicht, und ich habe gesagt, er könnte mich mal, und dann hab' ich gekündigt.«

Will brachte so etwas wie ein Grinsen zustande. »Ich hätte nicht annehmen dürfen, daß Sie was mit dem Zeug zu tun hatten. Ich entschuldige mich in aller Form.«

»Geschenkt. Und jetzt mein Vorschlag: Geben Sie mir den Job von Jack Buchanan.«

Will musterte Black nachdenklich. »Da würden Sie aber für Ihre Verhältnisse ziemlich wenig verdienen.«

»Es kommt mir nicht auf das Geld an«, sagte Black. »Zahlen Sie mir, was Sie Buchanan gezahlt haben. Ich rede ganz offen mit Ihnen, Will – ich bin nicht scharf auf einen Job als Senatsmitarbeiter. Ich möchte, daß Sie gewählt werden und daß ich möglichst gut dabei abschneide. Und dann mache ich mein eigenes Büro als Medienberater auf.«

Will lachte. »Sie lassen an Offenheit nichts zu wünschen übrig. Und wer leitet mein Büro, wenn ich gewählt werde?«

»Sie werden schon jemanden finden, der Verwaltungskram und parlamentarische Schlachten mag. Ich persönlich hab's mehr mit langen Nächten und Wahlkampfdramatik.«

Will wandte sich an Kitty. »Ich glaube, damit ist deine Frage beantwortet.«

»Ich find's okay«, sagte Kitty lächelnd.

Will schaute wieder Tom Black an. »Dann packen Sie mal Ihre Sachen. In zwei Stunden treffen wir uns am Flughafen.«

Tom salutierte und ging.

»Will?« sagte Kitty.

»Ja?«

»Was war das vorhin mit Millie Buchanan?«

Will blickte zurück. Millie und ihre Eltern standen immer noch da und nahmen die Beileidsbezeugungen entgegen. »Ich weiß es nicht«, sagte er. »Ich nehme an, sie ist ziemlich durcheinander.«

»Hoffentlich ist es nur das«, sagte Kitty.

Auf dem Flug nach Atlanta trugen alle Kopfhörer, und sie redeten über Bordfunk.

»Wieviel Geld haben Sie auf der Bank?« fragte Tom Black.

»Ich muß Ihnen zu meiner Schande gestehen, daß ich das nicht weiß«, antwortete Will. »Darum hat sich Jack gekümmert.«

Kitty riß ein Blatt von ihrem Block ab und gab es Tom. »Wie wäre das als Presseerklärung?« fragte sie.

Tom las es sich durch. »Gut«, sagte er. »Ich glaube, es ist wirklich besser, keine Pressekonferenz zu veranstalten. Es wäre nicht gut, wenn Will vor Scheinwerfern erklärt, wie betroffen er ist. Das erledigen wir am besten mit dem Statement hier.«

»Ich möchte aber, daß die Reporter trotzdem mit ihm reden können«, sagte Kitty.

»Okay, wenn Sie meinen...«

Will meldete sich zu Wort. »Kümmert es hier eigentlich jemanden, was *ich* dazu zu sagen habe?«

»Nein«, sagte Tom. »Sie sind nur der Kandidat. Die Denkarbeit übernehmen Kitty und ich. Sie müssen bloß lächeln.«

»Ich glaube, so gefällt's mir«, lachte Will.

In Atlanta ließ Kitty die Presseerklärung mit Kurier rausgehen, gerade noch rechtzeitig für die Elfuhrnachrichten und die Morgenausgaben. Will bekam drei, vier Anrufe von Reportern. Die meisten sprachen ihm ihr Beileid aus. Später sahen sich Will, Kitty und Tom auf allen drei Kanälen die Elfuhrnachrichten an. Über Jack Buchanans Selbstmord wurde nur kurz und sachlich berichtet.

Will stand auf und streckte sich. »Ich geh' in die Falle«, sagte er und steuerte auf das kleine Schlafzimmer im rückwärtigen Teil der Wahlkampfzentrale zu. »Na, Kitty? Zufrieden, wie's gelaufen ist?«

»Könnte nicht besser sein«, sagte sie.

»Ganz meine Meinung«, bestätigte Tom.

»Gut«, sagte Will. »Tom, irgendwo oben steht ein Feldbett. Morgen suchen wir eine Bleibe für Sie.«

Auf dem Polizeirevier in Georgetown trat ein junger Kriminalbeamter an den Schreibtisch seines älteren Partners und ließ ein Blatt Papier draufsegeln. »Ich hab's Ihnen ja gleich gesagt!« jubelte er.

Der Detective sah sich das Dokument an. »Ach du liebe Scheiße«, sagte er.

9

Sie fuhren etwa fünf Kilometer vom Highway entfernt durch den Fluß. Das Wasser stieg bis zu den Türen, und Harold Perkerson dachte einen Moment, sie würden naß werden. Die Frau steuerte den Wagen sicher und rasch über einen kleinen Weg. So was schafft nur ein geländegängiges Fahrzeug, dachte Perkerson. Noch knapp zwei Kilometer, und sie kamen zu einem Tor. Die Frau nahm eine Fernbedienung aus dem Handschuhfach und hielt sie hoch. Das Tor glitt quietschend auf und schloß sich wieder, als sie es passiert hatten. Nach weiteren achthundert Metern kam, oberhalb eines Steilhangs gelegen, die Hütte in Sicht.

Perfekt, dachte Perkerson. Gutes Schußfeld.

»Okay«, sagte die Frau. »Wir sind da.« Sie nahm eine von Perkersons Taschen, ging zur vorderen Veranda und sperrte die beiden Vorhängeschlösser auf, die die Tür sicherten. »Jetzt müssen wir aufpassen«, sagte sie. Sie drückte die Tür ein paar Zentimeter auf und langte hinein, um etwas loszubinden. Dann stieß sie die Tür ganz auf und zeigte Perkerson den Haken, den Draht und die doppelläufige Schrotflinte am anderen Ende. Sie war direkt auf die Tür gerichtet. »Der Archon mag keine Schnüffler.« Sie lachte. Dann knipste sie einen Schalter an, und in der Hütte wurde es hell.

»Wo kommt der Strom her?« fragte Perkerson. »Ich hab' keine Leitungen gesehen.«

»In dem Bach ein paar hundert Meter weiter im Wald ist ein wassergetriebener Generator; der speist einen Satz Batterien im Keller. Dort befinden sich auch Nahrungsmittel für zwei Jahre.« Sie gab Perkerson ein Schlüsselbund. »Auch Waffen und Munition – einfach alles. Schreiben Sie genau auf, was Sie verbrauchen«, fuhr sie fort. »Ich fülle die Bestände dann wieder auf, wenn Sie unterwegs sind.«

»Ein Paradies für Einzelkämpfer«, sagte Perkerson bewundernd.

»Richtig«, bestätigte die Frau. »Und jetzt setzen Sie sich mal da drüben hin; ich will Ihre Verbände wechseln.« Sie ging wieder zum Jeep und kam mit einem Arztköfferchen zurück. Dann wusch sie sich die Hände in der Küche.

Der Verband über Perkersons Nase reichte bis zu dem Turban, der um seine Ohren geschlungen war, und die dunkle Sonnenbrille machte ihn vollends unkenntlich. Die Frau legte Mullpäckchen und eine Schere auf den Tisch. »Sind Sie Ärztin?« fragte Perkerson.

»Ich bin OP-Schwester«, sagte sie. »Außerdem hab' ich bei Ihrer Operation die Narkose gemacht. Sie waren noch ziemlich kaputt, als wir losgefahren sind. Aber keine Sorge, der Doktor hat sich das Resultat der Operation schon angeschaut. Uns geht es jetzt nur noch darum, daß sich keine Infektion entwickelt.« Die Frau schnippelte an den Verbänden herum, dann entfernte sie die Binden von Perkersons Kopf. »O Mann«, lachte sie, »da haben Sie aber ein paar schöne blaue Flecken! Sie sehen aus, als wären Sie in eine Massenschlägerei geraten!«

»Danke«, sagte Perkerson trocken.

»Keine Sorge«, fuhr die Frau fort. »Sie sehen wirklich gut aus. Die Schwellungen sind zurückgegangen und... aha, hier haben wir eine beginnende Infektion.« Sie tupfte die Stelle mit Tinktur ab und holte eine Pillenflasche aus dem Arztköfferchen. »Das sind Antibiotika. Von denen nehmen Sie heute zwei und ab morgen eine nach jeder Mahlzeit, bis die Flasche leer ist.«

»In Ordnung«, sagte Perkerson. »Kann ich mich mal anschauen?«

»Jetzt lieber noch nicht«, riet ihm die Frau. »Aber in ein paar Tagen sind die blauen Flecken und die Schwellungen ganz weg, und dann – ja, dann sehen Sie toll aus. Die Nase hat eine gute Form. Ich mache Ihnen jetzt einen neuen Verband.«

Sie begann, eine Mullbinde um Perkersons Kopf zu wickeln, und dabei streiften ihre Brüste sein Gesicht. Die ist groß, dachte Perkerson, mindestens einsachtzig und ordentlich was dran. Er spürte die Erregung.

»So«, sagte sie. »Und jetzt noch ein bißchen Pflaster über die Nase. Wir wollen nicht, daß sich da was verschiebt, bevor es verheilt ist.« Sie hielt Perkersons Kopf in beiden Händen und betrachtete ihn. »Das sind die schönsten Verbände, die ich je gesehen habe«, behauptete sie. »Und du bist auch nicht übel.«

»Du auch nicht«, sagte er. Er legte die Hände auf ihre Hüften und zog sie an sich.

»He, Tiger«, schnurrte sie. »Dafür haben wir später noch viel, viel Zeit. Wir wollen die gute Arbeit vom Doktor doch nicht zunichte machen, oder?« Sie legte Perkerson ihre Hände auf die Schultern.

»Wie lange muß ich warten?« fragte er schweratmend.

»Paß auf«, sagte sie und schob ihn aufs Bett. »Es kann sicher nichts schaden, wenn du ganz ruhig daliegst und ein bißchen Spaß hast...« Sie kniete sich zwischen seine Beine, löste seinen Gürtel und zog den Reißverschluß auf.

Perkerson hielt den Atem an, als sie ihn in den Mund nahm. »O Gott«, stöhnte er.

Sie unterbrach ihre Tätigkeit. »Ist lange her, Tiger, stimmt's?« fragte sie und machte weiter.

»Ja, viel zu lang«, stöhnte Perkerson.

Als er aufwachte, war das Licht aus, und draußen war es dunkel. Ein Stein fiel gegen einen anderen. Perkerson war sofort auf den Beinen. Er öffnete seine Reisetasche, nahm die Pistole heraus, die ihm der Archon gegeben hatte, und schlich zur Tür. Der Mond war aufgegangen, und er sah, keine zwanzig Meter entfernt, einen großen Rehbock äsen. Sein Jagdinstinkt trieb ihn, das Tier zu töten, doch es war ein zu schöner Anblick. Er schaute dem Bock eine Weile zu, dann wechselte der Wind. Der Rehbock bekam Witterung von ihm und floh.

Perkerson kehrte in die Hütte zurück, legte sich wieder ins Bett und versuchte, sich zu entspannen. Er wurde nicht mehr gehetzt. Hier war er sicher; er hatte Essen, eine Unterkunft, Waffen und, wichtiger noch, eine Frau. Wenn seine Narben verheilt waren, würde er sie um den Verstand vögeln. Er ließ die Pistole auf den Teppich gleiten. Dann schloß er die Augen.

Bald würde er wieder der alte sein. Nein, besser, denn er würde den Fotos in der Zeitung nicht mehr ähnlich sehen. Er konnte sich wieder unter die Leute mischen und sie zur Strecke bringen, die Schwulen und die Pornographen und die Liberalen. Er seufzte und träumte vom Tag der Entscheidung.

10

Will gestattete sich den Luxus, am Sonntag auszuschlafen, bis er das dumpfe Geräusch hörte, mit dem die Zeitung auf der Veranda landete. Er stand auf, streckte sich und gähnte, und es dauerte einen Moment, bis ihn das Entsetzen über Jacks Tod wieder packte. Er holte ein paarmal tief Luft, versuchte, den Gedanken aus seinem Kopf zu verbannen und statt dessen die Behaglichkeit eines Sonntagvormittags zu Hause zu genießen.

Er ging in die Küche, füllte den starken italienischen Kaffee, den er so liebte, in den Filter der Kaffeemaschine und stellte sie an. Dann machte er Rührei und Toast, stellte alles auf ein Tablett, trug es in sein Schlafzimmer, setzte sich aufs Bett und faltete die Zeitung auseinander. Nichts Neues über Jacks Tod, aber ein Nachruf auf ihn, in dem sein Werdegang und seine Arbeit geschildert wurden. Will las ihn, erfuhr jedoch nichts Neues über seinen Freund. Dann überflog er den Reiseteil und das Feuilleton und nahm sich schließlich das Sonntagsmagazin vor. Zu seiner Überraschung war ein Foto von ihm auf dem Titel: Will Lee mit Hund am See. Er hatte das Interview vergessen, das er Ann Heath, der neuen leitenden Redakteurin, gegeben hatte. Er suchte den dazugehörigen Artikel und begann zu lesen.

Wenn die Wähler von Georgia diesen November beschließen, einen anderen Kurs einzuschlagen und sich für einen Mann zu entscheiden, der nicht aus der alten Garde der Demokraten stammt wie Gouverneur Mack Dean, dann werden sie einen noch jungen Mann küren, der wenig Ähnlichkeit mit den Kandidaten hat, die sich sonst im Süden zur Wahl stellen.

Nicht schlecht, dachte Will.

Aus reichem Hause und guter Familie, Sohn eines Vaters, der ein umstrittener Gouverneur war, und nun bestrebt, die Macht eines bedeutenden Senators zu erlangen, der in den letzten Jahren sein Arbeitgeber war, ist Will Lee konventionell gutaussehend, konventionell charmant – konventionell, möchte es scheinen, in so ziemlich allem außer in seinem Privatleben.

Was soll das denn heißen, verdammt? fragte sich Will. Das Telefon klingelte, und er nahm ab. »Hallo?«

»Hier Tom Black. Haben Sie's gelesen?«

»Eben angefangen«, antwortete Will. »Was meint sie wohl mit dem zweiten Absatz?«

»Vergessen Sie den zweiten Absatz. Lesen Sie auf Seite 15 weiter.«

Will klemmte den Hörer zwischen Schulter und Kinn und blätterte. »Wo genau?«

»In der Mitte. Fängt an mit ›Anders verhält es sich mit seinem Social life...‹«

Will fand die Stelle.

Anders verhält es sich mit seinem Social life, falls er überhaupt eines hat. Denn soweit sich alle mit ihm bekannten Personen, mit denen die Verfasserin gesprochen hat, erinnern können, ist Will Lee seit Jahren mit keiner Frau gesehen worden. Da es keinen eindeutigen Beweis für Neigungen zum Gegenteil gibt, möchte es scheinen, daß Georgia einen Mann zu wählen erwägt, der möglicherweise der erste Senator der Vereinigten Staaten ist, der nie seine Unschuld an jemanden, welcher erotischen Richtung auch immer, verloren hat.

»Großer Gott«, stöhnte Will.

»Ich hätte nicht reinplatzen sollen damals«, sagte Tom. »Ich hätte Sie mit ihr bumsen lassen sollen.«

»Vielleicht wäre das wirklich das Richtige gewesen«, sagte Will. »Ich bin sprachlos. Ich begreife nicht, wie man so was publizieren kann.«

»Willkommen in der politischen Arena«, sagte Tom.

»Tom, ich möchte, daß wir da einen geharnischten Brief hinschreiben, in dem wir einen Widerruf verlangen. Und wenn wir den nicht binnen vierundzwanzig Stunden kriegen, reichen wir Verleumdungsklage ein.«

»Immer mit der Ruhe, Will. Ich weiß, daß Sie auf Hundertachtzig sind, aber wir müssen ein paar Dinge klären, bevor wir blind zurückschlagen.«

»Was für Dinge? Ich will den Skalp der Lady. Ich will einen solchen Krach schlagen, daß die *Constitution* sie nach Washington zurückschickt.«

»Zunächst«, sagte Tom, »möchte ich Ihnen eine sehr direkte Frage stellen. Sind Sie homosexuell? Oder waren Sie's mal?«

Will holte tief Luft. »Diese Frage brauche ich weder Ihnen noch sonst jemandem zu beantworten.«

»Gewiß nicht, aber es wäre trotzdem gut, wenn Sie sie mir beantworten würden.«

»Okay. Ich bin nicht homosexuell, und ich war es auch nie. Zufrieden?«

»Das hätten Sie vor zehn Sekunden sagen sollen«, entgegnete Tom.

»Was soll das heißen, Tom?« fragte Will. Er wurde allmählich wütend.

»Das soll heißen, daß die Antwort auf diese Frage oder ähnliche Fragen ein promptes NEIN! sein muß.« Tom legte eine kleine Pause ein. »Und Sie haben gezögert.«

»Weil es eine Frage ist, die keine Antwort verdient, Tom. Ich habe sie Ihnen nur beantwortet, weil Sie mein Wahlkampfmanager sind und über mich Bescheid wissen müssen. Aber ansonsten werde ich darauf nie wieder eine Antwort geben – weder Ihnen noch der Presse, noch sonst jemandem. Ist das klar?«

»Okay, Will. Ich glaube Ihnen. Und natürlich haben Sie recht, es ist eine rüde Frage, aber wenn man in den Senat gewählt werden will, geht es eben dann und wann rüde zu.«

»Ich glaube, ich fange langsam an, das zu begreifen«, sagte Will.

»Die Lady hat Sie nicht direkt als schwul bezeichnet«, erklärte Tom, und in seiner Stimme schwang eine Erheiterung mit, die er nicht ganz verbergen konnte. »Sie hat ein Hintertürchen offengelassen – Sie könnten auch ein Neutrum sein. Auf die Weise kriegen wir nicht mal die Schwulenstimmen.«

Will mußte lachen, obwohl ihm nicht danach zumute war.

»Lassen Sie mich die Sache erledigen«, fuhr Tom fort. »Ich werde morgen um einen Termin mit dem Chefredakteur bitten, und ich werde verlangen, daß er seine leitende Redakteurin vom Sonntagsmagazin diszipliniert. Ich möchte bezweifeln, daß er den Artikel gelesen hat – und wenn er's tut, wird er vermutlich ziemlich sauer sein.«

»Finden Sie nicht, daß wir eine Presseerklärung dazu abgeben sollten?«

»Das wäre im Moment das Dümmste, was wir tun könnten«, erwiderte Tom. »Dieses Stürmchen im Wasserglas legt sich vielleicht von allein. Und wenn nicht, dann regle ich auch das. Sie haben nichts dagegen, wenn *ich* den Leuten sage, daß Sie nicht schwul sind, oder?«

»Nein.«

»Sie haben nicht zufällig eine Exfreundin, die ein paar Tage mit Ihnen in den Wahlkampf ziehen und dann und wann öffentlich Händchen halten würde?«

»Nein.«

Tom schwieg einen Moment. »Also, ich habe eine Exfreundin, die es machen würde. Vielleicht gefällt sie Ihnen sogar...«

»Halten Sie die Klappe, Tom.«

»Okay, war keine gute Idee. Jetzt legen Sie das Magazin weg und lesen was anderes. Wir reden morgen weiter.«

Will legte auf und versuchte zu tun, was Tom ihm geraten hatte, aber immer wieder packte ihn der Zorn. Das Miststück. Sie hatte sich ihm praktisch angeboten. Und wenn ein Mann auf so was nicht einging... aber er hatte ja gar keine Gelegenheit gehabt, nicht darauf einzugehen, weil Tom plötzlich hereingeplatzt war. Allerdings, dachte Will, hatte er da schon auf Abwehr geschaltet.

Er wusch das Frühstücksgeschirr ab und zog sich an. Er hatte keine Lust mehr, Zeitung zu lesen, er hatte Lust auf einen Spaziergang. Kurz bevor er das Haus verlassen wollte, klingelte das Telefon. Wahrscheinlich war es Tom, der ihm eine weitere Idee, wie man die Situation bewältigen konnte, mitteilen wollte. Will nahm den Hörer von der Gabel. »Ja?«

»Will Lee?«

»Am Apparat.«

»Hier Bill Mott, Associated Press. Ich nehme an, Sie haben das mit Jack Buchanan gehört. Können Sie mir einen Kommentar dazu geben?«

»Natürlich habe ich davon gehört«, sagte Will verärgert. »Ich habe ihn gefunden, wußten Sie das nicht? Vielleicht sollten Sie mal lesen, was Sie in die Welt tickern.«

»Dann haben Sie's wohl doch noch nicht gehört«, erwiderte Mott. »In der *Washington Times* von heute steht, daß Jack Buchanan 1982 in einer Schwulenbar in Georgetown festgenommen worden ist – er hatte versucht, einem Cop von der Sittenpolizei einen unsittlichen Antrag zu machen. Können Sie mir was dazu sagen?«

»Das glaube ich einfach nicht!« sagte Will wie aus der Pistole geschossen. Er drehte sich vom Telefon weg und atmete ein paarmal tief durch.

»Die Zeitung hat eine Kopie vom Festnahmeprotokoll. Mit Foto. Hatte Jack Buchanan einen positiven Sicherheitsbescheid?«

»Natürlich«, sagte Will etwas geistesabwesend. Er versuchte zu verdauen, was er gerade erfahren hatte. »Den hatten alle Mitarbeiter bei uns, die an exponierter Stelle standen, weil Senator Carr Vorsitzender des Geheimdienstausschusses des Senats ist.«

»Können Sie sich erklären, warum das nicht ans Tageslicht gekommen ist, als das FBI seinen Background ausgeleuchtet hat?«

»Nein. Das ist mir alles völlig neu, und ich bin sicher, daß weder Senator Carr noch irgend jemand in seinem Büro darüber informiert war.«

»Dann hat das FBI wahrscheinlich geschlampt.«

»Ich kann es immer noch nicht glauben«, sagte Will. »Wie ist das ausgegangen? Stand davon auch was in der Zeitung?«

»Er hat sich schuldig bekannt, und da er nicht vorbestraft war, ist er mit dreißig Tagen auf Bewährung davongekommen.«

»Ich kann's trotzdem nicht glauben«, wiederholte Will.

»Mr. Lee, hatten Sie je den Verdacht, daß Jack Buchanan homosexuell sein könnte?«

»Nein. Er war glücklich... er war verheiratet und hatte zwei Kinder.«

»Glauben Sie, daß seine Homosexualität zu den häuslichen Schwierigkeiten geführt hat, von denen er Ihnen berichtete, als er an dem Abend, an dem er starb, bei Ihnen aufgetaucht ist?«

»Keine Ahnung«, antwortete Will. »Er hat mir nicht gesagt, was für Probleme er mit seiner Frau hatte, und bis zu diesem Abend dachte ich, sie wären glücklich verheiratet. Wenn Sie mich jetzt bitte entschuldigen würden – ich war gerade im Begriff, aus dem Haus zu gehen.«

Will legte auf, und das Telefon klingelte sofort wieder.

»Hier Tom. Leider noch mal schlechte Nachrichten.«

»Ich weiß. AP hat eben angerufen.«

»Und was haben Sie gesagt?«

Will berichtete von seinem Gespräch mit Bill Mott.

»Ich hoffe, Sie haben total geplättet geklungen.«

»Davon bin ich überzeugt; ich *war* es nämlich.«

»Kitty Conroy hat es gewußt«, sagte Tom.

»Wie bitte?«

»Jetzt seien Sie nicht sauer auf Kitty, Will. Jack hat es ihr gesagt und sie gebeten, niemandem etwas zu erzählen. Sie hat nur gehalten, was sie ihm versprochen hat.«

»Lieber Gott, was für ein Tag!«

»Will?«

»Ja?«

»Ich muß Ihnen noch mal eine unverschämte Frage stellen. Warum sind Sie seit Jahren mit keiner Frau gesehen worden?«

Will hätte fast keine Antwort gegeben. »Weil ich mich mit der Frau, die ich seit Jahren kenne, nicht in der Öffentlichkeit zeige.«

»O Scheiße«, fluchte Tom, »eine verheiratete Frau.« Dann hörte er sich wieder munterer an. »Immerhin besser als gar keine. Wieviel Trouble gibt's denn, wenn es rauskommt, wie sie heißt?«

»Das kommt nicht raus.«

»Hören Sie, Will, Sie kriegen wirklich Probleme, wenn...«

»Und sie ist nicht verheiratet. Es ist nur so, daß wir aus Gründen, die ich nicht erörtern möchte, nicht miteinander in Verbindung gebracht werden dürfen.«

»Aus welchen Gründen?«

»Ich hab's Ihnen eben gesagt – ich kann darüber nicht sprechen.«

Tom Black gab eine Art Schnauben von sich. Er mußte sich offenbar sehr bemühen, die Selbstbeherrschung nicht zu verlieren. »Na schön. Ich glaube, Sie sollten heute noch nach Atlanta kommen. Wir müssen uns absprechen, wie wir mit den Gerüchten umgehen wollen.«

»Gut. Ich komme. Aber zuvor will ich mit meiner Familie zu Mittag essen.«

»Dann sehen wir uns heute nachmittag in der Zentrale.« Tom legte auf.

Will saß einen Moment lang mit hängenden Schultern da. Dann tat er, was er früher oder später ohnehin tun mußte. Er holte sein Adreßbuch, schlug Jack Buchanans Privatnummer nach und wählte sie.

Millie Buchanan meldete sich.

»Millie – hier Will. AP hat mich eben wegen... wegen dieser Geschichte angerufen.«

»Du mieser Kerl«, sagte Millie.

»Ich weiß nicht, womit ich das verdient habe«, erwiderte Will. »Ich habe nichts von Jacks Festnahme gewußt. Ich habe nicht gewußt, daß er... Probleme hatte.«

»Ich hab's gewußt, und daß du es nicht gewußt haben willst, begreife ich nicht«, sagte Millie erbittert.

»Er hat sich nie was anmerken lassen«, sagte Will. »Ich konnte es nicht mal ahnen!«

»Hör zu, Will. Mir ist klar, daß du gewählt werden möchtest, aber mit dieser beschissenen Tour brauchst du mir nicht zu kommen. Ich weiß zuviel.«

»Wovon redest du, Millie? Du wirst doch nicht glauben, daß Jack und ich... daß wir was miteinander hatten, oder?«

»Nein? Wirklich nicht?«

Will war sprachlos.

»Keine Sorge, ich sag' der Presse schon nichts«, fuhr Millie fort.

»Sagen? Das ist doch Blödsinn, und das weißt du genau.«

»Das weiß ich nicht genau«, stellte Millie fest. »Ich weiß nur, daß Jack es mir gestanden hat, als wir noch nicht mal ein Jahr verheiratet waren.«

»Was gestanden? Da gab es nichts zu gestehen!«

»Daß er in dich verliebt ist«, sagte Millie.

»*Was?*« schrie Will. Aber Millie hatte schon aufgelegt.

11

Mickey Keane hatte als Halbwüchsiger ein paar kleine Einbrüche gemacht. Er war in ein Dutzend Häuser in der Nachbarschaft eingestiegen. Allerdings hatte er nie etwas gestohlen, das viel wert war, nur Souvenirs – ein Feuerzeug, ein Maniküretäschchen, einmal auch Mädchenunterwäsche, um sich zu beweisen, daß er dagewesen war, daß er's geschafft hatte. Es war immer aufregend gewesen, und er war nie erwischt worden. Der Drang, es zu tun, war schließlich verschwunden.

Doch nun war er wieder da. Mickey stand geduckt vor der Hintertür des Ladens und arbeitete flink mit den Dietrichen, die er immer bei sich trug. Einer seiner Informanten, ein alter Profi, hatte es ihm beigebracht. Nur bei sehr komplizierten Schlössern mußte er passen. Das Schloß hier, ein billiges Fabrikat, hatte er schon nach einer knappen Minute geknackt. Mickey drückte die Tür vorsichtig auf für den Fall, daß es eine Alarmanlage gab, die er übersehen hatte. Es gab keinen Krach. Er trat ein und ließ die Tür angelehnt.

Das Licht der Taschenlampe tanzte über die Druckerpresse, das Kopiergerät und die anderen Utensilien. Er wußte, was er wollte; er hatte es gesehen, als sie den Laden gestürmt hatten. An einem Schwarzen Brett hing eine getippte Liste der Schließfachinhaber. Er nahm sie mit zum Kopierer, lichtete alle vier Seiten ab und heftete das Original wieder ans Brett. Dann steckte er die Kopien in die Tasche und ging in das kleine Büro des Ladens. Er fing beim Schreibtisch an, zog die Schubladen auf. Nur eine war abgeschlossen, aber er öffnete sie in Sekundenschnelle.

Das Interessanteste war ein Foto von einem Mädchen im Bikini. Klein, ein bißchen pummelig, aber sexy. Auf dem Schreibtisch stand ein Bild von einer Frau und zwei kleinen Kindern. Der Typ hatte also eine Freundin, deshalb war die Schublade abgeschlossen. Sonst war nichts drin. Mickey nahm sich die beiden Aktenschränke vor, die nicht abgesperrt waren. Im ersten Rechnungen, Mahnungen, belangloses Zeug. Er versuchte es mit dem zweiten. Irgendwo mußten Anmeldeformulare für die Schließfächer sein oder zumindest eine Liste mit den Adressen der Schließfachinhaber. Doch da war nichts. Mickey schloß den Aktenschrank und wandte sich zur Tür. Er war wieder im Raum mit dem Kopierer, als ihn das Licht einer Taschenlampe blendete.

»Stehenbleiben! Polizei!«

Mickey nahm die Hände hoch. »Okay, Leute, okay – ich bin im Dienst.«

»Mund halten! An die Wand!« Die Stimme klang sehr jung. »Mach mal das Licht an, Bob.« Es wurde hell. Inzwischen stand Mickey mit dem Gesicht zur Wand, die Arme ausgestreckt, die Beine gespreizt. Hände tasteten ihn ab.

»Er ist bewaffnet«, verkündete eine zweite Stimme. »Da haben wir was Feines erwischt.«

»Ist ja gut«, sagte Mickey. Er stand da und rührte sich nicht – vorsichtshalber. »Schaut doch bitte in die Brieftasche in meiner Jacke. Links.«

Eine Hand zog die Brieftasche heraus. »Mann, das ist ein Kollege aus Atlanta«, sagte die junge Stimme.

»Ich dreh' mich jetzt ganz langsam um«, erklärte Mickey. »Nicht schießen, Leute, okay?« Ohne auf Antwort zu warten, löste er sich von der Wand, hielt die Hände schützend vor sich und drehte sich um. »Alarmanlage mit direktem Draht zur Polizei, ja?« fragte er.

»Genau«, sagte der jüngere von den beiden East Pointer Cops. Der ältere war auch kein Methusalem.

»Sie sind Hal, ja? Und Sie sind Bob?«

Bob, der ältere, sah Mickey an. »Was machen Sie hier, Keane?« fragte er nach einem Blick auf Mickeys Ausweis.

»Erinnern Sie sich an den Kollegen, der vor einer Weile im Bezirk Meriwether umgekommen ist? In einem Haus mit Sprengfalle?«

»Ja, ich hab' davon gehört.«

»Okay – ich bin sein Partner.«

»Und?«

»Es gibt eine Verbindung zu diesem Laden.«

»Was für eine?«

»Der Typ, dem das Haus gehört hat, hatte hier ein Schließfach.«

Hal, der jüngere Cop, schaltete sich ein. »Das ist mir scheißegal. Sie sind hier eingebrochen, Mann, und wenn Sie selber Polizist sind – um so schlimmer. Sie sind verhaftet. Sie haben das Recht, die Aussage zu verweigern...«

»Lieber Gott«, seufzte Mickey. »Sie werden doch keinen Kollegen verhaften, oder? Haben Sie von nichts 'ne Ahnung? Wie lang sind Sie schon dabei?«

»Was hat das denn damit zu tun?« fragte Hal mit zornrotem Gesicht.

Bob meldete sich zu Wort. »Hal, ich weiß nicht, ob das richtig ist. Der ist doch echt ein Kollege...«

»Quatsch«, unterbrach ihn Hal. »Ich kauf' ihm das nicht ab. Der hat hier nichts zu suchen, und alles andere interessiert mich nicht. Wenn wir ihn laufenlassen, sind wir Mittäter, oder wie siehst du das?«

Keane merkte, daß ihm die Situation entglitt. Er wandte sich dem älteren Cop zu. »Bob, Sie sind doch schon eine Weile dabei. Sie wissen, daß ein Polizist keinen anderen Polizisten hoppnimmt. Jetzt bringen Sie dieses Kind mal zur Vernunft.« Noch während er das sagte, wurde Keane klar, daß er den jüngeren Cop nicht als Kind hätte bezeichnen dürfen.

Hals Gesichtsausdruck war jetzt verbissen. »An die Wand, los«, sagte er. Er wirbelte Keane herum und legte ihm Handschellen an. »Sie haben das Recht, die Aussage zu verweigern, Sie haben das Recht...«

»Das können Sie sich schenken, mein Junge«, sagte Keane. »Ich kenne die Litanei.«

Keane stand beklommen vor dem Schreibtisch seines Vorgesetzten.

»Tut mir leid, daß ich Sie nicht früher rausholen konnte«, sagte der Captain. »Der Kollege hat sich streng an die Vorschriften gehalten.

Sogar sein Chef hat versucht, ihn umzustimmen, aber er hat auf seiner Position beharrt.«

»Besten Dank, Captain«, sagte Keane sarkastisch. »Dann und wann sitz' ich gern 'ne Nacht im Knast.«

Der Captain betrachtete ihn düster. »Ist Ihnen eigentlich klar, Keane, daß Sie Mist gebaut haben? Was, verdammt noch mal, haben Sie sich dabei gedacht, auf eigene Faust loszuziehen und in ein Geschäft einzubrechen? Wir arbeiten bei der Mordkommission und ermitteln in diesem Fall.«

»Na schön, aber Sie kommen nicht weiter, oder?« erwiderte Keane gereizt. »Wenn Sie mir den Fall geben würden, hätten wir bald eine heiße Spur.«

»Sie wollen es einfach nicht kapieren, was, Keane? Die Mordkommission können Sie sich abschminken. Ich lasse Sie nicht mal mehr Streife fahren. Für Sie ist alles gelaufen. Haben Sie's jetzt begriffen?«

Keane zuckte zusammen. »Alles gelaufen? Soll das heißen, Sie schmeißen mich raus?«

»Keane, Sie haben uns hier immer nur Schwierigkeiten gemacht. Erstens die Sauferei...«

»Hören Sie, Captain, ich habe mehr Leute aus dem Verkehr gezogen als viele andere Cops...«

»Okay, Sie haben mit Chuck gut zusammengearbeitet, der hat Sie in Schach gehalten. Aber jetzt – jetzt sind Sie offenbar ganz wild darauf, sich selbst zu ruinieren.«

»Sie befürworten also meine Entlassung? Ich dachte, die Polizei kümmert sich um ihre Leute.«

»Das tun wir auch, Keane, das tun wir auch. Aber wenn Sie in fremden Revieren wildern und eine Straftat begehen – was sollen wir da machen? East Point spielt nicht mit, oder zumindest dieser junge Polizist nicht. Also, was soll ich da machen, verdammt?« Der Captain lehnte sich zurück. »Nein, ich werde Ihre Entlassung nicht befürworten, aber das ist völlig egal. In ein paar Wochen kommen Sie wegen dieser Geschichte vor Gericht, und damit sind Sie erledigt. Sicher, Sie werden Bewährung kriegen, aber vorbestraft sind Sie dann trotzdem, und das macht Sie automatisch untragbar für uns.«

Keane fehlten die Worte. Er konnte nicht fassen, was ihm da passierte.

»Hören Sie, Mickey, es gibt nur einen Weg, sich aus der Affäre zu ziehen. Sie scheiden freiwillig aus dem Dienst aus. Der Vorgesetzte des jungen Mannes hat mir versprochen, daß er die Sache dann zu den Akten legt.«

»Wie stellen Sie sich das vor? Ich bin erst in zwei Jahren pensionsberechtigt. Ich werde nichts haben, und ich werde kein Cop mehr sein.«

»Sie werden ein Cop im Ruhestand sein statt ein gefeuerter vor Gericht. Sie haben mit diesem Einbruch sowieso aufgehört, ein Cop zu sein«, sagte der Captain. Er griff in eine Schublade, nahm einen Ordner heraus, warf ihn auf den Schreibtisch, klappte ihn auf und schob ihn Keane zu. Er holte einen Füller aus seiner Tasche und legte ihn neben den Ordner. »Sie müssen dreimal unterschreiben«, sagte er. »Ich habe angekreuzt, wo.«

Keane starrte den Captain an. Er kannte Vorgesetzte, die ihre Leute aus wesentlich schlimmeren Situationen rausgepaukt hatten. Der Captain wollte ihn loswerden, das war's. Keane nahm den Füller und unterschrieb dreimal. Dann legte er seinen Dienstrevolver und seine Dienstmarke auf den Schreibtisch seines Vorgesetzten.

»Brauchen Sie Geld, Mickey?« fragte der Captain.

»Von Ihnen bestimmt nicht«, knurrte Keane. Er machte auf dem Absatz kehrt und ging.

12

»Das hättest du mir ruhig sagen können, Kitty«, meinte Will. Er saß auf der Kante seines Schreibtischs in der Wahlkampfzentrale.

Kitty sah ihn an wie ein begossener Pudel. »Ich habe Jack versprochen, daß ich den Mund halte«, sagte sie.

»Hätte auch nichts geändert, oder?« fragte Tom Black. »Ich meine, Sie hätten Jack ohnehin nicht deswegen rausgeschmissen, oder?«

»Nein«, seufzte Will, »natürlich nicht. Tut mir leid, Kitty – ist nicht deine Schuld. Reines Selbstmitleid.« Er wandte sich an Tom. »Okay, und was jetzt? Eine Presseerklärung?«

»Was für eine Presseerklärung?« fragte Tom.

»Daß ich aus dem Rennen bin.«

Tom lachte schallend. »Wirklich Selbstmitleid, was?«

»Das heißt, Sie glauben, ich hätte noch eine Chance?«

»Das habe ich nicht gesagt. Aber was bleibt Ihnen anderes übrig?

Wenn Sie jetzt aussteigen, glauben alle, daß Sie stockschwul sind. Und was wollen Sie machen? In Delano als Anwalt versauern?«

»Ich könnte mir wieder einen Mitarbeiterjob beim Senat suchen«, sagte Will.

»Denken Sie mal nach«, erwiderte Tom. Er warf Will die *Washington Times* zu. »Hier steht, es gäbe ›Berichte‹ über eine Homosexuellenclique unter den Senatsmitarbeitern. Wenn Sie aussteigen, sind Sie logischerweise der Boß dieser Clique. Und wer gibt Ihnen dann noch einen Job? Die Leute auf dem Capitol Hill werden so schnell vor Ihnen davonlaufen, daß sie über sich stolpern.«

»Da ist was dran«, sagte Will.

»Ich mag Herausforderungen. Bis jetzt war es zu einfach; Sie waren ein aussichtsreicher Kandidat. Aber jetzt gibt's was zu tun.«

Will lachte. »Okay. Wo fangen wir an?«

»Wir haben einen Terminplan für Sie ausgearbeitet«, erklärte Tom. Er reichte Will ein paar Papiere. »Sie fangen heute mittag bei den Rotariern in Atlanta an, und am Nachmittag schlagen Sie in den großen Einkaufszentren zu. Heute abend werden Sie im Fernsehen einigen Hausfrauen den Kopf verdrehen. Ich glaube, bei der Presse, die wir übers Wochenende hatten, kommen wir auf allen drei Kanälen. Morgen machen wir uns auf den Weg nach Südgeorgia. Wir haben im Lauf der Woche drei große Veranstaltungen, bei denen wir um Spenden bitten – in Thomasville, in Waycross und in Savannah –, und Sie müssen ein halbes Dutzend Reden in Kleinstädten halten.«

»Das hört sich nach Arbeit an«, kommentierte Will.

»Richtig«, sagte Tom. »Und es geht sofort los. Ich habe eine Wahlrede für Sie geschrieben.« Er gab Will noch ein paar Papiere. »Drei Hauptpunkte: starke Verteidigung, gerechtes Schulwesen und Familienwerte. Und hören Sie, das ist wichtig: Jedesmal, wenn Sie von nun an einer Frau begegnen – egal ob sie acht oder achtzig, bildschön oder spuckhäßlich ist –, werden Sie ihr tief in die Augen blicken und ihr die Hand drücken. Ich möchte fünf Sekunden Verführung für jede, okay?«

»Ich werde mein Bestes tun«, sagte Will.

»Mögen Sie Frauen, Will?«

»Sicher.«

»Na, dann ist es ja keine unzumutbare Härte, oder?«

Am nächsten Morgen brachen sie zeitig auf. Um Mittag hatte Will die Wahlrede bereits dreimal gehalten und kannte sie auswendig. Er staunte über die Vorarbeit, die Toms Leute geleistet hatten. In jeder Stadt, in die sie kamen, waren ein Podium und eine Lautsprecheranlage aufgebaut, überall spielte eine Dixieland-Band, und eine kleine Menge hatte sich versammelt, die rasch größer wurde. In jeder Stadt warteten weiße und schwarze Honoratioren, die Will die Hand schütteln und sich mit ihm fotografieren lassen wollten.

Will schenkte den Frauen seine ganz besondere Aufmerksamkeit, und sie reagierten positiv auf ihn. Am späten Nachmittag war ihm das, was als reine Taktik begonnen hatte, zur zweiten Natur geworden. Er verteilte Wangenküsse, umarmte jung und alt und lächelte in hundert Kameras.

Am Abend saß Will in seinem Hotel auf dem Bett und massierte sich die Füße. »Sie hatten recht mit den Halbschuhen«, sagte er zu Tom. »Für diesen Job sind elegante Slipper ungeeignet.«

Tom lachte. »Ich habe fast immer recht. Daran sollten Sie sich gewöhnen.«

Will legte sich aufs Bett und seufzte. »Mir tut das ganze Gesicht vom Grinsen weh. Wie spät ist es?«

»Kurz nach zehn. Ich bedaure sehr, daß es im Kiwanis Club einen solchen Saufraß gab, aber das durften wir nicht auslassen.«

»Keine Sorge, ich hab' nicht viel gegessen«, murmelte Will. Er war schon kurz vorm Einschlafen.

»Dann mal ran!« rief Tom und zog Will hoch. »Wir müssen ein Steak in Sie reinkriegen. Wahlkampf und Fasten – das geht nicht zusammen.«

»Erbarmen«, stöhnte Will. »Ich möchte schlafen.«

»Nein«, beharrte Tom. »Wenn Sie zu früh schlafen, wachen Sie auch zu früh auf. Und Sie müssen was essen. Kommen Sie.«

Will trottete hinter Tom und Kitty ins Motelrestaurant. Als sie sich in eine Nische drückten, erhob eine schlampig aussehende Frau an der Bar ihr Glas und prostete Will zu. Er winkte und machte Anstalten, sich zu setzen.

»Will!« rügte Tom.

Will ächzte, stand auf und ging an die Bar. »Guten Abend, wie geht es Ihnen?« fragte er und lächelte breit. »Ich bin Will Lee. Ich brauche auch Ihre Unterstützung bei der Vorwahl...«

Am Samstag abend stand Will in Savannah im Speisesaal eines Country Club und bat die Leute, von denen er Geld zu bekommen hoffte, um Fragen. Sie kamen schnell zur Sache.

»Wir haben merkwürdige Dinge über Sie in der Zeitung gelesen«, sagte ein Mann. »Was geht da vor, Will?«

»Mr. Partain«, antwortete Will nach einem flüchtigen Blick auf das Namensschild des Mannes, »ich bin sehr für Pressefreiheit. Aber man muß nicht alles glauben, was in der Zeitung steht. Sie auch nicht.«

Es gab Gelächter, und Will dachte, daß er diese Hürde genommen hatte, aber dann erhob sich ein Mann auf der anderen Seite des Saals. »Mr. Lee, mal ganz ehrlich«, sagte er mit deutlichem Nordstaatenakzent, »sind Sie homosexuell?«

Will musterte den Mann einen Moment lang. Er machte sich nicht die Mühe, sein Namensschild zu lesen. »Woher kommen Sie?« erkundigte er sich. Das war mies, aber die Frage war es auch.

»Aus Ohio«, antwortete der Mann ein bißchen zu selbstbewußt. »Ich bin seit zwei Jahren hier unten.«

»Dann«, sagte Will, »dann sind Sie lange genug hier, um zu wissen, daß in Georgia ein Mann einem anderen Mann keine solche Frage stellt« – er legte eine Kunstpause ein –, »es sei denn, er will es aus einem ganz bestimmten Grund erfahren.«

Es gab Gelächter und Applaus; ein Junge aus dem Süden hatte es einem Yankee gezeigt.

An einem Tisch am hinteren Ende des Saals steckten zwei Frauen die Köpfe zusammen. »Weißt du was?« flüsterte die eine. »Der Mann ist garantiert nicht schwul.«

Tom Black, der in der Nähe stand, hörte es und gestattete sich ein breites Grinsen.

13

Mickey Keane sah auf und schaute dem Mädchen zwischen die Beine. Komisch, dachte er. Es war der einzige bekleidete Körperteil von ihr, und es war der einzige Körperteil, den er sehen wollte. Er steckte einen Fünfdollarschein in ihren Minislip und hoffte das Beste. Sie ging vor ihm in die Hocke und ließ die Hüften kreisen, aber jener Körperteil blieb bedeckt. Dann stöckelte sie weiter. Sie hatte ihm etwas weniger geboten, als man für fünf Dollar erwarten konnte, fand Keane. Er winkte dem Barmann. »Noch einen Scotch!« schrie er über den Lärm der Musik und das Stimmengewirr der Gäste hinweg.

»Den geb' ich Ihnen aus«, sagte eine vertraute Stimme hinter ihm.

Keane drehte sich um und sah Manny Pearl, der sich auf eine Krücke stützte. »Hallo, Mr. Pearl, wie geht's?« röhrte Keane. Er mochte Manny Pearl und freute sich über die Begegnung.

»Sagen Sie Manny zu mir«, erwiderte Pearl. »Und kommen Sie mit in mein Büro.« Er winkte dem Barmann zu und ließ sich die Flasche Scotch von ihm reichen. »Hier lang«, sagte er zu Keane.

In seinem Büro bedeutete Manny seinem Gast, auf einem großen Sofa Platz zu nehmen. Dann humpelte er um seinen Schreibtisch herum und setzte sich in einen Ledersessel. »Ich hab's in der Zeitung gelesen«, sagte er. »Hat mir sehr leid getan.«

»Danke«, sagte Keane und goß sich einen Schluck aus der Flasche ein.

»Was läuft da eigentlich?« fragte Manny. »Gute Leute wie Sie läßt man doch nicht einfach gehen.«

»Ich weiß nicht, was da läuft«, antwortete Keane und trank den Whisky auf einen Zug aus, »aber ich würde es verdammt gern wissen. Seit wir diesen Perkerson identifiziert haben, geht alles schief. Die Leute haben sich irgendwie von Chuck und mir distanziert, verstehen Sie?«

Manny wirkte ernst. »Pittman war ein guter Mann«, sagte er. »Als er gestorben ist, war das für mich so, als hätte ich einen Sohn verloren.«

»Ich hätte ihn nicht allein in das Haus gehen lassen sollen«, gab Keane zurück und goß sich noch einen Schluck ein.

»Sie hätten mit ihm sterben sollen? Haben Sie das gemeint?« Manny schüttelte den Kopf. »Das ist doch bescheuert. Es war nicht Ihre Schuld. Sagen Sie mal – hatte dieser Einbruch was mit Perkerson zu tun?«

Keane berichtete Manny von der mißglückten Razzia im Copyshop und seinen Gründen für den Einbruch.

Manny nickte. »Hab' ich mir schon gedacht. Hören Sie, trinken Sie jetzt nichts mehr. Ich will mit Ihnen reden, und Sie sollen mitkriegen, was ich sage.«

Keane hatte das Glas schon am Mund, hielt aber inne. Er stellte es auf den Schreibtisch. »Okay«, sagte er. »Ich bin ganz Ohr.«

»Was machen Sie zur Zeit?« fragte Manny.

»Saufen«, antwortete Keane.

»Hab' ich mir schon gedacht. Ich will, daß Sie mir einen Gefallen tun.«

»Gern.«

»Ich will, daß Sie jetzt aufstehen und den Whisky in die Flasche zurückgießen.«

Keane rappelte sich hoch und hielt sich am Schreibtisch fest. Dann goß er den Whisky in die Flasche zurück. Er verschüttete nicht einen Tropfen, dann nahm er wieder Platz.

»Das war Nummer eins«, sagte Manny. »Nummer zwei ist: Ich will, daß Sie sich keinen mehr nachschenken.«

»Was?«

»Hören Sie, Michael – ich darf doch Michael zu Ihnen sagen?«

»Sagen Sie Mickey.«

»Okay, Mickey. Ich bin lang genug in der Branche, um zu wissen, wann jemand das Saufen lassen soll.«

»Ehrlich?«

»Ehrlich. Haben Sie die Kraft, es aufzugeben?«

»Warum?«

»Für mich. Ich will, daß Sie für mich arbeiten. Aber nüchtern.«

Keane schüttelte den Kopf. »Vielen Dank, Mr. Pearl, aber ich wäre ein miserabler Rausschmeißer.«

»Darum geht es nicht.«

»Ich wäre auch ein miserabler Barmann.«

»Darum geht es auch nicht.«

»Um was geht's dann?«

»Ich will, daß Sie Perkerson finden. Für mich.«

Keane setzte sich kerzengerade auf.

»Ich habe den Eindruck, daß die Polizei kein allzu großes Interesse daran hat.«

»Den Eindruck habe ich auch«, sagte Keane.

»Ich zahle Ihnen tausend Dollar pro Woche dafür, daß Sie ihn finden.«

»Ich soll ihn umbringen?«

»Nein, dann wäre ich kein bißchen besser als er. Ich will, daß Sie ihn festnehmen und hinter Schloß und Riegel bringen. Bitte mißverstehen Sie mich nicht. Ich will nicht, daß Sie sich in Gefahr bringen. Ich weiß genau, wie gefährlich der Mann ist, und wenn Sie ihn in Notwehr töten müßten, hätte ich vollstes Verständnis dafür. Niemand erwartet von Ihnen, daß Sie Ihr Leben opfern.«

»Wie kommen Sie darauf, daß ich Perkerson finden kann, wenn es die ganze Polizei nicht schafft?«

»Weil Sie motiviert sind, Mickey. Das ist das Entscheidende – im Geschäft, in allen Dingen. Sie *wollen* Perkerson. Und ich auch.«

»Sie müssen sich aber im klaren darüber sein, daß ich nicht mehr zur Mordkommission gehöre. Ich komme nicht an die Computer ran, ich komme an überhaupt nichts mehr ran.«

Manny lächelte. »Sie werden schon kriegen, was Sie brauchen, da habe ich keine Bedenken. Genau das haben Sie ja in diesem Copyshop gemacht.« Manny erhob warnend den Zeigefinger. »Bloß – lassen Sie sich nicht mehr erwischen. Und wenn Sie Perkerson kriegen, gebe ich Ihnen noch mal fünfzigtausend Dollar.«

»Das ist sehr großzügig, Mr. Pearl, vor allem, weil Sie wissen, daß ich ihn sowieso kriegen will.«

»Manny. Und so furchtbar großzügig ist das gar nicht. Sie müssen von irgend etwas leben – wie jeder Mensch. Noch was. Ich werde hunderttausend Dollar Belohnung in Aussicht stellen. Ich werde eine Anzeige in die Zeitung setzen. Da müßten Sie eigentlich Hinweise kriegen, oder?«

»Ja«, bestätigte Keane. »Vielleicht kriege ich sogar ein paar Tips von den Cops. Wenn mir jemand von denen hilft, Perkerson zu erwischen, kriegt er dann die Belohnung?«

»Ja«, sagte Manny. »Aber Sie haben meine Frage nach dem Saufen noch nicht beantwortet.«

»Ich trinke ab jetzt keinen Tropfen mehr«, versprach Keane.

»Gut. Haben Sie vielleicht Schulden?«

»Sie sind ein Menschenkenner, Mr. Pearl.«

Manny zuckte mit den Achseln. »Manny. Sagen Sie nicht mehr Mr. Pearl zu mir. Sogar meine Mädchen nennen mich Manny.«

»Okay – Manny.«

Manny ging zu seinem Safe, öffnete ihn und holte eine Stahlkassette heraus. Er klappte sie auf, nahm ein paar Scheine von einem Bündel. »Hier sind fünftausend«, sagte er. »Die verrechnen wir mit Ihren fünfzig Riesen, wenn Sie fertig sind. Sind Sie damit aus dem Gröbsten raus?«

Keane nickte. »Ja.«

»Gut. Ich will nicht, daß Sie durch Unwichtiges abgelenkt werden.«

Er griff in eine Schreibtischschublade, holte ein Kästchen heraus und reichte es Keane.

Keane öffnete es. Es enthielt eine teuer aussehende 9-mm-Selbstladepistole.

»Stecken Sie die ein«, sagte Manny. »Ich habe zwei seit Mr. Perkersons Besuch.«

»Danke«, sagte Keane. »Ich mußte meine abgeben.«

»Hab' ich mir schon gedacht. Behalten Sie sie – und bleiben Sie gesund.«

14

Als Will in die Wahlkampfzentrale zurückkehrte, ging es dort äußerst geschäftig zu. Seine Tante Eloise beobachtete, wie sich die Freiwilligen am Telefon verhielten. Vor jedem lag ein Stapel Spendenquittungen, und ein guter Teil davon war schon ausgefüllt.

»Mit dem Geld sieht's ganz gut aus, wenn man unsere etwas schräge Publicity bedenkt«, sagte Tom Black. »Ihr Vater sitzt am Telefon und redet sich den Mund fusselig.«

»Nun schießen Sie los, Tom – was ist die schlechte Nachricht?«

»Sie lernen mich allmählich kennen, wie?« fragte Tom und wiegte den Kopf. »Also, erst mal die schlechte Nachricht: Die Telefongesellschaft verlangt von uns eine Vorauszahlung von fünfzigtausend Dollar.«

»Was?«

»Und jetzt die gute Nachricht: Ich hab' sie auf dreißigtausend runtergehandelt.«

»Das wäre eine gute Nachricht, wenn wir das Geld hätten«, sagte Will.

»Wir hatten es. Als die Überweisung geschrieben war, hatten wir noch acht Dollar und vierzig Cent auf dem Konto.« Tom hob die Hand. »Aber inzwischen ist wieder was dazugekommen – Ihre Tante Eloise leistet phantastische Arbeit.«

»Da hat sie Übung«, sagte Will. »Das hat sie bei allen Wahlkämpfen meines Vaters getan. Wo ist er?«

»Oben, in Ihrem Büro.«

»Kommen Sie, wir wollen sehen, was er macht.«

»Er arbeitet an was ganz Speziellem«, sagte Tom.

Sie stiegen die Treppe hinauf und traten in Wills großes, aber kärglich möbliertes Büro. Billy Lee telefonierte noch. Er winkte die beiden herein und legte seinen Zeigefinger an die Lippen.

»Hören Sie, Marvin«, sagte er. »Wie wäre es, wenn wir je einen aussuchen und Sie dann auch je einen? Okay? Wunderbar. Ja, am Sonntag nachmittag. Der Sender wartet nur noch darauf, daß wir's bestätigen. Und Sie lassen sich Macks Segen geben. Nein, nein, ich bleibe dran. Ich weiß genau, daß er neben Ihnen steht.« Billy legte die Hand über den Hörer. »Ich glaube, jetzt haben wir ihn«, sagte er zu Tom.

Will war verwirrt. »Wen? Mack Dean? Und inwiefern haben wir ihn?«

»Wart noch einen Moment«, flüsterte Billy. »Ja, Marvin, alles klar. Sonntag um fünfzehn Uhr bei PBS. Wen wollen Sie? Gut, wenn Sie meinen... Nein, das weiß ich noch nicht, ich habe noch nicht mit Will gesprochen. Ich sage Ihnen rechtzeitig Bescheid, ja. Wiederhören.« Billy wandte sich seinem Sohn zu. »Deine erste Fernseh-Diskussion mit Mack findet am Sonntag um drei statt.«

»Wie hast du ihn dazu gekriegt?« fragte Will erstaunt.

»Oh, ich habe immer noch ein paar Trümpfe im Ärmel. Er hat sich mit zwei Diskussionen einverstanden erklärt; ich habe versucht, ihn auf eine dritte festzunageln – das wollte er nicht. Aber wenn er der Meinung ist, daß er sich in der ersten gut geschlagen hat, überlegt er sich's vielleicht noch anders.«

»Sagenhaft«, staunte Will. »Ich hätte nie gedacht, daß ich den Stier bei den Hörnern packen kann...«

»Freuen Sie sich nicht zu früh«, warnte Tom. »Noch haben Sie die Diskussion nicht überstanden. Sie dürfen Mack Dean nicht unterschätzen. Ich hab' mir ein paar Videos von seinen Diskussionen beim letzten Wahlkampf angesehen, und ich finde, das sollten Sie auch tun.«

»Mack hat sich Shirley Scott, die Moderatorin von Channel Six, als Diskussionsteilnehmerin ausgesucht. Jetzt müssen wir noch jemanden finden, der sich seinerseits einen Teilnehmer auswählt«, sagte Billy.

»Wie man hört, schläft Mack mit der Lady«, bemerkte Tom.

»Sie machen wohl Witze«, rief Will. »Er ist fünfundzwanzig Jahre älter als sie.«

»Ich habe Ihnen doch gesagt, Sie dürfen ihn nicht unterschätzen.«

»Wen möchtest du, Will?« fragte Billy.

»Mir egal. Sucht jemanden aus, der fair ist und jemanden aussucht, der ebenfalls fair ist. Ich lasse euch freie Wahl – mit Ausnahme der Dame vom Sonntagsmagazin.«

»Der soll es in Atlanta nicht mehr gefallen«, lachte Tom. »Sie spielt mit dem Gedanken, nach Washington zurückzugehen.«

»Wie das? Ist sie geflogen?«

»So direkt sagt das niemand, aber ich kenne jemanden, der mit dem Kerl befreundet ist, der ihre Wohnung in Washington auf Zeit übernommen hat. Ihm ist mitgeteilt worden, daß er ausziehen muß.«

»Hoffentlich stimmt das. Ich werde Gott jedenfalls auf Knien danken, wenn wir sie los sind«, sagte Will.

»Die Sache hat nur einen Haken«, meinte Tom. »Wenn Sie nach Washington kommen, wird die Dame schon sehnsüchtig auf Sie warten.«

»Tolle Aussichten – tausend Dank!«

Am Samstag vor der Diskussion ließ sich Will die Haare schneiden und seinen Anzug bügeln. Dann ging er in die Wahlkampfzentrale und wurde von seinem Vater, Tom Black und Kitty Conroy fast sechs Stunden ins Kreuzverhör genommen, bis keinem mehr Fragen einfielen.

»Ich geb's auf«, sagte Billy schließlich. »Ich krieg' dich nicht klein.«

»Sie sind gut in Form, Will«, lobte Tom. »Mack muß verdammt viel Glück haben, wenn er Sie aufs Kreuz legen möchte.«

»Eine Bitte, Tom«, sagte Will. »Ich schwitze leicht, da braucht es gar nicht besonders heiß zu sein. Sehen Sie zu, daß im Studio Kühlschranktemperaturen herrschen, ja?«

»Ich werde mein Bestes tun, aber wenn die Mikros an sind, geht die Klimaanlage aus. Also machen Sie folgendes: Sie halten unauffällig ein frisches Taschentuch bereit, und wenn Mack spricht, tupfen Sie schnell Ihr Gesicht ab – nur tupfen, nicht wischen, sonst ist das Make-up beim Teufel. Und versuchen Sie nicht rauszukriegen, welche Kamera die Leute gerade aufnimmt, das verwirrt Sie nur. Wenn Mack spricht, ist die Kamera höchstwahrscheinlich auf ihn gerichtet.«

»Okay. Noch einen Rat?«

»Ja. Schauen Sie nicht in die Kamera, wenn Sie Fragen beantworten, sondern schauen Sie den an, der sie stellt. Ich weiß, es gibt Kapazitäten, die finden, man soll dem Zuschauer ins Auge blicken, wenn man Fragen beantwortet, aber ich halte das für Blödsinn – es wirkt total gekünstelt. Ach ja, und wenn Sie sich niederlassen, dann setzen Sie sich auf die Rockschöße, damit das Jackett nicht hochrutscht, wenn Sie die Hände auf den Tisch legen und sich vorbeugen.«

»Das mache ich.«

»Gut. Gehen Sie auf Nummer Sicher, und gehen Sie vor Ihrem Auftritt auf die Toilette. Und seien Sie nicht allzu ernst. Bei ernsten Fragen neigen Sie nämlich dazu. Sie haben Humor – nutzen Sie ihn. Sagen Sie nicht Gouverneur zu Mack, außer er spricht Sie mit Mr. Lee an. Wenn er Will zu Ihnen sagt, nennen Sie ihn Mack, das macht Sie zu einem ebenbürtigen Gegner. Halten Sie nicht Ausschau nach irgendwelchen Spickzetteln oder Karteikarten; Sie können reden, und was Sie sagen, soll nicht wie abgelesen klingen. Als Einleitung nehmen Sie einen Teil aus der Wahlrede. Die haben Sie ja schon ziemlich erweitert. Sie klingt jetzt so, als wäre sie von Ihnen. Das war's. Gibt's noch Fragen?« Tom blickte in die Runde, aber niemand hatte welche. »Okay, dann gönnen Sie sich ein bißchen Schlaf, Will – ich möchte nicht, daß Sie morgen heiser sind.«

Am Abend, als die letzten Freiwilligen nach Hause gegangen waren, richtete sich Will, so gut es ging, in seinem provisorischen Schlafzimmer in der Wahlkampfzentrale ein und versuchte zu schlafen. Aber plötzlich mußte er an Kate denken – dazu war er in letzter Zeit kaum gekommen. Er wollte böse auf sie sein, aber er hatte nur Sehnsucht. Sie hatten vor Weihnachten zum letzten Mal miteinander geschlafen, und sie fehlte ihm. Er nahm an, daß sie in den Washingtoner Zeitungen die Meldungen über Jacks Selbstmord und seine homosexuellen Neigungen gelesen hatte, doch sie hatte ihn nicht angerufen. Er fragte sich, wie sie nach vier Jahren einfach Schluß machen konnte – ohne Erklärung und offenbar auch ohne Reue. Es leuchtete ihm nicht ein. Aber deswegen begehrte er sie nicht weniger.

Schließlich schlief er ein. Er hatte erotische Träume.

15

Als Will aufwachte, dachte er nicht an die Diskussion. Er blätterte die Morgenzeitungen durch, führte ein paar Telefonate und hörte gemeinsam mit Tom den Vorschlägen von Moss Mallet zu, dem Chef eines Atlantaer Meinungsforschungsinstituts. Sie einigten sich auf eine Umfrage in ganz Georgia. Es war ihre erste, und sie sollte unmittelbar nach der Diskussion durchgeführt werden.

Auf dem Weg zum Sender hörte sich Will ein Dutzend Ideen von Kitty und Tom an und fand die meisten gut. Dann gingen sie ins Studio. Will wischte sich prompt den Schweiß von der Stirn. »Sie müssen dafür sorgen, daß es hier kühler ist«, sagte er zu Tom.

»Verdammt, die haben mir doch versprochen...« erwiderte Tom und verschwand in einer Glasbox, wo er wild gestikulierend auf eine junge Frau einredete. Kurz darauf wurde die Klimaanlage eingeschaltet.

»Wie geht's, Will?« dröhnte jemand.

»Hallo, Mack«, sagte Will, »Sie sehen gut aus.« Was absolut nicht stimmte. Der Gouverneur hatte verquollene Augen und war noch roter im Gesicht als sonst.

»Sie sehen auch gut aus«, gab Mack Dean zurück. »Na, macht Ihnen der Wahlkampf Spaß?«

»Ja, großen Spaß«, antwortete Will. Er hatte nur einen Wunsch: Er wollte möglichst schnell weg von Dean. Diese gekünstelte Jovialität war entsetzlich. Will wurde von einer Dame gerettet, die den Gouverneur zum Schminken abholte.

Tom kam ins Studio zurück. »Ist es so besser?«

»Ja. Hoffentlich wird's noch richtig kalt, bevor wir anfangen.« Will wischte sich wieder den Schweiß von der Stirn. Dann führte ihn ein junger Mann in eine Garderobe. Ein festes Puder-Make-up wurde auf Wills Gesicht aufgelegt, zum ersten Mal in seinem Leben. Er mochte es nicht und fing an, sich unbehaglich zu fühlen.

Als er ins Studio zurückkehrte, waren die vier Reporter, die die Kandidaten befragen würden, bereits zur Stelle, ebenso die Moderatorin. Mack Dean nahm an einem kleinen Tisch gegenüber dem von Will Platz. Als Will sich setzte, hatte er einen Monitor mit dem Gesicht des Gouverneurs im Blick und staunte darüber, wie gut er aussah. Das ungesunde Rot war jetzt ein dezentes Braun, das vorteilhaft mit seinem grauen Haar und seiner goldfarbenen Krawatte kontrastierte. Will wurde erst nervös, als er sich gesetzt hatte.

Er hörte geistesabwesend zu, wie die Moderatorin die Spielregeln erläuterte. Dann kündigte die Studioregie den Beginn der Sendung an – noch eine Minute –, und alle vertieften sich in ihre Unterlagen. Will, der keine hatte, versuchte sich auf seine einleitenden Worte zu besinnen, aber er konnte sich nicht konzentrieren. Die Klimaanlage wurde abgeschaltet, die Scheinwerfer flammten auf, und Will spürte ihre Hitze.

»Guten Tag«, sagte die Moderatorin plötzlich. »Herzlich willkommen zur ersten und hoffentlich nicht letzten Diskussion zwischen den beiden Demokraten aus Georgia, die für den Senat der Vereinigten Staaten kandidieren: links Gouverneur Mack Dean, rechts Mr. William Henry Lee.«

Will mußte sich bemühen, bei der vollständigen Nennung seines Namens nicht zusammenzuzucken. Er hatte ihn seit Abschluß seines Studiums nicht mehr gehört.

»Wir werden mit einem kurzen Statement der beiden Kandidaten beginnen«, fuhr die Moderatorin fort, »und dann werden unsere Studiogäste die Kandidaten befragen.« Sie stellte die Gäste vor, einen Journalisten von der *Atlanta Constitution* und einen von den *Gwinnet Daily News*, einen Reporter und eine Reporterin von anderen Fernsehsendern. Will erkannte Shirley Scott, die hochgewachsene blonde Moderatorin mit der dramatischen Frisur, die, laut Tom Black, mit Mack Dean schlief. Sie blickte von ihren Notizen auf und lächelte professionell in die Kamera.

»Wir fangen mit Mr. Lee an«, sagte die Moderatorin.

Das kam für Will so plötzlich wie ein Blitz aus heiterem Himmel. War nicht abgemacht, daß er nach Dean sprechen sollte? Er schluckte und schaute verwirrt in die Kamera. »Guten Tag...« begann er. Der Regisseur winkte hektisch und deutete auf eine andere Kamera. Will drehte sich um und starrte in die Linse.

»Guten Tag«, wiederholte er, »mein Name ist Will Lee, und ich kandidiere für den Senat der Vereinigten Staaten.« Warum, zum Teufel, hatte er das gesagt? Das wußten doch alle, die zusahen. »In den vergangenen acht Jahren hatte ich das Privileg, an der Seite des größten Senators arbeiten zu dürfen, den Georgia je hervorgebracht hat. Die letzten vier Jahre war ich sein Stabschef. Ich weiß, daß Senator Carr heute zuschaut, und wir alle begrüßen ihn und wünschen ihm eine baldige Genesung.« Will hatte nicht vorgehabt, das zu sagen, ihm war in diesem Moment erst eingefallen, daß der Senator die Sendung sehen würde. »Bei Senator Carr habe ich gelernt, wie der Senat der Vereinigten Staaten arbeitet, und nun möchte ich dieses Wissen so einsetzen, daß es den Menschen in Georgia zugute kommt.« Ein schmales Rinnsal Schweiß floß von seiner Stirn über den rechten Nasenflügel zum Mundwinkel. Will versuchte es zu ignorieren. »Ich komme gerade von einer einwöchigen Tour durch den Staat, und ich fühle mich ermutigt durch das Interesse, das die Menschen in Georgia an diesem Wahlkampf zeigen. Sie sagen mir, daß sie für eine starke Verteidigung sind, und dafür bin ich auch. Sie sagen mir, daß ihnen Familienthemen am Herzen liegen, und auch ich halte sie für sehr wichtig. Sie sagen mir, daß sie eine Regierung wollen, die sensibel und ökonomisch handelt, und das will ich auch.« Wohin würde all das führen? Will versuchte, sich an seine Wahlkampfrede zu erinnern, aber ihm fiel kein einziges Wort mehr ein. »Diese Sendung wird natürlich kurz sein, und wenn Ihnen meine Auskünfte hier nicht genügen, wenn Sie mehr wissen wollen, dann schreiben Sie mir einfach, und ich werde dafür sorgen, daß Sie sofort Antwort erhalten.« O Gott, war das eine gute Idee gewesen? Will hatte keine Ahnung.

»Danke, Mr. Lee. Und nun zu Gouverneur Dean.«

Will sah, wie Dean auf einem Monitor auftauchte, entspannt und selbstsicher. Will nutzte die Gelegenheit, um sich das Gesicht mit einem Taschentuch zu trocknen, wobei er einen Augenblick vergaß, daß er tupfen und nicht wischen sollte. Dann fiel es ihm wieder ein, und er tupfte und hoffte, nichts Fürchterliches mit seinem Make-up angerichtet zu haben.

»Guten Tag«, grüßte Mack Dean herzlich. »Ich möchte zunächst Will zu diesem Wahlkampf willkommen heißen. Ich kenne ihn praktisch von Kindesbeinen an. Als er an der Highschool war, haben wir – das heißt, sein Vater und ich – ihm zum ersten Mal das Repräsentantenhaus von Georgia gezeigt; als er am College war, hat er als Assistent des Protokollführers in einem Ausschuß des Senats von Georgia mitgearbeitet, dessen Vorsitz ich innehatte; und als er nach dem Studium für meinen alten Freund Ben Carr gearbeitet hat, habe ich als Ihr Gouverneur gewirkt. Es ist schön zu sehen, daß sich auch die jungen Leute in Georgia für Politik interessieren, und ich bin sicher, daß Will in näherer oder fernerer Zukunft ein hohes Amt bekleiden und seine Sache gut machen wird.«

Du gottverdammter Drecksack, dachte Will. Deans Gönnerhaftigkeit machte ihn krank. Er vergaß wieder das Make-up und wischte sich über die Stirn.

»Während eines Vierteljahrhunderts im Dienste der Allgemeinheit habe ich mich immer bemüht, den Menschen in den Mittelpunkt zu stellen«, fuhr Mack Dean ölig fort, »und Sie haben mir das gedankt, indem Sie mich in öffentliche Ämter gewählt haben. Ich hoffe, daß Sie mich, wenn Sie die Probleme des gegenwärtigen Wahlkampfs und meine Verdienste um Georgia bedacht haben, wieder wählen werden, diesmal in das vornehmste unserer Verfassungsorgane, den Senat der Vereinigten Staaten. Und wenn Sie das tun, können Sie sicher sein, daß Sie immer einen Freund im Senat haben werden.«

Will kämpfte um Gelassenheit – mit Erfolg. Die Journalisten stellten den Kandidaten ihre Fragen, und Will bemühte sich um detaillierte und präzise Antworten, während sich Mack Dean in Allgemeinheiten erging. Dieser Teil der Sendung zog sich fast über eine Stunde hin. Schließlich zeigte die Uhr im Studio noch eine knappe Minute an.

»Uns bleibt noch Zeit für eine letzte Frage von Shirley Scott an Mr. Lee«, sagte die Moderatorin.

»Mr. Lee«, begann Shirley Scott, und ihr Gesicht nahm einen besorgten Ausdruck an, »wie Sie wissen, hat es Berichte gegeben, denen zufolge Sie in eine Homosexuellenclique auf dem Capitol Hill involviert sind, und ich möchte hier...«

Will ließ sie nicht ausreden. Er wäre am liebsten aufgesprungen und hätte die Frau erwürgt. »Davon weiß ich nichts, Miß Scott«, sagte er mit vor Zorn bebender Stimme, »und Sie auch nicht. Machen Sie Ihre Quellen namhaft.«

Shirley Scott brachte es fertig, so zu wirken, als sei sie eben geschlagen worden. »Also, ich...«

»Soweit ich informiert bin, hat es keine Berichte gegeben«, fuhr Will fort, »und wenn mir jemand von den Medien, einschließlich Ihrer Person, in Zukunft mit derartigen Unterstellungen kommt, dann gebe ich Ihnen mein Wort darauf, daß ich noch am selben Tag eine Verleumdungsklage...«

Die Moderatorin fiel ihm ins Wort. »Unsere Sendezeit ist leider zu Ende«, sagte sie in leichter Panik. »Vielen Dank, daß Sie zu uns gekommen sind, und auf Wiedersehen.« Musik erklang.

Will stand auf und lief auf den langen Tisch zu, an dem Shirley Scott saß. Als er fast bei Shirley Scott war, brüllte der Regisseur ihn an. »Um Gottes willen, wir sind noch auf Sendung!«

Will stoppte, und einen Sekundenbruchteil später gingen die Lichter im Studio aus. Er war einen Moment wie blind. Dann führte Tom Black ihn im Schnellschritt durch eine Seitentür hinaus.

16

»O Gott«, stöhnte Will. Er rieb sich das Make-up mit seinem Taschentuch vom Gesicht. Kitty Conroy saß am Steuer und fuhr ihn und Tom Black zur Wahlkampfzentrale. »Was habe ich getan?«

»Nehmen Sie's nicht so schwer«, sagte Tom. »Ist wahrscheinlich gar nicht so schlimm, wie Sie meinen. Sie sind eben sauer geworden. Das kann passieren.«

»Ich finde, deine Reaktion war angemessen«, warf Kitty ein. »Wenn ich eine Pistole dabeigehabt hätte – ich glaube, ich hätte die Frau erschossen.«

»Aber ich habe alles vermasselt! Ich habe die einleitenden Sätze aus meiner Wahlkampfrede vergessen, ich habe geschwitzt und mir dauernd das Gesicht abgewischt; und Mack saß die ganze Zeit mit fettem Grinsen da und hat nichtssagende Floskeln ausgespuckt, die beim Publikum wahrscheinlich gut angekommen sind.«

»Vielleicht sind Sie da und dort ein bißchen zu sehr ins Detail gegangen«, sagte Tom, »aber das ist okay.«

»Jedenfalls hat es sich so angehört, als wüßtest du, wovon du sprichst«, ergänzte Kitty.

»Es ist nett von euch, daß ihr versucht, mich zu beruhigen, aber es war trotzdem eine Katastrophe.«

»Wir sehen uns das Video an, wenn wir im Büro sind«, empfahl Tom. »Moss Mallet ruft nachher an und teilt uns die Ergebnisse seiner telefonischen Umfrage mit, dann wissen wir genauer, wie du auf die Wähler gewirkt hast.«

Will starrte aus dem Fenster und schwieg. Tom und Kitty sahen sich besorgt an. Kitty hielt vor der Wahlkampfzentrale, und sie stiegen aus.

Will suchte in der Jackentasche nach seinem Autoschlüssel. »Ich komme nicht mit rein«, sagte er. »Ich rufe euch später an.« Er ging auf den Parkplatz. Tom und Kitty sahen ihm ratlos nach. Will ließ den Motor seines Kombi an und fuhr viel zu schnell los. Er drosselte das Tempo und versuchte sich zu beruhigen – es gelang ihm allmählich. Sein Hirn schien alles auszublenden, was mit der Diskussion und dem Wahlkampf zu tun hatte. Als er ein paar Minuten später durch die Einfahrt zum Peachtree De Kalb Airport rollte, wunderte er sich, denn er hatte den Flugplatz nicht mit Bewußtsein angesteuert. Er stellte den Kombi auf dem Parkplatz ab, stieg aus und ging um seine Cessna herum. Er inspizierte sie wie vor jedem Flug. Bald war er unterwegs zur Startbahn.

Als er den Flughafenbereich hinter sich hatte, schaltete er den Funk aus und setzte seine Kopfhörer ab. Er flog nach Südosten, in Richtung Stone Mountain, und als er das große Granitmassiv erreicht hatte, wandte er sich nach Süden und nahm Kurs auf Macon. Jetzt war ihm klar, daß er nicht nach Delano flog, sondern noch ein Stück weiter. Er wußte nicht, ob es viel brachte, aber er tat es trotzdem. Er stellte den Autopiloten an. Dann machte er etwas, das er noch nie gemacht hatte: Er löste die Gurte, schob den Sitz zurück und legte den Kopf gegen die Lehne. Er war im Nu eingeschlafen. Die Cessna flog in den späten Nachmittag hinein.

Will wachte kurz vor Macon auf und meldete sich bei der Flugsicherung. Die Sonne stand schon über dem Horizont, als er die Flat Rock Farm sichtete und auf der Weide dahinter aufsetzte. Er stellte den Motor ab. Jasper kam.

»Wie geht's, Mr. Will?« fragte er strahlend.

»Danke gut, Jasper. Und Ihnen und Minnie?«

»Auch gut. Sie waren große Klasse vorhin im Fernsehen. Der Senator und ich, wir haben Sie gesehen.«

»Ich bedanke mich, Jasper«, sagte Will. Er fand, daß er wirklich allen Grund zur Dankbarkeit hatte. »Wie geht es dem Senator?«

»Unverändert. Vielleicht ein kleines bißchen besser. Kommen Sie mit rauf. Er ist wach.«

Jasper und Will betraten das Haus und stiegen die Treppe hinauf. Der Senator saß aufrecht im Bett und schaute sich die Nachrichten an. Will setzte sich zu ihm und nahm seine Hand. »Freut mich, Sie zu sehen, Senator«, sagte er.

Jasper ging aus dem Zimmer und schloß die Tür hinter sich.

Der Senator blickte Will an. Dann drückte er ihm leicht die Hand. Will sah in das nach wie vor ausdruckslose, fast kindliche Gesicht. »Ich hatte heute einen schlechten Tag, Senator«, sagte er. »Und ich wollte Ihnen davon berichten.«

17

Harold Perkerson rasierte sich, betrachtete sich im Spiegel und fragte sich, wie er unter den Verbänden aussah. Heute war der Tag, an dem er es herausfinden würde, und er war aufgeregt. Er hatte sich die Oberlippe in all der Zeit nicht rasiert. Es ging nicht wegen des Pflasters. Als er fertig war, hörte er draußen den Jeep vorfahren, und wie immer warf er einen Blick aus dem Fenster, um sich zu vergewissern, daß es wirklich Suzy, die Krankenschwester, war.

Sie kam mit ihrem Arztköfferchen in die Hütte und gab Perkerson einen spielerischen Rippenstoß. »Wir bringen's gleich hinter uns«, kündigte sie an. »Mal sehen, wie du dich gemacht hast.« Sie ließ Perkerson auf einem Stuhl Platz nehmen, holte eine Schere aus dem Koffer und schnitt den Verband auf. »Gut«, sagte sie. »Der Schurrbart gefällt mir auch. Steht dir.«

»Ich möchte mich anschauen«, drängte Perkerson und wollte sich erheben.

»Immer mit der Ruhe. Wir brauchen noch einen Moment.« Suzy tränkte einen Wattebausch mit Alkohol und tupfte Perkersons Gesicht ab. »Die Pflaster müssen auch weg.« Sie beendete ihre Arbeit. »So.«

Perkerson stand auf und ging zum Badezimmerspiegel. Der Mann, der ihm entgegenblickte, machte ihn sprachlos. Die Ohren lagen dicht am Kopf an. Das allein hätte sein Aussehen schon stark verändert, aber durch die Nase wirkte es völlig anders. Und irgendwie paßte alles zusammen. Er mußte an einen Lehrer denken, der ihn an der Highschool unterrichtet hatte, einen Mann, der immer Tweedsakkos mit Lederflicken an den Ellenbogen getragen hatte. Der neue Harold Perkerson sah aus wie ein Professor. Ja. Nicht einmal seine Mutter hätte ihn wiedererkannt.

Suzy trat mit einem Handspiegel dazu. »Möchtest du dich im Profil sehen?«

Perkerson hielt den Spiegel hoch und drehte sich zur Seite. Er hatte keine Hakennase mehr. Da war nur noch eine leichte Biegung. Es sah so echt aus, als wäre er mit dieser Nase auf die Welt gekommen. Die Nasenlöcher waren auch kleiner. Perfekt, dachte er.

»Super«, sagte Suzy.

Er zog sie an sich und küßte sie. Er war in Hochstimmung. Er zerrte an ihrer Bluse und öffnete ihren BH. Dann drückte er sein Gesicht zwischen ihre großen Brüste.

»Komm«, sagte sie. Sie zog ihn zum Bett und legte ihre restlichen Kleider ab.

»Schläfst du?« fragte sie später.

»Nein«, sagte er. »Ich hab' mich noch nie so toll gefühlt.«

»Ich mich auch nicht.«

Er wandte sich ihr zu und sah sie an. »Was jetzt? Wann komme ich hier raus?«

»Heute noch«, sagte sie. »Sofort.« Sie stieg aus dem Bett, ging zu ihrer Handtasche und entnahm ihr zwei Umschläge.

Er beobachtete, wie sie auf ihn zukam. Sie hat eine sagenhafte Figur, dachte er.

Suzy gab ihm den ersten Umschlag. »Hier ist deine neue Adresse und deine Telefonnummer. Eine möblierte Wohnung in Marietta, bißchen außerhalb von Atlanta. Singles in Massen, da paßt du gut hin. Du bist immer noch James Ross, Vertreter der Papiermühle, wie es auf deinen Kreditkarten steht. Das ist eine gute Tarnung.«

»Okay«, sagte Perkerson. »Und was ist in dem anderen Umschlag?«

»Das heben wir uns für später auf«, sagte Suzy. »Ich will dich noch mal, bevor du gehst.«

Sie schliefen wieder miteinander. Danach half sie ihm, seine Sachen zu packen und zum Jeep zu tragen. Dann fuhr sie ihn den Berg hinunter. Unten stand der Mazda, und sie zeigte ihm seinen Musterkoffer.

»Das war's«, sagte sie. »Du wirst dich jetzt auf den Weg machen wollen. Gutes Gelingen.«

»Danke«, sagte er. »Und was ist in dem anderen Umschlag?«

Sie lächelte und gab ihm das Kuvert. Es war zugeklebt.

Er riß es auf und las. Eine Seite, mit Schreibmaschine geschrieben.

»Gut?« fragte sie.

»O ja«, sagte er. »Das gefällt mir.«

»Sagst du's mir?« fragte sie.

»Du weißt doch, daß das nicht geht.«

Sie errötete.

»Du wirst es in der Zeitung lesen«, sagte Perkerson.

»Wann?«

»Sobald ich's einrichten kann. Du wirst Bescheid wissen, wenn du es liest.«

Sie schrieb ihre Telefonnummer auf einen Zettel. »Ruf mich an, wenn du mich brauchst. Melde dich mit Hank, dann ist alles klar.«

»Der Archon ist darüber informiert?«

»Nein«, sagte sie. »Das geht nur dich und mich was an.«

Er küßte sie, stieg in den Mazda und fuhr in Richtung Atlanta. Auf dem Weg sagte er sich Suzys Telefonnummer vor. Als er sie im Kopf hatte, warf er den Zettel aus dem Fenster. Ein paar hundert Meter weiter stoppte er und las seinen Auftrag noch einmal durch und prägte sich Namen und Adresse ein. Als auch das getan war, hielt er den Zigarettenanzünder an das Blatt Papier und ließ es aus dem Fenster segeln. Dann fuhr er weiter.

Perkerson dachte über den Auftrag nach. Er gefiel ihm wirklich.

18

Will wurde vom Sonnenlicht wach, das durch die Fenster strömte. Verwirrt blickte er in die Runde. Alles altmodisch: die geblümte Tapete, das Messingbett, die Korbmöbel. Er brauchte einen Moment, um zu begreifen, daß er in einem Gästezimmer der Flat Rock Farm war.

Ein paar Minuten später trat er in die Küche. Minnie stand am Herd und machte Rührei mit Speck.

»Morgen, Mr. Will«, sagte sie. »In der *Constitution* steht was über Sie.« Will schenkte sich eine Tasse Kaffee ein und schlug die Zeitung auf. Der Leitartikel handelte von ihm, und es wurde darin scharfe Kritik an Shirley Scott wegen der Frage geübt, die sie Will tags zuvor gestellt hatte. Gouverneur Dean, so hieß es, habe sich von der Frage distanziert. Alle Behauptungen des Inhalts, Will sei etwas anderes als ein heterosexueller Junggeselle, wurden als »unhaltbar« bezeichnet. Der Artikel schloß mit den folgenden Sätzen:

Diese Zeitung hat sich noch nicht dafür entschieden, welchen der beiden demokratischen Kandidaten sie bei der Vorwahl unterstützen wird, aber wir sind zu dem Schluß gekommen, daß Will Lee kraft seines Hintergrundes und seiner Erfahrung ein glaubwürdiger Kandidat für den Senat der Vereinigten Staaten ist und daß sich falsche Anschuldigungen aus dem gegnerischen Lager zu Lees Gunsten auswirken werden. Gouverneur Dean und seine Anhänger wären gut beraten, wenn sie daran denken würden.

Will holte tief Luft und atmete aus. Dieser Artikel hätte ihm eigentlich eine große Erleichterung sein müssen, aber im Moment war er nicht in der Lage zu überschwenglichen Gefühlen.

Jasper kam in die Küche. »Ganz gut, wie?« fragte er.

»Ja, Jasper.«

»Ein Mr. Black hat vorhin angerufen und wollte Sie sprechen, aber ich hab' ihm gesagt, daß Sie noch schlafen.«

»Ich rufe gleich zurück«, sagte Will, »aber jetzt möchte ich erst mal ein bißchen Rührei mit Speck.«

Will aß schweigend und fragte sich, was Tom von ihm wollte. Er hatte bereits beschlossen, daß er weitermachen wollte. Trotzdem fragte er sich, was Tom dazu zu sagen hatte. Er trank seinen Kaffee aus und rief in Atlanta an.

»Alles okay mit Ihnen?« erkundigte sich Tom.

»Ja.«

»Wir haben uns Sorgen um Sie gemacht.«

»Ich wollte nur eine Weile allein sein, und ich wollte den Senator sehen.«

»Wie geht es ihm?«

»Etwas besser.«

»Wunderbar. Bei den guten Nachrichten, die ich habe, müßte es ihm gleich noch besser gehen.«

»Und?«

»Wir haben die Ergebnisse der ersten Umfrage von Moss Mallet. Sie liegen elf Punkte hinter Dean.«

Will sank der Mut. Er sah sich in seinen schlimmsten Befürchtungen bestätigt. »Und das nennen Sie eine gute Nachricht?«

»Die gute Nachricht besteht darin, daß das vor der Diskussion war. Es kommt sehr viel besser.«

»Danke, das kann ich brauchen.«

»Laut Moss' Blitzumfrage bei Leuten, die die Diskussion gesehen haben, liegen Sie nur noch drei Punkte zurück.«

Will konnte es kaum fassen. »Meinen Sie, daß damit schon etwas entschieden ist?«

»Nein. So furchtbar viele Wähler haben die Diskussion nämlich nicht gesehen. Aber ich nehme an, daß Sie im Moment dichter dran sind als elf Punkte, und die Umfrage nach der Diskussion läßt vermuten, daß Sie um so besser abschneiden werden, je öfter man Sie direkt mit Mack Dean vergleichen kann.«

»Ich glaube nicht, daß der Vergleich gestern sehr vorteilhaft für mich war.«

»Im Fernsehen hat es anders ausgesehen als im Studio. Kitty war die ganze Zeit im Kontrollraum, und sie ist eine alte Freundin des Regisseurs. Der Mann war sehr entgegenkommend. Wenn Sie sich den Schweiß abgewischt haben, hat er die anderen oder Mack ins Bild gebracht. Er hat Mack auch ein paarmal gezeigt, als er ein wenig unvorteilhaft wirkte.«

»Und das Ende?«

»Als Sie durchs Studio gestürmt sind, hat er einen Schwenk auf die Journalisten gemacht. Das Publikum hat also nichts mitgekriegt.«

»Freut mich zu hören.«

»Und das Resultat ist: Sie haben eine ganz gute Figur gemacht. Allerdings können wir uns beim nächsten Mal nicht aufs Glück oder auf einen freundlichen Regisseur verlassen. Da müssen wir uns schon besser vorbereiten.«

»Richtig. Erfreulicherweise haben wir ja noch eine Diskussion.«

»Das ist nicht sicher.«

»Was soll das heißen? Mack hat sich doch mit zwei Diskussionen einverstanden erklärt.«

»Sein Wahlkampfmanager hat mich heute morgen zu erreichen versucht. Ich habe noch nicht zurückgerufen.«

»Glauben Sie, daß Mack abspringt?«

»Ich nehme an, daß er auch eine Umfrage hat machen lassen, und wenn er die Ergebnisse sieht, entschließt er sich vielleicht zur Schadensbegrenzung. Wenn seine Popularität nach einer einzigen Diskussion mit Ihnen um acht Punkte sinkt, wird er keine große Lust haben, sich auf noch eine einzulassen.«

»Scheiße.«

»Sie sagen es. Wir müssen uns also jetzt beim Spendensammeln kräftig ins Zeug legen, damit wir genug Geld zusammenkriegen, um Sie in ganz Georgia im Fernsehen zeigen zu können. Kitty macht bereits Termine für weitere Fernsehinterviews und Talkshows – die haben den Vorteil, daß sie nichts kosten.«

»Wunderbar, aber woher wollen wir das Geld für meinen Exklusivauftritt kriegen?«

»Ist Ihnen Lurton Pitts ein Begriff?«

»Der Brathähnchenkönig?«

»Genau. Pitts hat heute morgen mit Ihrem Vater telefoniert. Er hat die Diskussion gesehen und war beeindruckt; er möchte, daß Sie sich mit ihm und seinen Freunden treffen.«

»Wann?«

»Heute beim Mittagessen im Capital City Club.«

»Dann fliege ich sofort nach Atlanta. Kann mich jemand am Flughafen abholen und mir ein sauberes Hemd und einen gebügelten Anzug mitbringen? Ist alles in meinem Büro.«

»Okay. Aber ich muß Sie warnen. Es kann sein, daß Pitts anbietet, Geld für Sie lockerzumachen. Das haben seine Freunde und er auch schon für andere getan. Nur wird er dafür eine Gegenleistung erwarten.«

»Und was?« fragte Will.

»Keine Ahnung, aber bestimmt nicht wenig.«

»Was meinen Sie – wie soll ich mit ihm umgehen?«

»Das liegt bei Ihnen, Will. Ich kann Ihnen nicht empfehlen, daß Sie ihm goldene Berge versprechen oder ihn eiskalt abfahren lassen sollen.«

»Okay«, sagte Will. »Ich lasse es auf mich zukommen.«

»Seien Sie vorsichtig«, mahnte Tom. »Das kann verdammt hart werden.«

Will legte auf. Er war tatsächlich noch im Rennen. Und nun mußte er sich anstrengen.

19

Im Foyer des Capital City Club wurde Will von seinem Vater erwartet.

»Es wird folgendermaßen laufen«, erklärte Billy, als sie mit dem Lift nach oben fuhren. »Ich bringe dich rein und stelle dich vor. Dann gehe ich. Sie wollen dich allein sprechen. Mach ihnen nicht mehr Zugeständnisse, als du unbedingt mußt. Vielleicht willst du ihnen auch gar keine machen. Könnte ich dir nicht verdenken.« Die Aufzugtür öffnete sich, und sie gingen über einen Flur auf eine Doppeltür zu. »Wir sind da«, sagte Billy und öffnete die Tür.

Zwölf Männer standen an einem Tisch mit Drinks. Sie drehten sich um, als die Lees eintraten.

Ein Mann in mittleren Jahren, klein und etwas untersetzt, mit dichtem blonden Haar und sommersprossigem Gesicht, löste sich von der Gruppe und streckte die Hand aus. »Hallo, Will. Ich bin Lurton Pitts.«

»Guten Tag, Mr. Pitts.«

»Nennen Sie mich Lurton, mein Junge – das machen alle.« Pitts stellte Will den anderen vor.

Zwei von ihnen war Will schon einmal begegnet, einem Banker und einem Bauunternehmer; von sechs weiteren hatte er gehört; nur drei oder vier waren ihm bekannt. Ein Schwarzer mit weißer Jacke näherte sich dem Tisch.

»Möchten Sie etwas trinken, Will?« fragte Lurton Pitts.

»Einen Eistee, bitte.«

»Nichts Stärkeres?«

»Nein. Ich glaube, heute sollte ich meine fünf Sinne beisammenhaben.«

Pitts lachte. »Und Sie, Billy?«

»Danke, Lurton«, sagte Wills Vater. »Ich muß wieder los.« Er winkte den anderen zu und ging.

Man plauderte eine Weile unverbindlich. Dann führte Pitts die Gruppe zu einem großen runden Tisch und bat Will, sich neben ihn zu setzen. Beim Essen wurde kaum geredet. Danach gab es Kaffee. Will wunderte sich darüber, wie entspannt er war. Jetzt werden sie zur Sache kommen, dachte er.

»Also, Will«, begann Pitts, »wir haben uns überlegt, ob Sie unser Mann in Washington sein könnten.«

Will wartete eine Weile. Das hatte er von seinem Vater gelernt – so etwas gab der Antwort mehr Gewicht. »Ich werde mit Vergnügen Ihr nächster Senator sein«, sagte er.

Pitts legte ebenfalls eine Pause ein, womit er Will zu verstehen gab, daß er mit seiner Antwort nicht zufrieden war. »Wir brauchen mehr als einen Senator, Will. Wir brauchen jemanden, der unsere Interessen vertritt.«

Will blickte in die Runde. »Diese Gruppe sieht mir sehr gemischt aus. Haben Sie denn alle dieselben Interessen?«

Der Banker meldete sich zu Wort. »Wir haben jedenfalls viele gemeinsame Anliegen.«

»Wir sind alle Unternehmer«, erklärte ein Industrieller. »Was halten Sie vom freien Unternehmertum?«

»Ich glaube, daß unser Land ohne erfolgreiche Unternehmer nicht viel wert wäre.«

»Sie meinen also, das Unternehmertum in Amerika sei ein wirklich freies Unternehmertum?«

»Im wesentlichen ja. Die Verhältnisse, die wir in den zwanziger Jahren hatten, werden wir nie wieder haben, und daran sollte man sich allmählich gewöhnen.«

»Sind Sie für die freie Marktwirtschaft?« fragte ein anderer.

»Meine Herren, wir wissen alle, daß es eine völlig freie Marktwirtschaft nicht gibt, zumindest nicht in diesem Jahrhundert. Ich bin für einen wohlgeregelten Kapitalismus.«

»Regeln!« schnaubte der Industrielle. »Die hat Reagan Gott sei Dank abgeschafft.«

»Nein«, widersprach Will, »er und seine Regierung haben nur eine Menge davon ignoriert. Das wird uns teuer zu stehen kommen, vor allem in Umweltfragen hat die Reagan-Administration die Zügel schleifen lassen, und dafür werden auch Ihre Unternehmen bluten müssen.«

»Sie hören sich an wie ein Sozialist«, sagte jemand.

»Das ist natürlich Unsinn«, entgegnete Will. »Ich bin kein Sozialist, sondern Realist. Und ich glaube, daß es während Reagans Amtszeit am nötigen Realismus gefehlt hat.«

»Genau«, sagte der Bauunternehmer.

Will war froh, daß jemand mit ihm übereinstimmte, sei es auch nur in einem Punkt.

»Ihr Chef, Senator Carr, hat Reagan oft unterstützt.«

»Senator Carr hat Reagan unterstützt, wenn er der Meinung war, daß Reagan recht hatte; dann und wann hat er ihn auch unterstützt, wenn er nicht dieser Meinung war. Senator Carr ist Politiker, er weiß, welche Auswirkungen seine Handlungen haben.«

»Haben Sie in der Verteidigungspolitik dieselbe Auffassung wie er?«

»Ich glaube, daß ich in diesem Punkt ein bißchen konservativer denke.«

»Konservativer als Ben Carr?«

»Mit ›konservativ‹ meine ich, daß ich mehr aufs Geld schaue.«

»Sie meinen also, Sie sind liberaler als er.«

»Nein. Ich glaube, die politische Klassifizierung in ›liberal‹ und ›konservativ‹ ist fast bedeutungslos geworden. Heute sind das eher Bezichtigungen als Bezeichnungen eines politischen Standorts. Aber wenn Sie auf solchen Etikettierungen bestehen, dann bin ich im großen und ganzen gemäßigt. Ich bin jedoch konservativ, wenn es um den Staatshaushalt geht, und das schließt den Verteidigungsetat mit ein.«

»Würden Sie für eine Kürzung des Verteidigungsetats stimmen?« erkundigte sich Pitts.

»Ich finde, wir sollten mehr für unser Geld bekommen. Wir können für weniger Geld eine genauso schlagkräftige Verteidigung haben. Uns wird schlichtweg zuviel Geld abgenommen.«

Ein Mann, der Will gegenübersaß, beugte sich vor. »Ich bin Zulieferer von Rüstungsbetrieben«, erklärte er. »Glauben Sie, daß ich jemandem Geld wegnehme oder die Menschen bestehle?«

Will lächelte. »Sie sehen nicht wie ein Dieb aus, Sir.« Auch er beugte sich vor und sah dem Mann in die Augen. »Aber wenn Sie einer sind, dann gehören Sie meiner Meinung nach ins Gefängnis, und das Geld sollte entweder einem besseren Verwendungszweck zugeführt oder dem Steuerzahler zurückerstattet werden.«

Ein unbehagliches Schweigen trat ein. Dann antwortete der Mann: »Akzeptiert.«

»Will«, sagte Pitts, »wir sind in der Lage, eine Menge Geld für Sie aufzutreiben, wenn wir uns einen Vorteil davon versprechen. Mal angenommen, wir unterstützen Sie – was können wir dann von Ihnen erwarten?«

Will lehnte sich zurück. »Mr. Pitts, die Leute, die mich unterstützen, können damit rechnen, daß ich immer ein offenes Ohr für sie habe. Wenn ich im Büro bin und Sie mich anrufen, werde ich zurückrufen; ich werde mir Ihre Probleme anhören, und wenn ich der Meinung bin, daß Sie recht haben, werde ich Ihnen helfen. Sie werden vielleicht nicht immer glücklich über meine Entscheidungen sein, aber Sie werden immer Gelegenheit haben, sich zu äußern, bevor ich meine Stimme abgebe.«

»Sie werden uns persönlich anhören?« fragte jemand.

»Sooft ich kann. Außerdem werde ich mir, wenn ich im Amt bin, einen Assistenten suchen und ihm die Aufgaben übertragen, die ich in den letzten Jahren für Senator Carr wahrgenommen habe. Es wird jemand sein, mit dem Sie gern sprechen werden, wenn ich selbst nicht erreichbar bin.«

Ein Mann, der bisher geschwiegen hatte, einer von denen, die Will noch nicht gekannt hatte, meldete sich zu Wort. »Junger Freund, Sie sollten endlich begreifen, wovon wir hier reden und was wir von Ihnen wollen. Wenn Sie Geld von uns erwarten, müssen wir wissen, daß auf Sie Verlaß ist.«

Will erinnerte sich an den Namen des Mannes. »Mr. Williams«, sagte er, »das klingt mir so, als hätten Sie vor, sich einen Politiker zu kaufen. Wenn Sie das wollen, wenden Sie sich an Mack Dean. Bei ihm haben Sie damit Erfolg.«

Es wurde sehr still im Raum.

Will brach das Schweigen. »Aber Mack Dean wird nicht Ihr nächster Senator. Im September muß Mack in die Landmaschinenbranche zurückgehen, aus der er gekommen ist. Im September bin ich der Kandidat der Demokraten – und im November der neugewählte Senator.«

Lurton Pitts zog ein Blatt Papier aus der Tasche. »Ich habe hier ein paar Umfrageergebnisse. Danach würde Mack Sie schlagen, wenn morgen gewählt würde. Sie liegen elf Punkte hinter ihm.«

»Zum Glück«, sagte Will, »wird morgen noch nicht gewählt, und ich denke doch, daß auf Ihrem Zettel auch die Ergebnisse der Umfrage nach der Fernseh-Diskussion stehen, und danach ergibt sich ein anderes Bild. Nein, Mack Dean ist auf dem absteigenden Ast. Er war ein unfähiger Gouverneur, der nur gewählt wurde, weil sich die anderen Bewerber selbst im Wege gestanden haben. Und wenn er nun in den Senat gewählt würde? Dann wäre nichts von ihm zu hören und zu sehen. Ich glaube, es liegt in Ihrem Interesse, wenn Sie einen Mann in Washington haben, der weiß, wie der Senat funktioniert, und der im Laufe der Zeit tatsächlichen Einfluß gewinnen und ihn für seine Wähler geltend machen kann.«

»Was ist mit dem republikanischen Kandidaten?« fragte Williams. »Woher wissen Sie, daß Sie den schlagen können?«

»Wie ich gehört habe«, ergänzte Pitts, »wird sich die Versammlung der Republikaner für Jim Winslow oder für Reverend Don Beverly Calhoun entscheiden müssen, und den Gerüchten zufolge wird die Entscheidung wahrscheinlich zugunsten von Jim Winslow ausfallen.«

»Mr. Pitts«, erwiderte Will, »ich glaube nicht, daß Jim Winslow Mack Dean schlagen kann.«

Alles lachte, und das in einem Moment, in dem Will fand, daß es nötig war.

»Da ist was dran«, kicherte Pitts. »Es ist komisch genug, aber Calhoun hätte wirklich mehr Aussichten als Winslow, der Mann ist jedoch vielen Republikanern peinlich.«

»Sie haben in beiden Punkten recht, nehme ich an«, sagte Will.

»Werden Sie für Steuererhöhungen stimmen?« fragte Williams. »Die Demokraten sind doch immer ganz wild auf Steuererhöhungen...«

»Das halte ich für ein Gerücht«, antwortete Will. »Ich kenne keinen Politiker, der wild auf Steuererhöhungen ist, und ich bin da keine Ausnahme. Ich werde nur für Steuererhöhungen stimmen, wenn wir die Einnahmen, die wir brauchen, anders nicht kriegen. Aber ich glaube, daß wir im Haushalt zahlreiche Einsparungen vornehmen können, die uns helfen werden, die Staatsverschuldung zu senken und die richtigen Programme zu finanzieren.«

»Sie meinen Sozialprogramme, ja?«

»Wir brauchen Sozialprogramme«, erklärte Will. »Privatinitiative ist zwar wichtig, aber damit allein können wir nicht alle Probleme lösen. Es wird immer Menschen geben, die Hilfe brauchen, und unsere Regierung ist für diese Menschen verantwortlich. Vielleicht nicht im selben Maße wie in den sechziger und siebziger Jahren, aber wir können unsere Mitmenschen nicht einfach verhungern lassen. Es liegt in unser aller Interesse, den Armen Hilfe zur Selbsthilfe zu leisten, sie an eine vernünftige Arbeitsmoral heranzuführen und Steuerzahler aus ihnen zu machen.«

»Bei manchen Leuten nützt alles nichts«, bemerkte ein Mann.

»Damit haben Sie bestimmt recht, aber ich bin nicht bereit, sie verkommen zu lassen, um die Wahrheit dieses Satzes zu beweisen. Ich glaube, daß unser Land die Möglichkeit hat, für all seine Bürger etwas zu tun. Es ist bestimmt eine Weile her, daß jemand von Ihnen Hunger gelitten hat, aber ich nehme an, ein paar von Ihnen wissen noch, wie sich das anfühlt.«

Lurton Pitts warf einen Blick auf seine Uhr. »Will, ich habe versprochen, daß wir bis zwei Uhr fertig sind, und jetzt ist es zehn nach.« Er stand auf und streckte seine Hand aus. »Danke, daß Sie gekommen sind, und wenn Sie uns jetzt bitte entschuldigen – wir haben noch etwas zu besprechen, bevor wir auseinandergehen.«

Will erhob sich. »Ich bedanke mich fürs Zuhören, meine Herren.« Er drehte sich um und verließ den Raum.

Als er draußen auf seinen Wagen wartete, versuchte er, sich an die Atmosphäre im Raum zu erinnern und sie zu beurteilen, aber er konnte es nicht. Einige von den Männern hatten geschwiegen, ein paar waren unverhohlen feindselig gewesen; niemand, so schien es Will, war ihm mit Sympathie begegnet, nur mit Höflichkeit. Manche Männer in diesem Raum hätten sich mit Mack Dean oder Jim Winslow wohler gefühlt. Und einigen wäre wahrscheinlich sogar Reverend Don Beverly Calhoun lieber gewesen.

Will erstattete seinem Vater und Tom Black Bericht. Am Abend hatten sie noch nichts von Lurton Pitts und seinen Freunden gehört. Sogar am Ende der Woche hatten sie noch keine Nachricht von ihnen. Mack Deans Wahlkampfmanager gab eine Pressekonferenz und sagte die zweite Fernseh-Diskussion ab; er behauptete, sein Kandidat habe zuviel zu tun, er müsse ganz Georgia bereisen. Gerüchtweise verlautete jedoch, daß der Gouverneur Geld für Werbespots bekommen hatte.

20

Harold Perkerson rollte durch die schmale Straße und betrachtete die Rückfronten der Gebäude. Wenig Fenster. Gut. Sein Wagen war ein unauffälliger Ford, den er vor einer halben Stunde vom Parkplatz einer S-Bahn-Station gestohlen hatte.

Er kam zu der Garagentür mit der richtigen Nummer, hielt an, holte eine kleine Fernbedienung aus seiner Aktentasche und richtete sie auf die Tür. Die Tür glitt quietschend nach oben. Er fuhr im Rückwärtsgang in die Garage und ließ die Tür wieder zugehen. Dann stieg er aus dem Wagen. Die Aktentasche nahm er mit. Er befand sich vor einer Laderampe. Einen grob skizzierten Plan in der Hand, stieg er hinauf, ging durch eine Tür, die nicht abgeschlossen war, und kam zu einem großen

Lastenaufzug. Er fuhr in den zweiten Stock und trat auf einen breiten Flur. Er wandte sich nach rechts und ging bis zu einem großen, mit Teppichboden ausgelegten Raum, der vom Sonnenlicht, das durch die zugezogenen Vorhänge vor den Fenstern an der Vorderseite des Gebäudes sickerte, matt erhellt war. Der Raum war leer. Bis vor kurzem hatte hier ein Möbelfabrikant seine Produkte ausgestellt. Inzwischen gab es die Firma nicht mehr.

Perkerson trat ans Fenster und hob den Vorhang an. Das Sonnenlicht tat ihm in den Augen weh, aber als er sich an die Helligkeit gewöhnt hatte, konnte er die Straße bis zu dem Punkt überblicken, an dem sich die Gruppe versammelt hatte. Als erstes nahm er eine dicke Frau mit einem großen Plakat wahr. Auf dem Plakat stand: GOTT SIEHT ALLES, IHR KINDESMÖRDER.

Die Frau saß auf dem Bürgersteig vor einem niedrigen, ein Stück von der Straße entfernten Gebäude; sie war von ungefähr dreißig Leuten mit ähnlichen Plakaten umgeben. Vor dem Gebäude befand sich ein Schild mit der Aufschrift FRAUENKLINIK DR. MILTON. Das Wort ›Klinik‹ war mit Sprühfarbe ausgestrichen und durch ›Schreckenskammer‹ ersetzt worden.

Ein Dutzend Polizisten stand herum und behielt die Gruppe im Auge. Perkerson bemerkte, daß der Weg, der vom Bürgersteig zum Klinikeingang führte, frei von Demonstranten war. Er warf einen Blick auf seine Uhr: Viertel vor neun.

Perkerson streifte seinen Regenmantel ab, holte einen kleinen Klappstuhl aus der einen Innentasche und stellte ihn am Ende des Vorhangs auf. Dann öffnete er seine Aktentasche, setzte das Gewehr zusammen, montierte das Zielfernrohr und schraubte einen langen Schalldämpfer in den Lauf. Er legte das Gewehr auf den Boden, holte ein leichtgewichtiges Fotostativ aus der anderen Innentasche seines Mantels und baute es auf. Er warf wieder einen Blick auf seine Uhr. Jetzt konnte es nicht mehr lange dauern.

Perkerson griff hinter den Vorhang und stieß ein kleines Fenster auf. Die Demonstranten stimmten ein Lied an. Es war ein Choral, den Perkerson als kleiner Junge oft in der Kirche gesungen hatte. Er drapierte den Vorhang über sein Knie und hielt ihn vom Fenster weg. Er legte ein volles Magazin ins Gewehr ein, schraubte es auf dem Stativ fest und schätzte die Entfernung. Knapp hundertdreißig Meter. Er sah Dampf aus einem Kanaldeckel kommen und stellte fest, daß er kerzengerade aufstieg. Kein Wind. Ideal. Perkerson spannte den Hahn.

Sie kamen etwas früher! Exzellent! Perkerson war ruhiger, wenn er nicht zu warten brauchte. Ein Mann stieg aus. Perkerson erkannte ihn sofort: Das war Milton. Er drehte sich um und half einer Frau in weißer Schwesterntracht aus dem Wagen. Sie eilten auf den Klinikeingang zu. Die Demonstranten brüllten jetzt Sprechchöre.

Perkerson beugte sich vor, zwang sich, sich zu entspannen. Seine Schußposition war nicht perfekt. Er hatte keine Zeit gehabt, sich optimal einzurichten. Er würde rasch handeln müssen.

Als Milton die Hand nach dem Türknauf ausstreckte, warf sich ein Demonstrant vor ihm auf den Gehweg und nötigte ihn zum Anhalten. Milton wandte sich einem Polizisten zu und hob achselzukkend die Hände. Es war, als wollte er sagen: ›Was gedenken Sie zu tun?‹

Diese Bewegung war ein Geschenk für Perkerson. Er hatte die Brust des Arztes im Fadenkreuz, holte tief Luft, atmete aus und drückte ab. Der Arzt wurde nach hinten geschleudert. Volltreffer. Perkerson sah, wie ein Polizist auf die Frau zustürzte. Er schwenkte den Lauf des Gewehrs nach links und feuerte einen zweiten Schuß ab. Der Kopf der Krankenschwester explodierte.

Die Demonstranten brüllten jetzt keine Sprechchöre mehr. Sie schrien wild durcheinander. Leute rannten weg oder warfen sich auf den Boden.

Perkerson wartete nicht ab, was weiter geschah. Er ließ das Fenster offenstehen und zog sein Knie zurück. Der Vorhang fiel gegen die Wand. Schnell, aber ohne Nervosität nahm Perkerson das Gewehr auseinander, verstaute es in seiner Aktentasche, klappte Stuhl und Stativ zusammen, schob sie in die Innentaschen seines Regenmantels, legte den Mantel über den Arm und richtete sich auf. Er blickte um sich, vergewisserte sich, daß er nichts vergessen hatte. Dann ging er mit langen Schritten zum Aufzug. Als er auf die Laderampe trat, waren sein Puls und seine Atmung etwas beschleunigt.

Perkerson warf Aktentasche und Regenmantel auf den Beifahrersitz, stieg ein und hielt die Fernbedienung hoch. Die Garagentür öffnete sich, und er rollte auf die Straße. Er schloß die Tür wieder, bog nach links und stoppte. Die Straße wurde von einem riesigen Müllwagen blockiert. Zwei Männer leerten Tonnen.

Perkerson bemühte sich, ruhig zu bleiben. Er drehte sich um und schaute die Straße entlang. Zwanzig Meter hinter ihm stand ein großer brauner Wagen von UPS. Er war leer. Perkerson blickte wieder nach vorn und saß sehr still. Sein Puls raste plötzlich, sein Atem ging rasch. Welche Möglichkeiten hatte er?

Er konnte aussteigen und laufen. Das war keine gute Idee. In kürzester Zeit würde es hier nur so wimmeln von Cops. Seit den Schüssen waren zwei, drei Minuten vergangen, und in der Ferne hörte man die ersten Polizeisirenen. Er konnte in die Garage fahren und das Haus durch den Vordereingang verlassen. Auch keine gute Idee. Dann lief er der Polizei direkt in die Arme. Und er konnte hier sitzen bleiben und warten, bis der Müllwagen weiterfuhr.

Während Perkerson über diese Möglichkeiten nachdachte, schaute er in den Rückspiegel. Der UPS-Zusteller stieg in seinen Wagen, fuhr weiter und hielt zwei Meter hinter ihm. Perkerson sah, wie er ungeduldig mit den Fingern aufs Lenkrad trommelte.

Man konnte nur warten. Es kam nicht mal in Frage, die Müllmänner anzuschreien; Perkerson wollte keine Aufmerksamkeit erregen. Er griff in seine Brusttasche, zog eine Sonnenbrille heraus und setzte sie auf. Er verschränkte die Arme und hielt die Hand vor den Mund. Die Müllmänner achteten nicht auf ihn, aber wenn sie's taten, sollten sie möglichst wenig von ihm sehen. Im Moment würden sie nicht viel mehr erkennen als eine Hand und eine dunkle Sonnenbrille. Perkerson schaute wieder in den Rückspiegel. Der UPS-Zusteller stieg aus seinem Wagen. Perkerson rauschte jetzt das Blut in den Ohren, und Schweiß rann über sein Gesicht. Er warf einen Blick in den Seitenspiegel. Der UPS-Zusteller ging auf den Müllwagen zu.

Perkerson wischte sich mit der behandschuhten Rechten die Stirn, und da geschah ein Wunder: der Müllwagen setzte sich in Bewegung. Perkerson fuhr langsam hinter ihm her. Er sah im Seitenspiegel, wie der UPS-Zusteller zu seinem Wagen zurückging. Die Sirenen waren jetzt näher. Keine zweihundert Meter mehr.

Der Müllwagen stoppte wieder. Aber diesmal auf der linken Seite, und hier war die Gasse breiter. Einer der Müllmänner winkte Perkerson durch. Perkerson kratzte sich an der Wange, um sein Gesicht verdeckt zu halten, und zog langsam am Müllwagen vorbei. Zwischen ihm und der Mauer lagen nur ein paar Zentimeter. Dann war er frei.

An der nächsten Straßenecke trat Perkerson voll auf die Bremse. Zwei Streifenwagen kreuzten, von rechts kommend, seinen Weg. Perkerson bog bedächtig rechts ab und gab Gas. An der Kreuzung vor ihm war eine Ampel. Sie schaltete gerade auf Rot. Perkerson stoppte und sah im Rückspiegel, wie die beiden Streifenwagen links um die Ecke sausten. Er blickte auf. Noch zwei kamen auf ihn zu. Die Ampel sprang auf Grün, als sie an ihm vorbeirasten. Er gab wieder Gas. Sobald es ging, bog er nach links zur Schnellstraße ab. Fünf Minuten später fuhr er in Richtung Norden.

Perkerson drehte die Klimaanlage auf und lockerte seinen Kragen. Dank der kalten Luft schwitzte er nicht mehr. Er atmete tief durch. Bei der Ausfahrt Piedmont Road verließ er die Schnellstraße und fuhr zur S-Bahn-Station Lindbergh. Der Stellplatz, von dem er den Wagen gestohlen hatte, war immer noch leer. Er parkte ein, nahm seine Aktentasche und seinen Regenmantel, stieg aus, vergewisserte sich, daß er nichts vergessen hatte, und ging weg. Wenn der Pendler am Abend zurückkam, würde er nicht einmal ahnen, was mit seinem Wagen passiert war.

Perkerson zog die Handschuhe aus, die er seit dem Diebstahl getragen hatte, und ging mit flottem Schritt zu einem anderen Teil des Parkplatzes und schaute sich um, um festzustellen, ob er beobachtet wurde. Er fand seinen Wagen, warf Aktentasche und Regenmantel in den Kofferraum und fuhr dann in nördlicher Richtung weiter, seiner gemütlichen neuen Wohnung in Marietta entgegen.

Und plötzlich setzte die Befriedigung ein. Er war wieder im Geschäft.

21

Mickey Keane war fast so schnell da wie seine ehemaligen Kollegen. Er hatte den Polizeifunk abgehört, was an sich verboten war – für ihn als Cop im Ruhestand allerdings nicht. Vor der Klinik herrschte ein einziges Chaos. Vier Streifenwagen mit Blaulicht parkten kreuz und quer; Frauen weinten, Männer zitterten; die Leichen lagen noch da, und ein Polizist machte Polaroidfotos, während man auf das Eintreffen eines Gerichtsmediziners und eines Polizeifotografen wartete.

Keane zeigte einem jungen Beamten seine Dienstmarke, die er sich hatte zurückholen können, und schlüpfte unter dem gelben Band durch, das den Tatort abgrenzte. Er sah sich die Lage der Leichen an. Er vermutete, daß die Schüsse von einem erhöhten Standort aus abgegeben worden waren. Er überblickte beide Straßenseiten. Leute drängelten sich an Bürofenstern und beobachteten das Geschehen, einige lehnten sich über die Simse und deuteten mit Fingern auf die Klinik. Ein Gebäude ausgenommen. Im Parterre, wo sich ein Laden befand, waren Fensterputzer am Werk. Im zweiten Stock stand ein kleines Fenster offen.

Wenn Keane noch im Dienst gewesen wäre, hätte er zunächst Zeugen befragen müssen, so aber konnte er seinen Eingebungen folgen. Als er sich in Bewegung setzte, hielt ein etwas zu unauffälliger Wagen mit kreischenden Bremsen am Bordstein, und die Vorhut der Kriminalbeamten stieg aus. Keane lief ihnen entgegen und ergriff den erstbesten beim Ärmel. »Komm mit, Frank – was am Tatort zu machen ist, kann dein Partner erledigen!«

Der angesprochene Detective winkte seinen Partner zum Tatort und trottete hinter Keane her, der ein flottes Tempo anschlug. »Was ist los, Mickey?« keuchte er. Er war an die Fünfzig und hatte Übergewicht.

»Komm erst mal mit, Frank. Vielleicht finden wir eine Spur vom Schützen. Sehr wahrscheinlich ist es nicht, aber es kann sein.« Keane überquerte die Straße und lief zum Gebäude mit dem Laden im Parterre. Seitlich vom Laden war eine Tür, und Keane hatte schon seine Dietriche in der Hand.

»Was, zum Teufel, hast du vor, Mickey?« fragte der Sergeant.

»Halt's Maul, Frank. Du willst ihn doch erwischen. Kannst ja alles mir in die Schuhe schieben.« Keane öffnete die Tür, zog seine Waffe aus dem Holster und stürmte die zwei Treppen hinauf. Oben blieb er stehen, lauschte, legte einen Finger an die Lippen. Dann suchten die beiden Männer den Flur ab.

»Nichts«, sagte der Sergeant ärgerlich. »Schuß in den Ofen. Besten Dank, Keane.«

»Er war hier«, beharrte Keane und schob seine Pistole ins Holster zurück. Am Eingang zu einem leeren Ausstellungsraum blieb er stehen. Er fuhr mit dem Zeigefinger über die Wandverkleidung. »Staub«, sagte er und hielt den Finger hoch. »Dicker Staub.«

»Na und?« fragte der Sergeant.

Keane ging in die Hocke und sah sich den Teppichboden an. »Da«, sagte er und deutete auf den Boden. Fußspuren führten zu den Fenstern und zurück. Sie zeichneten sich, wenn auch undeutlich, im Staub auf dem grauen Teppichboden ab. Keane und der Sergeant gingen durch den Raum, achteten aber darauf, die Fußspuren nicht zu verwischen. »Der Bursche war in dieser Ecke am Fenster. Hat nur die Lüftungsklappe aufgemacht. Da findest du Schmauchspuren, jede Wette.«

»Okay, ich glaub's dir«, sagte der Sergeant.

»Der ist nicht vorn rausgegangen«, fuhr Keane fort und drückte den Aufzugsknopf.

»Paß auf wegen der Fingerabdrücke.«

»Der hat keine Fingerabdrücke hinterlassen«, behauptete Keane. »Der hat gar nichts hinterlassen. Und aus den Fußspuren kannst du nicht mal auf seine Schuhgröße schließen.« Sie fuhren mit dem Lastenaufzug nach unten, und Keane ging zur Laderampe. »Der ist hier reingefahren und dann wieder raus«, sagte er und zeigte auf die Reifenspuren im Staub auf dem Boden der Garage. »Wenn du Glück hast, hat ihn jemand auf der Straße hinter dem Haus gesehen.«

Der Detective sprach in sein Funkgerät. Er nannte die Hausnummer, forderte ein Team zur Sicherung der Reifenspuren an. »In einer halben Stunde wissen wir, was das für ein Wagen war«, sagte er zu Keane.

»In einer halben Stunde? Das kannst du vergessen, Frank. Wenn ihn niemand gesehen hat, bist du verarscht. Das ist ein Profi. Du weißt, von wem ich spreche, oder?«

Der Sergeant blickte Keane verblüfft an. »Wie?«

»Das war der Mann, der Chuck in die Luft gejagt hat, merkst du das nicht?«

»Wie hieß er noch? Perkins?«

»Perkerson. Harold Perkerson.«

»Mensch, Mickey, das ist doch schon Wochen her. Du bist offenbar total auf den Burschen fixiert.«

»Er war's, Frank, das spür' ich«, beharrte Keane. »Unser Freund Harold ist wieder da. Komm.« Er stieg von der Laderampe, mied die Stelle, wo der Wagen geparkt hatte, fand den Schalter für die Garagentür und öffnete sie. Er trat auf die Straße, gefolgt vom Sergeant, und blickte in beide Richtungen. »Na bitte.« Keane grinste. An der Kreuzung stand ein Müllwagen ohne Müllmänner. »Da hast du deine Zeugen – aber die sind garantiert am Tatort«, lachte er.

Sie gingen durch das Gebäude zurück, begegneten den Leuten von der Spurensicherung und näherten sich dem Tatort. Vor dem gelben Band standen drei Müllmänner. Keane zeigte auf sie. »Deine Zeugen.« Er ließ den Detective mit ihnen reden. Dann schaute er sich noch einmal um. Die Leichen wurden gerade abtransportiert, und jemand von der Klinik spritzte den Gehweg mit einem Gartenschlauch ab. Keane kehrte zu Frank und den Müllmännern zurück.

»Du hattest recht, Mickey«, sagte Frank. »Wir haben Zeugen, aber keine Personenbeschreibung. Niemand hat ihn genau gesehen.« Frank grinste. »Aber wir haben die halbe Zulassungsnummer seines Wagens.«

»Dann viel Glück, Frank«, sagte Keane. Er winkte und machte sich auf den Weg.

»Willst du nicht dableiben, bis wir mehr wissen?«

»Nein, du kannst den Ruhm für dich haben.« Keane stieg in seinen Wagen, ließ den Motor an und tippte eine Nummer in sein neues Autotelefon. Er nahm den Hörer ab, lauschte.

»Pearl«, sagte eine Stimme.

»Er ist wieder da, Manny«, sagte Keane.

»Die Geschichte mit der Abtreibungsklinik? War schon im Fernsehen.«

»Genau. Und das war *er* – ich spür's. Nur ist er leider verschwunden. Die Polizei hat ein Stück von seiner Autonummer, aber wenn sie den Wagen finden, wird Perkerson nicht drin sitzen. Der ist schon lange weg.«

»Verdammt!« schrie Manny Pearl.

Keane holte tief Luft. »Aber nicht für ewig. Und er ist nicht weit. Jetzt werde ich das Schwein finden.«

22

Will kehrte bei Einbruch der Dunkelheit völlig erschöpft nach Hause zurück. Er hatte in den letzten drei Tagen fünfzehn Wahlkampfauftritte gehabt und war selbst von Stadt zu Stadt geflogen. Es war Samstagabend, seine Eltern waren in Atlanta, das Personal hatte frei, und er freute sich auf einen ruhigen und einsamen Sonntag. Er hatte tagelang an nichts denken können als an den Ort, an dem er sich aufhielt, und die Fragen, die ihm gestellt wurden. Jetzt brauchte er ein paar Stunden zum Abschalten.

Auf dem Schreibtisch lag Post, das meiste davon war belanglos, mit

Ausnahme zweier Briefe. Der erste war vom Gericht in Greenville, und er riß ihn auf.

Lieber Will,
Elton hat sich wieder erholt, aber ich habe so viele Verhandlungstermine, daß ich nicht weiß, wie ich in diesem Quartal noch dazu kommen soll, einen Mordprozeß zu führen. Ich möchte ihn aufs nächste Quartal vertagen und habe mir Ende November dafür vorgemerkt, es sei denn, ich kann einen anderen großen Prozeß verschieben. Ich nehme an, daß Sie nichts dagegen haben. Falls doch, so lassen Sie es mich bitte wissen.

Der Brief war von Richter Boggs unterzeichnet.

Will war erleichtert. Wochenlang hatte er nicht mehr über den Prozeß nachgedacht und immer ein schlechtes Gewissen gehabt. Nun konnte er Prozeß und Wahl säuberlich voneinander trennen. Er schlug sein Adreßbuch auf und wählte eine Nummer. Am anderen Ende der Leitung wurde sofort abgehoben.

»Hallo?« Die Stimme klang jung wie eh und je.

»Larry, hier Will Lee. Wie geht es Ihnen?«

»Nett, daß Sie von sich hören lassen, Mr. Lee. Gibt's was Neues?«

Will berichtete Larry vom Brief des Richters. »Ich glaube, das ist wirklich das beste für uns, Larry.«

»Ja, wahrscheinlich.«

»Ich denke, je länger wir den Prozeß hinausschieben können, desto günstiger ist es für Sie. Bei einem Mordfall ist es immer gut, wenn eine gewisse Zeit verstrichen ist.«

»Ich verstehe«, sagte Larry.

»Natürlich haben Sie das Recht auf einen schnellen Prozeß, und wenn es Ihnen zu lange dauert, kann ich immer noch mit dem Richter sprechen. Sein Brief hört sich so an, als sei auch ein früherer Termin möglich, wenn wir es verlangen.«

»Nein, machen wir's lieber so, wie Sie sagen. Warten wir. Damit kann ich leben. Läuft alles ganz gut hier. Ich hab' meinen Job, und es ist fast so wie früher.«

»Das freut mich. Wie geht es Charlene?«

»Keine Ahnung. Wir haben Schluß gemacht.«

Will war plötzlich besorgt. »Wo ist sie? Weg aus Georgia?«

»Nein, nein, sie ist zu einer Freundin gezogen. Sie haben einen Wohnwagen zusammen. Irgendwo bei Warm Springs.«

»Aber mit ihrer Aussage gibt es hoffentlich keine Probleme.«

»Nein, Charlene ist okay, die sagt für mich aus.«

Will war erleichtert. Larry hatte kein Alibi ohne Charlene. »Wunderbar. Dann passen Sie gut auf sich auf. Wenn ich was für Sie tun kann, rufen Sie in meiner Wahlkampfzentrale in Atlanta an. Die Leute dort wissen, wo ich zu erreichen bin.«

»Das mach' ich, Mr. Lee, und vielen Dank.«

Will legte auf. Nachträglich fiel ihm ein, daß er Larry nach Charlenes Adresse und Telefonnummer hätte fragen sollen. Er rief die Auskunft an und bekam einen Anschluß in Warm Springs genannt. Dann wählte er die Nummer.

Eine bekannte Stimme meldete sich, sanft und mit südlichem Akzent. »Hallo, hier Charlene. Ruby und ich sind im Moment nicht da, aber Sie können nach dem Signalton was aufs Band sprechen. Wir rufen so schnell wie möglich zurück.«

Will wartete den Signalton ab und hinterließ seine Telefonnummer. Dann nahm er den zweiten Brief zur Hand. Die Adresse war mit ihrer klaren, schnörkellosen Handschrift geschrieben, einer Schrift, die unverwechselbar war. Er öffnete den Umschlag. Es lag nur ein Bogen darin.

Will,
ich bin unglücklich über unser letztes Gespräch. Ich möchte Deine Freundschaft nicht verlieren. Ich weiß, daß Du im Augenblick mit dem Wahlkampf mehr als genug zu tun hast, und so werde ich warten und Dich Ende November oder Anfang Dezember anrufen. Bis dahin dürften sich auch bei mir die Wogen geglättet haben, und vielleicht können wir dann zusammen Mittag essen und uns über alles unterhalten. Bis dahin wünsche ich Dir viel Glück. Ich weiß, daß Du Deine Sache gut machen wirst – das tust Du ja immer. Du wirst ein großartiger Senator sein.

Kate

Will las den Brief noch einmal. Unbeteiligter ging es kaum. »Will«, nicht »Lieber Will«; kein Wort von Liebe; und dann noch das alberne zuckersüße Kompliment am Ende... Will nahm ein Blatt Papier aus seinem Zettelfach und schrieb:

Meine liebe Kate,
vielen Dank für Deine netten Zeilen. Deine Freundschaft wird mir natürlich immer wichtig sein. Ich danke Dir auch für Deine guten Wünsche und freue mich darauf, Ende November oder Anfang Dezember von Dir zu hören.

Liebe Grüße
Will

In solchen Situationen war es immer das beste, ein bißchen herzlicher als nötig zu sein. Will knüllte Kates Brief zusammen und warf ihn in den Papierkorb. Dann steckte er seinen Brief in einen Umschlag, klebte ihn zu und versah ihn mit einer Briefmarke. Am Montag würde er ihn aufgeben. Er machte sich eine Dose Chili warm und spülte sie mit einer halben Flasche kalifornischem Rotwein hinunter. Später schlief er ein, kaum daß er sich ins Bett gelegt hatte, doch zuvor war noch ein qualvoller Moment des Schmerzes, des Bedauerns, der Wut und der Begierde auszustehen. Ab morgen, das nahm er sich vor, würde Kate ihm nicht mehr fehlen.

23

Der Traum entglitt Will, und zurückblieb nur die Erektion, die er hervorgerufen hatte. Was hatte er geträumt? Es war so lebendig gewesen, doch nun war es spurlos verschwunden.

Er lag auf dem Rücken und beobachtete, wie der Schatten eines Baumes über die Zimmerdecke spielte. Fast keine Bewegung in der Luft – ein Julitag, typisch für Georgia: windstill und heiß.

Will stieg aus dem Bett, kochte Kaffee und bereitete Müsli zu. Er hatte Hunger wie ein Wolf. Nach der zweiten Tasse Kaffee war er soweit, sich der Zeitung zu widmen. Den politischen Teil überschlug er. Heute waren die Comics wichtiger, und er widmete sich ihnen eine Weile. Als das Telefon klingelte, stellte er die Klingel ab und schaltete den Anrufbeantworter ein. Man würde ja wohl diesen einen Tag ohne ihn auskommen. Es war vermutlich der letzte, den er vor der Vorwahl für sich allein hatte.

Will werkelte den ganzen Vormittag im Haus, räumte Bücher um, warf einen Haufen Zeug weg, das sich in verschiedenen Ecken angesammelt hatte, hängte ein paar Bilder auf, die seit Monaten an einem Schrank lehnten. Um die Mittagszeit war er schon wieder ein wenig erschöpft. Nur mit einem leichten Morgenrock bekleidet, trat er auf die Veranda. Draußen war es wie in einer Sauna. Er öffnete den Morgenrock, um sich damit Kühlung zuzufächeln, aber so kam bloß noch mehr Hitze an ihn heran. Er betrachtete den stillen kleinen See. Das Wasser würde an der Oberfläche warm sein und dreißig Zentimeter darunter kühl. Will streifte den Morgenrock ab, lief nackt zum See und über den Bootssteg und hechtete so weit hinaus, wie er nur konnte. Mit der Temperatur an der Oberfläche hatte er recht gehabt: handwarm. Doch mit der darunter hatte er sich geirrt: es war nicht kühl, sondern eisig kalt. Will hielt die Luft an, schwamm unter Wasser und ließ sich erfrischen. Eine halbe Minute später tauchte er wieder auf und stieß einen Freudenschrei aus. Soviel Spaß hatte er seit seinen Teenagerjahren nicht mehr gehabt. Wann war er zum letzten Mal im See geschwommen? War er da am College gewesen? Oder an der Uni?

Er paddelte ein, zwei Minuten an der warmen Oberfläche, hielt auf den Bootssteg zu. Dann machte er kehrt und tauchte wieder. Er zählte die Sekunden und kam bis fünfzig, ehe er aufwärtsschoß und nach Luft schnappte. Als er oben war, passierte etwas Merkwürdiges. Hinter sich, in der Nähe des Bootsstegs, hörte er ein Platschen. Er drehte sich um. Keine Menschenseele war zu sehen. Aber das Wasser war bewegt. Dann packte ihn, bevor er Atem holen konnte, etwas am Knöchel und zog ihn in die Tiefe.

In Panik kämpfte er sich an die Oberfläche und rang nach Luft. Außer ihm war noch jemand im Wasser, aber er sah nichts, nicht einmal eine Luftblase. Dann kroch, ebenso plötzlich wie zuvor, etwas an seinem Rücken hinauf. Er drehte sich um und wollte einen Schatten fassen, der sich ihm entwand. Dann tauchten sie beide auf, Auge in Auge.

»Hallo«, sagte sie und wischte sich ihre langen blonden Strähnen aus der Stirn.

Will brauchte einen Moment, um zu verstehen. »Charlene!« lachte er verblüfft. »Wo kommen Sie denn her?«

»Oh, ich hab' Sie auf dem Anrufbeantworter gehört, und ich mußte sowieso nach Delano. Da dachte ich mir, ich könnte bei Ihnen vorbeischauen. Ich bin hier angekommen, als Sie ins Wasser gesprungen sind, und hab' gerufen, aber Sie haben mich nicht gehört. Also beschloß ich, zu Ihnen zu kommen.« Sie streckte beide Hände aus, packte Will bei den Haaren und drückte ihn unter Wasser.

Sein Gesicht glitt an ihrem Körper entlang, an ihren Brüsten vorbei, einen flachen Bauch hinunter und über Schamhaar hinweg. Dann sprang sie hoch und versuchte fortzuschwimmen. Er hielt sie fest und zog sie in die Tiefe. Ein paar Sekunden später kamen sie wieder gemeinsam an die Oberfläche, seine Hände lagen auf ihrer Taille, ihre Hände auf seinen Schultern. Da waren sie, dachte Will, und sie waren nackt; auf der Farm war niemand; sie hatten ihre Ruhe; Larry und Charlene hatten sich getrennt, das hatte Larry selbst gesagt. Also?

»He, Mr. Lee!« lachte Charlene. »Sie sehen so aus, als hätten Sie eben eine Entscheidung getroffen.«

»Das habe ich auch«, antwortete er.

»Will«, sagte sie. Sie nahm ihn in die Arme, zog ihn an sich und küßte ihn. Ihr Mund war weich und warm, ihr Körper an seinen geschmiegt. Sie hatte die Beine um seinen Penis geschlossen, der erigiert war, seit er gemerkt hatte, wer mit ihm im Wasser war. Sie sanken einen Moment eng umschlungen abwärts, dann löste sie sich von ihm und tauchte wieder auf. »Gibt's in dem Häuschen da drüben ein Bett?« fragte sie.

»Ja.«

»Dann wollen wir mal sehen, wer schneller da ist«, sagte sie und schwamm auf den Bootssteg zu.

Er kraulte ihr nach, aber sie war schon aus dem Wasser und auf dem Weg zum Haus, als er den Bootssteg erreichte. Er rannte ihr nach. Sie sauste durch die Tür, flitzte zum Bett und sprang hinein. Er war einen Meter hinter ihr.

Sie packte ihn und zog ihn über sich. »Ich will dich«, keuchte sie. »Sofort.«

Er versuchte zu antworten, aber sie verschloß ihm den Mund mit Küssen. Sie rollten im Bett herum; seine Hände waren auf ihren Brüsten, dann auf ihren Hinterbacken; sie half ihm, in sie einzudringen. »O Gott!« schrie sie. »Ich will dich, ich will dich!«

»Du hast mich!« schrie er und bewies es ihr.

Kurz darauf kamen sie beide – laut, gewaltig, hemmungslos. Dann lagen sie engumschlungen, naß und atemlos.

»Großer Gott«, keuchte sie, »du weißt, wie man eine Frau verführt.«

»Ich? Ich habe dich verführt?« Er lachte.

»Und wie man sie glücklich macht«, fuhr sie fort.

»Nur glücklich?« fragte er. »Ich dachte, es wäre ein bißchen mehr gewesen.«

»Das kommt noch, Will.« Sie strich ihm das Haar aus der Stirn. »Das ging ein wenig schnell, aber ich wollte es so. Und jetzt machen wir's langsam.«

»Ich weiß nicht, ob ich das schaffe«, sagte Will noch immer ein wenig atemlos.

Charlene drehte ihn auf den Rücken und umfuhr seine Brustwarzen mit ihrer Zunge. »Natürlich schaffst du das«, sagte sie und nahm seine Hoden sanft in die Hand. »Wirst ja sehen.«

Will streichelte ihre Brüste. »Du könntest recht haben«, murmelte er.

Und sie hatte recht. Das zweite Mal dauerte fast eine Stunde.

Als es dunkel wurde, lagen sie im frischbezogenen Bett. Sie hatten zusammen geduscht. Jetzt aßen sie Eis.

»Wir haben ein Problem«, sagte Will.

»Was für ein Problem?« fragte Charlene. »Ich nehme die Pille, und ich bin gesund. Ich war erst vor ein paar Tagen beim Arzt.«

»Larry – das ist das Problem.«

»Ach, der. Wir haben uns getrennt.«

»Das macht es natürlich leichter, aber das Wesentliche ist, daß du eine wichtige Zeugin bist – die entscheidende Zeugin in einem Mordprozeß, bei dem ich die Verteidigung übernommen habe.«

»Und?«

»Nun, man könnte mir unterstellen, daß ich versuche, deine Aussage zu beeinflußen.«

»Wirklich – hast du das getan? Ich dachte, wir hätten miteinander geschlafen.«

»Natürlich, und es war wohl nicht das Schlaueste für dich und mich, eine solche Beziehung einzugehen, wenn du verstehst, was ich meine.«

»Nein, das versteh' ich nicht. Hat's dir nicht gefallen?«

»Großer Gott, und wie! Trotzdem gehört es sich strenggenommen nicht.«

»Super«, sagte sie. »Ich hasse Dinge, die sich gehören. Ich bin eigentlich auch nicht gerade schicklich.«

»Das ist einer deiner Reize.«

»Hab' ich sonst noch welche?« fragte sie.

»Ja. Den hier zum Beispiel.«

»Oh, das gefällt mir...«

»Mir auch.«

»Darf ich dich was sehr Persönliches fragen?« sagte sie.

»Klar. Ist schließlich eine ziemlich persönliche Situation.«

»Hat dir schon mal jemand, der gerade Eis gegessen hat, einen geblasen?«

»Nein, das Glück hatte ich noch nie«, antwortete er mit matter Stimme.

Sie stellte ihr Eisschälchen beiseite. »Tja, Alter«, sagte sie, »das Glück ist jetzt auf deiner Seite.«

Als der Morgen dämmerte, ging Charlene zum Seeufer und sammelte ihre Kleider ein. Eine Shorts und ein T-Shirt in der Hand, kam sie zurück und setzte sich auf die Bettkante. »Will, du Superhengst«, sagte sie. »Ich hab' Frühschicht und muß um acht bei der Arbeit sein.«

»Superhengst? Ich?« fragte er verschlafen.

»Aber sicher«, sagte sie und schlug die Decke zurück. »Schau's dir selber an. Da wird einer wach. Jetzt lieg mal still.« Sie setzte sich über ihn, nahm ihn in sich auf.

»Du bist ja auch schon wieder ganz feucht«, stöhnte er. Er richtete seinen Oberkörper auf und küßte sie.

»Das ist deine Schuld.«

Er preßte sein Gesicht an ihre üppigen Brüste. »Sie sind wunderschön.«

»Freut mich, daß du sie magst.«

»Du bist überall wunderschön.«

»Du bist auch nicht schlecht«, sagte sie und begann rascher zu atmen. »Ich komme gleich.«

»Ich auch«, keuchte er.

Sie hielten sich einen langen Moment umarmt. Dann schob sie ihn aufs Bett zurück.

»Das nenne ich einen guten Tagesanfang«, sagte er.

»Schlaf noch ein bißchen.«

»Charlene, bevor du gehst...«

»Hör zu, Will. Es war wunderbar, ich war geil, du warst geil, aber ich weiß, daß du viel zu tun hast in nächster Zeit. Du mußt mich nicht anrufen. Ich weiß, daß du einen anderen Background hast als ich und daß ich nicht die Art Frau bin, mit der du zu einer Gesellschaft gehen kannst.«

»Ich finde dich großartig.«

»Das freut mich, aber du schuldest mir nichts«, sagte sie. »Solltest du aber wieder mal Lust haben, dann wäre es wunderbar, wenn wir uns wieder um den Verstand vögeln könnten. Können wir's so lassen, ja?«

»Wenn du meinst…«

»Ich meine es. Und mach dir keine Gedanken wegen dem Prozeß. Ich kann den Mund halten. Wir siezen uns natürlich. Ich werde meine Aussage machen, und du hast sie nicht beeinflußt.« Charlene stand auf und zog ihre Kleider an. »Und jetzt schlaf weiter«, sagte sie. Sie küßte ihn.

»Tschüs, Charlene«, sagte er seufzend.

»Tschüs. Bis du mich wieder willst.«

Sie ging, und Will sank in rosigen Schlummer.

24

Will traf am Montag vormittag mit leichtem Schritt und leichtem Herzen in der Wahlkampfzentrale in Atlanta ein. Er staunte über die Verwandlung, die mit ihm vorgegangen war. Konnte durch einen Geschlechtsakt – also gut, mehrere Akte – irgendein verjüngendes Hormon in die Blutbahn gelangen? Oder empfand er bloß primitive Freude über eine Eroberung? Dabei hatte *er* sie gar nicht gemacht. Charlene verwirrte ihn. Sie war schön, sie war ein einfaches Mädchen – man merkte es an ihren Manieren, an ihrer Sprache, an ihrem Akzent –, und sie hatte das Zeug dazu, einen Mann zu verführen, den sie nur ein paarmal gesehen hatte, dann ihre Beziehung leidenschaftslos und ohne Bitterkeit zu beschreiben, auf eine Weise, zu der Will nie imstande gewesen wäre, und schließlich zu sagen, daß sie, wann immer er wollte, verfügbar war. Warum? War sie sexuell unersättlich? Larry Moody hatte so etwas angedeutet; vielleicht entsprach es der Wahrheit. Vielleicht hatte sie Larry auch eins auswischen wollen. Wenn das der Fall war, war Will einerseits glücklich darüber, daß sie ihn als Mittel zum Zweck ausgewählt hatte, und andererseits hatte er Angst, daß es andere erfuhren.

Tom Black betrachtete ihn verblüfft. »Sie müssen einen traumhaft schönen Sonntag gehabt haben«, sagte er.

»Das stimmt.« Will grinste. Wenn Tom gewußt hätte, warum...

»Freut mich sehr, daß Sie so gute Laune haben. Ich habe leider ziemlich schlechte.«

»Wieso?«

»Weil uns das Geld allmählich ausgeht. Unsere Telefonaktion bringt von Tag zu Tag weniger; wir haben Spendenaufrufe bei den meisten Leuten gestartet, die uns wohlgesinnt sind; bei einigen Förderern haben wir schon zwei- oder dreimal vorgesprochen, und ich fürchte, sie haben die Nase voll. Wir brauchen ein herausragendes Ereignis, das genügend Menschen so tief beeindruckt, daß sie unsere Kasse wieder auffüllen. Die Fernseh-Diskussion war eine große Hilfe, und eine zweite wäre eine noch größere. Mack Dean weiß das natürlich, und ich glaube, das war der eigentliche Grund für seine Absage.«

»Haben Sie schon mit meinem Vater gesprochen?« fragte Will.

Tom nickte. »Er hat seine Freunde auch schon ein paarmal angerufen. Jetzt muß Ben Carr her.«

»Diese Idee können wir gleich vergessen«, sagte Will. »Er hat Fortschritte gemacht, er kann in bescheidenem Maße seinen Willen kundtun, aber er könnte nie ein Interview geben.«

»Noch was«, sagte Tom. »Emma Carr ist bei Teegesellschaften und Wahlkampfveranstaltungen für Mack aufgetaucht und hat behauptet, daß ihr Bruder Mack heiß und innig liebt und Ihnen nie vertraut hat.«

»Da können wir nicht viel machen«, erwiderte Will. »Wir könnten Miß Emmy höchstens in die Klapsmühle stecken, und das werde ich nicht tun.«

»Schade«, sagte Tom. »Was hielten Sie davon, wenn wir sie unschädlich machen würden?«

Will lachte. »Sagen Sie so was nicht, nicht mal im Spaß. Vielleicht hat Mack unser Büro verwanzen lassen.«

Kitty Conroy trat ein. Sie hatte einen dicken Umschlag in der Hand. »Das ist eben gekommen. Für dich, Will.«

»Mach's auf.«

Kitty öffnete das Päckchen, warf einen Blick hinein und kippte den Inhalt auf Wills Schreibtisch. Mehrere Bündel Papier in verschiedenen Farben, von Gummis zusammengehalten.

»Was ist das?« fragte Tom und nahm eines von den Bündeln.

Kitty zog einen Bogen Papier aus dem Umschlag. »Ein Brief von Lurton Pitts«, sagte sie und gab ihn Will.

Will starrte den Brief an.

»Großer Gott«, rief Tom. »Das sind Schecks.«

Will fiel der Unterkiefer herunter. Dann las er den Brief vor: »Lieber Will, wir waren sehr beeindruckt von Ihnen. Wir haben einige Telefonate mit Freunden und Bekannten geführt und das Beiliegende gesammelt. Ich hoffe, Sie können es brauchen. Mit freundlichen Grüßen. Lurton.« Will starrte die Bündel an. »Was glaubt ihr? Wieviel ist das?« fragte er.

Tom und Kitty entfernten die Gummis und gingen die Schecks durch.

»Ich habe hier keinen unter fünfhundert«, verkündete Tom. »Die meisten sind auf tausend Dollar ausgestellt.«

Will, Tom und Kitty begannen die Schecks nach Höhe des Betrags zu sortieren. Dann zählten sie alles zusammen.

»Ich kann's nicht glauben«, sagte Kitty. »Vierhundertzehntausend Dollar!«

»Das ist bestimmt nicht legal«, sagte Will. »Wir müssen das an Pitts zurückschicken, bevor jemand davon erfährt.«

»Den Teufel werden wir tun«, ereiferte sich Tom. »Kein einziger Scheck hier ist über dem gesetzlichen Limit für Einzelpersonen – tausend Dollar. Und jeder ist von jemand anderem unterschrieben. Kurz und gut: Alles ist völlig legal.«

Will sah die Stapel an. »Das kann doch nicht wahr sein. Da ist irgendwo ein Pferdefuß.«

Ein Wahlhelfer kam ins Büro. »Ihr Vater ist am Telefon, Mr. Lee.«

Will drückte den Knopf und nahm den Hörer ab. »Morgen, Dad. Wie war dein Wochenende?«

»Ganz gut«, antwortete Billy Lee. »Und wie läuft es heute vormittag bei dir? Müßte eigentlich alles großartig sein, wenn das stimmt, was man so hört.«

»Du weißt Bescheid über das Päckchen von Pitts?«

»Er hat mich gerade angerufen. Er hat mir versichert, daß bei dieser Sache das Wahlgesetz nicht verletzt worden ist. Er hat nur eine Bitte: Du sollst nicht an die große Glocke hängen, daß er und seine Leute dahinterstecken.«

»Wir müssen aber eine Liste der Spender an die Wahlkommission weiterleiten«, entgegnete Will.

»Das geht in Ordnung. Lurton und seine Freunde haben nicht mehr als tausend pro Person gespendet.«

»Ich habe trotzdem den Eindruck, daß irgend etwas nicht ganz sauber ist«, sagte Will kopfschüttelnd.

»Laß dir deswegen keine grauen Haare wachsen, mein Junge. Gib das Geld lieber aus.« Billy verabschiedete sich und legte auf.

Will schaute Tom an. »Also, es ist in Ordnung. Aber nur wir drei wissen, von wem das Geld stammt. Pitts verlangt, daß wir den Mund halten, und ich möchte nicht, daß es über diesen Raum hinausdringt. Alles klar?«

»Alles klar«, antworteten Tom und Kitty wie aus einem Mund.

»Will«, sagte Tom.

»Ja?«

»Jetzt haben wir die Mittel für unsere Fernseh-Kampagne.«

Will kramte in einer Schreibtischschublade und nahm ein paar Bogen Papier heraus. »Ich schreibe Lurton Pitts jetzt einen Dankesbrief. Jemand soll sich an den Computer setzen. Ich möchte, daß jeder Spender einen Brief mit meiner Unterschrift bekommt.«

»Will«, sagte Kitty, »deine Mutter hat dich gut erzogen.«

»Noch was«, sagte Will, bevor er zu schreiben begann. »Jemand soll die Schecks sofort zur Bank bringen. Es macht mich nervös, wenn hier so viel Geld rumliegt.«

Kitty steckte die Schecks in den großen Umschlag zurück.

25

Will saß mit Tom Black, Kitty Conroy und seinen Eltern in einem kleinen Vorführraum, in dem es nach kaltem Rauch stank; er schaute auf einen großen, leeren Monitor und wartete ungeduldig, daß etwas darauf erschien.

Er hatte gerade zwei Tage in einem winzigen Studio am anderen Ende des Flurs verbracht, in eine Kameralinse gestarrt und zu ihr gesprochen, als sei sie ein Mensch. Die ganze Sache war reichlich verwirrend gewesen. Ständig hatte ihm eine ältere Dame, mit einem Tiegel Make-up und einem Schwamm ausgerüstet, das Gesicht betupft; und er hatte kein einziges Mal einen Zettel vor sich gehabt, von dem er ablesen konnte. Tom hatte ihn gezwungen, auf eine Art von sich zu berichten, wie er's normalerweise nie getan hätte. Er hatte von seinen eigenen

Leistungen gesprochen, als wären es die eines anderen. Schließlich war er müde, heiser und durcheinander gewesen. Und nun würde er das Resultat seiner Bemühungen sehen.

Der Monitor flimmerte, und plötzlich tauchte Wills Gesicht auf. Es war beängstigend groß und nah, aber Will merkte sofort, wie gut es ausgeleuchtet war.

Ein professioneller Sprecher kündigte ihn an: »Will Lee möchte Georgia im Senat der Vereinigten Staaten vertreten. Hören Sie, was er zu sagen hat.«

Will blickte in die Kamera und begann. Seine Stimme klang entspannt und natürlich. »Ich habe acht Jahre in Washington für Senator Ben Carr gearbeitet. Ich war für die Organisation in seinem Büro verantwortlich, habe als Pressesprecher gearbeitet, war Leiter der Rechtsabteilung und Berater des Geheimdienstausschusses des Senats, bei dem Ben Carr den Vorsitz führt.« Will gestattete sich die Andeutung eines Lächelns. »Natürlich habe ich in dieser Zeit auch ab und zu eine Tasse Kaffee getrunken.« Dann wurde er wieder ernst. »Ich hatte Gelegenheit, von einem Mann zu lernen, den ich für Georgias besten Senator dieses Jahrhunderts halte. Und nun, da Senator Carr sich nicht zur Wiederwahl stellen kann, kandidiere ich als Ersatz für ihn – das heißt, soweit jemand Benjamin Carr überhaupt ersetzen kann. Ich bitte Sie um Ihre Stimme, damit ich meine Erfahrung zum Wohl der Bürger von Georgia im Senat einsetzen kann. Ich finde, daß mich diese Erfahrung dazu befähigt, meine Sache besser zu machen als jeder andere Kandidat. Ich hoffe, Sie sind meiner Meinung.«

Dann kam eine Schrift: »Finanziert vom Wahlkomitee für Will Lee.« Und damit endete der Spot.

Will hatte die Luft angehalten. Jetzt atmete er aus.

»Das war gut«, sagte Patricia Lee.

»Das Urteil dieser Dame ist mit Vorsicht zu genießen«, lachte Will. »Sie ist die Mutter des Kandidaten.«

»Trotzdem hat sie recht«, behauptete Kitty Conroy.

Billy Lee schaltete sich ein. »Ich finde es perfekt. Sie haben phantastische Arbeit geleistet, Tom.«

»Danke«, sagte Tom. »Wir haben noch sieben Einminutenspots.« Er bedeutete dem Techniker, sie vorzuführen.

Will beobachtete sich auf dem Bildschirm. Es war ein bißchen unheimlich; er fühlte sich beteiligt und distanziert zugleich. Als alle Spots gelaufen waren, war ihm wohler – eigentlich gefielen sie ihm. »Ich kann das nicht objektiv beurteilen«, sagte er in den Raum hinein. »Dafür bin ich zu befangen.«

»Dann will ich mal erklären, was ich vorhatte«, sagte Tom, »und Sie verraten mir, ob ich's hingekriegt habe. Mack Deans Spots wirken gewollt patriotisch mit dieser Marschmusik und den Fahnenschwingern. Ich wollte einen scharfen Gegensatz dazu. Ich wollte die Botschaft, die Will vermitteln möchte, schlicht, freundlich und glaubwürdig halten; ich finde, daß Will ein glaubwürdiger Mann ist, und das soll jeder merken. Ich habe ausschließlich Nahaufnahmen machen lassen, weil das eine gewisse Intimität vermittelt. Man hat Will vorgeworfen, daß er zu sachlich auftritt und nicht liebenswürdig genug wirkt. Wir haben daran gearbeitet, bis ich das Gefühl hatte, daß er besser ankommt. Am Anfang war er wirklich ziemlich steif, aber am Ende wirkte er entspannt, vielleicht auch ein bißchen müde, und so gefällt er mir.«

»Es ist wirklich phantastisch, Tom«, sagte Billy. »Meiner Meinung nach haben Sie genau das erreicht, was Sie wollten.«

»Danke.«

»He, und ich bin überhaupt nicht daran beteiligt oder wie?« fragte Will mit gespielter Gekränktheit.

»Doch, zu zehn Prozent«, antwortete Kitty.

»Ich mache noch eine Dreißigsekundenversion von jedem Spot«, kündigte Tom an. »Dann haben wir eine Serie, auf die wir auch bei der allgemeinen Wahl zurückgreifen können.«

»Das ist gut«, sagte Will. »Eine solche Prozedur würde ich nicht noch einmal mitmachen wollen.«

Jemand trat in den Vorführraum und rief Billy ans Telefon. Als Billy zurückkam, trug er eine unbeteiligte Miene zur Schau.

»Die neuesten Nachrichten«, sagte er.

Alle sahen ihn erwartungsvoll an. »Ein Informant teilt mir mit, daß die Wahlversammlung der Republikaner vor wenigen Minuten Jim Winslow als Kandidaten aufgestellt hat.«

»Puh«, stöhnte Tom und ließ sich in seinem Sessel zurücksinken.

»Hatten Sie Angst, daß Reverend Don Beverly Calhoun das Rennen macht?« fragte Billy.

»Allerdings«, nickte Tom.

»Aber warum?« wollte Billy wissen. »Der Mann ist doch eine Witzfigur.«

»Das war Reagan auch«, sagte Tom, »denke ich, aber er hat sich gut im Fernsehen gemacht. Calhoun wirkt auch vor der Kamera. Und er ist in Georgia mindestens so bekannt wie Reagan. Er hat seine eigenen Fernseh-Studios und kann jeden Haushalt hier zwei- oder dreimal die Woche erreichen; außerdem hat er eine riesige Adressenkartei, die nach verschiedenen Gesichtspunkten geordnet ist. Wenn Dr. Don sämtlichen Bürgern einen Brief schicken will, die zwischen vierzig und sechzig sind, in einer Großstadt wohnen, ihm im letzten Jahr mehr als hundert Dollar gespendet haben und Schwule entsetzlich finden, dann gibt er das ein, und der Computer spuckt die entsprechende Namensliste aus. Ich wollte, wir hätten auch so eine Datei.«

»Das spielt jetzt keine Rolle mehr«, meinte Billy. »Er ist aus dem Rennen. Es sei denn, er macht Wahlkampf für Winslow.«

»Das wird er nicht tun«, behauptete Tom. »Winslow ist Calhoun viel zu liberal; Winslow meint nämlich, daß die Abtreibung bei Vergewaltigung und Inzest erlaubt sein sollte.«

»Wann werden die Spots gesendet, Tom?« fragte Billy. »Wir haben nur noch zehn Tage bis zur Vorwahl.«

»Heute abend fangen wir an«, antwortete Tom. »Wir starten gleich mit drei. In ganz Georgia. Bis zum Wahltag werden wir dreihunderttausend Dollar ausgegeben haben.«

»Investieren Sie nicht zuviel in die Vorwahl?« fragte Billy. »Was bleibt uns dann noch für die allgemeine Wahl?«

»Wenn wir die Vorwahl verlieren, sind wir bei der allgemeinen Wahl nicht dabei«, erwiderte Tom. »Wir kriegen jetzt laufend Umfrageergebnisse rein, und ich werde *alles* in die Vorwahl investieren, wenn die Ergebnisse danach sind.«

»Das finde ich riskant«, wandte Billy ein.

»Mr. Lee«, sagte Tom, »es wäre entsetzlich, wenn am Morgen dreihunderttausend Dollar auf der Bank lägen und wir mit einem halben Punkt verloren hätten.«

»Ich verstehe, was Sie meinen«, sagte Billy.

Will ergriff das Wort. »Außerdem wird die Partei was zuschießen, wenn wir die Vorwahl gewinnen, und vermutlich treffen dann auch neue Spenden ein.«

»Hoffentlich«, seufzte Billy.

Tom erhob sich. »Wir sollten alle früh ins Bett gehen und ausschlafen. Morgen fängt der Endspurt an.«

26

Ernest Jenkins war daran gewöhnt, mit Leuten in Hotelzimmern zusammenzutreffen, und so gab es in dieser Hinsicht eigentlich nichts, was ihn nervös machen konnte. Trotzdem war er unruhig. Er hätte sich nie träumen lassen, daß er mit dem Mann unter vier Augen sprechen würde. Er hätte nicht nervös sein können, wenn er dem Präsidenten der Vereinigten Staaten privat begegnet wäre. Der Mann hatte ihn gebeten, Platz zu nehmen, und ihm einen Drink angeboten, den Jenkins dankend ablehnte; es machte einen besseren Eindruck, wenn er enthaltsam blieb, und außerdem mußte er einen klaren Kopf behalten, wenn er sich später an jede Einzelheit dieses Treffens erinnern wollte.

Der Mann setzte sich Jenkins gegenüber an den Kamin und wischte etwas von seinem blauen Maßanzug. Er war noch bei der kleinsten Bewegung imposant. »Nun, Ernest«, begann der Archon. »Darf ich Sie Ernest nennen?«

»Natürlich, Sir«, antwortete Jenkins. »Es ist mir eine Ehre.«

»Man sagt mir, Sie hätten interessante Informationen für mich.«

Jenkins tastete nach dem Umschlag in seinem Schoß. »Ja, Sir, ich glaube, daß es sich in der Tat um interessante Informationen handelt. Darf ich Ihnen davon erzählen?«

»Selbstverständlich, Ernest«, sagte der Archon verbindlich. »Nehmen Sie sich Zeit für Ihre Ausführungen.«

»Also, ich bin Privatdetektiv, und neulich ist, äh – kann ich einfach sagen, eine bestimmte Partei? – an mich herangetreten...«

»Selbstverständlich, Ernest. Ich würde Sie nicht nötigen wollen, die Identität eines Klienten preiszugeben.«

»Danke, Sir. Wie gesagt, eine bestimmte Partei ist an mich herangetreten und hat mich mit einer Observierung betraut. Unter strikter Geheimhaltung – Sie verstehen.«

»Gewiß, Ernest. Eine Observierung muß immer unter strikter Geheimhaltung erfolgen, nicht wahr?« In der Stimme des Archon machte sich ein Hauch von Ungeduld bemerkbar.

Ernest übersprang einige Zwischenstufen, denn er wollte den großen Mann nicht langweilen. »Mir wurde aufgetragen, daß ich einer jungen Dame folgen sollte. Es wurde der Verdacht geäußert, daß sie sich mit einem Herrn trifft, und diese, äh... Begegnung sollte ich auf Tonband festhalten und fotografieren.«

»Ich verstehe. Und das haben Sie getan?«

»Ja, Sir. Ich folgte der jungen Dame zu einem Haus auf dem Land und stellte fest, daß ich eine exzellente Observierung durchführen konnte, obwohl gewissermaßen alles improvisiert war. Ich habe eine sehr gute Fotoausrüstung und ein Richtmikrophon, das heißt, ein Mikrophon, mit dem man...«

»Diese Geräte sind mir bekannt. Bitte fahren Sie fort.«

»Ich konnte aus einem günstigen Blickwinkel durch ein Fenster mehrere vorzügliche Aufnahmen machen und den Ton dazu festhalten – ebenfalls sehr gelungen.«

»Ich verstehe. Und warum meinen Sie, das könnte von Interesse für mich sein?«

»Nun, Sir, als ich in meiner Dunkelkammer den Film entwickelte und Vergrößerungen machte, entdeckte ich, daß es sich bei dem fraglichen Herrn um, äh... jemand ziemlich Prominenten aus dem Bereich der Politik handelte.«

»Aha«, sagte der Archon. »Vielleicht darf ich mir das ansehen?«

»Natürlich, Sir, deshalb bin ich ja hier. Ich wollte nur Ihre Zusicherung haben, daß Sie vorerst mit niemandem darüber sprechen. Ich meine, ich habe die Bilder noch nicht einmal meinem Klienten gezeigt.«

Der Archon musterte Jenkins schweigend.

»Ich weiß natürlich, daß Sie es nie jemandem verraten würden, Sir«, sagte Jenkins und reichte dem Archon den Umschlag. »Ich meine, von wem Sie die Fotos haben.«

Der Archon holte ein halbes Dutzend Abzüge aus dem Kuvert und betrachtete sie. Er zog seine dunklen Augenbrauen hoch.

»Sie erkennen den Herrn?« fragte Jenkins.

»Ich denke doch.« Der Archon gestattete sich ein leises Lächeln. »Und den Ton dazu haben Sie auch, sagten Sie?«

Jenkins nahm einen kleinen Kassettenrecorder aus seiner Aktentasche und gab ihn dem Archon. »Drücken Sie die Taste hier; es ist schon abspielbereit.«

Der Archon drückte die Taste.

»Na?« fragte eine rauchige Frauenstimme. »Magst du meinen Finger da, wo er ist?«

»O ja«, sagte eine Männerstimme.

»Und was soll ich mit dem Finger machen?« fragte die Frau kokett.

Der Archon stellte den Recorder ab.

Jenkins hatte den Eindruck, daß er peinlich berührt war.

»Ich glaube, das genügt«, sagte der Archon. »Sie haben recht, Ernest. Das ist in der Tat hochinteressant. Darf ich die Fotos behalten?«

»Natürlich, Sir«, antwortete Jenkins. »Ich habe die Abzüge extra für Sie gemacht. Den Kassettenrecorder können Sie auch behalten.«

»Danke. Ich werde darüber nachdenken, wie dieses Material am besten zu verwenden ist. Sie sagten, daß Sie Ihrem Klienten noch nichts davon gezeigt haben?«

»Ja, Sir. Das wollte ich heute abend tun.«

»Dann machen Sie das. Ich bin sicher, daß Ihr Klient Sie für diesen Auftrag gut bezahlt hat und daß er ein Recht darauf hat, die Ergebnisse zu sehen.«

»Ja, Sir.«

Der Archon erhob sich und gab damit zu verstehen, daß das Gespräch beendet war. Er nahm Jenkins' Hand in seine beiden Hände. »Ich danke Ihnen, Ernest«, sagte er herzlich. »Sie haben genau das Richtige getan, und ich werde es Ihnen nicht vergessen.«

»Es war mir eine Ehre, Sir«, erwiderte Jenkins. Er legte den Weg zu seinem Wagen wie auf Wolken zurück.

Als Jenkins gegangen war, betrachtete der Archon die Fotos noch einmal. Der Mann hatte wirklich gute Arbeit geleistet. Die Fotos waren gestochen scharf – man sah jedes Detail einschließlich des ekstatischen Gesichtsausdrucks der beiden Beteiligten.

Der Archon griff zum Telefon und wählte eine Nummer.

Ein Mann meldete sich. »Ja?«

»Hallo«, sagte der Archon. »Sie wissen, wer dran ist?«

»Sicher. Haben Sie schon gehört, daß die Republikaner Jim Winslow nominiert haben?«

»Ja, vor einigen Minuten.«

»Nicht das, was wir gehofft hatten.«

»Es ist absolut unakzeptabel«, erwiderte der Archon, »aber deshalb brauchen Sie nicht zu verzweifeln. Ich habe Ihnen prophezeit, daß wir Einfluß auf die Wahlen in diesem Staat nehmen, und wir stehen damit erst am Anfang, glauben Sie mir. Um das weiterzubetreiben, möchte ich, daß Sie einem Journalisten wichtiges Material zuspielen. Es ist nicht unbedingt die Art Story, die seriöse Mitglieder der Branche interessieren könnte.«

»Printmedien oder Fernsehen?«

»Wo es am meisten Beachtung findet. Da kennen Sie sich besser aus als ich; ich möchte lediglich, daß die Spur nicht zu uns zurückverfolgt werden kann.«

»Mhm. Ich glaube... ja, ich habe eine Idee. Der Mann heißt Huel Hardaway und arbeitet für den *Columbus Beacon.*«

»Gilt er bei seinen Kollegen als glaubwürdig?«

»Ich denke doch. Man hält ihn allerdings für ein kleines bißchen runtergekommen – er trinkt ziemlich viel. Ich habe gehört, daß er in letzter Zeit mehr verdient als geleistet hat und daß seine Position bei der Zeitung nicht sehr stabil ist. Er dürfte auf etwas Spektakuläres fliegen, auch wenn es leicht anrüchig ist.«

»Das klingt ideal. Wann können Sie ihm die Sachen zukommen lassen?«

»Morgen, wenn's schnell gehen muß.«

»Wir sollten nichts übereilen. Die Vorwahl findet erst in ein paar Tagen statt. Ich möchte, daß es relativ spät an die Öffentlichkeit kommt, sagen wir, am Sonntag vor der Wahl. Die Wahl ist am Dienstag, und ich möchte nicht, daß davor Gras über die Geschichte wachsen kann.«

»Sie haben also belastendes Material gegen einen der Kandidaten?«

»Ja. Wenn Sie's sehen, werden Sie wissen, gegen wen. Noch etwas: Ich möchte nicht, daß es so wirkt, als hätte sein Gegner die Sache in Gang gesetzt. Sonst könnte der Schuß nach hinten losgehen.«

»Ich glaube, das läßt sich einrichten, aber eins verstehe ich nicht. Was interessiert uns die Vorwahl?«

»Wir wollen, daß unser Mann den Gegner hat, der am leichtesten zu schlagen ist, nicht wahr?«

»Aber Jim Winslow ist doch nicht unser Mann.«

»Das lassen Sie meine Sorge sein.«

»Hören Sie, ich kenne Winslow. Er wird nie in unserem Sinn verläßlich sein.«

»Darüber bin ich mir im klaren«, entgegnete der Archon gereizt.

»Ich wollte Sie nicht belehren, ich wollte nur... bitte, ich überlasse es Ihnen.«

»Ja, tun Sie das. Das Material wird noch vor Mitternacht in Ihrem

Briefkasten liegen. Leiten Sie es morgen an diesen Hardaway weiter, aber betonen Sie, daß er es bis Sonntag zurückhalten soll.«

»Wird gemacht, Sir.«

Der Archon legte auf. Dann saß er einen Moment reglos da. Seine Verstimmung darüber, daß die Republikaner Winslow als Kandidaten aufgestellt hatten, ließ allmählich nach. Er sah den Weg jetzt klar vor sich. Dieser kleine Privatdetektiv hatte ihm die Mittel zur Entscheidung der Vorwahl in die Hand gegeben. Nun brauchte er sich nur noch um die allgemeine Wahl zu kümmern. Er griff erneut zum Telefon.

»Hallo?«

»Sie wissen, wer dran ist?«

»Ja, Sir.«

»Kommen Sie um drei Uhr morgens zu mir nach Hause.«

»Ja, Sir.«

Der Archon legte auf.

Harold Perkerson ging wieder zum Sofa und kehrte in die Arme von Suzy, der Krankenschwester, zurück. »Ein Treffen mit dem Archon«, sagte er und warf einen Blick auf seine Uhr. »Aber wir haben noch Zeit.«

Sie küßte ihn und legte ihre Hand in seinen Schoß. »Muß was Großes sein, wenn er dich sehen will.«

»Ja. Ist erst das zweite Mal, daß er mich zu Hause empfängt.«

»Wo wohnt er?«

Perkerson setzte sich auf und schlug Suzy auf den Mund. »Frag mich so was ja nie wieder«, forderte er kalt.

Tränen quollen aus ihren Augen. »Es tut mir leid«, wimmerte sie. »Ich weiß, daß ich dich so was nicht fragen darf.«

Perkerson wischte ihr die Tränen ab. Die mag's, wenn man sie schlägt, dachte er. Das würde er bei Gelegenheit wieder tun. Er legte seine Hand um ihren Hinterkopf. »Komm, Baby«, murmelte er.

Sie kam zu ihm. »Es tut mir leid«, wiederholte sie.

»Zeig mir, *wie* leid es dir tut«, bat er.

27

Kitty Conroy verließ gerade ihr Zimmer im Best Western Motel in Americus/Georgia, als Rick Barnes, ein Journalist, der für Atlantaer Zeitungen arbeitete, auf sie zutrat.

»Kann ich einen Moment mit Ihnen sprechen, Kitty?«

Sie blieb stehen. »Ich habe nicht viel Zeit, Rick. Wir müssen in einer halben Stunde bei Jimmy Carter sein.«

»Wird sich Carter hinter Will stellen? Und falls ja – legt Will überhaupt Wert darauf?«

»Die Antwort auf Ihre erste Frage ist: Ich weiß es nicht. Und auf Ihre zweite: Ja, Sie erinnern sich vielleicht, daß Mack Dean ebenfalls Wert darauf legt. Und darüber wollten Sie mit mir reden?«

Barnes schüttelte den Kopf. »Nein. Über was anderes. Aber nur unter einer Bedingung. Dieses Gespräch hat nie stattgefunden.«

»Okay.«

Barnes holte tief Luft. »Zunächst: Meine Leute haben vor, sich am Sonntag hinter Will zu stellen.«

Kitty strahlte. »Das ist eine gute Nachricht, Rick. Vielen Dank.«

»Bedanken Sie sich nicht zu früh«, sagte Barnes. »Es geht noch weiter.«

»Ja?«

»Kitty, es tut mir leid, daß ausgerechnet ich Ihnen das sagen muß, und vielleicht ist es ja nur Gerede, aber...«

»Was für Gerede?«

Barnes winkte betreten. »Ach, was soll's, ich rücke am besten gleich damit raus. Kennen Sie Huel Hardaway vom *Columbus Beacon*?«

»Dick, Mittfünfziger, Alkoholiker?«

»Genau. Hardaway hat in Georgia insgesamt nie eine große Rolle gespielt, aber in Columbus und Umgebung hat man immer relativ viel von ihm gehalten. Erst in den letzten Jahren ist es mit ihm bergab gegangen. Es gab auch Gerüchte, daß er gefeuert werden soll.«

»Ich komme nicht ganz mit, Rick. Was hat das mit uns zu tun?«

»Offenbar wird er nun doch nicht gefeuert – er sagt, daß er was wirklich Heißes für die Titelseite des *Beacon* hat...«

»Und?«

»Ein Bekannter von mir hat gestern abend in Columbus mit Hardaway einen zur Brust genommen. Das heißt, mehrere. Soviel war nötig, um die Sache aus ihm rauszukitzeln.«

»Um was aus ihm rauszukitzeln?«

»Er hat Fotos von... ja, von Will vielleicht, mit jemandem im Bett.«

Kitty gefror das Blut in den Adern. »Mit wem?«

»Das wollte er nicht sagen.«

»Wann sind die Fotos aufgenommen worden?«

»Wahrscheinlich letztes Wochenende.«

»Rick, Will ist Junggeselle, aber er hat wie jeder Mensch das Recht auf ein Sexualleben.«

»Logisch. Normalerweise wäre das ja auch keine Story.«

»Warum ist es dann jetzt eine?«

»Das hat was damit zu tun, mit wem er im Bett war.«

»Mit wem war er denn im Bett?« O Gott, betete Kitty. Bloß nicht mit einem Mann.

»Hardaway hat sich bedeckt gehalten, aber mein Bekannter hatte den Eindruck, daß die Identität dieser Person wichtiger ist als die Begegnung selbst.«

»Rick...«

»Es war eine Frau; soviel ich weiß.«

Kitty mußte sich anstrengen, um nicht erleichtert aufzuatmen. »Sonst noch was?«

Barnes schüttelte den Kopf. »Nein.«

»Eine seriöse Zeitung bringt solche Fotos nicht.«

»Das ist richtig, aber der *Beacon* würde durchaus eine Story bringen, in der es heißt, daß solche Fotos existieren. Wir auch, wenn wir einen hundertprozentigen Beweis dafür hätten. Mitten im Wahlkampf *ist* das eine Story, ist doch klar.«

»Ich verstehe.«

»Und es kommt noch was dazu.«

»Was?«

»Eine seriöse Zeitung bringt die Fotos vielleicht nicht, aber eine weniger seriöse...«

Kitty wußte bereits, was folgen würde.

»Tja«, fuhr Barnes fort. »Hardaway sagt, daß sich momentan zwei von den Revolverblättern, die Sie in jedem Supermarkt finden, um die Fotos streiten. Das heißt, die Sache käme groß raus. Und natürlich bundesweit. Also wäre Will binnen kurzem genauso berühmt wie Elvis. Und genauso tot.«

»Weiß Ihre Zeitung darüber Bescheid?«

»Ja«, sagte Barnes. »Aber die Jungs ziehen erst dann mit, wenn sie alle Details verifiziert haben, und da Hardaway der einzige ist, der sie kennt, werden wir auf den *Beacon am Sonntag* warten müssen. Bis dahin halten sie sich mit der Unterstützung für Will zurück.«

»Danke, Rick. Ich weiß, daß es riskant für Sie ist, mir das zu erzählen.«

Barnes zuckte mit den Achseln. »Ich finde die Geschichte ekelhaft.«

»Ich lade Sie demnächst zu ein, zwei Drinks ein.« Kitty wandte sich zum Gehen.

»Kitty?«

»Ja?«

Barnes grinste. »Vielleicht stellt sich Carters Tochter immer noch hinter euch…«

»Also?« sagte Tom Black.

»Also was?« fragte Will.

»Nun mal los, Will«, sagte Kitty. »Wir müssen darüber reden.«

»Mein Geschlechtsleben ist rein privat.«

»Ab Sonntag morgen ist es verdammt öffentlich«, entgegnete Kitty.

»Dann laßt mich euch was fragen«, sagte Will. »Nehmen wir mal das Schlimmste an. Was können wir dann machen? Können wir verhindern, daß die Story erscheint?«

Kitty schüttelte den Kopf. »Nein. Es sei denn, wir könnten sie widerlegen. Aber die Leute haben Fotos.«

»Warum regen wir uns dann auf? Machen wir einfach weiter wie geplant. Wenn sie Fotos von mir mit jemand im Bett bringen, werde ich mich schon irgendwie damit auseinandersetzen.«

»Eins verstehe ich nicht«, sagte Kitty. »Wer kann diese Frau sein? Was macht sie so gefährlich?«

Will zuckte mit den Achseln.

Das Telefon klingelte. Tom nahm ab.

»Ja? Hallo, wie geht's? Das tut mir leid. Okay, wir warten auf den Anruf. Danke.« Er legte auf. »Das war Rosalynn Carter. Der Präsident hat Jimmy zu einem Treffen nach Washington gebeten. Er muß sofort abreisen. Er ruft uns an, wenn er wieder da ist.« Tom ließ sich in einen Sessel sinken.

»Mist«, schimpfte Kitty. »Es spricht sich rum.«

Als Tom und Kitty gegangen waren, streckte sich Will auf seinem Bett aus und schloß die Augen. Wie konnte ihm das passieren? Er verstand das alles nicht. Wer konnte gewußt haben, daß sie im Bett landen würden? Er zumindest hatte es nicht gewußt. Er dachte eine Weile nach. Es gab nur einen Menschen, der es gewußt, der es geplant haben konnte – inklusive Fotos.

Charlene.

28

Was für eine Ironie des Schicksals, dachte Will, daß der ganze Samstag für Columbus eingeplant war, eine Stadt, in der er laut Umfragen Erfolge verbuchen konnte, wenn er persönlich auftrat. Und hier sollte sein politisches Schicksal vielleicht schon morgen besiegelt werden.

Es erstaunte ihn, daß er nicht deprimiert war. Er ging an die Dinge heran wie ein Mensch, der seinen letzten Tag auf Erden genießt. Er fing mit einem deftigen Frühstück im Garten eines Gönners an, der etwa hundert Gäste geladen hatte; dann fuhr er zu einem Einkaufszentrum, hielt eine Rede, klapperte ein paar Geschäfte ab, schüttelte Hände, und ein Kamerateam vom Fernsehen folgte ihm auf allen seinen Wegen; am Nachmittag besuchte er ein Baseballspiel und richtete in der Pause ein paar Worte an die Zuschauer; danach hielt er sich noch in einem Einkaufszentrum im schwarzen Teil der Stadt auf. Am frühen Abend sprach er bei einer Tagung der American Legion über Verteidigungspolitik, und abschließend gab er dem Moderator eines örtlichen Senders ein Interview, das am Sonntag nachmittag ausgestrahlt werden sollte.

Das Interview ging glatt, ohne ungewöhnliche Fragen – mit Ausnahme der letzten. Als noch eine Minute Sendezeit blieb, sagte der Moderator: »Mr. Lee, es gibt Gerüchte, daß eine unserer Zeitungen hier, der *Columbus Beacon*, morgen eine Titelgeschichte bringt, die den Verlauf des Wahlkampfs möglicherweise ändern wird. Können Sie uns etwas dazu sagen?«

Will tat überrascht. »Da bin ich leider wesentlich schlechter informiert als Sie. Wir werden uns wohl beide diese Zeitung kaufen müssen.«

Der Moderator bedankte sich und beendete das Interview.

Will setzte sich zu Tom Black und Kitty Conroy ins Auto, das vor dem Studio wartete.

»Das war's«, sagte Tom. »Und jetzt sollten wir schlafen gehen. Morgen ist ein wichtiger Tag.« In seiner Stimme schwang nicht die leiseste Ironie mit.

»Ich bin noch nicht bettreif«, verkündete Will. »Fliegen wir nach Atlanta zurück. Da würde ich lieber aufwachen als in Columbus.«

»Aber wir haben hier schon Zimmer reserviert. Sind Sie sicher, daß Sie nicht doch zu müde zum Fliegen sind?«

»Ja, da bin ich mir ganz sicher.«

Tom wendete und fuhr zum Flughafen. Sie schwiegen, und alle drei hingen ihren Gedanken nach.

Obwohl noch zwei Wahlkampftage vor ihm lagen, hatte Will irgendwie das Gefühl, daß mit dem heutigen Abend alles abgeschlossen war. Was vielleicht auch zutraf. Das hing davon ab, was in der Sonntagsausgabe des *Columbus Beacon* stand. Will hatte sich jeden Gedanken an jegliche Konsequenzen verboten. Er hatte das zweifellos irrationale Gefühl, ihm könne nach allem, was bisher geschehen war, nichts Fürchterliches mehr passieren.

Tom setzte Kitty und Will direkt neben der Cessna ab. Dann brachte er den Leihwagen zurück. Will besorgte sich den Wetterbericht. Dann inspizierte er wie vor jedem Flug die Maschine.

Als Kitty und er in die Cessna stiegen, fragte Kitty: »Wo bleibt Tom? Der braucht ja Stunden, um den Wagen zurückzubringen.«

Will schaute zu dem kleinen Terminal und sah Tom unter einer Laterne vor dem Gebäude stehen. Er blickte erwartungsvoll auf die Straße.

»Was hat er vor?« überlegte Kitty.

Und noch während sie die Frage stellte, wurde sie beantwortet. Ein großer Lkw rollte heran und stoppte vor dem Terminal. Auf seiner Seite stand COLUMBUS BEACON & COLUMBUS BEACON AM SONNTAG. Der Fahrer stieg aus, holte ein Bündel Zeitungen aus dem Laderaum und füllte die Zeitungskästen vor dem Terminal. Tom kramte in seiner Tasche nach Kleingeld. Kurz darauf kam er mit einer Zeitung unter dem Arm auf die Cessna zugeschlendert.

Will krampfte sich der Magen zusammen wie einem zum Tode Verurteilten beim Anblick des Exekutionskommandos. Jetzt war es soweit. Und zu erwarten war nichts als Ärger – erst die öffentliche Demütigung und die Wahlniederlage, dann der Ausschluß aus der Anwaltskammer und die damit verbundene Schmach. Er würde nach Irland gehen. Der Familie gehörte dort noch immer das Anwesen seines Großvaters. Er konnte es bewirtschaften und seine Abende mit Lesen verbringen. Kein Mensch würde ihn kennen, und es würde niemanden kümmern, was er in Amerika getan hatte.

Tom stieg in die Cessna. »Können wir's hier ein bißchen heller machen?«

Will langte nach oben und knipste das Licht an.

Tom breitete die Zeitung so aus, daß alle die erste Seite sehen konnten. Eine Riesenschlagzeile. Sie lautete: GOUVERNEUR IN LIEBESNEST MIT MODERATORIN.

»Was?« hauchte Kitty mit ersterbender Stimme.

Will schloß die Augen und ließ den Kopf gegen die Rücklehne seines Sitzes sinken. »Lesen Sie's uns vor, Tom«, bat er.

Tom las:

Exklusiv für den Beacon. Von Huel Hardaway.

Vor einigen Tagen ist der Reporter in den Besitz mehrerer Fotografien gelangt. Sie wurden von einem Privatdetektiv aufgenommen, der von Mrs. Louise Dean, der Frau von Gouverneur Mack Dean, beauftragt worden ist. Die Aufnahmen zeigen den Gouverneur in einer intimen Situation mit Miß Shirley Scott, der Moderatorin von Atlantas Channel Six News. Nachdem der Reporter die Echtheit der Fotografien nachgeprüft und den Privatdetektiv ausfindig gemacht hatte, konnte er mit Erlaubnis von Mrs. Dean seine Geschichte schreiben. Ernest Jenkins, Atlantaer Ermittlungsexperte, observierte am vergangenen Wochenende Shirley Scott (37), eine bekannte Fernseh-Journalistin aus Atlanta. Am Sonntag abend folgte er ihr zu einer Farm im Bezirk Gwinnett nördlich von Atlanta, die dem Gouverneur von Georgia, Mack Dean (61), gehört. Dort beobachtete der Privatdetektiv, wie der Gouverneur Miß Scott an der Tür eines kleinen Gästehauses zärtlich begrüßte.

Die Fotos zeigen Gouverneur Dean und Miß Scott nackt im Bett beim ausführlichen Liebesspiel.

Mrs. Louise Dean, die zweite Frau des Gouverneurs, ist seit neun Jahren mit Mack Dean verheiratet. Der Gouverneur wurde vor elf Jahren von seiner ersten Frau geschieden, unbestätigten Gerüchten zufolge wegen einer Affäre mit der jetzigen Mrs. Dean. Mrs. Dean, die wir telefonisch im Governor's Mansion in Atlanta erreichen konnten, sagte: »Ich vermute schon seit einiger Zeit, daß mein Mann ein Verhältnis mit dieser Frau hat, und Mr. Jenkins' Fotos und Tonbandaufzeichnungen haben meinen Verdacht bestätigt. Ich werde am Montag vormittag um zehn Uhr im Gericht des Bezirks Fulton die Scheidung wegen Ehebruchs einreichen.« Mrs. Dean bemerkte ergänzend, daß sie danach eine Pressekonferenz geben wird.

Gouverneur Dean, der telefonisch um einen Kommentar zu dem Beweismaterial und dem Statement seiner Frau gebeten wurde, ließ folgendes verlauten: »Ich habe dazu im Moment nichts zu sagen. Ich bin sicher, daß die wahren Umstände im Laufe der Zeit ans Licht kommen werden. Ich möchte den Bürgern von Georgia jedoch versichern, daß ich niemals, sei es öffentlich oder privat, etwas getan habe, was Schande über das Amt, das ich bekleide, und diesen großartigen Staat bringen könnte.«

Miß Scott, die der Reporter in ihrer Eigentumswohnung in Atlanta Nord erreichte und über das Material in Kenntnis setzte, sagte lediglich: »Sie Hurensohn.«

Tom ließ die Zeitung sinken und schaute Kitty an. Sie brachen beide in schallendes Gelächter aus.

»Da hast du's ihm aber tüchtig gegeben, Shirley!« jubelte Kitty. »Es wundert mich, daß er das überhaupt gedruckt hat.«

»War vielleicht zu schön, um es zu unterschlagen«, kicherte Tom. »Mensch, Will, warum haben Sie uns nicht gesagt, daß die Leute nichts gegen Sie in der Hand hatten?«

Will hob müde den Kopf von der Lehne. »Hättet ihr's mir denn geglaubt?«

»Wahrscheinlich nicht«, lachte Tom. »O Gott, so einen entsetzlichen Tag hab' ich noch nie erlebt.«

»Ich auch nicht«, stöhnte Kitty. »Aber für Mack Dean ist er bestimmt noch entsetzlicher.«

»Armer Alter«, seufzte Will.

»Sparen Sie sich Ihr Mitleid«, riet Tom. »Der hat genau das gekriegt, was er verdient.«

Will schüttelte den Kopf. »Das verdient niemand. Seine Frau muß ihn wirklich hassen.«

»Man spielt nicht ungestraft mit dem Feuer«, sagte Kitty. »Laßt euch das eine Lehre sein.«

»Ich glaube, jetzt brauchen wir uns wegen der Vorwahl keine Gedanken mehr zu machen«, meinte Tom. »So dicht, wie wir bei den letzten Umfragen dran waren – da bringen uns schon die Stimmen der betrogenen Ehefrauen über den Berg.«

Will warf den Motor an und sah auf seine Checkliste. »Sind noch drei Tage bis zur Vorwahl«, sagte er. »Ich denke, wenn wir etwas in diesem Wahlkampf gelernt haben, dann, daß alles möglich ist.«

20

Harold Perkerson saß im Dunkeln und wartete. Die Sterne waren bereits verblaßt, aber die Sonne war noch nicht aufgegangen. Die laue Luft kündigte Hitze und Schwüle an – nichts Ungewöhnliches für einen Septembertag in Georgia.

Perkerson betastete einen dicken, langen Leinwandschlauch, der über seinen Knien lag. Der Schlauch war mit Sand gefüllt und wog ungefähr ein Kilo.

Als es hell wurde, stand Perkerson auf und streckte sich, wobei er besonders auf seine Beine achtete. Er trainierte nicht regelmäßig, und obwohl er in den vergangenen Tagen morgens zwei, drei Kilometer gejoggt war, wollte er keine Muskelzerrung riskieren. Er ließ den Schlauch gegen seine linke Hand klatschen; es gab ein dumpfes, kaum hörbares Geräusch. Er tastete in der Tasche seines Trainingsanzugs nach dem anderen Gerät, nahm es heraus, überprüfte es und steckte es wieder ein. Er befühlte die zweite Tasche. Der Gummischlauch war auch noch da.

Perkerson lief so leise wie möglich durch den Wald und hielt sich hinter den Bäumen versteckt, damit er von der Straße aus nicht gesehen wurde. Dann bezog er Posten hinter einer dicken Eiche, zehn Meter von einer scharfen Kurve entfernt, und wartete wieder. Sieben oder acht Minuten verstrichen. Perkerson warf einen Blick auf seine Uhr: kurz nach sechs. Er hoffte, daß sein Mann pünktlich war. Und wie um ihm einen Gefallen zu tun, tauchte der Jogger in hundert Meter Entfernung auf. Er war groß und schlank wie Perkerson. Schütteres graues Haar, Brille, gebräunte Haut: das Musterbild eines gesunden, durchtrainierten Mittfünfzigers. Perkerson glitt wieder hinter die Eiche, setzte seine dunkle Sonnenbrille auf, zog die Kapuze des Trainingsanzugs über seinen Kopf und wartete auf den Laut schneller Schritte auf dem Asphalt. Sie waren bald vorbei.

Perkerson zählte bis fünf. Dann verließ er sein Versteck und hielt auf die Straße zu. Die letzten Meter durch den Wald zurückzulegen ging langsamer und machte mehr Krach, als er gedacht hatte. Auf der Straße fing er an zu rennen. Er befürchtete, daß er seinen Mann nicht schnell genug einholen konnte.

Er bog um die Kurve, kam in einen langen dunklen Tunnel aus Bäumen und Blätterwerk. Der Mann war zwanzig Meter von Perkerson entfernt, er joggte mit geübter Leichtfüßigkeit dahin. Perkerson mußte ihn vor dem Ende des Tunnels einholen. Er steigerte das Tempo, und der Abstand verringerte sich. Der Mann sah sich um und winkte.

Perkerson legte einen Spurt ein. Als er mit dem Mann gleichzog, drehte der andere den Kopf zur Seite.

»Morgen!« rief er. »Sie machen echt Dampf, wie?«

»Ja«, sagte Perkerson. Dann schwang er den Leinwandschlauch. Nicht zu wuchtig, ermahnte er sich. Laß das Ding wirken, ohne nachzuhelfen. Der Schlauch landete im Genick des Mannes, genau an der Schädelbasis. Der Jogger verwandelte sich sofort in einen schlaffen Sack Fleisch, der vornüberfiel und hart auf dem schwarzen Asphalt aufschlug. Er war bewußtlos, bevor er den Boden erreichte; er hatte nicht einmal die Zeit gehabt, seine Hände auszustrecken, um den Sturz abzufangen.

An der Schädelbasis würde sich kein blauer Fleck bilden, und die Bewußtlosigkeit würde nicht lange dauern. Perkerson atmete schwer und arbeitete rasch. Er kniete neben der reglosen Gestalt nieder, holte den Gummischlauch aus seiner Tasche, schlang ihn um das linke Bein des Mannes, oberhalb vom Knie, und zog ihn zu. Er schob das Hosenbein des Jogginganzugs hoch, schlug auf die Kniekehle und beobachtete, wie die Vene hervortrat. Er holte eine Einwegspritze aus der anderen Tasche, entfernte die Schutzhülle von der Kanüle, hielt sie hoch, damit etwaige Blasen in der Kaliumlösung nach oben stiegen, und drückte die Luft aus der Ampulle. Dann stach er die Nadel in die Vene. Er lockerte den Gummischlauch und drückte den Kolben durch, bis die Spritze leer war. Dann zog er die Nadel aus der Vene, wischte den Tropfen Blut mit seinem Finger und etwas Spucke ab, steckte den Gummischlauch in seine Tasche und schob das Hosenbein des Jogginganzugs herunter. Danach setzte er die Schutzhülle auf die Spritze, steckte sie in seine andere Tasche und wartete. Angeblich dauerte es nur Sekunden. Der Mann stöhnte und machte Anstalten, sich umzudrehen.

Perkerson war nervös. Aber er hätte sich nicht zu sorgen brauchen. Der Mann gab plötzlich ein lautes Ächzen von sich, ein Zucken durchlief seinen Körper, und er faßte sich reflexartig ans Herz. Dann entspannte er sich, seufzte und schien mit dem Asphalt zu verschmelzen. Es war vorbei.

Von irgendwo kam ein Geräusch. Perkerson schaute sich um, aber bevor er sich in Bewegung setzen konnte, bog ein Auto um die Kurve, fuhr in den Baumtunnel ein und näherte sich. Perkerson wandte sich dem toten Jogger zu, drehte ihn auf den Rücken, legte das Ohr an seine Brust. Das Auto kam mit kreischenden Bremsen zum Stehen.

»Was ist passiert?« schrie der Fahrer.

»Ich weiß es nicht!« rief Perkerson zurück, ohne den Kopf zu wenden. »Ich habe gesehen, wie er sich an die Brust gefaßt hat. Dann ist er umgefallen – es muß ein Herzinfarkt sein oder so was. Können Sie Erste Hilfe leisten?«

Die Wagentür wurde zugeknallt, und der Fahrer kniete neben dem Toten nieder. »Ja«, sagte er, »ich kann Erste Hilfe leisten. Nehmen Sie mein Auto, und rufen Sie einen Krankenwagen.« Er beugte sich über den Jogger und begann mit Mund-zu-Mund-Beatmung.

Perkerson rannte um das Auto herum, dessen Motor noch lief, sprang hinein und fuhr weg. Er tauchte aus dem Baumtunnel auf, kam ins helle Sonnenlicht und kam zu einem Geschäft. Davor war eine Telefonzelle. Er stoppte auf dem leeren Parkplatz, suchte Kleingeld und wählte den Notruf.

»Ja?« sagte eine Stimme. »Was brauchen Sie?«

»Einen Krankenwagen.« Es klickte in der Leitung.

»Notarzt.«

»Hier ist ein Jogger zusammengebrochen. Wahrscheinlich Herzinfarkt. Northside Drive, ein Stück außerhalb der Stadtgrenze. Sofort einen Krankenwagen. Haben Sie mich verstanden?«

»Ja, aber ich brauche noch ein paar Informationen…«

Perkerson hängte ein, sah sich um und trabte dann in den Wald hinein, zu dem Platz, an dem er seinen Wagen abgestellt hatte.

30

Will wurde langsam wach. Zunächst wußte er nicht, wo er sich befand, weil er an sein eigenes Bett nicht mehr gewöhnt war. Der Morgen stand ihm zur freien Verfügung. Das Telefon war abgestellt. Tom und Kitty hielten sich in Atlanta auf. Will konnte nichts mehr tun.

Er setzte sich ächzend auf. Er war immer noch müde, alles tat ihm weh; seine Rechte fühlte sich taub an, weil er Hunderten von Menschen die Hand geschüttelt hatte, und sein Arm schmerzte bis zur Schulter. Er kam sich uralt vor.

Nach zehn Minuten unter der heißen Dusche konnte er sich wieder halbwegs normal bewegen, und als er die Morgenzeitung aufschlug, war er nahezu wach.

Louise Dean, brünett, fünfundvierzig Jahre alt und gut erhalten, lächelte ihm tapfer von der ersten Seite der *Atlanta Constitution* entgegen, hinter sich das Gerichtsgebäude des Bezirks Fulton, vor sich einen Wald von Mikrophonen. Sie legte letzte Hand an die Zerstörung der politischen Karriere ihres Mannes. Will hatte es zwischen zwei von den vielen Wahlkampfauftritten, die er gestern hinter sich gebracht hatte, im Fernsehen gesehen. Sie hatte dagestanden und ganz Georgia und dem Rest der Vereinigten Staaten von der Untreue ihres Mannes, von seinem Hang zur Flasche und von seiner persönlichen und politischen Unfähigkeit berichtet. Einen entsetzlichen Moment lang hatte Will gedacht, sie würde sich auf die Seite des Gegners ihres Mannes schlagen. Er hatte darum gebetet, daß sie ihre Pressekonferenz beenden möge, ohne seinen Namen zu nennen, und das hatte sie denn auch getan; erfüllt von blasierter Genugtuung über die Arbeit, die sie an diesem Vormittag geleistet hatte, war sie ins Gerichtsgebäude entschwebt.

Am Montag morgen war in sämtlichen Supermärkten des Staates und des Bundes ein Revolverblatt aufgetaucht, das gestochen scharfe Fotos von Mack Dean und Shirley Scott in der Horizontalen enthielt. Die entscheidenden Stellen waren mit schwarzen Balken abgedeckt.

Am Mittag hatte der Programmdirektor von Channel Six bekanntgegeben, nachdem er bei der zunächst widerstrebenden Shirley Scott in Erfahrung gebracht habe, daß ihre Affäre mit Mack Dean mindestens bis zum Zeitpunkt seiner Fernseh-Diskussion mit Will Lee zurückreichte, daß Miß Scott in beiderseitigem Einvernehmen aus dem Angestelltenverhältnis ausgeschieden sei. Sie befinde sich derzeit nicht in Atlanta, sondern an einem unbekannten Ort.

Mack Dean wiederum hatte sich in einer Suite im Peachtree Plaza Hotel verkrochen. Gespräche wurden nicht durchgestellt, und seit Samstag hatte ihn niemand gesehen außer den Kellnern vom Zimmerservice, die in ihren freien Stunden recht offenherzig mit den Reportern sprachen. Mack, das berichteten sie übereinstimmend, sei so betrunken wie ein Bierkutscher.

Und nun saß Deans Gegner allein in seinem kleinen Haus am See, ein halbgegessenes Müsli vor sich, und blätterte lustlos die Zeitungen durch. Der Sieg bei der Vorwahl war ihm so gut wie sicher, und zwischen ihm und dem Senat der Vereinigten Staaten stand nur noch ein glanzloser Republikaner. Will konnte es kaum fassen.

Später rasierte er sich und zog sich für den einzigen öffentlichen Auftritt an, den er an diesem Tag hatte, ehe die Wahl entschieden war. Er fuhr nach Delano und stoppte um zehn nach zwölf, wie von Kitty Conroy mit fast allen Fernsehsendern vereinbart, vor dem Wahllokal, um live in die Mittagsnachrichten zu kommen. Als er aus dem Wagen stieg, rannten sechs Kamerateams auf ihn zu. Er hatte nur eines erwartet, und es erschien ihm unverhältnismäßig aufwendig, daß sich so viele eingefunden hatten, um den Kandidaten beim Betreten des Wahllokals zu filmen.

»Einen schönen guten Morgen, meine Damen und Herren«, begann Will strahlend. »Oder sollte ich lieber ›guten Tag‹ sagen? Ich habe ziemlich lange geschlafen.« Die Reporter blickten ihn entgeistert an.

»Mr. Lee«, sagte eine junge Frau und hielt ihm ein Mikrophon entgegen.

Will rechnete mit einer Frage zu Mack Deans Misere, über die er sich nicht auszulassen gedachte.

»Was sagen Sie zum Tod Ihres Gegners von den Republikanern?«

Will glaubte, nicht richtig verstanden zu haben. »Wie bitte?«

»Sir, vielleicht haben Sie noch nicht gehört, daß Jim Winslow heute morgen beim Joggen einen Herzinfarkt erlitten hat...«

Will war sprachlos.

»Mr. Lee«, sagte ein junger Mann und schob die Frau unsanft beiseite, »offenbar haben Sie es wirklich noch nicht gehört. Um Sie auf den neuesten Stand zu bringen: Heute morgen um kurz nach sechs wurde ein bewußtloser Jogger von einem anderen Jogger und einem Autofahrer auf einer Straße in Atlanta Nord gefunden. Ein Krankenwagen wurde gerufen, und Winslow wurde ins Grady Hospital gebracht. Wiederbelebungsversuche blieben erfolglos. Er konnte zunächst nicht identifiziert werden. Mrs. Winslow machte sich um sieben auf die Suche nach ihrem Mann und erstattete um halb acht Vermißtenanzeige, aber in der Leichenhalle war irgendwas schiefgelaufen, und so wurde er erst vor einer Stunde identifiziert.«

»Ich bin bestürzt«, sagte Will, und das entsprach der Wahrheit. »Ich habe Jim Winslow nicht gut gekannt, aber nach allem, was ich gehört habe, war er ein rechtschaffener Mann. Ich möchte seiner Familie und seinen Freunden mein herzliches Beileid aussprechen. Wenn Sie mich jetzt bitte entschuldigen wollen.« Er bahnte sich seinen Weg durch die Kamerateams, stieg die Treppe zum Bürgerhaus hinauf und machte ein- oder zweimal halt, um jemandem die Hand zu schütteln. Drinnen begrüßte er ein paar Leute aus Delano, die zum Wählen gekommen waren, wählte selbst und verließ das Gebäude. Die Kameras waren sofort wieder auf ihn gerichtet.

»Mr. Lee, wie empfinden Sie die Ereignisse der vergangenen Tage?«

»Nun, ich bin ziemlich verwirrt, ehrlich gesagt. Vorgestern und gestern war ich sehr in Anspruch genommen – ich glaube, wir hatten allein am Montag ein Dutzend Auftritte in der Region Atlanta –, und bei dieser Art Terminkalender bleibt einem nicht viel Zeit zum Nachdenken. Ich bin, wie gesagt, bestürzt über Mr. Winslows Tod. Trotzdem hoffe ich, daß die Menschen nicht vergessen, daß heute eine sehr wichtige Wahl ist, und von ihrem Wahlrecht Gebrauch machen. Ich danke Ihnen.« Will stieg in seinen Wagen und fuhr zum Flughafen.

Gegen vier traf Will im Hotel Omni in Atlanta ein, wo eine Suite für den Wahltag reserviert worden war. Seine Eltern waren schon da und hielten telefonische Verbindung zur Wahlkampfzentrale und zu Tom, der in Kontakt mit Wahlkreisleitern aus ganz Georgia stand.

»Die Wahlbeteiligung ist niedrig«, meldete Tom. »Das war zwar zu erwarten, aber ich dachte, sie wäre höher – trotz der Geschichte mit Mack. Wir haben ein paar Hochrechnungen, und denen zufolge liegen wir jetzt bei über 65 Prozent, was sich noch verbessern kann, wenn unsere Leute nach der Arbeit wählen. Jedenfalls läuft alles glatt. Glatter geht's nicht.«

»Ja«, antwortete Will. »Ich wollte, ich könnte mich ein bißchen mehr darüber freuen. Es wäre mir, ehrlich gesagt, lieber gewesen, wenn es einen echten Entscheidungskampf zwischen Mack und mir gegeben hätte.«

»Nach der letzten Umfrage am Freitag lagen Sie drei Punkte vor ihm, und das war gegenüber dem Anfang der Woche eine Verbesserung. Wenn es einen Trost gibt, dann den, daß Sie wahrscheinlich sowieso gewonnen hätten.«

»Danke, Tom.«

»Es heißt, daß heute nachmittag die Wahlversammlung der Republikaner zusammentritt, aber ich nehme an, daß es noch ein paar Tage dauert, bis wir wissen, wer ihr neuer Kandidat ist. Durch Winslows Tod dürften sie etwas in Verlegenheit geraten sein. Ich kann mir nicht vorstellen, daß sie sich für diesen Clown Calhoun entscheiden.«

»Letztes Mal war er immerhin ihr Ersatzmann.«

»Ja, und ihr letztes Aufgebot. So dumm können sie doch nicht sein.«

»Okay, wir telefonieren später noch mal. Ich versuche jetzt, ein bißchen zu schlafen.«

Will war selbst überrascht, daß er schlafen konnte, bis seine Mutter ihn zum Abendessen weckte. Sie ließen sich vom Zimmerservice etwas bringen, und Wills Laune besserte sich. Er fing langsam an zu begreifen, daß er der Kandidat der Demokraten sein würde.

Um zwanzig Uhr fünfzehn rief Tom an. »Ich hatte alle drei Sender an der Strippe. Sie wollten eigentlich ab neun ausführlich von der Wahl berichten, aber weil die Ergebnisse so eindeutig sind, drängen sie uns jetzt schon zu einem Statement.«

»Meinetwegen«, sagte Will, »aber ich glaube, wir sollten uns erst mal anhören, was Mack zu vermelden hat.«

»Kommen Sie rüber. Ich rede inzwischen mit seinem Manager.«

Als Will in der Zentrale eintraf, stellte er fest, daß eine rauschende Party im Gang war. Kein Mensch schrieb mehr die Ergebnisse aus den einzelnen Wahlkreisen auf. Will bahnte sich seinen Weg durch die Menge der Helfer und Anhänger zum anderen Ende des Raums. Tom reichte ihm ein Blatt Papier.

»Das können Sie als Telegramm bezeichnen, wenn Sie wollen. Mack hat es mir vor fünf Minuten diktiert. Er klang furchtbar.«

Will las sich das Papier durch.

»Die Fernsehleute wollen sich um zwanzig Uhr fünfzig zuschalten, damit sie um neun mit dem geplanten Programm weitermachen können. Ich habe ihnen gesagt, das geht in Ordnung.«

»Okay«, antwortete Will. Die nächsten Minuten verbrachte er damit, daß er Glückwünsche entgegennahm. Dann stieg er auf einen Tisch. »Danke, daß Sie gekommen sind!« rief er, und die Menge verstummte. »Zunächst wollen wir alle der Familie von Jim Winslow unser herzliches Beileid aussprechen.« Will legte eine kleine Pause ein. »Und jetzt möchte ich Ihnen etwas vorlesen.« Er hielt das Blatt Papier in die Höhe. »Ich habe hier ein Telegramm mit folgendem Wortlaut: ›Ich gratuliere Ihnen, Ihren Eltern und Ihren Mitarbeitern. Sie haben einen guten und sauberen Wahlkampf geführt und sich das Recht erworben, sämtliche Demokraten bei der allgemeinen Wahl zu vertreten. Im November werden Sie meine volle und rückhaltlose Unterstützung haben.‹ Es ist unterzeichnet mit ›Gouverneur Mack Dean‹.«

Ein Höllenspektakel brach los. Will sah unterdessen, wie Kitty Conroy aus ihrem Büro trat und Tom Black beiseite nahm. Tom wandte sich Will zu und zog den Zeigefinger über seine Kehle. »Machen Sie Schluß!« hieß das.

»Ich möchte Ihnen allen dafür danken, daß Sie bei diesem Wahlkampf so hart gearbeitet haben«, fuhr Will fort und fragte sich, was los war. »Ich möchte auch den Menschen in Georgia danken, die mit ihrem schwer verdienten Geld zu unserem Sieg beigetragen haben.« Er schaute Tom an, der ihm wieder »Machen Sie Schluß!« bedeutete. »Und als letztes möchte ich sagen, daß ich am Wahltag im November eine noch viel größere Party geben werde!«

Will sprang vom Tisch, umarmte seine Eltern und ging Hände schüttelnd und Wangen küssend zwischen Fernsehleuten und Partygästen zu seinem Büro. Tom und Kitty erwarteten ihn. Tom schloß die Tür.

»Kitty hat eben einen Anruf von einem Freund bekommen«, sagte er. »Die Wahlversammlung der Republikaner hat sich bereits auf einen Kandidaten geeinigt.«

Will war verblüfft. »Die warten nicht mal, bis Jim Winslow unter der Erde ist?«

»Nein«, sagte Tom. »Sie werden es erst nach der Beerdigung bekanntgeben, aber ihr Kandidat ist Reverend Don Beverly Calhoun.«

»Ach du liebe Scheiße«, stöhnte Will.

»Und das ist noch nicht alles«, sagte Kitty. »Sein erster Wahlkampfauftritt steht schon fest. Er wird den Trauergottesdienst für Jim Winslow halten.«

Drittes Buch

1

Als Will vor der St. Philip's Cathedral zum Trauergottesdienst für Jim Winslow eintraf, verstand er, warum Tom und Kitty ihm empfohlen hatten, an der Beisetzung teilzunehmen. Er stieg mit seinem Vater aus dem Wagen und sah sofort, daß mindestens die Hälfte der maßgeblichen Politiker von Georgia hier versammelt war. Bevor sie den Parkplatz verlassen hatten, hatte Billy ihn einem Dutzend Leuten vorgestellt, und vor der Kirche wurden allerhand Geschäfte abgewickelt. Drinnen befanden sich ein Dutzend Mitglieder der Familie Winslow, vier Kamerateams und, so schien es, das Plenum von Repräsentantenhaus und Senat des Staates Georgia. Neben der Witwe und ihren beiden Töchtern saß Gouverneur Mack Dean. Er wirkte mitgenommen.

Billy Lee löste sich von einer Gruppe Abgeordneter und begleitete seinen Sohn zu einer Bankreihe in der Mitte des Kirchenschiffs. »Angeblich hält Dr. Don den Gottesdienst jetzt doch nicht«, flüsterte er Will ins Ohr.

»Nein? Was ist passiert?«

»Offenbar hat der Bischof dem Vorsitzenden der Republikaner in aller Deutlichkeit gesagt, daß ein selbsternannter Geistlicher der sogenannten Pentecostal Baptist Church mit einem dubiosen Doktortitel von irgendeiner provinziellen christlichen Hochschule nicht das Recht hat, einen Gottesdienst der Episkopalkirche zu halten.«

Will hatte Mühe, sich das Lachen zu verbeißen. »Ehrlich?«

»Aber«, fuhr Billy fort, »die Parteioberen haben gegen den anfänglichen Widerstand der Witwe und des Bischofs durchgesetzt, daß Calhoun einen Nachruf sprechen darf.«

»Schade.«

»Aber nur unter der Bedingung, daß er sich nicht am Grab blicken läßt.«

Der Gottesdienst war großartig. Pomp, Prunk und Weihrauch; der Atlantaer Knabenchor sang; der Bischof steuerte seine persönlichen

Erinnerungen an Jim Winslow bei und führte dann Reverend Don Beverly Calhoun ein, der, wie er trocken hinzufügte, die republikanische Partei Georgias repräsentiere.

Will hatte Calhoun nie persönlich gesehen, nur bei Talkshows, und er stellte mit Interesse fest, daß Dr. Don im Gegensatz zu manchen Figuren des öffentlichen Lebens tatsächlich größer war, als er auf dem Bildschirm wirkte. Er trug einen korrekten, schlicht geschnittenen schwarzen Anzug, eine schwarze Krawatte und ein strahlend weißes Hemd. Dies war der Mann, dem ein prominenter Kolumnist die Rednergabe eines Staranwalts, den Charme eines Weltmanns und die Skrupellosigkeit eines Machiavelli attestiert hatte.

Calhoun umfaßte den Kanzelrand und ließ den Blick über seine Zuhörer schweifen. »Liebe Freunde«, begann er mit trügerisch sanfter Stimme, »mir fällt heute nicht die Aufgabe zu, Ihnen zu sagen, was Jim Winslow seiner Familie und seinen Freunden bedeutet hat – das ist bereits auf die würdigste Weise geschehen. Ich bin gebeten worden, Ihnen von seinen Verdiensten an seiner Partei, an seinem Heimatstaat und seinem Vaterland zu berichten, und ich bin gebeten worden, mich kurz zu fassen. Das ist nicht leicht bei einem so pflichtbewußten Mann wie Jim Winslow, aber ich will es versuchen.«

Calhoun verlagerte sein Gewicht von einem Bein aufs andere und erhob die Stimme. »Jim Winslow hat besser als die meisten erkannt, in welchen Nöten unser Land ist auf Grund zu vieler gottloser Führerfiguren, zu vieler verlorener Schlachten, zu vieler Morde an unschuldigen Kindern in Abtreibungsfabriken, die eine Schande für die Nation sind, zu vieler Übergriffe von Kommunisten und Liberalen und sogenannten Humanisten, zu vieler Schulgebetsverbote, während gleichzeitig Mörder und Vergewaltiger und Drogenhändler dank kraftloser Gesetze und schwacher Richter auf die Gesellschaft losgelassen werden.« Calhoun legte eine Pause ein.

O Gott, was für ein Satz! dachte Will. Er sah, wie sich der Bischof vor Verlegenheit wand.

»Und«, fuhr Calhoun fort, »wenn Jim Winslow noch leben würde, so hätte er im Senat der Vereinigten Staaten etwas dagegen getan!«

Irgendwo in den hinteren Bänken der Kathedrale begannen ein paar Leute Beifall zu klatschen, wurden jedoch von anderen rasch zum Schweigen gebracht.

Calhoun wartete, bis wieder Ruhe herrschte. Dann sprach er weiter. »Und darum ist es an uns, jene gefallene Fackel aufzuheben und sie weiterzutragen, dem Triumph entgegen! Und darum ist es an uns, Jim Winslows Kampf in jedem Winkel dieses Staates aufzunehmen! Und darum ist es an uns, Amerika dem Licht eines neuen Tages entgegenzuführen – unter Gott dem Herrn!« Calhoun senkte den Kopf und verharrte einen Moment in Schweigen, dann verließ er die Kanzel und kehrte an seinen Platz zurück.

Der Knabenchor sang einen Choral, und die Sargträger trugen gemessenen Schrittes den Sarg aus der Kirche und zu einem wartenden Leichenwagen. Die Familie Winslow und Gouverneur Mack Dean gingen hinter dem Sarg. Abgeordnete strömten durch den Mittelgang. Als Will und Billy ins Freie traten, war die Familie Winslow schon zum Friedhof abgefahren, wo noch eine stille Trauerfeier am Grab stattfinden sollte.

»So was habe ich in meinem ganzen Leben noch nicht gehört«, bemerkte Billy.

»Ich glaube, das geht allen so«, antwortete Will.

Ein Kamerateam stellte sich ihnen in den Weg, und ein Reporter streckte Billy sein Mikrophon entgegen. »Gouverneur Lee, was halten Sie von diesem Gottesdienst?«

»Ich finde, daß die Trauerfeier der Episkopalen ein guter Beitrag zum Gedenken an einen aufrechten Mann war, aber ich muß sagen, daß mir Mr. Calhouns Nachruf eher wie eine Wahlkampfrede, ja wie Propaganda klang.«

Der Reporter wandte sich an Will. »Mr. Lee, Sie sind der demokratische Kandidat für den Senat der Vereinigten Staaten. Glauben Sie, daß Dr. Don Ihr Gegner auf republikanischer Seite sein wird?«

»Das muß die Wahlversammlung der Republikaner entscheiden, und ich bin sicher, daß sie gebührende Zeit warten wird, bis sie einen Kandidaten benennt. Schließlich ist heute nicht der rechte Tag für die Politik«, endete Will – nicht allzu salbungsvoll, wie er hoffte.

Er entschuldigte sich und ging mit seinem Vater zum Auto.

»Das wird ein Wahlkampf, der sich gewaschen hat«, prophezeite Billy. »Ich weiß nicht, ob ich dich darum beneiden soll.«

»Ich auch nicht«, antwortete Will.

2

Mickey Keane kam in ein Steakhouse in der Peachtree Road und stellte fest, daß der Mann, mit dem er sich zum Essen verabredet hatte, schon wartete. »Hallo, Dave«, sagte er und streckte die Hand aus.

Sergeant Dave Haynes von der Mordkommission begrüßte ihn. »Wie geht's, Mickey?«

»Danke, gut«, sagte Keane.

»Wie gefällt dir dein neuer Job?«

»Besser, als du denkst. Pearl ist ein anständiger Mann. Ich hab' schon für viel schlimmere Leute gearbeitet.«

»Ich hoffe, du sprichst nicht von unserem geliebten Captain«, sagte Haynes.

»Nein«, erwiderte Keane. »Von dem sprech' ich nie.«

»Und was machst du so?«

»Spuren verfolgen.«

»Ja, ich hab' die Anzeigen gesehen. Da kriegst du sicher jede Menge Schrott.«

»Klar. Aber das war vorauszusehen. Und was läuft bei euch?«

Haynes blickte um sich und senkte die Stimme. »Komische Sachen«, sagte er.

»Erzähl mir davon.«

»Jim Winslow hatte einen Herzinfarkt beim Joggen«, sagte Haynes.

Keane musterte ihn eingehend. »Was ist daran komisch?« fragte er und spielte den Naiven. »Beim Joggen fallen doch dauernd Leute tot um.«

»Ja, aber bei denen stellt sich dann raus, daß sie eine Thrombose hatten. Und Winslows Adern waren so durchlässig wie fabrikneue Stahlrohre.«

»Was sagt der Pathologe?«

»Irgendwas auf fachchinesisch, aber es läuft darauf hinaus, daß es dann und wann jemanden umhaut, weil irgendwelche Reizleitungen im Herzen spinnen.«

»Und was spricht dagegen?«

»Nichts Spektakuläres. Nur kleine Dinge.«

»Zum Beispiel?«

»Zum Beispiel ist Winslow jeden Tag am frühen Morgen joggen gegangen. Er war bekannt dafür, und man konnte die Uhr nach ihm stellen. Angenommen, du wolltest Winslow umlegen – wann würdest du das machen? Ich sag's dir: am frühen Morgen, wenn der Zeitungsausträger schon da war und sonst niemand unterwegs ist.«

»Und wie geht's weiter?«

»Zwei Typen finden ihn. Der eine ist ein Nachbar, muß eine frühe Maschine am Flughafen kriegen. Aber als der um die Kurve biegt, ist da ein anderer und hat das Ohr an der Brust von Winslow.«

»Der Jogger, ja. Ist doch ganz natürlich. Würde ich auch machen.«

»Okay, nur trägt der Jogger eine Kapuze und eine dunkle Sonnenbrille. Dabei ist es ein lauer Morgen. Und dann fährt der Jogger mit dem Auto des Nachbarn los, ruft einen Krankenwagen und verschwindet.«

»Er will nichts mit der Geschichte zu tun haben. So was kommt vor.«

»Ich hab' die ganze Nachbarschaft abgeklappert. Der Jogger wohnt da nicht. Niemand in der Gegend joggt am frühen Morgen – außer Winslow. Und Jogger gehen nicht in eine fremde Umgebung zum Joggen. Die joggen da, wo sie wohnen.«

»Hat dir der Nachbar den Jogger beschreiben können?«

»Nur dürftig. Groß und schlank, Schnurrbart. Der Kerl hatte einen grauen Trainingsanzug an. Du erinnerst dich an die Kapuze und an die dunkle Sonnenbrille?«

»Was hat er beim Notruf angegeben?«

»Nur das Nötigste. Mann umgekippt, Ort, Anforderung eines Krankenwagens. Er hat aufgelegt, bevor der Sanitäter, der am Telefon war, noch einmal nachfragen konnte. Der Anrufer hat mit südlichem Akzent gesprochen – er ist wahrscheinlich vom Land, aber er hat eine klare und deutliche Aussprache – so, als hätte er's lange geübt.«

»Wie zum Beispiel Leute, die es bei der Army zum Unteroffizier bringen?«

»Genau so.«

Keane blickte Haynes mit gespielter Strenge an. »Das sind ja wilde Spekulationen.«

»Das hat unser geliebter Captain auch gesagt. Ich weiß schon, das bringt uns nicht weiter. Es ist zuwenig. Ich weiß auch, daß es, politisch gesehen, ein heißes Eisen ist, und der Captain will natürlich keine Storys von der Sorte in der Zeitung, wenn sie nicht durch harte Fakten untermauert sind. Aber es sollte wenigstens für eine mehr als routinemäßige Obduktion reichen. Da müßte ein Pathologe der Spitzenklasse ran. Ich meine, unser netter alter Medizinmann ist kein großes Licht.«

»Da würde die Presse aber die Ohren spitzen, wenn ihr einen anderen Pathologen holt«, vermutete Keane.

»Klar, aber es juckt mich eben. Ist nicht das erste Mal, daß ich vor was gewarnt werde, weil es Ärger für alle möglichen Leute geben kann. Aber es juckt mich trotzdem.« Haynes schaute Keane an, der nicht zuzuhören schien. Dann folgte er Keanes Blick, der zum Fernseher über der Bar geschweift war. Die Zwölfuhrnachrichten liefen gerade. Eine Gruppe Männer umstand ein Lesepult, an dem Reverend Don Beverly Calhoun sprach.

»Da ist er schon wieder«, sagte Keane.

»Ja, die Republikaner haben ihn als Kandidaten nominiert. Ich hab's im Autoradio gehört.«

»Mhm«, sagte Keane und wiederholte: »Da ist er schon wieder.«

»Der ist immer wegen irgendwas im Fernsehen«, sagte Haynes.

»Das meine ich nicht«, erwiderte Keane. »Es ist nur so: jedesmal, wenn ich mich in den letzten Monaten für was interessiert habe, war er irgendwie dabei. Seine Leute haben vor Manny Pearls Buchladen protestiert, bevor Perkerson versucht hat, Manny wegzuputzen; seine Leute haben genau an dem Tag vor der Abtreibungsklinik demonstriert, an dem es den Doktor und die Schwester erwischt hat; und jetzt sagst du mir, daß Jim Winslow vielleicht ermordet worden ist, und prompt taucht Dr. Don wieder auf.«

»Aber Mickey.« Haynes grinste. »Das sind ja noch wildere Spekulationen.«

»Richtig«, lachte Keane. »Aber ich will dir was sagen, Dave: Ich mag solche Zufälle nicht.«

»Ich weiß, was du meinst«, sagte Haynes. »Und wenn Sie mich jetzt bitte entschuldigen wollen, Mr. Keane – ich werde mich so weit wie möglich von Ihnen und Ihren weithergeholten Ideen absetzen.« Er stand auf, klopfte Keane auf die Schulter. »Viel Glück, Mickey«, sagte er. »Wir werden nicht mehr miteinander reden können.«

3

Mickey Keane stand am hinteren Ende eines überfüllten Vorraums in der Holy Hill Pentecostal Baptist Church und winkte Presseleuten zu, die er kannte. Niemand fragte ihn, warum er hier war, und das paßte ihm gut.

Keane blickte auf, als die Gruppe von Männern durch eine Seitentür eintrat und auf dem Podium Aufstellung nahm, damit die Fotografen ihre Aufnahmen machen konnten. Dann setzten sie sich. Keane bemerkte neben Reverend Don Beverly Calhoun einen beeindruckenden Mann. Er war groß und schlank, hielt sich sehr gerade, hatte dichtes, kurzgeschnittenes graues Haar und dunkle Augenbrauen. Ein gutaussehender Mann. Wirkte sehr militärisch.

»Wer ist der Typ neben Calhoun?« fragte Keane einen Reporter von der *Constitution*, der ein kleines Stück weiter an der Wand lehnte.

»Das ist Colonel J. E. B. Stuart Willingham«, erklärte der Reporter. »Er war früher bei der Marine. Old Jeb, wie ihn seine Freunde nennen, wurde als zukünftiger Kommandeur des Korps gehandelt, bis er in Vietnam Probleme bekam – zu viele Verluste bei seiner Einheit im Verhältnis zum eroberten Terrain, Himmelfahrtskommandos und so weiter. Im Kongreß gab es ein paar nicht öffentliche Hearings dazu, und Willingham wurde in die Heimat zurückbeordert. Kurz darauf ist er aus dem Dienst ausgeschieden. Seitdem führt er einen Verein, der sich ›Amerikaner für eine starke Verteidigung‹ nennt und ziemlich rechtslastig ist. Er...«

»Guten Tag, meine Damen und Herren.«

Die sonore Stimme ließ in dem Raum rasch Ruhe einkehren. Scheinwerfer flammten auf und beleuchteten die Gruppe auf dem Podium. Der beeindruckende Mann blickte in die Runde und bedachte die Anwesenden mit einem huldvollen Lächeln. »Mein Name ist Willingham«, fuhr er fort. »Ich bin Vorsteher des Rates der Diakone der Holy Hill Pentecostal Baptist Church, und ich muß mit großem Bedauern bekanntgeben, daß wir heute morgen den Rücktritt von Reverend Dr. Don Beverly Calhoun als Pastor unserer Kirche, Rektor der Faith University und Vorstandsvorsitzender des Faith-Kabelfernsehens angenommen haben.« Willingham legte eine Kunstpause ein. Dann sprach er weiter. »Unser Bedauern wird jedoch durch das Wissen gemildert, daß Dr. Calhoun als Kandidat für den Senat der Vereinigten Staaten einen noch größeren Beitrag für Georgia und das Vaterland leisten wird, und wir sind der Meinung, daß wir unseren Landsleuten die Talente dieses großartigen Mannes nicht vorenthalten dürfen.

Aber wir haben nicht nur den Verdacht, sondern auch einen Gewinn zu verzeichnen, denn wir hatten die freudige Aufgabe, Reverend Ralph Beverly Calhoun, der bislang in unserer Kirche und bei den mit ihr verbundenen Aktivitäten die rechte Hand seines Vaters war, zum Nachfolger von Dr. Calhoun zu bestellen.« Willingham drehte sich um, und ein dünner junger Mann erhob sich von seinem Platz und winkte der Menge schüchtern zu. Reverend Ralph Beverly Calhoun war das, wenn auch schlankere, Ebenbild seines Vaters.

»Und nun«, fuhr Willingham fort, »wollen wir Reverend Dr. Don Beverly Calhoun hören.«

Calhoun, dessen Bauch von einem schmeichelhaft geschnittenen blauen Anzug kaschiert und von einer roten Krawatte geziert wurde, näherte sich dem Rand des Podiums. »Ihnen allen einen guten Morgen«, dröhnte er, »Sie sollen wissen, meine Damen und Herren, daß dies mein letzter öffentlicher Auftritt als Reverend Dr. Don Beverly Calhoun ist. Von nun an bin ich einfach Don Calhoun, republikanischer Kandidat aus Georgia für den Senat der Vereinigten Staaten.« Er hielt inne, als rechne er mit Beifall, aber der blieb aus, deshalb sprach er weiter. »Mit dem heutigen Tag durchtrenne ich meine langjährigen Verbindungen zur Holy Hill Church, zur Faith University und zum Faith-Kabelfernsehen. Auf die freundliche Einladung des neuen Pastors unserer Kirche, Reverend Ralph Beverly Calhoun, hin« – er drehte sich um und schaute seinen Sohn an – »werde ich diesen Sonntag meine Abschiedspredigt halten. All das bedeutet natürlich, daß meine sämtlichen geschäftlichen und finanziellen Beziehungen zu den genannten Organisationen enden werden. Ich werde kein Gehalt mehr beziehen und auch nicht mehr in den Genuß sonstiger Vergünstigungen kommen. Und nun bin ich bereit, mich den Fragen der Presse zu stellen.« Er deutete auf eine junge Frau in der ersten Reihe, die sich von ihrem Platz erhoben hatte. »Ja, Jane?«

»Dr. Don, bedeutet das auch...«

Calhoun fiel ihr ins Wort. »Bitte, Jane«, sagte er, »ich habe diese Anrede nie sonderlich geschätzt, und von nun an ist sie schlichtweg unangebracht. Nennen Sie mich einfach Don.«

»Äh, Mr. Calhoun«, fuhr die junge Frau fort, »bedeutet das auch, daß Sie nicht mehr über den Fünfmillionendollarjet verfügen werden, mit dem Sie in den vergangenen Jahren gereist sind?«

»Wie Sie wissen, Jane, gehört diese Maschine einer von uns unabhängigen Firma, die sie dem Faith-Kabelfernsehen dann und wann leihweise zur Verfügung gestellt hat. Sollte ich die Maschine in nächster Zeit brauchen, so wird sich meine Wahlkampforganisation mit dieser Firma ins Einvernehmen setzen und in vollem Umfang für die Maschine bezahlen.«

»Und was wird die Maschine pro Stunde kosten, Mr. Calhoun?« fragte die junge Frau weiter.

»Nun, darüber haben wir noch nicht gesprochen, aber Sie können sicher sein, daß es sich um einen angemessenen Betrag handeln wird.« Calhoun deutete auf einen anderen Reporter.

»Dr. – Mr. Calhoun, letztes Jahr hat die Holy Hill Church für Sie und Ihre Frau ein Zwölfhundertquadratmeterhaus auf dem Campus der Faith University bauen lassen, dessen Einrichtung allein mehr als zwei Millionen Dollar gekostet haben soll. Werden Sie aus dem Haus ausziehen?«

Calhoun strahlte den Mann an. »Sie wissen natürlich, Ed, daß sich der größte Teil der Einrichtung des Hauses aus Geschenken von Mitgliedern meiner Gemeinde zusammensetzt, und ich darf zu meiner Freude sagen, daß sich das Aufsichtskomitee der Faith University bereit erklärt hat, mir für neunundneunzig Jahre das Pachtrecht auf das Grundstück zu gewähren. Das Haus selbst werde ich von der Universität käuflich erwerben.«

»Sir«, sagte der Reporter, »Ihr deklariertes Einkommen aus den Posten, die Sie bei Kirche, Universität und Fernsehgesellschaft bekleiden, beläuft sich auf neunzigtausend Dollar pro Jahr, und von diesen Posten sind Sie jetzt zurückgetreten. Wie wollen Sie da ein Zwölfhundertquadratmeterhaus finanzieren?«

»Nun, ich werde eine Anzahlung aus Mitteln leisten, die meine Frau und ich im Laufe der Jahre erspart haben, und den Rest wird die Universität mit einer Hypothek absichern.«

»Wie hoch ist der Kaufpreis für das Haus, und was werden die Bedingungen für die Hypothek sein?«

»Darüber muß noch verhandelt werden, aber ich baue darauf, daß wir im Geist der christlichen Nächstenliebe zu einer Abmachung kommen werden, die alle Beteiligten zufriedenstellt. Und nun habe ich nur noch Zeit für eine Frage.« Calhoun wandte sich einem jungen Mann mit Namensschild zu, das ihn als Reporter des Faith-Kabelfernsehens auswies. »Ja, mein Sohn?«

»Mr. Calhoun«, sagte der junge Mann, wobei er mechanisch von einem Blatt Papier ablas, »was werden die Ziele Ihres Wahlkampfs sein?«

Ein lautes Stöhnen ging durch die Reihen der anderen Reporter. Die Techniker begannen zusammenzupacken.

»Ich höre mit Genugtuung, daß wir hier auch eine politische Frage haben«, sagte Calhoun. »Mein Wahlkampf wird ein durch und durch christlicher sein.«

Mickey Keane erkannte das als Signal. Während Calhoun zu salbadern begann, trat er ans nächste Fenster und warf einen Blick nach draußen. Ein großer Bus parkte auf der anderen Straßenseite, der Kirche gegenüber. Keane öffnete das Fenster, beugte sich hinaus und hob den Daumen. Manny Pearl stieg aus dem Bus und ging über die Straße, auf die Kirche zu. Er trug ein Schild, auf dem STRENGE TRENNUNG VON STAAT UND KIRCHE! A. B. D. D. N.!!! stand. Ihm folgte ein Dutzend phantastischer junger Damen, jede mit einem Minibikini angetan und mit einem ähnlichen Schild ausgerüstet.

Während Calhoun redete und redete, schaute ein Tontechniker zufällig aus dem Fenster. »Heilige Scheiße!« brüllte er. »Seht euch das an!«

Alles im Raum drehte sich um. Ein Mann stürzte ans Fenster und rannte den Reporter vom Faith-Kabelfernsehen fast um. Calhoun unterbrach sich widerwillig und wandte seine Aufmerksamkeit den Leuten an den Fenstern zu. »Was geht hier vor?« fragte er irritiert.

»Laßt mich raus hier!« schrie ein Kameramann und bahnte sich mit Gewalt seinen Weg zu den Türen am hinteren Ende des Raumes. Zwei Dutzend Medienleute stürmten ihm nach und rannten bei ihrem Abgang die Reihen der Klappstühle um.

Calhoun kam vom Podium herunter, ging zu den Fenstern, hinter ihm waren sein Sohn und seine Diakone. Er spähte nur eine Sekunde hinaus und drehte sich Reverend Ralph Beverly Calhoun zu. »Hol die Polizei!« donnerte er. Dann machte er wieder kehrt und lief zur Tür.

Mickey Keane stand auf dem Rasen vor der Kirche und lachte sich schief, als Calhoun mit seinem Sohn im Schlepptau aus dem Gebäude stürzte. Calhoun rannte über den Rasen und stoppte kurz vor einem Abzugsgraben, der ihn von den Stripperinnen trennte. Ein halbes Dutzend Fernsehkameras nahm die Szene auf.

»Was soll das?« fragte er gebieterisch.

»Ich revanchiere mich nur, Dr. Don«, erklärte Manny Pearl. »Sie haben mir Ihre Leute geschickt, also hab' ich mir gedacht, ich schick' Ihnen meine und komme selber mit. Hier sind wir, ich und meine Mädchen aus dem Alley Cat. Das ist eins von meinen beliebten Lokalen.«

»Um Himmels willen!« schrie Calhoun. »Sagen Sie den Frauen, daß sie sich was anziehen sollen! Die sind ja fast nackt!«

»Wenn Sie alles sehen wollen, dann schauen Sie doch heute abend im Alley Cat vorbei!« brüllte Manny zurück, dem es nicht entgangen war, daß das Fernsehen das Ganze filmte. »Oder im She Cat oder im Jungle Cat. Wir haben von fünf Uhr nachmittags bis vier Uhr morgens geöffnet, und das sechs Tage in der Woche!«

Im Hintergrund konnte man die ersten Polizeisirenen hören. Ein paar Sekunden später kamen zwei Streifenwagen mit kreischenden Bremsen vor der Kirche zum Stehen, und aus einem von ihnen wuchtete sich ein schwergewichtiger Polizist. »Was ist hier los?« fragte er.

»Ich verlange, daß Sie diese Leute sofort vom Grund und Boden unserer Kirche entfernen, Sergeant!« forderte Calhoun lautstark.

»Okay, Manny«, sagte der Polizist, »Sie haben Ihren Spaß gehabt. Jetzt sammeln Sie Ihre Mädchen ein, und ziehen Sie ab.«

Als sei dies sein Stichwort, stieg ein junger Mann mit Aktentasche aus dem Bus und überquerte die Straße. »Gestatten Sie, Sergeant«, sagte er, »Wilcox ist mein Name. Ich bin der Anwalt von Mr. Pearl und diesen jungen Damen. Ich möchte darauf hinweisen, daß sie sich nicht auf dem Grund und Boden der Kirche befinden, sondern auf einem öffentlichen Weg, und daß sie weder den Verkehr behindern noch Passanten das Weiterkommen verwehren.«

Eine junge Frau mit Mikrophon trat an Manny Pearl heran. »Verzeihung, Mr. Pearl«, sagte sie. »Was bedeutet dieses A. B. D. D. N. auf Ihren Schildern?«

»Das ist eine politische Parole.« Manny Pearl grinste in die Kamera: »Es bedeutet: *Alles, bloß Dr. Don nicht!*«

Die Mädchen hinter ihm brachen in frenetischen Jubel aus. Dann stimmten sie einen Sprechchor an: »Alles, bloß Dr. Don nicht! Alles, bloß Dr. Don nicht!«

Ein neutraler Polizeiwagen hielt schlitternd am Straßenrand, und ein Mann im Anzug stieg aus. Der Sergeant begrüßte ihn. »Guten Morgen, Lieutenant«, sagte er. »Ich fürchte, wir müssen hier eingreifen.«

»Hallo, Harvey!« rief eines der Mädchen dem Lieutenant zu. »Ich hab' dich seit gestern abend nicht mehr gesehen! Wie geht es dir?«

Der Lieutenant lief dunkelrot an. »Sie sind verhaftet, alle miteinander! Erregung öffentlichen Ärgernisses und unsittliches Verhalten!«

Der junge Anwalt trat vor. »Lieutenant, ich möchte darauf hinweisen, daß jede dieser jungen Damen einen durchaus korrekten Bikini trägt, was überall in diesem Land als akzeptables Kleidungsstück gilt.«

»Und ich trag' keinen Bikini!« schrie Manny. »Wenigstens bis jetzt nicht!«

»Alle in den Bus!« brüllte der Lieutenant. »Sergeant, Sie fahren voran, die anderen kommen nach. Nächste Station ist das Gefängnis!«

Mickey Keane hielt sich die Seiten vor Lachen, als Manny und seine Mädchen geräuschvoll in den Bus stiegen und Don Beverly Calhoun seine Leute zur Kirche zurückführte.

»Ralph!« schrie Calhoun. »Ruf meinen Anwalt an!«

4

Will eröffnete das Treffen am Montag vormittag um zehn. »Ich möchte heute von allen etwas hören«, begann er. »Wir haben eine völlig neue Konstellation, mit der wir nicht gerechnet haben, und wir müssen uns überlegen, wie wir vorgehen wollen.« Er wandte sich an seinen Vater. »Fangen wir bei dir an, Dad. Wie sieht es mit unseren Finanzen aus?«

Billy Lee räusperte sich. »Wir haben ungefähr hundertzehntausend Dollar auf der Bank. Wenn man davon unsere unbezahlten Rechnungen abzieht, bleiben uns noch an die siebzigtausend.«

Will fühlte sich plötzlich elend. »Mehr nicht? Bist du sicher?«

»Ja«, sagte Billy. »Und ich nehme an, daß wir eine Million brauchen, um die Wahl durchzustehen.«

»Daran bin ich schuld, Will«, bekannte Tom Black. »Wie Sie wissen, habe ich darauf bestanden, daß wir in den zwei Wochen vor der Vorwahl fast alles, was wir hatten, ins Fernsehen investiert haben. Ich bin davon ausgegangen, daß es zu einem Kopf-an-Kopf-Rennen mit Mack kommen würde und anschließend zum Wahlkampf mit Jim Winslow. In den letzten zwei Tagen vor der Vorwahl habe ich versucht, möglichst viel Sendezeit zu stornieren, aber das ging in den meisten Fällen leider nicht mehr. Wir hatten im voraus bezahlt, und die Sender wollten natürlich nichts von Rückerstattung wissen.«

»Sie konnten nicht voraussehen, daß Mack wegfallen würde, Tom«, sagte Will. »Sie haben unter den gegebenen Umständen die beste Entscheidung getroffen, und ich stand voll dahinter. Vielleicht helfen uns die vielen Spots, die wir gebracht haben, ein bißchen bei der allgemeinen Wahl.«

»Darauf würde ich mich nicht verlassen«, sagte Tom. »Wir haben noch sechs Wochen bis zum zweiten Dienstag im November, und in der Zeit können die Leute eine Menge vergessen. Außerdem werden sie von der Gegenseite mit neuen Dingen bombardiert.« Tom rutschte unbehaglich auf seinem Sitz hin und her. »Aus dem zweiten Teil unseres Plans, nämlich gegen Jim Winslow anzutreten, ist auch nichts geworden. Wir haben jetzt eine wesentlich schwerere Aufgabe vor uns.«

»Es gibt eine gute Nachricht von der Finanzfront«, verkündete Billy. »Eine schlechte allerdings auch.«

»Erst die gute, bitte.«

»Lurton Pitts und seine Freunde haben der demokratischen Partei eine halbe Million Dollar gespendet.«

»Das ist wirklich eine gute Nachricht«, sagte Will. »Kriegen wir das alles?«

»Leider nein«, sagte Billy. »Das ist die schlechte Nachricht. Der Parteivorstand hat uns nur hunderttausend bewilligt.«

»Was?«

»Die Leute behaupten, sie müßten mehrere harte Kongreßwahlkämpfe finanzieren. Das ist natürlich Unsinn; es gibt in Georgia nur einen harten Kongreßwahlkampf, von dem ich weiß. Ich glaube, ehrlich gesagt, daß sie nicht sehr optimistisch sind, was deine Chancen betrifft, Will. Wenn wir ihnen in nächster Zeit ein paar Zugewinne bei den Umfragen präsentieren können, bewilligen sie uns vielleicht mehr.«

»Das verstehe ich nicht«, sagte Will. »Ich war schon im Begriff, den amtierenden Gouverneur zu schlagen, bevor er sich selbst das Bein gestellt hat. Und da glauben sie nicht, daß ich mich gegen einen Fernsehprediger durchsetzen kann?«

Billy schwieg einen Moment. »Es gibt noch eine schlechte Nachricht«, sagte er schließlich. »Lurton Pitts und seine Freunde haben auch den Republikanern eine halbe Million Dollar gespendet.«

»Sie fahren zweigleisig?« fragte Will ungläubig.

»Ist nicht das erste Mal«, sagte Tom Black.

»Ich bin noch nicht fertig«, fuhr Billy fort. »Wie man hört, wollen die Republikaner die ganze halbe Million an Calhoun weiterleiten.«

»Ist ja toll«, murmelte Will.

Moss Mallet, der Meinungsforscher, trat ein. »Tut mir leid, daß ich mich verspätet habe, Will«, sagte er.

»Setzen Sie sich, Moss, wir kommen gleich zu Ihnen.«

Kitty Conroy meldete sich zu Wort. »Ich glaube, du solltest dich an die Vorstellung gewöhnen, daß Calhoun mehr Mittel hat als wir, Will. Vergiß seine Adressenkartei nicht. Er hat für seine Fernseh-Show schon Hunderttausende an einem Tag lockergemacht, und das dürfte er beim Wahlkampf auch schaffen. Übrigens, hat hier jemand gestern seine sogenannte Abschiedspredigt gesehen?«

»Ich hab' sie verpaßt«, sagte Will.

»Ich auch«, echote Tom.

»Es war eine dreißigminütige Wahlrede im Fernsehen, die ihn keinen Cent gekostet hat«, erklärte Kitty. »Gott kam nur einmal vor – als Calhoun sagte, er werde seine, will heißen, Calhouns, Feinde zerschmettern. Ich nehme an, er hat dich gemeint.«

Will lachte. »Daran muß ich mich wohl auch gewöhnen.«

»Es gibt noch mehr«, sagte Kitty.

»Was noch?«

»Er hat das Thema Homosexualität in den Vordergrund gerückt. Er hat keine Namen genannt, aber ich glaube, wir wissen alle, auf wen er anspielen wollte. Er hat darüber gesprochen, daß die Liberalen und die Homosexuellen die Arbeit der Regierung behindern. Er will persönlich verhindern, daß noch mehr Homosexuelle Macht im Staat gewinnen. Nach seinem gestrigen Verhalten zu schließen, wird er in diesem Punkt nicht lockerlassen.«

Will wußte nicht, was er dazu sagen sollte, also wandte er sich Moss Mallet zu. »Wie sind die Umfrageergebnisse von letzter Woche, Moss?«

Moss Mallet breitete ein paar Papiere vor sich aus. »Die Umfrage hier ist vom Freitag. Nach dem Auftritt der Stripperinnen vor der Kirche und vor Calhouns Sonntagspredigt.«

»War das nicht köstlich mit den Stipperinnen?« warf Tom ein. »Ich hab' noch nie so gelacht.«

»Freut mich, daß es Ihnen Spaß gemacht hat, Tom«, sagte Moss Mallet, »aber viele Wähler fanden es gar nicht komisch. Ich glaube sogar, daß das etwas mit unserer gegenwärtigen Lage zu tun hat.«

»Und wie sieht die aus?« fragte Will.

»Am Freitag – es handelt sich um telefonische Interviews mit sechshundert Wählern, hatte Calhoun 46 Prozent und Sie 39 Prozent.«

Will war wie erschlagen. »Sie meinen, obwohl wir gerade die Vorwahl gewonnen haben und Calhoun eben erst seine Kandidatur bekanntgegeben hat, liegen wir sieben Punkte hinter ihm?«

»Sagen wir zwischen drei und elf«, sagte Mallet. »Mich stört besonders, daß nur fünfzehn Prozent noch unentschlossen sind; das ist für einen so frühen Zeitpunkt im Wahlkampf sehr wenig. Wenn die Wahl am Freitag stattgefunden hätte, hätten Sie über achtzig Prozent der Unentschlossenen für sich gewinnen müssen; Calhoun hätte schon ein knappes Drittel gereicht.«

»Ich kann's nicht glauben«, sagte Kitty.

»Tut mir leid«, erwiderte Mallet und zuckte mit den Achseln. »Ich weiß, daß das keine guten Nachrichten sind, aber Sie bezahlen mich schließlich für die Wahrheit.«

»Natürlich, Moss«, sagte Will. »Sie können nichts für die Ergebnisse. Wenigstens wissen wir jetzt, wo wir stehen.«

»Wo haben wir gut und wo haben wir schlecht abgeschnitten?« fragte Tom.

Mallet warf wieder einen Blick auf seine Zahlen. »Am besten innerhalb der Stadtgrenze von Atlanta und in Städten mit über hunderttausend Einwohnern – Savannah, Augustus, Columbus und so weiter. Am schlechtesten in Kleinstädten und in dem Teil von Groß-Atlanta, der außerhalb der Stadtgrenze liegt – Marietta und Bezirk Cobb, Lawrenceville und Bezirk Gwinnet. Um Atlanta herum liegt eine Art republikanischer Gürtel, und diese Vororte sind die Crux.«

»Haben wir auch gute Nachrichten?« fragte Will.

»Ja. Die Schwarzen mögen Calhoun nicht und trauen ihm auch nicht. Hier bekommen Sie über achtzig Prozent der Stimmen; das ist ein besseres Ergebnis als bei den Umfragen, bei denen es um Sie und Mack Dean ging. Und natürlich kriegen Sie auf jeden Fall die Schwulenstimmen. Von denen wird nach dieser Abschiedspredigt keiner mehr Calhoun wählen. Das ist sicher; da brauche ich keine Umfrage zu machen.«

»Ja«, nickte Tom. »Wir können nur leider nicht mal versuchen, bei den Schwulen einen kleinen Spendenaufruf abzuhalten, sonst fällt Calhoun über uns her wie zehntausend Hyänen.«

Will holte tief Luft. »Ich habe weitere schlechte Nachrichten. Ich hab's mir bis zum Schluß aufgehoben, weil ich auf erfreulichere Dinge gehofft hatte...«

»Ach, du lieber Gott«, ächzte Kitty.

»Ihr erinnert euch an Boggs, den Richter im Mordfall Larry Moody?« Will zog einen Bogen Papier aus seiner Aktentasche. »Heute morgen habe ich einen Brief von ihm bekommen. Es hat sich überraschend eine Lücke in seinem Terminkalender aufgetan, und er hat den Prozeß auf einen Montag Ende Oktober anberaumt. Acht Tage vor der Wahl.«

»Das... das darf doch nicht wahr sein!« stotterte Tom. »Das kann der alte Bastard doch nicht machen!«

»O doch«, sagte Billy. »Und Will muß mitziehen.«

»Er soll sich weigern!« fauchte Kitty.

»Wenn er das tut, wird ihn Boggs wegen Mißachtung des Gerichts ins Gefängnis sperren lassen«, erwiderte Billy. »Und von da aus kann er die Wahl kaum gewinnen.« Billy legte eine Pause ein. »Ich glaube, seit Will seine Kandidatur bekanntgegeben hat, hat Boggs nur auf den besten Moment gewartet, um ihm eine reinzuwürgen.«

Die Gruppe saß eine Weile in bedrücktem Schweigen da. Schließlich meldete sich Kitty wieder zu Wort. »Fast hätte ich's vergessen«, sagte sie tonlos. »Calhouns Wahlkampfmanager hat mich vorhin angerufen. Er fordert uns zu einer Fernseh-Diskussion auf.«

Will sah Kitty an. »Nur zu einer?«

»Ja.«

Will lachte gequält. »Na, wenigstens was.«

5

Die Gruppen tauchten prompt auf. GOTT HAT SODOM UND GOMORRHA VERNICHTET stand auf einem Plakat. WIR WOLLEN KEINE HOMOSEXUELLEN AN DER REGIERUNG auf einem anderen. Will mußte an ihnen vorbei, um zu einem ›Stadtmeeting‹ zu kommen. Das war eine Veranstaltungsreihe, die er in ganz Georgia abhielt, Begegnungen mit Bürgern, bei denen er zunächst sprach und dann Fragen aus dem Publikum beantwortete. Die Idee stammte von Tom, und es ließ Will in einem vorteilhaften Licht erscheinen, daß er die Nähe der Wähler suchte. Überdies wurde im lokalen Fernsehen ausführlich darüber berichtet. Tom schleuste bei jedem Meeting ein paar Anhänger ein, die Fragen zu

Themen stellten, die Will für besonders wichtig hielt. Das war allerdings zweitrangig. Den größten Vorteil dieser Veranstaltungen sah Will darin, daß er schwierige Fragen beantwortete und damit im Fernsehen präsent war.

Will war in Savannah. Er hatte seine Wahlkampfrede gehalten und stellte sich jetzt den Fragen aus dem Publikum.

In der ersten Reihe erhob sich eine Frau. »Mr. Lee«, sagte sie, »ich kann mich leider des Eindrucks nicht erwehren, daß Sie bei Ihren Antworten im Hinblick auf das Homosexuellenproblem nicht ganz ehrlich waren.« Das war ein schlechter Anfang, denn es hörte sich so an, als gäbe es dieses Problem tatsächlich. »Vielleicht wäre es das Beste, wenn Sie uns jetzt offen sagen würden, wie lange Ihr Verhältnis mit Jack Buchanan gedauert hat und ob Sie noch andere homosexuelle Affären hatten.«

Das Publikum hielt den Atem an, und Will war ein paar Sekunden sprachlos.

Dann aber wurde ihm klar, daß er angreifen mußte. Das Fernsehen war da. »Madam«, erwiderte er in scharfem Ton, »was Sie eben gesagt haben, ist eine Lüge, und ich bin nicht hierhergekommen, um auf Lügen einzugehen, sondern um mich mit fairen Fragen auseinanderzusetzen.«

»Beantworten Sie die Frage!« rief ein Mann in den hinteren Reihen, und andere schlossen sich seiner Forderung an.

Will wandte sich der Frau in der ersten Reihe zu. »Vielleicht sagen Sie uns, wer Sie sind«, schlug er vor.

»Mein Name ist Margaret Thurmond. Ich bin Lehrerin, bin mit Millie Buchanan aufs College gegangen, und mir ist aufgefallen, daß Millie Buchanan Sie nicht gerade in Schutz genommen hat.«

»Millie Buchanan ist eine schockierte und bekümmerte Witwe, die ihre Kinder ohne Mann großzuziehen versucht. Ich habe sie nicht um ihre Hilfe gebeten. Sie plappern hier bösartigen und haltlosen Klatsch nach, Madam, und dafür sollten Sie sich schämen.«

»Beantworten Sie die Frage!« wiederholte der Mann in den hinteren Reihen.

»Was für eine Frage?« sagte Will. »Ich habe keine gehört, weder von Mrs. Thurmond noch von Ihnen. Wennn Sie eine Frage stellen möchten, dann tun Sie's!«

»Sind Sie schwul?« rief der Mann.

»Nein«, erwiderte Will. »Und Sie?«

»Was fällt Ihnen ein?!« empörte sich der Mann.

»Wie ich sehe, antworten Sie auf falsche Anschuldigungen auch nicht lieber als ich«, sagte Will.

Zum Glück gab es hier Gelächter im Publikum. Ein paar Leute applaudierten sogar.

»Nachdem wir die Frage Ihrer und meiner sexuellen Orientierung geklärt haben, können wir jetzt vielleicht zum ernsthaften Teil dieser Veranstaltung kommen.«

Einer von Toms Leuten war schon auf den Beinen, und Will bat ihn, seine Frage zu stellen. Der kritische Moment war überstanden, und Will versuchte, ihn zu vergessen.

Später, im Auto, sagte Kitty: »Ich habe mit der Reporterin gesprochen, die über das Meeting berichtet, und sie gebeten, den ganzen Dialog zu bringen – sie will es versuchen. Was mich stört, ist, daß mehrmals die Wörter ›homosexuell‹ und ›schwul‹ gefallen sind. Viele von den Leuten, die den Bericht sehen, werden nur das hören und den Rest vergessen.«

»Ich wollte, es gäbe irgendeine Möglichkeit, dieses Thema ein für allemal aus der Welt zu schaffen«, sagte Will.

»Die gibt es leider nicht«, erwiderte Tom. »Außer Sie ziehen los und machen ein paar Frauen an. Wenn *wir* das Thema zur Sprache bringen, wirkt es defensiv. Ich halte es für besser, es so zu nehmen, wie's kommt – wie Sie es heute abend gemacht haben. Das war gut. Sie haben den Spieß umgedreht und die Leute zum Lachen gebracht. Vielleicht müssen wir uns noch ein paar Reaktionen einfallen lassen, wenn diese Frage öfter auftaucht.«

»Das ist eine deprimierende Vorstellung«, seufzte Will.

»Tom hat recht«, sagte Kitty. »Wir müssen uns darauf gefaßt machen. Scheiße, warum bist du nicht geschieden wie alle anderen Leute auch?«

6

Mickey Keane kam aus schierer Verzweiflung auf die Idee. Er saß auf dem Trockenen. Dann dachte er an den Schnurrbart. Wenn der zweite Jogger tatsächlich Perkerson gewesen war, bedeutete dieser Schnurrbart, daß er versuchte, sein Aussehen zu verändern, was aus zwei Gründen sinnvoll war. Erstens war Perkerson mit seinen Segelohren und seiner Hakennase eine auffällige Erscheinung, und zweitens war er trotz seiner auffälligen Erscheinung kein einziges Mal gesehen worden, seit er untergetaucht war. Dennoch war er, wie die Schüsse vor der Abtreibungsklinik zeigten, wieder aktiv und erledigte seine mörderische Arbeit.

Keane hatte noch nie mit einem Fall zu tun gehabt, bei dem ein Täter durch eine Operation sein Aussehen hatte verändern lassen; das war Kintopp, sagte er sich. Trotzdem konnte man die Möglichkeit nicht ganz von der Hand weisen, und da Keane keine brauchbaren Spuren hatte, schien diese Theorie seine einzige Chance zu sein. Er setzte sich hin und dachte nach.

Wenn die Polizei Ermittlungen angestellt hätte, wäre sie zu allen kosmetischen Chirurgen von Groß-Atlanta gegangen, aber Keane war auf sich gestellt und konnte einen solchen Aufwand nicht treiben. Er schnappte sich das Branchenverzeichnis. Atlanta Mitte würde er vernachlässigen, da saßen die Modeärzte. Atlanta Süd konnte er sich ebenso schenken, da wohnten überwiegend Schwarze, und Perkerson würde zu keinem schwarzen Arzt gehen. Decatur und die nord-westlichen Vororte waren solide Middle-class, hier mußte man ansetzen. Marietta zum Beispiel war ein guter Anfang.

Da Marietta, verwaltungstechnisch gesehen, nicht zu Groß-Atlanta gehörte, war Keane selten dort gewesen und brauchte einen Stadtplan. Im Branchenverzeichnis standen achtzehn kosmetische Chirurgen; er wollte zu jedem gehen. Er verbrachte einen vollen Tag damit, die Hälfte der Liste abzuklappern, und er stellte fest, daß die Praxen alle etwas gemeinsam hatten: In jeder befand sich ein Glasverschlag, in dem eine Empfangsdame saß. Außerdem stellte er fest, daß es in sämtlichen Praxen außer den uralten Illustrierten ein Klemmbrett mit Bleistift gab, auf dem sich die Patienten eintrugen.

Am nächsten Tag wäre Keane fast zu Hause geblieben. Vielleicht hatte er, seit er aus dem Polizeidienst ausgeschieden war, die Geduld verloren. Jedenfalls fand er es entsetzlich langweilig, in einer Praxis nach der anderen auf die gleichen verständnislosen Blicke und gelangweilten Reaktionen zu stoßen. Doch nach einer zweiten Tasse starken Kaffees stieg er in seinen Wagen und fuhr nach Marietta, um die andere Hälfte seiner Liste abzuklappern. Die erste Praxis, die er besuchte, unterschied sich von allen anderen. Sie war in einem freistehenden Gebäude in der Nähe eines Einkaufszentrums untergebracht, und das Gebäude schien ziemlich groß für einen einzigen Arzt, aber auf dem Praxisschild stand tatsächlich nur ein Name: Dr. Leonard Allgood. Drinnen lagen wenige Illustrierte, aber mehrere Waffenzeitschriften, auch politische Blätter, von denen Keane noch nie gehört hatte. Eines, das ihm besonders auffiel, während er darauf wartete, daß die Empfangsdame in den leeren Glasverschlag zurückkehrte, hieß *Auf Posten* und trug den Untertitel *Organ der Amerikaner für eine starke Verteidigung*. Als Herausgeber und Chefredakteur fungierte Colonel a. D. J. E. B. Stuart Willingham. Bevor Keane Gelegenheit hatte, darin zu lesen, kam die Empfangsdame wieder.

Keane zeigte ihr seine ungültige Dienstmarke. »Guten Morgen«, sagte er und zog einen braunen Umschlag aus der Tasche. »Könnten Sie sich bitte dieses Foto ansehen und mir sagen, ob der Mann in den letzten Wochen oder Monaten als Patient bei Ihnen war?«

Die Frau, die Schwesterntracht trug, legte die Nervosität an den Tag, die Keane bei Hunderten von Bürgern erlebt hatte, denen ein Kriminalbeamter plötzlich seinen Ausweis vorhielt. Ein Plastikschild an ihrer Tracht verriet ihm, daß er die OP-Schwester Suzy Adams vor sich hatte. Sie war um die Vierzig, sah recht gut aus und hatte einen ungewöhnlich großen Busen.

»Klar kann ich das«, sagte sie. Ihre Munterkeit klang ein wenig forciert.

Keane nahm das Foto aus dem Umschlag und zeigte es ihr, ohne den Blick von ihrem Gesicht abzuwenden. Ihre Pupillen weiteten sich eine Winzigkeit, ihre Nasenlöcher bebten kaum wahrnehmbar, und dann holte sie tief Luft.

»Nie gesehen«, sagte sie und schüttelte den Kopf. Sie stand auf. »Aber vielleicht kennt ihn der Doktor.«

Keane hatte das Foto nicht aus der Hand gegeben, und er tat es auch jetzt nicht. »Ich würde gern mit dem Doktor reden«, sagte er freundlich.

»Moment«, sagte die Schwester. Sie verschwand durch eine Tür.

Unterdessen kamen drei Frauen an den Empfang und trugen sich auf dem Klemmbrett ein. Die ersten Patienten, vermutete Keane.

Die Schwester tauchte wieder auf. »Der Doktor hat noch ein paar Minuten Zeit vor der Sprechstunde«, erklärte sie. »Folgen Sie mir bitte.«

Sie gingen über einen ziemlich langen Flur, und unterwegs konnte Keane einen Blick in mehrere Untersuchungszimmer werfen. Dann blieb er vor einer offenen Tür stehen. Dahinter befand sich ein kleiner, aber sehr gut ausgestatteter Operationssaal.

Die Schwester drehte sich um. »Hier geht's lang«, sagte sie etwas gereizt.

Keane folgte ihr in ein großes, teuer eingerichtetes Sprechzimmer. Ein kleiner Mann mit weißem Kittel erhob sich und schüttelte Keane die Hand. »Allgood«, sagte er. »Was kann ich für Sie tun?«

Keane zeigte seine Dienstmarke nicht noch einmal vor. »Ich werde Sie nicht lange aufhalten, Doktor. Ich führe Ermittlungen durch, und ich möchte Sie bitten, sich dieses Foto anzuschauen und mir zu sagen, ob der Mann bei Ihnen in Behandlung war.«

Der Arzt ignorierte das Foto. »Darf ich Ihren Ausweis sehen?«

»Selbstverständlich«, sagte Keane und zog die kleine Brieftasche mit Dienstmarke und Personalausweis aus seiner Jacke.

Allgood tat etwas, das Keane noch nie erlebt hatte. Er nahm ihm die Brieftasche aus der Hand.

Keane war verwirrt.

»Wie ich sehe, sind Sie von der Atlantaer Polizei«, sagte der Doktor. »Mit anderen Worten, Sie sind hier nicht zuständig.«

»Ich muß nicht zuständig sein, wenn ich ein paar Fragen stellen will«, erwiderte Keane.

»Ich glaube, das ordnungsgemäße Vorgehen wäre, wenn Sie sich mit der hiesigen Polizei in Verbindung setzen und sich von einem der Beamten begleiten lassen würden.« Der Doktor warf einen weiteren Blick auf den Ausweis. »Außerdem sind Sie aus dem Polizeidienst ausgeschieden. Also sind Sie für überhaupt nichts mehr zuständig.«

»Ich bin Privatdetektiv«, stellte Keane klar und zeigte den Ausweis vor, der dies bestätigte.

Allgood betrachtete den Ausweis gründlich. »Michael Keane«, sagte er wie im Selbstgespräch. »Nun, Mr. Keane, ich helfe Ihnen gern. Ich möchte nur wissen, mit wem ich es zu tun habe.« Er gab Keane die Papiere zurück und wandte sich dem Foto zu. »Also«, sagte er, »der Mann könnte von kosmetischer Chirurgie nur profitieren. Schauen Sie sich die Ohren an! Die Aufnahme zeigt ihn zwar nicht im Profil, aber ich nehme an, daß auch eine Nasenkorrektur denkbar wäre.« Allgood seufzte. »Aber ich habe ihn noch nie gesehen, geschweige denn behandelt.«

»Danke, Doktor«, sagte Keane und wandte sich zum Gehen. »Ich habe zufällig gesehen, daß Sie hier einen eigenen OP haben. Ist das nicht ungewöhnlich?«

»Nein, viele Ärzte haben inzwischen eigene OPs«, erklärte Allgood und kam hinter seinem Schreibtisch hervor, um Keane zur Tür zu begleiten. »Dadurch wird eine Menge Leerlauf vermieden, denn ich muß mich mit meiner Planung nicht nach einem Krankenhaus richten.« Allgood schüttelte Keane die Hand. »Tut mir leid, daß ich Ihnen nicht helfen kann. Auf Wiedersehen.« Er drehte sich um, kehrte in sein Sprechzimmer zurück, setzte sich an seinen Schreibtisch und kritzelte etwas auf einen Block.

Keane folgte der Schwester zum Empfang, bedankte sich, was mit einem frostigen Lächeln quittiert wurde, und ging. Als er in seinen Wagen stieg, rauschte das Blut in seinen Adern. »Voll ins Schwarze getroffen«, murmelte er. Das sagte ihm sein Gespür. Er würde keine Praxis mehr aufsuchen. Er trug den Namen des Doktors und der Schwester in sein Notizbuch ein: Leonard Allgood und Suzy Adams. Das Arrangement war perfekt. Alles autark. Keine lästigen Fragen im Krankenhaus, keine Daten von Patienten außerhalb der Praxis.

Und Keane hatte nebenbei noch etwas erfahren. Perkerson hatte nicht nur neue Ohren, sondern auch eine neue Nase. Keine Hakennase mehr. Irgendwas Adrettes, Gerades. Und einen Schnurrbart.

Bei der Abfahrt spürte Keane ein leises Unbehagen, und er brauchte einen Augenblick, um herauszufinden, was das war. Allgood hatte seinen Detektivausweis gesehen, und dort stand seine volle Adresse.

Keane fuhr auf den Parkplatz des Einkaufszentrums in der Nähe von Allgoods Praxis und stoppte. Er blieb im Wagen sitzen und dachte nach. Fast eine Stunde verging, aber Keane langweilte sich nicht. Er starrte das Gebäude des Doktors an, das keine zweihundert Meter entfernt war, überlegte und beobachtete mit dem Feldstecher, wer das Gebäude betrat. Und plötzlich sah er jemanden, den er kannte.

Ein schwarzer Cherokee-Jeep hielt auf dem Parkplatz des Doktors, und ein Mann, beeindruckend selbst auf Distanz, stieg aus. Das graue

Haar, die schwarzen Augenbrauen, die aufrechte Haltung verrieten sofort, um wen es sich handelte. Colonel J. E. B. Stuart Willingham verbrachte knapp zehn Minuten bei Allgood. Dann fuhr er davon.

Endlich laufen die Fäden zusammen, dachte Keane. Er hatte Namen, er hatte Gesichter, ein paar davon waren wohlbekannt. Er hatte nichts in der Hand, das für eine Verhaftung gereicht hätte, er hatte auch Perkerson noch nicht, aber ein wenig klüger war er immerhin. Er verließ den Parkplatz und fuhr dem schwarzen Cherokee nach.

In seiner Begeisterung vergaß Keane, daß sie auch etwas wußten: seinen Namen und seine Adresse.

7

Im Laufe des Wahlkampfs verfiel Will in eine gewisse Routine. Er war selten deprimiert und nie euphorisch. Er dachte kaum über den nächsten Tag hinaus. Er schüttelte Dutzende, manchmal Hunderte von Händen, bekam viele freundliche und nur gelegentlich auch gehässige Worte zu hören. Tag für Tag sah er Leute mit Transparenten, die seinen Patriotismus, seine Verbundenheit mit Familienwerten und seine Männlichkeit in Zweifel zogen. Bei jedem Stadtmeeting wurden ihm feindselige und wohlvorbereitete Fragen gestellt, die er mit ebenso feindseligen und wohlvorbereiteten Antworten abschmetterte.

Mitte Oktober kam er schließlich in ein Bürgerhaus in Waycross in Südgeorgia und sah kein einziges Transparent. Die Fragen aus dem Publikum waren fair, keine schien einstudiert zu sein, und keine war von jener erklärten Bösartigkeit, mit der er sich so oft hatte auseinandersetzen müssen.

»Heute abend waren sie nicht da«, sagte er zu Tom.

»Ich glaube, das ist jetzt vorbei«, antwortete Tom. »Unsere Umfragen haben gezeigt, daß diese Strategie am Anfang gewirkt hat, aber wir haben ihnen das Wasser abgegraben. Das sieht man zwar noch nicht an unseren Umfrageergebnissen, aber ich nehme an, aus ihren geht hervor, daß der Trick nicht mehr funktioniert.«

»Schade«, lachte Will. »Ich hatte mich schon so an hinterhältige Fragen gewöhnt, und ich glaube, ich hätte mich bald darauf gefreut, sie zu beantworten.«

»Ich kann auch ohne sie leben«, meinte Tom. »Unsere Umfragen zeigen, daß wir in Kleinstädten und ländlichen Gebieten zulegen. In den Vororten leider weniger, aber insgesamt sind wir auf dem aufsteigenden Ast.«

Tom dachte eine Weile nach, schließlich sagte er: »Daß sich Calhoun im Fernsehen immer nur inszenierten Fragen stellt und nur selten in der Öffentlichkeit auftritt, wenn er die Veranstaltung nicht total unter Kontrolle hat, hilft uns auch. Was wir machen, ist wesentlich spontaner und echter.«

»Ich fürchte nur, daß wir Calhoun nicht mehr einholen können. So, wie's läuft, erreichen wir unser Spitzenergebnis eine Woche nach der Wahl.«

»Dann müssen wir den Vorgang beschleunigen«, sagte Will.

»Das können wir nur mit Geld für Fernsehwerbung, und dieses Geld haben wir nicht«, antwortete Tom. »Außerdem stört mich, daß der Prozeß noch bevorsteht. Sie sind für ein paar Tage blockiert. Wir werden unser Quartier in der Nähe von Greenville aufschlagen müssen – wir wollen Sie ja nicht auch noch mit Fahrten oder Flügen in der späten Nacht belasten.«

»Das ist richtig. Ich habe mich wieder in die Materie eingearbeitet, bin das Beweismaterial der Staatsanwaltschaft und Charlene Joiners Aussage noch mal durchgegangen, aber irgendwie ist das alles fragmentarisch geblieben. Können Sie dafür sorgen, daß ich vor Beginn des Prozesses einen freien Sonntag habe?«

»Klar. Es wäre nicht gut, wenn Sie beim Prozeß eine schlechte Figur machen würden.«

»Stimmt«, sagte Will. »Das Problem ist nur, daß es auch nicht gut ist, wenn ich einen glänzenden Auftritt hinlege. Ich meine, wenn Moody freigesprochen wird – wem nützt das? ›Mann unter Mordanklage geht straflos aus‹ ist keine tolle Werbung für uns.«

»Hören Sie, Will, sich jetzt Sorgen darüber zu machen, wie der Prozeß Ihre Chancen bei der Wahl beeinflußt, ist das Schlimmste, was Sie sich antun können. Sie strengen sich einfach an, und was die Medien dazu sagen, das lassen Sie meine Sorge sein.«

»Dann ist da noch die Fernseh-Diskussion mit Dr. Don. Bei der mit Mack Dean habe ich mich nicht gerade berauschend geschlagen. Und wie wird es erst sein, wenn ich einem sogenannten Meister der Medien gegenübersitze?«

»Sie haben sich besser geschlagen, als Sie dachten, erinnern Sie sich?«

fragte Tom. »Ich habe schon ein paar Ideen. An diese Diskussion gehen wir ganz anders ran. Lassen Sie mich noch eine Weile darüber nachdenken. Wir reden dann später darüber.«

Will lachte. »Später ist für mich immer noch früh genug.«

8

Mickey Keane folgte Willingham drei Tage lang. Er war da, wenn der Mann aufstand, und er war da, wenn er zu Bett ging. Seinen Wagen stellte er in dem Wald ab, von dem Willinghams Haus umgeben war, und auf einer Anhöhe fand er einen guten Platz, von dem aus er den schwarzen Cherokee bei der An- und Abfahrt beobachten konnte. Er hätte nur zu gern das Telefon des Mannes angezapft, aber er befürchtete, daß er nicht geschickt genug war, eine versteckte Alarmanlage auszutricksen, und ein Aufkleber auf dem Briefkasten des Colonels besagte, daß eine im Haus installiert war.

Willinghams Fahrten waren enttäuschend. Er besuchte zweimal irgendwelche Veranstaltungen in der Holy Hill Church, und er kaufte dann und wann ein paar Kleinigkeiten ein, aber meistens blieb er in seinen vier Wänden. Kein Mensch besuchte ihn, und auch sonst kam niemand außer zwei Leuten von einer Teppichreinigung und einem Paketzusteller.

Am dritten Tag ging Willingham früh zu Bett. Um halb elf waren sämtliche Lichter aus, und Keane machte Feierabend. Auf dem Heimweg schaute er bei Manny Pearl im Büro vorbei, um mit seinem Arbeitgeber zu plaudern.

»Glauben Sie, daß Willingham hinter allem steckt?« fragte Manny.

»Schon möglich, aber ich kann es nicht beweisen. Ich kann auch nicht beweisen, daß sich Perkerson von Dr. Allgood ein neues Gesicht hat machen lassen, daß Allgoods OP-Schwester ihn auf dem Foto erkannt hat, daß Willinghams Besuch in Allgoods Praxis was mit meinem Besuch zu tun hatte. Aber es paßt irgendwie alles zusammen, finden Sie nicht? Ich hoffe nur, daß mich Willingham irgendwann zu Perkerson führt.«

»Und der Doktor und die Schwester? Was ist mit denen?« fragte Manny. »Vielleicht sollten Sie die mal beschatten.«

»Ich glaube, mit denen hat Perkerson nichts mehr zu tun. Meiner Meinung nach hat er sich neue Ohren verpassen lassen und ist gegangen. Geben Sie mir noch eine Woche für Willingham, und wenn ich dann nicht weiterkomme, versuche ich's mit dem Doktor.« Keane unterhielt sich noch ein bißchen mit Manny. Dann fuhr er nach Hause.

Als er seine Wohnung betrat, klingelte das Telefon. Die Nummer, die in der Anzeige in Sachen Perkerson abgedruckt worden war. War eine Weile her, seit es zum letzten Mal geläutet hatte, und Mickey hob ab, bevor sich der Anrufbeantworter einschaltete.

»Hallo.«

»Hallo«, sagte eine Frau mit melodischem Alt – die Stimme klang irgendwie vertraut. »Spreche ich mit Michael Keane?«

»Ja. Und wer sind Sie?«

»Sie wollen Harold Perkerson, und von mir kriegen Sie ihn«, sagte die Frau. »Ich möchte die Belohnung«, fügte sie hinzu.

»Ich will Perkerson, das ist richtig, und wenn ich von Ihnen Hinweise kriege, bekommen Sie die Belohnung«, antwortete Keane. »Aber Sie müssen mir schon sagen, wer Sie sind. Sonst weiß ich ja nicht, wem ich die Belohnung geben soll, stimmt's?«

»Nennen Sie mich Jill«, sagte die Frau. »Das ist unser Codewort, wenn Sie meine Informationen brauchen können, okay?«

»Okay. Wo ist Perkerson?«

»Wir müssen uns treffen und miteinander sprechen. Ich werde Schutz brauchen.«

»Wenn ich Perkerson finde, kommt er nie wieder auf freien Fuß. Seinetwegen brauchen Sie sich keine Sorgen zu machen.«

»Sie glauben doch nicht, daß er allein arbeitet«, sagte die Frau.

»Woran?« fragte Keane.

»Da ist nicht nur die Geschichte mit dem Pornobuchladen.«

»Weiter«, forderte Keane. »Zeigen Sie mir, daß Sie was wissen.«

»Die Abtreibungsklinik und Winslow«, sagte die Frau.

Keane sträubten sich die Nackenhaare. Was die Klinik betraf, hatte die Frau vielleicht geraten – das Fernsehen und alle Zeitungen hatten davon berichtet. Aber über die Möglichkeit, daß Winslows Tod etwas anderes gewesen sein könnte als ein Herzinfarkt, war nirgends ein Wort gefallen. »Wo können wir uns treffen?« fragte Keane und versuchte, sich seine Erregung nicht anmerken zu lassen.

»Fahren Sie auf der I 85 Nord bis zur Ausfahrt Lenox Road«, sagte die Frau. »Dann nach links. Drei oder vier Kilometer weiter ist ein Restaurant, direkt gegenüber vom Einkaufszentrum am Lenox Square. Houston's. Da bin ich gerade. In fünfzehn Minuten?«

»Okay, in fünfzehn Minuten. Wie sehen Sie aus?«

»Ich erkenne Sie schon. Kommen Sie nicht zu spät, sonst bin ich fort.« Damit legte sie auf.

Das klang nicht nach einer Falle. Nicht an einem so belebten Ort. Keane kannte das Houston's. Es zog alle möglichen Leute an, und es war immer voll. Keane rannte zu seinem Wagen. Wenn er zu dieser späten Stunde auf der Schnellstraße fuhr, würde er tatsächlich nur die Viertelstunde brauchen, die ihm die Frau gegeben hatte.

Acht Minuten später war er auf der I 85 Nord. Fast kein Verkehr.

Er hatte gerade die Ausfahrt zur Lenox Road genommen und war im Begriff, unter einer Brücke durchzufahren, als er in den Rückspiegel schaute und einen Transporter sah, der rasch zu ihm aufschloß.

Es war seltsam, daß der Transporter gerade in dem Moment beschleunigte, in dem die Ampel auf Rot sprang. Der Transporter setzte zum Überholen an. »Du Schwachkopf«, schimpfte Keane. »Bist du farbenblind oder was?« Der Transporter zog mit seinem Wagen gleich, und Keane warf einen Blick hinüber. Er sah nichts vom Fahrer außer einer dunklen Brille und einen Schnurrbart. Dann rammte der Transporter seinen Wagen.

Keane schrie und trat voll auf die Bremse. Er versuchte, die Spur zu halten. Einen Moment später versagten seine Bremsen. Keane kurbelte wie verrückt am Steuer, versuchte, auf der Straße zu bleiben, aber er scherte unaufhaltsam nach rechts aus. Der Transporter wog eine halbe Tonne mehr als sein Wagen. Keane sah, wie der Brückenpfeiler auf ihn zukam.

»Du Schwein! Perkerson, du Schwein!« brüllte Keane. Dann knallte der Wagen gegen den Beton.

9

Mickey Keane wachte vom Geräusch einer kreischenden Maschine und reißenden Metalls auf.

»Herrgott, paß doch auf mit dem Ding, sonst nimmst du *ihn* auseinander!« brüllte jemand.

In diesem Augenblick wußte Keane, daß er nicht in der Hölle war, nicht mal im Fegefeuer, denn weder da noch dort hätten sie soviel Gedanken an ihn verschwendet. Er hatte keine großen Schmerzen, aber irgendwie war es schwierig, Atem zu holen.

»Ihn da rauskriegen, das ist so, als würde man 'ne Sardine aus 'ner verbogenen Dose fischen«, sagte eine Stimme. »Wir wissen nicht, was er für innere Verletzungen hat, also dürfen wir ihn nur vorsichtig bewegen, klar? Und erst muß ich ihm sowieso 'nen Kragen umlegen.«

Keane spürte, wie sich etwas Festes um seinen Hals schloß. Dann legte sich ein Arm um seine Hüften.

»Vorsichtig, Mensch!« brüllte jemand.

»Ich weiß nicht, wie ich's anders machen soll«, sagte eine zweite Stimme. »Kannst ja kaum auseinanderhalten, wo er aufhört und wo das Metall anfängt.«

Keane spürte, wie der Arm an ihm zerrte, und irgendwas rührte sich. Dann hatte er plötzlich Schmerzen – scharf und durchdringend. Er schrie, und auch das tat weh.

»Scheiße«, fluchte die Stimme. »Das Bein ist eingeklemmt. Hol mal jemand den Mann mit dem Schneidbrenner.«

»Nein«, widersprach Keane matt.

»Was? Mann, der ist bei Bewußtsein«, sagte die Stimme.

»Das glaubst du doch selber nicht«, behauptete jemand. »Was hat er gesagt?«

»Keinen Schneidbrenner«, sagte Keane.

»Da hat er nicht ganz unrecht, Eddie«, sagte eine andere Stimme. »Mit dem Schneidbrenner sengst du uns alle an. Nimm lieber 'nen Dosenöffner.«

Eine Sardine, dachte Keane. Er versuchte, an etwas anderes zu denken als an die Schmerzen. Dann zogen sie wieder an ihm, und er verlor das Bewußtsein.

Das Licht war sehr hell, als Keane wieder aufwachte, und er hatte Schmerzen. Leute standen um ihn herum, zerrten an ihm, zupften an Sachen. Er hörte, wie Stoff zerriß.

»Morphium!« rief jemand, und Keane spürte eine Nadel im Arm.

»Moment«, sagte er, aber es war zu spät. Er wollte ihnen etwas mitteilen, doch eine angenehme Wärme kam über ihn, und er hatte vergessen, was er sagen wollte.

Als er das nächste Mal aufwachte, wußte er, daß es endgültig war. Er würde nicht wieder wegtreten. Er war allein in einem Krankenzimmer, und durch die heruntergelassenen Jalousien drang ein bißchen Sonnenschein. Er hob die linke Hand, um sich am Kinn zu kratzen. Der Schmerz schien seine Brust zu zerreißen. Keane lag still und ignorierte den Juckreiz, bis er's nicht mehr aushielt; dann bewegte er seine Hand den Rest der Strecke und ignorierte den Schmerz. Die Tür öffnete sich, und eine Schwester trat ein.

»Oh, Sie weilen wieder unter den Lebenden!« sagte sie.

»Ja?« fragte Keane, und auch das tat weh. »Ich bin mir nicht sicher.«

»Wir werden Sie ein bißchen hochheben«, kündigte die Schwester an und drehte eine Kurbel am Fußende des Bettes. Keanes Oberkörper hob sich ein paar Zentimeter, und er sah, daß Manny Pearl im Zimmer stand.

»Das kommt bald wieder in Ordnung«, sagte Manny.

»Das *kommt* nicht bald wieder in Ordnung«, sagte die Schwester. »Das *ist* schon in Ordnung. So einen Glückspilz wie Sie gibt es im ganzen Krankenhaus nicht.«

Keane erinnerte sich jetzt an den Unfall oder zumindest an den Teil vor dem Aufprall seines Wagens am Brückenpfeiler. »Was ist denn gebrochen?« fragte er.

»Knöchel und Schienbein«, sagte die Schwester und klopfte leicht gegen einen Gipsverband, den Keane erst jetzt wahrnahm. Er umschloß sein Bein bis zum Knie. »Nur gut, daß Sie angeschnallt waren, sonst wäre wahrscheinlich alles gebrochen.«

»Und sonst?« fragte Keane.

»Nichts«, sagte die Schwester. »Sie sind von Kopf bis Fuß geröntgt worden. Richtig glauben kann das hier niemand.«

»Ich auch nicht«, stöhnte Keane. »Mir tut alles so weh, als wäre jeder Knochen gebrochen.«

»Das sind nur Prellungen«, sagte die Schwester. »Draußen ist ein

Herr von der Polizei. Der will mit Ihnen reden. Fühlen Sie sich dem schon gewachsen?«

»Eigentlich ja«, sagte Keane. »Kann ich etwas zu trinken haben?«

Die Schwester schob ihm ein Glasröhrchen in den Mund, und Keane schlürfte Wasser. Dann verließ die Schwester das Zimmer.

»Was ist passiert?« fragte Manny Pearl.

»Moment noch«, antwortete Keane. »Schauen wir erst mal, was das für ein Cop ist.«

Kurz darauf trat Dave Haynes ein. »Morgen, Dornröschen«, sagte er. »Hast schön gepennt, während alle rumgestanden und gewartet haben.«

»Ich wußte nicht, daß du soviel Anteil an mir nimmst, Dave«, sagte Keane.

»Tu' ich nicht, ich bin nur neugierig«, erwiderte Haynes. »Hör zu, die Jungs vom Verkehr kommen gleich. Ich möchte wissen, was passiert ist.«

»Ich auch«, sagte Manny Pearl.

»Dave, das ist mein Boß – Manny Pearl«, sagte Keane.

Die beiden Männer gaben sich die Hand. »Also?« fragte Haynes.

»Er war's«, sagte Keane.

»Scheiße. Ich wußte, daß du das sagen würdest«, stöhnte Haynes. »Jetzt wird das Leben verdammt kompliziert.«

»Nein«, erwiderte Keane. »Du hast nichts damit zu tun. Ich habe bloß deine Neugier befriedigt.«

»Das ist doch albern«, sagte Haynes. »Wenn er's wirklich war, dann erzähl mir alles, was du weißt, und ich klemm' mich dahinter.«

»Nein.«

»Du willst ihn selber?«

»Richtig. Und ich weiß, wie ich ihn kriege.«

»Dann laß mich wenigstens helfen«, sagte Haynes. »Der Captain muß ja nichts davon erfahren.«

»Nein, Dave. Du hast noch ein Jahr bis zur Pensionierung, stimmt's? Du solltest nichts riskieren.«

»Kann ich wirklich nichts für dich tun?«

»Doch, vielleicht. Haben die Medien schon Wind von der Geschichte bekommen?«

»Ein Kamerateam hat Bilder geschossen, als sie dich aus dem Wagen rausgeholt haben. Aber sie wissen nicht, wer du bist.«

»In welcher Klinik bin ich?«

»Northside Hospital.«

»Kennst du hier jemanden?«

»Paar Leute, ja.«

»Die sollen sagen, daß ich tot bin.«

»Ich glaube nicht, daß sie das machen, Mickey. Du weißt doch, wie vorsichtig Krankenhäuser heutzutage sind.«

»Fast tot?«

»Ich will sehen, was ich tun kann.«

»Hirntot müßte genügen«, sagte Keane. »Und halt mir die Jungs vom Verkehr vom Leib.«

10

»Warum treffen wir uns hier?« fragte Will und schaute sich um. Es war kurz nach fünfzehn Uhr, und das Restaurant war fast leer.

Tom Black seufzte. »Weil ich Ihnen ein paar Dinge sagen muß, und das wollte ich nicht vor Ihrem Vater und Kitty und Mallet Moss tun.«

Will fühlte sich nicht gut. Er war müde und hatte eine leichte Erkältung, und jetzt befiel ihn auch noch eine ungute Vorahnung. »Schießen Sie los«, sagte er.

»Unserer letzten Umfrage zufolge liegt Calhoun bei 48 Prozent. Sie liegen bei 44 Prozent. Fehlerbreite: vier Prozent. Wir haben mehr aufgeholt, als er verloren hat, aber es ist genauso, wie ich Ihnen vor einer Weile gesagt habe. Bei diesem Trend erreichen wir unseren Spitzenwert eine Woche nach der Wahl.«

»Also, was machen wir?« Will wußte bereits, was kommen würde.

»Ich will es mal ganz hart formulieren«, sagte Tom. »Wir müssen vierhunderttausend Dollar ins Fernsehen investieren – oder wir verlieren die Wahl.«

»Wir sind so gut wie pleite«, gab Will zu bedenken. »Wenn uns nur ein glücklicher Zufall zu Hilfe käme...«

»Ja, damit war's Essig, seit sich Mack im eigenen Reißverschluß eingeklemmt hat, aber man sollte meinen, daß uns so was wieder zusteht«, meinte Tom. »Es ist jedoch nichts passiert. Es kann natürlich sein, daß Dr. Don in seinem Arbeitszimmer mit einem Jungpfadfinder erwischt wird, aber darauf sollten wir uns nicht verlassen.«

Will hatte lange vermieden, an diesen Moment zu denken, doch er hätte wissen müssen, daß er kommen würde. »Passiert das jedem Kandidaten?« fragte er.

»So ziemlich jedem«, sagte Tom. »Und hundertprozentig jedem, der mit seinem Gegner Kopf an Kopf liegt. Genug Geld hat ja niemand, außer er ist Republikaner.« Tom ließ die Eiswürfel in seinem Tee gegen das Glas klimpern. »Noch kann ich mich beim Fernsehen einkaufen. Aber ich muß es bis morgen vor Geschäftsschluß tun.«

»Okay«, sagte Will schließlich. »Ich werde das Geld beschaffen.«

»Noch was, Will«, sagte Tom.

»Ja?«

»Wenn wir das Geld nicht kriegen, verlieren wir. Und wenn wir's kriegen, ist das keine Garantie dafür, daß wir gewinnen.«

Will sank das Herz. Er wußte, wie er das Geld beschaffen konnte, er hatte es immer gewußt; aber er hätte nie gedacht, daß es nötig sein würde. Und nun mußte er hören, daß auch dieses letzte Mittel nicht unbedingt Erfolg zusicherte. Lohnte es sich überhaupt? Das konnten ihm nur zwei Menschen sagen. »Warten Sie einen Moment.« Will stand auf und ging zum Münzfernsprecher, wählte die Nummer, sprach mit beiden, trug sein Anliegen vor, hörte sich an, was sie dazu meinten. Dann kehrte er an den Tisch zurück. »Morgen habe ich das Geld.«

Will saß da und beobachtete das Gesicht des Mannes, während er die Papiere durchblätterte. Er kannte dieses Gesicht seit seiner Kinderzeit, und er hatte den Mann nie besonders gemocht.

Der Mann legte die Papiere aus der Hand. »Sind Sie sicher, daß Sie diesen Schritt unternehmen wollen?«

»Ja«, sagte Will mit aller Überzeugung, die er aufbieten konnte.

»Haben Sie sich vor Augen geführt, was geschieht, wenn Sie nicht gewählt werden?«

»Ja.«

»Sind Sie sich darüber im klaren, daß Sie nicht das nötige Einkommen für die Rückzahlung haben werden?«

»Ja.«

»Und daß wir bei diesem Stand der Dinge keine andere Möglichkeit hätten, als zu verkaufen?«

»Ja.«

Der Mann griff in seine Schreibtischschublade und holte ein Formular heraus. Oben trug er Wills Namen, den Betrag von vierhunderttausend Dollar und einen Fälligkeitstermin ein: neunzig Tage vom heutigen Datum an gerechnet. Unten machte er zwei Kreuze. Dann drehte er das Formular um und reichte Will einen Füllfederhalter.

»Wir müssen die Rechtstitel überprüfen, aber ich werde für eine beschleunigte Abwicklung sorgen. Wenn alles in Ordnung ist, dürfte das Geld morgen mittag auf Ihrem Konto sein.«

Will unterschrieb an den angekreuzten Stellen und stand auf. Er streckte dem Mann die Hand entgegen. »Danke, Sir«, sagte er.

Der Mann erhob sich ebenfalls und ergriff Wills Hand. »Sie sind mutiger als ich«, gestand er. »Vielleicht auch leichtsinniger.«

»Ich hoffe nicht«, sagte Will. Dann ging er und ließ die Übertragungsurkunden für den Grund und Boden seiner Familie auf dem Schreibtisch des Bankers zurück – Land, das der erste Lee 1826 im Bezirk Meriwether gekauft hatte.

11

Mickey Keane saß auf dem Bett und nahm die große Anstrengung auf sich, einen Socken über seinen linken Fuß zu ziehen. Während er's tat, brüllte jeder Muskel in Rücken, Nacken und Schultern: »Aufhören!«

»Es wäre gut, wenn Sie noch ein paar Tage blieben«, sagte der Arzt.

»Warum?« fragte Keane. »Ich bin nicht schwer verletzt. Das haben Sie selber gesagt.«

»Immerhin haben Sie einen Unfall hinter sich«, erwiderte der Arzt. »Und der Organismus braucht Zeit, um sich von so etwas zu erholen. Sie sind nur noch am Leben, weil sich Ihr Wagen genau da verformt hat, wo er sich verformen soll, wenn er gegen ein starres Objekt saust. Das ist nicht immer so.«

Keane hatte inzwischen den Schuh angezogen und versuchte, den Schnürsenkel zuzubinden.

»Na schön, dann verlassen Sie uns eben«, sagte der Arzt ärgerlich. »Auf eigene Verantwortung, das möchte ich ausdrücklich betonen. Und seien Sie vorsichtig! Das ist zwar ein Gehgips, aber Sie werden ein paar Wochen lang an Krücken laufen müssen, sonst wächst der Knochen nicht richtig zusammen. Kommen Sie in vierzehn Tagen wieder, dann röntgen wir's noch mal.« Der Arzt machte Anstalten, noch etwas zu sagen, ließ es aber. »Und danach sehe ich Sie hier hoffentlich nie wieder«, schloß er. Er drehte sich um und rauschte aus dem Zimmer.

Zwei Sekunden später trat ein Mann im Straßenanzug ein.

Keane ignorierte ihn. Er kämpfte noch immer mit seinem Schnürsenkel.

»Lassen Sie mich mal«, sagte der Mann. Er ging zu Keane und band den Schnürsenkel zu.

»Danke«, ächzte Keane. »Wer sind Sie?«

Der Mann zückte eine kleine Brieftasche und klappte sie auf. »Bob Warren, FBI.«

Keane bückte sich, band den Schnürsenkel wieder auf und begann erneut mit ihm zu kämpfen. »Ihr ermittelt neuerdings bei Verkehrsunfällen, ja?«

»Wir möchten, daß Sie sich von Willingham fernhalten«, sagte der FBI-Agent.

Keane hatte den Schnürsenkel zu und setzte sich auf. »Willing – was? Nie gehört.«

»Nein? Wie kommt es dann, daß Sie drei Tage im Wald vor seinem Haus gecampt haben?«

Keane sah den Mann an. »Ich war immer ein Freund der unberührten Natur.«

»Hören Sie, Willingham ist wichtig für uns im Zusammenhang mit einer Gruppe, gegen die wir ermitteln. Wir können es nicht dulden, daß Sie ihn kopfscheu machen.«

»Ach ja? Ich mag euch, Jungs. Echt. Und was ist, wenn er für *mich* wichtig ist, im Zusammenhang mit meinen Ermittlungen?«

»Ich weiß, was das für Ermittlungen sind«, sagte der FBI-Agent. »Ich kann Ihnen versichern, daß Perkerson schneller gefaßt wird, wenn Sie sich da raushalten. Wir haben jemanden eingeschleust. Wir wissen, was läuft. Zumindest teilweise.«

»Was wollen Sie denn mit Perkerson?« fragte Keane. »Mord ist kein Verbrechen, das in die Zuständigkeit des Bundes fällt.«

»Er ist an einem Verbrechen beteiligt, das sehr wohl in die Zuständigkeit des Bundes fällt«, erklärte der FBI-Agent.

»Warum verhaften Sie ihn dann nicht?« fragte Keane unschuldig. Er schloß die Hand um eine seiner Krücken.

»Weil er uns so mehr nützt, als wenn er im Gefängnis sitzt.«

Keane nickte. »Das dachte ich mir«, sagte er. Er stieß sich vom Bett ab, drehte sich auf seinem gesunden Bein und holte mit der Krücke aus.

Sie erwischte den FBI-Agenten am Kopf. Er fiel um. Keane versuchte, sein Gewicht auf den Gehgips zu verlagern, schrie auf vor Schmerz und ging zu Boden.

Der FBI-Agent rappelte sich hoch, stand geduckt da und zog seinen Revolver. »Sie bleiben, wo Sie sind, Sie Irrer!« brüllte er, die Waffe auf Keane gerichtet.

Keane setzte sich mühsam auf und lehnte sich gegen die Wand. »Ich mag euch wirklich«, sagte er. »Perkerson hat mich mit hundert Sachen gegen einen Betonpfeiler knallen lassen, und ihr habt das wahrscheinlich fürs Puschenkino gefilmt. Wie lange wißt ihr schon, wo er ist? Lange genug, um die Morde vor der Abtreibungsklinik zu verhindern? Lange genug, um den Tod meines Partners zu verhindern? Und wen wollt ihr noch draufgehen lassen, damit ihr die dicken Schlagzeilen kriegt?«

Der FBI-Agent richtete sich auf und steckte seinen Revolver ins Holster. »Wir haben unsere eigenen Arbeitsmethoden.«

»Ja?« sagte Keane. »Ich auch, und...«

»Sie wollen Perkerson umbringen, wie?« fragte der Agent. Er lief puterrot an. »Sie wollen ihm einfach eine Kugel in den Kopf jagen und die Ermittlungen vermasseln, die seit zwei Jahren laufen. Diese Ermittlungen werden zu Dutzenden von Verhaftungen wegen Verschwörung führen!«

Keane hielt sich am Bett fest und verlagerte sein Gewicht auf das gesunde Bein. »Ich weiß nichts von einer Verschwörung«, sagte er. »Ich schnappe Leute, die andere Leute töten; das ist mein Lebenswerk. Und ich schnappe insbesondere Leute, die meinen Partner in die Luft jagen und mich umbringen wollen.« Er schüttelte den Kopf. »Nein, ich werde Perkerson nicht kaltmachen. Obwohl ich's gern täte. Ich werde ihn nur mit dem Gesicht in den Dreck stoßen, mein Knie auf seinen Nacken setzen, ihm die Arme auf den Rücken drehen und seine Pfoten in Handschellen stecken. Dann werde ich ihn im Knast abliefern und zusehen, wie ihm die Fingerabdrücke abgenommen werden und wie er fotografiert wird. Dann werde ich verfolgen, wie er vor Gericht gestellt und ihm der Prozeß gemacht wird. Und wenn ich lange genug lebe, werde ich nach Reidsville fahren, mich unter die Zuschauer mischen und grinsen, wenn sie das Schwein auf dem elektrischen Stuhl durchbraten.«

Keane hob die Krücke auf und hinkte zur anderen. Dann schob er beide unter seine Arme, während der FBI-Agent ihn beobachtete.

Keane sah den Mann an. »Noch was«, sagte er. »Dabei kommt mir keiner von euch Bundesschätzchen in die Quere.«

Keane humpelte aus dem Zimmer und machte sich leise fluchend auf den Weg zur Stationsschwester.

12

Sie lagen nebeneinander im Dunkeln – schweißnaß, erschöpft, immer noch schwer atmend.

»Ich will's wissen«, sagte sie. »Ich will alles wissen.«

Er lachte. »Du bist wirklich hartnäckig«, sagte er. »Du läßt nicht locker, wie? Legst du's drauf an, daß du umgebracht wirst?«

Sie nahm seinen Penis in die Hand und massierte ihn. »Du könntest mich nie töten. Du brauchst mich zu sehr.«

»Ja«, seufzte er. »Ja, das ist wahr.« Sein Penis begann in ihrer Hand steif zu werden.

»Ich liebe die Macht des Wissens«, sagte sie. »Liebe es, der Macht nahe zu sein. Ihren Pulsschlag zu spüren.«

Inzwischen pulste er selbst. »Ich weiß nicht so viel, wie du meinst.«

Sie setzte sich auf ihn und nahm ihn in sich auf. »Ich will wissen, was du weißt«, sagte sie und bewegte sich langsam, auf eine Art, die ihn verrückt machte. »Es reicht mir zu wissen, was du weißt.«

»Nein«, sagte er. »Vergiß es.«

Sie rührte sich nicht mehr.

»Nicht aufhören«, bat er.

Sie saß vollkommen still.

»Dann frag mich«, sagte er.

»Wer ist der Archon?«

»Allgood«, antwortete er. »Dein Boß ist der Archon.«

»Du lügst«, sagte sie und machte Anstalten, sich von ihm zu lösen.

Er hielt sie fest und zog sie zurück. »Nein«, sagte er. »Allgood ist es nicht.«

Sie bewegte sich wieder. »Wer dann?«

»Willingham«, sagte er.

Sie hörte wieder auf. »Aber jetzt lügst du nicht?«

»Nein, ich schwör's dir«, sagte er. »Ich hab' mich ein halbes dutzendmal mit ihm getroffen. Mit ihm allein.«

Sie bewegte sich wieder. »Wo triffst du dich mit ihm?«

»Normalerweise bei ihm zu Hause«, keuchte er. »Das ist die Zentrale. Da ist alles. Waffen, Geld und so weiter.«

»Ich dachte, es wäre Calhoun«, sagte sie.

Perkerson lachte schallend. »Dieser Clown? Der würde ohne Willingham doch nicht mal den Weg zur Toilette finden. Als Willingham ihn aufgetan hat, hat Calhoun in einem alten Schuppen gepredigt und in einem Wohnwagen gehaust.«

»Woher kommt das Geld?« fragte sie.

»Ein Teil von reichen Leuten, die Auserwählte sind; ein Teil von Calhouns Organisationen. Alles Bargeld, das Calhouns Kirche zufließt, wird an Willingham weitergeleitet.«

Sie bewegte sich schneller. »Woher weißt du das?«

»Er sagt mir alles. Ich glaube, er braucht jemanden, mit dem er reden kann.«

»Aber warum gerade du? Du warst Gruppenführer, nichts weiter, und jetzt arbeitest du allein. Warum gerade du?« Sie bewegte sich noch schneller.

»O Gott«, stöhnte Perkerson. »Gleich.«

»Warum gerade du?« wiederholte sie.

»Weil er mich seit Vietnam kennt, weil er weiß...«

»Weil er was weiß?«

»Ich komme! Ich komme!«

»Ja!« rief sie. »Ich auch!«

Sie kamen zusammen und entspannten sich. Sie blieb auf ihm sitzen, wischte ihm den Schweiß von der Stirn und streichelte sein Gesicht.

»Warum gerade du?« fragte sie noch einmal, denn es wunderte sie tatsächlich.

»Weil er weiß, daß ich mir eine Kugel in den Kopf jagen würde, wenn er's verlangt«, keuchte Perkerson. »Weil er weiß, daß ich nicht lebend gefaßt werde.«

13

An einem Freitag abend trat Will im selben Atlantaer Fernsehstudio, in dem er mit Mack Dean diskutiert hatte, Don Beverly Calhoun gegenüber.

Die beiden Männer standen an Stehpulten im heißen Scheinwerferlicht und trugen ihre Debatte aus. Stichwortgeber war ein Moderator. Über eine Stunde lang hatte Will wohldurchdachte Antworten gegeben, die von profundem Wissen um jedes angesprochene Thema zeugten, während Calhoun verallgemeinert, sich pastoral gebärdet und an jeder passenden und unpassenden Stelle die Familienwerte, den American way of life und Gottes Segen bemüht hatte.

Will war in zunehmendem Maße verärgert über die Taktik des Predigers – ihm war einfach nicht beizukommen. Keine einzige seiner Antworten war frei von verschleierten Anzüglichkeiten in Hinblick auf Wills Reife, Männlichkeit und Religiosität, und wann immer sich die Chance dazu bot, stellte er Wills moralische Eignung, Georgia im Senat zu vertreten, in Frage.

Schließlich hatte Will genug. Er hatte es vermieden, auf Calhouns Bezichtigungen einzugehen, weil er befürchtete, daß er ihnen damit erst recht Gewicht beimessen würde, aber die Debatte dauerte nur noch ein paar Minuten, und Will hatte das Gefühl, daß er irgendwie Nägel mit Köpfen machen mußte. Als die Zeit für sein Schlußwort kam, drehte er sich zur Kamera.

»Da dies die letzte Gelegenheit für mich ist, vor der Wahl zu einer so großen Zahl von Bürgern zu sprechen, werde ich auf das eingehen, was sich in diesem Wahlkampf ungebührlich in den Vordergrund gedrängt hat. Ich spreche von den Unterstellungen, Halbwahrheiten und Beschimpfungen, denen mich mein Opponent seit dem Tag aussetzt, an dem er in den Wahlkampf eingetreten ist. Er hat immer wieder angedeutet, daß ich homosexuell sein muß, weil ich Junggeselle bin; daß ich für Familienprobleme unsensibel sein muß, weil ich keine Kinder habe; daß ich Atheist sein muß, weil ich mich geweigert habe, meine religiösen Anschauungen im Wahlkampf offenzulegen, wo sie meiner Meinung nach nichts zu suchen haben. Weil ich dagegen bin, schwindelerregende Summen für Waffensysteme auszugeben, die nichts taugen, werde ich als Gegner einer starken Verteidigung gebrandmarkt;

weil ich glaube, daß ein angemessener Teil der öffentlichen Mittel dafür verwendet werden sollte, Amerikaner, die nicht soviel Glück hatten wie andere, am amerikanischen Traum teilhaben zu lassen, werde ich als verschwendungssüchtiger Liberaler hingestellt; weil ich gegen rechtsradikale Ideologien bin, werde ich als Sozialist oder Sympathisant der Kommunisten bezeichnet; weil ich gegen die Todesstrafe bin, werde ich als Weichling verunglimpft, der Kriminellen alles durchgehen läßt; weil ich finde, daß jede Frau das Recht hat, selbst zu bestimmen, ob sie ihr Kind austragen will, werde ich als Helfershelfer beim Mord beschimpft.

Ich glaube, daß Sie, sehr verehrte Zuschauer, viel zu intelligent sind, um auf diese Verleumdungstaktik hereinzufallen; ich bin sicher, daß Sie eine verantwortungsbewußte Regierung wollen, die frei von Radikalismus jeder Art ist; ich bin überzeugt, Sie wollen von Männern respektiert werden, die sich um die Alltagssorgen der Menschen kümmern, und nicht von Demagogen, die ein öffentliches Amt als Gelegenheit betrachten, das politische System zugunsten ihrer rigiden Auffassungen umzubiegen. Ich habe keine Kanzel, von der aus ich sprechen kann, ich habe nur die Mittel eines normalen politischen Kandidaten, und ich habe sie genutzt, so gut ich konnte.

Wenn ich recht habe, und Sie, sehr verehrte Zuschauer, wirklich einen Vertreter in der Regierung haben wollen, der Ihre Interessen vertritt, dann kann ich damit rechnen, am nächsten Dienstag in den Senat der Vereinigten Staaten gewählt zu werden. Wenn ich mich geirrt habe, dann verdiene ich es zu verlieren, weil ich die Bedürfnisse meiner Landsleute falsch eingeschätzt habe. Ich bitte Sie, mir zu bestätigen, daß ich mich nicht geirrt habe. Danke.«

Und nun sprach Don Beverly Calhoun. »Liebe Freunde«, begann er, »mein junger Opponent hat sein Anliegen besser zusammengefaßt, als ich es je könnte. Er möchte Sie glauben machen, daß die sexuelle Orientierung eines Mannes nicht zählt, obwohl Gott die Homosexualität verdammt; er möchte Sie glauben machen, daß ein von Gott geschaffener Fötus kein Mensch ist und nicht ins Gewicht fällt; er möchte Sie glauben machen, daß die religiösen Anschauungen eines Kandidaten nicht wichtig sind für die Menschen, die ihn wählen sollen. All das haben Sie ihn selbst sagen hören.

Sie haben auch seine Klage vernommen, daß er keine Kanzel hat, von der aus er Ihnen seinen Glauben predigen kann. Nun, ich bin bereit, ihm diese Kanzel anzubieten.«

Will starrte Calhoun an. Was hatte der Mann vor?

»Ich bin bereit, Mr. Lee am Sonntag in einer Woche die Kanzel in der Holy Hill Pentecostal Baptist Church zur Verfügung zu stellen. Wenn er sich nicht scheut, uns wissen zu lassen, was er glaubt, so möge er an diesem Tag die Predigt halten und es uns sagen.« Calhoun wandte sich von der Kamera ab und blickte Will an. »Nehmen Sie meine Einladung an, Sir?«

»Ja«, sagte Will, »unter einer Bedingung. Wenn ich in Ihrer Kirche predige, wird die Predigt von Ihren Fernsehsendern übertragen – wie Ihre Predigten früher. Akzeptieren Sie diese Bedingung?«

»Selbstverständlich«, sagte Calhoun. »Genauso habe ich es mir vorgestellt.«

»Dann nehme ich Ihre Einladung gern an«, sagte Will mit allem Selbstbewußtsein, über das er verfügte.

Am nächsten Tag saß Will im Fond eines Wagens, der ihn zu einem Wahlkampfauftritt brachte, und schaute Kitty Conroy und Tom Black an.

»Sie haben sich gestern von Calhoun überfahren lassen«, sagte Tom.

»Tom hat recht, Will«, bestätigte Kitty. »Du wirst zu Dr. Dons Publikum sprechen, und bei den Leuten hast du keine Chance.«

»Dann sorgt für ein größeres Publikum«, sagte Will. »Nehmt einen Teil unserer Sendezeit dafür, meine Predigt anzukündigen. Das Fernsehen ist nicht selektiv, es kann in jedem Haushalt empfangen werden; wir müssen die Leute nur dazu kriegen, es an diesem Sonntag einzuschalten.«

»Das ist verdammt riskant«, warnte Tom. »Wir haben uns laut Umfragen sagenhaft verbessert, seit wir wieder im Fernsehen präsent sind. Ich glaube jetzt, daß wir Calhoun am Wahltag schlagen können – aber nur, wenn wir keine Fehler machen. Wir haben schon Larry Moodys Prozeß am Hals, das ist unberechenbar genug. Ich halte es für falsch, daß Sie sich so exponieren. Das ist doch ein Angebot an Dr. Don, Sie von seiner Kanzel aus niederzumachen.«

»Zu spät«, sagte Will. »Ich kann mir jetzt keinen Rückzieher mehr leisten, versteht ihr das nicht? Seht euch bitte am Sonntag vormittag Calhouns Programm an. Stellt fest, wie lange alles dauert. Gesang, Predigt und so weiter. Das könnte sehr nützlich für mich sein.«

»Okay«, sagte Tom mürrisch. »Wenn Sie meinen…«

»Ich meine«, unterbrach ihn Will. »Und ich brauche ein großes Publikum bei dieser Predigt. Fangt gleich heute an, daran zu arbeiten.«

»Kannst dich auch gleich begraben lassen«, prophezeite Kitty.

Will seufzte. »Immerhin darf ich den Trauergottesdienst selbst halten.«

14

Der Wind fegte über den kleinen See und wehte goldene Blätter auf die Veranda von Wills Haus. Es war ein Bilderbuchsonntag; nachdem der Herbst schon vor Wochen dem Norden kühle Tage und buntes Laub gebracht hatte, war er schließlich auch in den Süden gekommen.

Will hatte einen faulen Vormittag und ein gutes Mittagessen hinter sich. Nun nahm er an seinem Schreibtisch Platz, um sich ein letztes Mal vor dem Prozeß mit dem Fall Larry Moody zu beschäftigen. Er ging das Beweismaterial der Anklage durch und suchte nach Schwachstellen.

Er las sich noch einmal den Bericht des Labors durch und widerlegte im Geist Punkt für Punkt.

Trotzdem würde er vor Gericht nicht beweisen können, daß Larry Moody nicht der Mörder von Sarah Cole war; der Ausgang des Prozesses hing davon ab, ob er die Anklage daran hindern konnte, es zu beweisen.

Will machte die Haustür auf. Die frische Luft würde ihn wachhalten. Der Wind wehte dann und wann ein Blatt herein. Will ging im Wohnzimmer auf und ab, formulierte Fragen an die Zeugen. Er hielt ein Plädoyer, obwohl er wußte, daß sich dessen Inhalt ändern würde – je nachdem, was der Prozeß ans Licht brachte.

Er stand da, die Hände in den Hosentaschen, und sprach zu einem imaginären Publikum, als ein Windstoß einen Haufen Blätter hereinfegte und sie über den ganzen Raum verteilte. Will war so auf seine Arbeit konzentriert, daß er einen Moment lang nicht bemerkte, daß mit dem Wind noch jemand ins Haus gekommen war.

Sie blieb stehen und beobachtete ihn, bis er sie sah und innehielt – mit offenem Mund.

»Hallo, Will«, sagte sie.

Will brauchte eine Weile, um sich zu fassen. »Hallo, Kate«, sagte er. Dann schwiegen sie beide einen Moment.

»Tut mir leid, daß ich dich störe«, sagte sie schließlich.

»Du störst mich nicht. Komm rein, ich hol' dir was zu trinken.«

»Danke. Aber alkoholfrei, bitte. Ich muß bald wieder nach Atlanta.«

Will ging zum Kühlschrank, holte einen Krug Eistee heraus und goß ihr und sich ein Glas ein. Er kehrte ins Wohnzimmer zurück, stellte die Gläser auf einen kleinen Tisch zwischen zwei gemütlichen Sesseln. Dann setzte er sich ihr gegenüber.

»Das ist aber eine Überraschung«, sagte er vorsichtig.

»Ja, das glaube ich«, antwortete sie. »Ich habe heute vormittag in der Georgia State University vor ein paar Leuten gesprochen, die nach dem Studium zu uns kommen wollen. Mein Flugzeug geht erst um sechs, also hatte ich ein bißchen Zeit. Da hab' ich mir eben einen Leihwagen genommen und bin zu dir gefahren.«

»Aha«, sagte er. Mehr fiel ihm nicht ein. Er war seltsam nervös.

Sie wartete einen Augenblick. Dann sprach sie weiter. »Wahrscheinlich muß ich den Anfang machen.« Sie schaute durchs Fenster auf den See. »Ich glaube, wir haben uns furchtbar mißverstanden.«

Will schwieg noch immer.

Sie holte tief Luft. »Ich möchte versuchen, dir begreiflich zu machen, was gelaufen ist. Als ich den neuen Job hatte, hat das wieder etwas in mir angefacht, das ich ganz vergessen hatte: Leidenschaft für die Arbeit. Die letzten Jahre waren so langweilig, daß ich ernstlich bereit war, den CIA zu verlassen und zu heiraten, aber als sie mir diesen Job angeboten haben... das war so, als würde man sich neu verlieben. Nach zwei Jahren auf dem Abstellgleis spürte ich plötzlich wieder dieses Kribbeln. Die Leute haben mir vertraut, ich hatte Einfluß.«

Sie zog die Beine hoch, strich ihren Rock glatt – eine Bewegung, die Will vertraut war und die ihn berührte.

»Ich habe mich voll reingestürzt, habe fünfzehn Stunden am Tag gearbeitet, manchmal auch zwanzig. Es gab ein paar Krisen, die zu bewältigen waren. Ich habe Peter vernachlässigt.« Sie hatte einen Sohn aus erster Ehe, der ein Internat in Neuengland besuchte. »Ich bin nicht so oft zu ihm gefahren, wie ich eigentlich sollte, und meine ersten freien Tage habe ich mit ihm verbracht.«

»Das verstehe ich«, sagte Will.

»Ich glaube, ich habe dir schon gesagt, daß ich eine neue Sicherheitsüberprüfung über mich ergehen lassen mußte.«

»Ja«, bestätigte Will.

»Es war entsetzlich. Bei uns gibt es immer noch Leute, die finden, daß eine Frau in diesem Job nichts zu suchen hat. Es war, als würden sie extra für mich neue Regeln aufstellen. Ich hatte furchtbare Angst, daß sie Wind von unserer Beziehung bekommen und das als Vorwand nehmen, mich loszuwerden. Die Jungs haben nämlich Angst vor Ben Carr, mußt du wissen. Viele sind erleichtert darüber, daß er nicht mehr im Geheimdienstausschuß des Senats sitzt. Sie haben das auch ganz offen gesagt.«

»Das wundert mich nicht.«

»Was dich vielleicht wundert, ist, daß sie auch Angst vor dir haben. Deine Arbeit für den Geheimdienstausschuß war besser, als ihnen lieb war. Du hast ihnen das Leben bei den Hearings über unseren Etat reichlich schwer gemacht.«

Will lachte. »Ich fand immer, daß du mit deinen Fragen gut klargekommen bist.«

Sie lächelte. »Danke. Trotzdem halten sie dich – einige jedenfalls – für den bösen Feind. Und sie werden bitter enttäuscht sein, wenn du in den Senat gewählt wirst.«

»Hoffentlich.«

»Ich habe nicht auf deine Anrufe reagiert, und ich weiß, wie wütend einen das machen kann. Es lag zum Teil an meiner Arbeit. Ich konnte dich nicht vom Büro aus anrufen, und zu Hause war ich immer erst mitten in der Nacht. Aber das allein ist keine überzeugende Erklärung. Ich glaube, daß ich im Grunde nicht mit dir reden wollte.«

Das gab Will einen Stich. Es war seine zweitschlimmste Befürchtung.

»Du hättest mich von der Arbeit abgelenkt, und ich wollte mich voll darauf konzentrieren.« Sie hielt inne, holte tief Luft. »Nein. Ich habe mir vorgenommen, absolut ehrlich zu sein.«

»Ja, sei's bitte. Ich brauche das.«

»Es war nicht nur der Job«, sagte sie und schlug die Augen nieder. »Ich habe versucht, dich zu vergessen. Ich hatte Schuldgefühle, weil ich nicht bei dir war, dir nicht beim Wahlkampf geholfen habe, und das hätte ich eigentlich tun müssen, wenn ich dich wirklich liebe.«

Wills Herz begann zu klopfen. Es würde noch schlimmer kommen.

»Da war auch ein anderer.«

»Aha«, seufzte Will. Das war seine schlimmste Befürchtung.

»Nicht das, was du denkst – oder zumindest nicht all das, was du denkst. Er war aus dem Büro, er war witzig und intelligent, es war angenehm, mit ihm zusammenzusein. Er hat keine Forderungen an mich gestellt. Und du hattest recht mit dem, was du gesagt hast, als wir uns in Georgetown getroffen haben. Die Agency ermuntert ihre Mitarbeiter wirklich dazu, Beziehungen miteinander einzugehen. Es ist ein Trost, wenn du mit jemandem zusammen bist, der weiß, was du tust, mit dem du über den Job reden kannst. Es war normal, es war akzeptabel, und ich mußte es nicht verbergen.«

Will nickte stumm.

»An dem Tag, an dem du unangemeldet in Washington aufgetaucht bist, hatte ich ihn zum Abendessen eingeladen«, fuhr sie fort. »Aber du sollst wissen, daß ich nie mit ihm geschlafen habe. Okay, ich habe daran gedacht, ich wollte es sogar ein bißchen, trotzdem – ich hab's nie getan. Das ist die Wahrheit, und ich möchte, daß du mir glaubst.«

Will schämte sich plötzlich. Er war nicht so enthaltsam gewesen. Er schaute weg. »Ja, ich glaube dir.«

»Wenn ich nicht an die Arbeit gedacht habe, hab' ich an dich gedacht. Du hast mir gefehlt. Obwohl ich es eigentlich nicht wollte. Und wenn ich an die Arbeit denken sollte, habe ich auch oft an dich gedacht. Aber ich hatte diesen Konflikt, und ich mußte ihn lösen.«

Will hatte jetzt Angst. So zornig er auf Kate gewesen war, er merkte, daß er sie immer noch wollte. Und nun schien sie kurz vor einer Entscheidung zu stehen.

»Am Freitag bin ich zu meinem Boß gegangen«, sagte sie. »Er hat mir einen Drink spendiert, und ich habe über eine Stunde mit ihm geredet. Ich hab' ihm von dir erzählt – von den letzten vier Jahren. Ich habe mich nicht entschuldigt, ich habe gesagt, ich hätte gewußt, was ich tue, und ich hätte den CIA nie kompromittiert. Ich denke, er hat mir geglaubt. Er will das Wochenende auf dem Landsitz des Direktors verbringen und sich mit ihm darüber unterhalten. Ich habe gesagt, ich würde tun, was er von mir verlangt; wenn er meinen Rücktritt wünscht, bitte, den könnte er haben, aber ich würde bei der nächstbesten Gelegenheit zu dir fahren und mich dir an den Hals werfen. Ich...«

Will stand auf, kniete neben ihrem Sessel nieder und nahm sie in die Arme. Er küßte ihr Haar und ihr Gesicht.

Sie weinte jetzt. »Ich habe gesagt, ich würde dich heiraten, wenn du mich noch willst, und wenn das dem Direktor und ihm nicht paßt, könnten sie mir den Buckel runterrutschen.« Sie lachte unter Tränen. »Ich glaube, da war ich schon ein bißchen beschwipst.«

Will drückte sein Gesicht in ihr Haar und hielt sie fest, als ginge es um Leben und Tod.

Sie warf einen Blick auf ihre Uhr. »Ich muß die Maschine um sechs erwischen«, sagte sie. »Ich bin nur hergekommen, um dir vorzuschlagen, daß wir heiraten, wenn die Wahl vorbei ist.«

»Akzeptiert«, flüsterte Will ihr ins Ohr.

»Wenn du gewinnst, bin ich die Frau eines Senators. Dann bleibe ich auch beim CIA, falls sie mich noch wollen. Und wenn du verlierst, geh' ich überall mit dir hin. Ich wohne mit dir in diesem süßen Haus. Ich züchte sogar Rinder, wenn du es willst. Du bist mir wichtiger als alles andere.«

Will lachte. »Das merk' ich!« rief er. »Rinder züchten, Frau eines Provinzanwalts... das wäre ein Spaß!«

Sie gab ihm einen spielerischen Klaps. »Ich meine es ernst!«

»Bist du sicher, daß du nicht nur ein bißchen heiß bist?« neckte er sie.

»Das auch, sehr sogar, aber ich muß das Flugzeug trotzdem erreichen. Ich reise mit einem Kollegen, und wir haben einen ellenlangen Bericht durchzugehen. Morgen vormittag findet eine von diesen Konferenzen statt, bei denen sich das Schicksal der westlichen Welt entscheidet.«

Will lachte. »Von der Entscheidung über das Schicksal der westlichen Welt zur Ehe mit einem Provinzanwalt aus Georgia – das ist ein ziemlicher Abstieg. Ich kann nur hoffen, daß du weißt, was du tust.«

Sie umarmten sich lange. Dann brachte er sie zu ihrem Leihwagen. Er küßte sie zum Abschied und winkte ihr nach. Dann stand er da und blickte über den See in die untergehende Sonne, und er wußte, daß alles, egal, welches Ergebnis die Wahl brachte, gut ausgehen würde. Weil Katherine Rile ihn liebte.

15

Vor dem Gerichtsgebäude hatten sich mehr Leute versammelt, als Will gedacht hatte, und sie waren besser organisiert. Er wurde von einem Hilfssheriff in eine Parklücke dirigiert und sah zwei Gruppen, die eine bestand ausschließlich aus Weißen, die eine überwiegend aus Schwarzen, getrennt durch den Weg, der zum Eingang des Gerichtsgebäudes führte. Die schwarze Gruppe hatte Transparente dabei, die GERECHTIGKEIT FÜR SARAH COLE und SCHLUSS MIT RASSISTISCHEM MORD forderten. Will bemerkte, daß der schwarze Anwalt Martin Washington, führender Kopf der Anwälte für Rassengleichheit, wieder da war.

Die weiße Gruppe war kleiner. Sie setzte sich aus Männern und Frauen zusammen, dazwischen ein paar Kinder und Babys. Auf ihren Transparenten war DIE WEISSE RASSE IM BELAGERUNGSZUSTAND, FREIHEIT FÜR LARRY MOODY und BÜRGERRECHTE FÜR WEISSE zu lesen. Die beiden Gruppen musterten sich feindselig.

»Was sind das für Leute?« fragte Will den Hilfssheriff und zeigte auf die Weißen.

»Keine Ahnung«, sagte der Hilfssheriff. »Da kommt wohl alles mögliche aus der Versenkung.«

Toll, dachte Will. Das hat mir gerade noch gefehlt.

Larry Moody, Charlene Joiner und John Morgan, Larrys Chef, stiegen an der anderen Straßenseite aus einem Wagen. Will wartete auf sie. Man begrüßte sich, und Charlenes Hand blieb einen Augenblick länger als üblich in der von Will. Er sah sie zum ersten Mal seit ihrer Begegnung vor ein paar Monaten, und es kostete ihn einige Mühe, cool zu bleiben. Er empfand Schuldgefühle, weil er sie verdächtigt hatte, als die Gerüchte über die Fotos von einem der Kandidaten mit einer Frau im Bett laut geworden waren.

Sie brachten den Spießrutenlauf zwischen den Demonstranten hinter sich und blieben auf der Treppe des Gerichtsgebäudes stehen, wo sie von Kamerateams erwartet wurden. »Lächeln Sie, wenn man Sie was fragt«, sagte Will zu Larry. »Und fassen Sie sich kurz.«

Zu den Fernsehleuten sagte er: »Wir haben nur wenig Zeit.« Mikrophone schoben sich ihnen entgegen.

»Mr. Lee, wird Ihr Mandant im Zeugenstand aussagen?«

»Wenn ich es für nötig halte, ja, aber ich möchte betonen, daß *ich* diese Entscheidung treffe und nicht Larry.«

»Larry«, fragte eine Frau, »freuen Sie sich, daß der Prozeß jetzt endlich anfängt?«

Larry Moody setzte sein knabenhaftestes Lächeln auf. »Nein, Ma'am«, sagte er, »freuen tu' ich mich nicht gerade, aber es ist mir natürlich recht, daß jetzt endlich Klarheit in die Geschichte kommt.«

»Werden Sie sich schuldig bekennen, Larry?« fragte ein anderer Reporter.

»Nein, bestimmt nicht«, antwortete Larry. »Ich bin unschuldig, und ich rechne damit, daß ich freigesprochen werde.«

»Wir müssen jetzt rein«, drängte Will.

»Mr. Lee«, fragte ein Reporter, »glauben Sie, daß dieser Prozeß Auswirkungen auf Ihren Wahlkampf haben wird?«

»Ganz gewiß nicht«, behauptete Will. »Der Richter hat mich mit diesem Fall betraut, bevor ich beschlossen habe, für den Senat zu kandidieren, und das eine hat nichts mit dem anderen zu tun.«

»Miß Joiner!« rief ein Reporter. Charlene drehte sich um und sah den Mann an. Sie trug ein dunkelblaues Kleid – langer Rock, aber tailliert und mit engem Oberteil; sie brachte es fertig, elegant und gleichzeitig verführerisch zu wirken. »Was haben Sie zum Prozeß zu bemerken?«

Charlene bedachte den Mann mit einem strahlenden Lächeln. »Ich finde«, sagte sie, »Larry hat echt Glück, daß er so einen guten Anwalt hat.« Damit drehte sie sich um, sah zu Will auf und schenkte ihm ein ebenso strahlendes, aber irgendwie intimeres Lächeln. Die Fotografen ließen ihre Blitzlichter gewittern und hielten den Moment in mehrfacher Ausführung fest.

Will drängte etwas betreten zur Eile.

Die Besetzung der Geschworenenbank nahm weniger Zeit in Anspruch, als Will gehofft hatte. Er vermutete, daß die Geschworenen, die Larry am meisten gewogen sein würden, weiße Männer waren, und die Larry am wenigsten günstig gesinnten schwarze Frauen. Am Ende waren vier von jeder Kategorie beisammen, aber immerhin handelte es sich um schwarze Frauen, die, obwohl sie keine höhere Schulbildung hatten, einen intelligenten und besonnenen Eindruck machten. Damit konnte Will leben. Ein schwarzer Mann und drei weiße Frauen kamen dazu. Mit zwölf Leuten vom Klan wäre Will vielleicht glücklicher gewesen, aber auch so war er einigermaßen zufrieden.

Nachdem die Geschworenen bestimmt waren und die Präliminarien stattgefunden hatten, erhob sich Elton Hunter. »Hohes Gericht, die Anklage ruft Janeen Walker auf.«

Eine adrette junge Frau mit üppiger Afro-Frisur, ganz in Schwarz gekleidet, trat in den Zeugenstand und wurde vereidigt.

Elton Hunter sprach von seinem Tisch aus zu ihr. »Miß Walker, Sie arbeiten im freien Beratungszentrum des Bezirks Meriwether?«

»Ja«, antwortete die junge Frau.

»Haben Sie dort auch am 17. Dezember vorigen Jahres gearbeitet?«

»Ja.«

»Kam der Angeklagte, Larry Eugene Moody, an diesem Tag ins Beratungszentrum?«

»Ja.«

»Bitte beschreiben Sie die näheren Umstände und dann das, was geschah.«

Die junge Frau rutschte auf ihrem Stuhl zurück. »Also, ich habe die Firma Morgan wegen unserer Heizung angerufen – es war echt kalt bei uns –, und die haben Mr. Moody geschickt. Er hat gesagt, daß der Thermostat kaputt wäre und ersetzt werden müßte. Sarah – Sarah Cole, meine Chefin – hat sich über den Preis beschwert, aber er hat gesagt, das wäre der billigste, den sie haben, und Sarah hat einen Scheck ausgeschrieben. Dann ist er gegangen.«

»Mit welcher Einstellung ist Mr. Moody Sarah Cole begegnet?« fragte Hunter.

Will stand auf. »Einspruch, hohes Gericht. Die Zeugin ist keine Hellseherin.«

»Dem Einspruch wird stattgegeben. Formulieren Sie Ihre Frage anders, Mr. Hunter.«

Hunter lief dunkelrot an. »Miß Walker, ist Ihnen irgend etwas Ungewöhnliches an Larry Moodys *sichtbarer* Einstellung gegenüber Sarah Cole aufgefallen?«

»Er hat sie die ganze Zeit angestarrt, als wollte er sie haben.«

»Einspruch«, sagte Will.

»Stattgegeben.« Der Richter wandte sich der jungen Frau zu.

»Miß Walker, Sie dürfen nur über Dinge aussagen, von denen Sie Kenntnis besitzen.«

»Ja, Sir«, sagte die junge Frau.

»Miß Walker«, fuhr Hunter fort, »hat Larry Moody Sarah Cole angelächelt?«

»Ja, Sir.«

»Was für ein Lächeln war das?«

»Einspruch. Ist die Zeugin eine Expertin für Ausdrucksverhalten?«

»Ich werde es anders formulieren, hohes Gericht. Miß Walker, hat Larry Moody Sarah Cole auf eine Weise angelächelt, die Sie bei einem Heizungsmonteur gegenüber einer Kundin angemessen fanden?«

»Nein, Sir. Ich fand es ungehörig.«

»Inwiefern?«

»Es war so ein zweideutiges Grinsen, wie wenn ein Mann eine Frau mit Blicken auszieht.«

»Larry Moody hat also Ihrer Meinung nach Sarah Cole mit Blicken ausgezogen?«

»Ja.«

»Und wie lange ging das?«

»Die ganze Zeit, die Sarah da war.«

»Als Larry Moody gegangen war – hat sich Sarah Cole da über seinen Blick ausgelassen?«

»Also, ich hab' zu ihr gesagt: ›War das ein fieser Macker…‹«

Im Saal wurde vereinzelt gekichert.

»…und sie hat gesagt: ›Keine Sorge, der hat mich nicht weiter gestört.‹«

»Wann haben Sie Sarah Cole zum letzten Mal an diesem Tag gesehen?«

»Als sie gegangen ist, so gegen sechs. Ich bin dageblieben, ich hatte noch was zu tippen.«

»Ist Miß Cole mit dem Wagen gefahren?«

»Normalerweise ist sie immer mit dem Wagen gefahren, aber der war an dem Tag in der Werkstatt, also ist sie zu Fuß gegangen. Sie hatte nicht weit nach Hause, keine zwei Kilometer.«

»Haben Sie Sarah Cole danach noch einmal gesehen?«

»Nein«, sagte die junge Frau mit zitternder Stimme. »Sie ist auf dem Heimweg ermordet worden.«

Hunter wandte sich Will zu. »Die Zeugin steht Ihnen zur Verfügung«, sagte er.

Will erhob sich und stellte sich in einigem Abstand vor der Zeugin auf. Er gab ihr einen Augenblick Zeit, damit sie sich wieder fassen konnte. Dann lächelte er sie freundlich an. »Guten Tag, Miß Walker«, sagte er.

Die junge Frau schwieg und betrachtete ihn argwöhnisch.

»Miß Walker, haben Sie Sarah Cole lange gekannt?«

»Ja, zwei Jahre. Die ganze Zeit, die ich im Zentrum gearbeitet habe.«

»War Sarah Cole eine attraktive Frau?«

»Ja, sehr attraktiv.«

»Attraktiv für Männer?«

»Ja.«

»Haben Sie Miß Cole je in männlicher Gesellschaft gesehen?«

»Ja, oft. Im Zentrum und nach der Arbeit, bei Partys und so.«

»Schienen die Männer im Zentrum und bei Partys Miß Cole attraktiv zu finden?«

»Ja. Sie *war* sehr attraktiv, das hab' ich schon gesagt.«

»Waren unter diesen Männern auch Weiße?«

»Manchmal.«

»Fanden die Miß Cole auch attraktiv?«

»Ich glaube ja.«

»Man kann also zusammenfassend sagen, daß Sarah Cole eine Frau war, die jeder Mann attraktiv fand?«

»Ja.«

»Ist es dann ungewöhnlich, daß Larry Moody Sarah Cole ebenfalls attraktiv fand?«

»Wahrscheinlich nicht«, sagte die junge Frau leise. Sie merkte, daß sie in die Falle gegangen war.

»Hat Larry Moody in Ihrer Gegenwart irgendwelche Annäherungsversuche bei Miß Cole unternommen?«

»Nein.«

»Hat er irgend etwas zu ihr gesagt, das sich nicht auf die Heizungsreparatur und den Einbau des neuen Thermostaten bezog?«

»Ich glaube nicht.«

»Bitte geben Sie eine klare Antwort auf meine Frage, Miß Walker – Sie waren doch dabei.«

»Nein, er hat nichts gesagt, was sich nicht auf die Reparatur bezog.«

»Also war das Gespräch ganz normal. Es ging um die Heizungsreparatur, und dabei fielen auch keine ungehörigen Bemerkungen von seiten Larry Moodys.«

»Nein.«

»Sagen Sie, Miß Walker, halten Sie sich für unfehlbar, was die Einschätzung der Haltung von Männern gegenüber Frauen betrifft?«

»Nein.«

»Ist es dann möglich, daß eine andere Person die Art und Weise, auf die Larry Moody Sarah Cole begegnet ist, anders gedeutet haben könnte?«

»Ich war doch dabei, und ich...«

»Bitte, Miß Walker, wir reden hier über eine andere mögliche Sicht. Könnte eine andere Person diese Begegnung anders gesehen haben?«

»Vielleicht.«

»Als Larry Moody gegangen war und Sie sich gegenüber Sarah Cole über ihn äußerten, sagte sie, ich zitiere: ›Keine Sorge, der hat mich nicht weiter gestört.‹«

Die junge Frau war verdrossen. »Ja, aber...«

»Sarah Cole fühlte sich also von Larry Moody nicht gestört. Aber *Sie*, ist das richtig?«

»Ja.«

»Miß Walker, billigen Sie es, daß weiße Männer schwarze Frauen attraktiv finden?«

Das Sprechen schien der jungen Frau plötzlich schwerzufallen. »Ich denke, das geht in Ordnung«, sagte sie schließlich.

»Miß Walker, hatten Sie je einen weißen Freund?«

Elton Hunter sprang auf. »Einspruch.«

»Die Frage soll die Einstellung der Zeugin klären«, sagte Will.

»Einspruch abgelehnt«, sagte der Richter. »Die Zeugin wird antworten.«

»Nein, ich hatte noch nie einen weißen Freund«, sagte die junge Frau.

»Sind Sie schon einmal von einem Weißen zum Essen oder zum Tanzen eingeladen worden?«

»Ja.«

»Haben Sie eine solche Einladung je angenommen?«

»Nein.«

Will bemühte sich um einen lockeren Gesprächston, damit nicht der Eindruck entstand, daß er das Mädchen verunsicherte. »Miß Walker, wäre es dann unfair zu sagen, daß Ihnen die Vorstellung, daß ein weißer Mann eine schwarze Frau zum Essen oder zum Tanzen einlädt, unbehaglich ist?«

»Nein, wohl nicht«, gestand die junge Frau zu und blickte auf ihre Hände nieder.

»Dann wäre es auch nicht unfair zu sagen, daß Ihnen die Vorstellung, daß ein weißer Mann eine schwarze Frau attraktiv findet, unbehaglich ist?«

»Nein, wohl nicht«, wiederholte die junge Frau.

»Wäre es dann vielleicht möglich, daß Ihre Interpretation der Begegnung von Larry Moody und Sarah Cole durch diese Ihre Einstellung beeinflußt ist?«

»Das glaube ich nicht«, sagte die junge Frau mit Nachdruck.

Will betrachtete sie einen Moment lang schweigend. »Danke, Miß Walker«, sagte er freundlich. »Das war alles.«

Will kehrte zum Tisch der Verteidigung zurück und setzte sich.

Larry Moody beugte sich zu ihm herüber und flüsterte: »Sie haben gewonnen.«

»Wenn wir Glück haben, ist es ein Unentschieden«, flüsterte Will zurück.

»Die Verhandlung wird für eine Stunde unterbrochen«, verkündete der Richter.

16

»Die Anklage ruft Roosevelt Watkins auf«, sagte Elton Hunter.

Roosevelt Watkins trat in den Zeugenstand und wurde vereidigt. Er trug einen ordentlichen grauen Anzug, der sehr neu aussah. Er betrachtete Elton Hunter mit liebenswürdigem Blick, dann drehte er sich um und lächelte Will an, der sein Lächeln erwiderte.

»Mr. Watkins...« begann Hunter.

»Nennen Sie mich einfach Roosevelt«, erwiderte der Schwarze. »Das machen alle. Ich hab' mal Franklin D. persönlich getroffen, und der hat auch Roosevelt zu mir gesagt.«

»Gut, Roosevelt«, sagte Hunter. »Wo wohnen Sie?«

»Ich hab' ein Haus in der Nähe vom Highway nach La Grange, urgemütlich«, antwortete Roosevelt.

»Sieht man von Ihrem Haus die Müllkippe von Greenville?«

»Ja, Sir, die sieht man gut.«

»Haben Sie am 17. Dezember vergangenen Jahres aus Ihrem Fenster auf die Müllkippe geschaut?«

»Sie meinen, als ich den Laster gesehen habe?«

»Genau.«

»Ja, Sir, den hab' ich gesehen.«

»Erzählen Sie uns bitte, was an diesem Tag geschah.«

»Also, das war am Abend, ungefähr Viertel vor sieben, und ich hab' mir gerade Speck zu meinem Maisbrot gebraten – das Maisbrot bäckt meine Tochter selbst. Da schau' ich weg vom Herd und seh' so einen hellbraunen Laster oder Transporter oder was, und der hält draußen bei der Müllkippe, und ein Mann steigt aus, geht nach hinten und holt ein großes Bündel raus. Er schleift es auf den Müll und läßt es liegen, dann steigt er wieder ein und fährt weg.«

»Sie sagen, es sei ein großes Bündel gewesen, das er aus dem Transporter gezogen hat, Roosevelt?«

»Ja, Sir, ziemlich groß.«

»So groß wie eine Frau?«

»Ja, Sir, wenn's keine dicke Frau war.«

»Sehen Sie den Mann, der den Transporter gefahren hat, hier im Saal?«

»Ja, Sir, der sitzt da drüben bei Mr. Lee.« Roosevelt deutete mit dem Finger auf Larry Moody.

»Der Zeuge steht Ihnen zur Verfügung«, sagte Hunter zu Will.

»Guten Tag, Roosevelt«, sagte Will.

»Guten Tag, Mr. Lee«, antwortete Roosevelt.

»Das ist aber ein schöner Anzug, den Sie anhaben«, sagte Will.

»Danke, Sir.« Roosevelt lächelte. »Den hat mir Mr. Hunter geschenkt.«

Der ganze Saal lachte, und Elton Hunter blickte unbehaglich drein.

»Roosevelt, Sie sagen, Sie hätten einen Laster gesehen?«

»Ja, Sir. Manche Leute sagen da auch Transporter dazu.«

»Haben Sie dem Sheriff gesagt, daß Sie einen Laster gesehen haben?«

»Ja, Sir, er ist am nächsten Tag rausgekommen, als sie das Mädchen gefunden haben, und hat mich ausgefragt. Ich hab' ihm erzählt, daß ich einen Laster gesehen habe.«

»Und der Sheriff hat gesagt, daß es ein Transporter gewesen ist?«

»Ja, Sir, und er hat mich mit seinem Wagen zum Gefängnis mitgenommen und ihn mir gezeigt.«

Will beließ es dabei. Er wollte nicht, daß Roosevelt Watkins behauptete, er hätte den Transporter wiedererkannt. »Hat der Sheriff Sie gebeten, sich auch noch was anderes anzusehen?«

»Ja, Sir, ein paar Männer. Die standen in einer Reihe.«

»Und Sie haben einen von ihnen als Larry Moody identifiziert?«

»Ja, Sir.«

»Roosevelt, wie standen die Männer da, als Sie sie sich angesehen haben?«

»Die standen an der Wand.«

»Mit dem Rücken zu Ihnen?«

»Ja, Sir.«

»Und warum standen sie mit dem Rücken zu Ihnen?«

»Wahrscheinlich weil mir der Vorhang ein bißchen im Weg war, als ich aus dem Fenster geschaut habe. Ich hab' den Mann nur von hinten gesehen.«

»Als Sie Larry Moody bei der Gegenüberstellung identifiziert haben – und zwar dadurch, daß Sie ihn von hinten sahen –, haben sich die Männer dann umgedreht?«

»Ja, Sir.«

»Und bei dieser Gelegenheit haben Sie Larry Moodys Gesicht zum ersten Mal gesehen?«

»Ja, Sir.«

»Roosevelt, wie weit war Larry Moody bei der Gegenüberstellung von Ihnen entfernt?«

»Ungefähr halb so weit wie jetzt.«

»Roosevelt, tragen Sie eine Brille?«

»Nein, Sir«, erwiderte Roosevelt beinahe gekränkt. »Ich hab' unheimlich gute Augen.«

Will deutete auf die Uhr an der Empore im rückwärtigen Teil des Saals. »Roosevelt, können Sie mal auf diese Uhr schauen und mir sagen, wie spät es ist?«

Watkins starrte die Uhr an und kniff die Augen zusammen. »Ich glaub', die Zeiger sind zu klein für mich.«

Will wandte sich Larry Moody zu. »Larry, legen Sie bitte Ihr Jackett ab?«

Larry Moody zog sein Jackett aus und erhob sich.

»Roosevelt, würden Sie sagen, daß Larry Moody kräftig gebaut ist?«

»Ja, Sir.«

»Würde es Sie wundern, wenn ich Ihnen sage, daß Larry gut durchtrainiert ist, daß er jeden Tag Gewichte stemmt?«

»Nein, Sir. Ich finde, er sieht stark aus.«

»Danke, Larry. Sie können Ihr Jackett wieder anziehen. Roosevelt, Sie haben gesagt, das Bündel, das der Mann aus dem Laster geholt hat, sei nicht übermäßig groß gewesen. Wenn es sich also um eine Frau gehandelt hat, war sie eher zierlich, ist das richtig?«

»Ja, das ist richtig.«

»Und wenn ich Ihnen jetzt aus dem Bericht des Coroners vortrage« – Will nahm ein Dokument vom Tisch der Verteidigung und las es vor – »daß Sarah Cole einsneunundfünfzig groß war und einen knappen Zentner gewogen hat – entspräche das ungefähr der Größe des Bündels?«

»Ja, Sir, das kommt hin.«

»Macht Larry Moody auf Sie den Eindruck, als könnte er ein Mädchen tragen, das einen knappen Zentner wiegt?«

»Ja, er sieht wirklich stark aus.«

»Aber der Mann, der das Bündel aus dem Laster geholt hat, hat es nicht auf den Müll getragen, sondern geschleift, ist das richtig?«

»Ja«, sagte Roosevelt und kratzte sich verwirrt am Kinn. »Also, Mr. Moody sieht eigentlich nicht so aus, als hätte er sie schleifen müssen.«

Will lächelte unwillkürlich. Roosevelt war ein wunderbarer Zeuge. »Noch eine letzte Frage, Roosevelt«, sagte Will. »Waren Sie schon mal in Milledgeville?«

Roosevelt grinste breit. »Ja, Sir, dreimal. Die Doktoren haben gesagt...«

Elton stand auf, aber es war zu spät. »Einspruch!« rief er.

»Ich ziehe die Frage zurück«, sagte Will. »Das war alles, danke.« Er nahm zufrieden am Tisch der Verteidigung Platz. Jeder im Saal, einschließlich der Geschworenen, wußte, daß sich in Milledgeville das psychiatrische Krankenhaus des Staates Georgia befand.

Diese Runde hatte Will gewonnen. Morgen aber würde er sich mit dem Sachverständigen der Anklage auseinandersetzen müssen, und das war bestimmt nicht so einfach.

17

Der Arzt hatte recht gehabt. Mickey Keane hätte das Krankenhaus nicht so früh verlassen sollen. Er hatte zwei Tage Erholung gebraucht, bis er mit langsamen Bewegungen seinen Alltag bewältigen konnte. Er war zwar noch längst nicht fit, aber er konnte sich mit einiger Mühe hinters Steuer seines neuen Automatic-Wagens klemmen und fahren.

»Schicken Sie mir den Scheck von der Versicherung für Ihr altes Auto«, hatte Manny Pearl gesagt. »Die Differenz betrachten wir als Bonus dafür, daß Sie fast draufgegangen sind.«

Und nun saß Keane in seinem neuen Wagen und beobachtete vom Parkplatz des Einkaufszentrums aus die Praxis von Dr. Allgood. Er war schon eine Stunde da. Dann kam die Frau endlich, kurz nach sechs. Das am Telefon war ihre Stimme gewesen. Da war Keane völlig sicher.

Durch den Feldstecher erkannte er ihr Nummernschild und merkte es sich. Dann startete er seinen Wagen und fädelte sich hinter ihrem roten Chevrolet Beretta in den Verkehr ein. Fünf Minuten später folgte er ihr auf den Parkplatz eines Supermarkts und wartete, während sie einkaufte. Sie tauchte mit einem halben Dutzend Tüten wieder auf – eine Menge für eine Frau, die keinen Ehering trug. Suzy Adams lebte offenbar nicht allein.

Keane folgte ihr weiter zu einer Wohnanlage in der Nähe des Supermarkts und beobachtete, wie sie in die Einfahrt zu einem Neubaukomplex bog. Der Wachmann am Tor kannte sie, jedenfalls winkte er sie durch. Keane wartete, bis sie verschwunden war. Dann fuhr er zum Tor und hielt an.

Der Wachmann kam aus seinem Häuschen. »Kann ich Ihnen helfen?«

Keane zeigte seine Dienstmarke vor. »Sie können mir sagen, wie die Dame heißt, die eben mit dem roten Beretta hier reingefahren ist.«

»Das war Mrs. Ross.«

»Ist die neu hier?«

»Hier sind alle neu. Die Anlage gibt's erst seit drei Monaten.«

»Wie sieht Mr. Ross aus?« fragte Keane.

»Erst möchte ich wissen, worum es geht«, sagte der Wachmann.

»Können Sie den Mund halten?«

»Klar«, antwortete der Wachmann so pikiert, als sei er in seiner Berufsehre verletzt worden.

»Ich ermittle in einem Drogenfall. Die Dame arbeitet in einer Arztpraxis. Da sind in den letzten Monaten mehr Opiate und Amphetamine verschrieben worden als üblich. Ich weiß nicht, ob sie was damit zu tun hat, aber ich werde es rausfinden. Wenn sie sauber ist, entlaste ich sie natürlich sofort.«

»Aha«, sagte der Wachmann interessiert und war plötzlich ganz Kollege.

»Also, wie sieht Mr. Ross aus?«

»Ich weiß, ehrlich gesagt, nicht mal genau, wer er ist. Ich kenne nur sie, weil ich die Parkerlaubnis ausgestellt habe, als sie eingezogen ist. Die meisten Leute hier winke ich durch, wenn sie unseren Aufkleber an der Windschutzscheibe haben. Das ist von oben so angeordnet.«

»Ich verstehe. Und wo wohnen Mr. und Mrs. Ross?«

»Auf 49 C«, sagte der Wachmann mit Blick auf eine Liste. »Im Parterre.«

»Wo ist das?«

»Geradeaus, die erste Straße links, dann die erste rechts. Das zweite Haus auf der linken Seite. 49 C ist die letzte Wohnung im Parterre.«

»Danke«, sagte Keane und fuhr rasch weiter. Er bog gerade noch rechtzeitig um die letzte Kurve, um zu sehen, wie Suzy Adams etwas Merkwürdiges tat. Sie klingelte an der Wohnungstür. Pause. Dann öffnete jemand, und sie trat ein. Einen Moment später kam sie wieder heraus, gefolgt von einem Mann.

Keanes Puls beschleunigte sich. Der Mann war groß und schlank, hatte einen Schnurrbart und trug eine Sonnenbrille, obwohl es dämmerte. Keane fuhr in eine Parkbucht, holte den Feldstecher aus dem Handschuhfach. Die beiden luden die Tüten aus Suzys Wagen aus. Der Mann schaute sich vorsichtig um. Keane machte sich klein. Die Ohren des Mannes lagen eng am Kopf, und seine Nase war gerade. Bis auf Größe und Statur sah er dem Perkerson-Foto in keiner Weise ähnlich. Trotzdem. Keane sträubten sich die Nackenhaare. Bald gingen die beiden mit ihren Tüten ins Haus und machten die Tür hinter sich zu.

Keane mußte sich überlegen, was er tun wollte. Inzwischen war es fast dunkel, aber er war nicht in der Lage, durch die Gegend zu schleichen und in Fenster zu lugen – nicht mit Krücken. Er konnte bei der Kripo in Atlanta anrufen und sie bitten, das Haus zu stürmen; nur befand sich die Wohnung außerhalb der Stadtgrenze, und so mußte die Operation mit der Polizei von Marietta abgesprochen werden. Und wenn es sich bei dem Mann doch nicht um Perkerson handelte, würde er sich bis auf die Knochen blamieren und sich das letzte Wohlwollen verscherzen, das er bei seinen Exkollegen noch hatte. Er konnte aber auch hier sitzen bleiben und warten.

Also wartete er. Er bekam Hunger und mußte dringend auf die Toilette. Er wartete, bis die Lichter in der Wohnung ausgingen. Das war kurz nach elf. Müde fuhr Keane nach Hause. Er würde morgen wiederkommen und weiter warten. Früher oder später mußte der Mann die Wohnung verlassen, und dann wollte Keane ihn sich genauer ansehen, ihn vielleicht sogar schnappen. Aber zunächst brauchte er eine Toilette, was zu essen, einen Drink und ein bißchen Schlaf.

18

Am Dienstag morgen um sieben stieg Will zu Tom Black ins Auto. Er war ein bißchen benommen, weil er am Montag abend vor zwei Bürgervereinen gesprochen und sechs Rundfunksendern Telefoninterviews gegeben hatte, und das alles nach einem vollen Prozeßtag. Heute hatte Tom vor der Verhandlung ein Frühstück eingeplant, das von einem Frauenclub in Greenville veranstaltet wurde.

»Keine guten Nachrichten«, verkündete Tom. »Unsere letzte Umfrage vom Sonntag zeigt, daß wir bei 50 Prozent für Calhoun und 47 Prozent für Sie sind. Unentschlossen sind noch drei Prozent der Wähler. Wir haben bei der Fernseh-Diskussion zwar keinen Schaden genommen, aber viel genützt hat sie uns auch nicht.«

»Ich weiß nicht, was wir noch tun sollen«, seufzte Will. »Wir haben alles, was wir zusammenkratzen konnten, ins Fernsehen investiert; zwischen heute und nächsten Dienstag habe ich keine freie Minute – wo liegen unsere Unterlassungssünden?«

»Keine Ahnung«, sagte Tom. »Wir haben was Neues in dieser Umfrage. Moss hat den Leuten, die Calhoun wählen wollen, ein paar Zusatzfragen gestellt. Und dabei kam raus, daß acht Prozent von denen sagen, sie wählen Calhoun nur, weil sie glauben, daß Sie homosexuell sind. Das reicht ihm für einen glatten Wahlsieg.«

»Das darf doch nicht wahr sein«, schimpfte Will. »Ich dachte, das Thema sei vom Tisch.«

»Nicht wenn Calhoun dauernd darauf rumreitet.«

»Wenn *ich* statt Larry Moody des Mordes an Sarah Cole angeklagt wäre – vielleicht würde das die Zweifler überzeugen.«

»Nur wenn Sie schuldig gesprochen würden«, bemerkte Tom trokken. Er hielt vor einem Laden an. »Ich kaufe schnell eine Zeitung«, sagte er. Kurz darauf kam er grinsend wieder. »Vielleicht hilft uns das.« Er warf Will die Zeitung zu.

Auf der ersten Seite war ein Foto, aufgenommen auf der Treppe des Gerichtsgebäudes. Es zeigte Will und Charlene Joiner. Sie blickte mit kokettem Augenaufschlag zu ihm auf.

»O Gott«, sagte Will. »Das hat mir gerade noch gefehlt.« Ihm war unbehaglich. Seit Katherine Rile wieder aufgetaucht war, hatte er Schuldgefühle wegen seiner Liebesnacht mit Charlene. Außerdem machte er sich Sorgen, daß die Eskapade ans Licht kommen könnte.

Tom lachte. »Das ist gar nicht zu verachten – so was brauchen wir. Kitty hat gestern vorausgesagt, daß Charlene der Medienstar dieses Prozesses wird, und jetzt glaub' ich's auch.«

»Charlene ist so was wie der Joker in diesem Prozeß«, sagte Will. »Sie ist meine einzige Hoffnung, die Geschworenen davon überzeugen zu können, daß Larry Moody nicht mal den Wunsch haben konnte, Sarah Cole zu vergewaltigen...« Will unterbrach sich, klatschte sich mit der flachen Hand gegen die Stirn. »Scheiße«, ächzte er, »jetzt weiß ich, warum Larry nur wegen Mord und nicht wegen Vergewaltigung angeklagt ist.«

»Warum?«

»Wegen Charlene. Ich glaube, ich habe Elton Hunter unterschätzt. Er weiß, daß sie Larrys Alibi bestätigt, und er kann sich denken, daß ich versuchen werde, sie auch als eine Art sexuelles Alibi aufzubauen. Er wird alles Menschenmögliche tun, damit das Thema Vergewaltigung nicht zur Sprache kommt.«

»Von welchem Motiv wird er dann ausgehen?«

»Keine Ahnung«, sagte Will düster.

Elton Hunter befragte zunächst den Sheriff zur Verhaftung und Identifizierung von Larry Moody. Will erhob kein einziges Mal Einspruch und nahm den Sheriff auch nicht ins Kreuzverhör.

»Die Anklage ruft Dr. Edward Rosenfeld auf«, sagte Hunter.

Ein gutaussehender Mann Mitte Dreißig trat in den Zeugenstand und wurde vereidigt.

»Doktor«, begann Hunter, »welchen Beruf üben Sie aus?«

»Ich bin stellvertretender Direktor des Kriminallabors des Staates Georgia«, antwortete Rosenfeld.

»Und als solcher haben Sie die Autopsie an Sarah Cole durchgeführt und die wissenschaftliche Untersuchung des Mordes geleitet?«

»Ja.«

»Wie ist Sarah Cole gestorben?«

»Sie wurde erwürgt.«

Hunter hielt seine Hände empor. »Sie meinen, jemand hat ihr die Hände um den Hals gelegt und zugedrückt, bis sie tot war?«

»Genau.«

»Doktor, haben Sie und Ihre Leute den Teppich aus Larry Moodys Transporter untersucht?«

»Ja.«

Hunter ging zum Tisch der Anklage, griff nach einem Plastikbeutel, in dem ein schwarzer Pullover lag, und zog ihn aus dem Beutel. »Ist das der Pullover, den Sarah Cole am Tag des Mordes trug, ein Pullover mit dem Etikett des Kaufhauses Rich's?«

Rosenfeld warf einen Blick auf den Anhänger, der am Pullover befestigt war. »Ja.«

»Gibt es irgendeine Verbindung zwischen diesem Pullover und dem Teppich, den Sie untersucht haben?«

»Ja. Wir haben auf dem Teppich Fasern gefunden, die von diesem Pullover stammen, und am Pullover Fasern, die von dem Teppich aus dem Wagen stammen.«

»Eine doppelte Übereinstimmung also?«

»So ist es.«

»Und das hat Sie davon überzeugt, daß Pullover und Teppich miteinander in Kontakt gekommen sind?«

»Ja.«

»Was haben Sie sonst noch auf dem Teppich gefunden?«

»Es war ein nicht sehr erfolgreicher Versuch unternommen worden, den Teppich zu reinigen. Trotzdem haben wir außer den Pulloverfasern Blut der Blutgruppe A positiv gefunden.«

»Und welche Blutgruppe hat Sarah Cole?«

»A positiv.«

»Und was schließen Sie daraus?«

»Ich schließe daraus, daß Sarah Cole im Laderaum des Transporters von Larry Moody war und daß sie dort Blut verloren hat.«

»Die Anklage legt den Teppich und den Pullover als Beweisstück eins und zwei vor.« Hunter wandte sich Will zu. »Der Zeuge steht Ihnen zur Verfügung.«

Will erhob sich und ging um den Tisch der Verteidigung herum. Seine Gedanken rasten. »Doktor, hatte Sarah Cole kurz vor ihrem Tod Geschlechtsverkehr?«

»Einspruch!« Elton Hunter stand auf. »Das ist irrelevant. Die Anklage lautet nicht auf Vergewaltigung, sondern auf Mord.«

»Hohes Gericht«, sagte Will. »Die Anklage hat das Blut auf dem Teppich als Beweis eingeführt und behauptet, es stamme von Sarah Cole. Da Dr. Rosenfeld ausgesagt hat, sie sei erwürgt worden, was normalerweise nicht mit Blutverlust einhergeht, haben wir, glaube ich, ein Recht darauf zu erfahren, woher das Blut kam.«

»Dann fragen Sie den Zeugen nach dem Blut«, sagte der Richter. »Dem Einspruch wird stattgegeben. Die Geschworenen werden jede Bezugnahme auf Vergewaltigung außer acht lassen, denn der Angeklagte wird eines anderen Verbrechens beschuldigt.«

»Nun gut, Doktor«, sagte Will resigniert, »warum hat Sarah Cole Ihrer Meinung nach im Laderaum des Transporters Blut verloren?«

»Weil sie mehrmals ins Gesicht geschlagen wurde und Nasenbluten hatte.«

Immerhin, dachte Will, war das Wort ›Vergewaltigung‹ gefallen. Die Geschworenen würden es nicht vergessen. »Doktor, ich darf jetzt Punkt für Punkt auf das eingehen, was Sie vorgetragen haben. Sie sagten, am Pullover von Sarah Cole seien Fasern vom Teppich aus Larry Moodys Transporter gefunden worden. Ist das richtig?«

»Ja.«

»Doktor, ist der Teppich aus Larry Moodys Transporter ein Einzelstück?«

»Das… das entzieht sich meiner Kenntnis.«

Will holte ein Schriftstück vom Tisch der Verteidigung. »Dann darf ich Sie mal aufklären.« Er reichte dem Doktor das Blatt Papier.

Rosenfeld betrachtete es.

»Würden Sie dem Gericht bitte sagen, wer diesen Brief unterzeichnet hat?«

»Der Produktionsleiter des Werks von General Motors in Doraville/Georgia.«

»Danke. Würden Sie den Brief bitte verlesen?«
Rosenfeld tat es.

Sehr geehrter Mr. Lee,
in Erwiderung Ihres Schreibens vom 2. Januar kann ich Ihnen folgende Auskünfte über den Transporter geben. Das von Ihnen erwähnte Modell ist das meistverkaufte aus der Reihe der Chevrolet-Transporter. In dem Baujahr, das Sie angeben, haben wir 38 000 von diesen Transportern in vier verschiedenen Farben hergestellt. Die Farbe, die Sie nennen, Sierrabraun, war die gefragteste Farbe. 24 200 der von uns produzierten Transporter waren sierrabraun. In all diesen Transportern wurde der gleiche Teppich vom gleichen Hersteller verwendet. Aus unseren Unterlagen geht hervor, daß 1703 sierrabraune Transporter an Händler in Georgia ausgeliefert wurden.

»Danke, Doktor. Hohes Gericht, die Verteidigung legt dieses Schreiben als Beweisstück Nummer eins vor, dazu, als Beweisstück Nummer zwei, eine Kopie aus dem Register der Kfz-Zulassungsstelle des Bezirks Meriwether, aus der hervorgeht, daß es im Bezirk Meriwether dreizehn Transporter dieses Typs gibt.«

Will drehte sich um, nahm einen schwarzen Pullover vom Tisch der Verteidigung und reichte ihn Rosenfeld. »Doktor, ich zeige Ihnen hier einen schwarzen Pullover von Rich's. Würden Sie sagen, daß dieser Pullover mit dem, den Sarah Cole trug, identisch ist?« Er händigte Rosenfeld auch den Pullover der Anklage aus.

Rosenfeld prüfte die beiden Pullover. »Die scheinen identisch zu sein.«

»Danke, Doktor.« Will gab beide Pullover dem Gerichtsdiener. »Die Verteidigung legt den Pullover als Beweisstück Nummer drei vor und als Beweisstück Nummer vier ein Schreiben von Rich's, aus dem hervorgeht, daß letzten Herbst im Rahmen einer Werbekampagne an die dreißig Dutzend identische schwarze Pullover in sieben Rich's-Filialen im Südosten verkauft wurden, davon über vier Dutzend in Atlanta.«

»Verzeihung, Mr. Lee«, sagte der Gerichtsdiener. »Welcher Pullover ist von der Anklage und welcher ist von der Verteidigung?«

Einige Zuschauer lachten leise, als Will dem Mann half, die Pullover zu sortieren.

Dann nahm Will ein Blatt Papier vom Tisch der Verteidigung. »Und nun, Doktor, wollen wir uns mit dem Blut auf dem Teppich befassen. Sagen Sie mir bitte, ist A positiv eine seltene Blutgruppe?«

»Nein. Es ist die zweithäufigste nach Null positiv.«

»Wir können also davon ausgehen, daß Tausende von Frauen und Männern im Bezirk Meriwether die Blutgruppe A positiv haben?«

»Ja.«

»Und können Sie, Doktor, zweifelsfrei beweisen, daß das Blut der Blutgruppe A positiv, das auf dem Teppich aus Larry Moodys Transporter gefunden wurde, von Sarah Cole stammt?«

»Nein«, seufzte Rosenfeld, »das kann ich nicht.«

»Nun haben Sie, Doktor, am Ende der Befragung durch den Staatsanwalt folgendes ausgesagt, ich zitiere: ›Ich schließe daraus, daß Sarah Cole im Laderaum von Larry Moodys Transporter war und daß sie dort Blut verloren hat.‹ Wir haben gezeigt, daß es in den Vereinigten Staaten Zehntausende von Transportern dieses Typs gibt, den Larry Moody fährt, Hunderte in Georgia und über ein Dutzend in diesem Bezirk, woraus hervorgeht, daß die Fasern an Sarah Coles Pullover aus jedem dieser Transporter stammen könnten; wir haben gezeigt, daß Rich's Hunderte Pullover verkauft hat, die mit dem von Sarah Cole identisch sind; und Sie haben bestätigt, daß Tausende von Menschen im Bezirk Meriwether dieselbe Blutgruppe haben wie Sarah Cole. Können Sie Ihre Behauptung da noch aufrechterhalten?«

Rosenfeld blickte etwas betreten drein. »Vielleicht war ich zu spezifisch, aber das Zusammentreffen so vieler Faktoren...«

»Das ist nicht Ihr Feld, Doktor. Ihr Feld ist die Wissenschaft. Und rein wissenschaftlich betrachtet können Sie nicht beweisen, daß Sarah Cole im Laderaum von Larry Moodys Transporter war, oder?«

»Nein«, sagte Rosenfeld.

»Ich habe keine weiteren Fragen.«

Elton Hunter erhob sich. »Aber ich.«

Der Richter nickte.

»Doktor, wie lange sind Sie schon in Ihrer gegenwärtigen Position beim Kriminallabor des Staates Georgia?«

»Sieben Jahre.«

»Und wie viele Morde haben Sie in diesen Jahren untersucht?«

»Über vierhundert.«

»Haben Sie – auf der Grundlage Ihrer reichen Erfahrung – irgendeinen Zweifel daran, daß Sarah Cole im Laderaum von Larry Moodys Transporter war?«

»Nein, nicht den geringsten.«

»Daß Sarah Cole im Laderaum von Larry Moodys Transporter *ermordet* wurde?«

»Einspruch!« rief Will.

»Abgelehnt«, erwiderte der Richter. »Hier wird nach der Meinung des Zeugen gefragt. Der Zeuge wird antworten.«

»Auch daran habe ich nicht den geringsten Zweifel«, sagte Rosenfeld.

Elton Hunter wandte sich Boggs zu. »Hohes Gericht, die Anklage schließt hiermit ihr Beweisverfahren ab.«

Nach der Mittagspause erhob sich Will. »Hohes Gericht, die Verteidigung ruft Larry Eugene Moody auf.«

Larry Moody, korrekt im dunklen Anzug, die Haare frisch geschnitten, trat in den Zeugenstand und wurde vereidigt.

»Larry, was machen Sie beruflich?«

»Ich repariere Heizungen und Klimaanlagen für die Firma Morgan & Morgan.«

»An dem Donnerstag abend, bevor Sarah Cole ermordet wurde – waren Sie da im freien Beratungszentrum Meriwether?«

»Ja, Sir.«

»Warum?«

»Eine Angestellte von dort hat bei uns angerufen und gesagt, daß die Heizung nicht funktioniert. Ich hab' das dann vor meinem letzten Auftrag eingeschoben.«

»Was haben Sie im Beratungszentrum gemacht?«

»Einen neuen Thermostat eingebaut.«

»Haben Sie mit Sarah Cole gesprochen?«

»Ja, Sir. Sie war nicht sehr glücklich über den Preis von dem Thermostat, aber ich hab' ihr erklärt, daß das der einzige ist, den ich habe, und sie hat gezahlt.«

»Larry, haben Sie Sarah Cole mit Blicken ausgezogen?«

»Sir?«

»Fanden Sie sie attraktiv?«

»Ja – doch, sie war sehr attraktiv.«

»Haben Sie irgendwelche Annäherungsversuche unternommen?«

»Nein, Sir.«

»Wohin sind Sie gefahren, als Sie das Beratungszentrum verlassen hatten?«

»Da hab' ich meinen letzten Auftrag erledigt. Habe eine Heizung gewartet, Filter gereinigt und so.«

»Wann waren Sie damit fertig?«

»Kurz vor sechs.«

»Und dann?«

»Dann bin ich nach Hause gefahren.«

»Waren Sie dort allein?«

»Nein. Charlene Joiner – das ist meine Freundin – ist kurz nach sechs nach Hause gekommen.«

»Haben Sie oder Charlene das Haus im Laufe des Abends noch einmal verlassen?«

»Nein, Sir. Wir haben was gegessen und uns ein Video angeschaut.«

»Wo hatten Sie an diesem Tag Ihren letzten Auftrag, ich meine den, mit dem Sie kurz vor sechs fertig geworden sind?«

»Bei Mr. Hunter.« Larry deutete auf den Tisch der Anklage. »Dem Herrn hier.«

Die Zuschauer brachen in schallendes Gelächter aus.

Will wurde wieder ernst. »Larry, haben Sie bei Sarah Cole sexuelle Annäherungsversuche gemacht?«

»Nein, Sir.«

»Waren Sie bei der Müllkippe und haben Sie dort Sarah Coles Leiche aus Ihrem Transporter ausgeladen?«

»Nein, Sir.«

»Larry, sagen Sie uns die Wahrheit: Haben Sie Sarah Cole ermordet?«

»Nein, Sir. Ich habe sie nicht ermordet. Ich bin kein Mörder.« Larry Moody fing zu weinen an.

»Der Zeuge steht Ihnen zur Verfügung, Herr Staatsanwalt«, sagte Will und setzte sich.

»Ich habe im Moment keine Fragen, behalte mir aber vor, den Zeugen zu einem späteren Zeitpunkt noch einmal aufzurufen«, sagte Hunter.

Du bluffst, dachte Will. Du wirst ihn nicht noch mal aufrufen, du versuchst nur, dein Gesicht zu wahren. Larry kehrte an seinen Platz zurück, und Will gab ihm ein Taschentuch. »Hohes Gericht, die Verteidigung ruft Charlene Joiner auf.«

Ein neugieriges Raunen erhob sich, als Charlene in den Zeugenstand trat und vereidigt wurde.

Will rekapitulierte mit ihr die Ereignisse des Abends, und Charlene bestätigte Larrys Aussage. Dann ging er noch ein bißchen weiter.

»Charlene«, sagte er, »was haben Larry und Sie nach dem Essen gemacht?«

»Ein Video gesehen...«

»Sonst noch was?«

Charlene schlug die Augen nieder. »Wir... wir haben miteinander geschlafen.«

Will war verblüfft darüber, wie gut sie die Schamhafte spielte. »Nur einmal?« fragte er.

»Nein, öfter. Zwei- oder dreimal, glaube ich.«

»Würden Sie sagen, daß Larry und Sie ein gesundes Geschlechtsleben haben?«

»Ja«, antwortete Charlene. »Ich würde sagen, daß wir ein *sehr* gesundes Geschlechtsleben haben.« Sie lächelte scheu.

»Wissen Sie noch, was Sie am Abend zuvor gemacht haben?«

»Ja, da sind wir ins Autokino gefahren.«

»Haben Sie sich dort nur den Film angesehen oder haben Sie noch was anderes gemacht?«

»Also, da lief ein ziemlich heißer Film, und wir wurden, äh... erregt und haben miteinander geschlafen.«

»Wo?«

»Im Laderaum von Larrys Transporter. Auf dem Boden.«

Will ging zum Gerichtsdiener und holte einen der schwarzen Pullover. »Erkennen Sie diesen Pullover wieder?«

»Ja, den hab' ich vorigen Herbst bei Rich's gekauft. War ein Sonderangebot. Da ist noch ein Anhänger von der Reinigung mit meinem Namen dran.«

»Wann haben Sie diesen Pullover das letzte Mal getragen, Charlene?«

»Als wir im Autokino waren.«

»Haben Sie ihn auch getragen, als Sie im Laderaum des Transporters mit Larry geschlafen haben?«

»Ja. Ich hab' ihn gar nicht erst ausgezogen.«

»Haben Sie im Laderaum des Transporters auf dem Rücken gelegen?«

»Ja, teilweise. Wir haben uns da ziemlich ausgebreitet.«

Das Publikum lachte und wurde vom Richter zum Schweigen gebracht.

»Kam Ihr Rücken dabei in Kontakt mit dem Teppich auf dem Boden des Transporters?«

»Ja.«

»Charlene, haben Sie an diesem Abend geblutet?«

»Ja.«

»War das eine Folge des Beischlafs mit Larry?«

»Ja.«

»Haben Sie auch während des Beischlafs im Transporter geblutet?«

»Ja. Als wir zu Hause waren, hab' ich versucht, den Teppich sauberzukriegen, aber es ist nicht alles rausgegangen.«

Will holte ein Schriftstück vom Tisch der Verteidigung und gab es Charlene. »Erkennen Sie dieses Dokument wieder?«

»Ja. Das ist ein Blutgruppenausweis aus der Praxis von Dr. Leonard Allgood in Marietta. Sie haben gesagt, ich soll feststellen lassen, welche Blutgruppe ich habe, und da bin ich eben zu Dr. Allgood gegangen, als ich in Marietta war – ich hab' da jemanden besucht.«

»Würden Sie dem Gericht bitte sagen, welche Blutgruppe Sie haben?«

»Hier steht A positiv.«

»Charlene, Sie haben ausgesagt, Larry Moody und Sie hätten ein *sehr* gesundes Geschlechtsleben. Würden Sie meinen, daß Sie Larrys sämtliche Wünsche und Bedürfnisse in dieser Richtung befriedigen?«

»Einspruch!« rief Elton Hunter. »Das ist irrelevant.«

Charlene lächelte, und Will nahm an, daß die Geschworenen den springenden Punkt erfaßt hatten.

»Ich habe keine weiteren Fragen«, sagte er. »Die Zeugin steht Ihnen zur Verfügung, Herr Staatsanwalt.«

Elton Hunter erhob sich. »Miß Joiner, sind Sie sich im klaren darüber, daß Sie sich, wenn Sie falsch aussagen, um Larry Moody ein Alibi für einen Mord zu verschaffen, der Beihilfe zum Mord schuldig machen und dieselbe Strafe wie der Mörder zu erwarten haben – in diesem Fall die Todesstrafe?«

»Ja«, sagte Charlene mit fester Stimme, »darüber bin ich mir im klaren, und in so eine Lage würde ich mich nie bringen.«

Elton Hunter setzte sich resigniert. »Ich habe im Moment keine weiteren Fragen, hohes Gericht.«

Boggs wandte sich Will zu. »Es ist kurz nach vier. Wie viele Zeugen haben Sie noch?«

»Zwei, hohes Gericht. Ich glaube kaum, daß ihre Aussage viel Zeit in

Anspruch nimmt. Vielleicht werden wir heute nachmittag noch fertig.«

»Dann rufen Sie Ihre Zeugen auf.«

Will holte John Morgan, Larrys Arbeitgeber, in den Zeugenstand, und Morgan verbürgte sich für Larrys lauteren Charakter. Dann trat Julia McInvale in den Zeugenstand.

Die Frau ist das Urbild einer Lehrerin, dachte Will. Sie war üppig und mütterlich und hatte ein sympathisches Gesicht.

»Miß McInvale«, begann Will, »was sind Sie von Beruf?«

»Ich bin pensioniert«, sagte die Frau. »Ich war Lehrerin.«

»Wo haben Sie zuletzt unterrichtet?«

»An der Highschool in La Grange.«

»Haben Sie auch Larry Moody unterrichtet?«

»Ja, die ganze Zeit«, sagte Miß McInvale. »Zwei Jahre in Algebra und zwei Jahre in Geometrie.«

»Hatten Sie je Gelegenheit, Larry außerhalb des Klassenzimmers zu erleben?«

»Ja, ich war zwei Jahre lang Fachberaterin beim Automobilclub, und Larry war Schriftführer. Er hat auch dann und wann kleine Sachen in meinem Haus repariert. Er war sehr geschickt.«

»Sie kannten Larry also besser als die meisten Schüler?«

»Ja. Ich kannte ihn sehr gut. Er besucht mich noch heute zwei- oder dreimal im Jahr. Dann backe ich Plätzchen für ihn.«

Will lächelte. »Und welche Meinung haben Sie von Larry?« fragte er.

»Ich glaube, daß Larry ein feiner Mensch ist«, sagte die Frau.

»Ist er ehrlich?«

»Ja. Natürlich hat er ab und zu geflunkert wie alle Jungs, aber wenn er das getan hat, hat man's immer gemerkt. Dann war er ganz verstört.«

»War Larry gewalttätig?«

»Aber nein. Gewiß, er hat im Footballteam gespielt, aber außerhalb des Spielfelds war er ein sanfter und freundlicher Junge.«

»Ist Larry der Typ Mann, der einer jungen Frau etwas zuleide tun würde?«

»Nein. Das ist völlig ausgeschlossen.«

Will jubelte innerlich. Miß McInvale war eine wunderbare Zeugin. Er hielt die Hände empor wie Elton Hunter vor der Mittagspause. »Hat Larry je etwas getan, das in Ihnen den Gedanken wecken konnte, er sei ein Mann, der imstande ist, eine junge Frau zum Sex zu nötigen und ihr dann die Hände um den Hals zu legen und sie zu würgen, bis sie tot ist?«

»Um Gottes willen, nein!« antwortete Miß McInvale.

»Ich danke Ihnen«, sagte Will. Dann wandte er sich Elton Hunter zu. »Die Zeugin steht Ihnen zur Verfügung«, sagte er, wobei er es sich nicht verkneifen konnte, siegessicher zu lächeln.

Aber Miß McInvale war noch nicht fertig. »Und ich habe nie geglaubt, daß er etwas mit dieser Vergewaltigung an der Highschool zu tun hatte«, sagte sie mit großer Vehemenz.

Will drehte sich um und blickte McInvale verdattert an. »Danke, ich habe keine weiteren Fragen«, brachte er mühsam hervor.

Im Saal herrschte nun erregtes Stimmengewirr, und der Richter schlug mit seinem Hammer auf den Tisch, damit wieder Ruhe einkehrte.

Elton Hunter sprang auf wie ein Tiger. »Berichten Sie uns bitte von diesem Vorfall, Miß McInvale. Larry Moody wurde also offenbar einer Vergewaltigung beschuldigt...«

»Einspruch!« sagte Will. »Das gehört nicht zur Sache. Mein Mandant ist nicht wegen Vergewaltigung angeklagt.«

»Dieser neue Aspekt ist von einer Zeugin der Verteidigung zur Sprache gebracht worden, hohes Gericht!« rief Elton Hunter. »Zumindest werde ich sie ja wohl ins Kreuzverhör nehmen dürfen.«

»Einspruch abgelehnt«, sagte Boggs. »Die Zeugin wird antworten.«

Will nahm erschlagen Platz und starrte die Frau an.

»Berichten Sie uns von diesem Vorfall an der Highschool, Miß McInvale«, sagte Hunter.

»Eine kleine Schwarze hat die Bezichtigung vorgebracht«, erwiderte die Frau.

Die Zuhörer hielten den Atem an.

»Ja, bitte weiter«, sagte Hunter. Er war selbst nicht ganz sicher, was er fragen sollte.

»Dieses Mädchen – sie hieß, glaube ich, Wilson, ja, richtig, Cora Mae Wilson – behauptete, Larry hätte sie nach einem Footballspiel in einen Wagen gezerrt und sie vergewaltigt. Natürlich hat ihr das kein Mensch geglaubt. So etwas hat Larry niemand zugetraut.«

»Ich habe keine weiteren Fragen an die Zeugin«, sagte Hunter. Dann wandte er sich Boggs zu. »Hohes Gericht, ich beantrage eine Verhandlungspause bis morgen nachmittag um vierzehn Uhr, damit die Anklage Gelegenheit hat, diese wichtige Zeugin vorzuladen.«

»Einspruch«, sagte Will und stand auf. »Die Anklage hat ihre Beweisaufnahme bereits abgeschlossen.«

»Das Gericht vertagt sich bis morgen um vierzehn Uhr«, sagte Boggs. »Dann wird es die Zeugin anhören, falls sie gefunden werden kann.« Boggs schlug mit seinem Hammer auf den Tisch und verließ den Saal, in dem die Hölle losgebrochen war.

Will packte Larry Moody beim Arm und eilte mit ihm durch eine Seitentür. Charlene Joiner kam nach. Will führte die beiden in ein leeres Büro und schlug die Tür zu. »Was geht hier vor?« brüllte er Larry an. »Warum haben Sie mir nichts von Cora Mae Wilson erzählt?«

»Ach Scheiße, das war doch überhaupt nicht wichtig«, erwiderte Larry. »Die hab' ich total vergessen. Da war doch nichts dran.«

»Überhaupt nicht wichtig?« fragte Will ungläubig. »Ist Ihnen klar, daß die Frau Sie auf den elektrischen Stuhl bringen kann?«

»Jetzt regen Sie sich nicht auf, Will«, sagte Charlene und legte ihre Hand auf seinen Arm. »Sie hat niemanden, der ihre Geschichte bestätigt. Da steht Aussage gegen Aussage.«

Will drehte sich um und starrte Charlene an. »Haben Sie's etwa auch gewußt?«

Charlene schaute zur Seite.

Will wandte sich wieder an Larry, dessen Züge sich nun zu einer Grimasse verzerrten, die Will noch nie gesehen hatte: Zorn, Schuldbewußtsein, Verzweiflung.

»Genau«, sagte Larry. »Da steht Aussage gegen Aussage.«

In diesem Moment sprang irgendein Funke zwischen Will und Larry über, und Will wußte plötzlich, daß die Geschichte der Wahrheit entsprach. Mehr noch, er wußte, daß Larry Moody Sarah Cole ermordet hatte.

Larry merkte es ihm an. »Sie werden doch nicht so 'nem Niggerflittchen glauben, oder?«

Will starrte Larry einen Moment lang an. Dann Charlene. Er drehte sich um und stürmte aus dem Büro.

19

Will saß in der Bibliothek im großen Haus, einen Bourbon in der Hand und blickte seinen Vater an.

»Damit«, sagte Billy Lee, »hast du deine Unschuld verloren.«

»So habe ich es eigentlich nicht gesehen«, sagte Will und nahm einen tiefen Schluck aus seinem Glas.

»Du hast die fundamentale Wahrheit erfahren, daß Mandanten ihre Anwälte oft belügen.«

»Es ist nicht nur das«, entgegnete Will. »Ich dachte wirklich, er sei unschuldig.«

»Schuld oder Unschuld – das sollte nicht der entscheidende Punkt sein, wenn du jemanden verteidigst.«

»Ich weiß. Jeder Mensch hat ein Recht auf Verteidigung. Aber ich glaube, er hat bis jetzt eine bessere Verteidigung bekommen, weil ich dachte, daß er unschuldig ist.«

»Und wenn er schuldig ist – was erwartest du dann? Daß er dir alles gesteht? Er kann auf den elektrischen Stuhl kommen; da findet er natürlich, daß es sich lohnt zu lügen.«

»Du hast völlig recht. Ich weiß nur nicht, wie ich mich morgen vor die Geschworenen hinstellen und behaupten soll, daß er nichts mit dem Mord zu tun hat.«

»Du wirst das tun, was wir alle jeden Tag tun müssen – du wirst versuchen, dein Bestes zu geben. Das ist manchmal nicht gut genug, aber daran ist nichts zu ändern.«

Will stand auf und stellte sein leeres Glas auf die Bar. »Auch da hast du recht.«

Als Will im Dunkeln zu seinem Haus zurücklief, bemühte er sich, sein Selbstmitleid in Grenzen zu halten. Er würde morgen antreten und tatsächlich sein Bestes versuchen müssen. Nur wollte er jetzt nicht mehr, daß Larry Moody straffrei ausging. Und wie konnte er mit dieser Einstellung der Aufgabe gerecht werden, den Mann optimal zu verteidigen?

Als er in sein Haus kam, klingelte das Telefon; er nahm ab.

»Hallo«, sagte eine vertraute Stimme.

»Abend, Charlene«, sagte er lustlos.

»Brauchst du heute nacht ein bißchen Gesellschaft?«

Will war schockiert über ihre Dreistigkeit. »Bist du verrückt geworden? Wir stecken mitten in einem Mordprozeß, hast du das vergessen?«

»Nein, aber mit dieser Sache sind wir schon die ganze Zeit beschäftigt – seit wir miteinander geschlafen haben.«

Will war plötzlich argwöhnisch. Er hatte das Gefühl, daß dieses Gespräch nicht rein privater Natur war. »Hör zu, ich muß jetzt auflegen und ein paar Stunden schlafen.«

»Will«, sagte Charlene noch, und ihre Stimme klang ernst. »Wenn Larry verurteilt wird, hab' ich das alles nicht mehr in der Hand.«

»Was soll das heißen?« fragte Will.

»Ich möchte genausowenig wie du, daß rauskommt, was wirklich los war«, sagte Charlene. »Ich möchte, daß es unter uns bleibt.«

Will wußte nicht, was er erwidern sollte. Wahrscheinlich hatte er schon zuviel gesagt. »Gute Nacht, Charlene.« Damit legte er auf.

Das Telefon klingelte sofort wieder.

»Ja?« fragte Will gereizt.

»Ich bin's«, sagte Kate. »Hat es dir die Petersilie verhagelt?«

»Entschuldigung. Was gibt's?«

»Ich wollte dich nur auf den neuesten Stand bringen. Mein Boß hat sich noch nicht mit dem Direktor getroffen – ihr gemeinsames Wochenende mußte ausfallen. Wir können nicht an die Öffentlichkeit treten, bevor das Gespräch stattgefunden hat. Ich hoffe, du hast Verständnis dafür.«

»Natürlich«, sagte Will und bemühte sich, freundlich zu klingen.

»Du hörst dich furchtbar an«, sagte sie. »Möchtest du über deine Probleme reden?«

Fast hätte er ihr von seiner Lage berichtet. Vom Prozeß und von den Wählern, die ihn immer noch für homosexuell hielten, aber er hielt sich zurück. Das wäre nur eine zusätzliche Belastung für Kate gewesen, und sie stand schon genug unter Druck. Außerdem konnte sie ihm im Moment nicht helfen. »Eigentlich nicht«, sagte er. »Ich hatte nur einen schlechten Tag. Einen sehr schlechten Tag.«

20

Will kam vor dem Gerichtsgebäude an, bog in eine Parkbucht und stoppte, aber bevor er aussteigen konnte, öffnete ein Mann, den er noch nie gesehen hatte, die Tür und nahm neben ihm Platz.

»Verzeihen Sie, daß ich mich ungefragt zu Ihnen setze«, sagte der Mann. »Ich wollte mit Ihnen über den Fall Larry Moody sprechen.«

Der Mann schien kein Journalist zu sein, und Will war verärgert. »Tut mir leid, Sir. Ich habe nicht die Absicht, mit jemandem über diesen Fall zu diskutieren, es sei denn, er hätte unmittelbar mit dem Prozeß zu tun.« Er machte Anstalten auszusteigen, aber eine feste Hand schloß sich um seinen Arm und hielt ihn zurück.

»Bitte«, sagte der Mann. »Ich kann, glaube ich, behaupten, daß ich unmittelbar mit dem Fall zu tun habe. Schließlich habe ich Ihr Honorar bezahlt.«

»Ach ja? Welches Honorar meinen Sie denn?« fragte Will mißtrauisch.

»Die fünfundzwanzigtausend Dollar, die vorigen Dezember in Ihrer Kanzlei abgegeben wurden.«

»Aha«, sagte Will. »Dürfte ich Sie wohl um Ihren Namen bitten?«

»Haben Sie freundlicherweise Verständnis dafür, daß unser beider Interessen besser gewahrt bleiben, wenn ich anonym bleibe«, erwiderte der Mann.

»Ich hätte vielleicht Verständnis dafür, wenn ich wüßte, worin Ihr Interesse besteht.«

»Die Auskunft, daß ich ein großes Interesse am Wohlergehen von Larry Moody habe, sollte Ihnen genügen.«

Will wurde in wachsendem Maße ungeduldig. »Da geht es Ihnen genauso wie mir. Ist das alles? Ich muß jetzt wirklich ins Gericht.«

»Was ich Ihnen sagen wollte, ist folgendes: Nach den Ereignissen von gestern habe ich Zweifel an Ihrem Einsatz für Larry. Ich mache mir Sorgen darüber, daß Sie nicht mehr von seiner Unschuld überzeugt sind.«

»Mein Einsatz und meine Überzeugung sind mein Problem, nicht Ihres, und ich...«

»Sie sollen wissen, daß es ernstliche Konsequenzen für Sie haben kann, wenn Larry Moody verurteilt wird.«

»Jetzt hören Sie mir mal gut zu«, erwiderte Will, »Larry Moody bekommt von mir die beste Verteidigung, die unter den gegebenen Umständen möglich ist. In seiner jetzigen Lage befindet er sich nur, weil er mir nicht alles erzählt hat. Ihre Worte kann ich nur als Drohung auffassen, und wenn ich von Ihnen noch ein Wort in dieser Richtung höre, möchte ich Sie darauf aufmerksam machen, daß in diesem Gerichtsgebäude ein knallharter alter Richter sitzt, der es absolut nicht schätzt, wenn man sich in seine Prozesse einmischt. Er wird Ihnen gern zeigen, wie das Gefängnis des Bezirks Meriwether von innen aussieht. Haben Sie mich verstanden?«

Der Mann schien um Selbstbeherrschung zu ringen. »Ich habe Sie verstanden, Mr. Lee«, sagte er. »Ich hoffe, daß Sie mich auch verstanden haben.« Er stieg aus und schlug energisch die Wagentür zu.

Cora Mae Wilson sieht Sarah Cole auffallend ähnlich, dachte Will. Sie hatte die gleiche Größe, die gleiche hellbraune Haut und die gleiche Afro-Frisur. Sie saß aufrecht da, die Hände im Schoß gefaltet, und beantwortete ruhig Elton Hunters Fragen.

»Welchen Beruf üben Sie aus, Miß Wilson?«

»Ich bin Krankenschwester«, sagte die junge Frau. »Ich arbeite im Callaway Hospital in La Grange.«

»Haben Sie die Highschool in La Grange zur selben Zeit besucht wie Larry Moody?«

»Ja.«

»Sind Sie ihm je auf eine Weise begegnet, die über das Übliche hinausging?«

»Ja.«

»Würden Sie dem Gericht bitte davon erzählen?«

Cora Mae Wilson nahm die Hände auseinander und holte tief Luft. »Es war mein erstes Jahr an der Highschool. Ich hatte an einem Freitag abend im November bei einem Footballspiel zugeschaut und bin allein nach Hause gegangen. Wir wohnten nur ein paar hundert Meter von der Schule entfernt. Ich mußte über einen Picknickplatz – an ein paar Tischen im Wald vorbei. Der Picknickplatz war in der Nähe des Parkplatzes bei der Turnhalle. Dort waren die Umkleideräume. Die Footballspieler hatten sich umgezogen und brachen gerade auf. Ich bin von den Scheinwerfern eines Wagens geblendet worden. Der Wagen hielt an. Ich habe die Hand hochgehoben, um meine Augen vor dem Licht zu schützen. Dann ist der Wagen auf den Picknickplatz gefahren, wo ich gerade war, und die Scheinwerfer gingen aus. Ich dachte mir, das muß jemand sein, den ich kenne, und als ich gehört habe, wie die Wagentür zugeschlagen wurde, habe ich mich umgedreht. Ich hatte Schwierigkeiten, mich an die Dunkelheit zu gewöhnen. Also habe ich gefragt: ›Wer ist da?‹

Und plötzlich hat mich jemand geschlagen. Er hat kein Wort gesagt, er hat mich einfach geschlagen. Ich bin umgefallen, und er hat mich bei den Haaren gepackt und mich hochgerissen und zu reden angefangen, ganz leise. ›He Baby, du kriegst gleich was Hübsches von mir‹ – so in der Art. Und dann hat er mich zum Wagen gezerrt.

Ich wollte schreien, aber er hat mir die Hand auf den Mund gepreßt und den Arm um den Hals gelegt, und er hat mich weiter zum Wagen geschleift und die hintere Tür aufgemacht. Dann hat er an meinen Kleidern herumgefummelt, und ich habe mich gewehrt. Er hat mich wieder geschlagen und gesagt, wenn ich nicht den Mund halte, bringt er mich um. Ich habe nicht mehr versucht zu schreien, aber ich habe mich immer noch gewehrt, und er hat immer noch an meinen Kleidern gezerrt.

Er hat meine Bluse zerrissen und meine Unterwäsche weggefetzt, und dann hat er mich festgehalten und vergewaltigt.«

»Konnten Sie sein Gesicht erkennen?«

»Ja, es fuhren öfter Wagen vorbei, das waren die Footballspieler und ihre Freundinnen, und die haben gepfiffen und gejohlt. Wahrscheinlich dachten sie, da parkt ein Pärchen und amüsiert sich.«

»Kannten Sie den Mann?«

»Ja, ich hatte ihn oft in der Schule gesehen. Er hat Football gespielt, und jeder wußte, wer er war.«

»Wußten Sie auch, wie er hieß?«

»Ja«, sagte die junge Frau. »Er hieß Larry Eugene Moody.«

»Und was geschah dann?« fragte Hunter.

»Als er fertig war, ist er neben mir zusammengesackt. Ich wollte weglaufen, aber er hat mich von hinten gepackt und angefangen, mich zu würgen. Ich bin fast ohnmächtig geworden, ich wußte nicht, was ich machen sollte, und da habe ich ihm zwischen die Beine gegriffen und seine Hoden genommen und so fest zugedrückt, wie ich nur konnte. Er hat geschrien und mich losgelassen, und ich bin weggerannt, durch den Wald hinter der Turnhalle. Ich hatte Angst, daß er mir nachrennt. Aber ich bin weggekommen und hab's nach Hause geschafft, bevor ich umgekippt bin.«

»Was haben Sie dann getan?« fragte Hunter.

»Zu Hause war niemand – meine Mutter hat abends in einem Restaurant gearbeitet, und mein Vater hat nicht mehr bei uns gewohnt –, also hab' ich mich gewaschen, so gut es ging, und bin eingeschlafen.«

»Haben Sie die Polizei verständigt?«

»Nein.«

»Warum nicht?«

»Das... das waren alles Weiße, und ich hatte Angst, daß sie mir nicht glauben.«

»Haben Sie Ihrer Mutter davon erzählt?«

»Ja, am nächsten Tag, aber sie hat gemeint, es wäre richtig, daß ich nicht zur Polizei gegangen bin, die würden mir doch nicht glauben. Ich bin zur Schule gegangen, und unterwegs hatte ich auf einmal eine furchtbare Wut. In der Schule bin ich gleich zum Direktor gegangen und habe ihm erzählt, was am Abend passiert war. Ich hatte den Eindruck, daß er mich ernst nimmt. Dann hat er mich gebeten zu warten und ist ein paar Minuten aus dem Büro gegangen.

Als er wiederkam, war der Footballcoach bei ihm, und draußen im Wartezimmer saß Larry Moody, das hab' ich von drinnen gesehen. Dann haben der Direktor und der Coach auf mich eingeredet und mir Fragen gestellt. Sie haben meine Geschichte angezweifelt, aber ich habe die Wahrheit erzählt, und ich bin bei dem geblieben.«

Tränen rannen jetzt über Cora Mae Wilsons Gesicht, und es fiel ihr schwer weiterzusprechen.

»Dann haben sie gesagt, das wäre doch schlimmstenfalls ein alberner Streich gewesen, und glauben würde mir sowieso niemand, weder die Polizei noch meine Mitschüler.

Dann haben sie's so hingedreht, als hätte *ich* was falsch gemacht, als wäre es *meine* Schuld, und ich hab' Angst bekommen. Sie haben gesagt, wenn ich weiter behaupte, daß die Geschichte wahr ist, würde ich nicht nur im Gefängnis landen, sondern Larry Moody könnte mich verklagen und meiner Mutter das Haus wegnehmen, für das sie so hart gearbeitet hat.

Am Ende wollte ich nur noch raus aus dem Büro. Ich hätte alles getan, um da wegzukommen. Sie waren ziemlich gemein, sie haben gesagt, ich müßte mich bei Larry Moody entschuldigen. Sie haben ihn ins Büro geholt, und ich mußte sagen, es täte mir sehr leid, daß ich ihm Schwierigkeiten gemacht und Lügen über ihn verbreitet hätte. Dann haben sie mich gehen lassen. Aber vorher mußte ich noch versprechen, daß ich niemandem etwas erzähle.«

»Und was geschah danach?« fragte Hunter.

»Danach hat mir Larry Moody jedesmal zugezwinkert, wenn er mich auf dem Flur in der Schule getroffen hat, und ekelhafte Sachen zu mir gesagt – ›Darf's noch ein bißchen mehr sein, Baby?‹ und so. Manchmal hat er mich gekniffen, in den Busen oder in den Po. Und bald haben das auch ein paar von seinen Freunden getan.«

»Sind Sie deswegen noch mal zum Direktor gegangen?«

Die junge Frau schüttelte den Kopf. »Nach dem, was da passiert war, hatte ich Angst, noch mal hinzugehen.«

»Was haben Sie getan?«

»Ich bin von der Schule abgegangen. Meine Mutter hat mich zu ihrer Schwester geschickt, nach Birmingham, und ich habe die Highschool dort zu Ende gemacht. Ich bin erst wieder nach La Grange gekommen, als ich mit meiner Schwesternausbildung fertig war.«

»Haben Sie Larry Moody je wiedergesehen?«

»Nein. Ich habe gehört, daß er weggezogen ist, aber ich habe in ständiger Angst gelebt, daß ich ihm noch mal begegne.«

»Miß Wilson«, sagte Hunter, »der Mann, der Sie geschlagen und vergewaltigt und versucht hat, Sie zu erwürgen, der Sie von Ihrer Schule und aus Ihrer Heimatstadt vertrieben hat – ist er hier im Saal?«

Cora Mae Wilson wandte ihr tränenüberströmtes Gesicht zum Tisch der Verteidigung und deutete auf Larry Moody. »Da sitzt er«, sagte sie mit fester Stimme.

»Die Zeugin steht Ihnen zur Verfügung«, sagte Hunter zu Will.

Larry Moody beugte sich vor. »Los«, zischte er Will zu, »machen Sie sie fertig!«

»Ich habe keine Fragen an die Zeugin«, sagte Will zum Richter.

»Was fällt Ihnen ein?« ereiferte sich Larry. »Sie müssen sie dazu kriegen, daß sie sagt, sie hätte die Geschichte nur erfunden.«

»Larry«, erwiderte Will, »das Mädchen ist unangreifbar. Wenn ich ihre Aussage in Zweifel ziehe, schade ich Ihnen nur.«

Elton Hunter erhob sich. »Die Anklage schließt damit die Beweisaufnahme ab.«

Larry packte Wills Ärmel. »Dann lassen Sie mich noch mal in den Zeugenstand, damit *ich* sagen kann, daß sie lügt«, drängte er.

»Das werde ich nicht tun«, antwortete Will. »Denn wenn ich es tue, macht Elton Hunter Hackfleisch aus Ihnen. Die Sache ist gelaufen – bis auf die Plädoyers. Sie haben noch eine Chance aufgrund des Beweismaterials. Das ist Ihre einzige Hoffnung.«

»Sie Schwein«, fauchte Larry. »Sie lassen mich einfach hängen.«

»Ich versuche, Ihnen den elektrischen Stuhl zu ersparen«, erklärte Will.

»Ich verstehe nicht, warum Sie mir das antun«, sagte Larry.

Will sah Larry direkt in die Augen. »Das haben Sie sich selbst angetan, Larry. Und jetzt seien Sie ruhig, während ich versuche, Ihnen das Leben zu retten.«

21

Elton Hunter baute sein Plädoyer sorgfältig auf, er setzte alle Steinchen so zusammen und schilderte den Fall mit wohldosierter Emotion, daß Larry Moodys Schuld unzweifelhaft zu sein schien. Schließlich ließ er Cora Mae Wilsons Erlebnisse noch einmal Revue passieren und stellte Larry Moody als sexuellen Gewalttäter dar. Als er geendet hatte, wirkten die meisten Geschworenen ziemlich nüchtern, nur zwei oder drei machten einen erbitterten Eindruck. Im Gerichtssaal war es so still, daß man eine Stecknadel hätte fallen hören können.

Will stand auf und wandte sich den Geschworenen zu. »Meine sehr verehrten Damen und Herren«, begann er, »zunächst möchte ich Ihnen für die Aufmerksamkeit danken, mit der Sie der Verhandlung gefolgt sind. Der Vertreter der Anklage hat versucht, eine erdrückende Beweislast gegen Larry Moody zusammenzutragen, und dieser Versuch ist gescheitert. Wir haben gezeigt, daß das Beweismaterial mit schweren Mängel behaftet ist.

Der Augenzeuge, der Larry Moody bei der Beseitigung der Leiche beobachtet haben soll, ist nicht unbedingt zuverlässig. Es ist zu bezweifeln, daß er Larry Moody überhaupt identifizieren konnte, weil er schlecht sieht und seine geistige Gesundheit fraglich ist. Wie kann überdies selbst ein Mensch, der gut sieht und sich bester geistiger Gesundheit erfreut, einen Menschen, den er nur von hinten gesehen hat, identifizieren? Dann hat die Anklage die Fasern des Autoteppichs an Sarah Coles Pullover und die Fasern von Sarah Coles Pullover auf dem Autoteppich als Beweis angeführt – wir haben jedoch gezeigt, daß es Tausende solcher Transporter mit identischen Teppichen gibt – über ein Dutzend davon allein in diesem Bezirk. Wir haben Beweise dafür, daß der Pullover, den Sarah Cole trug, mit Hunderten anderer Pullover identisch war – und einer davon gehörte der Freundin des Angeklagten. Es wurde ausgesagt, daß der Angeklagte und seine Freundin am Abend vor dem Mord auf dem Autoteppich miteinander geschlafen haben, wobei die Freundin eben jenen schwarzen Pullover trug. Es ist erwiesen, daß Sarah Cole und die Freundin des Angeklagten dieselbe sehr häufig vorkommende Blutgruppe haben – womit das Blut auf dem Teppich erklärt ist.

Sie wissen vielleicht, daß die Gerichtsmedizin über eine neue Identifizierungsmethode verfügt – den sogenannten genetischen Fingerabdruck. Dabei genügen schon ein Tropfen Blut oder ein einziges Haar, um nachzuweisen, um wessen Blut oder Haar es sich handelt – man hätte also zweifelsfrei beweisen können, ob sich Sarah Cole im Wagen des Angeklagten aufgehalten hat. Sie fragen sich vielleicht, warum sich der Ankläger nicht dieser Methode bedient hat. Es könnte sein, daß man das Ergebnis einer solchen Untersuchung fürchtete, weil es die Anschuldigung gegen den Angeklagten entkräftet hätte.

Schließlich hat der Ankläger einen letzten verzweifelten Schritt gewagt: Er hat nachträglich eine Zeugin vorgeladen, die von einem Vorfall berichtete, der, wie sie selbst sagt, acht Jahre zurückliegt, der nicht zureichend untersucht wurde und für den es keine Zeugen gab. Und so werden wir nie mit Sicherheit wissen, was an jenem Abend vor acht Jahren tatsächlich geschehen ist; wir werden nie eine eindeutige Schuldzuweisung vornehmen können. Außerdem steht Larry Moody wegen einer Vergewaltigung, die angeblich vor Jahren stattgefunden haben soll, nicht vor Gericht. Er wird überhaupt nicht beschuldigt, einen sexuellen Gewaltakt verübt zu haben, sondern er ist des Mordes an Sarah Cole angeklagt.

Sie sind als Geschworene aufgerufen, sich an harte Fakten zu halten, und ich würde sagen, daß Ihnen die Anklage nicht einen Beweis vorgelegt hat, der den Schluß zuläßt, daß Larry Moody etwas mit Sarah Coles Tod zu tun hat.

Die Verteidigung hat Zeugen vorgeführt, die Larry Moodys guten Ruf bestätigen. Sie haben Charlene Joiners Aussage gehört. Sie war in der mutmaßlichen Tatzeit mit dem Angeklagten zusammen. Charlene Joiner hat überdies ausgesagt, daß Larry und sie ein sehr gesundes Geschlechtsleben haben und daß der Angeklagte keine Veranlassung hatte, Sarah Cole zum Sex zu nötigen, geschweige denn, sie zu ermorden.

Und schließlich hat es die Anklage nicht vermocht, mit einem Motiv für diesen Mord aufzuwarten. Warum sollte ein intelligenter junger Mann, der ein glückliches und produktives Leben führt und eine harmonische Beziehung zu einer attraktiven Frau hat, eine andere Frau vergewaltigen und ermorden wollen, eine Frau, die er bis zum Tag der Tat nicht einmal kannte?

Um Larry Moody des Mordes schuldig zu sprechen, muß jeder von Ihnen über den begründeten Zweifel hinaus *sicher* sein, daß er dieses Verbrechen begangen hat, das wissen Sie. Und ich vermag nicht zu glauben, daß Sie aufgrund des Beweismaterials, das der Vertreter der Anklage vorgelegt hat, davon überzeugt sein können. Wenn einer von Ihnen nach gewissenhafter Prüfung dessen, was Sie hier gesehen und gehört haben, Zweifel daran hat, daß das Beweismaterial der Anklage zur Rechtfertigung eines Schuldspruchs ausreicht, dann müssen Sie Larry Moody freisprechen. Alles andere wäre ein Fehlurteil.

Ich darf Sie daran erinnern, daß Larry Moodys Leben auf dem Spiel steht und daß jeder von Ihnen – abgesehen von seiner Pflicht gegenüber dem Recht und Gesetz – ein Gewissen hat, vor dem er sich verantworten muß. Ich bitte Sie, sämtliche Zweifel zu erwägen und zu einem Urteil zu gelangen, mit dem Sie leben können. Ich danke Ihnen.«

Will nahm wieder Platz.

»War's das?« fragte Larry Moody.

»Ja«, sagte Will. »Und jetzt warten wir.«

22

Will beschloß, zu Hause auf das Urteil zu warten. Er fuhr in sein Cottage, meldete sich bei der Wahlkampfzentrale, rief Katherine Rile an und plauderte eine Weile mit ihr.

Um neunzehn Uhr erhielt er einen Anruf vom Gerichtsdiener. »Mr. Lee, ich war eben im Geschworenenzimmer und habe die Herrschaften gefragt, wann sie zu Abend essen möchen. Sie meinten, Sie wollten keine Pause machen, sie wären kurz vor der Urteilsfindung. Sie sollten sich also besser auf den Weg machen.«

Will bedankte sich und fuhr nach Greenville. Als er dort eintraf, war der Rasen vor dem Gerichtsgebäude hell erleuchtet und voll von Demonstranten. Ihre Zahl hatte sich seit Beginn des Prozesses stark vermehrt, und sie waren immer noch in zwei Lager diesseits und jenseits des Weges geteilt. Als Will ihn entlangschritt, verstummten beide Gruppen. Auf der Treppe gaben Larry Moody und Charlene Joiner einem Reporter ein Interview. Will wartete, bis sie fertig waren. Der Reporter wandte sich ihm zu.

»Mit welchem Urteil rechnen Sie, Mr. Lee?«

»Ich würde niemals den Versuch wagen, voraussagen zu wollen, welche Entscheidung Geschworene fällen«, antwortete Will. Er bedeutete Larry und Charlene, ihm ins Gerichtsgebäude zu folgen. »Der Gerichtsdiener hat mich gerade angerufen. Die Geschworenen sind offenbar zu einem Urteil gelangt«, sagte er und führte die beiden in ein Zeugenzimmer.

»Was meinen Sie, wie sie sich entscheiden?« fragte Larry.

»Geschworene sind unberechenbar. Es kann ein, zwei starke Persönlichkeiten geben, die die anderen beeinflussen; sie können sich in mehrere Lager spalten; es kann sich auch einer gegen den Rest stellen, und dann erzielen die Geschworenen keine Einigkeit, und der Prozeß bleibt ergebnislos. Man kann wirklich nicht im voraus wissen, was passiert.«

»Hat das was zu bedeuten, daß sie gerade jetzt zu einer Entscheidung kommen?«

Will warf einen Blick auf seine Uhr. »Sie beraten inzwischen seit knapp fünf Stunden. Das könnte ein Vorteil für uns sein. Ich hätte mir mehr Sorgen gemacht, wenn sie schon nach einer Stunde zu einem Urteil gelangt wären. Wahrscheinlich steht jemand auf Ihrer Seite.«

»Hören Sie«, sagte Larry, »ich finde, daß Sie wirklich gute Arbeit geleistet haben. Sicher, manche Sachen, die Sie gemacht haben, haben mir nicht gepaßt, aber ich hab' noch mal drüber nachgedacht, und jetzt finde ich, daß Sie das Schlaueste getan haben.« Larry blickte zu Boden. »Wenn ich verurteilt werde, können Sie nichts dafür«, fügte er leise hinzu.

»Das sehe ich auch so«, sagte Charlene.

»Ich bedanke mich«, antwortete Will. Ein paar Sekunden schwiegen alle drei. »Seid ihr jetzt wieder zusammen?« fragte Will schließlich, um das Gespräch nicht einschlafen zu lassen.

»Wir...« begann Larry.

Charlene fiel ihm ins Wort. »Ich bin zwei Wochen vor dem Prozeß wieder zu Larry gezogen.«

»Gut.« Will wußte nicht, was er sonst sagen sollte.

Sie saßen noch mehrere Minuten schweigend da, jeder mit seinen eigenen Gedanken beschäftigt. Dann klopfte der Gerichtsdiener an die Tür. »Die Geschworenen sind schon da«, sagte er.

Will, Larry und Charlene betraten den Gerichtssaal. Die Menge strömte herein, immer noch in zwei Lager geteilt. Dazwischen lag jetzt der Gang. Als sich der Saal gefüllt hatte, forderte der Gerichtsdiener alle zum Aufstehen auf, und Boggs trat ein.

Boggs schlug mit seinem Hammer auf den Tisch, bis Ruhe herrschte. Dann wandte er sich den Geschworenen zu. »Meine Damen und Herren, sind Sie zu einer Entscheidung gelangt?«

Der Obmann der Geschworenen, eine weiße Frau, erhob sich. »Ja.«

»Dann verlesen Sie sie bitte«, sagte der Richter.

Die Frau entfaltete einen Bogen Papier und las: »Wir, die Geschworenen, befinden den Angeklagten, Larry Eugene Moody, des Mordes für schuldig...«

Ein ungeheures Getöse brach los. Die Leute auf der einen Seite des Ganges jubelten und lachten, auf der anderen Seite wurden Zornesrufe laut. Der Richter schlug wieder mit seinem Hammer auf den Tisch.

»Bitte fahren Sie fort«, sagte er zu der Frau.

»...und wir empfehlen eine lebenslange Freiheitsstrafe.«

Einige Schwarze im Saal schrien »Nein!«, und der Richter schlug erneut mit seinem Hammer auf den Tisch. »Angeklagter, stehen Sie auf.«

Larry Moody erhob sich. Er sah verschreckt aus. Will erhob sich mit ihm.

»Haben Sie noch etwas zu sagen, Angeklagter?« fragte der Richter.

»Nein, Sir.«

»Dann verurteile ich Sie zu lebenslänglicher Haft im Staatsgefängnis«, sagte der Richter. »Gibt es irgendwelche Anträge?«

Will ergriff das Wort. »Hohes Gericht, die Verteidigung stellt den Antrag, die Haft gegen die bisherige Kaution bis zur Berufung auszusetzen.«

Boggs sah Elton Hunter an.

»Die Anklage erhebt Einspruch, hohes Gericht«, erklärte Hunter. »Es handelt sich hier um Mord. Und es besteht Fluchtgefahr.«

Boggs blickte einen Moment auf seinen Tisch nieder. »Der Angeklagte ist in ungekündigter Stellung und lebt in geordneten Verhältnissen«, sagte er dann. »Damit ist eine Haftaussetzung gegen Kaution vertretbar. Zweihundertfünfzigtausend Dollar sind überdies eine substantielle Sicherheitsleistung. Ich gewähre also Haftaussetzung bis zur Berufung.« Ein Wutschrei kam von der einen Seite des Saals. Boggs ignorierte ihn. »Das Gericht vertagt sich bis zum Erhalt des Berufungsbescheids.« Boggs schlug noch einmal mit seinem Hammer auf den Tisch. Dann verließ er den Saal.

Will wandte sich Larry und Charlene zu. »Tut mir leid«, sagte er, »aber mit einem milderen Urteil konnten wir wohl nicht rechnen. Selbst wenn keine Berufung zugelassen wird, Larry, kommen Sie möglicherweise schon in sieben Jahren durch eine bedingte Haftentlassung frei.«

Larry nickte. »Danke für Ihre Hilfe«, sagte er und streckte die Hand aus.

Will schüttelte erst Larry die Hand, dann Charlene. Anschließend deutete er auf die Gruppe von Weißen, die im Saal protestierte. »Larry, kennen Sie diese Leute? Die waren die ganze Woche auf dem Rasen vor dem Gericht.«

Larry nickte. »Ein paar von ihnen gehören zu einer Organisation, in der ich auch bin.«

»Welche Organisation ist das?« fragte Will.

»Wir sprechen ihren Namen nie aus.«

23

Mickey Keane langweilte sich entsetzlich. Er war immer auf seine Geduld bei Observierungen stolz, aber jetzt verlor er fast die Nerven. Er konnte nicht mal aus dem Wagen steigen und sich strecken, weil er nicht gesehen werden wollte, und die Krücken waren zu auffällig. Nach wie vor tat ihm alles weh. Er vermutete, daß seine Regenerationsfähigkeit mit den Jahren abnahm.

Dann richtete er sich plötzlich kerzengerade auf. Die Wohnungstür öffnete sich. Ein, zwei Sekunden später trat der Mann ins Freie und schloß die Tür hinter sich. Er ging rasch zu einem Wagen, einem silberfarbenen Toyota, sperrte die Tür auf, stieg ein, fummelte an irgend etwas herum – vielleicht am Handschuhfach, stieg wieder aus, verschloß den Wagen und kehrte in die Wohnung zurück.

Keane saß mit großen Augen und jagendem Puls da. Was? Der Bastard geht drei Tage lang keinen Schritt aus der Wohnung, dann kommt er raus, holt was aus dem Wagen und geht wieder rein? Großer Gott! Inzwischen müßte er eigentlich einen Koller haben. Keane jedenfalls hatte einen.

Allmählich wurde er wieder ruhiger und ließ sich in den Sitz zurücksinken. Ihm war ganz flau im Magen vor Enttäuschung. Er machte die Augen zu und seufzte. Wie lange noch, Herrgott, wie lange noch?

Suzy nahm den Telefonhörer ab. Dann gab sie ihn Perkerson.

»Er ist's«, flüsterte sie.

»Ja?« sagte Perkerson.

»Ich möchte Sie sehen. Bei mir«, sagte die Stimme.

»Ich komme sofort«, antwortete Perkerson.

»Nein«, sagte die Stimme. »Zunächst haben wir ein Problem, das wir lösen müssen.«

»Welches?«

»Die Frau, die bei Ihnen wohnt. Schaffen Sie sie aus dem Weg.«

»Wie bitte?« fragte Perkerson.

»Töten Sie die Frau, und gehen Sie. Nehmen Sie mit, was Sie brauchen, aber räumen Sie nicht auf und machen Sie nicht sauber; das spielt keine Rolle mehr.«

»In einer halben Stunde«, erwiderte Perkerson. Er legte auf.

»Ich möchte mit dir kommen«, bat Suzy.

Perkerson betrachtete sie. »Okay, warum nicht?«

»Ich muß mich nur noch ein bißchen herrichten«, sagte sie und verschwand ins Bad.

Perkerson zog eine Küchenschublade auf, holte die 9-mm-Automatik heraus und schraubte den Schalldämpfer auf. Er spürte eine Regung, die er noch nie empfunden hatte, wenn er im Begriff gewesen war, jemanden zu töten: Bedauern. Doch er hatte auch noch nie einen Befehl des Archon in Frage gestellt und durfte das jetzt auch nicht tun. Schon gar nicht aus persönlichen Gründen. Er ging ins Bad und blieb in der Tür stehen. Sie stand vor dem Spiegel, mit dem Rücken zu ihm, und legte Lippenstift auf.

»Ich bin gleich fertig«, sagte sie.

»Laß dir Zeit«, sagte Perkerson und hob die Pistole an.

Suzys Augen weiteten sich; sie ließ den Lippenstift fallen. »Nein...«

Perkerson zielte auf ihren Hinterkopf und feuerte einen Schuß ab. Der Spiegel rötete sich und zersprang. Sie sackte über dem Waschbekken zusammen und sank zu Boden.

Perkerson ging ins Schlafzimmer und packte seine Sachen. Es dauerte nicht lange, weil er die Dinge aus alter Gewohnheit so geordnet hatte, daß er rasch aufbrechen konnte. Seine Habseligkeiten paßten in zwei Leinentaschen. Er sah sich ein letztes Mal um. Dann holte er seinen Waschbeutel aus dem Bad, wischte das Blut davon ab und steckte das Nötigste hinein.

Er verließ die Wohnung, lief schnell zu seinem Wagen, fuhr im Rückwärtsgang auf die Straße und steuerte auf das Tor zu. Dieselben Autos wie immer. Bis auf den Ford Taunus. Der stand seit ein paar Tagen vor 41C. Aber es saß niemand darin, also war alles in Ordnung. Perkerson hatte ein ungewohnt leeres Gefühl.

Mickey Keane schaute sich um. Scheiße, er hatte doch tatsächlich geschlafen. Eigentlich konnte er jetzt auch Feierabend machen. Es war kurz vor elf und... Er blickte auf. Der Toyota war fort. Wie lange schon? Ich schlafe fünf Minuten, und der Kerl fährt weg! Keane startete den Motor und fuhr rasch zum Tor. Der Wachmann, den er kannte, hatte Dienst.

»Ist Ross irgendwann weggefahren?«

»Ja, vor zwei Minuten ungefähr«, antwortete der Wachmann. »In diese Richtung.«

Keane gab Gas und bog mit quietschenden Reifen auf die Straße. Vielleicht konnte er ihn noch einholen. Drei Minuten später war er auf dem Georgia Highway 41, der Hauptverkehrsstraße. Welche Richtung? Er raste der City entgegen und hielt Ausschau nach dem silberfarbenen Toyota.

Zehn Minuten später war er auf der I 75. Keine Spur von dem Toyota. Keane verwünschte sich dafür, daß er eingeschlafen war. Er wartete an einer Ampel, bis sie grün wurde. Dann fuhr er nach Hause. »Scheißkerl«, fluchte er. »Morgen mach' ich weiter.«

24

Will saß mit seinen Eltern, Tom Black und Kitty Conroy in der Bibliothek. Sie sahen sich die Spätnachrichten an, die zum großen Teil vom Prozeß gegen Larry Moody berichteten. Interviews mit Larry und besonders mit Charlene wurden noch einmal gebracht; dazu kamen Interviews mit Demonstranten vor dem Gerichtsgebäude.

»Ich hab's euch ja gesagt – die Medien lieben Charlene«, stellte Kitty fest. »Sie ist Georgias neues Glamourgirl; wie ich höre, hat sie ein paar Filmangebote bekommen. Ein Buch soll sie auch schreiben.«

»An der ist mehr dran als Glamour«, sagte Will. »Ich war immer der Meinung, daß sie zu hübsch und zu intelligent ist, um als Verkäuferin in einem Einkaufszentrum zu arbeiten. Inzwischen glaube ich, daß ihre Aussage falsch war.«

»Was?« fragte Wills Vater bestürzt.

»Es war ein etwas zu glücklicher Zufall, daß sie den gleichen Pullover hatte wie Sarah Cole.«

»Aber wie soll sie an den gleichen Pullover gekommen sein, wenn sie ihn nicht schon hatte?«

»Ich habe sie mal mit Larrys Transporter von der Arbeit abgeholt und mußte auf die Toilette. Sie hat inzwischen im Wagen gewartet. Der Laborbericht, in dem der Pullover beschrieben wurde, lag in einem Umschlag auf dem Vordersitz. Erst nach der Beweisaufnahme und einer heftigen Diskussion mit Larry und Charlene wurde mir klar, daß irgend etwas nicht ganz sauber war.«

»Glauben Sie wirklich, daß das Mädchen so schlau ist?« fragte Tom.

»Ja«, sagte Will. »Und jetzt überlege ich mir auch, ob das mit ihrer Blutgruppe stimmt. Sie hat mir eine Bescheinigung von einem Arzt in Marietta gebracht. Sie hat behauptet, daß der Arzt ein alter Freund ihrer Familie sei, und vermutlich hat sie im Laborbericht gelesen, welche Blutgruppe Sarah Cole hatte. Ich hätte den Arzt selbst aussuchen und mir die Bescheinigung von ihm zuschicken lassen sollen. Schludrige Arbeit meinerseits.«

Martin Washington, führender Kopf der Anwälte für Rassengleichheit, wurde gerade vor dem Gerichtsgebäude interviewt.

»Mr. Washington, Will Lee kandidiert für den Senat der Vereinigten Staaten. Glauben Sie, Schwarze werden Anstoß daran nehmen, daß er Larry Moody verteidigt hat, und ihn deshalb nicht wählen?«

»Das will ich nicht hoffen«, antwortete Washington. »Diesen Mandanten hat sich Mr. Lee nicht ausgesucht; der Richter hat sowohl ihn als auch Mr. Hunter dazu verpflichtet, den Fall zu verhandeln, und dann durch Münzwurf entschieden, wer die Anklage übernimmt und wer die Verteidigung. Das hat er mir selbst erzählt. Ich finde, Mr. Lee hat der Öffentlichkeit einen großen Dienst erwiesen, indem er diesen Fall übernommen hat, und er hat bei dem Prozeß gute Arbeit geleistet, auch wenn sein Mandant – mit vollem Recht – nicht freigesprochen wurde.«

Der Moderator erschien auf dem Bildschirm. »Diese Meinung von Will Lees Arbeit wurde vom Obmann der Geschworenen, Mrs. Evelyn Everett, bestätigt. Wir haben vor wenigen Minuten ein Interview mit ihr aufgenommen.«

Mrs. Everett kam ins Bild. »Ich glaube, daß die meisten von uns Geschworenen bis zur Aussage von Miß McInvale für einen Freispruch waren. Mr. Lee hatte einige Schwachstellen in der Beweisführung der Anklage aufgezeigt. Aber mit Miß McInvales Aussage hat sich das Blatt gewendet. Ich glaube, diese Aussage hat Mr. Lee genauso überrascht wie uns.«

»Gab es bei den Geschworenen Kontroversen über die lebenslängliche Haft?«

»Ja, einige von uns waren für die Todesstrafe. Aber Mr. Lees Plädoyer hat uns davon abgehalten, eine solche Entscheidung zu fällen. Obwohl wir alle der Meinung waren, daß Larry Moody schuldig ist, hat Mr. Lee, glaube ich, einigen von uns bewußt gemacht, daß es zumindest *gewisse* Zweifel gibt, und darum haben wir uns gegen die Todesstrafe entschieden.«

»Das ist eine sehr positive Resonanz«, urteilte Tom Black. »Vielleicht kommen wir da doch ganz gut raus.«

Die Kamera schwenkte auf den Moderator zurück. »Während des gesamten Prozesses haben Mitglieder einer militanten Organisation, der nur Weiße angehören, vor dem Gerichtsgebäude demonstriert. Unsere Reporterin hat einen von ihren Anführern interviewt.«

Die Kamera schwenkte auf einen jungen Mann, der einen korrekten dunklen Anzug und eine schwarze Krawatte trug.

»Mr. Johnson«, fragte die Reporterin, »was halten Ihre Leute von dem Urteil in diesem Prozeß?«

Der junge Mann runzelte die Stirn. »Wir sind der Meinung, daß dies ein absolutes Fehlurteil ist, das aufgrund einer rassistischen Einstellung, die die Schwarzen in unserer Gesellschaft begünstigt, und insbesondere aufgrund der sehr schwachen Leistung des Verteidigers Mr. Lee zustande gekommen ist.«

»Tausend Dank«, sagte Will.

»Wir sind der Meinung«, fuhr der junge Mann fort, »daß ein guter Anwalt wenigstens die Glaubwürdigkeit der nachgeschobenen Belastungszeugin Wilson erschüttert hätte. Wir finden, daß wir von Mr. Lee nicht genug für unser Geld bekommen haben.«

»Wollen Sie damit sagen, daß Ihre Organisation Mr. Lee mit der Verteidung beauftragt und ihm ein Honorar bezahlt hat?«

»O Gott«, stöhnte Tom Black. »Ist das wahr?«

»Wir haben ihn uns zwar nicht ausgesucht, aber wir haben sein Honorar bezahlt – fünfundzwanzigtausend Dollar«, erwiderte der junge Mann.

Die Reporterin erschien allein auf dem Bildschirm. »Ich habe Mr. Lee unmittelbar danach zu dieser Behauptung befragt«, erklärte sie.

Wills Gesicht kam ins Bild. Seine Miene war ernst.

»Mr. Lee«, begann die Reporterin, »wußten Sie, daß Ihr Honorar von einer militanten Organisation bezahlt wurde?«

»Nein, das war mir bis vor fünf Minuten völlig unbekannt«, antwortete Will. »Kurz nachdem mich Richter Boggs mit dem Fall betraut hatte, ist eine braune Versandtasche in den Briefkasten meiner Kanzlei geworfen worden. Sie enthielt fünfundzwanzigtausend Dollar in bar und einen Zettel ohne Unterschrift, auf dem stand, daß das Geld für die Verteidigung von Larry Moody bestimmt sei. Am selben Tag habe ich Richter Bogs davon in Kenntnis gesetzt, daß jemand, der anonym zu bleiben wünscht, eine Zahlung für Larry Moodys Verteidigung geleistet hat. Ich habe darum gebeten, daß Larry von der Liste der mittellosen Angeklagten gestrichen wird und kein Honorar aus öffentlichen Mitteln in Anspruch genommen.«

»Sie sind für Ihre Arbeit also gut bezahlt worden?« fragte die Reporterin.

»Die Versandtasche mit dem Geld liegt unberührt in meinem Safe – ich habe keinen Cent davon ausgegeben. Nun, da ich weiß, woher dieses Geld stammt, habe ich beschlossen, den gesamten Betrag an die Anwälte für Rassengleichheit weiterzuleiten. Ich hoffe, daß sie ihn zur Verteidigung mittelloser schwarzer Angeklagter verwenden. Ich selbst will nichts davon haben.«

»Puh!« ächzte Tom Black.

»Das ist ja erschreckend«, sagte Kitty und faßte sich ans Herz.

»Du hast dieses Geld mit keinem Wort erwähnt«, bemerkte Billy Lee.

»Ich hatte es vergessen«, gestand Will, »und das ist gut so, denn sonst hätte ich es wahrscheinlich für den Wahlkampf verwendet. Es liegt tatsächlich immer noch im Safe.«

»Also, langsam glaube ich, daß ich wohl doch nicht für die Politik gemacht bin«, sagte Tom Black. »Mein Nervenkostüm ist zu schwach.«

»Was liegt jetzt noch an, Will?« fragte Patricia Lee.

»Ich fliege morgen früh mit Tom und Kitty nach Atlanta zurück. Wir werden uns in den Vororten aufhalten und hoffentlich noch einige Bürger für uns gewinnen. Mein großer Auftritt findet am Sonntag vormittag in Dr. Dons Kirche statt.«

»Hast du dir schon überlegt, was du den Leuten sagst?« fragte Patricia.

Will schüttelte den Kopf. »Ich habe nicht die leiseste Ahnung.«

25

Perkerson hatte den Archon noch nie so erlebt. Der Mann schien niedergeschlagen und erregt zugleich zu sein. Er ging nervös in der Bibliothek hin und her, schenkte Drinks ein, suchte etwas auf seinem Schreibtisch und lief gleich darauf zum Kamin, die Hände zu wärmen.

»Die Frau war ein Spitzel vom FBI«, sagte Willingham und trank einen großen Schluck von seinem Bourbon. »Ich habe Insider-Informationen. Sie wurde voriges Jahr wegen Drogenbesitzes verhaftet und hat sich mit den Leuten arrangiert, um nicht strafrechtlich belangt zu werden. Man hat sie zu Leonard Allgood geschickt, und Allgood hat sie angestellt.«

Perkerson war erschüttert. »Das heißt, daß das FBI über mich Bescheid weiß. Warum haben die Leute nicht versucht, mich zu verhaften?«

»Vielleicht haben sie gehofft, Sie würden sie zu mir führen. Sind Sie sicher, daß Ihnen niemand gefolgt ist?«

»Absolut.«

»Nun, dann kann Ihnen hier nichts passieren. Wußte die Frau über mich Bescheid?«

»Nein«, log Perkerson. Wie lange war es her, daß er ihr gesagt hatte, wer der Archon war? Hatte sie genug Zeit gehabt, um die Information weiterzugeben?

»Gut. Dann bin ich auch nicht gefährdet. Ich habe das ganze Haus und die Telefone überprüfen lassen. Keine Abhörgeräte.« Willingham ging zum Safe hinter der Bar und holte einen Umschlag heraus. »Hier sind neue Papiere für Sie«, sagte er. »Verbrennen Sie den alten Führerschein und die Kreditkarten gleich im Kamin. Ihr neuer Name lautet Howard James.«

Perkerson gehorchte. Die Plastikkarten zerschmolzen im Feuer.

Der Archon warf ihm einen Schlüsselring zu. »In der nordöstlichen Ecke des Parkplatzes vor dem Einkaufszentrum am Lenox Square steht ein Volvo-Kombi. Nehmen Sie den, und lassen Sie Ihren Toyota dort stehen. Die Schlüssel legen Sie ins Handschuhfach. Der Wagen wird beseitigt.«

Perkerson nickte.

Der Archon machte nach wie vor einen besorgten Eindruck.

»Sonst noch was, Sir?«

»Wir sind in einer heiklen Situation«, erklärte Willingham.

»Kann ich irgendwie helfen?« fragte Perkerson.

»Darauf komme ich gleich. Harry, ich habe Ihre Loyalität nie angezweifelt, aber jetzt muß ich Ihnen eine Frage stellen. Ich möchte wissen, ob Sie notfalls bereit sind zu sterben.«

»Ja, Sir«, sagte Perkerson, ohne zu zögern.

Willingham setzte sich in den Sessel ihm gegenüber. »Es könnte nötig werden«, sagte er. »Ich will es nicht hoffen, aber es ist immerhin möglich.«

»Ich verstehe, Sir.«

»Sie sind für mich wie ein Bruder, Harry. Sie wissen, daß ich diesen Befehl nur geben würde, wenn ich unbedingt müßte.«

»Ja, das weiß ich, Sir.«

»Noch etwas. Ich beginne die Last der Führerschaft zu spüren; ich habe Zweifel an meiner eigenen Entschlossenheit. Sie müssen mir helfen, Harry.«

»Selbstverständlich, Sir.«

»Ich werde Ihnen einen unwiderruflichen Befehl geben.«

»Ich erlaube niemandem, daß er einen Befehl von Ihnen widerruft, Sir.«

»Ich meine unwiderruflich sogar durch mich. Sollte ich schwach werden, so müssen Sie stark bleiben und den Befehl ausführen – egal, worum ich Sie später eventuell bitten werde.«

»Wenn Sie wünschen, Sir...«

»Wir sind in einer heiklen Situation«, wiederholte Willingham.

Perkerson wartete darauf, daß er zur Sache kam.

»Dieser Lee hat sich zum Problem entwickelt. Er hat uns beim Prozeß gegen Larry Moody enttäuscht. Ich habe große Hoffnungen in Larry gesetzt und gehofft, daß er eines Tages so gut wie Sie sein würde. Nur ein dummer Zufall hat ihm bei seinem ersten Auftrag das Kreuz gebrochen. Lee hat es zugelassen, daß Larry verurteilt wurde, weil er nach der Aussage der Lehrerin von Larrys Schuld überzeugt war. Ich habe versucht, mit Lee zu reden, aber er hat mich ignoriert. Er hat mich sogar beleidigt.«

»Für mich ist das Grund genug, ihn zu töten, Sir.«

»Da ist auch noch die Wahl«, fuhr Willingham fort. »Ich dachte, daß Lee ein schwächerer Kandidat als Mack Dean ist, aber ich habe mich getäuscht. Calhouns Umfragen zeigen, daß Lee ihn fast eingeholt hat. Ich kann es nicht darauf ankommen lassen, daß Lee doch noch das Rennen gewinnt – von dieser Wahl hängt zuviel ab. Ist Ihnen klar, daß wir, wenn Calhoun gewählt würde, einen Mann im Senat der Vereinigten Staaten hätten?«

»Ja, Sir.«

»Ich habe zwei Ziele, die mit einem Streich erreicht werden können. Erstens möchte ich, daß sein Tod wie ein Unfall aussieht. Ich habe auch schon einen Plan, wie wir das bewerkstelligen können. Zweitens gibt es eine Möglichkeit, gleichzeitig seinen Ruf zu schädigen. Das ist wichtig für mich. Das ist die Vergeltung für die Behandlung, die er mir an jenem Morgen vor dem Prozeß hat zuteil werden lassen.«

Willingham zog eine Handvoll verschließbarer Plastikbeutel aus seiner Tasche. Er lächelte dünn. »Diese Beutel können Sie in jedem Lebensmittelgeschäft kaufen. Sie sind unterschiedlich dick. Die einen lösen sich in Benzin binnen einer Stunde auf, die anderen in zwei bis drei Stunden.«

Willingham erklärte, wie sein Plan im einzelnen funktionierte. Perkerson mußte zugeben, daß er genial war.

»Wenn unser Vorhaben nicht klappt«, sagte Willingham, »sind Sie dafür verantwortlich, daß er stirbt. Es ist mir klar, daß es dann nicht mehr möglich ist, seinen Tod wie einen Unfall aussehen zu lassen. Sie können in diesem Fall jedes Mittel wählen, das Sie für wirksam halten. Möglicherweise werden Sie auf das Gewehr zurückgreifen müssen.«

Perkerson nickte. »Wenn es nicht anders geht, arbeite ich damit.«

»Wenn Sie ihn in der Öffentlichkeit töten, dürfen Sie nicht lebend gefaßt werden, verstehen Sie?«

»Ja, Sir. Ich weiß, was ich zu tun habe.«

»Wenn mein Plan funktioniert, ist er tot, bevor er am Sonntag in der Kirche sprechen kann. Wenn mein Plan nicht funktioniert, bleiben Sie der Kirche fern. Es darf nicht so aussehen, als hätte sein Tod etwas mit seinem dortigen Auftritt zu tun – das können wir uns nicht leisten. Am besten wäre es, wenn er sterben würde, bevor die Wahllokale am Dienstag öffnen, aber er *muß* tot sein, wenn sie schließen, also spätestens um neunzehn Uhr. In einem solchen Fall gilt der Mann mit dem zweitgrößten Stimmenanteil als Sieger. Sie haben mich verstanden?«

Perkerson nickte. »Ja, Sir. Ich verspreche Ihnen, daß er vor Schließung der Wahllokale tot ist.«

»Dieser Befehl ist unwiderruflich; wie gesagt, selbst ich kann ihn nicht zurücknehmen.«

»Ja, Sir.«

Sie gingen zusammen zur Tür. »Warten Sie mit den Plastikbeuteln bis kurz vor Tagesanbruch«, sagte Willingham. »Er muß morgen früh nach Atlanta fahren, weil er um neun einen Termin hat.«

»Ja, Sir.«

Willingham legte seine Hände auf Perkersons Schultern. »Ich weiß, daß ich mich auf Sie verlassen kann, mein Junge«, sagte er. »Falls wir uns nicht wiedersehen, sollen Sie wissen, daß ich Ihnen für Ihre Loyalität sehr dankbar bin.«

Perkerson stand das Wasser in den Augen. »Ja, Sir.«

Willingham umarmte ihn.

26

Will, Tom und Kitty verließen die Farm in Delano um sechs Uhr dreißig bei Dunkelheit. Es war Freitag, und Will war um neun zu einem Frühstück mit Geschäftsleuten in Lawrenceville, einem nördlichen Vorort von Atlanta, eingeladen. Tom und Kitty versuchten, im Wagen weiterzudösen. Will dagegen bemühte sich, wach zu werden, denn er mußte ja fliegen.

Als er in die Einfahrt zum Roosevelt Memorial Field bog, dem Flugplatz des Bezirks Meriwether, wurde der Himmel allmählich grau. Zu seiner Überraschung kam ihm ein Kombi entgegen. Er sah den Fahrer flüchtig, kannte ihn aber nicht. Konnte schon zu dieser frühen Stunde jemand auf dem Flugplatz gelandet sein? Will warf einen Blick auf die Führungslichter, die sich eine Viertelstunde nach einem Start oder einer Landung automatisch abschalteten. Sie leuchteten nicht. Er fragte sich, ob jemand versucht hatte, etwas aus den Flugzeugen zu stehlen, die auf dem Vorfeld standen.

Will stoppte bei seiner Cessna. Nichts schien zu fehlen. Auch die anderen Maschinen waren offenbar in Ordnung. Er weckte Tom und Kitty, und sie luden ihre Sachen ein. Dann kletterten die beiden an Bord, während Will seine Inspektion vornahm und sich vergewisserte, daß kein Wasser im Sprit war. Ab und zu bildete sich in kühlen Nächten Kondenswasser in den Tanks. Dann kletterte Will in die Maschine und nahm sich seine Checkliste vor.

Tom schnarchte schon wieder.

Will warf den Motor an, rollte auf die Startbahn, stellte die Klappen auf zehn Grad und gab Gas. Bei sechzig Knoten zog Will das Höhenruder durch, und die Cessna hob ab. Die Sonne ging gerade auf.

Sie flogen durch den Morgendunst, über grüne Felder und Wälder hinweg, und Will stellte den Autopiloten auf einen Punkt südöstlich vom Hartsfield International Airport ein, weil er den Kontrollbereich in der Umgebung des Großflughafens meiden wollte. Um diese Zeit würden nur wenige Maschinen auf seiner Flughöhe sein, deshalb hielt er es nicht für nötig, sich bei der Flugsicherung zu melden. Er stieg auf dreitausend Fuß, und die Cessna brummte durch den stillen Morgen.

Fünfunddreißig Minuten später waren sie über dem Stone Mountain, dem großen Granitmassiv im Nordosten von Atlanta. Will leitete den Sinkflug zum Peachtree De Kalb Airport ein. Dann funkte er den Tower an. »Guten Morgen, Peachtree Tower, hier November One Two Three Tango, sechs Meilen südöstlich. Bitte um Landeerlaubnis.«

In diesem Moment fiel der Motor aus.

»Guten Morgen, One Two Three Tango«, antwortete der Controller. »Erlaubnis für Landebahn zwei null.«

Noch vor einer Sekunde war der Motor ganz ruhig gelaufen; jetzt hörte man nur noch den Wind, der am Flugzeug vorbeirauschte.

Will konnte es nicht fassen. Er versuchte, den Motor wieder in Gang zu bringen, zog die Nase der Cessna nach oben, um die optimale Gleitfluggeschwindigkeit von achtzig Knoten zu erreichen. Der Motor blieb stumm.

»Was ist los, Will?« fragte Kitty ängstlich.

Tom wachte auf. »Was ist passiert?«

»Der Motor ist ausgefallen«, sagte Will. Er bemühte sich, seine Stimme gelassen klingen zu lassen. »Schnallt euch an und bleibt ruhig. Ich erkläre euch alles, wenn ich Zeit dazu habe. Im Moment muß ich erst mal einen Landeplatz finden.«

Will versuchte sich zu erinnern, was in einer solchen Situation zu tun war. Die Cessna befand sich im Gleitflug. Geschwindigkeit: achtzig Knoten. Will warf einen Blick auf den Höhenmesser: 2700 Fuß über dem Meeresspiegel, also 1700 Fuß über dem Boden – knapp 600 Meter. Die Maschine konnte pro tausend Fuß Höhe etwa drei Kilometer im Gleitflug zurücklegen. Das heißt, ihm blieben noch etwa drei Meilen. Will warf einen Blick auf den Entfernungsmesser: Der Flugplatz war noch fünfeinhalb Meilen entfernt. Der Wind kam von Nordwesten. Windgeschwindigkeit: vier Knoten. Die Richtung war günstig. Will konnte den Wind optimal ausnutzen – wenn er nur ein wenig stärker wäre! Will suchte den Boden nach einem Landeplatz ab.

Die Cessna sank 500 Fuß pro Minute. Sie befand sich über einem dichtbesiedelten Vorort mit Wohnhäusern, Geschäften und Büros. Überdies – und das machte alles noch komplizierter – gab es hier eine Menge Bäume. Will sah eine Schnellstraße. Es herrschte Berufsverkehr – dort konnte er nicht landen. Der Zubringer, dachte er, aber den hatten sie schon hinter sich gelassen. Er flog weiter in Richtung Flugplatz.

Sein Gehirn arbeitete jetzt, nachdem er den ersten Schock überwunden hatte, etwas besser. Er drückte die Sendetaste seines Funkgeräts. »Mayday, Mayday, Mayday«, sagte er. »Cessna One Two Three Tango hat Motorschaden viereinhalb Meilen südöstlich vom Peachtree Airport. Muß notlanden.«

»Verstanden, One Two Three Tango«, antwortete der Tower. »Ich sehe Sie. Werde Ihren weiteren Weg verfolgen. Alarmiere Polizei und Krankenwagen.«

»Können Sie mir einen Landeplatz vorschlagen?« fragte Will.

»Negativ«, erwiderte der Controller. »Sie befinden sich über dichtbesiedeltem Gebiet. Tun Sie Ihr Bestes. Viel Glück.«

Will sah einen Footballplatz, verwarf diese Möglichkeit aber; der Platz war nur etwas mehr als hundert Meter lang. Er brauchte dreihundert Meter zum Landen; zweihundertfünfzig waren das absolute Minimum. Er hielt weiter Ausschau. Er war jetzt auf 700 Fuß. Er mußte etwas unternehmen.

Zur Rechten bemerkte er ein langes, niedriges Gebäude mit weißem Dach und unmittelbar daneben einen großen Parkplatz. Der Parkplatz war seine letzte Chance. Er steuerte ihn an, dachte darüber nach, wann er die Klappen ausfahren sollte. Er war ein bißchen zu hoch und zu schnell, aber wenn er die Klappen jetzt voll ausfuhr, würde das seine Flugbahn radikal ändern. Er stellte sie auf zehn Grad. Die Maschine stieg sofort, wurde langsamer und näherte sich dem Parkplatz. Will war sicher, daß er gefahrlos über die hohen Kiefern am Rand kommen würde. Dann konnte er den Parkplatz besser sehen. Sein Mut sank augenblicklich. Der Parkplatz füllte sich rasch mit Autos, die von der Straße einbogen und in alle möglichen Richtungen fuhren. Menschen strebten dem langen Gebäude zu. Will konnte nicht auf dem Parkplatz landen, ohne sich, seine Passagiere und die Menschen auf dem Boden einer tödlichen Gefahr auszusetzen. Seine Maschine schwebte lautlos durch die Luft, und die Leute auf dem Parkplatz würden sie nicht einmal hören.

Plötzlich wurde ihm klar, daß das Gebäude ein Flachdach hatte. Wie lang war es? Ihm blieb keine Zeit, das herauszufinden. Will zog nach links und steuerte das Gebäude an. Es war seine einzige Hoffnung. Er zog den Gemischhebel ganz heraus, stellte die Zündung und den Hauptschalter ab. Er wollte nicht, daß der Motor ausgerechnet in dem Moment ansprang, in dem er landete.

Als er die Klappen auf vierzig Grad stellte, war die Cessna nur mehr zweihundert Meter vom Dach entfernt und befand sich in etwa dreißig

Meter Höhe. Die Nase der Maschine hob sich ein wenig, die Geschwindigkeit sank unter sechzig Knoten – zu langsam. Will drückte die Nase nach unten und visierte einen Punkt kurz vor der Dachkante an. Er wußte aus Erfahrung, daß die Cessna, ein Hochdecker, leicht ins Trudeln geriet.

»Haltet euch fest!« rief er Tom und Kitty zu.

Einen Moment lang schien sich das Fahrwerk unterhalb der Dachkante zu befinden. Will erkannte die Gefahr und zog leicht am Höhenruder und drückte es sofort wieder nach hinten. Die Maschine stieg ein, zwei Meter. Dann gab es einen dumpfen Aufprall. Die Nase schnellte nach unten, und die Cessna setzte auf. Kies spritzte von den Rädern hoch und trommelte gegen den Boden des Rumpfs. Der gegenüberliegende Rand des langen Dachs schien auf die Maschine zuzurasen. Will schnellte herum und zerrte an den Hebel, um die Landeklappen ganz auszufahren, gleich darauf bremste er, so kraftvoll wie möglich.

Die Cessna wurde langsamer und kam schließlich zum Stillstand.

Will schlug die Hände vors Gesicht und versuchte tief durchzuatmen. Er bebte am ganzen Körper, und plötzlich wurde ihm übel. Mit zitternden Fingern löste er seinen Gurt, öffnete die Tür und stieg aus. Er ging ein paar Schritte, dann sank er zu Boden. Der Kies unter ihm war fünfzehn Zentimeter hoch – das hatte sie so schnell gebremst. Will sah sich die Cessna an; die Räder waren fast bis zu den Naben im Kies versunken.

»Alles in Ordnung mit euch da drinnen?« rief er matt.

»Ich glaube ja«, hauchte Tom zurück. »Kitty sieht o. k. aus, aber sie hat offenbar keine Lust, sich zu äußern.«

»Schert euch zum Teufel, alle beide!« schrie Kitty plötzlich. Dann sprang sie aus der Maschine und baute sich vor Will auf. »Bist du verrückt geworden?« fragte sie. »Was fällt dir ein?«

Will hatte das Gefühl, daß er noch nicht aufstehen konnte. »Kitty, das war keine Absicht – der Motor ist ausgefallen.«

»Oh«, machte Kitty und schnappte nach Luft.

Tom stieg aus der Cessna und trat zu ihnen. »Es geht nichts über ein sanftes Erwachen am Morgen«, sagte er.

Von fern hörte man Kranken- und Streifenwagen. Dann öffnete sich eine Luke im Dach des Gebäudes, und ein Mann streckte den Kopf heraus.

»Mein Gott«, keuchte er. »Fehlt Ihnen was? Brauchen Sie Hilfe?«

Will warf einen Blick auf seine Uhr: zwanzig nach acht. »Können Sie uns ein Taxi rufen?« fragte er. »Wir müssen um neun in Lawrenceville sein.«

27

Um Punkt acht war Keane wieder in Marietta, fest entschlossen, auf seinen Mann zu warten, egal, wie lange es dauerte. Der Toyota stand nicht an seinem üblichen Platz, aber der Beretta der Frau befand sich auf dem Parkplatz.

Scheiße, dachte Keane. Er ist noch nicht zurück. Keane richtete sich aufs Warten ein. Die Frau fuhr normalerweise gegen acht Uhr dreißig zur Arbeit, aber um zehn vor neun war sie immer noch nicht aufgetaucht. Kurz nach neun fuhr ein Lkw mit dem Namen der Wohnungsbaugesellschaft vor. Der Fahrer stieg aus, nahm einen Werkzeugkasten vom Beifahrersitz, ging zur Haustür und klingelte. Niemand öffnete – er klingelte noch einmal. Dann schloß er die Tür mit seinem Hauptschlüssel auf. Wenig später rannte er aus der Wohnung und hetzte in Panik auf die Einfahrt zur Anlage zu. Seinen Lkw schien er völlig vergessen zu haben.

Keane war alarmiert. Er quälte sich aus seinem Wagen und humpelte an einer Krücke auf die Wohnung zu. Die Tür stand noch offen, und er trat ein. Das Wohnzimmer war aufgeräumt, die Küche ebenfalls. Keane wollte ins Schlafzimmer, aber an der Tür zum Bad blieb er stehen. Suzy Adams' Gehirn war über einen zersprungenen Spiegel mit Einschußloch verspritzt. Suzy selbst lag auf dem Boden, mit dem Gesicht nach unten – viel war von ihrem Gesicht nicht mehr übrig.

Keane schaute auf seine Uhr. Ihm blieben zwei, drei Minuten, bis die Cops auftauchten. Er ging ins Schlafzimmer und durchsuchte es. Einer der beiden Kleiderschränke war leer, ebenso eine der beiden Kommoden. Keane inspizierte den Raum so gut er konnte, ohne etwas in Unordnung zu bringen. Dann ging er in das Wohnzimmer.

»Keine Bewegung!« rief jemand, und Keane blickte in die Mündung des Dienstrevolvers eines Streifenpolizisten.

»Ich hab' einen Ausweis, okay?« sagte Keane und langte in seine Tasche.

Der Streifenpolizist beruhigte sich etwas, als er die Dienstmarke sah. Dann wurde er von einem Detective beiseite geschoben.

»Wer sind Sie?« herrschte er Keane an.

Keane zeigte auch ihm seine Dienstmarke und erklärte, was er hier tat. »Der Wachmann am Tor kann es bestätigen«, sagte er. »Ross muß sie gestern abend erschossen haben. Oder er ist in der Nacht zurückgekommen und sehr früh wieder gefahren. Ich vermute, daß er's gestern abend getan hat.«

»Okay, besten Dank für Ihre Theorie«, sagte der Kripomann und schrieb sich Keanes Adresse und Telefonnummer auf. »Und jetzt verlassen Sie den Tatort.«

Mickey ging. Als er in seinen Wagen steigen wollte, hielt eine braune Limousine hinter ihm. Er kannte den Mann am Steuer: Es war der FBI-Agent, der ihn im Krankenhaus besucht hatte.

»Ich hätte wissen müssen, daß Sie hier sind«, sagte der Mann.

»Tatsächlich? Sie können noch einen Mord fürs FBI verbuchen – eine Krankenschwester namens Suzy Adams. Wie viele sollen eigentlich noch dran glauben, bis Sie Perkerson aus dem Verkehr ziehen?«

Der FBI-Agent lief dunkelrot an. »Suzy Adams war eine von uns. Sie arbeitet seit einem Jahr fürs FBI. Ich schwör's bei Gott, wir wußten nicht, daß sie Perkerson geholfen hat, Sie in die Falle zu locken. Das wurde uns erst klar, als es passiert war. Suzy Adams wußte selbst nicht genau, was Perkerson vorhatte, bis er ihr später von Ihrem Unfall erzählt hat.«

»Das muß ich Ihnen wohl abkaufen«, sagte Keane. Er hatte das Gefühl, daß dem FBI-Agenten wirklich unbehaglich bei der Geschichte war.

»Suzy Adams hat allerhand riskiert, um das aufzudecken«, fuhr der Mann fort.

»Um was aufzudecken?« fragte Keane.

»Sie werden bald davon hören. Wir müssen nur noch ein paar lose Enden verknüpfen.«

»Okay«, sagte Keane, »dann gehen Sie mal rein und schauen Sie ins Bad. Eins Ihrer losen Enden liegt dort – ohne Gesicht. Und jetzt stoßen Sie zurück mit Ihrem Scheißwagen, damit ich rausfahren kann.«

Der FBI-Agent betrachtete Keane einen Moment lang wortlos. »Warten Sie«, sagte er schließlich. Er kramte im Handschuhfach und zog ein Foto heraus. »Das ist vorige Woche aufgenommen worden. Vielleicht hilft's Ihnen. Ich denke, das bin ich Ihnen schuldig.«

Keane starrte das Foto an. Perkerson trug wie üblich seine dunkle Sonnenbrille, aber Keane kannte endlich sein Gesicht – ein Gesicht, nach dem er fahnden konnte.

»Ist dürftig, ich weiß, aber mehr hatten wir im Moment selbst nicht. Wir sind ihm gestern nachgefahren, haben ihn aber verloren. Die Leute vom Sheriff des Bezirks Cobb haben den Toyota heute morgen im Chattahochee River gefunden. Ich glaube keine Sekunde, daß Perkerson drin saß.«

»Ich auch nicht«, sagte Keane. »Danke für das Foto.«

»Das haben Sie nicht von mir«, erwiderte der Agent. Dann fuhr er seinen Wagen weg.

Keane saß in seinem Auto und musterte das Foto eingehend. Wie sah Perkerson wohl ohne Sonnenbrille und Schnurrbart aus? Jetzt hatte er ein komplettes Bild von dem Mann – Größe, Gang, Haltung, sogar sein Gesicht. Und nun?

Keane brauchte nur eine halbe Minute, dann wußte er, was er zu tun hatte.

Er fuhr zur nächsten Telefonzelle und rief Dave Haynes von der Mordkommission in Atlanta an. »Dave? Ich hab' ein Foto von dem Kerl. Ein neues.«

»Ehrlich? Woher?«

»Egal, aber es ist echt. Er hat sein Gesicht tatsächlich verändern lassen. Ich will, daß eine Großfahndung nach ihm eingeleitet wird.«

»Wo bist du?«

Keane sagte es seinem Exkollegen.

»Komm sofort her mit diesem Foto. Ich zeig's dem Captain.«

»Meinst du, daß er mitspielt?«

»Keine Ahnung.«

Drei Stunden später saß Keane im Büro seines alten Captains.

Der Captain betrachtete das Foto. »Wo haben Sie das her, Mickey?« fragte er.

»Das kann ich Ihnen leider nicht sagen.«

»Woher soll ich dann wissen, ob es wirklich Perkerson ist?« Der Captain bemühte sich, besorgt auszusehen.

»Das heißt, Sie werden keine Großfahndung einleiten?« fragte Keane.

»Das kann ich unter diesen Umständen nicht verantworten.«

Keane rappelte sich hoch und schob die Krücke unter seinen Arm.

»Dann, Captain«, sagte er, »wird ganz Atlanta nach Perkerson suchen – außer der Polizei.«

Die Miene des Captains verdüsterte sich. »Wie meinen Sie das?«

»Bevor ich bei Ihnen vorbeigeschaut habe, habe ich Kopien von dem Foto machen lassen. Die habe ich bei Zeitungen, Fernsehsendern und Presseagenturen abgeliefert. Sie müssen sich nur die Sechsuhrnachrichten anschauen. Dann sehen Sie, daß Mickey Keanes Großfahndung bereits läuft.«

28

Will fuhr um Mittag nach einem Zwischenstopp in einem Einkaufszentrum in die Wahlkampfzentrale. Jemand von der FAA, der Bundesbehörde für Flugaufsicht, hatte angerufen und eine Nummer hinterlassen. Will rief zurück. Der Mann hieß Barran.

»Hier Will Lee. Sie haben vorhin angerufen?«

»Ja. Nett, daß Sie so schnell zurückrufen, Mr. Lee«, sagte Barran. »Ich spreche vom Autotelefon aus. Ich bin am Ort des... äh, Zwischenfalls von heute morgen. In beiden Tanks befindet sich je eine halbe Gallone Wasser.«

»Das ist unmöglich«, rief Will. Er erklärte, daß er sich vor dem Abflug vergewissert hatte, ob sich Wasser im Tank befand.

»Sie scheinen nicht darüber informiert zu sein, daß es Besonderheiten hinsichtlich der Gummitanks in Cessnas gibt. Wenn sie verschlissen sind, ziehen sie leicht Falten. In denen sammelt sich dann Wasser. Ich werde Sie wegen ungenügender Vorflugkontrolle vorladen müssen.«

»Einen Moment, Mr. Barran«, sagte Will. »Das Problem ist mir durchaus bewußt; deshalb habe ich voriges Jahr neue Tanks einbauen lassen. Die können in so kurzer Zeit noch keine Falten gezogen haben. Ich schicke gleich einen Mechaniker zu meiner Maschine. Er soll die Tragflächen abmontieren und sich die Tanks ansehen. Ich finde, die sollten inspiziert werden, ehe Sie mich vorladen.«

»Okay«, antwortete Barran. »Sie werden die Tragflächen sowieso abmontieren müssen, um die Maschine zum Flugplatz transportieren zu können. Und wenn Sie schon dabei sind, bestellen Sie gleich einen

Kran. Melden Sie sich heute nachmittag noch mal bei mir. Ich bin unter derselben Nummer zu erreichen.«

Am späten Nachmittag fuhr Will zu dem Gebäude, auf dessen Dach er notgelandet war. Ein Kran wurde gerade aufgestellt, und ein halbes Dutzend Leute waren auf dem Dach.

Als Will erschien, stellte Barran sich vor und ging mit ihm zu der Cessna. Der Mechaniker war dabei, den Inhalt der Gummitanks durch einen Filter in Benzinkanister zu kippen.

»Gut gemacht, Mr. Lee«, lobte der Mechaniker. »Das Dach ist nur etwa zweihundert Meter lang.«

»Ich hatte Glück«, antwortete Will. »Der Kies hat die Maschine gebremst.«

»Die Tanks sind einwandfrei«, erklärte der Mechaniker. »Keine Falten. Nichts.«

»Dann hätte ich das Wasser bemerken müssen, als ich die Tanks vor dem Start kontrolliert habe«, sagte Will.

»Ja«, bestätigte Barran. Er beugte sich vor und nahm etwas aus dem Filter. »Was ist das?«

»Sieht aus wie die verschließbare Nahtstelle eines Plastikbeutels«, sagte der Mechaniker. »Ich hab' in jedem Tank zwei gefunden.«

»Merkwürdig«, murmelte Barran. »Außer...«

»Außer was?« fragte Will.

»Die Dinger lösen sich im Sprit auf«, erklärte Barran. »Fast jedenfalls. Man könnte sie mit Wasser füllen, sie in den Tank tun, und nach einer Weile hätten Sie Wasser im Kraftstoff, selbst wenn Sie beim Check keins gefunden haben.«

»Komisch«, sagte Will. »Heute morgen – noch vor Sonnenaufgang – fuhr ein Kombi vom Flugplatz des Bezirks Meriwether weg. Aber es war noch keine Maschine gelandet.«

»Mr. Lee«, sagte Barran, »ich werde Sie nicht vorladen. Aber ich werde das FBI verständigen. Flugzeugsabotage ist ein Verbrechen, das in die Zuständigkeit des Bundes fällt.«

29

Will und Tom sahen sich die Sechsuhrnachrichten an. Ein Bericht befaßte sich mit der Notlandung, aber die Möglichkeit eines Sabotageakts wurde nicht erwähnt.

Kitty Conroy führte einen Mann herein. »Will, das ist Mr. Davidson vom FBI.«

Will schüttelte dem Mann die Hand. »Die FAA hat Sie verständigt, ja?«

»Genau«, antwortete Davidson. »Barran war davon überzeugt, daß sich jemand an der Maschine zu schaffen gemacht hat, und das glauben wir auch. Anders sind die Plastikreste in beiden Tanks kaum zu erklären. Kennen Sie jemanden, der es auf Sie abgesehen haben könnte?« fragte der FBI-Agent.

»Eigentlich nicht«, erwiderte Will, »aber ich hatte vor kurzem in einem ziemlich heiklen Prozeß die Verteidigung – vielleicht hat das Ganze etwas damit zu tun. Beim Prozeß waren auch Leute von einer militanten Organisation, sie waren ganz und gar nicht glücklich über das Urteil.«

»Diese Leute sind uns bekannt«, sagte Davidson.

Will schaute zum Fernseher und erstarrte. Das Foto eines Mannes mit dunkler Sonnenbrille flimmerte über den Bildschirm.

»Und nun bittet die Polizei um Ihre Mithilfe«, sagte ein Sprecher. »Dieser Mann, Harold Perkerson, wird polizeilich gesucht. Gegen Perkerson besteht dringender Mordverdacht in drei Fällen. Er soll drei Angestellte eines Buchladens erschossen und den Besitzer des Ladens, Manfred Pearl, schwer verletzt haben.«

Neben dem neuen Foto von Perkerson wurde ein altes eingeblendet.

»Perkerson hat sich offenbar einer Gesichtsoperation unterzogen. Das Bild wurde vor der Operation aufgenommen. Das rechte Foto zeigt, wie er heute aussieht. Die Polizei warnt: Perkerson ist bewaffnet und sehr gefährlich.«

»Ganz schöner Unterschied, nicht wahr?« meinte der FBI-Agent.

»Mr. Davidson«, sagte Will, »dieser Mann saß in dem Kombi, der um Viertel vor sieben den Flugplatz verlassen hat.«

»Sind Sie sicher?«

»Ja. Sein Gesicht war ein, zwei Sekunden im Scheinwerferlicht meines Wagens zu erkennen.«

»Was für ein Kombi war das denn?«

»Ein schwarzer oder dunkelblauer. Irgendeine ausländische Marke. Nennen Sie mir bitte ein paar...«

»Peugeot?«

»Nein.«

»Volvo.«

»Genau. Es war ein Volvo.«

»Kann ich mal telefonieren?« fragte Davidson.

Harold Perkerson saß im Varsity, einem Restaurant in Atlanta Mitte, aß Chili con carne und sah sich die Sechsuhrnachrichten an. Der Plan des Archon hatte perfekt funktioniert, aber Lee hatte überlebt. Egal, dachte Perkerson. Den krieg' ich schon. Dann erschien das Foto auf dem Bildschirm. Perkerson höre nur einen Moment zu. Er ließ sein Essen stehen, verließ das Restaurant und hoffte, daß ihn niemand erkennen würde, bevor er seinen Wagen erreicht hatte. Er blieb nur einmal kurz stehen, um sich die Abendausgabe des *Atlanta Journal* aus einem Zeitungsautomaten zu holen. Sein Foto war auf der Titelseite. Verdammt, woher hatten sie das?

Perkerson saß in der Tiefgarage des Varsity und überlegte sich, was er nun zu tun hatte. Der Schnurrbart war das erste. Er griff in die Reisetasche auf dem Rücksitz und holte seinen batteriebetriebenen Elektrorasierer heraus. Es war etwas mühsam, aber schließlich hatte er doch Erfolg. Seine Oberlippe war glattrasiert. Ein großer Unterschied, wie er hoffte.

Er las den Zeitungsabschnitt. Er wurde nicht in Verbindung mit Lees Motorschaden gebracht. Auch von seiner neuen Identität und dem Volvo war nicht die Rede. Dann sah er unten auf der Seite einen weiteren Artikel.

Die Überschrift lautete »Pläne der Kandidaten für den Wahltag«. Don Beverly Calhoun würde im großen Ballsaal des Atlanta Hilton eine Wahlparty veranstalten; Lee wollte sich in einer Suite im Hotel Omni in der Nähe des World Congress Center einquartieren. Am Abend sollte im Zwischengeschoß des Omni eine Feier für alle stattfinden, die bei Lees Wahlkampf mitgearbeitet hatten. Der Kandidat würde um achtzehn Uhr persönlich erscheinen und sich dann in seine Suite zurückziehen, bis das Ergebnis der Wahl feststand.

Perkerson kannte das Zwischengeschoß im Omni. Das Omni hatte ein großes Atrium, etliche Stockwerke hoch; das Zwischengeschoß lag darunter und war von vielen Zimmern aus zu überblicken.

Perkerson dachte angestrengt nach. Er war in der Öffentlichkeit nicht mehr sicher, und darum kam eine Jagd auf Lee nicht in Frage; außerdem hatte ihm der Archon aufgetragen, den Mann nicht am Sonntag in der Kirche zu erschießen. Perkerson startete den Motor seines Volvo und verließ die Tiefgarage; er stoppte bei einer Telefonzelle und rief im Omni an.

»Reservieren Sie mir bitte ein Zimmer.«

»Für wann, Sir?«

»Ab heute. Ich reise am Mittwoch ab.«

»Das wären fünf Nächte, Sir. Und was darf es sein?«

»Was Gemütliches mit Blick aufs Atrium«, sagte Perkerson. »Nicht zu hoch oben.«

»Schauen wir mal. Ja, da hätte ich eine sehr hübsche Suite im vierten Stock, genau auf halber Höhe. Sie kostet zweihundertfünfzig Dollar pro Tag.«

»Das klingt ideal«, sagte Perkerson. »Reservieren Sie mir die Suite. Ich treffe in einer knappen halben Stunde ein.«

Perkerson fuhr zum International Boulevard und von dort auf direktem Weg zum Omni. Er rollte in die Garage und überließ seine Taschen einem Pagen. Die Aktentasche, in der sich das Gewehr befand, behielt er bei sich. »Ich parke den Wagen selber ein«, sagte er zum Garagenwärter und steckte ihm ein paar Dollar zu. »Der ist neu.«

Er fuhr die Rampe zum Oberdeck der Garage hinauf und wählte einen Stellplatz in der hintersten Ecke. Wenn die Leute über den Volvo Bescheid wußten, würden sie ihn nicht in der Garage des Omni suchen. Und wenn doch, sollten sie ihn nicht gleich finden.

Perkerson entdeckte einen Drugstore im Hotel und kaufte eine rezeptfreie Brille mit schwerem Horngestell. Gute Tarnung. An der Rezeption trug er sich als Howard James ein und legte eine seiner neuen Kreditkarten vor. Er folgte einem Pagen in den vierten Stock. Die Suite war geräumig, schön eingerichtet, und der Blick aufs Atrium war ideal.

Perkerson hielt einen Fünfdollarschein hoch. »Ich hätte heute abend gern weibliche Gesellschaft. Glauben Sie, daß Sie das einrichten können?«

»Natürlich, Sir«, sagte der Page lächelnd. »Wann genau?«

»Ab neun. Ich möchte die Frau für den ganzen Abend. Wenn sie wirklich nett ist, sind noch mal fünfzig für Sie drin.«

»Sie können sich auf mich verlassen, Sir«, sagte der Page und ging.

Perkerson öffnete ein Fenster und schaute aufs Atrium hinaus. Das Zwischengeschoß lag keine vierzig Meter unter ihm. Perfekt, dachte er. Außerdem ist dies der letzte Ort, an dem man mich suchen würde.

Perkerson warf einen Blick auf seine Uhr. Er mußte den Archon anrufen.

30

Will saß in der vordersten Bank der Holy Hill Pentecostal Baptist Church und lauschte einem Mann, der ein ›Kirchenlied‹ sang, das er noch nie gehört hatte. Hinter dem Mann stand ein hundertköpfiger Chor in goldenen Gewändern, und ein aus sieben Instrumenten bestehendes Orchester begleitete den Sänger. Will hatte noch nie ein in allen Regenbogentönen glitzerndes Schlagzeug in einem Raum der Andacht gesehen.

Die Kirche pompös und farbenfroh. Sie war nur ein bißchen kleiner als das Fox-Theater, der Filmpalast aus den zwanziger Jahren in Atlanta Mitte, und die Ausstattung war fast ebenso schrill.

Will fand es unpassend, daß die Gemeinde von einem halben Dutzend Fernseh-Kameras umgeben war und ein Regisseur mit Kopfhörern das fromme Geschehen aus dem Hintergrund steuerte.

Der Sänger beendete seine Darbietung mit langem Tremolo, und die Gemeinde spendete ihm rauschenden Applaus. Wills Erfahrungen in religiösen Ritualen beschränkten sich überwiegend auf die First Baptist Church in Delano und einen Außenposten der Church of Ireland in der Nähe des Landhauses seines Großvaters in der Grafschaft Cork; in keiner wurde Beifall der Gemeinde geduldet, geschweige denn ein glitzerndes Schlagzeug.

Reverend Ralph Beverly Calhoun, Dons Sohn, schritt zur Kanzel und sprach zehn Minuten von der Wichtigkeit des Gebens, während der Sammelteller herumgereicht wurde. Er wandte sich auch ans Fernsehpublikum, forderte es auf, auch weiterhin Spendenbriefe zu schikken, und nannte eine gebührenfreie Telefonnummer für diejenigen, die es vorzogen, ihr Scherflein per Kreditkarte beizutragen. Dann kündigte er seinen Vater an.

Reverend Don Beverly Calhoun betrat seine ehemalige Kanzel, als schlüpfte er in einen altvertrauten Handschuh. »Liebe Freunde, wie Sie wissen, bin ich von der Kanzel dieser Kirche abgetreten, weil Gott mir geboten hat, ein weltliches Ziel zu verfolgen. Heute jedoch bin ich noch einmal zurückgekommen, um Ihnen einen jungen Mann vorzustellen, der dasselbe Ziel verfolgt.« Er machte eine halbe Drehung zu dem Platz, an dem Will saß. »Und ich darf wohl sagen, daß er es mit beträchtlichem Eifer verfolgt.«

Will lächelte dünn und nickte.

»In diesem Wahlkampf«, fuhr Dr. Don fort, »hat Will Lee häufig Klage darüber geführt, daß ich bei meiner Politik immer wieder die Religion ins Spiel bringe.« Er grinste breit. »Nun, liebe Freunde, ich habe die Religion bei allem, was ich tue, ins Spiel gebracht, weil ich meinen Glauben aus keinem Bereich des Lebens ausgrenzen kann und will.«

Es gab frenetischen Beifall, den Calhoun eine Weile genoß.

»Mr. Lee war nicht im selben Maße bereit, den Menschen, um deren Unterstützung er bittet, seinen Glauben näherzubringen, und ich habe ihn so oft dafür getadelt, daß er sich beschwert hat, weil er keine Kanzel hat, von der aus er wie ich predigen kann. Darum habe ich ihm heute – wofür ich Sie um Ihr Verständnis bitte – unsere Kanzel angeboten, damit er der Welt mitteilen kann, woran er glaubt.« Calhoun wandte sich Will zu und streckte ihm seine Hand entgegen. Als Will aufstand und sie ergriff, zog er ihn in die Kanzel.

Will legte die Bibel seines Großvaters vor sich hin, daneben seine Uhr, und lächelte die Gemeinde an. »Guten Morgen«, sagte er. Zu seiner Überraschung bekam er Antwort.

»Guten Morgen«, sagte die Gemeinde wie aus einem Mund, alle dreitausend.

»Ich möchte Don Calhoun für die Gelegenheit danken, daß ich zu Ihnen und allen, die zu Hause vor dem Fernsehapparat sitzen, sprechen kann.

Ich überbringe Ihnen Grüße von den Mitgliedern der First Baptist Church in Delano, meiner Heimatgemeinde. Und wenn meine Vorfahren aus dem Bezirk Meriwether – eine lange Reihe von baptistischen Geistlichen, Laienpredigern und Leuten, die für das Gemeinwohl gewirkt haben – heute auf uns herabblicken, bin ich sicher, daß auch sie Ihnen Grüße senden.

Ich bin dazu aufgefordert worden, Ihnen zu sagen, woran ich glaube. Ich glaube vor allem an einen gerechten Gott.

Nach meiner Überzeugung ist die Bibel Gottes Gesetz. Ich glaube überdies, daß Gottes Gesetz auch in anderen Schriften geschrieben steht – im Talmud, im Koran und weiteren heiligen Büchern, und überdies ebenso in den Sternen des Himmels und den Steinen der Erde und den Herzen der Menschen.

Ich glaube, daß Gott jeden von uns mit Verstand ausgestattet hat, weil er erwartet, daß wir ihn gebrauchen. Ich bin als Baptist aufgewachsen, und man hat mich gelehrt, daß jeder Mensch das Recht hat, die Bibel nach seinem Gewissen auszulegen, und daß er seiner Auslegung gemäß gerichtet werden wird.

Ich denke, Gott erwartet von uns, daß wir die Lehren der Bibel hinterfragen und selbst entscheiden, auf welche Weise sie für uns gelten sollen. Und in diesem Punkt unterscheidet sich wohl meine von Ihrer Ansicht. Aus den Ausführungen Ihres ehemaligen Pastors entnehme ich, daß Sie Fundamentalisten sind, die die Bibel absolut wörtlich nehmen und keine Auslegung zulassen.

Das ist eine Einstellung, die mich verwirrt, zumal ich oft erlebe, daß viele, die sich als Fundamentalisten verstehen, höchst wählerisch in bezug darauf sind, welche Bibelstellen sie wörtlich nehmen wollen. In der Bibel steht: ›Du sollst nicht töten.‹ Und doch befürworten zahlreiche Fundamentalisten die Todesstrafe. Noch verwirrender ist, daß jemand, der das fünfte Gebot wörtlich nimmt, oft gottlos genannt oder als Pazifist oder Feigling oder Liberaler beschimpft wird.

Mir fällt es schwer zu verstehen, daß viele Fundamentalisten die Todesstrafe befürworten und strikt gegen die Abtreibung sind. Jemand hat einmal gesagt, die Sorge der Fundamentalisten um das menschliche Leben beginne mit der Empfängnis und ende mit der Geburt. Stimmt das vielleicht?

Es befremdet mich, daß zahlreiche Menschen, die sich unerschütterlich zum Christentum bekennen, politische und ökonomische Ansichten vertreten, die im Widerspruch zu den Lehren Jesu Christi stehen. Das Christentum ist eine Religion der Liebe, des Gebens, der Fürsorge; und doch predigen viele Politiker, die bei den Fundamentalisten Unterstützung finden, eine Philosophie der Gier und sprechen sich gegen jedes Programm aus, das Menschen helfen soll. Das Christentum verdammt den Stolz und hält die Demut in Ehren, und doch werfen sich etliche dieser Politiker in die Brust und rühmen sich ihres Patriotismus und schmähen jeden, der darauf hinweist, daß Patriotismus mehr ist als hohle Schwüre und Säbelrasseln. Auch das verwirrt mich.

Mich beunruhigt der Fundamentalismus in all seinen Spielarten. Im Iran gibt es religiöse Fundamentalisten; die glühenden Kommunisten sind politische Fundamentalisten, und auch bei uns gibt es einige Fundamentalisten dieser Sorte. Es beunruhigt mich immer, wenn jemand genau *weiß*, daß er im Besitz der absoluten und reinen Wahrheit ist und daß andere, weil sie nicht mit ihm übereinstimmen, gottlos sind.

Vor mehr als zweihundert Jahren haben die Gründerväter der Vereinigten Staaten ein politisches System ersonnen, das den freien Ideenaustausch gewährleisten sollte und abweichenden Meinungen zumindest eine Daseinsberechtigung einräumte. Und dieses System war weltlich, eine Erfindung des Menschen. Sollen und können wir ein religiöses System akzeptieren, das uns weniger zugesteht?«

Wills Blick fiel auf einen Mann, der neben einer Kamera stand. Der Mann machte eine Drehbewegung mit der Hand. Kommen Sie zum Schluß, sollte das heißen. Will schaute auf seine Uhr. Er hatte seine Redezeit bereits überschritten, aber er wollte nicht, daß Calhoun mit einer Erwiderung reagieren konnte.

»Ich weiß, meine Zeit ist knapp«, fuhr Will fort, »und ich möchte mit einer Lesung aus dem Neuen Testament schließen. Der beste Christ, den ich je gekannt habe, war mein Stiefgroßvater, der zweite Mann meiner verwitweten Großmutter, der wie ein leiblicher Großvater für mich war. Er war ein stiller Mensch, scheu, zurückhaltend, und doch hat er in seiner Gemeinde mehr Gutes getan als viele andere.

Nach seinem Tod fanden wir unter seinen Hinterlassenschaften einen Brief, in dem stand, wie seine Beerdigung gestaltet werden sollte. Unter anderem verfügte er, daß beim Trauergottesdienst nur ein einziger Text zu verlesen sei, eine Stelle aus dem Matthäusevangelium, genauer gesagt, aus der Bergpredigt, sechstes Kapitel, die ersten sechs Verse.«

Will schlug die alte Bibel auf und ließ seinen Blick über die Gemeinde schweifen. »Er hat verfügt, daß der erste Vers aus einer neueren Bibelübersetzung genommen wird, der Rest aus einer älteren, und so werde ich es Ihnen vortragen. Hören Sie also die Worte Jesu Christi.« Will las zunächst von einem Zettel ab:

»Achtet darauf, daß ihr eure Gerechtigkeit nicht vor den Menschen übt, um von ihnen gesehen zu werden, sonst habt ihr keinen Lohn bei eurem Vater, der im Himmel ist.«

Dann las er aus der älteren Bibelübersetzung:

»Wenn du nun Almosen gibst, sollst du nicht lassen von dir posaunen, wie es die Heuchler tun in den Synagogen und auf den Gassen, auf daß sie von den Leuten gepriesen werden. Wahrlich, ich sage euch: Sie haben ihren Lohn dahin.
Wenn du aber Almosen gibst, so laß deine linke Hand nicht wissen, was die rechte tut, auf daß dein Almosen verborgen sei; und dein Vater, der in das Verborgene sieht, wird dir's vergelten.«

Nun las Will langsamer, um den Inhalt der Worte hervorzuheben:

»Und wenn ihr betet, sollt ihr nicht sein wie die Heuchler, die da gerne stehen und beten in den Synagogen und an den Ecken auf den Gassen, auf daß sie von den Leuten gesehen werden. Wahrlich, ich sage euch: Sie haben ihren Lohn dahin.
Wenn du aber betest, so gehe in dein Kämmerlein und schließ die Tür zu und bete zu deinem Vater, der im Verborgenen ist; und dein Vater, der in das Verborgene sieht, wird dir's vergelten.«

Die Zeichensprache des TV-Regisseurs wurde immer hektischer. Will klappte seine Bibel zu. »Das letzte, was mein Großvater zu mir gesagt hat, bevor er starb, war folgendes: ›Will, wenn du einen kommen siehst, der dir sagt, was für ein guter Christ er ist, dann halt dein Portemonnaie fest.‹

Ich danke Ihnen für Ihre Aufmerksamkeit.« Will trat von der Kanzel zurück und warf einen Blick auf seine Uhr. Genau richtig. Es blieb keine Zeit mehr. Die Zuhörer betrachteten ihn in neugierigem Schweigen, als seien sie sich nicht ganz sicher, was er gesagt hatte.

Calhoun stürmte auf die Kanzel zu, aber der Regisseur winkte ihn zurück und fuchtelte verzweifelt in Richtung Chor. Worauf der Chor sich erhob und einen volltönenden Gesang anstimmte.

Die Scheinwerfer gingen aus. Will verließ die Kirche durch eine Seitentür.

31

Das Telefon klingelte. Keane nahm ab.

»Hier ist Ihr Bundesschätzchen«, sagte eine Stimme.

»Nichts tu' ich so gern, wie mit Bundesschätzchen reden«, antwortete Keane grinsend.

»Sie kennen Lee – den Mann, der für den Senat kandidiert?«

»Und die Notlandung gebaut hat? Ja.«

»Es interessiert Sie vielleicht, daß er Perkerson als den Mann identifiziert hat, der Sabotage an seinem Flugzeug verübt hat.«

»Ehrlich? Ich wette, das hat was mit Dr. Don zu tun. Calhoun und Willingham stecken unter einer Decke, und Willingham kennt Perkerson.«

»Das würde ich an Ihrer Stelle nicht laut sagen.«

»Mann, das wißt ihr doch bestimmt schon lange.«

»Hören Sie, Calhoun und Willingham haben politisch Gewicht, da müssen wir vorsichtig sein. Ich bezweifle, daß wir je an Calhoun rankommen, aber wenn wir eine Verbindung zwischen Perkerson und Willingham nachweisen können, dann schnappen wir uns Willingham.«

Ich kann das, dachte Keane. »Im Moment haben Sie nichts gegen Willingham in der Hand?«

»Wir wissen, daß er der Boß des ganzen Vereins ist – der Archon, so nennen sie ihn. Suzy Adams hat das aus Perkerson rausgekitzelt, aber Suzy ist tot, und wir können es nicht beweisen. Willingham ist sehr vorsichtig.«

»Was können Sie mir sonst noch sagen?«

»Ich weiß auch nicht mehr als Sie. Wir glauben, daß Perkerson noch mal versucht, Lee zu erwischen. Deshalb wird es heute abend im Omni von unseren Leuten und den Kollegen aus Atlanta wimmeln.«

»Vielleicht schau' ich selber mal rein«, gab Keane zurück.

Will begrüßte Kate Rile an der Tür zur Suite und führte sie ins Schlafzimmer. Sie umarmten sich lange. Dann lösten sie sich voneinander, und Kate fragte: »Was sind das für Leute im Wohnzimmer?«

Will setzte sich aufs Bett. »Zwei sind Wahlhelfer von mir. Ich stelle sie dir gleich vor. Die anderen sind FBI-Agenten und Cops.«

»Warum sind sie hier?«

»Ich möchte nicht, daß du dich deswegen aufregst, aber am Freitag hat jemand einen Sabotageakt auf meine Maschine verübt, und ich mußte notlanden. Die Cops kennen den Täter – er steht offenbar mit einer rechtsextremistischen Organisation in Verbindung. Sie glauben außerdem, daß er's noch mal versucht.«

»Hört sich ja nach einem tollen Abend an.«

»Keine Sorge, hier sind überall Polizisten. Sie wissen, wie der Mann aussieht. Der kommt nicht ins Hotel.«

»Ich wünschte, du hättest mir das früher gesagt. Dann hätte ich eine Pistole mitgebracht.«

»Ich bin froh, daß ich's dir nicht gesagt habe.«

»Ich habe am Sonntag deine Predigt gesehen. Man kann Dons Show auch in Washington empfangen. Ich bin aufgesprungen und habe gejubelt.«

Will grinste. »Danke. Ich habe mir auf dieser Kanzel eine Menge von der Seele geredet. Mir war klar, daß ich bei Calhouns Fans nichts ausrichte, also habe ich beschlossen, die Zuschauer anzusprechen, die keine Fans von ihm sind.«

Will hielt inne und holte tief Luft. »Hör zu, ich habe dir ein paar Dinge zu sagen. Ich weiß, daß das nicht die beste Zeit dafür ist, aber mir bleibt keine andere Wahl.«

Kate blickte ihn mißtrauisch an. »Du siehst so aus, als hättest du Schuldgefühle.«

Er nickte. »Ich muß dir etwas gestehen.«

»Na schön«, seufzte sie. »Dann mal los.«

Will schluckte. »In der Zeit, die wir getrennt waren, war ich nicht ganz so enthaltsam wie du.«

Betroffenheit zeigte sich in Kates Gesicht. »War es was Wichtiges?« fragte sie und hatte plötzlich Tränen in den Augen.

»Nein. Sie war nicht wichtig. Es war ein einmaliges Abenteuer, nicht mehr.«

Kate seufzte wieder. »Okay, ich glaube, das kann ich wegstecken. Vielleicht habe ich es sogar ein bißchen provoziert.«

»Es geht noch weiter«, sagte Will. »Deshalb habe ich dich auch gebeten, auf dem Flug keine Atlantaer Zeitungen zu lesen.«

»O Gott!« sagte Kate entsetzt. »Gut, ich mache mich auf das Schlimmste gefaßt.«

»Das Mädchen war Zeugin beim Mordprozeß; sie war die Freundin meines Mandanten.« Will hob die Hand. »Aber sie lebten einige Zeit getrennt.« Er erzählte von dem Tag und ließ viele Einzelheiten aus.

»Mir ist egal, wer sie ist, solange sie nicht wichtig war und mir nicht über den Weg läuft«, sagte Kate.

»Keine Sorge. Das werde ich verhindern.«

»Wenn nicht, kenne ich ein paar Leute, die einen Mord arrangieren können.«

»Ich weiß. Aber jetzt laß mich zu Ende erzählen. Mein Mandant ist verurteilt worden...«

»Ja, das hast du mir erzählt, und es scheint dich nicht gerade unglücklich zu machen.«

»Gestern hat er Berufung eingelegt. Und zwar mit der Begründung, daß er keinen fairen Prozeß bekommen hat, weil er nicht ausreichend verteidigt wurde. Er behauptet, daß sein Anwalt scharf auf seine Freundin und bestrebt gewesen sei, ihn loszuwerden.«

»Prächtig«, sagte Kate. »Da könnte man einen Roman draus machen.«

»Bitte«, stöhnte Will. »Ich bin schon gestraft genug.«

»Also weiß die ganze Welt Bescheid über deine Eskapade mit... wie heißt sie?«

»Charlene. Ja, die ganze Welt weiß es – oder zumindest ganz Georgia. Charlene ist gestern in den Sechsuhrnachrichten an die Öffentlichkeit getreten und hat davon berichtet.«

Kate machte ein langes Gesicht. »Um Himmels willen, wie wirkt sich das auf deine Wahlchancen aus?«

Will lachte. »Meine Leute glauben komischerweise, daß es nichts schadet. Sie meinen sogar, daß es günstig für mich sein könnte. Du mußt wissen, daß acht Prozent der Wähler, die unseren Umfragen zufolge für Calhoun stimmen wollen, sagen, sie würden sich nur deshalb für Calhoun entscheiden, weil sie glauben, daß ich schwul bin.«

»Und jetzt bist du der große Aufreißer, oder wie?«

»Für einige Leute wahrscheinlich.«

»Wie hast du das mit den Medien gemacht?«

»Was sollte ich tun? Ich habe gestern abend eine Pressekonferenz gegeben und alles erklärt. Ich habe gesagt, wir seien beide erwachsen und unverheiratet und hätten es in beiderseitigem Einvernehmen getan, außerdem ginge unser Geschlechtsleben niemanden etwas an außer uns.«

»Bist du schon aus der Anwaltsvereinigung rausgeflogen?«

»Nein. Ich habe mich auf Charlenes Aussage vor dem Prozeß berufen und vorgeschlagen, daß man sie mit ihrer Aussage beim Prozeß vergleicht.«

»Wenn man in die Enge getrieben wird, sagt man die Wahrheit. Das gefällt mir.«

Will schaute Kate verlegen an. »Wirst du mir das je verzeihen?«

Kate nahm sein Gesicht in ihre Hände und lächelte. »Allein der Unterhaltungswert macht das meiste wieder gut.«

Er küßte sie. »Jetzt komm. Du mußt meine Leute kennenlernen.«

Er führte sie ins Wohnzimmer. »Kate, das sind Tom Black und Kitty Conroy, die die Hauptarbeit beim Wahlkampf geleistet haben. Tom, Kitty – das ist Katherine Rile, kurz Kate genannt.«

Alle schüttelten sich die Hände.

Tom musterte Kate, dann Will. »Haben Sie uns was verschwiegen?«

»Äh... ja«, antwortete Will. »Kate und ich heiraten nächste Woche.«

»Und das sagen Sie uns *jetzt!*« stöhnte Tom.

»Ja«, warf Kitty ein, »hättest du das nicht vor ein paar Wochen bekanntgeben können? Dann wäre dein Wahlsieg sicher.«

Zwei Stockwerke tiefer drückte Harold Perkerson einer Prostituierten zweihundert Dollar in die Hand und schickte sie fort. Er ging zum Fenster, schob die Vorhänge ein kleines Stück auseinander und spähte hinunter ins Zwischengeschoß. Wahlhelfer stellten Fernsehapparate auf, rückten Tische und Stühle zurecht.

Kurz vor vier. Noch zwei Stunden bis zu Lees Auftritt. Perkerson schaltete den Fernseher ein und sah sich einen Spielfilm an. Er langweilte sich.

Mickey Keane traf vor dem Omni ein und stieg aus seinem Wagen. Er merkte sofort, daß das Hotel hermetisch abgeriegelt war. Heute würde Perkerson gewiß nicht ins Omni kommen.

Keane sprach mit zwei Cops, die er kannte und die die Aufzüge beobachteten, und verplauderte ein paar Minuten. Egal, dachte er. Ich schau' mich trotzdem um.

Willingham hob den Hörer ab. Er erkannte die Stimme sofort. Einer von seinen Gewährsleuten.

»Sie haben ein Problem«, sagte der Mann.

»Welches?«

»Sie kennen den Ex-Cop, dem Ihr Freund zu einem Unfall verholfen hat?«

»Ja. Er liegt im Koma.«

»Irrtum. Ich habe heute gehört, daß er munter durch die Gegend läuft.«

Willingham setzte sich auf. *»Was?«*

»Er war nicht mal schwerverletzt.«

Willingham versuchte, sich über die Tragweite dieser Worte klarzuwerden.

»Er ist Ihnen tagelang gefolgt«, sagte der Mann. »Er kann die Verbindung zwischen Perkerson und Ihnen nachweisen.«

»Ich danke Ihnen«, antwortete Willingham und bemühte sich, mit fester Stimme zu sprechen.

»Die Polizei ist auch darüber informiert, daß Perkerson an Lees Flugzeug präpariert hat, und sie rechnet mit einem weiteren Versuch. Aber beunruhigen Sie sich nicht, im Hotel wimmelt es von Polizisten; da kommt Ihr Mann nicht rein, ohne gesehen zu werden. Und falls doch, pfeifen Sie ihn besser zurück; wenn es ihm nämlich gelingt, werden die Leute Sie wegen Verschwörung belangen.«

Willingham legte auf. Mehrere Minuten lang saß er reglos da. Dann telefonierte er wieder.

»Hotel Omni.«

»Mr. Howard James, bitte.«

»Ich verbinde.«

»Ja?« sagte Perkerson.

»Harry?«

»Ja, Sir.«

»Sind Sie in Stellung?«

»Ja, Sir. Es ist ideal.«

»Welche Zimmernummer haben Sie?«

»Fünfhundertachtzehn. Machen Sie sich keine Sorgen, Sir. Ich werde Ihren unwiderruflichen Befehl ausführen und den Leuten nicht lebend in die Hände fallen.«

»Danke, Harry. Viel Glück.«

Willingham legte auf. Dieser erbärmliche kleine Cop war also kaum verletzt. Ein Mann, den er nie gesehen hatte, konnte die Verbindung zwischen ihm und Perkerson nachweisen, und Perkerson konnte nicht mehr an seinem Tun gehindert werden. Barmherziger Gott!

Willingham ging zu seinem Waffenschrank. Er würde aus der Nähe operieren müssen. Er wählte eine 35-mm-Automatik, die sich leicht verstecken ließ, und einen dazu passenden Schalldämpfer.

Es war siebzehn Uhr vierzig, und Keane war müde. Er setzte sich auf ein großes Sofa in der Halle des Omni. Er hatte etlichen Leuten Perkersons Foto gezeigt, aber offenbar hatte es das FBI bereits sämtlichen Hotelangestellten vor die Nase gehalten – ohne Erfolg. Am anderen Ende des Sofas nahm eine Frau Platz.

»Hallo, Mickey!« sagte sie.

Keane drehte sich zu ihr um. »Hallo, Margie, wie läuft das Geschäft? Ich hab' dich nicht mehr gesehen, seit ich bei der Sitte war.«

Margie schlug die Beine übereinander. »Das Geschäft läuft nicht schlecht. Seit Freitag war ich dreimal bei einem Kerl hier oben. Der hatte auch noch zwei andere Mädchen. Ein scharfer Bursche.«

Keane zeigte ihr Perkersons Foto. »Ist er das zufällig?«

Margie betrachtete das Foto. »Nein. Er hat keinen Schnurrbart, und er trägt eine Hornbrille. Du bist schon der dritte, der mir das Bild zeigt. Muß ein übler Kunde sein.«

»Ja, das ist er.« Keane blickte auf und sah eine große Gruppe durch die Halle in Richtung Atrium gehen. Das war Lee, und er war von Männern umringt, die alle möglichen Leute anschauten, nur nicht ihn.

Keane warf einen Blick auf seine Uhr. Zehn vor sechs. Lee sollte um Punkt sechs im Zwischengeschoß auftreten. Hier kann ich nichts tun, dachte Keane. Er rappelte sich hoch und schob die Krücke unter seinen Arm.

Dann drehte er sich um. Jemand, den er kannte, schritt zielbewußt durch die Halle.

Perkerson baute sein Stativ auf und öffnete seine Aktentasche. Das wird so ähnlich wie vor der Abtreibungsklinik, überlegte er sich. Nur einfacher. Die Entfernung war nicht so groß, und da es sich um einen Innenraum handelte, bestand keine Gefahr, daß ein Windstoß die Flugbahn der Kugel veränderte. Perkerson setzte das Gewehr zusammen und schraubte das große Zielfernrohr auf.

Keane hinkte, so schnell er konnte, hinter dem Mann her. Willingham steuerte auf die Aufzüge zu. Er verschwand um die Ecke davor, und Keane begann zu beten: »Lieber Gott, gib, daß ich ihn nicht aus den

Augen verliere.« Er blieb stehen, holte tief Luft. Dann humpelte er um die Ecke herum. Willingham trat gerade in den letzten Aufzug.

»Lassen Sie mich mit, bitte!« rief Keane, bemüht, nicht verzweifelt zu klingen. »Ich will auch nach oben!« Er erreichte die Tür. Willingham hielt sie ihm auf und warf dabei einen Blick auf seine Uhr.

»Wohin wollen Sie?« fragte Willingham.

Keane schaute auf die Knöpfe. Willingham hatte den vierten Stock gedrückt. »In den fünften«, sagte Keane und wischte sich die Stirn. »Vielen Dank.«

Die beiden Männer fuhren schweigend nach oben. Willingham warf wieder einen Blick auf seine Uhr. In seinem Gesicht zuckte es. Der Aufzug hielt im vierten Stock. Willingham stieg aus. Keane wollte ihm folgen, aber Willingham war stehengeblieben und las den Wegweiser mit den Zimmernummern. Die Aufzugtür glitt zu.

Keane schlug frustriert gegen die Seitenwand der Kabine und schaute auf seine Uhr. Vier vor sechs. Der Aufzug hielt im fünften Stock. Keane hastete zu der Tür, die zur Feuerleiter führte. Treppensteigen war verdammt beschwerlich mit der Krücke, und so packte er das Geländer und hüpfte auf seinem gesunden Bein hinunter. Er nahm immer zwei Stufen auf einmal. Als er die Biegung beim Treppenabsatz nehmen wollte, trat er ins Leere und fiel die letzten sechs Stufen hinunter.

Keane wimmerte vor Schmerz. Er rappelte sich auf und humpelte zur Tür. Sie war zu. Sie öffnete sich nur von der anderen Seite. Keane hämmerte dagegen »Aufmachen!« brüllte er. »Aufmachen!« Er legte das Ohr an die Tür und lauschte. Nichts.

Keane ging in die Knie und zog seine Dietriche aus der Brusttasche. Er versuchte das Türschloß zu knacken.

Perkerson war schußbereit. Er sah, wie Lee die lange Rolltreppe zum Zwischengeschoß hinaufzusteigen begann, spähte durchs Zielfernrohr und legte den Finger an den Abzug. Er würde Lee umlegen, bevor er oben war. Jetzt hatte er ihn im Fadenkreuz. Plötzlich klopfte es laut an der Tür.

Perkerson wirbelte herum und faßte nach der Pistole in seinem Schulterholster.

»Harry, ich bin's, Willingham!«

Was soll das? dachte Perkerson. »Wie bitte?!« rief er.

»Ich bin es, Colonel Willingham! Lassen Sie mich herein!«

Perkerson lugte aus dem Fenster. Lee war jetzt im Zwischengeschoß und steuerte auf ein Podium am Ende des Raums zu. Er bahnte sich seinen Weg durch die Menge und schüttelte Hände. Er mußte schießen, wenn Lee auf dem Podium war.

Perkerson ging durchs Zimmer und öffnete die Tür. Willingham stand vor ihm. Er sah besorgt aus.

»Ich möchte beobachten, wie Sie schießen«, sagte Willingham.

»In Ordnung, Sir«, antwortete Perkerson. »Kommen Sie rein. Er wird gleich eine Rede halten.« Als sich Perkerson abwandte, fragte er sich, was der Archon hier tat. Und dann schoß ihm ein furchtbarer Gedanke durch den Kopf. Er hörte, wie die Tür zuging und drehte sich um. Er sah die Pistole in Willinghams Hand. »Sie werden schwach«, stellte er fest. Er ließ sich fallen und zog seine Pistole aus dem Holster.

Die Tür war endlich offen. Er humpelte durch. Die Krücke ließ er liegen. Er stand auf dem Flur und spähte in beide Richtungen – leer bis auf den Rollwagen eines Zimmermädchens. Er hastete von Tür zu Tür, hielt an jede das Ohr und lauschte einen Moment. Zehn Meter weiter trat das Zimmermädchen aus einer Suite, und dann geschah etwas sehr Merkwürdiges. Ein faustgroßes Loch erschien in der Tür direkt vor Keane, und es wehte eine kleine Wolke aus Splittern und Staub auf den Flur.

Keane duckte sich. Einen Augenblick später hatte er seine Pistole in der einen und seine Dienstmarke in der anderen Hand. Er hielt sie dem Zimmermädchen entgegen. »Polizei!« zischte er. »Geben Sie mir Ihren Hauptschlüssel!«

Perkerson saß auf dem Boden im Wohnzimmer der Suite und hielt sich den Bauch, der feucht und klebrig war. Es fiel ihm schwer, Atem zu holen. Willingham saß ebenfalls auf dem Boden, gegen die Tür gelehnt. Er hatte ein blutiges Loch in der Wange und ein zweites in der Stirn und starrte Perkerson mit leerem Blick an. Wo sein Kopf an der Tür entlanggerutscht war, zog sich ein Streifen Blut nach unten. Einer von Perkersons Schüssen war danebengegangen. Im oberen Drittel der Tür befand sich ein Loch.

Perkerson tastete nach einem Stuhl und stemmte sich hoch. Jetzt setzte der Schmerz ein, und er war furchtbarer als alles, was er je erlebt hatte. Perkerson taumelte zum Gewehr, die Pistole immer noch in der Hand, beugte das Knie – seine Schußposition. Lee stand auf dem Podium und hob die Arme, um den Leuten Schweigen zu gebieten. Perkerson zielte.

»Ich möchte noch ein paar Worte zu Ihnen sprechen«, sagte Will. »Die Wahllokale schließen erst in einer Stunde, und wir wissen natürlich noch nichts, aber ich möchte Ihnen versichern, daß ich Ihnen allen – egal, wie diese Wahl ausgeht – dankbar bin und bleiben werde. Ich habe nicht gewußt, daß Menschen ohne Bezahlung so hart arbeiten können, wie Sie es getan haben.« Will legte eine Pause ein. Von irgendwo kam das Geräusch splitternden Glases.

Keane steckte den Schlüssel ins Schlüsselloch, drehte ihn und wollte die Tür aufstoßen. Auf der anderen Seite war ein schweres Gewicht. Keane stützte sich mit seinem gesunden Bein ab, stemmte die Schulter gegen die Tür und drückte dagegen. Die Tür öffnete sich langsam. Am Fenster war Perkerson über ein Gewehr auf einem Stativ gebeugt. Keane brachte seine Waffe in Anschlag.

»Nein!« brüllte er, während er feuerte.

Will wandte sich nach rechts, einer Kamera zu, und im selben Moment zerriß der Stoff an der Schulter des FBI-Agenten, der neben ihm stand, und der Mann ging zu Boden. Will bückte sich, um ihm zu helfen. Er fragte sich, was passiert war, und nun zersprang ein Glaskrug auf dem Tisch hinter ihm in tausend Stücke. Wasser spritzte, es hagelte Eis. Will wußte immer noch nicht, was passiert war, als er einen harten Schlag ins Kreuz bekam. Er brach zusammen. Leute schrien und suchten Deckung.

Keanes erster Schuß war danebengegangen, durchs Fenster, aber der zweite traf Perkersons Schulter und wirbelte ihn herum. Keane humpelte, ununterbrochen feuernd, auf ihn zu. Er wußte nicht genau, wohin der vierte Schuß ging. Bevor er einen fünften abgeben konnte, traf ihn etwas in der Leistengegend, und er stürzte. Perkerson hatte von irgendwo eine Pistole hergezaubert.

Keane feuerte vom Boden aus weiter.

Der Lärm hatte aufgehört. Das Zimmermädchen traute sich nicht, den Kopf durch die Tür zu stecken, aber sie rief, gegen die Wand gedrückt: »Was ist los da drinnen?«

»Ich brauche Hilfe«, antwortete eine schwache Stimme. »Verständigen Sie die Polizei, sagen Sie, daß ein Beamter verletzt ist. Die sollen einen Krankenwagen holen.«

Ein weiteres Geräusch kam von drinnen, ein scharfer Knall. Das Zimmermädchen hörte einen Seufzer hinter der Tür.

Will schnappte nach Luft. Er war zu einem Lastenaufzug am hinteren Ende des Zwischengeschosses halb getragen und halb geschleift worden. Jetzt fuhren sie abwärts.

»Wie geht es Ihnen?« fragte der FBI-Agent.

»Ein bißchen außer Atem«, keuchte Will.

»Tut mir leid, daß ich Ihnen so einen Schlag verpaßt habe«, sagte der Mann. »Als ich gesehen habe, wie Wilkins zu Boden ging, hab' ich Sie praktisch von hinten niedergeschlagen und mich auf Sie fallen lassen.«

Will betrachtete den Mann. Er war über einen Meter neunzig groß und wog ungefähr zwei Zentner. »Haben Sie mal Football gespielt?« fragte Will.

»Ja«, antwortete der FBI-Agent. »Ist aber schon hundert Jahre her.«

Will konnte jetzt etwas freier atmen. »Das erklärt alles. Wohin gehen wir eigentlich?«

»Bloß raus hier. Bis wir wissen, was los ist«, sagte der FBI-Agent.

Sie traten auf eine Laderampe, und der Mann blickte um sich. Der zweite, ein Polizist von Atlanta, hielt ein Funkgerät an sein Ohr.

»Das reicht fürs erste«, sagte der FBI-Agent. »Wir werden sicher bald was erfahren. Ist Ihnen kalt?«

»Nein, die frische Luft ist eine Wohltat«, antwortete Will.

Der Mann von der Kripo sprach in sein Funkgerät. »Ja, verstanden. Wie geht's Keane?« Er lauschte. »Oh«, sagte er dann.

»Was ist los?« fragte Will.

»Perkerson ist tot. Sie waren zu dritt in einer Suite im vierten Stock. Einer von ihnen war mein Freund Mickey Keane, ein ehemaliger Cop, der Perkerson gejagt hat. Ein Zimmermädchen hat ihn reingehen sehen, und dann gab's eine ungeheure Schießerei. Willingham ist auch tot. Sagt Ihnen der Name was?«

Will schüttelte den Kopf. »Nein.«

»Nein? Na, jedenfalls hat Mickey Perkerson erwischt, aber selber auch was abgekriegt. Sie sind gerade auf dem Weg nach unten.«

Will bemerkte erst jetzt, daß ein Krankenwagen an der Laderampe parkte. »Das ging aber schnell«, sagte er.

»Der ist schon den ganzen Nachmittag hier«, erwiderte der Polizist trocken. »Wir dachten, daß wir vielleicht einen brauchen – für Sie.«

Eine fahrbare Bahre kam durch eine Schwingtür, geschoben von einem Sanitäter, während der zweite eine Infusionsflasche hochhielt. Sie blieben einen Moment vor dem Krankenwagen stehen, dessen rückwärtige Türen geöffnet wurden.

Der Polizist trat an die Bahre. Will folgte ihm. »Wie geht's ihm?« erkundigte sich der Polizist bei dem einen Sanitäter.

»Das kannst du mich ruhig selber fragen, Dave«, sagte Keane.

»Ah, ich hab's doch gewußt – Unkraut vergeht nicht«, lachte Dave Haynes.

Will beugte sich über die Bahre. »Mr. Keane, ich bin Will Lee. Wie ich höre, haben Sie mir das Leben gerettet. Vielen Dank.«

»Das hab' ich nicht für Sie getan«, sagte Keane. »Das hab' ich für einen Freund von mir getan, einen Cop. Er ist tot.«

»Der Effekt war derselbe. Ich bin Ihnen zu Dank verpflichtet.«

»Ein anderer Freund von mir – er heißt Manny Pearl – hat sich beim Wahlkampf mächtig für Sie ins Zeug gelegt«, fuhr Keane fort.

»Der Mann mit der Stripperinnen-Demonstration? Sagen Sie ihm bitte, daß mir sein Aufkleber sehr gut gefällt – A. B. D. D. N., alles, bloß Dr. Don nicht. Den hab' ich oft gesehen.«

»Ich sag's ihm«, erwiderte Keane. »Da freut er sich sicher.«

»Wir müssen los«, sagte der Sanitäter, und Keane wurde in den Krankenwagen gerollt.

»Also«, sagte Will zu dem FBI-Agenten und dem Polizisten, »dann sollte ich jetzt wohl wieder nach oben gehen und den Leuten zeigen, daß ich nicht tot bin. Die Wahllokale sind noch offen, und ich möchte, daß niemand zu Hause bleibt.«

32

Kate machte die Tür der Suite auf und hielt Will fest. »Wir haben alles im Fernsehen gesehen«, sagte sie und umarmte ihn. »So darfst du mich nie mehr erschrecken.«

»Ich werde mein Bestes tun«, sagte Will. Er küßte sie. Sie standen einen Moment eng umschlungen da.

»Wir haben eine Überraschung für dich«, sagte Kate. Sie führte ihn ins Wohnzimmer.

Will bog um die Ecke und sah Senator Benjamin Carr, der in einem Rollstuhl saß und lächelte. Jasper war bei ihm. Eine Krankenschwester stand in der Nähe.

Will kniete neben dem Rollstuhl nieder und ergriff die Hand des Senators. »Es freut mich sehr, Sie zu sehen, Senator«, sagte er. »Tut mir leid, daß ich Sie so lange nicht mehr besucht habe. Man hat mich ganz schön auf Trab gehalten.«

Der Senator legte den Kopf schief, und seine Kiefer mahlten, aber er brachte kein Wort heraus.

Jasper trat an den Rollstuhl. »Keine Bange, Senator, das kommt schon noch.« Er wandte sich an Will. »Der Senator wollte was sagen.«

Es war dreiundzwanzig Uhr, und die Ergebnisse waren immer noch nicht da. Will, seine Eltern, seine Tante Eloise, Kate, der Senator, seine Krankenschwester, Jasper, Tom Black und Kitty Conroy saßen alle vor dem großen Fernseher. Der FBI-Agent war am Telefon, und Dave Haynes goß sich einen Bourbon ein.

»Die Vororte werden die Entscheidung bringen«, sagte Tom. »Wir haben gewonnen, wo wir laut unseren Umfragen gewinnen sollten, aber bei den Vororten wußte Moss Mallet nichts Genaues...«

Der FBI-Agent legte auf. »Meine Leute haben sich bei Willingham umgeschaut«, sagte er. »Sie haben zwei Stunden gebraucht, aber dann haben sie einen versteckten Safe gefunden, ein Riesending mit Unterlagen in Massen. Mitgliederverzeichnisse, Spendenlisten, paramilitärische Gruppen – Hunderte von Namen.« Der FBI-Agent wandte sich Dave Haynes zu. »Auf einer der Listen stand ein Mann von unserer Außenstelle in Atlanta und der Name eines Captains aus Ihrem Laden.«

»Sie brauchen mir den Namen nicht zu sagen«, antwortete Haynes. Er erhob sich. »Ich fahre jetzt ins Krankenhaus. Das muß ich Mickey erzählen.«

»Es wird Calhoun ziemlich schwerfallen, seine Beziehungen zu Willingham zu erklären«, sagte der FBI-Agent.

»Er wird sich schon was einfallen lassen«, erwiderte Will.

»Kann sein«, sagte der FBI-Agent. »Aber was meine Leute in Willinghams Safe gefunden haben, wird es ihm wirklich schwermachen.«

»He«, sagte Tom, »hier spielt die Musik.« Er deutete auf den Fernsehapparat.

Ein Moderator wandte sich gerade der Kamera zu. Er hatte ein Blatt Papier in der Hand. »Wir haben jetzt eine Hochrechnung«, sagte er. »Die Resultate aus den nördlichen Vororten von Atlanta sind soeben eingetroffen, und sie haben den Ausschlag gegeben. Der Sieger dieser Wahl heißt Will Lee.«

Will atmete tief aus. Kate warf die Arme um seinen Hals. Ein allgemeines Umarmen und Händeschütteln setzte ein.

»Und hier ist das vorläufige Endergebnis«, verkündete der Moderator. »51,6 Prozent für Lee und 48,2 Prozent für Calhoun. Ungültig waren 0,2 Prozent der Stimmen.«

»Ich bin froh, daß wir nicht auf diese 0,2 Prozent angewiesen waren«, kommentierte Tom Black.

»Man sagt mir gerade, daß Reverend Don Beverly Calhoun den großen Ballsaal im Atlanta Hilton betritt«, fuhr der Moderator fort. »Wir schalten jetzt um und übertragen sein Statement live.«

Die Kamera folgte Calhoun durch eine Schar von niedergeschlagenen Anhängern. Er stieg auf das Podium und bat um Ruhe. »Bevor ich mein Statement abgebe«, begann er, »muß ich Ihnen die traurige Mitteilung machen, daß ein Helfer bei unserem Wahlkampf und guter Freund unserer Kirche heute abend unter tragischen Umständen ums Leben gekommen ist. Ich werde morgen mehr darüber zu sagen haben, aber zunächst möchte ich, daß wir alle ein stilles Gebet für Colonel J. E. B. Stuart Willingham sprechen.«

»Das kann er sicher gut brauchen«, sagte Will. »Also, den Rest muß ich wirklich nicht sehen. Gehen wir nach unten.«

Die Gruppe sammelte sich zum Aufbruch. Patricia Lee schloß ihren Sohn in die Arme, Billy Lee schüttelte ihm die Hand. Tante Eloise umarmte ihn ebenfalls. Tom Black klopfte ihm auf die Schulter, während Kitty Conroy ihn küßte. Dann kam Jasper und legte seine Hand auf Wills Arm. »Der Senator möchte Sie sprechen, Mr. Will.«

Will kniete wieder neben dem Rollstuhl nieder. Der Senator lächelte, und Will merkte, daß er sich anstrengen mußte. Der alte Herr nahm Wills Hand fest in die seine. Seine Lippen bewegten sich. Schließlich kamen die Worte stockend heraus.

»Herzlichen… Glückwunsch… Senator.«

Danksagung

Tom Susman hat mir wieder einmal mit seinen Kenntnissen von Washington und seinen Kontakten bei diesem Roman geholfen, dafür bin ich ihm zu tiefsten Dank verpflichtet; ebenso Melody Miller, der stellvertretenden Pressesekretärin von Senator Edward Kennedy, die mir durch eine interessante Führung durch das Kapitol der Vereinigten Staaten zahlreiche Einblicke in die Arbeit des Senats gewährt hatte; Bill Johnston, dem Chefassistenten von Senator Wyche Fowler aus Georgia, danke ich für seine detaillierten Berichte vom Wahlkampf des Senators im Jahre 1986; Dr. med. Carter Smith jun. hat mir mit Auskünften hinsichtlich der Auswirkungen von Schlaganfällen sehr geholfen; dem ehemaligen Kongreßabgeordneten Elliott Levitas danke ich für seine Kommentare und dem Starverteidiger Ed Garland für Hinweise bezüglich des Verlaufs von Mordprozessen.

Wenn ich hier etwas falsch dargestellt habe, so ist es meine Schuld und nicht die meiner Informanten.

Dankbar bin ich auch meinem Agenten, Morton Janklow, seiner Partnerin, Anne Sibbald, und allen Leuten bei Janklow & Nesbit Associates, die weiterhin mit großem Einsatz und Engagement um meine schriftstellerische Karriere bemüht sind.

Besonders dankbar bin ich meiner neuen Lektorin, Trish Lande, die sich zu einer schwierigen Zeit dieses Buches angenommen und seiner prompten und erfolgreichen Vollendung manche Nächte und Wochenenden geopfert hat.

INTERNATIONALE THRILLER

Peter O'Donnell
Modesty Blaise – Die silberne Lady 9189

Robert Merle
Nachtjäger
9242

Stuart Woods
Still ruht der See
9250

Sidney Sheldon
Im Schatten der Götter
9263

William Bayer
Tödlicher Tausch
9265

Andrew Kaplan
Die Tarantel
9257

GOLDMANN